呼兰河畔

王明杰 著

一部兰河史

悠悠故里情

笔端书正义

爱憎两分明

黑龙江人民出版社

图书在版编目(CIP)数据

呼兰河畔/王明杰著. —哈尔滨:黑龙江人民出版社,2017.1(2021.3重印)

ISBN 978 – 7 – 207 – 10956 – 9

Ⅰ.①呼… Ⅱ.①王… Ⅲ.①长篇小说—中国—当代 Ⅳ.①I247.5

中国版本图书馆 CIP 数据核字(2017)第 027023 号

责任编辑：李　珊
封面设计：佟　玉
封面题字：赵忠人
环扉绘画：刘成海

呼兰河畔

著：王明杰
出版发行：黑龙江人民出版社
地址：哈尔滨市南岗区宣庆小区 1 号楼
邮编：150008
网址：www.longpress.com
电子邮箱：hljrmcbs@yeah.net
印刷：三河市华东印刷有限公司
开本：787×1092　　1/16
印张：22.5
字数：380 千字
版次：2017 年 1 月第 1 版　2021 年 3 月第 2 次印刷
书号：ISBN 978 – 7 – 207 – 10956 – 9
定价：56.00 元

版权所有　侵权必究　　　　　举报电话：(0451) 82308054
法律顾问：北京市大成律师事务所哈尔滨分所律师赵学利、赵景波

文心文品蕴良知

傅道彬

中国文学素有"文以载道"的优秀传统,"道"的内涵与外延依时而变,因人而异。如果把文学所载之"道"做广义理解,即人类之良心,社会之责任,亦即"良知之道"。这一传统是深度契合"文学是人学"基本命题的。

随着经济全球化浪潮的冲击和市场经济的迅速发展,在消费主义思潮影响和新媒体的助推下,抱着崇高理念,以良知和真情投身文学创作的凤毛麟角,而抱着投机心理希冀名利双收的则大有人在。突出表现为部分低俗文学创作中感官欲望和享乐主义的宣泄横流,它不但颠覆了文学的审美特性,而且向文学提升人生境界、塑造美好心灵、构筑精神家园的本性发起挑战。试图把无限扩张感官欲望的文艺现象,美化为"回归"美学的涵义,这既是对美学的扭曲,也是对文学理想和"良知之道"的践踏。

兰河通灵,文坛有幸。清丽潺湲的呼兰河不但哺育了左翼女作家、"30年代文学洛神"萧红,诞生了伟大的《呼兰河传》,也滋养了清正厚朴,深具"良知之道"、家国情怀的王明杰,创作出优秀长篇历史小说《呼兰河畔》。昨晚,我灯下阅读《呼兰河畔》,掩卷沉思之际,不禁自说自话:"好书啊!"

文心即人心。而文心如茶,品过方能悟出真味,真味在文,才能入眼入心。无论社会如何风云变幻,人们依然需要充满激情活力,具有文学品味,给人以启迪的作品,需要讴歌真善美的正能量精神大餐。

王明杰，出生于呼兰河畔一个普通的军转家庭。他少而好学、长而敦敏，中学甫毕、旋即从军。弱冠之年、尽忠关山，倚马可待之才，誉播军旅。荣转回乡后，他把对桑梓之地的眷恋，对父老乡亲的真情，化作创业之动力，竭忠尽智，清正爱民，献身基层，政声颇佳。工作之余，他手不释卷，笔耕不辍。先后出版诗词选集《细雨微澜》，杂文集《杂韵逸绪》。去年，北方作家文丛选编了他的小说散文集《烟雨河风》。小说《三个老兵》，散文《父爱是禅》，报告文学《探索者的足迹》，文学评论《兰水情深赤子心》等力作，使他成为黑土作家中的优秀一员。他的散文被评价"是为眼睛准备的寓意。他的毅力和睿智创造了精神领域的美丽神话"。他的诗作"始终伴以真性情，水流云在，月到风来，情之所动，感人心怀。在不失直率豪放的笔墨中，显出一种清幽和空灵的意境"。

车尔尼雪夫斯基曾经写道："历史的道路不是涅瓦大街上的人行道，它完全是在田野中前进的，有时穿过尘埃，有时穿过泥泞，有时横渡沼泽，有时行经丛林。"牢记民族的历史，仔细咀嚼历史的细节，感悟个体在大时代中的挣扎浮沉，揭示人和历史之间复杂而又微妙的关系，是优秀历史小说的价值取向。《呼兰河畔》是一部不忘历史，正视历史，探究历史，通过历史折射现实的优秀文学作品，是一部饱含深情、充满良知、构思精巧的心血之作。

小说以抗日战争和东北解放初期剿匪、土改为时代背景，以呼兰历史人物和重大历史事件为基本依据，以结拜四兄弟的人物命运为叙事主线，以兰河大侠的传奇经历和心路历程为描写重点，开枝散叶、虚实相间，侠骨与柔情相生，冷峻和悲悯相伴，深情讴歌了呼兰河畔志士仁人的英勇抗争，深切诉说了我们民族的苦难经历，深刻揭露了侵略者及其爪牙鹰犬的罪恶行径，深邃揭示了时代变局中的复杂人性，融会展现了呼兰河畔的民俗风情，使读者从人、事、情的描述中领悟生命的真谛。

作者通过典型人物的人生轨迹，蘸着血，和着泪，诠释人生价值观。把我们带进一段风雷激荡的历史，走进一个悲壮传奇的故事。我能听到她们凄苦无助的哭声，看到那些鲜血淋漓的躯体，感受敌寇残酷暴行下的震颤，领悟民众心中的期盼。我更能体会到主人公带着满脸尘土，露出的胜利微笑，还有他几次离开呼兰河的不同心境。这都源于作者的写作功力。可以说，《呼兰河畔》是一部将历史依据与文采风流较好地结合，突出地展现了时代精神风貌，并贯之以人性内涵、良知之道,能对人们的现实品格产生深远影响的不凡之作。

君子以言有物而行有恒。人生在世,要活得有意味,主观上离不开"良知之道"。《呼兰河畔》是根植人心的文化精神的结晶,为我们演绎的是爱?是恨?是情?是仇?是更多的思考?都有!不管时代如何变迁,"良知之道"正如古人所论,"虽久不废"。

情洒黑土地，爱融呼兰河

付军龙

品读王明杰长篇小说《呼兰河畔》书稿，感觉心中热血涌动。

明杰是我尊敬的兄长，正直、率真、勤奋且颇有才气，我一直喜欢读他的作品。他的诗歌、散文畅快淋漓，直抒胸臆，启人联想，令人深思。所以，随着岁月流逝，我们成了知心交心的好朋友。

人们常说没文化真可怕，可是对于什么是有文化？也一直说法不一。十年前，曾看到明杰在《人生八章》中写道："文化是孕育公平公正的母体，是植根于人内心的修养，是设身处地为别人着想的良知，是无需他人提醒的自觉，是一种承认约束的自由。文化决定人的层次，体现觉悟和文明程度。"在我心中，明杰堪称是一位出身军旅，有文化学养的优秀兰河之子。

情系黑土着妙手，心仪兰河付艰辛。丰富的人生经历和良好的文化学养融合升华，会成就一个好作家。以此为基础，创作态度决定着作品的高度。正是因为明杰深厚的生活积累，加之勤奋精神和学养功底，情洒黑土地，爱融呼兰河，才创作出《呼兰河畔》这样既有艺术定力，又有情感活力，深蕴思想张力的好作品。

人是情感、情绪、情爱的综合体，作品则是作家思维、认知、情怀的结晶，是形象与心境融合的成果。《呼兰河畔》通过结拜四兄弟，演绎了侠者、勇者、智者和愚者的不同经历和结局。小说通过跌宕起伏的历史风云中,各色人物形象的塑造,把血与火的年代里,恩怨情仇、悲欢离合、深仇挚爱、侠骨柔肠,鲜活地展现给今天的读者。作者通过多层视角下的历史脉动,把深邃的思维融入生动的笔触,指向人生价值取向和人性百态,让人们透过历史的天空,循着那史诗般的悲壮声音,对那个时代的灵魂沉浮予以深沉回望。使《呼兰河畔》成为弘扬民族精神的宏伟篇章;表达百姓理想希冀的传奇故事;解析人性善恶变化的慷慨悲歌;展现呼兰河畔文化风情的立体画卷。

诚然,明杰不是书斋里的专业作家,他是凭着军旅生涯和农村基层工作的经历,用一种坚韧、执着、勤奋的精神,把情感投入创作之中。小说的艺术手法并不娴熟,重白描多直抒,平铺直叙的表现形式,直接浅露的人物描写,不同于那些十分注重表现形式的深奥隐讳,也有别于许多作品的离奇热闹,超越常规的结局尚有某种意义的悲凉。

明杰在展现不同人物形象时,表现出不同人物的语言特点,传统诗词注入时代精神,连同方言、俗语、歇后语,因人而异加以运用。小说还纳扬了章回小说的创作特点,题目和结尾运用对偶句,起到点睛和总结的作用。他擅长寓哲理探讨于故事情节和人物对话之中,直抒胸臆的手法,体现了强烈的主观抒情言志色彩,在平淡中体现某种深刻,或许这恰恰是《呼兰河畔》创作的又一特点。小说中那些沉淀于情节中的情怀,潜移默化地,不时转化为激荡人心的思想火花,给人以启迪和激励。

不同的人性表现为不同的人格。明杰把人性善恶的诸般表象,投入到社会生活历史事件的熔炉之中,通过风云变幻中可逆与不可逆的变化,洞见其丑陋或美好。警示人们弘扬天使而不是野兽的一面,消除兽性;希冀在血雨腥风中寻觅正义,坚持真理;探索用人性在黑夜里架起精神升华的桥梁,救赎灵魂;从而使人性绽放真善美的光彩。小说负载历史变迁、文化传承、思想启迪、引导未来,把对人生的理解多方位融入字里行间,因而成为充满爱恨情仇,直击人们心灵的多声部作品。

这部长篇小说的很多情节人物,都是有迹可循的,读之可以让人们更深刻更清晰地了解呼兰河畔的发展历史,折射着黑土地历史文化的立体光影,有利于人们直面现实和未来。很多情节力求文化底蕴和道德水准的对接,呼唤着人们用爱面对人生,在艰难困苦中坚定信念,掌握人生的标尺不迷失。要通过乌云的笼罩,看到阳光的来临,充满正义的能量。我想,今天生活在呼兰河畔的人,还有许许多多的人们,当你展卷阅读之后,可能会有更多的收益和比我更深的体会吧!

目 录

1	第 一 章	豺虎临门	烽烟骤起兰河畔
		英雄御寇	热血涌流铁道边
13	第 二 章	同唱大风	四人结拜关公庙
		为平民愤	司令除恶南大营
27	第 三 章	才旅挥师	联军夜袭火车站
		杏花早逝	爱恨难弥一世情
45	第 四 章	青岱气绝	大侠现身震敌胆
		升三作孽	地痞仗势害无辜
58	第 五 章	土匪劫人	伺机架票呼兰站
		廷峰救女	顺势潜伏警务科
68	第 六 章	初识英豪	拜坛铁志会坛主
		勇擒匪首	比武廷峰让武田
82	第 七 章	大师点津	远芳铁志结连理
		日酋聚会	长顺冯军勇袭敌

95	第 八 章	暗布内奸 智取情报	梅原设计围长顺 王岭挺身救雨兰
112	第 九 章	日特排查 雨兰传信	清除内患施毒计 掩护大侠化险情
122	第 十 章	兽性如狼 深情似海	升三霸占两姊妹 王岭喜结一世缘
137	第 十 一 章	勇劫军车 冲破樊篱	雨霖一枪杀熊野 秀芝二次遇李维
150	第 十 二 章	因祸得福 舍生取义	陈家公子脱危难 抗日英雄勇殉国
162	第 十 三 章	献身革命 投奔抗联	兰生野岭杀敌寇 英超白奎灭日酋
177	第 十 四 章	勇者悲歌 情深意重	临危铁志发信号 赋词远芳悼夫君
194	第 十 五 章	野烟凄迷 忠心报国	维新吃醋成密告 黄森诱敌入深山
211	第 十 六 章	里应外合 风霜劲节	留置场众人越狱 王鸿恩舍己捐躯
229	第 十 七 章	寒梅凌雪 劫车除恶	雨兰舍己护夫婿 奇女救人展侠风
251	第 十 八 章	日寇投降 机智勇敢	田中自尽发狂语 张野挺身退日军
262	第 十 九 章	敖木屠杀 廷峰出手	匪特凶残天震怒 四大金刚齐被缚

276	第二十章	焰烈风狂　马匪恶毒谋暴乱 各个击破　廷峰智勇煞"旋风"
289	第二十一章	瓦解攻心　耿田虎胆降"诸葛" 大侠助力　振华奇兵剿匪帮
300	第二十二章	月夜侦察　海涛独胆劝樊瑞 由衷赞佩　阎韫真心留大侠
311	第二十三章	一见钟情　振华齐颖初相恋 二人回首　张野廷峰忆从前
323	第二十四章	除霸反奸　土改纠错夺胜利 西岗挥泪　廷峰告别呼兰河
345	后　记	

第一章

　　豺虎临门　烽烟骤起兰河畔
　　英雄御寇　热血涌流铁道边

　　北风呼啸,漫天飞雪的呼兰火车站,一列火车喷着白雾,缓缓地停下来。两个人相继离开车厢,一前一后走出站台,叫了一辆小马车,向呼兰城内奔去。坐在前面的年轻人,身穿青灰呢大衣,头戴狗皮帽,浓眉大眼,高鼻梁,方脸庞,身材健壮,眉宇之间透着一股英气。后面的中年人个子不高,身着深蓝色棉袍,偏瘦的脸上棱角分明,深邃的两眼,不经意间流露出从容淡定的气韵。

　　马车停在黑瞎子胡同口。两人下车付了车钱,四下望了望,见无人注意,便快步走了进去。这黑瞎子胡同原名忠良胡同,自从郝云波在"济生堂"膏药铺门前,养了一大一小两只黑熊,这个长只有百余米,宽不足十米的小胡同,却成了老幼皆知,远近闻名的地方。这里聚集了三十多家商号,也是庙头繁华商业区的中心。

　　二人向前走了几十米,"济生堂"的两只黑熊还在门前的笼子里。门上"京都郝家膏药　秘制丸散膏丹"对联十分醒目。又走过三四家店铺,二人停在一个杂货铺门前,只见门前竖立的幌杆上,悬挂着一丈来长,一尺来宽的红布,四周镶着一寸余宽,青绒剪成的云字卷,上面写着"天德杂货"。门上也有一副对联:"谈笑带书香英华发外　经营怀古道和顺积中。"

　　年轻人上前敲门。来开门的是一个伙计模样的人:"啊,请问,二位找谁?"

　　"张掌柜的在吗?我们是他的朋友,从哈尔滨来。"年轻人说道。

　　"啊,请进,请进!"伙计将二人领进客厅。一个身材有些消瘦的人,急匆匆地从里面走出来。

　　"荣志兄,你好啊!"年轻人双手一抱拳,迎上前去。

"廷峰！哎呀，是你呀。什么风把你给吹来了？伙计，快去沏壶热茶。"

二人摘下帽子，脱下大衣棉袍。被称为廷峰的年轻人介绍说："这位是关仲平，哈尔滨德顺贸易货栈的关老板。这位是我的朋友张荣志，张掌柜的。他也是呼兰商会的副会长，曾经给过我们很多的帮助。"

"我张荣志有幸结识廷峰兄弟，是前世的缘分。一晃几年不见，这心里还真是有些想你呢。"

伙计端来茶壶茶碗。张荣志说着话接过茶壶，给二人倒茶："来，先喝碗热茶驱驱寒气。"

"谢了！"关仲平接过茶碗，放在桌上握住，暖暖冻得冰冷的双手，一面上下打量了一眼。只见这位张掌柜的中等身材，年纪三十左右。虽然略瘦，却是头发油黑，脸色红润，双目清明，显得十分精干。他端起茶碗喝了一口，开口说道："张掌柜的这么年轻，真是后生可畏啊！"

张荣志连忙说道："哪里，哪里，我也就是继承祖业而已。高县长和家父交好，让我接替了家父在商会的职务，毫无建树，惭愧得很。廷峰，时局动荡，二位此时前来，一定有什么事吧？"

"那我就实话直说，兄弟现在是东北军骑兵第八旅副参谋长，奉才鸿猷旅长之命，回呼兰协调社会各界，支持马占山司令策划的保卫哈尔滨战役。马司令在嫩江桥与小鬼子血战以后，才旅长奉命进驻呼兰。日本人很快就会进攻哈尔滨，我们要在这里，和小鬼子再大干一场，不能让日本人轻易侵占哈尔滨。才旅长命令，在呼兰、兰西、巴彦各设一处兵站，让更多的人参加抗日救国军，还要筹集一些军粮。"

张荣志轻轻点点头："是这样啊。"

王廷峰接着说："呼兰的事，还请张兄出面帮助筹办。另外，才旅长想与当地士绅见见面，然后再与红枪会首领会面，共商抗日大计。"

张荣志看着廷峰说道："这几件事我都可以出面，眼下日本关东军气焰嚣张，东北军不是投降就是逃跑，听说特区行政长官张景惠都投降了日本人。马司令在嫩江桥一场血战，损失惨重，不知下一步究竟有何打算？"

关仲平接过话头："张会长，现在沈阳、长春、锦州、齐齐哈尔都已沦陷，哈尔滨成了东北最后一个大城市，日军势在必得。日本特务已经策划了银行手榴弹爆炸事件，宣扬日本侨民生命安全受到威胁，为出兵哈尔滨找借口。前几天，哈尔滨特务机关长又换上了土肥原贤二。很多迹象表明，日本人很快就要进攻哈尔滨。哈尔滨一失，江北呼海巴拜一带也难保了。眼下，马司令正在组织兵力，联络吉黑两省抗日力量，准备在哈尔滨大战日军。不愿做亡国奴的中国人，都应该尽一分力量。"

"国家兴亡,匹夫有责,马司令有决心,我们更是责无旁贷。请二位放心,我立即安排人,联系各方人士与才旅长见面。"张荣志十分爽快地说道。

王廷峰高兴地说:"张兄胸怀爱国之志,令人敬佩,我马上回去接才旅长。这两天,关老板还要暂住在你家,还请您给予方便。"

"这没问题,有什么事你们尽管吩咐。"张荣志满口答应。

关仲平站起身说:"多谢张会长,我今天要去站庙胡同,找一个叫张发明的人,你安排人给指个道吧。"

"放心吧,这没问题。站庙胡同就在西岗公园南下坎,不远。"

关仲平找到张发明,四只手紧紧握在一起。

"老关,是你呀,我们有半年多没见面了,特委的同志们都好吗?"张发明兴奋地问。

关仲平的真实身份是中共哈尔滨特委特派员。呼兰特别支部成立时,他曾来呼兰指导工作。

"特委的同志们都好,刘书记在吗?"关仲平也很高兴。

张发明说:"他住在功夫市胡同的'仁和馆'后院,现在可能正在学校上课,你在家里先休息一下,我到学校去找他。"

特支书记刘铁志的公开身份是兰清小学教员。张发明来到学校,刘铁志正在上课:"同学们,中国是中国人的,而不是夷邦的,我们为什么要受人欺侮呢?宋代有个文天祥,他被俘后誓不投降,坚贞不屈,难道他不值得我们学习吗?岳飞是千古传颂的民族英雄,今天我们读他的《满江红》:'怒发冲冠,凭栏处,潇潇雨歇。抬望眼,仰天长啸,壮怀激烈……靖康耻,犹未雪;臣子恨,何时灭……待从头,收拾旧山河……'同学们读一下吧。"他看见了窗外的张发明,知道是有重要的事情,于是走出门来问道:"发明,有事吗?"

"老关来了,在我家里。"张发明低声说。

"好,你告诉老关,我安排一下学生马上过去。"

呼兰特支成立时间不长,特支书记刘铁志,从驻军到工商文教社会各界,结识了一大批朋友,主要是在青年学生和进步教师中,宣传抗日救国,并从中发展了十余名党员。先后在会友书局和春风花店设立了秘密交通站,成立了《哈尔滨新报》呼兰分社,秘密传递文件和工作指示,发送党的报刊,印发传单,编辑宣传刊物《赤道》。还先后组织了青年读书会、征鹏文艺社、兰阳剧社以及反帝大同盟等外围组织。

听了张发明概要介绍，关仲平对特支成立后的工作十分满意。对匆匆赶回来的刘铁志说道："老刘，你和同志们辛苦啦，我回去以后，尽快把你们出色的工作，向特委领导做详细汇报。"

刘铁志说："老关，上级有什么新的指示？"

"特委指示，马占山联合吉林自卫军抗击日寇，保卫哈尔滨，我们要全力配合。这次，我和王廷峰副参谋长一同来呼兰，他专程前来联络社会各界捐粮募兵。我们要千方百计动员各方面力量，支持抗日救国军。前几天，冯仲云、赵尚志同志，都到了江北呼海铁路修造厂，动员工友们支援马占山。"关仲平接着说。

刘铁志兴奋地说："王廷峰？我二哥也回来了，他在哪？"

关仲平说："他已经和张荣志去了县公署和县商会，急着回去接才鸿猷旅长，过两天就会赶回来，你们就可以见面了。我也要到巴彦、木兰去一趟。"

刘铁志说："我们按照特委指示立即行动，现在很多民众还不太了解我们党的主张，我们先以特支的名义，起草《告工农同胞书》，宣传党的主张，控诉日寇罪行，鼓励人们积极参加抗日救国，支持救国军抗击日本鬼子。另外，我和发明这几天再到河西去一趟，红枪会和大刀会现在有上千人，争取让他们一起参加抗击日寇。"

关仲平说："那我们就分头行动。"

几天后，王廷峰陪同才鸿猷来到呼兰城，会见各界人士代表。县商会位于南大街，离县政府不远，不大的会议室显得有些拥挤。

王廷峰向各位介绍了才旅长。才鸿猷中等身材，疏眉大眼。他平日不善言辞，从不与人抢话头，给人心气平和的印象，打仗却很勇猛。他面对大家轻鞠一躬，说道："各位乡亲爷们，我是马司令部下，奉命驻守呼兰。马司令以前曾经驻守呼兰多年，现在日本鬼子就要打来了，日本人来了，我们还有好日子过吗？中国人放着主人不当，去当奴才做损种，什么滋味？反正不会是好滋味，所以希望各位能够大力帮助筹集粮饷，支持抗日救国军作战。在这里，我代表马司令谢谢大家了。"

"德兴长"粮行李佑吉，在呼兰数百家工商店铺中，颇有影响力，首先开了腔："马司令率十二旅驻呼兰数年，带兵有方，严而有恩，从不扰民，还经常微服查访，百姓得以安居乐业。呼兰人民不知有匪，亦不知有兵啊！大家都记得，他曾经严惩无恶不作的马少爷马小子，百姓无不称道。如今强敌入侵，这保家卫国，抵御外寇，人人有责，'德兴长'捐粮五百石。"

又有一个满脸胡须，身穿皮袄的中年人站起来："马司令人称马小个子，但是心胸宽广，有恩于呼兰父老，也有恩于我姜维汉。他多次星夜派兵剿匪，维护地方治安，所以人们都说呼兰城是囫囵城。那时连县里的运动会，都是在他的南大营召开，现在西岗公园的《德政碑》，就是廖飞鹏县长为马司令亲自撰写的。如今马司令主持抗日救国大计，我等岂能袖手旁观，我们'永业广'面粉公司捐钱两千吊。"

"东发合"掌柜的吴伟风，此时眯着眼睛开口说道："沈阳北大营事变后，东北军进关的进关，投降的投降，马司令独木难支，他会不会也投靠了日本人？"

才鸿猷马上接过话头："各位不必担心，我了解马司令，他决不会甘心当日本人的走狗，现在马司令高举抗日义旗，一定会打开抗日的新局面。"

"万兴昌"酒局的周大维左手捋着胡须，用力吸了一下鼻子，起身说道："才旅长，嫩江桥一战，马司令损失惨重，听说于琛澂的伪军，人多势众，尤其是关东军第十四师团，兵势凶猛，不知这次保卫哈尔滨之战，马司令是如何布置？"

才鸿猷神情凝重："马司令各部，已奉命沿呼海铁路，分三路陆续进驻哈尔滨地区，我和邓文旅长的部队，大部已经进驻松浦一带。马司令与吉林自卫军总司令李杜、副总司令丁超、前敌总指挥王之佑商定，共同保卫哈尔滨。冯占海、赵毅、杨耀钧已经分别担任三路军的指挥，从东南西三个方向抗击日军，誓与鬼子血战到底。"

才鸿猷挥了一下拳头，继续说道："于琛澂的部队都是原东北军，不会替鬼子太卖命，主要的敌人还是日本关东军。日军主力是正面进攻，我们则是分散防守，虽然在数量上，目前我军数倍于敌，可是日军的武器装备，却远比我们先进，战事会很惨烈。但是，我们抗日守土的决心绝不动摇，因为我们是誓死不当亡国奴的中国人，每一个有良心、有骨气的中国人，也一定会支持我们。"

才鸿猷稍做停顿，环视了一下大家，又接着说道："各位乡亲爷们，我们需要稳固的后方和有力的后勤支持，除了军粮补充和救护撤离外，也希望公安队、保安团维持好城内外秩序，不给日特可乘之机。王副参谋长已经和高乃济县长、周文武局长约定，下午见面，协商有关事宜。"

张荣志抓住时机，站起身说："才旅长说得对，国家兴亡，匹夫有责，我们都是不甘心做亡国奴的中国人，必须同心协力才行，只要是个爷们，谁也不能在这个节骨眼上，耍熊当损种。大家有钱出钱，有力出力，我和刘会长已经商定，商会筹集军粮三千石。"

商会会长刘世文接过话头："对，这三千石军粮先交给才旅长。会后，我们再筹钱一万两千吊。各商家也都应该尽力而为，有所表示。"

"兴和盛"掌柜的周民站起身来："我虽然只是一个小商人，但是抗日救国责无旁贷，我捐两千吊。"

"忠厚永"掌柜的李双鹤接着说："我也捐两千吊。"

大家的情绪被调动起来,纷纷报出捐献钱粮的数目。

大战即将来临,在共产党组织全力支持保卫哈尔滨之际,国民党省党部,也围绕今后的工作方向,展开激烈争论。原呼兰教育局局长王鸿恩,一九二八年加入国民党,对省党部一些人消极悲观的态度感到不满。可是他在省党部人微言轻,于是秘密潜回呼兰,把他发展的李景华、刘显青、刘国民、肖静芳、马玉堂、李木寒等人,分别派到巴彦、绥化、望奎、拜泉等地发展组织,开展抗日活动。

冰天雪地的哈尔滨,乌云密布。松花江北岸才鸿猷部驻地,一面书写着"抗日救国"四个大字的大旗,在寒风中抖动。听说要打日本鬼子,三个兵站几天工夫就有八百多人报名参军。这些新兵,正在紧张地应急训练。

王廷峰对身边的骑兵三团团长刘志林说:"我看,就不能按常规科目训练了,要教他们最基本的技能和战术,这样才能在战场上尽可能减少伤亡,提高战斗力。"说着深深地叹了一口气。

"副参谋长为什么叹气?"刘志林轻声问道。

王廷峰心情沉重:"这些人本来都是普通的农民和学生,满怀报国之志,刚参军马上就要上战场,他们面临的将是血雨腥风啊。"说着缓缓地摇摇头。

刘志林理解王廷峰的心情:"是啊,这些孩子既不会骑马,也不会打枪,更不懂得如何面对鬼子的飞机大炮,还要在这零下三十多度的严寒下,爬冰卧雪参加战斗。我已经告诉各营连,选最实用的来训练,用老兵带新兵。"

王廷峰赞许地看着刘志林:"这样好。眼看着就要过年了,有情报说,已经投降日军的吉林省长官熙洽,已下令于琛澂,率伪军五个旅,逼近哈尔滨,由关东军军官督战。看来小鬼子是不打算让我们过个消停年了。"

刘志林说:"这些伪军不足为患,只怕后面小鬼子要直接出兵。不是我戴着墨镜看天,想想嫩江桥之战是怎么打的?上面不仅不给弹药给养,不发援兵,还一再电令,不许与日本人发生冲突。"

王廷峰轻轻摇摇头:"听说马司令在哈尔滨筹集的弹药,也被张景惠扣了。我看这种局面现在并没有改变,而且更加严重了。"

刘志林说:"我们没有飞机重炮坦克,仍然在嫩江桥抵抗了关东军近卫师团一万多人三天三夜的疯狂进攻。靠的是马司令战术指挥,还有上下一心抗战到底的决心。现在马司令已经与李杜、丁超、邢占海等人会面,共同守卫哈尔滨。"

王廷峰转头看看刘志林:"日本人也在千方百计地诱降,不过我相信,不论谁投降,马司令和才旅长也不会真的投降。"

"是啊,当时日军要集中轰炸齐齐哈尔,马司令为了全城百姓,命令部队撤退。

日本人为了拉拢他,给出保留部队编制人员,补充军需物资的条件,任命马司令为黑龙江省省长,马司令却很快又举起了抗日大旗。"刘志林感慨万分。

两个人向前走着,刘志林抬头看着满是阴霾的天空,对王廷峰说:"堂堂东北军跑的跑降的降,我们在自己的家里,为保卫国土而战,却如此艰难。我们的装备这么差,实际上是在用血和肉与敌人孤军奋战。关东军即使第一仗被我们打败了,很快就会得到增援补充,可是我们呢?"

王廷峰很理解刘志林的想法。也感慨地说:"这也正是小小弹丸日本,敢于犯我泱泱大国的重要原因所在。我们与关东军兵力和武器装备虽然相差悬殊,然而最重要的是人心不齐。"

"不过,我觉得马司令的决定是对的,哈尔滨这一仗必须得打,国联调查团很快要到哈尔滨来,我们现在是上坡拉车别无选择。必须要用实际行动告诉国内外,中国人反对日本侵略,东北人民不拥护什么'满洲国'。"刘志林态度明朗。

两个人走到新兵训练场,一个老兵正在教练,科目是刺杀格斗。

"我们不仅要学会骑马,会打枪,还要会使马刀、刺刀,会刺杀格斗,我们有了这些本事,才能杀死敌人,杀死敌人才能保护自己,保护我们的家园。你们还没有和小鬼子交过手,他们大多经过严格军训,我们现在多流汗,苦练真本事,到时候才能少流血。所以,动作要扎实有力,不要花架子,大家看我的动作。"

说着,老兵连续做了三个刺杀搏击动作,杀!杀!杀!

"李维,你出列,做一遍动作。"

一个方脸膛高个子的新兵走出队列。杀!杀!杀!动作很用力却很生疏。

"脚跟要站稳,不能腿软身晃,动作要有爆发力,要有连续性,一击置敌死命。"

"你叫什么名字?"王廷峰走到老兵面前问道。

老兵连忙立正敬礼:"报告长官,我是三营八连一排排长梁青山,请长官训示。"

王廷峰上前拍拍他的肩膀:"好,你们的训练方式不错,就是要多吃苦,才能练好本领,练出精兵,才能打跑鬼子。你们继续训练,我和刘团长再到前边看看。"

这个梁青山给王廷峰留下了深刻的印象。

一月二十七日,于琛澂伪军向香坊、南岗、三棵树的抗日自卫军同时发起进攻。

香坊一线,关东军的飞机重炮狂轰滥炸,掩护伪军进攻。双方持续猛烈交火,日伪军的排炮覆盖速射,造成自卫军很大伤亡,自卫军的交叉火力,也打得伪军一片片倒下。激战中,李杜与冯占海的部队,按照预定计划,采取正面阻击两翼突袭的办法夹击敌人。冯占海亲率骑兵预备队,绕到伪军侧后,突然发起攻击,杀得伪军大乱,纷纷溃逃。

小北屯一带，丁超和二十六旅旅长邢占海同时出击，伪军一个团缴枪投降。随军督战的日军少佐东宫铁南，气急败坏地用电台与关东军联系："将军，支那军的抵抗超出意料，于琛澂的部队进攻受挫，请增派飞行队支援。"

增援的关东军飞行队和炮兵，掩护伪军再次发起进攻，阵地上到处是硝烟，尸体和伤兵随处可见。还有两架日军侦察机在阵地上空来回盘旋，飞机上的日军军官用报话机向指挥部报告着自卫军阵地上的兵力部署、炮位、机枪等重武器配备布防情况，指挥飞机和炮兵攻击目标。

关东军从九一八事变轻易占领沈阳、长春，兵不血刃占领锦州后，十分藐视东北军，却在嫩江桥和哈尔滨遇到大规模顽强抵抗，非常恼怒，增援的飞机和重炮轮番猛烈轰炸自卫军的防守阵地。

驻防江北的才鸿猷，听着密集的枪炮声，焦急地来回走着，时好时坏的消息不断传来。才鸿猷对身边的王廷峰说："现在的消息真假难辨，你带几个人去李杜的指挥部，了解一下真实情况，问李将军有什么需要我们做的。"

王廷峰带人过江，来到正阳河已是下午，日军侦察机从阵地前低空掠过，几个士兵用机枪、步枪朝飞机一阵乱射，飞机像毫无知觉似地飞过去了，不一会儿又飞回来了。

王廷峰走到一个机枪手旁边，接过机枪放在一个墙垛上，看着飞机迎面低飞回来，待它正要拔高飞过，王廷峰狠狠地扣动扳机，一串机枪弹直接射进驾驶舱，飞机向上拔了一下，然后摇晃着向下坠去，轰的一声触地爆炸，阵地上一片欢呼。只见两个降落伞向不远处飘落，士兵们蜂拥上前，高喊："抓住鬼子飞行员"。伪军阵地上也冲出士兵，试图营救。

降落伞落在自卫军阵地一侧，受伤跳伞的关东军侦查参谋清水大尉和飞行员栖井中尉，很快被围住。二人拔出手枪疯狂射击，一个自卫军士兵中弹倒地。士兵们见状连忙卧倒，一阵齐射，两个鬼子随即毙命。这是关东军侵华以来，损失的第一架军机，第一个飞行员。

指挥部接通了冯占海将军的电话，王廷峰说明来意。冯占海高兴地说："听说你打下了鬼子的飞机，好样的。请转告才旅长，你们按计划防守沿江一线，防备鬼子乘船从侧后偷袭。保证侧翼安全，就是对我们最大的支援，谢谢啦！"

王廷峰回答说："那好，我马上回去转告才旅长。"

南岗极乐寺、文庙附近的交战仍然十分激烈，自卫军仍然采用正面阻击两侧包抄的战术，有效地杀伤敌人。

冯占海将军手拿望远镜，观察战场态势。

他回过身来:"张参谋,给我接通宫长海旅长电话。"

一旁的参谋把接通的电话递给冯占海。

"宫旅长,这里进攻的伪军已经到了极乐寺附近。你带领骑兵马上出动,从文庙的南侧绕到敌人背后,发起突袭。同时发三颗红色信号弹,我们从正面和两侧全线发起反击。"

"是,将军放心吧!"

一支骑兵如天兵突降在背后,伪军顿时乱了阵脚,四面围攻之下,死伤无数,大批伪军举枪投降。溃兵冲击着后面的部队一起向南败逃。宫长海的骑兵在冰天雪地中驰骋,乘势追击三十余里,直至阿城附近。

第一次进攻,伪军惨败。关东军重新部署兵力,决定直接出兵进攻哈尔滨。一月二十九日,日本驻哈尔滨总领事大桥忠一拜会丁超,要求中国军队撤出市区。

第二天,驻哈尔滨特务机关长土肥原贤二亲自出马,要求中国军队在明日五时前撤出哈尔滨,否则关东军将直接发起攻击。张景惠也劝李杜、丁超停止军事行动,与日本人合作。

李杜回答说:"应该撤走的是于琛澂和关东军,否则我们只能在战场上见。"

李杜、丁超率中路军驻防香坊一带,冯占海的右路军驻防南岗、三棵树。赵毅的左路军重点防守双城方向。马占山所部才鸿猷、邓文驻防呼兰、松浦一线,主防肇东、安达方向增援的日军。

指挥部里,战报不断传来。参谋人员及时标在图上。

"报告,关东军第三旅团长谷部,从长春向哈尔滨开进,我二十二旅已破坏部分铁路和第二松花江桥,阻其前进。"

"左路军五个营在双城突袭伪军刘宝麟旅,歼敌七百余人。"

"左路军两个团埋伏在双城堡车站,突袭日军两个运兵军列,杀敌六百余人。"

"今晨,日军援军在十几架飞机支持下,猛攻左路军,赵毅率部退出双城。"

"关东军司令本庄繁亲率第二师团和混成第八旅团,已逼近哈尔滨南郊。同时集结四个飞行中队进攻哈尔滨。"

"关东军第四旅团,从齐齐哈尔沿哈满线已进至安达、肇东。"

"小鬼子看来是不惜血本啦。"李杜站在地图前表情凝重:"日本人集中了绝对优势兵力,我们从兵力上已经处于劣势,需要调整作战方案,二十六旅防守南岗马家沟,二十八旅防守顾乡屯,二十二旅防守香坊,二十四旅作为总预备队防守道外,安达、肇东一线仍由才鸿猷、邓文各部负责。另外,冯占海将军要承担一个新的艰巨任务。"

"什么艰巨任务?"冯占海站起身来。

"围魏救赵。鬼子倾巢前来,你部今夜潜出哈尔滨,迂回前进,然后直插吉林市,攻击日军后方基地,牵制关东军回防,分散进攻哈尔滨的兵力。"

"这是个好办法,这一招小鬼子肯定想不到,我们马上就行动。"冯占海敬了一个礼,转身走出指挥部。

二月三日,关东军主力在飞机、坦克、重炮掩护下,分两路发动猛烈进攻,日军飞行中队轮番轰炸扫射,重炮狂轰滥炸,坦克带领步兵,向利用围墙、房屋做掩体的自卫军猛攻。炮火连天,弹如雨下,战斗十分惨烈,许多自卫军士兵倒在硝烟烈火之中。

一队自卫军士兵,用平射炮连续击毁了两辆日军坦克,有几个士兵用高射机枪又击落了一架日军飞机,李杜组织预备队从侧翼发动反击,一度将日军击退至顾乡屯外。战斗呈现胶着状态。

血战持续到第三天,关东军飞机集中对李杜自卫军阵地,投掷下数百枚炸弹,包括燃烧弹,阵地上一片火海。自卫军弹尽粮绝,伤亡惨重。李杜只得命令部队向江北撤退,才鸿猷率部出动接应,与日伪军激烈混战,退守松浦。日军占领哈尔滨江南地区。

这一天,正是中国农历的除夕,被炸弹击中倒塌的民房、破碎的房门上,刚刚贴上的对联,残破着在寒风中颤动。扑打着门窗的,不是过年的气息,而是带着血腥的硝烟。

冯占海的前锋部队宫长海旅,行进到五常与舒兰交界,突然遇到于琛澂部伪军狙击。宫长海大喊一声,亲率骑兵冲上去,与伪军混战在一起。冯占海命令主力从两侧包抄进攻,打得伪军拼命溃逃。

冯占海命令停止追击,对宫长海说:"我们的任务目标是吉林市,时间紧迫不能耽搁,命令部队快速向吉林市进发。"

这时,参谋急火火地送来一份电报,是李杜发来的:"哈已失守,你部行动取消返回。"

冯占海气恼地把电报狠狠地攥在手里。围魏救赵之计已无意义,他只得率部回师宾县休整。

一个多月以后,马占山与李杜、冯占海、李海青等召开军事会议。准备抓住李顿国际调查团到哈尔滨之机,重新整编部队,配备兵力,反攻哈尔滨,展示东北人民的抗日热忱。商定马占山率第一军五个旅,三万余人沿呼海铁路,从江北呼兰方向进攻哈尔滨。李杜各部五万人马,分为三路,从东南方向进攻哈尔滨。

驻哈尔滨日本特务机关，将情报迅速报告关东军司令部。

本庄繁放下手中的电报，站起身来，对面前的将领下达命令："你们必须趁自卫军尚未集结完毕，集中兵力率先进攻，实施各个击破。抢在国际调查团到来之前，迅速消灭他们。"

四月十五日，日军渡过松花江，进攻松浦和马家船口驻军。平贺贞章的第十四师团二十八旅团，首先向才鸿猷旅发起连续猛攻。

才鸿猷部队打得很艰苦，日军二十八旅团的进攻也不顺利，激战持续了一整天。指挥部里，才鸿猷连续下达着命令。

一个参谋跑来报告："旅长，邓文旅发来急电，邓旅长亲率骑兵第四旅前来支援。"才鸿猷走出指挥所，拿起望远镜，只见邓文的骑兵，从西北方向像疾风一般席卷而来。

才鸿猷马上对身边的参谋说："命令刘志林率领骑兵三团，从东北方向发起反击。"

日军没有料到自卫军的突然反击，在两面骑兵勇猛夹击之下，二十八旅团受到重创，败退到松花江南岸。

随后骑兵第一旅旅长吴松林也率部进至对青山、庙台子及呼兰河口，掩护才鸿猷的两翼。

红枪会八百余人，在冯军率领下，集结到秦家、小耿家。绥化义勇军李云集、兰西义勇军李天德，也分别率部赶到松浦外围参战。

李杜来电："才旅长，我们的部队已经集结到位，很快从东面发起进攻，你们也在江北同时发起反攻。"

才鸿猷说："好！李将军，我们就按计划一起行动。我的部队多是本地人，地形熟悉，我马上派过去一个骑兵连，为李将军的部队做前导。"

四月三十日，松花江两岸一片漆黑，王廷峰和刘志林带领一个骑兵营，突袭马家船口。日军猝不及防，被打死二十多人，还有伤病日军十五人被俘虏。其余日军，纷纷乘船败逃，少数退至松浦车站，在票房子死守不出。才鸿猷命令集中火炮，直射付家店日军指挥部。日军二十八旅团几次反击，都被才鸿猷的骑兵击溃，只得全部退回江南。

关东军司令部里，本庄繁大发雷霆："国联调查团马上要来，在这个时候，如果哈尔滨被抗日军队夺回，后果不堪设想，满洲国自由独立产生的理由不攻自破。"

本庄繁接连下达命令，急调第八、第十九、第二十师团，增援在哈尔滨的第十、第十四师团。关东军集中了五个精锐师团主力，四个飞行中队，外加一个骑兵旅团的绝对优势兵力,试图一举全歼马占山和李杜各部。这是"九一八"事变以来,关东军集中兵力最多的一次战役。

大批日军增援,形势急转直下,双方相互攻防,忽进忽退,抗日部队的骑兵虽然骁勇,但是面对日军的空中优势,却渐渐难以施展威力。伤员增加,弹药不足,给养困难。日军飞机、坦克、重炮火力猛烈,多路进攻,渐占优势。

关东军第十师团,由汉奸带路,分割包围了李杜的部队,首先集中兵力击败李杜东翼部队,占领依兰。随后回兵哈尔滨,配合第十四师团,从后面包抄合围李杜、冯占海。李杜各部被迫退出哈尔滨,江北马占山各部压力陡增。

五月二十三日,本庄繁亲赴哈尔滨指挥作战。二十四日,亲自下达对江北自卫军的总攻命令,飞机大炮狂轰滥炸,自卫军的阵地上一片火海。呼兰城也遭到日军飞机轰炸,呼兰河南渡口的浮桥被炸毁。才鸿猷、邓文的部队伤亡惨重,且战且退。

呼兰河口铁路桥旁的阵地上,王廷峰和刘志林率领骑兵三团掩护全旅撤退。又一轮重炮和飞机轰炸后,鬼子兵蜂拥冲上阵地,自卫军和日军展开了肉搏。

王廷峰身手敏捷枪法准,接连撂倒几个鬼子。刘志林端起机枪猛扫。子弹打光了,他又拔出手枪射击。

梁青山和李维等人手握马刀,与蜂拥而上的日本兵全力拼杀。士兵们一个个倒下了,梁青山和李维身上几处受伤。三个鬼子兵将李维围在中间,梁青山砍翻身边的一个鬼子兵,大喊一声冲过去,一连砍翻两个鬼子,自己也被后面冲上来的鬼子刺刀刺中。他手握马刀,用身体挡住鬼子,艰难地喊着:"李维,掩护副参谋长和团长撤退……"他慢慢地倒在了血泊中。

王廷峰被怒火烧红了全身,抡起马刀接连砍翻几个鬼子兵。身旁几个人拼命射击着,想上前抢回梁青山。一排迫击炮弹落下,王廷峰一把按倒身边的李维,一阵剧痛,他失去了知觉。

五月二十五日,平贺贞章带领日军二十八旅团,在呼兰河口登陆,占领呼兰县城。

正是:

铁蹄肆虐踏山河　恨满兰城苦难多
华夏万千忠勇士　满腔热血染清波

第二章

同唱大风　四人结拜关公庙
为平民愤　司令除恶南大营

　　呼兰有"江省邹鲁"之称并非虚名，清乾隆九年就设了官学，当时在黑龙江还有一处官学，在省城齐齐哈尔。到光绪五年设呼兰厅学正时，全城已有二十九处学堂，一百二十五所私塾，城内东西南北四关都有学堂，其中南关小学最负盛名，名人和大户人家多把孩子送进去读书，希望毕业后能进入县立中学。这是全省第二所中学，第一所也在齐齐哈尔。

　　刘铁志和王廷峰是远房姑表亲，刘铁志虽然出生在城里，却从小与出生在农村的王廷峰交好，经常到红旗屯王家住上几天。那里的豆角倭瓜他喜欢，那里的绿树青草他也喜欢。他们一起放牛，一起在河边戏水抓鱼，情感深厚。两个人时而到刘家，由铁志的父亲刘宇霖教他们背诵《三字经》《百家姓》《千字文》。

　　王廷峰的祖上曾是有名的保镖武师，轻功和刀法名噪一时。到廷峰的父亲王云义和叔父王云信这一辈，时局动荡，也不愿再打打杀杀，于是王云信改行，留在辽宁凤城当了警察，王云义便回乡务农，闲暇时也教教两个孩子武功，两个人经常在河边的沙滩草地上追逐对练。

　　人们的生活虽然清苦，街坊邻居小朋友之间的孩童游戏却很多，扎鱼、拉狗、打冰尜、踢毽子，还有摔泥炮、扇叠纸等等。王廷峰与刘铁志却更喜爱练功。这一天，二人又来到河边练了一阵，都出了一身汗，坐在草地上。王廷峰从布袋里拿出两个香瓜，问道："铁志，你要哪个。"铁志伸手拿起一个羊角形状淡青色瓜说："我要这个羊角蜜，你吃那个虎皮脆吧。"说着，用手轻轻一磕，瓜裂开了，瓤黄籽白。铁志咬了一口,一股清香扑鼻而来。廷峰吃的虎皮脆是瓤红籽白,也是香甜可口。

呼兰特产不仅有谷类大葱,片烟芸豆,鱼虾河蚌,更有各种上品瓜类。有水旱黄瓜、倭瓜打瓜、苦瓜冬瓜、丝瓜角瓜、红黄瓢西瓜。上品甜香瓜还有红瓤黄籽的铁把青,瓢籽俱黄的喇嘛黄,最好的就是小牙瓜,个头不大,皮白子黄,清香甜脆。

铁志摸摸嘴角说:"你们这儿的香瓜就是好吃。"

王廷峰说:"明天让我爸上瓜地,给我们摘几个牙瓜吃,只有吃了牙瓜,才知道什么是最甜的瓜。"

铁志高兴地说:"好,一言为定。"两个人伸出手掌拍了一下。

轻功和刀法一脉相承,转眼几年过去了。王廷峰底子好,苦练时间多,功夫稍胜一筹。刘铁志很有悟性,只是练功时间少一些。

王云义告诉两个孩子,人的潜能很大部分蕴藏在身体深处,需要用有效的方法,持之以恒地一点点挖掘出来,刻苦练习,激发潜能,就可以做到常人做不到,甚至想象不到的事。他在地里挖了几个坑,里面都有高低不等的几个台阶,一个比一个高。让两个孩子每天从坑里,一个台阶一个台阶往上跳。他们开始还觉得很好玩,几天以后就累得不行了,王云义告诉他们,什么时候可以每一次跳两个台阶,一口气从坑底跳上来了,才算过关。到后来,还在他们的腿上加了沙袋。

过关以后,王云义让他们在家里的院墙下边向上跑,两个人只跑了一两步,就摔倒了。

王云义看着两个孩子,把他们叫到身边说:"知道为什么上不去?"

两个孩子互相看了看,都摇摇头。

王云义说:"你们的方法不对,没有掌握要领。这要领有三:一是起速要快,产生爆发力;二是到了墙边,两脚要用力向上蹬,脚掌不能与墙面完全接触,主要用脚尖和前脚掌发力;三是保持身体平衡前倾向上,两脚几个交替动作后,身体要下降时,及时用手抓住墙沿,然后跃身而上,用的是脚力,臂力和腹肌力的协调动作,你们看着我。"

王云义站在墙下,一转身连续几个动作,上了墙。然后跳下来反复讲了要领,让他们自己琢磨着练习。

又是一年过去了。一般四五米高的地方,他们可以连续三四步,然后用手抓住墙沿直接越过。尔后又学会了借助勾抓绳索以及墙角攀爬之术。

王云义打了二十把小刀,在木板上画出人的不同姿势,让他们练习飞刀,直练到一出手,就可以准确击中每一个关键部位。然后让他们用布蒙住双眼,两耳听风练习。随后,又传授他们吐纳之法。两人相互为伴苦练,王廷峰功夫精进,进闪腾挪、蹿房越脊、高来高走、身轻如燕。刘铁志虽然稍逊于他，也是功夫了得。

一天，刘铁志的父亲刘宇霖出面找到表哥说："两个孩子已经长大了，我能教的也差不多了，我想让他们去南关那个最好的学堂上学，不能再让他们贪玩瞎跑。"

"是啊，我也想过这件事，只是……"王云义说了半句话停下了。

"大哥，你是个爽快人，今天怎么啦？有什么难处尽管说，如果是为了学费的事，全放在我身上好了。"刘宇霖说。

"不是，学费我还能负担得起。以前你教他们念书识字，廷峰也经常住在你家。这红旗屯进城虽然不是太远，一旦遇到刮风下雨天，还是会误了上课，如果正经八百地上学，就得常住在你家……"

没等王云义说完，刘宇霖截住话头："大哥说的是哪里话，是不该说的外道话。铁志打小基本上是在你们家长大的，让他们一起上学，互相还有个照应。"

两个孩子听说一起上学，自然十分高兴。铁志说："要让我一个人上学太没意思了，这下好了。"

王廷峰问铁志："是你跟你爸说的吧。"

铁志笑着做了一个鬼脸。

经过考试，两个孩子直接上了南关小学三年级。上学放学几乎形影不离。由于刘宇霖平时的教诲，两人有些底子，又勤奋好学，学习成绩一直名列前茅。

小学很快毕业了，他们又一起进了四年一贯制的县立中学。这所全省有名的学校，既学孔读经，尊崇礼教，也倡导资产阶级的民主思潮，新旧教育思想杂糅。一些进步教师，开始把五四运动和俄国十月革命的思想传播给学生。

中学第三年，出了这样一件事。

同年级另一个班里，有个同学叫周维新，长得圆脸白胖，是"兴和盛"杂货铺东家周民的儿子，周民望子成龙，把他送进学校读书。家境优越，自然有些娇气，穿的绸衫，腕戴玉镯，手有零钱，走路说话也不一样。因为不在一个班，王廷峰和刘铁志平日与他基本没有来往。

这一天，周维新偏偏惹上了一个人，就是后来满城皆知的马小子，水师营大地主马子英的小儿子马恩堂。

马家有地千垧，大儿子马荫堂是省议员，二儿子马永堂人称马二爷，在呼兰城开了几处钱庄、粮栈、客栈，还有妓院。自己觉得财大气粗，吃喝嫖赌，无所不好。他勾结匪盗，倒卖枪支烟土，欺压百姓，横行无忌。老三马玉堂倒是个读书人，是马子英二老婆所生，日常行为不太张扬，十分有心计。老四马润堂早亡，马恩堂排行老五,因为最小,人称马小子。他最佩服的是二哥,耳濡目染,自然也是盛气凌人,眼看十五六岁了,还是不务正业。在老三马玉堂一再劝说下,马子英派人送他上学,因为年龄大,名声又不好,学校很不愿收他,又不敢拒绝,只好由他去了。果然,两年多来他一天书也没好好念过,说不来上学,十几天不见人影。老师也不愿意多管,更不可能认真教他什么,同学们也没人敢搭理他。

马小子平时走路身体后仰,左右横晃,趾高气扬。不少同学都受过他的欺负,有的被迫交给他钱,还有的挨过打。其实马小子并不缺钱花,他只是要这种盛气凌人的感觉。

这一天,周维新与他在学校门口相遇,马小子手里拿着一支糖葫芦,见周维新走过来,就横晃着,挡住了他的去路:"喂,你小子站住。"

"干什么。"周维新小声问道。

"我要撒泡尿,你给我拿着糖葫芦。"马小子一脸的骄横。

周维新知道这人惹不起,刚要接过来,马小子白眼一翻,呸了一口:"你那手爪子那么埋汰,这么拿着我还能吃吗。"

"那……"周维新皱着眉头没敢大声说话。

马小子一把抓过周维新的帽子:"用这个垫着,不许给我弄脏了。"

周维新一见帽子被抢,垫在糖葫芦竹把上,心中急了:"唉,你把我的帽子弄脏了。"

"你他妈的还敢顶嘴,小子挺尿性啊。不干是不是?"

马小子本来就是故意找碴,根本不跟你讲什么道理,他用手来回拍着周维新的脸,突然用力打了一个嘴巴,周维新大哭起来。

马小子骂道:"咋的,你他妈的还装哭,那我就让你真的咧嘴嚎吧。"说着一阵拳打脚踢。

这时,一个戴着眼镜的同学,走到学校门口,看见周维新被打,虽然不愿惹马小子,可也不能装作没看见,于是上前劝解:"算了,算了,看别打坏了。"

"你他妈的狗拿耗子多管闲事是吗?"马小子并不买账,扬起脖子,眼睛斜视着他骂了一句。

"拉倒,拉倒吧,都在一个学校,别太欺负人了。"那个同学劝解着。

马小子一听,小眼睛一立:"什么,我欺负人?那我今天就连你一块欺负,怎么了。"说着照着他的脸上就是一拳,鼻血马上流了下来,眼镜也掉在地上。

马小子比两个同学高出大半头,经常打架斗殴,根本没把两个人放在眼里,连打带骂。两个同学招架不住,不一会儿都倒在地上,马小子还用脚往他们身上连踢带踹。

忽然，一个身影冲到面前，一拳一脚，马小子倒退几步，仰面倒在地上。

马小子这个腚蹲摔得不轻。他慢慢爬起来，吐了一口唾沫，看见另外两个比自己矮半头的学生，站在面前。其中一个双手抱着胳膊看着自己，可能就是打自己的人，不禁勃然大怒。

"谁的裤裆破了，漏出你这个王八蛋，竟敢动手打老子，你他妈活腻歪了。"马小子说着，冲上来就是一拳。那人也不躲避，用一只手架开来拳，另一只手飞快点击他的腋下，马小子顿时半身酸麻，再也发不出力，呆愣在那里。心知今天遇到硬茬了，可嘴上还硬："你，你到底是谁？"

"我行不更名坐不改姓，王廷峰。今后看你再欺负人，见一次教训你一次，快滚。"

"今儿个你们人多，你等着，我一定叫你们吃不了兜着走。"马小子知道占不了便宜，一溜烟跑开了。

刘铁志与王廷峰刚来上学，两人一起走到学校门口，看见马小子打人，铁志还没来得及上前，马小子已经倒在地上。铁志一看，廷峰比自己身手快多了。

两人上前扶起两个同学。

"谢谢你们，我是二班的张野。"那个文质彬彬的学生擦着鼻血说。

刘铁志说："没关系，谢什么？我们看得很清楚，你也是帮助同学。"

"你们叫什么名字。"张野一边捡起地上的眼镜，一边问道。

王廷峰从书包里拿出草纸本，撕下几张递给他："我们俩都是一班的，他叫刘铁志，我叫王廷峰。"王廷峰指指刘铁志说。

"我刚转到这个学校半个多月，他叫周维新，是我们班的同学。"张野说。

周维新对三人更是躬身连声道谢："姓马这小子太咕咚，就是个流氓无赖，经常变着法地熊人，同学们看见他都打怵，今天要不是你们，我可就惨了。我请你们上'厚德福'吃饭。"

王廷峰和刘铁志刚要推辞，张野说："认识你们俩我真高兴，吃不吃饭倒是其次，我们在一起坐坐唠唠。"

刘铁志说："那好吧，今后我们互相照顾一点，人多了，也就没人敢随便欺负了。"

"马小子今天吃了亏，肯定不会善罢甘休，以前他身后经常带着好几个人，可邪乎了呢。"周维新说。

"我们提防点就是了，对这种人也不能怕，越怕他越欺负你。"王廷峰说道。

这一个偶然的事情，把四个人联系到了一起。放学后，他们有时就聚在一块，谈天说地,有时到呼兰河边,坐在草地上,交流过去,畅想未来。张野和刘铁志尤其对文学和历史感兴趣。尽管他们有时候也为了一个问题,争论得面红耳赤,但心中的情感越来越近。尤其是周维新,简直就离不开他们三个人,有他们在身边,他觉得自己有了依靠。

这一天,他们一起来到西岗公园,讨论的话题从东到西,争论的问题从南到北,忽然转到了什么是小人,什么是君子上面,几个人各抒己见。

刘铁志说:"我觉得遇事肯吃亏的便是君子,事事都想占便宜的就是小人。"

张野说:"君子坦荡荡,小人长戚戚。君子人格高尚宽容大度,小人人格卑鄙狭隘自私。"

王廷峰说:"君子喻于义,遵循道德,小人喻于利,不择手段。"

周维新说:"君子助人,是小葱拌豆腐一清二白。小人害人,牛角上抹油又奸又猾。"

张野说:"君子和而不同,小人同而不和。君子心态是我为他人,小人心态是他人为我,想事办事首先为自己考虑。"

刘铁志说:"君子光明磊落,小人暗箭伤人。"

周维新说:"君子记住的是别人的好处,小人什么事都把别人往坏处想。"

王廷峰说:"天行健,君子自强不息,以致天人合一。君子与小人的区别,不仅在于知识,更在于德行。德胜才为君子,才胜德为小人。"

张野说:"君子以道德轻重人,小人以势力轻重人。《论语》就是通过君子与小人的对比,来说理的。做小人容易,做君子难,但是我们兄弟一定要努力去做君子,而决不能做小人。"

几个人都说张野说得对。周维新还伸出食指,钩住张野的小手指,来回拉动了几下:"拉钩上吊,一百年不许变。"

随后,周维新一仰头忽然问道:"你们说,世界上什么东西最公平公正。"

张野说:"时间对每个人都是公平公正的,每天十二个时辰,对谁也不多不少。"

王廷峰说:"时间在形式上给予每个人的都一样,但是善于利用时间的人,一天可以做出几天的事情,有人则是虚度。从某个角度看,时间也是因人而异的。我觉得只有死亡,最公平公正,不会因为你生前伟大或者渺小,而让你永远留在世间,死亡是谁也无法抗拒的力量。"

刘铁志颇有感触:"是啊,死亡也许是生物进化中,切换生命的最好方式。不仅是旧生命的终结,也是新生的开始。对人类而言,心静光阴慢,品高岁月长,淡静长久仁者寿,也只能是相对而已。"

他们来到公园的花圃。听说北大街有一个人，把一株养了三十多年的仙人掌送到了这里。进了花圃窖门，只见这株仙人掌有两米多高，一掌粗细的两个主干环绕在一起，已被从盆中移出，栽在地下。他们从来也没见过这么大的仙人掌，转着圈仔细观看。

花匠说："这在咱们东北可是稀罕物，如果什么时候开了花，结了仙人果，可是灵丹妙药啊！"

张野问道："它如果开花，是什么样的呢？"

花匠摇摇头："我也没见过，据说是黄色的多，还有红的、白的、粉色的。"

四个人走出花窖，窖外栽了很多菊花，正在陆续开放，散发着幽香。

张野说道："梅花是独步报春者，牡丹是花中富贵者，莲花是谦谦君子者，而菊花则是淡雅隐逸者。赏菊需要静观细品，方得其孤傲之精要。"

刘铁志说："是啊，荷尽已无擎雨盖，菊残犹有傲霜枝。秋风令百花凋零，百草枯萎，只有菊能够顽强地伸展高傲的身躯，凌风傲霜，散发清香，独具神韵。"几个人都有所感。

出了花圃，他们又来到昭忠祠，这是绥海镇守使石青山为了纪念剿匪战死的官兵修建的祠堂。

放眼望去，呼兰河蜿蜒东去，两岸的风光尽收眼底。刘铁志起头，四个人一起唱起了《大风歌》："大风起兮云飞扬，威加海内兮归故乡，安得猛士兮守四方……"

再说马小子气恨交加。心想，我从来也没受过这样的窝囊气，没有这么砢碜过，在几个比自己矮半头的小子面前丢人现眼，一定要狠狠教训教训这几个不识趣儿的东西。他找来地痞家丁，琢磨着怎么出这口气。打自己那小子好像有两下子，当时自己要是不赶紧挠杠子，还得吃亏。

他还没有想出好主意，却让另一件事耽搁了。

马小子和手下人刚出村口，忽然看见村民陆希贵与新娶的媳妇赶集回来，马小子一看新媳妇，眼睛都直了。只见她柳叶弯眉，樱桃小口，蓝底白花布褂衬出苗条匀称的身材，平淡中透着秀气，举手投足之间尽显俊俏。陆家父子都是马家佃户，租种着马家的地，没想到娶了这么漂亮的媳妇。马小子情不自禁走上前去。

陆希贵见躲不开，赶紧施礼："啊，少爷，少爷您好！您这是上哪去呀？"

"你娶了这么俊的媳妇，也不请我喝酒，真是太瞧不起我了。"马小子斜眼看着陆希贵。

"哪能呢,这不刚过门没几天,还没来得及请您,真是对不起,少爷。"陆希贵连声道歉。

"那你什么时候请我?"马小子不依不饶。

陆希贵说道:"今天赶集,时候不早了,改天我一定请您和老爷。"

"我就今天有工夫。"马小子对手下人一声喝:"走啊,今天咱们喝喜酒去。"陆希贵小两口没办法,只得跟在后面朝自己家里走去。

陆老汉有哮喘病,正坐在家中。见马小子一伙人大摇大摆走进来,儿子、媳妇跟在后面,心说不好,可也得上前迎住:"少爷来了,请、请坐,各位都请屋里坐。"

"坐嘛,就免了,你儿子说请我喝酒,可你们家什么也没准备,我们吃什么喝什么?"马小子脚踩在炕沿上,不耐烦地说。

"对不起,少爷,我、我们马上去张罗。"陆老汉急速喘息着说。

"我没那闲工夫等。这样吧,既然你们真心想请我,你就把儿媳妇借我们家几天,我给你工钱,我家有的是酒菜,让她伺候我喝酒,就当是你们请了。"马小子用小手指挖着耳朵,漫不经心地说道。

"这怎么行啊,少、少爷,您行行好吧,这不行啊。"陆老汉做着揖苦苦哀求。

陆希贵气得浑身发抖,指着马小子说:"你们这不是强抢民女吗?还有没有王法。"

马小子用手蹭了一下扁平的鼻子,恨恨地骂道:"你他妈的说话怎么这么难听,看来得教训教训你,让你长长见识,给我打。"家丁一拥而上,一阵拳打脚踢,把陆希贵父子打倒在地。马小子一脚踹在陆老汉胸前,陆老汉一口气没上来,昏死过去。

马小子走过来看了一眼,对着陆希贵又踹了一脚,一挥手:"带走。"几个家丁抓住新媳妇,见她大声哭叫,用毛巾堵住她的嘴,架着她扬长而去。

陆希贵艰难地爬起来:"爹,爹,你醒醒,醒醒啊!"陆老汉手脚冰凉,已经气绝身亡。

"天哪,这是什么世道,还有穷人的活路吗?我和你们拼了。"陆希贵拿起一把铁锨,一步一晃朝马家走去。

走到马家门外,两个家丁挡住他的去路:"干什么,干什么?你到底想干什么?"

"我找马小子,让马小子把我媳妇放出来,他打死了我爹,我要让他偿命。"

"这哪有你媳妇,别胡说,赶紧走,赶紧走,不然对你不客气了。"

陆希贵大声哭喊着:"马小子,你不是人,是畜生,你强抢人妻,杀人害命,你不得好死。你出来,我跟你拼了。"

几个村民闻声赶来观看,远远地站在一边,却谁也没敢上前。

陆希贵拿着铁锹就往大门里闯。一个家丁见陆续有人聚来,冲着村民说道:"这小子瞎叫唤,埋汰我家少爷,谁也别听他的。"

另一个家丁突然放出两条大狗,一下将陆希贵扑倒在地,上下撕咬。陆希贵很快成了一个血人。几个村民实在看不下去,一起上前喝退恶狗,救起陆希贵,把他抬回家中。陆希贵气恨无以复加,半夜里大叫一声,吐血身亡。

恰巧有城里人在屯中走亲戚,听说了此事。回到呼兰,愤愤地说给别人听,很快传到了马占山耳中。

马占山调入呼兰,任第十二旅旅长兼黑龙江省剿匪司令,司令部就设在南大营,马公馆则设在南大街的世亨胡同,呼兰人称他"马小个子""马司令"。由于他治军严谨,剿匪有方,维持地方治安,支持公益事业,颇受兵民爱戴。县长廖飞鹏亲撰碑文,为马占山立下"德政碑"一座,立于西岗公园大门内北侧。

马占山已经听几个人诉说马小子的恶行,心中十分恼怒,对手下人说:"马小子?老百姓叫我马小个子,我身为司令,也从来不敢如此胡作非为,你说姓马的怎么出了这么个混账王八蛋,给姓马的丢了祖宗八辈子人了,我非宰了他不可。"

驻军平时不能轻易出动抓人,于是,马占山找来公安局长周文武,商议如何惩治马小子。

"这小子早在警局挂号,只是没找到合适时机,直接前去抓人恐怕不妥。"周文武说。

"为什么。"马占山问道。

"马子英是个大地主。俗语说'财主门前孝子多',他家养了不少家丁,有几个原是胡子出身,枪法很好,马家与胡子素有勾连。马家大院四周都有炮台枪眼,如果硬去直接抓人,双方交火,必有死伤,还可能伤及百姓。"

马占山说:"那你看如何处置。"

"先取证,然后在外边抓人。"周文武说。

马占山一拍大腿:"好,只要证据确凿,那就好办。人抓到后,直接送到军营里来,看他们还有什么辙。我先派两个亲兵,身手都不错,随你行事。"

"司令此举为民除害,我一定尽快办妥。"周文武敬了个礼,转身走了。

周文武派出警员林峰,带着马占山的一个亲兵,装扮成卖菜的,来到马家大院送菜,顺便与厨房打杂的伙计闲聊。

"听说你们家少爷抢了一个新媳妇,长得可漂亮了,是真的吗?"林峰随口问道。

"你听谁说的？"

"嗨,这事大街小巷人人皆知,难道都是瞎传的？"

这个伙计也是穷苦人,看林峰只是一个穿着破旧衣服的卖菜人,不像坏人,低声说道:"作孽呀,一个好好的人家就这样给毁了。这不,这些天把人家玩腻了,又整天连哭带闹,干脆让她到伙房干杂活,说是再哭哭啼啼让人心烦,就把她卖进窑子里去。你们看,那边低头洗菜的那个人就是她。"

两个人走出大院,又借卖菜之机,向几个村民了解当时的具体情况。村民们有的摆摆手,什么也不敢说,也有人心中愤恨不平,把事情经过说了一番。二人马上回去,向周文武报告。周文武立即派人,监视马小子的一举一动,如果进城马上动手。

马小子这几天心里一直琢磨,怎么收拾学校那几个小子。这一天,他带了两个家丁,怀揣盒子枪,向学校走去。他爹马子英曾告诉他,不可在学校闹事,尤其是他三哥马玉堂几次告诉他,到学校上学不像别的地方,不能多带人。他不以为然,认为三哥毛病太多,他自己活得都不如二哥滋润,还总管着我,真是的。

刚走到南大街,迎面走来几个人,左右也有七八个人围拢过来。走到跟前,两个人突然出手将马小子抓住,两个家丁刚要掏枪,几支黑洞洞的枪口对准了二人。

枪毙马小子平了民愤,马占山再次赢得了民心。

马子英憋气又窝火,老二马永堂愤愤不平,主张联合几家绺子报仇,都被老三马玉堂制止了。马子英的几个儿子之中,马小子最矮,塌鼻梁小眼睛。马老二不仅身材最高,还和马小子正相反,长了一个高翘的鼻子,平日里吃喝嫖赌,随心所欲,弄得脑满肠肥,骄横狂妄。他恨恨地对马子英说:"大哥枉为省议员,三弟也白读了那么多书,老疙瘩被杀,竟然束手无策,我咽不下这口气。"

马子英看着眼前的兄弟二人,无奈地摇摇头:"我也想为你弟弟报仇,我现在恨不得扒了马占山和周文武的皮。可是,你三弟说得有道理,我们现在是胳膊拧不过大腿,忍字头上一把刀,遇事不忍把祸招。真的直接跟他们硬干,我们可能有灭顶之灾。再说,现在能有几个绺子的人,肯为了我们,去跟马占山、周文武直接对着干？"

马子英停顿了一下,紧咬牙根从牙缝里恨恨地说道:"君子报仇十年不晚,这个仇我们早晚要报,有朝一日,他们落到我的手里,我就把他们千刀万剐,碎尸万段。"

马老二心里还是憋屈，连续几天一直情绪焦躁，看谁都不顺眼，对手下人连打带骂，无端地发火撒气。

这一天，店铺里来人说："兴隆泰"粮行不愿意继续赊货，他就带着人来到二道街，直接闯进粮行。

骄横的马老二平日盛气凌人，变着法到处占便宜，老百姓说他是见了苍蝇都想撕条腿。今天一见粮行老板葛庆华的面，就没好气，骂骂咧咧地说："我说他妈姓葛的，我要的货，你怎么老是慢吞吞地不痛快，不就是欠你几个钱吗？你是瞧不起你二爷是吧。今天，你就说给还是不给？"

葛庆华本是个安分守己的生意人，眉疏目朗，身材偏瘦。平时受了不少气，很多事情都忍气吞声，不敢顶撞他。近日马小子被枪毙的事，全城家喻户晓，大家拍手称快。

他见马老二依然如故，不讲道理欺负人。心想，呼兰城也不能总是你们老马家为所欲为，欺行霸市，好吃不撮筷，一个劲地占便宜。于是面带笑容解释说："马二爷，我们粮行也是小本经营，资金周转不开，您财大业多，就当是帮帮我们，是不是先把上次货款结了？这次再赊给你也没关系。"

马老二一听火了，平时不敢放个响屁的葛庆华，今天也提出要货款，真的以为我们老马家走了霉运，看来不给他点颜色看看，今后更没人把自己放在眼里了。多日的心头之火，一下子找到了发泄对象。于是，上前几步，掏出腰里的手枪，对准了葛庆华的脑袋："姓葛的，你他妈的是不是狗眼看人低，信不信，我一枪毙了你。"

葛庆华见马老二掏出枪来，像个疯狗一样两眼通红，知道得罪了这个恶棍，自己惹下祸了，这个浑蛋什么事都干得出来。不过，老是低头忍让，什么时候是个头？这生意还能做吗？他忍着心头的怒火，用谦卑的目光，迎住马老二冒火的眼睛，低声解释："马二爷，您别生气，有话咱们慢慢说，我们也实在是不容易呀！您大人有大量，高抬贵手让我们混碗饭吃吧。"

马老二气急败坏，声嘶力竭地喊着："姓葛的，你别他妈给我叫苦装孙子，你就说到底给不给货，你要是不给，今天我要不毙了你，我就不姓马！"说着，抬起左手，打了葛庆华一个耳光，见葛庆华一愣，反手又打了一个。

葛庆华实在忍无可忍，伸手来抢他的手枪，马老二的手往回一撤，扳机扣动，子弹打在葛庆华的耳朵上，用手一摸，鲜血已经淌了满脸。葛庆华见马老二真的开枪，集聚在心头的怒火一下子迸发出来，与其被他打死，倒不如和他拼了。于是，突然上前猛一用力，把手枪抢在手中。

马老二根本没想到葛庆华敢于夺枪,红着眼冲上来抢枪,葛庆华闭着眼睛,连扣两下扳机,睁眼一看,马老二已经倒在地上。跟着来的人撒腿就往外跑。

街上巡逻的警察听到枪声,纷纷赶过来。葛庆华刚刚走到粮行门口,见状长叹一声:"看来,命该如此,与其让警察抓去枪毙,没了尊严,还不如我自己了断。"说完,举起手枪,对准自己的脑袋开了枪。

手下人报告马占山:"司令,'兴隆泰'粮行的老板葛庆华,把马小子的哥哥,马二爷马永堂给打死了。警察来了以后,葛庆华也开枪自杀了。"

马占山问道:"因为什么事,知道吗?"

"详细的不太清楚,好像两个人吵了架,后来动了手,据说手枪是马老二的。"手下人回答。

马占山又问:"在什么地方。"

"就在二道街'兴隆泰'粮行门口。"

马占山说:"走,我们看看去。"

一行人出了南大营,很快到了二道街。公安局长周文武已经率人赶到现场。围观的人很多,有的说:"马老二罪恶多端,早就该死了,打得好。"有的说:"葛老板是个老实人,如果不被欺负到一定程度,不可能开枪杀人。"

周文武陪着马占山,来到葛庆华尸体旁边。警察已经将他放在担架上,身上盖了白布。另外几个警察,正从粮行里面把马老二抬出来。周文武说:"马司令,怎么把您给惊动来了?您看这事?……"

马占山说:"冻豆腐难拌,这事好办。你们警察局听听这些老少爷们的,把事情就弄亮堂了。"

他接着说了三句话。先是对着葛庆华说了一句:"姓葛的,你敢打死马老二,是英雄,可是你又自杀,连狗熊都不如。"紧接着转过身来,对围观的百姓说:"可惜呀!可惜马老二死得太晚了,可惜这个葛庆华死得太早了。"然后,对周文武说:"周局长,请你派人厚葬这个葛庆华,钱我出。"说完带着手下人走了。

刘铁志最先知道了马小子被枪毙的消息,马上告诉了三个同学,大家聚在一起,都十分高兴。周维新请三人到"三义合"饭庄吃杀猪菜、猫耳面。

"这个坏蛋贴壳了,马司令为呼兰人除了一害,真是大快人心。"周维新兴高采烈,再也不用担心马小子报复了。

刘铁志说:"马小子没了,可这世道并不太平,眼下时局动荡,灾害频频,我们虽然人小力薄,可是也应该放眼未来,为国家,也为呼兰家乡干一些事。"

"马司令倒是一个难得的长官,我毕业了就到他那里当兵去。"王廷峰十分郑重地说。

张野说:"不如我们哥几个也学学刘关张,歃血为盟,义结金兰,今后互相帮助,同甘苦共患难。"

"好,不管走到哪里,我们兄弟都不变心,海枯石烂,永不放弃。"王廷峰点头同意。

周维新更是举双手赞成:"太好了,不过,结义应该到庙上去,得烧上香磕了头才行。"

"呼兰有二十多个寺庙,我们去哪呢?"张野说。

"唉,观音娘娘庙最灵了,我婶子领我去过,说求什么都灵验。"周维新接着说。

刘铁志说:"我们是结义,不是求事,我看还是去关岳庙,我们不是要学刘关张吗?"

张野说:"这最好,我们今天就去。"几人都说行。

四人走出"三义合",经过大十字街,向南一点就是黑瞎子胡同,再向东就到了关岳庙。

呼兰境内原有大小十五座关帝庙,这一座是最大的,初建于乾隆元年,道光六年重修。建有山门、牌楼、正殿、享殿、配殿、钟鼓楼和西院禅房,香火鼎盛。一九一三年合祀民族英雄岳飞,改称关岳庙。庙前高大的旗杆上,悬挂着写有"护国佑民"四个大字的旗子。

山门前一对两米多高的雌雄石狮子环眼怒睁,威武神气。颈下各挂一个缨球和三个铜铃,雄狮居左,转头右看,右前脚踩一石球,一派阳刚之气。雌狮居右,转头左看,左前脚按在一个小狮子腰间,尽显阴柔之美。走进朱漆庙门,只见山门殿顶有两条金龙,好似腾云驾雾。门内两侧有一对小石狮。侧殿立有两匹高头大马雕塑,东殿是关公的红色赤兔宝马,西殿是刘备的白色的卢良驹。东有钟楼,西有鼓楼,十二根明柱莲花托拱。

两侧影壁前各立有一个三米多高的石碑,四周雕有龙纹和卷云。右侧一块石碑,正面刻有训导许元写的《重建关帝庙记》,背面刻写着建庙捐款人的名字和银钱数,左侧一块石碑,上刻呼兰副都统倭克津泰撰写的《重建呼兰关帝庙记》。

张野念道:"夫呼兰地方始而设防,继而招垦,以言夫守城郭不全,以言夫战兵甲不全,百六十余年,兵燹不经,良由人心质朴,风俗淳厚,故能变险为夷,易危为安。皆神灵保佑之力居多。蒙皇上御赐'神功普佑'匾额一方……"

张野拉了一下刘铁志说:"哎,你看,大殿上边那块匾,还是皇上御赐的呢!"

庙里的钟好大,香炉也很精致,东侧还有一颗百年古松,依然青翠繁茂。逐一看了一番后,四人来到大殿,只见中间供奉着关公神像,两边站着周仓、关平、王普、赵累。后面供奉着岳飞神位。殿内两侧的壁画栩栩如生。正殿向后有一佛堂,供奉着佛祖释迦牟尼和菩萨。佛道融合是呼兰关岳庙又一大独特之处。

他们点了香,一起跪在关帝神像前。

张野说道:"天地神灵,关老爷在上,我们四人今天自愿结拜为兄弟。求您保佑,也向您保证,我们今后手足相携,做君子不做小人,同生死,共患难,永不背弃。如有违背,天理不容,任由关老爷惩罚。"

三人随着一起说罢,磕了头。起身排了生辰,张野为长兄,王廷峰为二哥,刘铁志老三,周维新是四弟。

庙里的南和大师不在,小和尚把四人引到香案旁,案上有一签盒,每人从中抽出一张签纸。

张野的签上是:"横揽成万物,养深积厚。洞达无边际,海阔天空。"

王廷峰的签上写道:"从来硬弩弦先断,每见钢刀口易伤。心有灵犀明大道,红尘白浪两茫茫。"

刘铁志的签上写着:"深谷生幽兰,溪声伴山色。普度众生苦,无相化弥陀。"

周维新最后一个抽的签,只见上面写道:"烦辱皆因贪念在,功名利禄动地哀。诸事虚浮如春梦,何如随缘顺理来。"

他们大多不解其意,各自收好。这四个出身不同家庭的孩子,八只手紧紧地握在一起。他们还小,却觉得长大了,干了一件大人的事。他们谁也没有想到,在今后风雷激荡的呼兰河畔,在民族危亡之际,在社会大变革的洪流中,会成为名震家乡的人物,成为不同道路上不同归宿的人。

有感:

庙堂结拜手足情　盟誓相约共死生
遗臭流芳成与败　迷失本性叹污名

第三章

才旅挥师　联军夜袭火车站
杏花早逝　爱恨难弥一世情

日军二十八旅团占领呼兰城,在城内设立关东军滨江地区警备司令部。旅团长平贺贞章少将,日本东京帝国大学毕业,身材瘦高,颈长似鹅,脸色如蜡,塌鼻梁,小眼睛,秃头闪着青光。他精通汉语,习练中国书法,研读孙子兵法,自诩中国通。二十八旅团作为帝国十四师团的精锐,所向披靡,却在松浦和呼兰河口一战,损兵折将,心中十分恼火。

他是关东军司令官本庄繁器重的爱将。进入呼兰城后,本庄繁亲自来电褒奖说:"平贺君击溃马逆的主力,粉碎了反日武装攻占哈尔滨的企图,军部会给予嘉奖。"

平贺贞章说:"我没有脸面获得嘉奖,二十八旅团征战的历史上,还没有过如此之大的损失,这些人太可恶了。我一定干净彻底地消灭他们。"

本庄繁安慰之余吩咐道:"皇军的最后胜利是必然的,这一战有些损失不算什么。哈尔滨一战,看出中国人不可小视,对付反满抗日力量,仅靠我们的力量远远不够,站稳脚跟需要以华治华。"

"司令官阁下有什么训示?"平贺贞章恭敬地请示。

本庄繁说道:"关东军主力要乘胜继续北进,围剿马占山余部,以后也必定要进关南下。所以,你要在松花江北岸,呼海绥巴木通一带,尽快建立亲日政权,组建地方剿匪武装,清除反日武装,保护中东铁路大动脉,维护后方安定。呼兰地处要冲,必须选派得力人员,尽快稳定局势,当前之要务就是一个稳字。"

"是,我会尽快制订出计划向您报告。另外,旅团的兵力重点布置在铁路沿线和主要城镇,弄清楚马占山余部确切方位后,立即集中优势兵力予以歼灭。"平贺贞章恭恭敬敬地回答说。

"好,我等着听到好消息。"本庄繁最后说了一句。

放下电话,武田少佐进来报告:"将军,我们在城北发现十几个形迹可疑的人,他们随身携带了许多金钱细软,绝非普通的逃难百姓。"

平贺贞章轻轻一挥手:"把他们带过来。"一队日本兵押着一群人走过来,里面男女老少都有。

平贺贞章盯着这十几个人,一言不发地逐一审视。这些人中,有的很镇静,有的低着头,也有的很慌乱,十分不自在地四处张望,尤其是几个女人和孩子吓得浑身发抖。

他走到一个身穿旧布衣服,不时用惊慌失措的眼光,看着其他人的中年男子面前。猛地拔出军刀,架在那人肩膀上问道:"你的说,你们到底是干什么的?"

那人面色如土,浑身颤抖,看着身旁几个人,张张嘴没敢说话。

"你的不说,死了死了的。"平贺贞章的军刀在那人脖子上一挥,顿时血流如注,中年人大睁双眼,'啊'地一声倒地身亡。

平贺贞章掏出手帕,擦擦军刀上的鲜血,把沾血的手帕送到一个领着小孩子的女人眼前:"你的不说,和他的一样。"女人吓得直往后躲。平贺举起军刀,架在女人的脖子上。

惊恐万状的女人声音颤抖着说:"我说,我说。"

"你的说了,皇军就不杀你,皇军一般不杀女人。"

"我,我是高县长家的,这个是周局长太太,那个是商会刘会长家的。"边说着边用手指了指身边的三个男人。然后,又指指其他人说:"他们都是我们几家的亲属和佣人。"

平贺贞章心中暗喜,得来全不费工夫啊,正愁缺人,县里这几个重要人物都来了。他决定软硬兼施,让这几个中国人为帝国服务。

他来回踱着步,心里琢磨着从谁入手,这个商会会长好对付,但不起主导作用。这个周局长看神态是个老手,不容易对付,这个高县长文质彬彬,太太长得年轻漂亮,还带着一个孩子,就从他开刀。

他走到高县长面前:"你就是高乃济高县长?"

"我正是。"

"为什么要跑?"

"兵荒马乱的大家都在跑。"

"你应该早点跑,或者是与城镇共存亡,与你的百姓同生死。"平贺贞章眼睛直盯着他,慢声慢语地说着。

突然,他提高了声音和速度,高声说道:"现在摆在你的面前有两条路。一条,是和皇军合作,你还当县长。另一条,杀了你和你的儿子,再把你的太太送到兵营里去。"

高乃济从被日本兵抓住,原本已做好赴死打算,在他心中,祖宗八代传下的观念是忠君爱国,作为县长,城破之日当是赴死之时。可现在老婆孩子在这里,日本鬼子什么事都做得出来。他真后悔,为什么没有早点把她们送走,一时未言语。以前慷慨陈词的话一句也说不出来了。

平贺贞章见状,看出了他在犹豫,又指着另外两个人说道:"你们也一样,跟皇军合作做朋友,否则,通通……"说着狠狠地挥了一下手。

商会会长刘世文冒着汗,双手抱拳在胸前频频摇动着说:"太君,别杀我们,你让我们干什么,我们就干什么。"随后转过头说:"高县长、周局长,如今大势已去,我看咱们就走第一条路吧。"

平贺贞章转过身,对高乃济和周文武二人问道:"你们两个人,若论才华学问,和郑孝胥相比如何?再论武力军功,比张景惠又怎样?他们都在和皇军合作,你们还犹豫什么?"

周文武仍然没出声,看了看高县长。高乃济叹息一声:"唉,事已至此,还能有什么办法,周局长,我们就和皇军合作吧。"

"高县长,我听你的。"周文武心里七上八下不是滋味,可此时也没辙,先过了这关再说吧。他和马占山是朋友,对呼兰民情、地情乃至匪情,都了如指掌,本不愿意当汉奸,怕老百姓骂,更怕马占山和那些抗日武装找他算账;也对日本人信不过,毕竟他在抗日方面做了不少事,以后日本人知道了,还不找机会收拾他。

平贺贞章觉得,高乃济和周文武正是眼下急需的人物,他需要进一步了解这几个人,便于计划的实施。于是,吩咐武田少佐:"今天晚上设宴给几位压惊,你先带他们去换洗衣服,休息休息。"

他派人找来几个当地人,了解这三个人的情况,更觉得他们很有用。尤其是那个周文武,手下的警察、团丁几百人,虽然已经四散,可他一声召唤,很多人可以回来。

伪县公署和公安局挂牌运转,商会也重新组建,三个人官复原位,开始沿着本不情愿的路一步一步走下去。不过,他们是各揣心腹事,各有小九九。

高乃济悔不当初,为什么不早一点离开呼兰。现在只得走一步看一步,闭着眼睛蹚河,凭天由命吧。

周文武觉得还是先把旧部召集起来,再扩大队伍,人多势大,既有利于再图后事,眼下也好向日本人交差。

商会大部分人都躲起来了,刘世文费了九牛二虎的劲,才把周民、黄威平等人找出来,继续担任副会长。张荣志不愿意为日本人做事,躲在兴隆镇一直没露面。

平贺贞章兼任滨江地区警备司令,他从军中亲自选了两个人,一个是梅原小次郎中佐,对中国文化颇有研究的中国通,出任呼兰县参事官,具体主持全县重要事宜。另一个是武田少佐,出任宪兵队长,兼任县公署警务科科长。此人勇武善战,被称为神枪武田。两人文武相济,再加上守备队长熊野御堂少佐,呼兰大局可定。还有刚刚收降的高乃济、周文武等人,可以很好地加以利用。

这一天,平贺贞章找来周文武:"周桑,你果然是个人才,按你们中国有句话,叫作狗撵鸭子呱呱叫,才几天工夫,你的保安队已经成立起来了,现在有多少人马?"

"现在有接近三百人。"周文武回答。

"皇军主力马上要向绥化、海伦以北进发,呼兰只留守两个中队,一个中队驻火车站,一个中队驻司令部,全城的治安主要靠你了,你有什么具体的打算吗?"

周文武说:"反满抗日大有人在,现在大多是化整为零,时而聚集活动,少则几人,多则上千。另外,松花江北历朝历代胡子多,现在,大部分也不认可皇军。对付他们,皇军主力是高射炮打蚊子,我认为应该分而治之,也许更有效。"

"你说说具体想法。"平贺贞章十分高兴。

"一是强化公安局,增加人枪,至少达到五百人,方可协助皇军维护全城治安;二是如果成立一个机动的'剿匪讨伐大队',专门对付散兵游勇流匪,使他们疲于奔命,必无暇袭扰县城;三是在全县城乡分设六个公安分局,十二个分所,分别建立自卫团,分区管理。命令中壮年都得参加自卫团,使他们有人管制。这样既增加防匪力量,也减少抗日武装的拉拢。四是收缴民间枪支,各乡成立保安队,层层靖安剿匪,大局可定。"

"周桑,你的皇军大大的朋友,我马上让守备队给你配备五百支枪。改编的自卫团,包括剿匪大队,统一由你指挥。皇军滨江司令部和火车站的警卫,分别由武田少佐和熊野御堂少佐负责,其他重要部位都由你负责。"

这期间,抗日烽火四起,日军虽然占领了哈尔滨和周边城市,但是抗日救国军各部和地方抗日武装,纷纷在城乡各地袭扰日寇。呼兰四十余支抗日队伍占据了六十九个村屯,有的伪自卫团,实际也成为抗日武装,配合才鸿猷、邓文等部开展活动。

身负重伤的王廷峰,被李维背着跑了十几里路,终于拦住一辆小马车。赶车的人姓潘,听说是和日本人打仗受的伤,赶紧把两个浑身是血的军人拉到自己家中,找来村里的一个民间郎中,给王廷峰处置伤口。几处伤口流了很多血,王廷峰昏迷了两天两夜才醒过来。

"副参谋长,你醒了,可急死我了。"一直守护在身边的李维高兴地说。

"李维,是你啊,我们现在这是在哪里?刘团长和弟兄们呢?"王廷峰连着问了两个问题。

"副参谋长,我们现在是在呼口村,刘团长阵亡了。弟兄们死的死,伤的伤,活着的也四散各处,小鬼子已经占领了呼兰县城。"

王廷峰满怀感激地说道:"李维,是你救了我?"

"是你先救了我,自己才受了重伤,要不是你,我早就死了。"听李维一说,王廷峰似乎想起了在呼兰河口阵地上的情景,他扑倒李维之后就什么也不知道了。

"村里人知道我们在这吗?"王廷峰轻声问道。

"只有这家里的人和郎中知道我们是抗日救国军。这家人很好,给我们换了衣服,烧水弄饭,不让我出门,村里人来了,都没让进这个屋。"

王廷峰继续说:"他家里都有什么人?"

"这家人姓潘,一共四口人,父子二人,儿子海涛刚娶了媳妇,还有一个未出阁的老姑娘小芹,是潘大叔用小马车把我们救进村里的。"

王廷峰点点头:"呼兰的老百姓就是好啊!为这样的百姓而战,值得。我们真得好好感谢他们一家人。不过,这里离呼兰城太近了,一旦出什么事,会连累他们,我们还是应该尽早离开这里。"

"您说得对,我们不宜在此久留。只是,你刚刚醒过来,伤口还在流血,还不能走路,需要恢复几天。我估计小鬼子刚刚占领呼兰城,还来不及到城外搜捕,只要我们不走漏消息,暂时应该比较安全。"

王廷峰说:"你说得有道理,我们还是早做准备。"

李维说:"我让老潘准备好马车,等你能行动了,我们马上就走。听说才旅长已经到了驿马山,我们就奔那里去吧。"

这时老潘和儿子潘海涛从外边走进来,见王廷峰醒了,都很高兴。潘海涛举起手中拎着的几条鱼说:"我昨天在江岔子下的迷魂阵,正好抓了几条鱼,一会让我媳妇给你炖汤喝。"

王廷峰看着这正直淳朴的一家人,心里感到热乎乎的。

半个多月过去了,王廷峰的伤势大为好转,可以趁着夜色在院子里慢慢走动了。潘海涛一直围在身边照顾他,让他讲打仗的故事,还要跟他学几招功夫。王廷峰说:"学功夫不是一朝一夕的事情,这两天我们就要走了,以后有机会我教你。"

李维对老潘父子说,想尽快赶去驿马山。老潘见挽留不住,只得又叫来那个郎中,给王廷峰换了药。这个乡间郎中也就是个二把刀,也许是为了救人,用的药量过大,命是保住了,可是浑身上下都起水疱,脸上也很厉害。

老潘备好一辆小马车,依依不舍的潘海涛眼泪汪汪地说:"王大哥,李大哥,你们有空一定要再上我家来呀。"

王廷峰拍拍他的肩膀:"放心吧,海涛,我们会回来看你们的。"二人告别了潘家父子,前往驿马山。

才鸿猷把他们安排在山里一个农户家里继续养伤。

转眼三个月过去了。进入八月,呼兰河、松花江水猛涨,形成有史以来特大洪灾,全县四百多个村屯被淹,淹没农田十八万余垧,近全县耕地六分之五,七千余间房屋毁坏,学校停课,商铺关闭,天灾加人祸,百姓苦不堪言,四处逃难。呼兰西岗公园西坡上,住满了逃难来的灾民。

九月中旬,在驿马山中修整的才鸿猷,得到侦察兵回报,驻呼兰日军,大部分已经开赴绥化、海伦围剿马占山,现在呼兰城内兵力空虚,原来驻守滨北警备司令部的一个日军中队,前几天也被调往前线,城里除了周文武刚建立的自卫团几百人,驻守呼兰火车站、呼兰河铁路桥等几处重要部位的日军,大约有一个中队。

才鸿猷召开军事会议。才鸿猷说:"鬼子向北围剿,集中了优势兵力,马将军压力很大,现在呼兰城内空虚,我们应该有所动作,杀他个措手不及。一方面补充一下粮食弹药,二是分散日军围剿马司令的兵力,三是壮大我军声势,扩大抗日救国的宣传。大家有什么意见?"

团长宁立生说:"这是个好机会,我们可以干他一家伙。不过我们现在能够参加战斗的,只有一千多人,武器弹药严重不足,应该联合一下其他抗日武装,一起行动,更有成功把握。同时,也能造成更大声势,鬼子撤兵回防的可能就越大。"

赵峰泉团长说:"据我们了解,现在呼兰除了薄荷、蟠龙两地被伪自卫团控制,其他大部分村屯实际控制在抗日武装手中。前些日子红枪会袭击松浦车站,打死日伪军四十多人,还袭击了日军乘坐的'公济号',日军的兵力主要集中在城里和火车站。"

参谋长甘雨霖说:"我马上派人联络邓文所部的孟团长,还有'绿林好'等几个抗日的绺子,与我们联合行动。"

才鸿猷回头问王廷峰:"副参谋长有什么意见吗?"

王廷峰一直在思考,听到旅长发问,这才开口:"各位的分析我赞成,为了达到旅长说的三个目的,我建议与联合的抗日武装,成立一个东北抗日救国军第四军,以军长的名义写两封信,一封给高乃济,一封给周文武,警告他们不要死心塌地为鬼子卖命,如果能协同抗日,我们可以既往不咎。让周文武听到枪声不许乱动。另外,让他给救国军补充一些粮食弹药。关于进攻目标,我们应该集中精干兵力,重点攻击驻守火车站的日军守备队,这样就能打疼他们,城外其他几个方向,可以交给另外几支抗日武装。"

才鸿猷说:"好!就按大家的意见,我们立即分头准备,三天后行动。"

高乃济收到信,反复看了几遍,沉思不语,眉头紧锁,担心要来的还是来了。前不久,他刚刚收到落款是"中华苏维埃政府"的一封信,信中说:"你本是一个能为百姓做事,具有抗日救国热情的县长,现在误入歧途,必须尽快改邪归正,弃暗投明。中国人不能忘了祖宗,不能死心塌地当汉奸,否则必受人民惩罚。"今天,又收到才鸿猷的信,高乃济浑身冒汗。心想,我必须找机会赶紧离开呼兰,不然的话,早晚要出大事。

周文武看过信,一下拍在桌子上:"他妈的,武大郎服毒怎么都没好。"

身边的亲信孙青一问道:"大哥,怎么回事?"

"抗日救国军要来攻打呼兰县城,让我不要轻举妄动。你说,我们好不容易凑起来这点人马刀枪,跟救国军面对面硬拼,我才不干那傻事呢。"

周文武大声说道:"传我的命令,自卫团各部严守各处要害,皇军命令我们负责城内治安,抗日救国军不找我们麻烦,我们也不出击,固守待援。"然后招招手叫孙青一过来,小声对他说:"你想办法单独见一下送信的人,说我们不出城。至于粮食弹药,告诉来人说暂时不方便。过后,我派人专程送到,还望谅解。"

各路抗日武装七千余人,集聚呼兰城外,日伪人员慌乱一团,伪县公署中的日本人,一部分跑进驻火车站的日军守备队躲避,一部分逃往绥化、哈尔滨。梅原小次郎紧急电告平贺贞章将军。

九月二十六日上午，才鸿猷、邓文、李天德部队从三个方面，向日军守备队发动猛烈进攻，炮声隆隆，枪声响成一片。日军守备队死伤惨重，龟缩到火车站站房、水塔和营房内，拼死抵抗。

"绿林好"等抗日武装攻占了呼兰城周围十几处保安队所，缴获了近百支枪。

天色渐渐暗了下来，战斗还在激烈进行。王廷峰对旅长说："我们的弹药有限，不能打持久拉锯战，火车站的鬼子据险死守，一时难攻。我们集中迫击炮，把所有的炮弹都打进日军营房，以消灭日军的有生力量为主。"

才旅长说："好，就这么干。"

一阵集中排射，日军守备队营房几处起火，到处是浓烟滚滚，日本兵在营房内待不住，纷纷向外奔逃，又一排排被射杀倒地。其余的借助建筑物拼命抵抗。熊野御堂两眼通红，挥舞着手枪，歇斯底里地叫喊着开枪还击。

二十七日拂晓，侦察兵报告，大批日军已从绥化、海伦以北回撤，驻哈尔滨日军也已出动。

上午九时，日军松尾大队乘装甲列车赶到，与甘雨霖带领的阻援部队交火。关东军驻哈尔滨空军飞行队，出动四架飞机，猛烈轰炸救国军阵地，人员伤亡不断增加，车站内熊野御堂组织日军也开始反击，战场形势逐渐发生逆转。

"旅长，鬼子援兵到了，火力太猛，再打下去，会把我们拼光的，我们的目的已经达到。邓文和'绿林好'其他两个方面已经撤了，我们也撤吧。"王廷峰急切地对才鸿猷说。

"对，有苗不愁长庄稼。"原计划集中火力，彻底消灭火车站里的日军，可是鬼子援兵来得太快了。才鸿猷果断下令："通知各部，交替撤退。"

周文武见救国军后撤了，带人出动，在后面打了一阵子枪。

周维新是叔叔周民养大的。

呼兰河流过团山向前，经过一个小村，叫黄旗屯，原是清康熙年间正八旗下的一个屯落，贫困而朴实的农民，感情质朴热烈。周维新就出生在这里。他的母亲张萍小名杏花，从小由父母做主与村里的赵凡定了娃娃亲，小时候不懂得什么，渐渐长大了，却一点也不喜欢赵凡，心里只有表哥周君。周君家住屯东头，除了种地，还在呼兰开了一个小杂货铺。不知从什么时候起，杏花心里有了一种莫名其妙的感觉，总想多看上周君几眼，一有机会就往周家跑，变着法地和周君说上几句话。

俗话说女大十八变，杏花犹如一朵出水芙蓉，愈加容光照人，俊俏的鹅蛋脸上，秀眉凤目,眼波盈盈,唇红齿白,一笑颊边微现梨涡,别具动人气韵。周君虽然说不上相貌堂堂,也算得上眉目清秀,面色白皙,文质彬彬,逐渐在心里装满了杏花。杏花家里有什么事,周君总是帮着她。家里煮了地瓜,杏花也要偷偷揣上一个送给周君。一来二去两个人真的好上了。

这在村里长辈们眼里,是坚决不能允许的。已经定了亲的姑娘家,背着大人另找对象,这不伤风败俗吗?于是赵家和张家坐在一起,商量把婚事办了。

"姑娘还不满十七岁呢,太小了点,能不能再等等?"杏花妈有些舍不得。

"唉,谁叫咱花儿不懂事,太疯张,不早点办了婚事,一旦和老周家那小子弄出点啥事来,咱可丢不起人哪!"杏花爹长叹了一口气。

赵凡妈一脸的不满意:"你说这杏花,图那姓周的小子啥呢?说不能说,干不能干,就是一个秧子。他爹好歹也是做点小生意,见过世面的人,怎么就不知道管教自己的儿子。我们家赵凡论长相,论人品,论身板,哪里差呀?要是娶个不守妇道的进门,戴了绿帽子,那可太委屈我那儿子了!"

杏花妈说:"老周家和我们是姑表亲,两个孩子从小在一起玩,也不会有什么别的事,亲家母不要太多想了,也别听外人扒瞎。"

赵凡妈气哼哼地磨叨:"要不看在你们老张家是正经人家,和我们一个屯几十年,家里外头都报个好,这门子亲事就算了,这乌涂水不好喝呀!"

"是啊,是啊,凡他妈也想着要退亲,可没法子开口,如果我们提出来,那五百块彩礼,还有那一丈二绸子布,你们能退吗?真是难死啦。"赵凡他爹说完又接着蹲在炕墙下,吧嗒吧嗒抽烟,不再言语。

杏花爹站起来说:"这桩亲事要是黄了,还能昧下你的彩礼呀,钱花了我们可以想办法找亲戚掂对,压根就瞒不了你们的。我只是怕杏花出了啥事,我们这老脸往哪搁,还是赶紧张罗,麻溜地把事办了吧。你们家也不用太排场,把老亲少友找到一起喝顿酒,不能免的礼数到了,别太寒碜就行了。"

"要这样就趁早,离五月节还有半个月,我们回去再煞愣地置办点东西,被褥幔帐都是现成的。"赵凡爹说完敲敲烟袋站起身来。

成亲的日子定了,就在五月初五端午节那天。可这杏花死活不干,非要退亲不可,哭得泪人似的。脸也不洗,头也不梳,饭也不吃。想起周君对自己的好,想起两个人在草地上的海誓山盟,自己怎么能和傻大黑粗的赵凡,那个自己一点也不喜欢的人,一辈子在一起?泪水止不住地往下淌。

杏花妈看日子越来越近了,怎么劝杏花也不听,一股火病倒了。杏花本是孝顺孩子,心里再委屈,还是得端水做饭伺候亲娘。

　　看着憔悴的杏花,杏花妈心里难过,可是已经定了的日子不能再拖了。

　　"杏花,只有三天了,你要出嫁,怎么也得准备准备,洗洗澡,弄弄头发,试试嫁妆吧。"

　　"妈,我不嫁。妈,你还不知道女儿的心吗？我跟了赵凡不得窝囊一辈子吗？我的心里只有周君了。"

　　"那可不行啊,孩子。人的脸,树的皮,咱丢不起那人,你要真的到日子不嫁过去,妈就喝卤水死在你面前,反正我这身板也活不了多久了。"

　　"妈,你别这样,你这不是逼我走绝路吗？"

　　"花儿,你爹的脾气你知道,说出的话泼出的水,如果我死了,你爹也不会再认你这闺女,我们老两口都得走绝路,不能活着让人背后戳脊梁骨。"

　　杏花啜泣着:"妈,那还是让我走绝路吧,你们无论如何也不能走绝路啊,谁让你们生我养我一回了,也就算我报答你们的养育之恩了！"

　　对吃了大半辈子苦的爹妈,杏花平日就十分孝顺,现在看娘亲这样,知道事情无可挽回,于是心里打定了一个主意,把眼泪一抹说:"妈,你别再上火了,我答应就是了。我嫁过去,你们好好过日子。嫁到老赵家,再怎么样都是他家的事了。"说着,眼泪又不由得涌流而出。

　　晚饭后,杏花找到周君,两个人来到河堤边的林子里,河水静静地流淌,两人相对无言,心里也在淌着泪。

　　好久,杏花强忍泪水:"周君,我就要嫁出去了,我不能看着我妈死啊。"

　　"怎么会这样？咱们不是说好了,一辈子在一起吗？我想过了今年秋收,就让我妈托人上你家提亲,老赵家的彩礼我们全退给他们。"

　　"远水救不了近火了,日子都定了,还有三天,老赵家老亲少友都告诉信了。"

　　周君抱住杏花,一边用手擦拭她脸上的泪水,一边说:"我们离开这,一起去外地,去一个谁也找不到的地方,我们回去准备一下,明天晚上就走。"

　　"不行啊,我也这么想过,可我爹我妈真的就活不成了。再说,他们也会找你爹妈说道,闹不好说不定会出什么事哪。"

　　"可是,我舍不得你,我说过,这辈子就非你不娶,心里不会再有别人。"

　　"周君,你别傻,我知道你对我好,我是真的没办法。小时候,妈为了我吃尽了苦,那年闹饥荒,她自己每天吃野菜糊糊粥,我怎么能忍心……"

杏花把周君的手放在自己胸前,两只泪眼注视着他说:"我这辈子心里只有你一个人,要不今天晚上我就给了你,也了了我一个心愿。"

两个人好了一年多,还从来没有像今天这样拥抱在一起,只有一次从呼兰回来,他们在路上拉过手。今天两个人紧紧地拥抱在一起,感觉到了互相的心跳,感受到了那温馨的体温。

许久,周君慢慢松开双手,一只手轻轻扶着杏花的柔肩,另一只手掏出手绢擦去她的泪水,说道:"我不能那样,这荒林野地,对你太不公平了。再说,如果赵家发现你不是黄花闺女,瞧不起你,对你不好,就是我害了你。"

"周君,我就是嫁过去,也不让他碰我的,我真后悔早没有给你,我身上今天也……在这里也不方便,我会给你留着……"

初春的夜晚乍暖还寒,两个人站了好久,杏花一个哆嗦,周君又把她拥在怀里。

"你冷吧,我送你回去吧,我只想看到你过得好,看到老赵家一家人对你好,你别总傻哭伤了身子。"

"我心里有你,我会坚强地活下去,用不了多久,我就会和他离婚,我不让他碰我,时间长了,他也就不要我了。如果到那时候你还没找,我就嫁给你!"

两个人泪洗双颊。

"太晚了,我送你回去吧。"周君把杏花送到路口,依依不舍。

杏花最后看了他一眼,强忍着泪,手捂着嘴转身向家里跑去。周君还呆呆地站在路口。

赵家的婚礼办得不很排场,却也顺利。杏花规规矩矩,按照主持人的吆喝,祭拜天地。然后和赵凡一起,分别向坐在北面的长辈,以及左右侧立的平辈叩首行礼。

晚上亲友散去,两人吃了宽心合喜面。喝了点酒的赵凡急着上炕,杏花把被子裹得紧紧的,说我身上不干净,正来事呢,你就别想那事了。

在赵凡眼里,杏花是个天仙般的美人,看到她的一颦一笑,他都觉得心神激荡,甚至不敢直视她晶亮的眼睛。好不容易等到今天,杏花又不方便,心里这个气呀。又不敢吵闹,怕惊动了爹妈,只得独自睡去。

一连十几天过去了，杏花还是不让上身，赵凡急了，对杏花吼道："你是我明媒正娶的媳妇，这算怎么回事？"

赵凡长得五大三粗，黝黑的皮肤，浑身肌肉发达，有使不完的力气，田里活计样样会，就是没念几天书。杏花雪白的皮肤，水灵灵的大眼睛，就像有一股魔力，使他平时见到杏花大气不敢出，进门这些天，也一直是怕她不高兴，哪敢冲撞她。今天竟然发火了，连自己也吓了一跳，后半句声调就降了下来。

"我身上不舒服，过几天再说吧。"杏花还是这么说。

"你是不是还想着那小子？可你已经嫁给我了，是我的媳妇了，你就得跟我睡觉。"赵凡见杏花还是推脱，刚压下的火气又上来了，一把抓住杏花，撕扯她的衣服。杏花紧紧护着不让脱，两个人在炕上翻滚着扭成一团，赵凡喘着粗气把杏花骑在身下："我今天，我今天非和你睡不可。"

杏花紧缩着身子说："我早是周君的人了，你还是休了我吧，你再找个黄花闺女，比我好的有的是。"

"你他娘的放臭屁。"赵凡气得火冒三丈："你说得轻巧，你知道为了娶你，我家抬的钱得干几年才能还上？本指望你进了门能传宗接代，也多个干活的人。早先你在外边，跟姓周那小子，风浪跑骚，我没怪你，可过了门，你倒这样对我，你把我当成什么人了？"

不管怎么说，怎么骂，巴掌拳头全用了，杏花就是不让他上身。通常情况下，一个女人真正不配合，男人其实也很难做到。

杏花喘息着说："你再硬逼，我就死给你看！"赵凡不敢再用强了。憋气又窝火地躺在一边喘粗气。这漂亮媳妇如今成了掉进灰堆的豆腐，吹不得也打不得。

两个人其实早已经惊动了对面屋里的两位老人。虽然原本就有退亲的想法，可赵凡十分愿意这门亲事，哪想会是这样。只看见赵凡这几天说话打蔫，干活没劲，不知道因为啥，没想到十多天了，儿子还没有真的入洞房成亲。两个老人心里一起为儿子感到憋屈，在地上直转圈，想不出办法。

"不行就休了吧，强扭的瓜不甜呢。"赵凡爹闷闷地说。

"那怎么行啊，咱们还有脸见人吗？再说咱儿子也老大不小了，啥时候能攒够再娶亲的钱，咱的命咋这样啊！不行，咱得帮儿子来硬的，把生米做成熟饭，她也就顺啦。"

赵凡爹摇摇头："那孩子性格挺烈剧，要真弄出人命来，咱可得摊官司，还是想想别的办法吧。"

第二天晚饭后,赵妈把儿子叫到自己屋里,扒着耳朵教了儿子一番话,赵凡无奈地点点头。

杏花收拾完碗筷,又热了猪食,然后坐在炕沿上缝袜子,很晚了才和衣睡下。朦胧中赵凡骑到了她身上,撕扯着她的衣裤,嘴里嘟囔着:"我受不了了,受不了了。"下身硬邦邦地直往身上撞。杏花死死护着裤子,两人纠缠在一起,大约十几分钟,赵凡突然大叫一声倒在炕上,翻滚起来,杏花惊呆了。

赵凡爹妈闻声进来,"怎么了?怎么了?"赵凡不言语,只是在炕上翻滚。

"八成是犯了尿劫了,哎哟,这可怎么办呢?"赵凡妈哭出了声。

农村旧有犯尿劫的说法,还有血劫,都是在性生活方面过度或者不和谐而引发的急病。传说西门庆就是死于血劫。

赵妈声泪俱下:"这是怎么啦?你给他吃什么啦?"

"没有,没有,他什么也没吃。"杏花吓得浑身发抖。

"那刚才你们是不是想在一起办那事了?"赵凡妈止住了哭声问道。

"没、没有,他、他想,我们没……"杏花惊慌地说。

"花儿,你知道吗?这是尿劫,是办不了事要命的病,我的儿子怕是活不成了啊……"

杏花过去只是渺渺听人议论过这怪病,一个小姑娘,根本没认真听,就是听了也根本不懂是怎么回事。眼前只看他痛苦地翻滚,婆婆说得邪乎,刚才怀疑给他吃了什么,现在急得直转圈。

"妈,快找大夫吧!"

"这个病大夫也没辙,外人谁也不行,只有女人能救他的命,可是,别的女人这时候谁能来跟他办这事哪,现在只有你能救他的命。"

"妈,我,我不行……"

"我的好媳妇啊,赵凡还年轻,他是真的对你好哇,妈求你啦,我们给你跪下了,他挺不了一个时辰就没救了,你就救他一命吧。"

杏花心里已经下了决心,不跟赵凡有夫妻之实,甚至不怕以死相对。他要兑现承诺,把自己的纯洁之身留给周君,迫使赵凡离婚。她不喜欢赵凡,尽管赵凡一直迁就照顾她,两人没有感情,也没什么仇恨,只是想离开他。没想到今天会犯病丢了性命。

二老跪在地上，赵凡在炕上翻滚，杏花心里乱了。她不怕死，不怕打骂，却从来没想过，因为自己要了他的命，真那样的话，自己怎么办？爹妈怎么办？眼前这二老别说放不过自己，他们今后的日子也没法过了。

"我不躲了……爸，妈，你们出去吧，让你儿子……"

赵凡妈喜出望外，连忙站起身，千恩万谢，让杏花在赵凡身边躺下，然后走出门外，轻轻关上房门。要回自己屋里的赵凡爹被赵凡妈拉住，停在门外听着。

杏花脱下衣服，躺下身子，把上衣盖在自己脸上。赵凡转过身来，分开她的双腿，直挺挺地插上去，杏花啊的一声，一阵剧痛震颤全身，随即紧咬双唇，不再出声。

这些天，俊媳妇就在身边，自己干着急，简直就要憋疯了，今天终于骑到了她的身上。赵凡急切而粗暴地抽送着，很快一泄如注。随后趴在杏花身边睡着了。

他没有看见，杏花慢慢推开他的手臂，取下脸上的衣服，低头看见褥子上那一片殷红，两眼泪如泉涌。

这以后杏花还是千方百计不让赵凡上身，一两个月勉强做上一次，杏花也是像死人一样挺着，哪有情趣可言。而且每当这时，她的悲伤就滚滚涌来。周君，我对不起你，我的心给了你，身子却已经给了赵凡。她觉得自己的心死了，已经不能把第一次留给心爱的人了。赵凡也是出于生理饥渴需求，在机械粗暴中求得快感，却从来没有真正地一起愉悦过。

一年过去了，杏花竟怀了孕。她偷偷找大夫弄了服药打掉了。赵家传宗接代也没了指望。又一年过去了，杏花不说，赵凡提出了打八刀。

此时周君还是单身一人，杏花托表妹小兰找到他，说杏花问你，她现在已经被老赵家休了，你还要她吗？

周君回话："要！我这辈子谁也不娶，只要杏花跟我，什么时候都行。"

这两年多，周君跟着爹在杂货铺学做生意，提亲的络绎不绝，都被他以各种借口回绝了，爹妈着急上火也没有办法。

杏花离婚了，周君提出要娶她，说如果不同意娶杏花，就一辈子打光棍，爹妈虽然打心里往外地不愿意，几番反复，还是无奈地同意了。

成亲的夜晚，两人躺在炕上，紧紧抱在一起。杏花说："我对不起你，没保住身子。他得了那病，我真怕他死了，没想到你还不嫌弃我。"

周君说："你的事我也听说了，一点也不怪你，赵老太太心计太嘎咕了。都过去了，我们以后好好过日子就好了，什么也别去想，能娶你，我就心满意足了。"

杏花第一次放开情怀，主动与周君鱼水情欢，激情荡漾，感觉到命运在玩弄了自己之后，又把曙光照进了她的窗口。

第二年，儿子出生了，取名叫周维新，小名小舟。杏花忙里忙外，老人孩子、家里地里，成了勤劳简朴的过日子好手。亲友邻居有事都热心帮忙，老人的印象也潜移默化地发生着变化。周君和父亲的杂货铺也红红火火，扩大了店面还开了分店。

天有不测风云，儿子四岁那年，周君得了肺结核，几经反复一直没好利索，家里全靠杏花支撑。好在前街住的叔伯兄弟周民，经常来帮助干些农活。身为嫂嫂的杏花，有时也弄些好吃的，让周民来吃。周民不仅能干活，还会说话，总是夸嫂子贤惠、漂亮。杏花虽然有些反感，心里却也爱听。

这一天，周君去城里看病，杏花想陪他一起去，可是地里草苗一起长，只好让周君自己到公爹的铺子去，由公爹领着去看大夫，自己下地干活。

刚铲了一个来回，周民扛着锄头风风火火赶来帮忙。看到他汗流浃背的样子，杏花拿出水壶喊道："周民，歇会儿喝点水吧。"

周民来到树荫下，接过水壶，仰头喝了一大口水，顺手抓住了杏花的手："嫂子，你太辛苦啦，谁能娶你真是好福气……"

"周民，你放开手，你干什么？"杏花惊讶地说道。

周民放下水壶，却没松手，一把将杏花搂在怀里。

"你这浑蛋，真不是人，我是你嫂子，我喊人啦。"杏花挣扎着。

"想你这些年了，我哥他身板不行了，让我伺候你吧。"说着抱着杏花躺倒在地上，开始解她的衣服。

杏花说："你别弄坏我的衣裳，跟我硬来，没门。赵凡都不能硬来，你更别想。"

周民说："这卤水点豆腐，是一物降一物，你对赵凡那是从心里烦，我却能让你浑身上下里外都舒服。"

杏花说："你是黄皮子撅尾巴，放不出个好屁。你也老大不小了，寻思点正经事，将来娶个好媳妇过日子。"

周民一只手抚摸着杏花的后背，另一只手抓住杏花反抗的双手，说道："我想娶的就是你。嫂子，你千万可别小瞧了我，这包子有肉不在褶上，我们两个试试你就知道了，你还舍不得我呢。"

杏花挣扎着侧过身说："有骆驼你不吹牛，我要是就不让你干呢？"

周民说:"你不干,我可死不了,我没病。你要真不干,回去我就下药,把你爹妈和周君都药死,然后我再和你一起死。"

"你真不要脸,他们谁惹着你了,要死,我现在就和你一块死。"杏花一边说着一边用力挣扎着要坐起来。

周民一看吓唬不住,一咬牙,啪、啪两大巴掌打在杏花太阳穴上,杏花只觉得天旋地转,眼冒金星,手脚无力,被他几下脱去衣裤,杏花还没有缓过劲来,周民早已长驱直入。

杏花心里这个恨啊,可是浑身无力反抗。周民双手配合,上下齐动,心想反抗的杏花却被弄得浑身酥软,既难受又舒服的感觉一起涌出。

周民看在眼里说道:"嫂子,你放心,我不会亏待你,我是真心对你好,肯定让你舒服。"

"你对得起你哥吗,你就不怕我告诉他?"杏花喃喃地说。

"周君那身板不行,能活着就不错了,今后什么时候想我,就叫我一声,我随时伺候。"杏花心里有一种说不出来的感觉,心想这小子是不是给我做了手脚。于是问道:"你是不是给我水里下了什么东西?"

"没有,没有,我用不着,只要你跟我好,今后有你舒服享受的,不信明天咱俩再试试,到时候你就得求我了。"

回到家里,杏花好腻歪,说不出是恼还是怒,是羞还是愁,怎么惩罚这个畜生?告不告诉周君?他那病身子受得了吗?这事声张出去自己也没脸面。唉,还是先别说吧,但愿这小子下不为例。再说平时周民也真没少帮忙。

几天平静地过去了,周民又开始往杏花家跑,趁人不注意悄声对杏花说:"嫂子,怎么样,想我了吗?你就不想再试试,享受享受。"

杏花眼一瞪:"你个挨千刀的,再不许说这事,咱俩啥事也没有,别再提你那缺德事。"

周民知道杏花不会再声张,不会再难为自己了,上前突然亲了杏花一下。"好嫂子,再见!"

杏花望着周民的背影,心里不由得暗想,这小子怎么搞的,跟赵凡只有痛苦和恐惧,周君充满温情和体贴,可这小子这种感觉,真说不出是什么滋味。

中秋节前夕,二老带着孙子去白旗屯随礼喝酒,周君在杂货铺看摊子。周民拎着两包月饼走进屋来,见家里无人便动起手来,杏花心里不知道如何是好,想撵他走又不想开口,两人半推半就滚到炕里。

在炕上不比地里,在树下杏花是挨了打,无力之际身陷被动,今天多少有点再体会的意识,心里有着说不清的恐慌和期待。两人似干柴烈火,激情燃烧。周民双手上下抚弄,下边快慢相间,直弄得杏花香汗淋漓,浑身颤抖。她心想,这做女人怎么还有这么美的感觉,她开始在缠绵中探索并享受着这种感觉。

周民一门心思和杏花好,往来日益密切。俗话说天下没有不透风的墙,周君和二老都有察觉,二老让周君多留点神。

一天晚上,周君和杏花温存过后,终于开了口:"花儿,有人说,周民和你不正经,真有这事吗?"

杏花知道该来的终于来了,心情平静地说:"周君,是我不好,我知道你爱我,一直都爱着我,我欠你的。我从来没想过要离开你,可是事已至此,你要嫌弃我,我们就离了吧,你再找个好姑娘,我和周民带着这孩子过。"

看杏花并不否认,周君半响无语。许久,唉了一声:"没想到还会有这样的事发生,我说过这辈子就娶你一个人,只要你好就行,我不和你离。我、我也不管你和周民的事……我没几年活头了,就想在你身边,看着你把孩子抚养大。周民是家里人,这些年也没少帮咱们,就这样互相帮着过吧。"

杏花的心里在流泪,紧紧抱着周君:"我这一辈子都对不住你,你是我心里永远爱的男人,来世做牛做马也要跟着你。"

两个男人都对杏花好,他们不去听外边的风言风语,周民一直不娶,一个心思喜欢杏花。杏花心里却总像背着锅,拼命想报答这两个深爱自己的男人。家里屋外,上老下小,大事小情,心到手到。

这一天从地里回来,突然咳了血,她瞒着全家人,吃点小药顶着。后来,还是周君发现了,叫周民带她去了"永德堂"。大夫嘱咐尽早准备后事吧。

回来不久,杏花终于躺下啦,看着围在身边的亲人们,杏花眼里此时没有泪水,平静地说:"爸、妈,杏花不能伺候你们了,周君和舟儿,你们还得操心。"

她缓缓地取下手腕上的镯子,对周维新说:"舟儿,这镯子是我姥姥传给我妈,我妈又给了我,现在留给你,是真正缅玉的。"

"周君，这一生遇见你，我知道了什么是真爱。你身体不好，本想多照顾你几年，没想到走在你前头了，我们只有来生再聚啦！"周君悲痛欲绝，紧闭的双眼仍然挡不住泪水涌出。

"周民，你是我没有名分的男人，前世的冤家，今后和你哥好好相处，多帮帮他。我这些年积蓄不多，除了留给你哥和舟儿，余下的留给你，找个好人家姑娘成个家，我和你哥也就放心啦。"

周民抽咽着说："嫂子，你别说了，我记住了。"

杏花停止了呼吸，舟儿撕心裂肺地哭喊着，她却再也不能回答，永远闭合的眼角，凝挂着一滴眷恋的泪珠。

又是清明时节，草木依然枯黄着。周民和新娶的媳妇方雨晴，来到杏花坟前，准备上坟扫墓。只见地上一大堆烧过的纸钱，已经成为灰烬，四处飞舞开来。周君坐在坟前，满脸泪痕。

周民把供品仔细地摆放在坟前，低声说道："杏花，我们来看你了，以后我们会经常来看你。然后，走到周君身边低声说："哥，我们先走了，你也回去吧。"二人转身离开时，周君还坐在那里，像是在对杏花无声地诉说着什么。

几年后，二老和周君相继过世，周君临终把周维新和"兴和盛"杂货铺托付给周民。周民和方雨晴把周维新抚养成人，不禁有些娇生惯养。送他上学后，认识了后来结拜的三兄弟。

试看：

孤军浴血赴时艰　奋战无援策马还
莫道情缘深与浅　依稀往事水潺潺

第四章

青岱气绝　大侠现身震敌胆
升三作孽　地痞仗势害无辜

　　呼兰火车站被袭击，日军守备队损伤大半，关东军司令部大为震惊。此时，本庄繁已调回东京任军事参议官，武藤信义接任。小矶国昭、冈村宁次为正副参谋长。武藤信义把平贺贞章训斥一顿，随后制订了新的军事行动计划，关东军再次集中三个师团的优势兵力围剿马占山，命令平贺贞章率部尽快消灭才鸿猷。

　　平贺贞章虽然没有责怪周文武，却也对他有所猜忌。他出动三个骑兵大队，三个步兵联队，进军驿马山追剿才鸿猷；任命马子英为呼兰县自卫团团总，授予陆军少将军衔，直接指挥治安剿匪大队，从而分散了周文武的权力；任命胡升三为马子英的上校副官，兼任呼兰街长。

　　治安剿匪大队进一步扩充，一些社会地痞、流氓土匪被召集起来。他们借势欺压百姓，为了向主子邀功，四处游荡，以剿匪为名，随意抓人。

　　自古相传，江北胡子不开面。各朝各代，松花江两岸匪患从未断过，历史的评价也各不相同。他们最大的特点是与官府作对，打家劫舍，杀富济贫，也有的不分贫富都加以袭扰。他们有时也杀贪官，反抗外夷入侵。所以，既有人被称颂为江湖好汉，也有人被认为罪大恶极，还有人成为民族英雄。一部分人眼中的顽匪，又被另外一些人从另外一个角度，称为农民造反起义。就像梁山好汉，后人评价是被招安的农民起义队伍，也有人说，他们是朝廷镇压其他农民起义的帮凶。可在蔡京、高俅眼中，他们却永远是贼是匪，最好的办法就是斩草除根。

呼兰的土匪，大致分为专业和业余两种，专业的就是首领有名号，有据点，有职责分工，有内部等级森严的规矩，有宗旨和目标，以首领的意志为核心，奉行家长式统治，往往带有宗法观念色彩。主要行为是绑票勒索，杀人越货，贩卖违禁物资等。

另一类是潜散在乡村农户中的业余类，人数分散。平时表面上是老实农民，一有机会，往往乘夜间在僻静处，劫道取财，行话叫"砸孤丁"，一般不留痕迹，隐蔽性强。至于后来国民党特务，勾结汉奸土匪组成的匪帮，则是有了更鲜明政治目的的新型匪徒。

日军入侵前后，呼兰大部分绺子参加了抗日活动，也被称为抗日武装。当然，也有借抗日之名四处索要捐粮捐款的事，很多土匪也一直没有停止干自己的本行。

土匪都有自己的联络方式和黑话，一些土匪混杂在村民之中，普通农民也多少懂几句土匪黑话，简单黑话也在民间流传。

这一天，被马子英招进治安剿匪大队的周凤喜和常子青，与队里几个人坐在一起喝酒。酒过三巡，常子青说："马总看得起我们，让我们清剿抗日分子，我们总不能让马总失望，更不能让日本人看不起，我们得在周队长带领下，干几件漂亮事。逮不住家雀咱掏蛋，摘不着甜瓜咱就拔秧。"

周凤喜外号笑面虎周麻子，他的麻坑是大坑套小坑，心里的坏主意却比麻坑还多得多。见人说话先带三分笑，心里琢磨的是另外一回事。平日他管常子青叫"青肠子"，常子青却不敢当面叫周凤喜的外号。

此时周凤喜嘿嘿一笑："'青肠子'，你又想到了什么阴损的高招？"

常子青趴在周凤喜耳边低声细语一番。

周凤喜挤挤鼻子说道："人家都说我周凤喜故咚，嘎咕心眼子多，和你'青肠子'比起来，那是拎着棒子叫狗，远去了。"

常子青的祖上三辈都是种地的农民，他的父亲从出生到去世，也没有离开过西井子，一辈子没念过书，又娶了一个和自己一样，没有念过一天书的老婆。生了两个儿子，老大常子红，老二常子青。全家人生活困难，男的向无所求，女的却自认命苦，信神信鬼，信左道旁门。动不动请个跳大神的来，把自己全家都舍不得吃的鸡鸭奉上，折腾一番。

这一年，十九岁的老大常子红突发急病，先是肚子疼痛难忍，接着后背前胸浑身疼痛，脑袋上豆粒大的汗珠直冒。常子红从炕上翻滚到地下，哭喊着让爹妈救命。当爹的惊慌失措,不知如何是好,他娘对着他爹大喊:"这是大王来抓我们家老大来了,你们快去把灶坑门用黄纸糊上,用筛罗把烟囱扣上,再烧三炷香,祷告祷告,一会就好了。"

家里人连忙糊的糊,扣的扣,烧香的烧香,祷告的祷告。这一切都做完了,常子红已经咽了气。

那一年常子青十三岁,后来有一次发高烧,他娘也是不请大夫,给他烧了一个印花票,常子青命大,硬是挺了过来。

爹娘先后离世,常子青无依无靠,到处流浪吃百家饭,二十岁那年,投奔了黄土山上的绺子,不仅养成了一身匪气,而且结识了周凤喜等人。不久,因为一票买卖,结交了马子英。二人与马子英家一直关系密切,周凤喜现在担任小队长,常子青就当了副队长。那年马小子被马占山枪毙,马永堂曾打算与周凤喜和常子青,联合几家绺子报仇,被马老三马玉堂制止,说你们不能冲动蛮干,君子报仇十年不晚,马占山那么多人枪,咱们根本不是对手,闹不好还会祸及全家,也会连累你们和其他兄弟们,此事就放下了。他们仇恨马占山,当然也记恨周文武。

马子英接管治安剿匪大队,命令手下严查抗日武装分子,并且一有机会,就在日本人面前,说周文武的坏话。周文武表面装着什么也不知道,心中暗加提防,不让马子英有可乘之机。

常子青得到周凤喜的默许,又与另外几个人一阵低语,几个人都吃了一惊。其中一个人伸了一下舌头,瞪大了眼睛看着常子青,有些疑虑地说:"这能行吗?"

常子青十分不屑地说道:"妈的,你瞪什么大眼?老子吃奶的时候,你还没出生呢。眼下这也是没办法的办法,有头发谁他妈想当秃子?这兵荒马乱的时候,撑死胆大的饿死胆小的,谁不想立功发财,就别参加。"

几个人连忙点头:"参加,参加,常队长,我们听您的。"

他们来到杨家店,常子青租了一间客房,几人分别与住店的人闲聊,发现是有点背景的大户人家,就不再理会。

杨家店和姚家店是呼兰两家最大的普通客栈,四乡农民进城赶集购物,人和车马大多住在这里,人员流动性大,也是各绺子土匪有时光顾的地方。

杨家店在呼兰很有名气。院子里竖的幌杆子上,钉着一条大木鱼,表示昼夜营业。鱼嘴衔着一个倒放的柳罐斗,表示可以停放车马,下垂蒙着半边红布的罗圈,表示能住客商。罗圈多少代表店的大小,有一、三、五个的,最多七个。杨家店挂了七个,不仅供吃住,还有仓库寄存货物钱财。

第二天,店里来了七八个中青年人,和昨天来的两伙人认识,都是榆树、祁家一带出来贩牛买羊的。常子青过去在黄土山为匪,知道方台、杨林一带,以贩卖牛羊为生的很多,都是些穷苦农民。他眼珠子一转,心里有了主意。于是,上前与两个正在卸车马的人搭话。

"这位大兄弟,你这是从哪来呀?"

"呃,从榆树村。"年轻人答道。

"你们是贩牛的吧?"常子青漫不经心地问道。

"是啊,你是干什么的?"年轻人回答并随口反问。

"我是个做小生意的,不像大兄弟你是做大生意的呀。"

人有虚荣心,往往喜欢听好话。出门在外也愿意多几个熟人,有句话叫作多个朋友多条路。常子青一捧,两个人就拉近了距离,扯开了话匣子。

"大兄弟怎么称呼?"常子青一脸的笑容。

"我姓石,叫石磊。他姓王,叫王天庆。你贵姓啊?"青年人毫无戒备之心。

"啊,一个山根蔓(姓石),一个虎头蔓(姓王),我姓刘,顺水蔓。"

"大哥,你可真随和,一定是干大事的。你们也住在这吧?"叫王天庆的人也开了腔。

"是啊,就住在这。有个孙老鹞子,你们知道吗?"常子青显得很随便地问道。

很多年轻人往往怕别人认为自己见识少,瞧不起自己。石磊还真知道大名鼎鼎的孙老鹞子孙鹏。于是说:"孙鹏大当家的呀,认识,认识。他原来也是贩马的,后来在康金井、白奎堡,一直到黄土山一带成了大家子(土匪首领)。"

"兄弟,我看你是有骆驼不吹牛,老虎没在家,你吹个豹(暴)啊,你真的认识孙老鹞子?"常子青故意激了一句。

"这可不是吹的,以前贩马的时候就认识。"石磊解释说。

"那你怎么没去挂注(入伙)跟着发财?"常子青又问。

"嗨,采花(劫持妇女)架票(绑票)搬老黑(贩卖大烟)的事,咱干不了。再说了,入绺子咱也没有投名状(见面礼)啊。"

周凤喜板着脸从旁边走过来说:"我怎么看你不像个地蹦子(小土匪),你是内四梁还是外四梁子(分管土匪内外事物的八个重要职位)?"

石磊一听这话,一下子蒙了。"大哥,你可不能瞎说,这要是让警察局的听了去，可麻烦了。"

"看来你害怕警察，那你不是土匪就是抗日分子，你的枪藏在哪了？"周凤喜厉声喝道。

"这位大哥，我哪有枪啊？你我都是实在人，多跟你闲扯了几句，你们可不能坑人哪！"年轻人显然有些害怕了，转身和常子青说道。

常子青仰着脸，看着天，不出声。

"来人哪。"周凤喜大喊一声，几个人立刻掏出手枪围了上来。

"把他们的马车和住的屋子全部搜查，还有昨天住进来的那些人，都要仔细搜查。"周凤喜大声吩咐。

不一会，有人报告，在马车的谷草下面，发现一把手枪。另外一个手下报告，在昨天来的人屋内，搜出尖刀两把。

"还说你们不是抗日分子，这刀枪是哪来的？是谁的？是干什么用的？赶紧说。"

"这都不是我们的呀，各位大哥，啊，大爷，你们行行好，真的不是我们的啊。"那十几个人七嘴八舌分辩着。

周凤喜走到石磊面前说："你长眼睛没有？刀和枪就摆在这，你说不是你的，那你说是谁的？难道是我的吗？你们谁承认了，就放了其他人。"

谁也不敢承认，都说不是自己的。常子青一挥手："那就全带回大队部。"

店主杨掌柜的见情形不对，走过来，悄声对常子青说："这位兄弟，请借一步说话。"两人走出几步，常子青站住了，眼睛斜视着他说："有什么话就说吧。"

杨掌柜说："我这杨家店一直都是本本分分做生意，大家都知道，还请您多关照。"说着拿出十块大洋，放在常子青手里。

常子青黑眼睛看见了白银元，一边装进口袋，一边说道："你怎么百家姓没了赵，开头就是钱？好吧，今天算你开事，就先不带你走了，以后再说。"

杨掌柜又说道："这些人都是常来常往的客人，都是好人，良民。您高抬贵手，放他们一马吧。要不，以后我这生意也没法做了。"

"姓杨的，给你面子了是吧？让你进屋暖和暖和，你还要脱鞋上炕。好人？良民？你是要包庇他们吧，你知道窝藏抗日分子该是什么罪吗？"常子青腻烦地皱着眉头，拉长了脸，翻着白眼说道。

"不是，不是。我怎么敢。我就是个生意人，他们都是经常来住店的，只求您高抬贵手。"杨掌柜一个劲作着揖说。

"经常来住店？看来你和他们很熟啊，你的事先放在这，咱们以后再说。"常子青对手下一挥手："把这些人都带走。"

治安剿匪大队部审讯室里，一番严刑拷打后，也没审出什么有价值的东西。有几个人受刑不过，屈打成招，承认刀枪是自己的，却说不清来路，承认是土匪是抗日分子，却交代不出具体情况。

马子英向平贺贞章报告，抓住了十六名化装进城的抗日分子，缴获一支枪，两把刀。虽然没有重要人物，但是可以杀一儆百，震慑那些反满抗日分子。这正符合平贺贞章的心思。强化治安，除了利用汉奸特务之外，必须对这些抗日分子严加惩处，震慑老百姓，彰显大日本皇军的神威，也好向司令官交代。

于是，平贺贞章亲自签发死刑布告，将这十六人在呼兰城游街示众，然后用铡刀切下头颅，分别装在铁丝笼子里，悬挂在县城北门外的大树上。

马子英更加得到平贺贞章赏识，对周凤喜、常子青及手下人，分别奖赏三百块和一百块大洋。

杀了十六个人，常子青又找到杨家店掌柜的，说你通匪的事是板上钉钉，我倒想给你疏通疏通，可手下的弟兄怎么办？杨掌柜虽然已经托人求情，此时也只好低三下四说好话，又拿出五百大洋分给了常子青和那几个手下人。

得了好处的手下各个欣喜万分，吹捧两位队长本事大。

常子青说："猪往前拱，狗往后扒，人无外财不富，马无夜草不肥，想发财就得动脑子。今后跟着周队长和我好好干，有你们的好处。"

才鸿猷、邓文、李海青各部退入山区，平贺贞章指挥的日军主力紧追不放，一路上残酷追杀围剿。才鸿猷决定部队避其锋芒，分散游击。这一天，才鸿猷召集部下开会，安排化整为零，骑兵变步兵，分散进入深山，等日军撤离后再行聚集。

会后，才鸿猷对王廷峰说："廷峰，你的伤还没有完全养好，以后山里的形势会更加严峻，我想派你回呼兰去。"

"旅长，我不回去，我和你在一起。"王廷峰感到很突然。

才鸿猷说："我身边是很需要你，但是我们现在被动挨打，没有给养补充，消息也不灵通。呼兰是你的家乡，人熟地熟，你要通过关系，最好能打入县公署或者警察局，成为我们的一根钉子，一把刀子，这样的话，也许你能发挥更大的作用。"

"既然是这样，那我回去。旅长，你要多保重啊！"王廷峰实在有些难舍难离。

"放心吧，我们很快就会见面的。过些日子，我派人去和你联络。"才鸿猷说完，紧紧抱住王廷峰的肩膀用力地摇了摇。

王廷峰潜回呼兰,来到工夫市胡同刘铁志家中,刘铁志几乎认不出他了,兄弟相见高兴万分。两人简单叙述了分别以后的经历,王廷峰说明来意。刘铁志说:"我先给你找个安全的地方住下,其他的事我们再商量。"

晚上,刘铁志回来告诉他,暂时住的地方已经安排好了,就在北烧锅粮仓附近,那里很僻静,北烧锅有一些外地雇工,掩护身份比较方便。

两个人有说不完的话,一直唠到深夜。王廷峰问起张野和周维新。

刘铁志说:"张野留学去了日本,年前有一封信回来,说他学的是农学,他很想念家人和几个兄弟。周维新还在经营那几个店铺,呼海巴拜四处跑,我也有一阵子没见他了。他爹现在是县商会的副会长。"

王廷峰点点头说:"这两天安顿下来,我们就去看看他。"

刘铁志说:"那好,我们一起去。"

刘铁志又向王廷峰介绍了日军占领呼兰后,呼兰城里发生的一些事情,说到马子英和胡升三治安剿匪大队扩编以后,胡作非为,闹得人心惶惶。马子英和周文武面和心不和。伪县长高乃济借治病之机逃往吉林,已由梁兆凡接任。这几天,日军杀了十六个"抗日分子",还悬首示众,搞得全城惊恐不安。王廷峰沉思片刻,在刘铁志耳边一阵细语,铁志点点头。

深夜,两个站岗的日军哨兵,被杀死在铁丝笼旁边。都是被刀抹了脖子。周凤喜也在家里被杀,人头被挂在铁丝笼旁的大树上。平贺贞章的杀人布告上面用墨笔写着:"惩处汉奸,消灭日寇,还我河山。"下面署名"兰河大侠"。

第二天清晨,平贺贞章陪同东京参谋本部派来的满洲视察团团长青岱武夫,连同随团记者,到北门视察,拍照前日被处死示众的十六名抗日分子的人头和布告。一行人刚刚走到北门,突然都惊呆了。两个被抹了脖子的日本兵,狼狈地躺在铁丝笼旁边,还有一颗人头挂在树上。看到兰河大侠在布告木牌上写的大字,青岱武夫发疯似地抽出战刀,用力狠狠地劈向木牌,由于用力过猛,随着刀落,他也一头栽下马来。卫兵和记者慌忙上前,七手八脚把他抬上车,脑血管破裂,刚到医院他就断了气。

日军震慑百姓的效果大打折扣,人们到处传播着兰河大侠的神秘和厉害。治安剿匪大队还在四处搜查抗日分子,只是没有前几天那么嚣张了。

平贺贞章责令周文武和马子英尽快破案。随后他亲自主持,成立呼兰县治安维持会,由日军守备队长熊野御堂为会长,宪兵队长、警察局长、自卫团团总,以及商会会长,农会会长等十三人为委员。开始整顿自卫团,改编警察队,收缴民间枪支,实施保甲连坐制,进行人口调查。

呼兰街长胡升三,人称"胡大肚子",兼任了呼兰街治安维持会会长、义勇奉公大队长。身兼数职,风光不可一世,越发横行霸道。马子英说他是老公鸡戴帽子,冠(官)上加冠(官)了。

胡升三是个矮胖子,大脑袋大嘴巴,一对儿小三角眼,薄薄的嘴唇,很是能说会道,睁着眼睛撒谎不脸红。人们说,一个人说句谎话并不难,难的是一辈子总说谎话,不说真话,他却做到了。爹妈给了他一个矮小的身躯,他却有着无比贪婪的欲望,腆个大肚子,里面全是坏水。

他爹原是腰堡的大地主,在他十六岁那年,就给他娶了一个大户人家的小姐凤娇。他不愿意读书,更不愿意干活,整日游手好闲,吃喝嫖赌,败家犹如水冲沙。

他爹派人陪他去学银匠,他心血来潮,自己要开银店,他爹就给他拿钱,在呼兰开了一个鑫龙银店。没想到他是三分钟热血,赔了个血本无归。又去办了一个鸿升客店,总是见异思迁,这山望那山高,老地主说他是个十足的败家子。到他爹那年被土匪绑票,家里已经拿不出那么多的赎金,等到家人凑够了赎金送去,老地主已经饿了好几天,还被割了一只耳朵。几年后老地主急病死去,胡家家境每况愈下,不时要靠凤娇娘家接济。

后来,胡升三投靠了马子英,给马子英出了不少馊主意,也帮他搜刮了不少钱财,当上了马子英的副官。现在更是平步青云,有职有权,威风伴随着肚子日益见长。有人说他是包脚布做帽子,一步登天了。

他多次对手下人说:"我在呼兰,吹口气刮大风,吐口唾沫河水涨。以前,皇上下面有忠臣也有奸臣,你们在我手下,就要像前朝的大臣忠诚于皇上一样忠于我。现在,日本人是太阳,我就是月亮,你们都是星星,我借日本人的光,你们就得借我的光,我就是你们的主公。谁要是不当忠臣,我就让他永远暗无天日。满洲国现在是铁桶一般,就不要想自己是中国人了,咱们是满洲国人。"

他派出手下人,四处打探各方面的消息和舆论,然后,千方百计排除异己,残害对他不满的人。手下人也有的捕风捉影,借题发挥,打小报告,从中渔利。更有见风使舵,溜须拍马之人,像苍蝇围着臭肉一样围在他的身边,肉麻地吹捧,甚至为虎作伥,干了很多丧尽天良的坏事。

这一天,胡升三听手下人报告,"忠厚永"的老板李双鹤,在饭店与人吃饭时说:"胡大肚子以前不让救济灾民,现在又要替日本人配给粮食和各种物资,从中获取暴利,还要给日本人集资捐款,简直就不是人。他原来也就是马子英门前的一条狗,见人只会摇尾巴。可是得志便猖狂,一转身,是狂叫乱咬,横行霸道,早晚会遭报应。"

胡升三气得暴跳如雷,小眼睛一转,叫来付二力,对他说:"二力,李双鹤家小儿媳妇长得挺俊,你想不想……"

付二力原来是呼兰街里一个小地痞,长得贼眉鼠目,尖嘴猴腮,面黄肌瘦,蜂腰削背。他的脑袋尖而长,一双小鼠眼长在马脸上,显得特别别扭。胳膊腿细得像麻秆,穿着衣服就像挂在衣服架子上头一样。此人最大的特点是好色。早年因为调戏妇女,曾经被周文武的手下抓进监狱,家人花钱托胡升三把他捞了出来,从此唯胡升三的马首是瞻,助纣为虐。

今天听胡升三说到李双鹤的小儿媳妇,付二力连忙说:"我知道,知道,那次我看到那小娘们,都看傻眼了,可是李双鹤是大商户,家里有好几个店铺,我是干眼馋,没法下手啊。"

胡升三圆睁双目:"二力,你说曹操为什么能成大事?就是宁我负天下人,不让天下人负我,顺我者昌,逆我者亡。不管别人说什么,怎么样看我,我就是我,与我作对就必须吃苦头,对我有用我就让你享福。只要你小子好好的给我办事,我绝不能亏待你,李双鹤家这件事我帮你办了。"胡升三说完,招招手让付二力过来,对着他一阵耳语。

几天后,李双鹤的儿子李冰正在街上走,被两个警察,二话不说,抓到勤劳奉仕大队,当天就送到平房修飞机场去了。

李双鹤托周民出面,找到胡升三。胡升三一听,显得很吃惊地说:"哎呀,怎么有这样的事?既然您都出面了,我明天就去求求熊野队长,看能不能快点放回来。"胡升三表面上给周民面子,不是因为周民是县商会的副会长,而是因为女儿胡彩凤正缠着他,要嫁给周民的儿子周维新。

三天过去了,毫无音信,李双鹤送过来一千现大洋。胡升三说:"我已经去求过熊野队长，正在等消息，这钱你是先放在这里，等孩子回来你再拿回去，还是为了事情办得顺利一些，我先给熊野队长送去呢？"

李双鹤连忙说："胡街长，求您先送给熊野队长，只要孩子能快点回来。至于您的那份，我改日再给您送过来。"

十几天又过去了，钱已经送了几次，还是没有人影。李双鹤开始怀疑，这里面是不是有其他原因，他和周民共同分析，可是一时也理不出个头绪。

周民说："我们可能是三光庵里借木梳——找错门了。可是，眼下也没有别的办法，只能是再花钱吧，但愿能花钱免灾。抓去给日本人修工事的人，没有几个活着出来的，日本人为了保密，往往工事修完了，就秘密处死，既然钱已经花了，也别心疼，人要紧。"

付二力这几天，一直注意着李双鹤的动向，今天见他到"忠厚永"去了，就叫人盯着。自己快步来到李家，开门的正是李双鹤的小儿媳妇秀花。秀花问道："你找谁？"付二力左右看看，轻声对她说："我叫付二力，你丈夫李冰已经被日本人抓去修工事，现在是凶多吉少。我是来报信的，我们进里面说话。"

秀花心慌意乱地把付二力让到屋里。付二力说："我知道你们求了胡街长，可这件事胡街长也不一定好使。不过，你要是能跟我好，凭我跟熊野队长的特殊关系，保证让你丈夫回来。"

秀花一双水汪汪的眼睛有些发红，半信半疑地看着他，这几天真是急死人啦，老公公四处托人，钱也没少花，也没有个结果，她已经哭了好几场。眼前这个自报家门的付二力，以前并不认识。他说，和熊野队长有特殊关系，到底是不是真的？不过，这小子模样猥琐，言语轻狂，看样子也不是什么好东西，我怎么能答应他的无理要求呢。于是说道："这位大哥，我家里出了事，人都急死了，你如果能帮忙，需要花钱，等我公公回来您和他商量，至于别的，请不要取笑。"

付二力说："钱没有用，我不稀罕，现在只有你可以救你丈夫，我只要咱俩好就行。"见秀花还是推托，付二力一把抱住她。她刚要喊，付二力一手捂住她的嘴，厉声说道："别喊，你要喊，我就让你丈夫永远回不了家。"见秀花瘫软下来，付二力把她抱到炕上，随后像恶狗扑食一样扑了上去。

秀花受此侮辱，心里惦记的是丈夫，对付二力说："既然已经如此，你得说话算话，把我丈夫救回来。"

付二力说:"你就放心吧,我一定说话算话。这样吧,从明天起,你隔一天上我家去一趟,别人要是问,就说求我救人。你要不来,就等着为李冰收尸吧。"

两个月后,付二力玩腻了。胡升三一看,钱和物也收得差不多了,总得给周民一个面子。再说,他已经安排人在飞机场,收买监工的小队长,把李冰收拾得够呛。于是,他找来付二力,问道:"这些日子玩得怎么样?"付二力媚笑着眨眨小鼠眼,脸上挤满了沟沟岔岔的笑纹:"多谢街长大人。今后,我为您老人家赴汤蹈火在所不辞。"

胡升三满意地舒了一口气说:"李双鹤已经是蛤蟆骨头熬汤——没多大油水了,你安排人把他儿子放了吧。"付二力带人把半残的李冰送回了家,对秀花一阵自我表白。胡升三也让人告知周民,说人已经被他救回来了。

李冰回到家中,李双鹤连忙请来大夫。秀花见他浑身是伤,什么也没说,流着泪照顾他。父子二人把事情的前前后后理了一下,那个在飞机场暴打李冰的小队长,以为他出不去了,边打边骂,说漏了嘴:"你个不知死活的东西,连胡街长你也敢得罪?你是屁眼拔罐找作紧,纯粹是找死。"李冰躺在炕上,心里充满了仇恨。他恨日本鬼子侵占了家乡,他恨折磨他的汉奸,他也恨胡升三、付二力这些敲诈勒索,趁火打劫的人。心中暗想,有一天,我也要像兰河大侠一样,神出鬼没地惩罚这些恶人,一个个地杀死他们,伸张正义,为民除害,哪怕最后自己死了,也是个英雄。他甚至在心里盘算着一些报仇的细节。可是一想到老婆孩子,还有父母兄弟,只能长叹一声,把这些念头又深深地压在了心底。他只能像他的父辈一样,年复一年,日复一日地忙碌着,希望着,自我平和着。

治安维持会成立后,开始实施保甲连坐,一户犯法,株连九户。从政治、经济、社会各方面,加紧了法西斯统治。有一天,胡升三为了敛财,突然心血来潮,要效仿副都统果全成立公司,让各个商号大户入股,甚至居民百姓也可以集资入股分红。

有人说,现在生意没法做,如果跟有权势的官家合作,盈利容易,分红也多,可以试试。

有的说,这铁打的衙门流水的官,今天说的明天变,吃亏的还不是老百姓,小日本的日子能有多长很难说,得好好想想。

还有的说,衙门里的人,有几个真心为老百姓谋利的,他们自己还没划拉足呢,跟他们入股准没有好果子吃。

胡升三接二连三召集人开会,威胁加利诱。他面带微笑,用十分诚恳的语气说道:"只有入了股,才能得到太君和满洲国政府的许可,经营相关物资,还能按月分得三分红利。今后实行配给制,所有生活物资全部定量配给,没有许可的商号,不准私自买卖,不准商店经销,不准集市交易,还要增加维安税。"

日伪政府实施配给制,规定百姓家中不准吃大米白面,更不准吃肉食品。如果发现违者,一律按"经济犯"论处。商户没有物资经营许可,最后的结局只能关门,何况还有红利。一部分受到诱惑和威胁的人纷纷入了股。

开始近半年,一些商户多少分了一点红利,随着入股人数增加,就一直不再分红。这些人的钱打了水漂,还不知道怎么回事。时间长了,一看不仅不分红,连本金都没了,退也退不出,告也告不赢,只能退避三舍认倒霉。再也没人敢入股了。

胡升三大权在握,心中暗笑,这大把的票子,上下左右关键人物都弄了一个钵满盆满,你们这些倒霉蛋能有什么办法。不过集资入股这件事,已成无源之水,毕竟好景不长,还得回到平民百姓身上设法勒卡。

他闭目沉思,又想出了一个主意,于是他吩咐道:"从明天开始,配给的米每天每人从五两改为只发三两。"手下人说:"街长,三两米太少了,恐怕很多人都不够吃。"

胡升三小眼睛一斜说道:"咱就先放三两米,看谁家烟囱不冒烟。"

他在呼兰街一手遮天,领着宪兵和剿匪大队的人,到处抓政治犯和经济犯,借机鱼肉乡里,搜刮民财。一些工厂商铺无法经营,只能关门。许多居民用胡升三的名字吓唬哭闹的小孩子:"孩子,别哭了,一会看胡升三来了,不哭,不哭,胡大肚子要来了。"很多小孩真的就不敢哭了。

"德庆和"杂货铺店主宋连华没有入股,生意清淡,偷偷卖了点棉布,被胡升三派人抓到警局,见他家里没人出面送钱,一直关押不放,后来竟然被酷刑拷打致死。

这一时期,呼兰城血腥恐怖,人人自危。随意就可以被定为"经济犯"抓进监狱。宪兵特务对政治犯的刑讯逼供更为残忍,他们为了邀功请赏,经常用酷刑屈打成招,甚至滥杀无辜。最常用的是鞭子打,把人打得血肉横飞,衣服变成一块块一条条的;还有用烧红的烙铁烫,随着吱吱声,冒出一股青烟和焦肉味;他们残忍地把人仰面绑在凳子上,用大水壶往嘴和鼻子里灌辣椒水,等肚子鼓起来,骑上肚子往下压,然后再灌;恶魔们变着法制造痛苦,使人从精神到肉体受到难以忍受的折磨,有时把大石头拴在脚脖子上,再把人吊起来;用钢针扎指甲缝;酷刑过后就是枪毙、砍头、活埋,甚至塞进呼兰河的冰窟窿。还有一些专门侮辱、残害妇女的野蛮酷刑,惨不忍睹。

漫道:

遍地烽烟剑刃磨　英侠携手共挥戈
雄威震破敌酋胆　百姓心中唱赞歌

第五章

土匪劫人　伺机架票呼兰站
廷峰救女　顺势潜伏警务科

王廷峰如何进入伪县公署,刘铁志认为有三条路可走。一是先找到周维新,通过他任商会副会长的父亲周民,介绍进入县公署,然后再想办法进入警察局;二是直接去找周文武,说现在走投无路了来投奔他;三是等待时机,在自卫团扩招人马时进去。但是三条路都有风险,两人认为还需要仔细斟酌一下。

王廷峰说:"铁志,明天我到康金井去找一个叫李维的人,回来后我们再仔细商量商量。"

第二天,在呼兰火车站却发生了一件意想不到的事情。

孙鹏,绰号孙老鹞子,江湖报号"万好",属于山湖两码子,也就是水陆两栖土匪。此人面恶心狠,长方脸,酒糟鼻子大板牙,却是体健身轻,轻功了得。前几天,孙鹏软硬兼施,娶了方台富户杜雨生的闺女荷花做了压寨夫人。弟兄们热闹几天下来,二当家的钱锦山,绰号混江龙,看到大当家的每日与美人潇洒缠绵,心里直发痒。心想,凭我钱锦山一表人才,骨健筋强,外加一身好水性,理应也有美女相伴。于是,带了几个人出去溜圈,琢磨着发现一个漂亮妮子,也带回去成就好事。一连几天也没结果,混江龙带着两个手下,到火车站旁边的小酒馆喝酒。

一列客车进站了,旅客陆续走出站台。酒足饭饱的混江龙和两个手下走出小酒馆,突然发现站台上站着一个学生模样的女孩,提着一个小皮箱,正在向前张望。

女孩长得眉目清秀,皮肤白皙,乌发如漆,给人一种天真纯洁的感觉。混江龙一见这明眸皓齿的漂亮姑娘,顿生劫财劫人之心,见站台上的人越来越少,他哼着小调走上前去:"提起那宋老三那,两口子卖大烟,一辈子没有儿呀,生了个小婵娟哪啊……"

"小姑娘,你这是要上哪去呀?"混江龙凑上前去。

女孩吓了一跳,没有理他。

"嗨,年纪不大架子不小,你耳朵里塞鸡毛了?爷问你话,你怎么不搭理?"混江龙有意发难。

女孩看了他一眼,还是没理他,抬头向前方张望。

"兄弟们,这个就是前几天老张家丢的丫头,我们把她带回去吧。"混江龙一发话,两个手下人上前架住女孩就走。女孩吓得啊啊大叫起来。

王廷峰恰好刚到车站,见此情景,连忙走过去。

"你们放开她。"声音平静而坚决。

混江龙一见,心中不悦。头一歪:"怎么,这是我们自己家的事,用你管吗?"混江龙压着火气说。

"你们自己家的事?她能吓成这样?"王廷峰轻蔑地反问。

混江龙一瞪眼:"这么说,你要跟我们来横的,蹚这趟浑水了?"

王廷峰急着去康金井,也不想惹人注意,低声说:"我没工夫搭理你们,赶紧放人走人。"

混江龙心想,你是吃了熊心豹子胆了,敢在我面前管闲事。咧咧嘴不屑地说道:"你谁呀?也不怕风大扇了舌头?"说着挥手一拳朝王廷峰脸上打去,王廷峰一侧身,抓住他的手腕,用力一带,混江龙一个前趴子趴在了地上。他根本没有想到这个人敢跟自己动手,没留神吃了亏,连忙爬起来。两个手下放开女孩,一起朝王廷峰扑来。三个人一齐动手,王廷峰顺势抓住一个人的胳膊,一下子背到身后,紧接着一脚,把他踹倒在另一个人身上。混江龙一看不好惹,伸手掏枪,王廷峰一个箭步上去,混江龙的枪还没端起来,已经到了王廷峰手中。

一群日本兵向这边跑来,混江龙一看,赶紧朝两个手下喊道:"风紧,扯呼。"转身就跑。王廷峰连忙把枪藏在怀里。

一个穿着皮靴,戴着白手套的日军军官,上前接过女孩的箱子:"你是纯子小姐吧?我是武田,梅原参事官派我们来接你,来晚了,对不起!"

王廷峰没有想到,这个女孩竟然是日本人,转身要离开。叫纯子的女孩说道:

"这位先生请留步。"转身对武田说:"刚才遇到几个拿枪的匪徒,是这位先生救了我。"

武田问道:"你叫什么名字?"

王廷峰说:"我叫王岭。"

"你的,皇军大大的朋友,谢谢你!我会向梅原参事官报告,奖赏于你。"武田刚才已经远远地看见了他和几个人动手。

"不用了。"王廷峰想赶紧离开这里,他有些后悔,原来为了一个日本女人,打了不知是哪个绺子的人,还缴了人家的枪。又一想,事已如此,也不必后悔,那几个人分明也不是什么好东西。

纯子走过来一鞠躬:"王岭君,今天真的应该感谢您,以后有时间,希望您能来县公署找我。"王廷峰连连摆手:"不必了,我还有事要办,告辞了。"说着转身离去。

李维被才旅长派到了康金火车站,当了铁路工人,新建立了一处联络点。王廷峰与李维见面后,约定了联络方式。

从康金井回来后,王廷峰把事情经过向刘铁志说了。刘铁志说:"这倒是一个机会,既然她是梅原小次郎的妹妹,如果通过她哥哥进入县公署,比我们前几天商量的三条路都更有利。王廷峰一拍脑门,也是啊,不过自己再去找那个日本小姑娘,还真有点不好意思。

刘铁志说;"这是为了抗日救国的大事,你连流血受伤都不怕,难道还怕一个小姑娘不成。"

"我是想,就这样贸然去找她,似乎也不妥,会不会引起梅原小次郎的怀疑?"王廷峰有些担心。

刘铁志略一沉思:"不能现在直接去找她,我们先等几天,我找一下县公署的熟人,了解清楚她住在哪,还有每天的具体行踪,然后再做打算。"

梅原纯子的家住在北海道,全家人都认为应该效忠天皇。哥哥参军走后,纯子一边上学,一边照顾体弱的父母。中学毕业了,狂热之中,她和同学们,走进了慰问皇军勇士的队伍。她想着,这些为了圣战跨海的勇士,和自己的哥哥一样,是英雄。能为他们做点什么,是光荣的。

直到那个晚上,平贺旅团的祝捷慰劳会后,那个少将夺去了她的贞操。几天里,又有四个"英雄的勇士"强暴她。同行的姐妹也都是同样的命运。她们有的哭泣,有的闹骂,也有的说慰问英雄也是对国家的贡献,我们上不了战场,安慰一下战场上流血拼命的勇士们,也算我们尽力了。

纯子找到平贺旅团长说:"我哥哥在呼兰,叫梅原小次郎,我想去找他。"

平贺贞章说:"你为什么不早点说,梅原君也是我们大日本皇军战功赫赫的勇士,我派车送纯子小姐去吧。"

"不用了,我自己坐火车去,呼兰离这里只有几站,麻烦您让我打个电话,让我哥哥派人到火车站接我就行了。"纯子只想尽快飞到哥哥身边。

没想到,武田去晚了,要不是遇到王岭君,自己如果被匪徒劫走,结果不堪设想。匆匆一面,王岭在纯子心中,留下了深刻的印象。他穿着朴素却掩不住英俊豪气,明亮传神的眼睛显露着威武阳刚。那身手,三个拿刀枪的匪徒,被他三下五除二,空手打翻在地。而且匆匆离去,似乎并不在意我和武田说要感谢他。

武田带着纯子去见梅原小次郎。梅原小次郎没穿军服,身着青缎子衣裤和圆口布鞋。他是一个具有双重性格的军人,一方面作战勇敢不怕死,心狠手辣,凶猛残忍。另一方面,他熟读《三国演义》《水浒传》,了解这个国家的民族性。他一直强调,日本要征服满洲和全中国需要强大的武力,但是仅仅靠武力是不够的,暴力只能产生更多的暴力,鲜血往往会增加更多的仇恨,要千方百计征服民心。焚烧村庄,随意杀人,强奸妇女,只会激起老百姓更大的反抗,占领一片焦土有何意义?远远不如对中国人全方位进行奴化教育,从根本上瓦解他们的斗志作用长远。

从他随着平贺将军攻进呼兰城,平贺贞章委任他为呼兰县公署参事官起,他一方面网罗原地方政府和军警各界人员,参加伪政权,为日军效力。另一方面,开始了解呼兰的民风民俗,风土人情,文化历史,工商教育等各方面情况。他为小小呼兰城数量众多的庙宇感到惊讶,几乎包含了中外所有主流教派。关帝庙和观音庙同时初建于一七三六年,清真寺建于一八一〇年,早于法国人修建的天主教堂近一百年。他更为到处体现出的传统文化气氛而不安。

呼兰城内所有的亭阁牌楼、庵庙祠堂、作坊商铺,甚至大户人家门前,到处都有对联匾额。其中的匾额如"素怀忠义""绥靖严疆""带砺河山"等等,都有着明显的忠君爱国思想。

许多对联更是赞美山河秀美,歌颂保疆卫土、剿匪安民的将领和官员。如南牌楼上的"谋勇兼优绥靖边塞,德威并济永镇中流"。石公祠的"为民宣劳中流砥柱,与民除害北省干城"等等。甚至许多功德碑、纪念碑上,忠君报国、爱国爱民的人物在百姓中影响颇深,而这些都与日满亲善的王道精神不符。

梅原知道平贺贞章旅团长精通中国历史,擅长中国书法,便请他书写能够弘扬大日本皇军功德伟业的题字。平贺贞章写了"熏风南来"和"直通云衢"两句话。

梅原正在欣赏桌子上这两幅字,武田带着纯子走了进来。他命令手下人,马上把两幅字制成匾额,悬挂于南门之上。然后迎接纯子坐下。

纯子两眼泪汪汪地看着哥哥,诉说了爸爸妈妈的牵挂,然后讲述了车站的遭遇。武田也报告了事情经过。纯子说:"哥哥,我们应该很好的感谢王岭君。"

梅原小次郎听了纯子和武田的话,问道:"你们知道他是干什么的吗?"

"不知道,看样子绝不像是坏人,他匆匆离去,根本也没有让我们感谢的意思。"武田说道。

"你们告诉他纯子住在哪里了吗?"梅原追问。

纯子一脸天真:"我和他说,让他有时间到县公署来找我。"

"是这样。如果这几天他来找你,就说明他有问题,如果他不来找你,以后我们见到他,真要好好谢谢他了。"梅原小次郎阴沉着脸说道。

一连十几天过去了,并没有王岭的一点消息。县长梁兆凡派人找了一个中年妇女张妈,伺候纯子小姐。参事官虽然名义上是梁县长的助手,实际上县公署所有重大事情,都要梅原小次郎拍板决定。纯子平日无事,就在屋里看书。后来听张妈说,慈云寺许愿特灵,上香还愿的人很多,于是让张妈陪着,到庙里上香。

慈云寺也叫娘娘庙,位于大十字街东侧,山门正对着大街。庙内两侧钟鼓楼,前殿正坐弥勒佛,后面站着韦陀将军,两侧四大天王。殿后进二门,两边有影壁和东西厢房,后是五间大殿和东西各三间配殿。西侧还有一个"十不全"泥塑。

张妈陪着纯子进了大殿,正中供奉着观音菩萨,东为三霄女,西为子孙娘娘的彩塑。纯子分别上了香,然后跪在观音菩萨面前,双手合十,默默祷告,求菩萨保佑远在日本的爸爸妈妈身体安好,保佑哥哥平安无事,战争早日结束,早日回国与家人团聚。同时也默默祈求,能够再见到心里总放不下的那个人,那个叫王岭的中国人。

刘铁志通过县公署的内线,了解了一些情况。于是和王廷峰一商量,做了安排。

这一天，纯子和张妈刚刚走进庙门，见迎面匆匆走出来两个人，纯子喜出望外，连忙说："王岭君，是你吗？"

那人停下脚步："你是？啊，是纯子小姐，你怎么会在这里呀？"廷峰显得有些意外。

纯子十分高兴，心想，这观音菩萨真是灵验。转身说道："张妈，你赶紧去多准备一些香烛。"张妈答应着去了。

"纯子姑娘，你近来好吗？"王廷峰礼貌地问候。

"我很好，那天要不是你的话，我真不知道会怎么样。我……"纯子说着对王廷峰深深地鞠了一个躬。

"那天我也是刚好赶上，算不了什么，纯子姑娘以后就不要再提它了。"王廷峰语气平和而又诚恳。

"王岭君，您现在，在干什么事哪？"纯子忽然问。

王廷峰答道："兵荒马乱的，能干什么，就在北烧锅混碗饭吃。"

"我哥哥说，他可以帮助你，你跟我去见我哥哥吧。"纯子拉住了王岭的手说着。

"不了，还是别去了，给你哥哥添麻烦不好。再说我还要去上工呢。"王廷峰推辞道。

和王廷峰一起来的王玉飞说："王岭，人家姑娘一番好意，你就不要推辞了，东家那里我替你请假，你就放心去吧。"

王廷峰无奈地说："那好吧，多谢纯子姑娘，只是千万不要让你哥哥为难。"

"没事的，你就放心吧。"纯子露出灿烂的笑容。

回到县公署，纯子给哥哥打了一个电话。梅原小次郎叫人把他们领到了办公室。

"你叫王岭？你是干什么的？"梅原小次郎直接发问。

"我是叫王岭，在北烧锅跑跑烧酒的原材料。"王廷峰平静地回答。

"你是想让我帮你什么忙呢？"梅原小次郎注视着王岭。

王廷峰仍旧很平静："我并没想让你帮我什么，今天是在庙里偶遇纯子姑娘，才来到这里。"

纯子接着说："哥哥，是我把他请来的，王岭君说什么也不愿意来，说不想给你添麻烦，您别多想。"

梅原小次郎的脸上马上堆起了笑容："王岭君，你救了我妹妹，有胆识有勇气。我是想知道你都做过什么，能干什么，也好因材而用呀。请王岭君不要见怪。"

王廷峰站起身："那我就实话直说，我原名叫王廷峰，原来在东北军干过，当过副团长，满洲事变后，给了我一个没有实权的副参谋长，我还回呼兰筹过粮饷。还没打仗，就挨了关东军的飞机炸弹，受了重伤，一直养了几个月才好，现在东北军都打散了，想投奔你们又怕受怀疑，只好先落个脚混碗饭吃。"

梅原小次郎没想到，王岭这么直接说了自己的身份，再仔细上下打量，眼神气质确实不像普通百姓。如果是普通人，安排一个一般的差事，自己告诉梁兆凡他们就可以了，县公署正缺能干事的人，可这样一个当过东北军骑兵旅副参谋长的人，怎么安排，就一定要请示了。

梅原小次郎说道："不论你以前是干什么的，只要和皇军同心同德，就是我们的朋友，张景惠、于琛澂现在都是皇军的朋友。你先回去，听候我的安排。啊，对了，你是什么时间到呼兰的？"

"在车站见到纯子姑娘那天，我也是刚到。"王廷峰和刘铁志早已考虑到这一点，完全避开了暗杀周凤喜，气死青岱武夫，兰河大侠出现的时间。

纯子挽留吃过晚饭，依依不舍地看着王岭离去。梅原小次郎打电话，向平贺将军汇报，请示如何处置。平贺贞章说："东北军现在许多人都在为皇军做事，我们要建设入关南下的后方基地，进攻苏联的前沿，需要用中国人来管理中国人。呼兰匪患一直未除，这些人都有长处，为我所用，就会少一个敌人，也许能发挥想不到的作用。当然，还要看他为我们做事做得怎么样，这就是对他真正的考验。"

梅原小次郎又召来梁兆凡、马子英、周文武、周民等人，询问他们是否了解王岭，原名王廷峰，他是何许人也？

梁兆凡和马子英没有和王廷峰直接接触过，只听说他陪那个才鸿兽来筹过粮饷，别的也说不出什么。马子英并不知道，马小子在学校欺负周维新被打的事。周文武接到才鸿兽和中共特支的信以后，做事十分谨慎，更何况要随时提防马子英落井下石。因此，他说只和王廷峰见过一面，没什么太深的印象。

周民说："王廷峰？我儿子周维新有个同学也叫王廷峰，不知道是不是他，这个人可是个人才，从呼兰县立中学毕业后，上了沈阳陆军学堂，以后很少回来。"

梅原小次郎说："我已经报告平贺将军批准，准备任命王岭为县公署警务科副科长，科长仍由宪兵队长武田少佐兼任，你们还有什么意见吗？"

梁兆凡虽然是正县长，梅原小次郎说的事，他哪敢有什么意见，更何况还是平贺贞章批准的。其他人就更没人能说什么了。梅原小次郎没有说纯子的事，这就给所有的人一个感觉,这个王廷峰有些来头。

千年流淌的呼兰河,在呼兰人的心头,记载着悲喜交加的歌。呼兰人对她有着割不断的情感,往往说自己是呼兰河人。这里很久就有了一个传承下来的习俗,就是七月十五放河灯。当一轮明月升起,人们把对亲人的美好祝愿和怀念,把对生活的希望和梦想,装入心愿瓶,放进美丽的河灯里,让它随河水漂流而下,像千百点星光汇入银河。它成为一种民俗的约定,一种心愿的集合,祈愿着逝者升天,生者安康的梦想成真。

这一天,正是七月十五,纯子邀王岭出去走走,问王岭想去哪里。王岭说:"我们去看河灯吧。"纯子说:"好,我听你的。"

两个人来到夕阳残照的南河沿,王廷峰感到,准备放河灯和前来看放河灯的人,都少了很多。往年河边那热闹非常的场面不见了,在人们的脸上,少了欢乐祥和,多了沉重和哀伤。

一个妇女推着小推车来到河边,车上坐着一男一女两个孩子。她先把两个孩子从车上抱下来,然后收拾车上的东西。两个孩子相互拍着手做着游戏。女孩唱道:"老天爷,别下雨,包子馒头全给你。"男孩接着唱道:"老天爷,大大下,黄瓜茄子都长大。"

没等男孩唱完,女孩回身向河边的草地上跑去,男孩在后面追赶。女孩突然一下子摔倒了。她的妈妈赶紧跑过去,把她抱起来,拍拍她的脸蛋说:"丫丫,别哭,别哭,一会我们一起去放河灯。"一边哄着,三个人一起向河边走去。

王廷峰忧郁地说:"过去,有多少孩子,会在这阳光下的草地上无忧无虑地欢笑。原本多么美好的生活,多么平和的世界,现在都变了。"

纯子说:"人的身上长不出翅膀,但人的心灵上,向往自由、美好的梦想,会把人带到远方。这不是吗?我来到了你的身边。"

见王廷峰默默无语,纯子也陪他默默地向前走去。看见河边的人们,纯子又问道:"这些人为什么要把灯放到河里?"

王岭说:"这是一个流传久远的习俗。相传,释迦牟尼的弟子目犍连,看到母亲在地狱受苦,求佛祖超度,释迦牟尼要他在七月十五这一天,备百味饮食,供给僧众和百姓,可使母亲解脱。佛教徒们据此办起了盂兰盆会,施斋供济,诵经念佛,举办水陆道场,放焰口,放河灯等等。'盂兰'在梵语中是倒悬的意思,盂兰盆可以解脱倒悬之苦。人们用涂了松蜡的纸,制作成盆,内置油灯,放在水中,为亡魂照亮引路。因为另一个世界是黑暗的,七月十五这一天,给亲人送盏灯,可以引领他们早日超度升天,也可以让他们看看家里人过得好不好。"

王廷峰停顿了一下接着说:"其实,中华民族在原始社会,就有了放河灯的习俗,《诗经》就有记载。人们认为火是万物之源,是战胜饥饿与寒冷的神灵,驾船下湖出海之前,用木竹做成小船,用彩纸做帆,船上放置祭品,点燃烛火,放入水中,任其漂流而去,以此祈保平安。在北方,人们除了用纸,也有用木板或者面粉制作的河灯。"

纯子问道:"那放焰口是怎么回事呢?"

王岭说:"是一种对已经逝去的亲人,进行追荐的佛事。焰口本是饿鬼,其形枯瘦,咽细如针,口吐焰火,阿难求佛祖帮助他解除痛苦,佛祖为他说诵经咒,对饿鬼施食的经咒和念诵仪式叫放焰口。小时候,有一次,我跟着父亲看庙会,看到一个有钱人家,为逝去的老人放焰口。请了三十多僧人,身披袈裟,排列在佛案两侧。奏乐诵经,超度亡魂,笙管笛箫各种乐器齐鸣,十分热闹。到了晚上,几千只河灯在月色下轻轻摇曳着渐渐远去,形成一道感人的美景。"

纯子说:"王岭君,你知道得真多。我只知道,在我的家乡日本,有一个神道教,在我很小的时候,爸爸妈妈,就带我去拜祭过,说神道就是王道,天照大神之道,而且有很多很多的神,还有什么大尝祭、新尝祭等很多的仪式。"

王岭说:"我也只是一知半解,基本上是老百姓世代相传的东西,对更深层次的佛学精义知之甚少。不过,我认为,佛也好,道也好,基督也好,万法归一,都有着引人向善的教义。使人有信仰,有规矩,有戒律,有行为目标。你们日本的神道教,也是深受中国儒家思想和佛教、道教的影响,发展起来的固有宗教,包括传统思想和礼仪,也提倡道德教化,调整人与自然的关系。只是,一旦被法西斯利用,就会产生相反的作用。"

随着晚霞的退去,有些人开始向河里放灯,各种形状,大小不一的船灯,带着人们心中的祈愿,顺流而去。刚才带着两个孩子的妈妈,让孩子们站在河岸上,她十分庄重地拿过一块小木板,上面用麻线绑着一支蜡烛。妈妈拿起来点燃了蜡烛,轻轻地把木板放入水中,看着它随着微波起伏飘动着,然后双手合十,放在眼前,闭上双眼,嘴里轻轻地念诵着什么,神情是那么的凝重。

河岸上看灯的人并不多,他们的表情不一,许多人似乎什么表情也没有,只是在看着,看着别人的事,或者只是看看热闹而已。

纯子说:"河里这些灯可真美呀!好像天上的星星。"

王岭说:"你不知道,呼兰每年四月初八和七月十五的庙会都是最隆重的。以前每到这一天,河边人山人海,热闹极了。白天赶庙会,拜佛烧香,祈福还愿,游玩购物做生意。卖瓜果梨桃、面人糖人的,看相抽帖、耍猴卖艺的应有尽有。河边野台子戏,更是吸引了许许多多的城乡百姓。有一首民间歌谣流传很广:'拉大锯,扯大锯,呼兰河边唱大戏。接闺女,唤女婿,小外孙也要去……'随着夜幕降临,呼兰河里的河灯有千百盏,就像银河洒落人间,实在是太美了。自从日本人来了,人们没了心情,河灯已经很少了。"

纯子无语,两个人静静地沿着河边走去。

只为:

黑云蔽日漫烟尘　路见不平勇救人
巧借风雷应变故　勉从虎穴暂栖身

第六章

初识英豪　拜坛铁志会坛主
勇擒匪首　比武廷峰让武田

刘铁志是在松浦激战之前结识冯军的。当时,刘铁志和特派员关仲平分手后,安排特支成员分头行动,自己带着张发明,到河西动员红枪会,支援哈尔滨抗战。

当年呼兰义和团失败,老百姓对土匪猖獗,恶霸横行苦不堪言,自发组织起红枪会,成为带有会道门性质的民间武装团体。在呼兰河以西,很多村屯都设有会堂,总坛设在乐业村,推选冯军为总坛主。他们在上衣内戴红兜肚,多数人手拿带红缨的长矛,由法师传授法术,习练金钟罩铁布衫,喝符念咒,宣传有神灵保护,刀枪不入,作战勇敢。他们抗捐税,战土匪,把恶霸财主的粮食分给穷苦农民,会众有两千余人。

刘铁志二人下了呼兰河大摆渡船,刚刚走进乐业村,两个人从大树后面闪出,红缨枪直对着他们:"站住,你们是干什么的?"

"我们是从呼兰来的,想拜见你们坛主。"刘铁志答道。

一个人问道:"你们想登坛拜见坛主,有帖子吗?"

刘铁志摇摇头:"没有。"

其中一个人对另一个说:"看这两个人衣着打扮,不像普通人,你在这看着他们,我去报告坛主。"

不一会儿,来了几个人,把他们带进一个四合院。坛主冯军正在和手下人一起练功,见两个人被带过来,起身问道:"你们来这里,是要找谁吗?"

"我们想见你们总坛主。"刘铁志说。

冯军随手抓起两个练功用的石凳子,稳稳地扔在两人面前,石凳子足有七八十斤重。

"请坐,我就是冯军,你们有什么事?"冯军心想,我并不认识这两个人,于是扔出石凳子后直接问道。

刘铁志一看冯军的举动,知道他有些功夫,也是一个试探。于是伸手拿起一个石凳,轻轻地向前走了两步,放下石凳坐在上面。然后一抱拳说道:"久闻坛主大名,今天有幸见面。我叫刘铁志,是呼兰兰清小学教员,这位是我的同伴,叫张发明。我们今天登坛拜见,是来请总坛主参加抗日救国的。"

冯军看见刘铁志轻松地搬着石凳坐下,心想此人深藏不露,于是态度和缓地接过话头:"日本人占了大半个东北,东北军几十万军队都跑得不见影子,你是说让我们去和日本鬼子干?"

刘铁志说:"正是有些人害怕,奉行不抵抗政策,才使小鬼子气焰嚣张,但是,从'九一八'事变至今,抗日救国的战斗,从来没有停止过,每一个有血性的中国人,都不会坐视不理。日本人就要进攻哈尔滨,如果鬼子占了哈尔滨,呼兰也保不住,我们都得遭殃。我绝不是让你们拿着长矛大刀,去和鬼子拼命。说实在的,你的兄弟们,都是普通的农民啊。"

冯军接过话头:"那你来是需要我们做些什么?"

刘铁志说道:"这次马占山将军集中兵力,誓死保卫哈尔滨,几路人马陆续到达,呼兰城里也在筹粮捐款。王副参谋长说,你们熟悉河西一带地形,战斗打响后,最好能集中在江北,在才旅长的侧后方策应,监视肇东方向鬼子汉奸动向。要是能送点粮食就更好了。王副参谋长让我转告,代表才旅长感谢你们。"

刘铁志一番话,说得冯军心里热乎乎的。冯军身躯凛凛,鼻直口阔红脸膛,为人仗义,武艺高强,乐于助人,是深受大家尊敬的血性男儿。

他的伯父冯天宇,曾是呼兰义和团大师兄。因为法国传教士肆意侵占农民的土地,四处修建教堂,指使教民抢夺文物,藏匿罪犯,殴打官吏士兵,甚至开枪杀人,连官居三品的呼兰城守尉惠安,也被殴打,还被朝廷直降三级惩处,牵带黑龙江将军丰绅被革职留用。愤懑至极的惠安,手捧着三品顶戴花翎,投呼兰河身死。曾经轰动朝野。

冯天宇后来带领义和团,烧毁了教堂,杀死了传教士舒维尼,将其悬首示众。

清廷震怒,严令查办,呼兰城二品副都统倭克津泰因此被革职。接任的副都统果全亲率重兵镇压,冯天宇战死,冯军的父亲冯天成受伤被抓,果全判令将冯天成等八十一人全部处斩。冯天成行刑那年,冯军只有六岁。

"铁志兄弟所言情真意切。既然马将军和才旅长立志抗日,我们都是中国人,不能眼看着小鬼子闯进家门,我们可以全力以赴。今天你们二位留下,晚上我请你们喝酒,然后再商量一下具体的事情。"冯军率直地挽留二人。

刘铁志二人也十分高兴,这个冯军果然名不虚传,是个性情中人,一个有正义感的汉子。刘铁志平时就喜欢结交各界朋友,今天更觉得应该结交冯军这个人。

冯军叫人杀了一只鸡,款待二人,外加小葱拌豆腐和一盘炒鸡蛋。三人喝了一小坛子呼兰北烧锅的"红高粱"酒。晚上他们促膝交谈,铁志进一步了解了冯军的身世,也给他讲了许多抗日救国的道理,谈得十分融洽,直到后半夜。

冯军问刘铁志:"铁志兄弟,看得出你是有真功夫在身,能否让大哥见识见识?"

刘铁志说:"在冯总坛主面前说功夫,岂不是班门弄斧,今天已晚,以后有机会一定要向冯大哥请教。"

第二天,冯军亲自送二人出村。还给他们换了衣服。冯军说:"你们这身打扮不行,太扎眼。我给你们换一身衣服,我这个毡帽头也送给你,这可是个好东西,用处大着呢。"

冯军带领红枪会进驻利民大耿家、秦家一带,配合才鸿猷部队作战。哈尔滨失陷后,红枪会分散撤回,时分时合,经常袭杀日伪官吏和自卫团丁,尤其是突袭松浦车站,缴械利民自卫团,四乡震动。一时间,日伪特务人少不敢到河西去。

这一天,刘铁志去看望冯军,两人正交谈着,手下人进来报告说,松浦车站站台上,堆放了很多粮食、布匹,还有其他东西,可能是要往北运。

冯军问道:"车站上有多少日本兵?"来人说:"大约有一个小队。"

冯军对刘铁志说:"我们再杀他一个回马枪,抢了这些粮食和物资,分给乡亲们。"

刘铁志说:"还是要出其不意,速战速决,不可恋战。我带人在江堤上给你们把风。"

冯军握住铁志的手说:"那太好了!"

冯军再次突袭松浦车站,守卫日军不知虚实,仓促应战,退入票房子内顽强抵抗。冯军一面用火力封锁住票房子,一面指挥人快速装车,小马车一辆接一辆满载离开车站。

驻哈尔滨日军分两路出动,一路直奔松浦增援,另一路乘船渡江,从侧面包抄。刘铁志带着张发明、孙时平等人,埋伏在江堤上,突然发现几艘满载日军的汽船驶来。铁志说:"不好,小鬼子想抄红枪会的后路。发明,你赶紧给冯坛主报信,让他快撤。我带人在这,想办法挡住小鬼子上岸。"随后几个人立即向汽船上的日军开火,日军马上停船,向岸上猛烈射击。

冯军正在指挥装车,听到江边激烈的枪声,知道情况有变,让马车迅速撤离。这时,张发明气喘吁吁地跑来,上气不接下气地说:"你们快、快撤,鬼子要抄后路,快。"这时,站外也传来枪声,日军另一路援兵也到了。冯军带着大伙立即撤出车站,很快进入了玉米地。刘铁志等人也从江堤撤走了。

马子英受了梅原小次郎一顿训斥,要他尽快解决红枪会。马子英满腔怒火和怨气。常子青给马子英出主意说:"红枪会上阵不要命,我们得想个办法。"

马子英说:"你有什么办法?"

常子青说:"明天治安剿匪大队到河西之前,先抓两个孕妇,就说是反满抗日人员的家属,在和红枪会对阵时,把她们开膛破肚,可以大破红枪会。"

马子英问他:"这孕妇到哪去抓?"常子青说:"利民乡公所自卫团长刘万福跟我说,张户屯有两个怀孕的抗日救国军家属,让我们派人去抓,他安排人带路。"

这个常子青不仅是肠子青,连心都是黑的,两个农家妇女因为他一句话惨遭剖杀。红枪会带有浓厚的迷信色彩,阵前见此情景,愤怒、惊慌,有的转身呕吐,阵形大乱,冯军立即传令撤退。剿匪大队一阵追杀,打死红枪会十几个人。

第二天晚上,阵前给孕妇开膛的两个剿匪大队队员,在呼兰南大街被杀死,挂在码头沿大树上,树干上贴着一张纸条,上写"专杀鬼子汉奸者,兰河大侠也!"

第三天深夜,利民自卫团长刘万福被杀死在家中,兰河大侠跑步翻越三米多高的院墙,潜入家中,一刀杀死刘万福,睡在旁边的刘太太还不知道。第二天清早,才发现人早已经死了,身边放着一张字条,写着:"残害乡亲该死! 兰河大侠。"

王廷峰改名王岭,到警务科上任。警务科长就是亲自到火车站接纯子的那个武田。武田性格急躁,生性好酒,喜欢比武斗勇,经常用战俘或犯人练枪。他矮胖的个子,皮肤黝黑,两道淡淡的眉毛下面,一对向外鼓着的眼珠子,大嘴巴,厚嘴唇,却总喜欢穿皮靴,戴着白手套。后来王廷峰才知道,武田喜欢穿皮靴,是因为他喜欢用皮靴踢人,喜欢看被踢的人痛苦的样子。总是戴着白手套,则是因为他的左手满是白癜风。警务科刚组建不久,下面只有一个搜查班和一个特务队,一共有三十几个特务。

王廷峰心里盘算着,怎么样才能取得梅原和武田的信任,他非常清楚,只因为纯子那件事,远远不能够让梅原小次郎完全信任自己。必须主动行动,干点事情,小鬼子也一定会千方百计考验自己。从哪里入手呢?他脑海里来回滚动着,几天来刘铁志给他介绍了一些情况,包括日伪机构人员、社会各界人士、城乡各地抗日武装,以及主要土匪各绺子的情况。

特支成员黄森了解到,在车站劫持纯子未成的混江龙,是"万好"绺子的二当家的钱锦山,这是一个见了蚂蚱撕条腿,贪得无厌的惯匪,大当家的是孙老鹞子孙鹏。这伙土匪心狠手辣,劫道杀人从不留活口,绑票勒索,欺男霸女,无恶不作。前一时期,还打着抗日救国军的旗号,到处索要钱粮,除了各乡村大户外,呼兰城内大兴当、北烧锅、隆泰商行等十几户商家,都被勒索过。因此还和韩长顺的"绿林好"绺子发生了冲突,两下里动了刀枪。

钱锦山在车站挨了打,发誓要报仇,带着人四处打探,拿瞧着不顺眼的人出气。

王廷峰心想,就先拿这个"万好"开刀。他找来特务队长陈奇和人称"小老杜"的副队长杜力,对二人说:"我听说劫持纯子小姐的人,是一伙叫'万好'的抗日武装分子,你们知道这个'万好'是什么货色吗?"

陈奇说:"知道'万好'的人很多,这伙人什么事都干,主要活动范围是在松花江沿岸和黄土山一带,有时也到四乡和城里来。他们大约有百十号人,对外说有二百多人。"杜力没吱声,他不太了解新来的上司,不知道他是什么意思,还是先听一听看一看再说。

王岭说:"听说这伙武装分子专门和皇军作对,不仅劫持纯子小姐,还以抗日救国军的名义,到处捐钱要粮食,破坏治安秩序,拒不向皇军缴枪,应该给他们一点颜色看看。你们撒出人去,了解他们最近有什么活动,立即来告诉我。"二人答应着走了出去。

杜力心想,孙老鹞子可不是好惹的,十几年来,在江湖上经历了无数大风大浪,马占山驻军呼兰时,曾派兵围剿,甚至端了他的老巢,打散了他的人马,最后还是没抓住他的踪迹。"绿林好"大当家的韩长顺和他有隙,几百人也拿他没办法。特务队这几十条枪真要和他对阵,也是三玄上的事,根本没有把握。王副科长初来乍到,可能还是洗脸盆扎猛子,不知深浅。好在他只是让了解情况,并没有派他们带人去抓孙老鹞子。二人马上安排人手,动用眼线,一有"万好"的动静,立即报告。

"混江龙"钱锦山车站抢人未成,还挨了打,心里窝囊。连续几天四处寻找仇人未见踪影,倒是听说三家子村大户杨继业,有个老姑娘,长得颇有几分姿色,尚未出阁。于是派人送去聘礼说媒。

杨继业一听是"混江龙",立即回绝,说老姑娘杨远芳不在家,去了哈尔滨,她已经有了婆家,硬是不收聘礼。

"混江龙"闻听大怒,他早已把杨家底细摸得清清楚楚,杨家祖上曾是前清的举人,家有十几垧地,还有两支枪。已经有两个女儿出嫁到哈尔滨,大女婿经商,二女婿办报。只是三姑娘杨远芳,不仅长得漂亮,而且天资聪颖,好学多才,不免心高,芳龄二十一岁,一直未有中意的心上人。

杨家连夜套上车马,让两个家人护送杨远芳去哈尔滨。杨继业嘱咐他们:"你们带上枪。但是,不到万不得已,不要动枪,千万别伤了小姐。"两个家人点头答应。赶着车刚要出门,"混江龙"带领十几个手下闯进门来。几个人逼住两个家人,下了他们的枪。"混江龙"用枪指着杨继业说道:"杨老爷子,我钱锦山礼聘你家老姑娘,你不应该跟我撒谎耍花招,你的老姑娘现在就在这,也根本没有什么婆家,你还有什么说的。"

杨继业见此情景说道:"钱锦山,有人说你也是个绿林好汉,如果需要钱粮尽管开口,我女儿已经许了人家,不能悔婚,天底下女人多的是,还请您另娶他人吧。"

"混江龙"眼睛看着自己手里的手枪,翘起嘴角冷笑一声:"杨老爷子,咱们打开天窗说亮话,我是非你家三姑娘不娶,不管她许没许婆家,你这个老丈人是给我当定了。今天没把三姑娘直接接走,是给你面子,也不让三姑娘难为情,毕竟你们是个大户人家。"

杨继业心想,看来眼下只得想办法,不让他们把女儿带走,尽可能拖延时间,再想应对之策了。于是说:"我们杨家世代书香门第,嫁女儿即使不能三书六帖,八抬大轿,起码也得明媒正娶,喜事要办得热闹一点,才能名正言顺。"

"混江龙"舒开眉头,眯起笑眼说:"那好,今天聘礼留下,三天后,就在你家里拜堂,然后,我和弟兄们带人走。至于嫁妆嘛,你们随意好了。"

"万好"匪徒狡兔三窟,虽然有几处巢穴,大多分散各地,条件较差。钱锦山心想,大当家的孙鹏,刚在黄土山老巢娶亲不久,自己就回去张罗,怕有攀比的嫌疑,他对孙鹏还是既敬又怕的。同时他也怕直接抢人走,杨家父女犯倔出了意外,又弄个鸡飞蛋打。况且在杨家拜堂,花费由杨家出,自己的聘礼也没白花。他心里的小算盘自然对谁也没说。

他怕杨继业另有变故,又接着说道:"杨老爷子,咱们还是把好事办好了,喜事办喜了,你要是耍什么花招,别说没人给你们家操办丧事。"然后转过头来吩咐手下人:"你们在外边看好了,如果有人想跑就别客气。"

"混江龙"走了,杨继业顿足捶胸,一家人愁眉不展,杨远芳悲泣之中,见父亲悲愤难当,怕老人家有什么三长两短,心如刀绞般难过。她亲娘死得早,是父亲从小把她拉扯大,教她知书达理学文化,把她捧为掌上明珠。没想到会遇到这样的事情,现在叫天天不灵,叫地地不应,派人去哈尔滨找两个姐夫,时间来不及。就是来得及,他们对这些土匪又能有什么办法?现在只有豁出自己才能保住家人,到了土匪窝里我再自尽,他们也就怨不着家里人了。

主意已定,杨远芳停止了哭泣,对父亲说:"爸,你别着急上火了,这事由我一人承担,您要多保重自己啊!"

"孩子,无论如何,你可不能干傻事啊!"杨继业紧张地看着远芳说。

远芳说:"爸,我没事,你放心吧,我不想连累你们。"

王廷峰得到这个消息,已是第二天的下午。他马上和刘铁志商量,由刘铁志出面,通过红枪会总坛主冯军,找到"绿林好"大当家的韩长顺,约定第二天上午十点在"四合春"酒馆见面。然后王廷峰去见武田说:"武田君,那天在火车站想要劫持纯子姑娘的人,我已经查到了,是一伙反满抗日武装分子,大约有一百多人。现在,有一个机会,我想抓住这个难得的机会,分而治之,一举歼灭他们。"

武田跷着二郎腿,坐在椅子上,见王廷峰进来,仰着脖子打了一个哈欠,没动地方。听了王廷峰的具体情况介绍,开始有了兴趣,抬起身来说道:"王岭君,你有什么打算?"

"我和武田君,还有杜力,带特务队去三家子,请武田君和熊野御堂队长联系,出动守备队两个小队,由陈奇带路,周文武局长的警察队配合,直奔黄土山'万好'的老巢。这次行动应该十分保密。行动目标,除了我们几个人以外,要在出发以后,在路上再讲。最好暂时不让马子英知道,他的手下有些人,据说和抗日武装分子以及土匪绺子关系密切,以往行动失败,与走漏消息有很大关系。"

武田说:"很好,王岭君有勇有谋,我马上与熊野队长联系,就按你的计划进行。"

王廷峰来到"美华馨"茶楼,与刘铁志见面:"铁志,这边我已经安排就绪,你到'四合春'酒馆见冯军和韩长顺,让他们明天晚上,分别带人,到'万好'在杨林、方台的两处巢穴,那是他们另外的衣物、粮食和武器储藏地点,只有少数人看守。主要人马都住在黄土山老巢,由日军守备队和周文武的警察队去解决。注意两点,首先是千万要保密,二是注意避开日军守备队和警察队。我现在还不方便见他们,你一定要说清楚这两点。取完物资和武器立即撤退,不要恋战。"

深秋的北方,已是寒气袭人。王廷峰和武田带着特务队,秘密来到三家子村外,在林带中隐蔽起来。不一会儿,前边打探消息的人回报,混江龙带着十几个人,走进村里,奔杨家去了,在村口和杨家门口都放了岗哨。

武田问王廷峰:"我们什么时候动手?"王廷峰对武田说:"我们再等半个时辰,等他们在里面喝上了,我和小老杜先去解决了岗哨,请武田君在这里指挥,看我的手势,所有人一起冲上去,紧紧围住了打,一个也别让他们跑了。"

突然,前面又有人回来报告,村外又来了七八个人,都带着枪,好像是大当家的孙老鹞子来了。

这个情况有些出乎意料,原来分析,"混江龙"只是在村中短暂停留,带人也不会太多。所以,只来了特务队三十多人,认为孙老鹞子主力是在黄土山老巢迎接,日军守备队和警察队集中前往解决。现在,孙鹏带人到了这里,双方兵力对比发生了变化。

怎么办?王廷峰脑海里飞快地旋转着。机不可失,失不再来,不能前功尽弃,不能让特务们胆小退却。他决定自己先到前面去,后面的人让武田督战,无论如何今天也要解决这伙土匪。于是,他和武田低声说了几句,武田点点头。

王廷峰带着杜力偷偷转到村口,到了离两个哨兵不远的地方,杜力拿着枪跟在后面,还没看清是怎么回事,两个哨兵已经无声地倒下了。一个嘴角上冒着血,另一个脖子歪在一边。

王廷峰挥手叫杜力过来,两人把哨兵拖到旁边沟里,解下他们身上的手榴弹,插在腰里。然后转到杨家侧面，只见又有两个哨兵，抱着肩膀来回走动着，一个嘴里嘟囔着："你们吃喝快活，让我们受罪，真他妈的倒霉。"话音还没落，只觉得胸口一热，一把刀插在了那里。另一个刚要叫喊，手榴弹正砸在脑袋上，软软地倒了下去。

王廷峰转过身，朝村外挥挥手，武田带人冲进村里，立即把杨家院子紧紧围住，武田指挥把机枪架在门外，王廷峰对杜力说，你带几个人跟我从后面上房，其他人听见枪响，炸开大门冲进去。

王廷峰站在房上，大喊一声："里面的土匪听着，你们已经被包围了，缴枪投降可以不死，顽抗者死路一条。"

"混江龙"今天十分感激孙鹏亲自前来。本来孙鹏主张让他在黄土山拜堂，去人把新娘子接来就行了。钱锦山说："我已经说好了，在老杨家拜堂，吃了饭就走，反正我得去接人，回来我再请大当家的和弟兄们喝酒。"

钱锦山带人走后，孙鹏心想，我前些时候娶了压寨夫人，兄弟们大操大办，热热闹闹。这钱锦山，今天非要在三家子村杨家拜堂，是怕我有猜忌。出于兄弟情义，我也应该前去祝贺才好。于是他也带人下了山。没想到，刚坐下，屁股还没热，猛听房上有人喊话，知道不好，要出事。腾地跳起来，拔出双枪喊道："都不要乱，守好门窗，一会听我口令，一起往外扔铁蛋子，冲出去分头扯呼。"

匪徒们稍微安定下来，孙鹏大喊一声："冲出去！"匪徒们踹开门窗，就往外扔手榴弹，随后冲出屋外，一个匪徒见房上有人，把一个手榴弹扔了上去，王廷峰还没等手榴弹落下，一脚踢回院里，几个匪徒在爆炸声中倒地。

房上和院外一起开枪，刚刚冲到门口的匪徒，接连被机枪扫射倒下。剩下的土匪趴在地上，或躲在墙角，与外边对射。武田站在机枪后面，抬手一枪，一个躲在墙角的匪徒脑袋开了花，又一枪，藏在柱子后面射击的土匪应声栽倒。站在房上的王廷峰弹无虚发，一个个匪徒随着枪响毙命。土匪虽然人数不少，此时完全处于被动挨打的境地。

孙鹏和钱锦山一直躲在屋里没出去，孙鹏把一个倒在窗下的匪徒尸体扔出窗外，随着几声枪响后，他一翻身跳出窗户，几个翻滚就到了院墙边。特务队围在后面的几个人，见有人跳窗逃跑，立即围上去。孙鹏手起枪响，几个人先后被打倒在地。孙鹏翻身跳过院墙，朝村外跑去。

王廷峰见此人身手不凡，连忙喊道："杜力，你带人用火力封住后窗，一个也不能让他们跑了。"随即跳下房顶，翻过院墙，追了下去。

孙鹏顺着民房左拐右绕，一会就到了村边，眼看就要窜进树林，一个人迎面站在了前面，正是王廷峰。

王廷峰在房上就判断，这个人要逃出村外进入小树林，于是直接抄过来拦住去路。

"老鹞子"孙鹏凭着一身功夫，无数次化险为夷，今天是遇到了强劲对手，他的轻功很少有人能比，今天这个人却跑在了他的前面。他不知道王廷峰抄了近路，于是双手一抱说："兄弟是高人，今天放我一马，日后我像亲爹一样伺候您。"

王廷峰说："你罪孽太重，还是放下枪投降，也许可以饶你不死。"孙鹏见此招不灵，举枪就打。手刚抬起来，手腕已中了一枪，手中枪掉在地上。王廷峰走到他面前，孙鹏突然飞起一脚，向王廷峰下身踢来，脚上弹出一把尖刀。王廷峰急忙侧身躲闪，裤子被划了一道口子。孙鹏已转身跑出去四五步，王廷峰举枪射击，一枪打在他的小腿上，孙鹏一个跟头栽倒在地。

三家村一战，活捉匪首"老鹞子"孙鹏、"混江龙"钱锦山等七人，打死十九人。黄土山老巢众土匪被日军全部杀死，烧毁了巢穴。梅原小次郎向平贺贞章给众人请功，尤其对王岭大加褒奖，主要是靠他的机智勇敢，彻底消灭了孙鹏反满抗日武装一百余人，活捉匪首等七人，缴获枪支一百余支。为此，授予王岭警佐警衔，奖大洋五百。熊野御堂、武田、周文武、陈奇、杜力及其部下，分别给予奖赏。

众人皆大欢喜，尤其是杜力，到处宣扬王岭科长如何如何足智多谋，如何如何武功神勇，枪法是百发百中，轻功是飞檐走壁。这么些年了，谁能活捉了孙老鹞子？那火车不是推的，黄土山不是垒的，王岭科长的本事那可真不是吹的。

只有马子英、常子青不是滋味，这么大的行动，唯独没有让剿匪大队参加，私下一打听，说是日本人熊野御堂和武田决定的，也不敢再说什么。心里暗想，不参加与绪子直接交战，倒也是好事。只不过，这日本人翻脸无情，今后做事真得小心为妙。

刘铁志找到王廷峰说："廷峰，维新从绥化回来了，我们一起去看看他吧。"两人来到"兴和盛"，周维新喜出望外，拉着两个人的手，把他们让到屋里。

"二哥，你什么时候回来的，我都想死你了。"

"我也是刚回来几天，现在在警务科当差。你又发福了。"王廷峰看着他白胖的脸庞说道。

周维新吩咐伙计："快到'厚德福'点一桌好菜送来，今天我们哥仨好好喝一杯。"

王廷峰对刘铁志说："西岗公园坡下，那些露宿的灾民，生活得实在太艰难了，我这有五百大洋,你安排人出面,帮助他们解决一下燃眉之急吧。"

刘铁志说:"你想得很对。眼下正是关键时候,天凉了,除了急需安排食物和衣服,大灾之后往往还容易出现大疫,要动员一些人,帮助灾民做好防疫。"

周维新说:"那些灾民确实挺可怜。二哥、三哥这么用心,我也责无旁贷,防疫医生我去联系,我再出二百大洋安排此事。"铁志拍拍周维新的肩膀,点点头。三兄弟自是一番畅谈共饮。

纯子听说抓了"混江龙",更是十分感激,专门请王岭在"新世界"酒楼吃饭,听了那些神勇的传说,对他更增添了一份敬佩之心。吃过饭,他要送纯子回去,纯子要王岭陪她到呼兰河边去走走。

静谧的夜色中,河柳的倒影在水中轻轻摇动。两个人谁也没先说什么,沿着河边静静地走着。纯子希望就这样一直走下去,走到自己也不清楚的尽头。和他在一起,纯子觉得一切烦恼的心事都烟消云散了。王廷峰觉得身边的纯子愈发漂亮了,她肌肤如玉,眉似弯月,白里透红的脸颊上一笑两个酒窝,长发飘逸,声音清甜。细长的眼睛又黑又亮,神情柔媚,不禁心中一动。纯子真是一个美丽和善的好姑娘,可是她毕竟是个日本人,而且还是梅原小次郎的妹妹。

王廷峰开口问道:"你现在还是住在你哥哥家里吗?"纯子说:"哥哥一直很忙,经常不回家里。昨天他在电话里说,省里要在呼兰开什么大会,要来很多大官的,还要修建'英灵塔'。另外,驻呼兰的关东军部队,大部分就要去海伦集结了,集中围剿马占山,司令部要求哥哥按计划调拨军粮。"

王廷峰好像并不在意地换了话题说:"你代我谢谢你哥哥,他给我安排了事做,还给了我们奖励。"纯子说:"那是因为王岭哥能干有本事。以后你有什么事情需要我哥哥帮助的,你告诉我,我去和他说。"王廷峰说:"他给我安排了差事,就已经很感激了,不要再给他添麻烦。"

深秋的夜晚,河风有了凉意。不一会儿,纯子打了一个冷战:"我有点冷。"

王廷峰说:"我们回去吧。"纯子说:"我想和你再待一会儿。"

王廷峰要把自己的上衣给纯子披上,纯子说:"不用,你给我焐焐手吧。"

王廷峰把她的一双小手握在手里,纯子感到一股热流涌向全身。纯子双眉弯弯,小鼻子微微上翘,十分温柔恬静,饱含深情的双眼注视着王廷峰。王廷峰却很快又把手放开了说道:"我们一起蹦蹦,活动活动就不冷了。"

两个人相对一笑,开心地蹦了起来。纯子柔软的秀发,随着微风飘动,她双眸含情,波光如水,嘴角轻抿,微含笑容,愈加显得文雅清秀。

王岭来到警务科，武田认为主要是因为他救了纯子，梅原小次郎兄妹的感激之举。三家子一战，令他对王岭开始刮目相看，这个人不仅有胆量，也有头脑，还有一身功夫，这个助手非同一般。

这一天，王廷峰拎着一坛北烧锅的"红高粱"，来到武田的办公室。一进门，武田连忙从椅子上站起身来，客气地说道："王岭君，你请坐。有什么事吗？"

王廷峰说："我初来乍到，全仰仗武田君关照，我这有一坛陈年的'红高粱'，就送给武田君吧，请不要见笑。"

武田看见好酒，眼睛直放光，双手捧起酒坛，放在鼻子下面闻了闻，说道："饶希，这'红高粱'可是好酒啊！王岭君智勇双全，这一次我们都受到嘉奖，应该感谢你的。"

"武田君过奖了，其实全是靠了武田君和熊野君的勇武神威，才能一举灭了这伙顽匪。以前只听说武田君枪法是一绝，这次才真的是大开眼界。"王廷峰有意称赞武田的枪法。

武田把酒坛放在桌子上，又把戴着白手套的手掌，凑到鼻子前闻了闻。然后摆摆手说："现在，外边已经把王岭君传成了神枪手，不过，我想找个机会，与王岭君一起切磋一下。"

王廷峰只是想尽快得到梅原和武田的信任，争取在县公署站稳脚跟。没想到武田突然提出要与他切磋比试枪法。于是说："我那点本事，对付几个蟊贼还凑合，哪能跟武田君相比？我看还是算了，就别让我献丑了。"

武田以为王岭推托，是心中没底，坚持说："不，不，不，这几天我们就比试一下，让警务科的人都参加。"

"既然武田君如此有兴致，我斗胆奉陪就是了。"王廷峰说着，心里想道，这家伙高傲狂妄，让警务科的人都参加，是因为他确实有些本事。如果只是两个人比试，输赢还都好办。自己要是当着众人的面与他动手，还真得掌握好分寸。大输了不行，狂妄自大的武田会从此瞧不起你，反过来要是大赢了他，也会使这个爱面子的家伙下不来台，弄不好还可能引起他强烈的妒忌和仇恨心理，不利于今后利用他做掩护。

几天前，两个特支成员向刘铁志提出，把梅原小次郎和武田等人列入刺杀对象，刘铁志与王廷峰分析利弊，认为还是暂时不杀更为有利，如果现在除去他们，必然引起日伪特务机关的高度警觉和疯狂报复。日寇一定会另派更加凶狠的人接任，目前特支的力量还很弱，不利于进一步开展工作。王廷峰也刚刚进入警务科，不利于隐蔽和活动。这个武田虽然狂妄残暴，但是头脑比较简单，没有梅原那么狡诈多疑,有加以利用的可能。包括周文武、梁兆凡等人,也要尽可能加以争取。

王岭答应比试,武田很高兴。几天后,他命令陈奇、杜力召集警务科人员,在南大营训练场集合。

呼兰南大营规模虽然不如沈阳的北大营,但是在松花江两岸赫赫有名,曾经先后是英顺、刘德权、李梦庚、石得山、石青山、马占山驻军之处。乾隆元年,呼兰城守尉在此地修建全省最大的粮仓"恒积仓",俗称"南仓",可存粮二十万石以上。1900年,萨哈罗夫率领的沙俄军队,与清军一番激战,从南仓下突破清军防线,占领呼兰城,战火烧毁了这个大粮仓。后来,骑兵第四旅旅长英顺,在此建兵营驻防,陆续扩大完善,最后一个撤离南大营的就是马占山的部下,骑兵第八旅旅长才鸿猷。

警务科的人来到南大营训练场,听说是武田和王岭比枪法,都兴奋异常,纷纷议论着,到底是谁能技高一筹?

武田对王岭说:"王岭君,比武有文比有武比,西方决斗,还有黑龙会比武多为武比。我们之间就不用武比了,真伤了哪一个也不好。"武田心里也并没有十足的把握。

王廷峰问道:"这文比又怎么讲?"

"文比就是不以对方为目标,而是以其他目标比枪法。不过,这文比也要见血。"武田似乎不经意地说。

王廷峰又问道:"那武田君的意思是?"

"我们三局两胜。第一局,固定目标;第二局,活动目标;第三局,用活人。"武田轻描淡写地说着。只见王岭似乎吓了一跳,停住了脚步。武田连忙接着说道:"王岭君,不要紧张,我们用的活人,都是监狱里,反满抗日分子和杀人放火的死刑犯人。他们早晚必死无疑,何不让我们练练枪,看看是先打左眼还是先打右眼。"

王廷峰说:"武田君,我倒有一个建议,既然是文比,就最好不用活人了。第一局,我们打固定靶子;第二局,打悬挂的铜钱;第三局,打天上的飞鸟,这南大营可是飞鸟很多。那些犯人嘛,还是让监狱的人管,别扫了大伙的兴致,你看如何?"

骄狂的武田,以为王岭有些胆怯,于是说:"那就按王岭君说的比好啦。"

手下人先在三十米左右的地方,放了两个半身人形靶子。

王廷峰说:"武田君先请!"

武田说:"每人三发子弹,我们一起打好了。"

二人站定，掏出手枪。一阵枪响过后，手下人把靶子拿到面前，武田三发子弹全部命中靶心，弹孔呈品字形排列。王廷峰三发子弹也全部击中靶心，弹孔呈梅花瓣形状连在一起。

观看的众人一致叫好，有人在嘴里连连发出啧啧声。第一局，两个人基本打了一个平手。

第二局，在一个横木上，挂了四个用麻线系着的铜钱。铜钱垂下，在微风中轻微摆动着。

武田屏住呼吸，一枪击中一个铜钱。然后又一枪，把另一个铜钱也打得粉碎。众人爆发出一阵尖叫和掌声。

王廷峰看了一下前方，举起手枪，一枪击中了一个铜钱。随着又一扣扳机，子弹打断了另一个系着铜钱的麻线，紧接着又一枪，击中了下坠中的铜钱。

众人看呆了，一时间忘了鼓掌，忘了叫好。简直是不可思议，太神了。过了一会，才由杜力等人发出来一声"好啊，神了！"连武田也不由得点了点头。

这一局，王廷峰略胜一筹。

第三局打飞鸟。南大营原是多年的粮仓，旁边的孔庙、先农坛、石公祠都有许多树木，千百只鸟栖息于此。在地上觅食的小鸟，听到枪声，纷纷飞起，过一会又回到这里。有的落在房脊上或者树枝上，它们已经听惯了枪声，并不远飞。

武田抬手略一瞄准，一枪把一只小鸟从树枝上打落在地。武田傲慢地看了一下众人，把手枪在手中转了一下，插入枪套，然后双手抱住两臂，看王岭打鸟。

王廷峰看见一只鸟，落在房脊上探出的石灰鸽子上面，他挥手一枪，石灰做的鸽子被打碎，上面的小鸟却飞了。众人又是一惊。

这一局，王廷峰输了。王廷峰收起枪，一举手，朝大家大声说道："咱们警务科，真正的神枪手，就是武田科长，我王岭认赌服输，甘拜下风。"

第二局输了以后，脸色就有些难看的武田，此时，两个肿眼泡，笑得眯到了一起。听王岭如此一说，从心里往外都是美滋滋的，对王岭的妒忌之心，顿时消除了大半。于是对着大家说："王岭君也是好样的。"

众人不明就里，陈奇和杜力心里嘀咕，这王岭明显是让着武田，那么细的麻线都能一枪打断，紧接着击中下落的铜钱，却打不着落在房上的鸟，这到底是怎么回事呢？

见证：

豪杰河畔会英雄　遗恨深深烟雨濛
寄泪桥头名不朽　山河落日化长虹

第七章

大师点津　远芳铁志结连理
日酋聚会　长顺冯军勇袭敌

杨继业父女绝处逢生。混江龙和五个伤残的手下，缴枪投降走出去的时候，他们还躲在墙角发抖呢。

两天后，在《哈尔滨新报》当记者的二女婿郝文良回到杨家。对父女两人一番安慰之后，郝文良进城来找他的恩师王鸿恩。王鸿恩是莲花乡大东村人，当年从齐齐哈尔师范学堂毕业后，在呼兰第一初高等两级小学任教，郝文良是他的学生，很受老师赏识。杨继业书香门第，与王鸿恩素有来往，王鸿恩成了郝文良和杨家二女儿杨远华的媒人。后来王鸿恩先后当了校长和县教育局长，郝文良回到呼兰，有时就去看望恩师。

师生见面自是一番嘘寒问暖，郝文良说起杨家的遭遇，不知是什么人，在危难之际消灭了土匪，救了一家人。此时，杜力等人对王岭的传奇宣讲，一传十，十传百，已经在呼兰城不胫而走，王鸿恩自然已经听到了几个版本的传说。但有一点是一致的，那就是新任警务科副科长王岭有勇有谋，活捉匪首"老鹞子"孙鹏，"万好"匪帮全军覆没。

"这样看来，这个王岭也就是杨家的救命恩人，老师如果方便，能否找个机会，我们去拜谢一下，这也是岳父大人的意思。"郝文良恳求恩师。

王鸿恩此时早已辞去教育局长，梅原小次郎为了利用他在呼兰的声望，几次要他出任维持会副会长。他本是中国国民党黑龙江党务办事处东部地区负责人，为了掩护自己更好开展工作，经过请示，他就答应了。今天，郝文良请求他帮忙，他也想了解一下这个王岭。于是，就答应帮助联系一下，尽快让他们见面。

王廷峰这几天心里却高兴不起来，反而有些不安。消灭了土匪，初步得到了信任，自己在警务科也站住了脚。可是他事先没料到，日本鬼子残忍到如此地步。几个匪首罪大恶极，固然该杀。可是，黄土山里那些喽啰，虽然也跟着做过坏事，毕竟许多都是附近的农民出身，都是中国人，有的也是被逼为匪的。现在，他们都一起送了命。他们和那些跨海来到中国，烧杀淫掠的日本鬼子，和那些死心塌地，为虎作伥的铁杆汉奸，毕竟不一样，他们还不应该全死。

王廷峰在战场上，曾杀死过那么多的日伪军，却从来没有这种感觉。他做事缜密细致，来到呼兰以后，身负重任，不轻易出手杀人。当然，对罪大恶极的鬼子汉奸特务警察，毫不手软，一击必杀。然而每当杀死的是中国人，不论他是干什么的，都要抽空到关岳庙点上一炷香，双手合十，心中重复默念着："人之初性本善，既然你不行善，就让关老爷收你去，帮你重生为善吧。"

今天，他又一个人来到关岳庙，默默地为那些死去的人，烧了一炷香，无声地呆坐了一会，起身刚要离去，一个人从后面转出，走到他的面前。

王廷峰猛一抬头，一位慈眉善目，大耳低垂，两鬓微白的僧人，站在自己身前。只见他手掌立于眉前，点头与自己打招呼："施主，请留步。"

"啊，师傅，您好！"王廷峰连忙躬身致意："请问师傅，您有什么指教吗？"

"谈何指教。贫僧南和，见施主经常独自一人前来上香，神情沉重却并无言语，莫非有什么迷茫困惑不成？"

"原来是南和大师，王廷峰给您施礼了。今日有幸得见，我确实有事想请教，还请大师指引。"说着又上前行礼。

南和大师低头还礼，然后说道："佛家讲有疑即问，施主但说无妨。"

"大师，为什么我做了认为应该做的事，可是心里却并无欣喜之感？"王廷峰说出了第一个问题。

南和大师答道："物随心转，境由心造，烦恼皆由心生。人的困惑莫大于看不清自己，迷茫之处在于不知道想得到什么？如果明了自己所作为何，则心明如镜，存何困扰？"

"时逢乱世,不知如何才能做到心明如镜,按自己的真实意愿行事?"王廷峰接着问道。

南和大师说:"贫僧送你八个字,不知可否?"王廷峰忙说:"请大师赐教。"

"这八个字是'修戒定慧加减乘除'。"

"大师能否再加以开导?"王廷峰诚恳地请求。

南和大师说:"修身养性,无欲则刚,心平神安,方可运心转境。许多事情是要在漫漫人生之路上,慢慢加以感悟的。"

王廷峰说:"我记下了。大师认为,面对罪恶,救赎灵魂和以暴制暴,应该怎样取舍呢?"

南和略一停顿:"众生皆苦,人本无好坏之分,然事有善恶之别。激发善念做好事,则成好人,心生邪恶,总做坏事,终成恶人。天堂和地狱都是人心和行为造就,宽待善人是美德,容忍恶人是养奸,伤害无辜则是罪恶。请问施主,如果世上没有了狼,猎人还有存在的必要吗?"

王廷峰又问道:"大师,我的父母和老师都告诉我,血肉之躯生于父母,生命可贵。可是我又觉得,恶人横行,好人就要遭殃,所以,恶人就该死。这是否与佛家和道家的教义相违背?"

南和说道:"善有存道恶无根。佛家慈悲为怀,主张众善奉行,诸恶莫做。然而,普度众生度法各异。诚如忍辱负重,自我牺牲,岂非舍己度人,积德行善。道家弘扬行善助人,有所为有所不为,却也设生以赏善,设死以威恶,善恶承负,天道循环。贫僧认为,心茫茫使人无为,正义感让人无不为。"

王廷峰恍有所悟,再次拜谢,告别了南和大师。

王鸿恩托人约王岭,中午在"锦和彩"见面,觉得在警务科不方便。王鸿恩不认识王廷峰,王廷峰却知道王鸿恩的声望,于是就答应了。见时间还早,他来找刘铁志,把自己心中的不安,还有南和大师的话,向刘铁志说了。刘铁志劝慰他:"廷峰,不要太多想了,这都不是我们愿意看到的,自从小鬼子侵占东北,我们中国人死的还少吗?中华民族的灾难才刚刚开始,我们只有早日把小鬼子赶出中国去,老百姓才能有好日子过。"

刘铁志接着说:"通过这件事,使你暂时解除了日本人的怀疑,有利于今后为抗日更好地做事,首先要站稳脚跟,然后才能让他们鸡犬不宁。'绿林好'和红枪会这次都收获不小,我和他们都没说此事与你有关。不过,这个冯军是个很有正义感的人,你们应该认识一下,免得以后见了面发生误会。"

王廷峰说:"这样也好,你安排时间吧。告诉他,我们是同学,是好朋友。"

刘铁志说:"我和冯军已经约好,今天中午在'华美馨'茶楼见面,我们一起去好了。"

王廷峰想起了与王鸿恩之约,于是问刘铁志:"你还记得王鸿恩吗?"

"知道,知道。当年带着学生,为上海工人捐款的那个教育局王局长吗,怎么想起他了?"刘铁志有些诧异。

王廷峰连忙解释:"王鸿恩约我今天中午在'锦和彩'见面,也不知道什么事。我看,还是你跟我一起去,要不,我一个人去见这位先生,还挺拘束,有你在旁边,有事还能给我提个醒。然后,我们再一起去见冯军。"不等铁志回答,王廷峰拉着他的手臂就走。

刘铁志跟着王廷峰来到"锦和彩"。这是呼兰有名气的老字号药铺,掌柜的李璞生是王鸿恩的表亲。伙计将二人引进后堂,里面有四个人等着。

王鸿恩迎上来说:"这位就是大名鼎鼎的王岭王科长吧?"王廷峰连忙说:"不敢,不敢。先生在这里,我们都是您的学生。"

"啊,哦,这怎么说?"王鸿恩有些吃惊。他一直都为自己五年教师和十年教育局长的经历而自豪,也为呼兰教育的质量,一直在全省名列前茅而骄傲。却没有想到,眼前的这两个人也曾经是他的学生。

王廷峰介绍说:"这位是我的同学刘铁志,在兰清小学教书,我们都曾经是南关小学和县立中学的学生。"

"哎呀,是这样,二位都是人才,是呼兰的骄傲啊!来,我给你们介绍一下。这位是杨继业杨老先生。这位是《哈尔滨新报》的记者郝文良,杨老先生的二女婿,也是我的学生。这位姑娘就是杨老先生的老姑娘,叫杨远芳,是王科长带人救了她,一家人是专程来感谢你的。"

王廷峰当时去追赶孙鹏,并没有见过杨家父女,一听是这么回事,忙说:"不用,不用,这有什么。"

杨远芳上前两步,双膝跪在地上,磕了一个头说:"多谢恩人救命之恩,我杨远芳永远铭刻在心。"

王廷峰连忙上前扶起:"姑娘,快起来,可不要这样。"

杨继业和郝文良也相继致谢。郝文良拿出一包银圆,说岳父一家略表心意,王廷峰无论如何也不肯收。

王鸿恩说:"既然如此,也就算了吧,常言道大恩不言谢,今天大家见了面,以后就当亲人一样走动就是了。"

刘铁志对郝文良说:"《哈尔滨新报》原来在呼兰有一个分社,就是我的朋友办的。"郝文良说:"我知道,以前我还来过这里。现在,因为《哈尔滨新报》带了颜色,已被停刊了,我也准备和几个同事一起到关内去,我们后会有期。"

杨远芳见王岭一表人才,礼貌大方,说话办事爽直痛快,浑身散发着一股英气,不禁芳心一动,上下暗自打量,被王鸿恩和杨继业都看在眼里。

回到家中,杨继业把女儿叫到自己房中说道:"孩子,王岭这个人,是个有能耐的人,各方面都不错,如果他不是个给日本人干事的汉奸,倒是可以托付终身,这日本人能在中国待多久,还很难说,你还是绝了这个念头吧。"

杨远芳满脸通红:"爸,你说什么呢?我不跟你说了。"转身走回自己屋里去了。

几天后王鸿恩单独找到王廷峰,直接问道:"王科长,听说你还没有成亲,你看这杨远芳姑娘怎么样,我想给你们当个红媒。"

王廷峰一下愣住了,他根本就没往这方面想。王鸿恩接着说:"杨家世代书香,远芳姑娘秀外慧中,知书达理,多才多艺,是个难得的好姑娘,你如果同意,我明天就到杨家去说,就看你的了。"

王廷峰知道自己身处险境,随时都有生命危险,所以一直没有考虑这个问题。忽然灵机一动说道:"先生,我已经有意中人了,我觉得远芳姑娘和刘铁志更为合适,他们的性格品行,文化修养都很接近,他的父亲是呼兰有名的私塾先生,叫刘宇霖。不如请先生费心,成就这件好事。"

王鸿恩一拍额头:"你说得也有道理。既然你已经心有所属,刘铁志老师倒也十分般配,刘宇霖老先生我也了解。只是不知道这远芳姑娘,心里是怎么想的。好吧,我明天就去一趟三家子。"

王鸿恩说是来提亲,杨继业以为是给王岭,心里不免有些为难,一听说是刘铁志,正合了心意,连忙叫出杨远芳。

王鸿恩说:"本来,我是想成全你和王岭,可他已经心有所属。那个刘铁志老师,你也见过了,相貌品学都没说的,性格与你更为相近,不知你意下如何?"

杨远芳一听王岭心中已经有人,不禁心里一凉,对那个刘铁志,也是一面之缘,倒也没有不好的印象,只是当时自己的主要注意力,都放在了王岭身上,现在想起来,那个人外表和言行举止都不错。于是说:"女儿的事,就由您和父亲做主,我没有意见。"

王廷峰有意成全他们二人,回去马上和刘铁志说明此事。刘铁志一听急了:"好你个王廷峰,你自己还没有个对象,怎么先琢磨上我了,我和人家姑娘只见过一面,还是陪着你去的。互相都不了解,这也太草率了吧。"

王廷峰说:"还了解什么?人你也见到了,人家要是长得不好,那土匪能去抢啊。论才识,也不在你之下,书香门第,与你正合适。至于感情方面,只要接触以后,一定会有的。"

刘铁志与杨远芳虽然只见过一面,确实如王廷峰所说,相貌举止都给他留下了很好的印象。加上王廷峰一个劲地鼓动,于是,同意和姑娘再次见面。

坐在眼前的姑娘,不仅面容俊秀,身材苗条,而且举止文静。一条乌黑油亮的辫子,辫梢拿在姑娘的手中。瓜子脸上修长的眉下,大眼睛宛若一泓清水,恬静文雅中隐然有一股灵秀之气。

"杨姑娘,你好!"刘铁志打破了沉默。

"还是叫我远芳吧。"姑娘双颊飞红,低声说。

人生能够结成伴侣,共度人世沧桑,是有缘分的。婚姻不仅有浪漫和激情,更多的是共同面对风雨,平淡中的彼此相守,困难时的同心协力,危急时刻的挺身而出,是两颗心的归属和托付。刘铁志和杨远芳仿佛前缘重逢,有着很多共同语言,二人开始了交往,感情与日俱增。不久,两个人结婚了。

又一个夏天来临了。王廷峰养过伤的呼口村老潘家,出了一件大事。驻守呼兰河铁桥有日军一个小队,正在驾驶汽船巡逻的日本兵藤野,见两个妇女从村外向村中走去,就把汽船停靠在岸边,尾随二人进到村里。

村民大多都到地里干活去了,这两个妇女见有日本兵尾随而来,吓得急忙向自己家里跑。这两个人正是潘家的儿媳妇林素华和女儿潘小芹,见日本兵跟进家里,吓得大哭大叫:"出去,出去,我们要喊人了!"

藤野哈哈笑着:"花姑娘的好,不要叫嘛,我们一起,哈哈。"

"来人哪,快来人哪,救命啊!"小芹大声呼救。藤野上前,抓住大声喊叫的小芹,捂住她的嘴巴,就去撕扯她的衣服。嫂子素华一看不好,拼命冲上前去抱住鬼子兵,喊着:"小芹,你快跑,去地里叫人!"小芹姑娘拼命挣脱,从炕上跳出后窗,边跑边喊:"快救人哪!"

藤野见跑了一个,剩下这个还和自己拼命厮打,兽性大发,狠狠几巴掌,把她打昏在地,抱到炕上,撕开衣服强行施暴。小芹跑到地里,上气不接下气地说:"爹,海涛,不好了,鬼子兵上咱们家欺负我嫂子呢……"

潘家父子卸下干活的马匹,二人疾马驶回。冲进家门,鬼子兵还趴在素华身上,枪放在旁边。藤野见有人来了,一边起身提裤子,一边喊叫着,要父子二人滚开,并伸手去抓枪。仇恨的怒火燃烧胸膛,海涛拿着刮犁板,一下子打在鬼子兵拿枪的手上,父子二人上前把鬼子兵打倒,用绳子捆住,绑在拴马柱上。海涛上前扶起媳妇,只见她全身赤裸,浑身是伤,刚刚苏醒。

藤野哇哇地叫着:"八嘎,放开我,不然,我要让你们全家死了死了的。"

老潘怒火中烧:"你个畜生,王八蛋,你不得好死。"说着挥起手中的烟袋锅愤怒地刨向鬼子兵,一下子将其嘴唇刨断,三颗门牙随着鲜血而下。

邻居王显贵闻声跑过来,对老潘说:"这下子要沾包,你看这事可咋整?是不是把他送日本宪兵队去?"

老潘问王显贵:"日本鬼子还能跟咱们讲什么理吗?别做白日梦了。甭说我们把他打成这样,就是没打也是白扯,到了日本人那儿,遭殃的还不是我们?"

海涛说:"他今天糟蹋我媳妇,明天不知道还会去糟蹋谁,不能放过这个龟孙子。"

"对,打死他是祸,放了他更是祸,放虎归山,必受其害,干脆一不做二不休,结果了他。"老潘拍拍身上的尘土,下定了决心。

王显贵说:"看来,这瞎子闹眼睛是没治了,也只能这样了,那我就回家去了。你们煞愣地鼓捣,完事了麻溜地赶紧挠杠,跑得越远越好,我可是什么也没瞅着,什么也不知道啊。"

父子二人把鬼子兵藤野,用石头坠入江底,把汽船拖至江心,让其顺流而下。一家人连夜收拾东西,决定去驿马山找抗日救国军,以前王廷峰和李维就去了那里。

守桥日军见藤野开船巡逻,隔夜未归,马上派人沿江寻找,在呼口村与东岗村交界的江湾处,发现了无人的汽船,小队长龟田认定,是上游呼口村的人干的。于是带人逐户搜查,也未见藤野踪影。龟田强迫村民沿江打捞,赵福民、王显贵等五六个村民被逼着打捞了三天,仍然不见踪迹,竹竿子碰到东西,也只当是什么也没碰到。龟田和几个日本兵一嘀咕,他们端起机枪,竟然向船上的人扫射,这些村民当即无辜惨死。龟田回去报告,已经打死了杀害藤野的反满抗日分子。

王廷峰深夜赶到呼口村,老潘家已经人去屋空。邻家被杀害的村民家中,隐隐传出家人的哭声。

几天后,日军小队长龟田从浴室出来时,胸口挨了一刀,然后被人用绳子吊在了呼兰河铁桥的桥梁上,身上贴着一张纸条,上面写着"杀鬼者,兰河大侠!"

梅原小次郎召集日伪头目,商议如何对付兰河大侠。他用冰冷的目光,看了看这些各想心事的人,然后点燃了一支香烟,阴沉着脸说道:"近来,兰河大侠多次杀害我们的军警人员,对我们强化治安非常不利。各位都要动动脑子,想办法抓住这个兰河大侠。省长吕荣寰计划在呼兰西岗公园建造'英灵塔',举行'慰祭英灵'大会,有全省二十七个县的县长和参事官,还有皇军十四师团师团长松木直亮和二十八旅团平贺贞章将军都要参加,我们必须确保会议顺利进行,保证参加会议所有人员的安全。"

马子英说:"这也许正是我们抓住兰河大侠的一个好机会,这么重大的活动,大侠很可能进行破坏,我们在会场周围先清场,然后整个公园和四周都埋伏人马,不仅要保证会议安全,还可以在大侠一出现的时候,就将其击毙或者擒拿,包括其他可能前来袭扰的抗日武装分子。"

梅原小次郎说道:"马总的想法可以实施,请梁县长代表二十七个县撰写'英灵塔'的碑文;马总负责抓紧修建'英灵塔',并且要马上派人先去拆除公园里面的马占山'德政碑'。开会期间,剿匪大队重点负责车站和码头的警卫。熊野少佐联系二十八旅团,派出十名狙击手,会前埋伏在西岗公园各处制高点,兰河大侠一出现立刻击毙。由武田少佐负责西岗公园的全面警卫。周文武局长和王岭带领警队和特务队,负责来往道路和城内各个重要部位的安全秩序。"

马子英早已对马占山恨之入骨,梅原小次郎发出命令,正合了他的心愿。一散会,马上带着手下人,来到西岗公园,对着马占山"德政碑"咬牙切齿地说:"马小个子,今天先让你的碑粉身碎骨,以后你要是落在我的手里,我一定让你碎尸万段。"说着对手下人一挥手:"来呀,给我砸!"

王廷峰把这一情况告诉刘铁志:"这么多日伪要员,集中在呼兰西岗公园开会,确实是个好机会。不过,梅原小次郎安排缜密,布下重兵,尤其是十名日军狙击手不可轻视。不知底细的人,如果贸然前来,难免遭遇不测。"

刘铁志沉思片刻说:"上次,你听纯子说,日本人要在呼兰开大会,我怀疑是敌人的一个阴谋。现在看来这既是个机会,也确实是一个阴谋,一个陷阱,我们需要慎重考虑,千万不可以轻率行动。"

王廷峰说:"我们也可以避开公园,在路上择机下手。"

刘铁志摇摇头:"在路上动手,来的人员太分散,效果不好。再说,由你负责道路安全,出了事,会给你带来麻烦,甚至暴露。这是得不偿失的事,咱不干。"

"对,留得青山在,不怕没柴烧,我们再找机会。"二人拿定了主意。刘铁志让张发明通知特支成员,近日保持隐蔽,没有统一安排,不能擅自有任何行动。

"慰祭大会"按时召开,会场戒备森严,梅原小次郎陪同日酋和伪官吏们,来到重兵埋伏的会场。梅原小次郎主持会议,身边是一群身穿黄呢军装和警察制服的日伪军官,西服革履或长袍马褂的汉奸头目,还有两个身着背后三界面,中间一横带日满协和服的女人。连日赶修的"英灵塔",呈四棱锥体,高十五米,正面刻有"英灵塔"三个字,是伪满总理大臣郑孝胥书写,伪县长梁兆凡撰写了碑文。

梅原小次郎一边念着主持词,一边四面张望,主持词念得结结巴巴:"大满洲国建元之初,政治未上轨道,地方糜烂已极,三千万民众流离失所,大日本帝国第二十八旅团奉命驻防江省,讨伐逆魁马占山、邓文、才鸿猷、李海清、霍刚、李天德、朴炳珊等,又扫荡苏炳文、张殿久,此外,剿灭零星股匪不胜枚举。王师雄威,宣耀环球,累经战胜,竟牺牲勇烈壮士二百一十三人,诸公之英魂毅魄不无故乡之眷依,芳名永留满蒙天壤间,二十七县人民颂功报德,于呼兰西岗公园建'英灵塔'一座,奉慰在天之灵,借垂不朽……"

仪式在虚伪、紧张、灰暗的气氛中匆匆结束。随着日伪头目们离开,埋伏的日军也撤走了。

王廷峰和刘铁志都没有想到,一场突如其来的激战,发生在东门桥外的公路上。原来是众多日伪要员集聚西岗公园的消息,被红枪会获知,冯军认为这是一个千载难逢的机会,他派人去找刘铁志,却没有联系上,只见街上岗哨林立,各个要地路口戒备森严。冯军又去联络"绿林好"韩长顺,韩长顺也同意干他一家伙。自从上次缴获了孙老鹞子的武器弹药和物资后,冯军和韩长顺几次配合行动,先后袭击伪警察所和自卫团,铲除了几个铁杆汉奸。

冯军对韩长顺说:"大当家的,这次一下子来了这么多鬼子大官和大汉奸,如果我们多干掉几个,一定是大快人心。"

韩长顺说:"冯坛主说得对,要让小鬼子知道中国人不是好欺负的。不过,这么大的举动,鬼子一定是严加防范,我们还是要找准时机,找准目标,突然下手,打他个措手不及。"

冯军说:"大当家的说得是,我们必须集中兵力,突然袭击,速战速决。有些细节我们要认真商量,一是什么时候动手,在哪里动手,二是撤退路线,三是确定目标。"

韩长顺左手摸着下巴,咬咬嘴唇说道:"在西岗公园动手最好,鬼子汉奸头目集中。可是他们肯定重兵防范,我们不宜接近,弄不好还难以脱身。如果选在来路上,不论陆路、水路,汽车、火车还有船,路线和时机不好掌握。看来,只能选在散会后的回路上。我们首先要做的是,在各处派人掌握他们进城的路线,一般来路即是回路,我们就可以选择目标了。"

冯军说:"好,我马上撒下人去,我们分头准备,后天清早,分两路在城外集结。"

两天后的早晨,各路人员回报,其中一路说,日军少将平贺贞章,陪同一个比他还大的日军军官,从绥化乘火车到呼兰站,然后乘坐汽车进了城。冯军说:"我们就打这一路。火车站上日本兵和马子英的剿匪大队戒备森严。我们就埋伏在东门桥到火车站中间的路上,集中火力,打完就撤。"韩长顺说:"好!就这么干。"

"慰祭大会"结束后,平贺贞章谢绝了梅原小次郎的宴请,陪同松木直亮师团长,乘车赶往火车站。前面是卫队长和狙击手乘坐的两辆汽车,后面是警卫士兵的两辆卡车。刚刚驶过东门桥不远,一阵密集的枪声响起,一排排子弹从公路两侧呼啸而来。前面的司机和卫队长随即被打成了马蜂窝。平贺贞章一侧身,把松木直亮按倒在座椅上,他的左臂和肩膀接连中了两枪。处于高度戒备状态的卫兵和狙击手,立即以强大的火力还击。

双方展开激烈枪战。日军狙击手很快解决了两侧的机枪手,开始寻找指挥人员。公路两边的人一露头,就被击中,形势很快发生了变化。

火车站的日军没有动,常子青带着剿匪大队赶来增援。王廷峰和陈奇、杜力正在东门桥里的路上,听到枪声响成一片,也带着手下人跑过来。

王廷峰心想坏了,这会是谁干的呢?刘铁志已经通知特支的人,他们不会在这采取行动,听这么密集的枪声也不像是他们。到底是什么人呢?他一边跑一边脑袋飞快地旋转,只好到那里再见机行事了。很快到了枪战地点,常子青已经带人赶到,从侧面向公路两侧攻击。冯军和韩长顺命令立即撤退,可是日军狙击手死死地封住了退路,已经有二十几个人倒在枪下。

王廷峰从服装和武器判断出，可能是红枪会的人。怎么办？两面夹击之下，红枪会已经十分危急，用不了多久，大批日伪军赶来，他们会全军覆没。我现在冲上去，先解决狙击手，再干掉常子青，救出红枪会。这样自己完全暴露了不说，仅凭一个人一把枪，能不能成功也没有十分把握。

紧急中，他突然看见了平贺贞章乘坐的汽车，灵机一动，马上大声命令道："陈奇带人向左，杜力向右，跟我冲上去，保护平贺将军。"说着迅速带着人冲到车队两侧，他跑到平贺的汽车旁边，大声喊道："将军，你怎么样？"只见平贺贞章浑身是血，侧身护着师团长。王廷峰想开枪将二人击毙，可是身边人太多了，只见后面卡车上的卫队士兵也停止射击，向这边跑来。王廷峰赶紧招呼左右："赶快保护将军。"

王廷峰的人一冲，实际上扰乱了枪战双方的视线，尤其是藏在车内车下的狙击手，一时失去了目标，这边压力稍减。韩长顺对冯军说："你们快撤，我们掩护。"冯军说："别争了，你们快走，要不然，一会儿谁都走不了了，快走！"说着，冯军端着机枪从大树后面冲出，对着冲上来的剿匪大队猛烈扫射，身边的几个人也一起站起身来，开枪射击，剿匪大队冲在前面的人纷纷倒地，猝不及防的常子青身中数弹，口吐鲜血仰面摔倒，其余的人全趴在了地上。

韩长顺带着人，迅速从壕沟转过树林，向北撤离。冯军此时掉转枪口，向平贺的汽车扫射，这一侧正是陈奇的队伍，几个人随着枪声倒下，陈奇的大腿也中了一枪。

这时，一个日军狙击手开枪了，子弹击中了冯军的头部，冯军停止了射击，睁大着眼睛，无声地倒下了。身边的人见冯军中弹，不顾一切地扑过来，却被狙击手连续射杀。

王廷峰看到了这一幕，却没有想到是冯军。枪声停了，杜力和几个卫队士兵，把松木直亮和平贺贞章护送到后面的车上。王廷峰和众人走过来，看到路上有二十几具日本兵和马子英手下的尸体，常子青躺在路边，早已断了气。

再往前走，只见壕沟和树林旁躺着三四十具尸体，看到冯军，王廷峰的脑袋嗡的一下子，血往上涌。他们虽然只在"华美馨"茶楼匆匆见过一面，却对这位性情耿直爽朗的红脸膛汉子，印象十分深刻，他那双眼睛圆睁着，手指还紧握在扳机上。他多么想走过去，帮助冯军把圆睁的双眼闭上，可是当着这么多的日伪军和特务，他无法做到。日本兵走后，王廷峰让部下挖个大坑，把这些人都深埋了。

松木直亮走进病房，刚刚包扎完毕的平贺贞章躺在床上。松木直亮制止了要爬起身来的平贺贞章，说道："谢谢了，平贺君。"一个立正，然后给床上的平贺贞章鞠了一个躬。

平贺贞章对前来看望的梅原小次郎等人吩咐："呼兰的治安需要进一步加强，对红枪会和'绿林好'等抗日武装要彻底剿灭，根除后患。对常子青、陈奇等阵亡和受伤的人员给予抚恤，奖励勇敢救护师团长的王廷峰和杜力等人。"

几天后的一个夜晚，"英灵塔"三个字，被砍刀深深地划了一个大叉子，塔前横放着两个日军哨兵的尸体，身上一张纸条上写着："兰河大侠来晚了！"梅原小次郎命人用水泥弥补"英灵塔"上的刀痕，不想水泥颜色过深，刀痕仍然依稀可见。

有六个受伤被俘的人，关押在宪兵队的刑讯室里，梅原小次郎带着武田逐一审问，他想了解这次袭击事件的密谋和组织经过。进而掌握红枪会和"绿林好"的去向。但是这些人都是普通人员，其中有两个人是红枪会的会众，四个是"绿林好"韩长顺的部下。他们只知道是冯军和韩长顺连手行动，其他的一无所知。而红枪会的头领冯军已经死了，韩长顺不知去向。

武田手里拿着鞭子，却习惯地用皮靴不时踢着这几个人。恼怒之下，他原本外鼓的双眼更加突出，眼白大得令人恐怖，厚大的嘴巴喘着粗气。这几个人的伤口都没有包扎，有的还在流血。每个人身上都有刑讯的新伤。

梅原小次郎表面上的平静沉稳，难掩内心的焦躁和愤怒，铁青的脸上一道杀气从眼中闪过。他对龟田等人说："这几个人的伤这么重，好像没什么用了，还是把他们埋了吧。"武田等人齐声说了一个："哈依。"

梅原小次郎说着话，阴郁的目光似乎不经意地观察着几个人的反应，只见他们的眼里，有的充满了愤怒，有的有些惊慌，有的则是非常恐惧。于是他摆摆手，把武田叫到旁边，对他低声吩咐一番，然后走了出去。

武田命人把这六个人，五花大绑带到郊外老山头，在他们面前挖了一个大坑。武田说道："你们都是袭击皇军的反满抗日分子，都该死。现在给你们一个最后的机会，梅原参事官说了，如果谁愿意效忠皇军，可以留条活命，以后还可以论功行赏。如果仍然执迷不悟，现在就把你们都埋了。"

六个人互相看了看，有个人瘫倒在大坑边上，但是谁也没说话。武田接着说："你们都好好想想，效忠皇军不仅可以活命，还可以升官发财，如果不这样的话，先把你们统统活埋，然后再找到你们的家人，一个不留，统统杀光。"说着走到他们前面，用穿着皮靴的脚，逐一踢着问道："你的，你的，是不是统统想死？"突然抬起一脚，把那个浑身像筛糠一样发抖，瘫倒在坑边上的人踹到了坑里。

掉在坑里的人这时哭喊起来："太君，饶命啊，我不想死，我家里上有老下有小啊。"接着又对坑上边站着的一个人喊叫："二哥，我们就降了皇军吧，我们都死了，老娘谁管哪，老婆孩子怎么办？太君，求求你们，饶了我们哥俩，我们听皇军的就是了。"

武田微微一笑，心想梅原参事官果然高明，于是命人把他从坑里拉上来。武田问道："你的，叫什么名字？真的想明白了？"这个人面色土灰，大口喘着气，回答说："我叫蒋洪武，我愿意归顺皇军，他是我二哥，叫蒋洪文，我们都是没办法才上山入伙，太君放过我们吧。"蒋洪文仰天长叹一声，然后坐在了地上，低下了头。

旁边的人中，有一个咬牙切齿地骂道："软骨头的狗，甘心给鬼子当汉奸，早晚也不得好死。"另外三个人也是怒目而视。龟田一挥手，鬼子兵把四个人全部推到坑里，开始埋土。熊野叫过来两个鬼子兵，让他们把铁锹交给蒋洪文和蒋洪武，这也是梅原小次郎事先交代的。

熊野说："你们既然愿意归顺皇军，替皇军效力，那就亲手把他们埋了，表明你们的诚心吧。"二人硬着头皮，违心地拿起了铁锹，他们自己也清楚，这土埋下去，也就再也没有回头之路了。

晚上，梅原小次郎亲自接见蒋氏兄弟，对他们大加赞赏："中国有句古话，叫识时务者为俊杰，你们认清局势，为建立大东亚共荣圈效力，不仅避免了家人受苦，你们以后也是前途不可限量。"

蒋洪文浑身上下透着绝望和凄凉，他并不怕死，可是亲兄弟蒋洪武，在危急时刻草鸡了，自己不忍心看着他死在面前。蒋洪武还有些惊魂未定，磕头作揖地向梅原小次郎表示，愿意归顺皇军。

梅原小次郎脸上，在审讯室里面那透着寒气冷笑的面孔已经不见了，微笑着说道："只要你们真心实意做皇军的朋友，我们绝不会亏待。我已经安排了让你们逃跑的计划，你们按我说的去做就是了。回去后，你们的首要任务，就是摸清楚韩长顺的老巢在什么地方？一共有几处藏身之处。由武田少佐具体和你们联系。联系的地点和方式也由武田君确定，以后的任务他直接给你们下达。"

几天后，浑身是伤的蒋氏兄弟在押送途中逃脱，回到了河西。

当歌：

梅魂菊影一生缘　　剑胆琴心两并肩
天若有情天亦老　　月如无恨月常圆

第八章

暗布内奸　梅原设计围长顺
智取情报　王岭挺身救雨兰

蒋洪文兄弟二人回到河西家里,并没有引起特别的注意。呼兰东门桥外一战,死伤了几十个兄弟,还有一些都是陆续分散跑回来的,韩长顺带人逐一安排死伤兄弟的后事,然后重新收拢人马。又派人帮助红枪会的人,把冯军的妻女送去河北老家。这一天,他召来手下大小头目,商议下一步打算。

韩长顺沉痛地对兄弟们说:"这次我们打了一个亏本的仗,这么多年,头一次损伤了这么多兄弟,虽然打死了不少鬼子和汉奸,可是没能打死那两个小鬼子的大官。没想到这伙鬼子这么厉害,连红枪会冯军坛主也没了,我们又少了一个好伙伴。大家说说,现在我们该咋个整法?"

众人七嘴八舌说出自己的想法。人称"草上飞"的柳岩说:"冯军坛主一死,鬼子的宪兵巡逻队和马子英的剿匪大队,越来越疯狂,今后我们的日子更难过了。"

一向老成持重的"兰河叟"赵彪站起身来愤恨地说:"小鬼子与我们的仇不共戴天,这次又杀了我们这么多兄弟,这个仇非报不可。"

"穿地龙"樊景瑞站起身说道:"马子英剿匪大队这帮汉奸太可恶了,他们帮着小鬼子夹击我们,才使我们损失惨重。这些天他们到处搜查,随意抓人,找个机会得好好教训教训他们。"

"催命郎君"蒋洪文接过话头说:"怎么都是个死,大不了我们再和他们真刀真枪地大干一场,和他们拼了。"

军师吴明，江湖绰号"震松辽"。此时放下托着下巴的手说："眼下，我们最重要的是保存实力恢复元气，决不能和鬼子硬拼，他们巴不得让我们去拿鸡蛋碰石头，正好彻底消灭我们。我们就是要捉迷藏，抽冷子下手，出其不意攻其不备，让他们不得安宁。这次我们吃了亏，就是吃在了小鬼子早有防备，双方力量相差悬殊，今后这样的事绝不能再干。"

韩长顺说道："军师的话有道理，兄弟们杀小鬼子都不含糊。我们虽然是绿林中人，重的是江湖义气，侠肝义胆，没有怕死的孬种。可是我韩长顺不能让大家轻易丢了性命。你们知道吗？老沈家大明子，曾经为了救我受过伤，这次让小鬼子枪手打爆了头，当我看见他满头白发的老娘，我心里是什么滋味？我跪在她老人家面前，心如刀绞。我要把她老人家当作自己的亲娘，可是如果有一天我也死了，他们怎么办？我对得起这些兄弟和他们的亲人吗？"韩长顺有些哽咽，说不下去了。

众人都被韩长顺的话感染了。"绿林好"发展到今天，很大程度上是因为韩长顺重义气，忠厚坦诚，为人仗义，视大家为兄弟，遇到大事和大家一起核计，危难之时冲在前面，所以有着一种无形中的凝聚力。

正是这种情义，使"催命郎君"蒋洪文在宪兵队的刑讯室，对韩长顺的情况只字未说，甚至隐瞒了自己是炮头的身份。当蒋洪武叫着二哥，为了活命让他一起投降的时候，他不忍心看着亲兄弟和自己一起死去，又从内心里不愿意背叛韩长顺。尽管违心答应了替日本人做事，回来做内应，却没有把自己知道的事情向日本人说。

今天听了韩长顺掏心窝子的话，蒋洪文不由得回想起这些年来，韩长顺对自己的好，当年大哥蒋洪君被财主黄霸天害死，还是韩长顺替他报的仇。就在昨天，韩长顺还询问他的伤势，叮嘱他好好养伤，对自己根本就没有一点怀疑。蒋洪文甚至想跪在韩长顺面前，把所有发生的事情和盘托出，请求韩长顺的饶恕，但是他还是忍住了，他毕竟答应了日本人，还亲手埋了红枪会的人。他害怕韩长顺不原谅他，害怕大家知道真相以后，对他仇恨和鄙视的眼光，害怕家人被大伙在背后戳脊梁。今天他主张和小鬼子拼了，主要是想，如果真的在战场上让小鬼子打死了，也是一了百了，自己倒是彻底解脱了。

韩长顺平复了一下心情，接着说道："小鬼子做了这么多的孽，此仇不报，我韩长顺誓不为人。可怎么报？心急吃不了热豆腐，不能再蛮干，得再多长几个心眼，多长几只眼睛，让小鬼子摸不着我们，只有让我们打的份儿。我同意军师的意见，分散隐蔽，集中行动，不打情况不明，没有把握的仗，要打就把鬼子打痛了，打死了。马上由军师安排，在哈尔滨、呼兰城、对青山、康金井等地，都要再安排店铺，作为落脚点，四处布置眼线，到处都要有我们的眼睛和耳朵才行。"

军师说:"从现在起,各位都开始分散活动,联络方式照旧。有什么紧急情况,直接和我联系。"

蒋洪文回到家中,蒋洪武正在家里等着他。见面就问:"二哥,大当家的召集,都说了什么事?"

蒋洪文说:"也没说什么,就是安慰安慰大伙,最近也不会有什么大的行动。"

"二哥,如果武田太君派人来,向我们要韩长顺的消息,我们怎么办?总不能一直拖下去吧?武田那个龟孙子不是说了吗,如果我们耍什么花招,就把我们的事全部告诉韩长顺的人。"蒋洪武见二哥不愿意多说,就提醒道。

蒋洪文说:"还是走一步看一步吧,不管怎么说,太缺德的事还是得掂量掂量,不然死了都进不了祖坟。"

蒋洪武无奈地说:"谁愿意放着人不做去做鬼,可是事到如今,我们总得应付过去才行。"

蒋洪文说:"现在小鬼子想要收拾韩长顺也没那么容易了,分散隐蔽,集中行动,一般情况下,谁也不知道他在什么地方,我也不能轻易见他,有事必须先过了军师这一关。"

第二天,军师吴明派人来问蒋洪文,想派蒋洪武去呼兰,在一个店铺里当伙计,是否能够前去。蒋洪武有些不愿意进呼兰城,蒋洪文想了想说:"这样也好,既可以方便见到武田的人,避免了推脱的嫌疑,又能为接触不到韩长顺,提供不了重要消息找了借口。先过了眼前这一关再说吧。洪武,你见了武田的人,就说韩长顺的人马分散隐蔽,他本人居无定所,我也是难得一见,只能是慢慢寻找机会。一旦有了线索,我会马上报告。"

两天后蒋洪武进了呼兰城。得到蒋洪武带来的消息,武田马上向梅原小次郎报告,梅原小次郎背着手,来回在屋里踱步。他问武田:"你对这个消息怎么看?"武田说:"我看蒋洪武提供的情况是真实的。韩长顺遭受重创,面对强大的追剿压力,必然会采取这样的策略,蒋氏兄弟在短期内,也很难获得重要情报。"

梅原小次郎点点头说道:"现在派宪兵队和治安剿匪大队在各处搜查,无疑是大海捞针。不过,既然他们在各地增加了眼线,就是为了得到各方面的消息,我们何不将计就计,通过这些眼线,引诱韩长顺上钩,将其一举歼灭。"

梅原小次郎又找来熊野,与武田一起,对着地图,如此这般地做了一番部署。

军师吴明收到了呼兰城里传回的消息,剿匪大队的一个小队长,喝多了酒,在商铺买东西时说漏了嘴,说日本人给剿匪大队补充人员和装备,三天后去哈尔滨领取枪支弹药、服装鞋袜,还有军饷,一共有三汽车,马司令派他带着十个人去押运。吴明找到韩长顺,说了这个消息。吴明觉得应该再进一步核实一下,眼下形势紧张,还是小心驶得万年船。

韩长顺说:"这些物资都是我们急需的,三天时间太紧了,恐怕来不及再去核实,召集人手起码需要一小天的时间,还需要具体安排袭击计划。三辆卡车装满了物资,还能有多少人押车?那个小队长说的十个人倒真的差不多。拉运物资的车辆从哈尔滨回来,必须在码头船口摆渡过河,我们就在那前面劫了它。"

吴明说:"既然大当家的这么说,我们就干了。稳妥起见,我们把人马分成三路,一路突然袭击,解决押车的人,一路负责运输物资,要争取用最短的时间,把物资运走。第三路为接应人马,以防万一。你看如何?"

韩长顺说:"就按军师说的安排,我亲自率领第一路解决押车的人。"吴明说:"这次你就不要亲自去了,由我带着人去,大当家的还不放心吗?"

"这么大的事,我怎么能不去?让兄弟们去拼杀,我躲在一边看热闹,那是我韩长顺干的事吗?"韩长顺有些急了。

军师吴明说:"如果你一定要去,你就领着第三路接应我们,我带着第一路人马。如果不行,我看就取消这次行动。"

韩长顺见军师这样说,觉得他今天很怪,以前"震松辽"吴明虽然很有主见,也经常对他提出不同意见,但是从来没有这么武断地要撤销行动。于是说:"那好,我就听军师安排,带着第三路行动,你们带上最好的武器,千万要小心,发现情况不对,马上撤就是了。"

吴明又连夜派人进城,继续打探消息,第二天傍晚,派去的人回来说,他们通过剿匪大队的人了解到,确实已经派出十个人,去了哈尔滨押运物资。

第三天清早,军师吴明和柳岩、蒋洪文带着队伍,埋伏在码头船口前面不远的地里。赵彪和樊景瑞带人赶着马车队,隐藏在几百米外的玉米地后面。韩长顺带着接应人马,分别隐藏在小树林和玉米地里。

天近响午,三辆蒙着黄色苫布的汽车驶过来,吴明一挥手,身旁的柳岩拉动绳索,埋在路上的炸药轰轰响起,路炸断了,汽车停下来。从三辆车上,分别跳下三四个人,紧张地趴在地上四处张望。吴明一声"打!"几十支枪同时开火,打得趴在路上的人不敢动弹,在那里朝四外开枪。待枪声稍缓,十来个人纷纷丢下枪,猫着腰,拼命朝码头方向跑去。

吴明盼咐蒋洪文,去叫马车队赶快过来,自己带着人冲向汽车。就在众人快要接近汽车的时候,突然,汽车的苫布掀开了,露出了一排排黑洞洞的枪口。汽车上根本没有什么物资,两侧加固的铁板上面,架着轻重机枪。车上的日军一齐开火,跑在前面的人很快倒下了一大片,吴明左胸中了一枪,两条腿都被打断了。他知道中了埋伏,连忙喊大家卧倒,对身边的柳岩说:"我们在这顶着,你快去告诉大当家的快撤。"然后指挥剩下的人,朝汽车上还击。

汽车上有加固的铁板,还击的效果并不好。又有几个人倒在了日军的火力网下。吴明左手捂住胸口,右手艰难地举起匣子枪,一枪击中了一个日军机枪手的脑袋,又一枪打死了另一个日本兵,然而他再也无力举起枪,眼睛直直地看着前方,低下头停止了呼吸。

韩长顺和赵彪等人听到枪声不对,马上意识到出事了,没等前边传来消息,立即带着队伍冲了过去。队伍刚刚出了玉米地,冲上路边,从前面的玉米、高粱地里射出密集的子弹,埋伏的日本兵冲杀过来。从小树林里面冲出来的樊景瑞等人,也被另一群日军和剿匪大队的人马团团围住。阴险狡诈的梅原小次郎,动用了绝对优势的兵力,把韩长顺的三路队伍分割包围。熊野带领的日军守备队,在汽车上,依靠强大的火力网,把进攻的队伍压制在两侧。武田带领的宪兵队,和马子英的剿匪大队,包围了另外两路人马车辆。武田枪响之处,就有韩长顺的手下人倒地。集结在码头附近的日军预备队听到枪声,也由梅原小次郎亲自带领,从渡口快速包抄过来。

韩长顺面临着全军覆没的危机,他和军师吴明极力想要避免的事情,终于还是发生了。韩长顺这时想到的就是,尽可能减少伤亡,让兄弟们尽快脱离险境。他命令大家立即撤回玉米地和小树林,看着一个个倒地不起的弟兄,韩长顺的心在流血。他看见一个中弹的人,正在挣扎着向玉米地里爬,他返身冲出去,扶住这个人向玉米地里走。

武田站在另一块玉米地边上,看见两个人马上就要进入庄稼地深处,举起了手中的枪,对准了韩长顺,扣动了扳机。这个动作,被韩长顺扶着的人看在眼里。他猛地推了韩长顺一下,自己转过身来,挡在了韩长顺的侧面,子弹击中了他的后背。

韩长顺回过身来,连忙扶住他。只见他嘴角流血,断断续续地说道:"韩、大当家的,我们兄弟二人,对不起你,我真的不想,背叛你呀,求你,不要,怪罪我们……"韩长顺看着怀里慢慢闭上眼睛的"催命郎君"蒋洪文,大声呼唤着,眼泪夺眶而出。

呼兰河渡口一战,"绿林好"元气大伤。军师吴明阵亡,骨干头领损伤大半,跟随韩长顺从青纱帐逃脱的,只有赵彪、樊景瑞等十二个人。

被俘的十九个人中,有十一个受伤较重的,全部被宪兵特务活埋。梅原小次郎本来就十分瞧不起软骨头蒋洪武,现在看他已经没有什么利用价值,就给他安排了一个差事,作为另外八个俘虏的头目,被日军押着修飞机场去了。

关东军频繁调动,集中兵力加紧围剿马占山各部。才鸿猷派人来找王廷峰,王廷峰见到来人正是甘雨霖,两个老战友紧紧地拥抱在一起。

王廷峰问道:"旅长还好吧,弟兄们也都好吧?"甘雨霖说:"小鬼子一直想消灭我们,先是跟在屁股后面猛追,部队分散行动后,他们又实行封山封路,隔离围困。不过,他们困不死我们,老百姓心里是向着我们的。才旅长领着我们,时分时合,绕着圈和鬼子干,抽冷子就打他一家伙。这不,前几天,又袭击了巴彦的一个乡公所和西集粮库。"

王廷峰说:"我一直担心咱们的弹药和给养不足,旅长想着法子从敌人手里夺,真是不容易啊!"甘雨霖问道:"你现在情况怎么样?旅长惦记你,派我来和你联系。"

王廷峰概要说了自己来到呼兰后的经过。甘雨霖举起右拳,在王廷峰的胸前轻轻捅了一下:"好小子,有你的,这么快就站稳了脚。"

王廷峰问甘雨霖:"旅长说没说,现在需要我做些什么?"

甘雨霖说:"旅长让我告诉你,你通过李维传回去的关东军调动的消息,旅长已经转告了马将军。旅长与马将军联系,要带着队伍去找他。马将军说你那点人马,到这来也顶不住小鬼子进攻,沿途又十分危险。你们还是在那边跟鬼子干,想办法壮大队伍,牵制敌人。旅长派我来的想法是,日伪军北进,大部分要经过呼兰车站,发送军粮的数目和运送地点,驻呼兰车站的守备队也都知道,如果能把这些情况及时转送给马将军,对打破敌人的进攻计划很有帮助。你能有什么办法吗?"

王廷峰一听,事关重大,立即严肃起来,咬住下唇想了想,问甘雨霖:"你住在哪里?"

"我住在大顺客栈。"甘雨霖说。

王廷峰又问:"那你打算什么时候回去?"

甘雨霖说:"原计划明天就走,如果有希望拿到鬼子的情报,我也可以再等等。"

"那好。后天是礼拜天,日本人安排剿匪大队和特务侦缉队都下去清乡,白天我先到张户屯和朱家屯,想办法住在那儿,不往远走,晚上我回来。明天借协调清乡,我还得去一趟车站的守备队。前几天虽然去见过一次熊野御堂,对详细情况了解还不太准确。明天晚上我们在大顺客栈会面。我现在马上去见一个人,他身手不错,可以帮助我们。不过,需要照相机和手电筒,守备队的数据不能拿走,那样会打草惊蛇。"王廷峰说。

甘雨霖说:"手电筒我已经带来了。"王廷峰说:"那好,照相机明天我去想办法。"

王廷峰找到刘铁志,向他说明情况,约好明晚在大顺客栈,和甘雨霖一起具体商量。

第二天,王廷峰来到火车站,日军守备队队部就在车站北侧路西,见王岭走进来,熊野御堂起身说:"王岭君,今天怎么有时间到我这里来?"

"我是专门来看望您的,这一阵子,很多事都亏了您和梅原太君照顾,您看,这是'北烧锅'红高粱酒,手下弟兄们,前些天得了皇军赏钱,拿来孝敬我,我给您送过来了。"

黄土山捣毁匪巢,熊野也受了嘉奖,见了红高粱酒更是高兴,连忙说:"王科长,你是皇军大大的朋友,也是我的朋友,你还有什么事吗?"

"明天,我们下去清乡,有的乡间小路走不了汽车,步行太影响速度,我想跟您借二十辆自行车,新旧都没关系,回来就还。"王廷峰知道守备队站东仓库里有自行车。

熊野说:"你为皇军效劳,我的仓库里就有自行车,下午你派人来取吧。"

这期间,王廷峰已经把熊野办公室里的布置,看得清清楚楚,他判断,存放重要文档只能有两个地方,一个是靠墙的铁柜,另一处就可能是办公桌的抽屉。进出的路线也已经看明白了。

杜力带人取回自行车,特务们也很高兴。王廷峰说:"这是熊野太君借的,别给弄坏了,有汽车坐的时候,咱们也不用骑。"小老杜说:"放心吧,科长。弟兄们都说了,跟着您肯定没亏吃。"

晚上,在大顺客栈,王廷峰介绍甘雨霖和刘铁志认识,然后详细研究了第二天的行动方案。甘雨霖紧紧握住刘铁志的双手说:"辛苦你们了。"刘铁志说:"我们都是一个目标,为了抗日,为了我们的民族和老百姓,就是龙潭虎穴,我们也要闯一闯。"

第二天一早,王廷峰率人到张户屯折腾了半天,下午又在朱家抓了两个给土匪送过盐和粮食的人。看看天色已晚,王廷峰说:"弟兄们下乡很辛苦,今天我请大家好好喝一顿,明天再往前走,等回到呼兰那一天,我再请你们好好吃一顿。"

特务们一起叫好,心里更加服了。以前,都是他们请上司,哪有当官的请下面的。杜力借着酒劲,对王廷峰说:"王科长,你是条好汉,兄弟们服了,今后我们就跟着您干了。你说往东,兄弟们绝不往西。"陈奇端起一碗酒,大声说:"来,兄弟们,我们敬王科长一杯。"众人一饮而尽。

酒过三巡,杜力端起半碗酒,摇摇晃晃走到陈奇面前说:"陈队长,我再单独敬你一碗。"陈奇平日根本没把杜力的酒量放在眼里,于是说:"哎呀,你就别逞能了,看一会儿把你喝啦迷了。"杜力一手端着酒碗,一手摸着肚皮:"这酒分跟谁喝,跟您陈队长喝,那是酒逢知己千杯少,今天您喝多少,我就喝多少。"陈奇说:"'小老杜'今天长能耐了,喇叭插在灰堆里,吹了个暴土扬场,一会儿可不能耍熊尿裤子啊。"

杜力借着酒劲不服气,接过话头:"你也别说吹不吹,我这喇叭就是裂纹了,今天也照样能吹出个调,我舍命陪君子。"王廷峰站起身说:"你们两个都是好样的,来,我陪你们干一杯。"三人酒碗一碰,又是一饮而尽。奔跑了一天,又是一顿猛吃海喝,王廷峰和特务们都去睡了。

清淡的月光,被几片匆匆奔走的乌云遮住了,田野中散落着一些枯黄的落叶。一辆自行车飞快地行进着。接近夜半时分,王廷峰和甘雨霖、刘铁志,在站前西侧一处破房子会齐。三人躲过日军岗哨,来到守备队队部房后。按计划,甘雨霖紧握手枪,监视着西面日军的宿舍,刘铁志监视车站方向的动静。

王廷峰轻轻转到熊野御堂办公室的后窗,用铁丝慢慢勾开窗划,翻身入室,又从里面轻轻关上窗户。然后用铁丝打开抽屉,用手掩住手电光,只留一丝光线,查看里面的一沓纸,没发现想要的东西。他把抽屉恢复原状,又去打开那个铁柜,果然发现了日军军列经过时刻表,还有军粮物资发送时间、到站计划。王廷峰迅速借着手电光拍照后,送回原处,又从后窗原路返回。

三人回到破屋,王廷峰把照相机交给甘雨霖说:"还算顺利,东西都在里面了。不过,我骑车进城的时候,碰到了刚要回家的栾警尉,他喝多了,还问我这么晚了,怎么回来了?让我跟他再喝点。这小子嘴大舌敞好贪杯,酒后无德,甘心给日本人当狗,没少干坏事。我现在就去处理一下这个栾警尉。你们把胶卷安排妥当之后,到县公署去,撬开几个办公室,弄他个乱七八糟,连我的办公室也在内。特务队都下乡了,那里值班人员很少,你们小心点就是了。明天,让宪兵们去查吧。说不定,我们也就调回来了。"

甘雨霖说:"转移视线,声东击西,好!咱们分头行动。"三个人影消失在茫茫夜色之中。

清晨,梅原小次郎住所的电话急促响起,县长梁兆凡慌忙地说:"参事官,昨天晚上,县公署被盗,参事官您的办公室,还有我的,总务科、警务科、地政科、实业科……十几个办公室被弄个一塌糊涂,丢失的钱物、资料正在进行清理,一时也统计不清楚。宪兵队和警署已经派人在现场勘查,没有留下明显线索。另外,警署的栾警尉,昨天晚间死在家中,又是一刀毙命,他的身上也有一张纸条,是兰河大侠干的。"

连续几天清乡,特务们憋闷坏了。回到城里,杜力张罗开了:"科长,今天咱们喝花酒去,我请客。"

"我今天有一点不舒服,想歇会,你们去吧。我说过回来后请你们,改日我一定请。"王廷峰说。

"哎,科长大人,您不能总不给兄弟们面子,今天不用你请,我安排。这年月,脑袋系在裤腰带上,不知道什么时候就没了,还是今朝有酒今朝醉,明天没有再掂对,走吧。"

杜力和几个手下簇拥着王廷峰走出去,来到西岗公园东南的平康里胡同,这里有五六家妓院,当地人叫窑子。胡同里还有电影院、茶馆、说书馆、小饭馆和杂货店等,是县城的一个热闹之处。

王廷峰从来不去寻花问柳,有时逢场作戏,和他的手下吃喝上一顿,甚至一起玩玩牌。他的牌技好,但并不真赢多少,有时候还有意输给新招来的小警特一些钱。王廷峰一边付钱一边告诫:"我是认赌服输,你们赢了也别去瞎扯乱花,多回家孝敬孝敬父母,家里要是条件好,你们也不来干这个了。"手下人对他是既敬又怕,顶头上司平时挺严肃,虽然不是非打即骂,却有着一种说不出的威严。身怀一身本事却从不张扬,遇事还向着他们说话,所以都挺服气的。

众人走进平康里胡同最大的"居香里",有人喊堂见客,招呼坐了两桌。小老杜点了酒菜,让胖老鸨"开局票上先生"几个姑娘坐过来,准备陪着喝酒。

队长陈奇说:"弟兄们,今天尽兴多吃多喝,我们先敬王科长一杯。"

王廷峰心想,这些地方自己一直不来,时间长了,难免让人起疑心,逢场作戏掌握分寸罢了。于是说:"杜力,你让几个姑娘到那桌去陪弟兄们喝,你和陈奇都坐这边来,我和你们好好喝几杯。"

他分别和几个人干了几杯。几个姑娘到了那桌,立刻被人搂了过去,有的三杯酒下肚,开始动手动脚,在姑娘身上摸索起来。

几杯酒后,陈奇举起一只手轻轻点了点说道:"王科长,你是好人也是能人,没有你灭不了'孙老鹞子'和'混江龙'。你救了纯子姑娘,有人说你不知道她是日本人,也有人说你就是为了给梅原太君溜须,太他妈不是东西了。"

王廷峰微微一笑:"这不奇怪,从古到今,人们评价一个人做事,总会从自己的好恶角度,有两面不同的说法。就好比有人夸你节俭,就有人骂你吝啬,有人夸你谨慎,就有人说你胆小,有人认为你是打抱不平,也会有人说你多管闲事。你平时总也不上当,会说你太奸猾,你总是上当,又会说你太愚蠢。也好比这喝酒,想喝酒的人说美酒好喝,是琼浆玉液,不想喝的人就说酒是穿肠的毒药。岂能众口一词,尽遂人意,只要自己心里坦然罢了。"

陈奇听了,点点头说:"还是科长想得开,古人做人的标准是善,做个好人,现在做人的标准是钱,是权力,是活着。什么是好人?符合我的心思,对我好的人就是好人,让我看着讨厌,不符合我的心思的人,肯定就是坏人。我们每天给日本人干事,不就是为了活命吗?我都不知道,自己到底是好人还是坏蛋。"

王廷峰对陈奇了解不深,见他在这样的场合酒后失言,谨防隔墙有耳惹麻烦,连忙打断他的话头:"陈队长,今天就是喝酒,有话咱们改日再说。"陈奇不说了,夹起一口菜放进嘴里。

在王廷峰看来,这两个队长都对自己挺信服,杜力比陈奇的头脑更灵活。陈奇很少说过于肉麻的奉承话,杜力就显得有一些小聪明。

王廷峰认为，狂妄的人，大多是因为无知，所以目中无人，不知道山外有山，天外有天，人上还有人。知道自己愚钝之处的才是真聪明，而总是夸赞别人聪明的，往往有两种含义，一是假意夸赞，二是实质贬低，不是嫉妒就是内心有成见。事实上，往往是自身很聪明的人，喜欢"夸赞"别人聪明。

相邻不远，还有一桌人在喝酒，王廷峰走进来时，已经注意到他们。不一会儿他们就开始与姑娘儿们动手动脚，陪酒的姑娘有的嬉笑着与他们纠缠不清。只见一个小姑娘左右躲闪，又不敢太过拒绝，都快哭出声了。她身边那个男人四十多岁，满脸横肉，上面长满酒刺，两道稀疏的眉毛，像两个断了腰的虫子趴在三角眼上面。他见小姑娘皱着眉头一个劲地推脱，猛地打了她一个嘴巴，接着骂道："妈的，出来混还跟老子装，今天老子好好教训教训你。"

姑娘挨了打，并不顺从，只是左右躲闪，惶恐的双眼噙着泪水："大叔，放了我吧，我刚来，我陪你喝酒，您别动手……大叔，你行行好……大叔，大叔……"男人依然不饶："他妈的，既然坐在这，又不让动，你是看我好糊弄是吧，我今天让你见识见识。"

旁边的人都吓得不敢言语，只有一个姑娘站起来，拉住那个男人的手："哎呀，侯大爷，您别打了，消消气，她刚来，看别打坏了。"

那个男人抬起一脚，把她踹倒在地，嘴里骂道："妈的，臭婊子，用你管闲事，你是猫舔老虎鼻子，不他妈要命了，给我滚。"

王廷峰低声问陈奇："这些人是干什么的，你认识吗？"陈奇说："这个人好像是治安剿匪大队的，一个什么队长，叫侯奎。原来跟着周凤喜混，平时和我们没什么来往。"

这时，胖老鸨从里面走出来："哎呀，侯队长，都是常客了，别跟一个小丫头生气了。您不知道，这丫头叫雨兰，前些日子刚死了爹，夜儿个才来，还不懂规矩。这不，今儿个客人多，我才让她来陪陪酒，也长长见识。您别见怪，过会儿我给你找，找上次你那个桃红，让她好好陪陪您！"老鸨子一个劲地赔着笑脸。

"不行，你那桃红现在不知道让谁压着呢，你也别他妈的臭虫钻进花生里，充好人（仁）。今天，我就要这个丫头了，桃红一块大洋，这丫头我给两块，你告诉她，不准哭哭啼啼，老子不喜欢，惹恼了我，我他妈的砸了你的窑子。"

姑娘哭，鸨子劝，男人叫骂着。突然，一支枪口顶在姓侯的脑袋上，身后还有几个人陆续跟过来。

"你们是什么人？竟敢跟我们治安剿匪大队来这一套。"侯奎一惊，嘴里还硬着。

"我是王岭，怎么，不服气吗？"几个姓侯的手下，刚站起身要上前，听到王岭二字都站住了。

王廷峰厉声说道："看在马子英的面上，今天我不杀你，你马上给我滚。记住，这雨兰姑娘是我的相好，今后你要是再敢打她的主意，我随时敲碎你的脑袋。"

姓侯的听到是王岭，马上变成了低八度："啊，是王科长，我，我不知道是您，我这就走，这就走。"呼兰城军警谁不对王岭敬畏三分，姓侯的知道，这个人属于刺猬的脑袋——不是好剃的头。的确不好惹，也不能惹，犯不着为了一个不懂风情的小丫头，得罪了这位煞星。他连忙点头哈腰陪着不是，向门外逃去，几个手下人也慌忙随他而去。

王廷峰收起枪，对雨兰说："姑娘，别害怕，从今以后有我在，没人敢欺负你。"转头又对老鸨子说："今后雨兰不能接客，不能陪酒，你只能给她安排点不累的杂活，她的花费我包啦。"雨兰上前扶起倒在地上的那个姑娘，两个人惊恐地望着众人。

老鸨子没见过王岭，可是听说过，连忙说："啊，是，今后我就把雨兰当作家里人养着，你放心，只是……"

王廷峰明白她的意思："我不会让你白养着她，适当的时候，我把她带走，钱少不了你的。"老鸨子一个劲点头，叫人快把雨兰扶到后屋，梳理干净，等着王科长拉铺住局。

"今天就不了，改日我再来。"王廷峰说着站起身想走。杜力连忙拦住说："王科长，人你已经包了，您不上去，弟兄们这酒也没法喝了，你进你的后屋会你的人，我和兄弟们在这喝酒等您，就当是给您看门了。"杜力看出王岭并不认识这姑娘，刚才为她解了围，现在又不想进去，这到底是怎么一回事呢？

王廷峰听出了小老杜的话外音，脑子飞快一转，现在这么走了，肯定让陈奇和杜力等人犯疑，传出去也不太好，不如再把戏演下去，明天让他们去说，王岭不仅好赌，而且好色，最好传到日本人那里去。于是，一抱拳："那就让兄弟们见笑了，对不起各位，你们慢慢喝，我去去就来，等着我啊，等着。"

他跟随老鸨子进了后院，只见前后共有四趟四不漏的青瓦房。老鸨子把他带到了侧面厢房，一个不大的屋子门前，里面亮着灯。

"雨兰，你的王爷来了，你好生伺候着。"老鸨子喊完，又对王岭说："您有什么需要，尽管吩咐就是了。"

王廷峰进屋来,老鸨带着下人离去。雨兰满脸的惊恐。刚才这个人救了自己,可现在他又一个人进屋来,他要干什么?难道他也和那个姓侯的一样,自己可怎么办呢?不行,我不干。可是反抗得了吗?难道这就是我的命,我认命吗?昨天老鸨妈就说让我认命,我不想认,可又有什么办法……

面对浑身发抖的雨兰,王廷峰停顿片刻说:"姑娘,别害怕,我只是在你这里坐一会,不会伤害你,你放心好了。"

姑娘半信半疑,浑身还在发抖。王廷峰坐在椅子上,轻声说:"姑娘,给我倒杯茶就行了,我们说说话,你千万不要害怕。"

姑娘慢慢起身,走过来,给他倒了一杯茶水,把茶杯送到他面前,双手一哆嗦,茶水撒在了桌子上,姑娘连忙说:"对不起,我不是故意的。"

王廷峰端起茶杯:"不要紧,你太紧张了。好了,你坐过去吧。"姑娘回到床边,眼睛看着端起茶杯的这个人,中上等身高,方脸浓眉,一双大眼发亮有神,威严中蕴含着慈善,一身青色便装,微红的脸上,透着英俊潇洒。

两人对视着,谁也没吱声,姑娘低下了头。王廷峰刚才并没有注意姑娘的身材相貌,只觉得她的声音清脆好听,很柔气。现在,只有两个人面对面,猛然发现,姑娘长着一双水灵灵的大眼睛,抿起的嘴角显露出几分倔强,苗条的身材,白皙的皮肤……

"说说你的家里人好吗?"王廷峰见姑娘已不再颤抖,打破了寂静。雨兰张了几下嘴又停住,不知说什么好。

"我姓王叫王岭,是县公署警务科的,虽然是给日本人做事,但你放心,我不干伤天害理的事。说说,你怎么会到这地方来呢?"王廷峰轻声说道。

姑娘两行泪水止不住流淌下来,抽咽着说出了一段令人心酸的经历。

姑娘姓梁,叫梁雨兰,家住码头沿,祖辈卖菜籽为生。家有一座四间临街门市房,一家人住着,开了个小菜籽店,勉强维持生活。娘死得早,哥哥跟着马占山当兵去了。呼兰街街长胡大肚子胡升三,有个儿子胡伦要开饭庄,看中了她家的房子,要用北烧锅胡同里的三间土草房换。梁老爹说:"这菜籽店是我们家的命根子,那个胡同里的土房,连人都住不了,更没法做生意,让我们爷俩怎么活呀。"

胡伦说:"你儿子是反满抗日分子,你要不换,就把你送进日本人的大牢,把你姑娘也送到日本兵营里去。"梁老汉作着揖说:"胡少爷,我儿子当兵,那都是以前的事了,以前你爹,不是也给马占山送过粮食吗?"胡伦大怒,骂道:"你个老不死的,竟然把你儿子和我爹比,你是不想活了!"两个手下人冲上前来。梁老汉说:"我没有别的意思,换了房子,我们真的没法活了。你就行行好,可怜可怜我们吧,我给你跪下了。"

很多人认为求情可以获得同情和可怜,现实往往不是。当一个人被利益熏黑了心的时候,是不存在什么同情心的,欺软怕硬是普遍现象。当你的命运掌握在别人手里时,软弱、顺从,甚至乞求都不能改变你的命运。梁老汉的哀求,并没有换得胡伦的同情。他抬手制止住要动手的手下,对梁老汉说:"给你一天时间,好好想想,明天我来听个准信,走。"

第二天傍晚,胡伦带着一群人,踢开梁家的门。胡伦说:"老东西,你到底搬不搬家?"

"我们实在没法搬那,你们行行好吧,"说着梁老汉又给他们跪下了。胡伦说:"看来跟你说话,就像给聋子念经,是白费唾沫。"抬起右脚,一脚把梁老汉踢倒在地,几个人上前一阵拳打脚踢。见老汉倒地不起,胡伦说:"别让他装死,让他起来撑着,你不是硬吗?看你能撑多久。"

后人说"撑子"是汉奸"四大金刚"发明的一种体罚方法,在对青山催出荷粮的时候,对李申家开始使用,就是让人手脚着地,支撑在那里,不准身体其他部位着地,更不准站起来或者躺下,否则就是一阵毒打。撑不下去的人就只有告饶,交粮交钱。实际上胡升三的儿子胡伦,早就开始使用了,"四大金刚"只是后来居上而已。

年迈体弱的梁老汉能撑多久?雨兰扑上去,扶住老爹对胡伦说:"我们答应搬家,你们放了我爹吧。"

"那好,早这样何必遭罪呢!限你们三天内搬走。"说罢,胡伦带着手下人扬长而去。雨兰扶老爹起身,老爹一口鲜血喷出,昏死过去。

雨兰请来大夫,抓了药,说用北烧锅那土房顶药费,王大夫摇摇头走了。

三天后,雨兰扶着老爹,搬到四面透风的土坯房里,老爹吃了几服药也不见好转,病情反而日渐加重。王大夫说:"孩子,你赶紧准备后事吧!"

"王大夫,药费还没给您呢,哪有钱办后事啊。"

"你这孩子命苦哇,药钱我就不要啦,可你总不能让你爹,卷个席子就走了吧!"听了王大夫的话,雨兰一阵心酸,娘没得早,爹吃了一辈子苦,拉扯自己和哥哥长大,恩重如山。如今含冤而死,怎么也不能让爹曝尸荒野呀。

眼下求借无门,胡伦手下来说,让她去胡家当丫鬟。雨兰想,我就是死了,也不会进胡家的门。倔强的姑娘四处打听,哪里用人能挣钱安排爹的后事,邻居说:"这年月,男人都没有挣钱的地方,你一个小姑娘,恐怕只有'居香里'了。"

"'居香里'是什么地方?"雨兰问。

"唉,就是平康里胡同的窑子,那不适合你呀,孩子。"

走投无路的雨兰心想,我就是去窑子,也不能进老胡家的门。眼看着爹不行了,雨兰心一横,走进了"居香里",和老鸨子说了自己的悲惨遭遇,说你帮我料理了我爹的后事,我就在你这里干活还债。但是我不卖身,我还小呢。老鸨子看她可怜,又看她年纪虽小,却长得眉清目秀,两只眼睛扑啦扑啦挺精神,就答应了。

送走了老爹。雨兰给王大夫磕了头,就进了"居香里"。今天,遇到王廷峰救了她。

王廷峰被雨兰姑娘的讲述打动了。多么善良的一家人,竟然如此不幸。有人说这是命运!什么是命运?胡大肚子他们难道就天生好命?我倒要看看,他们是怎么个好命。

王廷峰站起身来,说道:"雨兰姑娘,你别哭了,咱不信命,咱的命不应该比别人差。你哥哥有消息吗?他叫什么名字?"

"我哥叫梁青山,自从离开家,来过两次信,最后那次说,他在齐齐哈尔马将军的队伍上,他说自己走对路了,一切都挺好的,让我们不要惦记他,还要我照顾好爹。"雨兰慢慢说道。

"梁青山?"王廷峰挣大了眼睛,一时说不出话来。难道就是他?从江南抗敌到松浦血战,惨烈的场景浮现在眼前。梁青山抱着机枪,冲出阵地,向蜂拥而上的日军扫射,为了救李维,手握马刀,接连砍翻七八个鬼子兵,当鬼子几把刺刀,同时刺中他的时候,他用身体挡住鬼子兵,还大喊让李维掩护自己和刘团长撤退……

雨兰望着发愣的王廷峰,停止了诉说。王廷峰没想到雨兰竟然是梁青山的妹妹,心头一热,激动地说:"雨兰,今后你就是我的亲妹妹,欺负你的人一定会得到报应,日子不会太远的。"雨兰并不知道王廷峰与哥哥的事,听了他的话,点了点头。

"今天太晚了,外边那些人还在等着我,今后,我一有空闲就会来看你,你要坚强起来,挺起脊梁站着,碰到日本人尽量躲着点,如果有人找你麻烦,就说是我王岭的妹子。"说着,戴上帽子准备出去。

雨兰原本很害怕,在交谈中,对他逐渐有了好感,听了他后面一番话,心里热乎乎的。他不是坏人,是个正人君子,这样的好人,老百姓中有,在给日本人做事的人当中就太少了。大家背后都骂他们是狗汉奸。可他真的是个好人,听了自己的遭遇,他竟然流了泪。对我没有一点动手动脚的坏心思,太意外了,太难得了。现在他就要走了,她情不自禁地站起身:"你,你这就走吗?"

"我该走了,本来我就不应该进来,怕那帮家伙整事。我走后,你就跟老鸨子说,你是我的人了,好吗?"雨兰点点头。见他走出房门,忍不住说:"你还会来看我吗?"王廷峰微微一笑:"傻妹子,哥哥说了,一定会来看你的。"

王廷峰一身疲倦的样子走进前厅,陈奇和手下一帮人,已经喝得东倒西歪,有几个直接趴在那里打着呼噜,还有几个从窑姐儿屋里办完事出来了,等得有些不耐烦,又不敢走。杜力倒没喝多,也没跟窑姐儿去温柔,一直坐在前厅等着。心想,今天,我算是看明白了,你王科长再有本事,也是一个普通男人,和我们都是一样的人。人啊,只要有爱好就好办。

这以后,王廷峰经常去看望雨兰姑娘。知道了她是梁青山的妹妹,他从心里惦记她。另外,也是故意做给手下人看的,或者说是做给日本人看的。几次交谈过后,他对雨兰有了进一步的了解,了解了她的善良和坚强,也了解了她的聪明和美丽,她是一块尚未雕琢的质朴美玉。以往在他的观念里,进了妓院,无论是因为生活所迫,还是为了追慕虚荣,卖艺不卖身的少之又少。而一旦卖身,身体、气质、性格都会发生潜移默化的变化,直至庸俗不堪。因为风尘会侵入你的皮肤、形体和眼睛,像血一样全身循环直至心脏,而雨兰恰恰正是例外。

他一直和雨兰保持着距离,尽管随着时间的推移,雨兰已经从心里离不开他,王廷峰也开始真心喜欢上了她,然而他们却始终没有越雷池半步。

雨兰也到警务科去过两次。一次是因为他临时外出,好多天没去看她,她心里实在放不下,就硬着头皮来看他。另一次,是他听说,胡伦在一天夜里喝多了酒,掉进阳沟里面淹死了。她立即找到王廷峰。

"王岭哥,我来是要告诉你,我听说胡伦淹死了,我爹他可以瞑目了。"雨兰说。

王廷峰微笑着说道:"是吗?我以前说过,像他这种人,早晚要有报应。他的命,其实并不应该比咱们好。时是光阴的推移,运是强者的借口,命是弱者的哀怨,时、运、命也是可以改变的。"

可谓:

英雄有泪不轻弹　雾锁兰城夜正寒
地老天荒情未尽　冰心一片比幽兰

第九章

日特排查　清除内患施毒计
雨兰传信　掩护大侠化险情

军警特人员连续被杀，兰河大侠名声大振。往日横行无忌的警察特务们胆战心惊，连白天也不敢单独出门，往往着便衣出行，或者结伙行动。一些乡公所派出自卫团，分成几班，在乡公所和警察所的四周，日夜巡逻。

关东军司令部大为震怒，板垣征四郎飞抵哈尔滨，召集相关人员商讨对策。他铁青着脸询问道："什么兰河大侠，胆敢如此放肆地与皇军对抗？这样的事连续发生，大大有损皇军的颜面，不利于大东亚圣战。征服中国必先征服满洲，哈尔滨这样的国际大都会，还有滨北铁路的安全十分重要，这里是向北进攻苏联的前沿，向南征服中国和南洋的基地，没有稳定的满洲，如何实现圣战目标。这个大侠，闹得人心惶惶，他到底是什么人？"

特高课侦缉科长松元递上一份资料："这是我们在各个现场，以及特侦科从各方面搜集到的，有关兰河大侠的资料。"

板垣接过资料，上面写着："兰河大侠，真实姓名不详，男性。因其对当地地形十分熟悉，极可能是本地人。此人胆大心细，灵活多变，思维超越常人，心理素质十分稳定，精通中国武术，尤其刀法娴熟，许多场合专门用刀，一刀毙命。特高课酒井少佐，擅长日本柔道，身手敏捷，二人交手格斗，被点中穴位，根本没有来得及用枪，就被割断颈动脉。除了短刀，该人还擅用长短枪支，有百步穿杨之功，其杀人手法独特，只一刀或一枪，干净利落，从不留活口。"

"此人攻击的目标,针对性极强,基本上不涉及左右和家人。杀人后往往留一纸条,字迹工整,落款兰河大侠。经字迹检测出自一人之手,找不到指纹等线索。杀人现场都被不同手法破坏,如栾警尉被杀时,家中放入一只狗和两只大鹅,狗与鹅在血泊中追逐,使现场十分凌乱,难以勘查。龟田小队长,在浴室中被杀,水龙头全部放开,冲刷了所有痕迹。直到龟田被挂在铁路桥上,也没有发现一个清晰的指纹和脚印。"

"破坏现场的手法,在不同的场合千变万化,还有放煤油、火烧、爆炸等等,往往出人意料之外。到目前为止,始终没有一个有力的目击证人。呼兰城人心惶惶,县公署、警察局、剿匪大队、商会人员,办事瞻前顾后,缩首畏尾。"

"兰河大侠杀人极少失手,只有一次是警察局曹警尉在家里,刚刚调入警察局的一个新警察,到曹警尉家里拜访,由于体貌和曹警尉相近,做了替罪羊,在曹警尉家门外被击杀。几天后,曹警尉也被一刀毙命。"

"民间传诵歌谣:'兰河大侠,走遍天涯,神出鬼没,专杀警察。鬼子汉奸,满地乱爬,谁做坏事,大侠找他。'"

后面是十几个案件的现场记录,对兰河大侠本人,没有更多有价值的具体内容。

"除此之外你们还有什么有用的东西吗?"板垣征四郎放下手中的案卷问道。

几个人分别开了腔。梅原小次郎说:"此人十分精明,动作干净利落,心狠手辣,至今未留一个活口,选择时机地点很有讲究,而且轻易不伤害妇女儿童。老百姓也没有人提供有价值的线索。"

"有没有可能是国民党或共产党派出的特工?"宪兵队长中村提出了一个疑问。

"这倒很有可能,不过没有确切证据。"侦缉科长松元答道。

一直未开口的特高课长小林宽雄说道:"按照现有资料显示,此人武艺高强,枪法刀法都似乎经过专业训练,也可能在军队干过。从多次杀人掌握的时机看,十分了解呼兰军警宪特活动规律,很有可能是你们县公署或警察局内部的人。"

"梅原君,我想听听你们对解决兰河大侠的事情,有什么具体安排?"板垣征四郎说道。

"我们想从内向外,进行全面甄别,先从县公署和警察局开始,然后是治安剿匪大队、自卫团、协和会、商会、农会等各部门,一个不漏,务必查出这个大侠。"梅原小次郎一口气说出了自己的打算。

板垣征四郎听了梅原的想法和安排，表示这个思路可以实施。最后说道："这件事越快越好，争取在一个月内查出此人，公开审判，处以极刑，挽回影响，根除后患。司令部派两个高手，宪兵队中村中佐，还有小林宽雄课长，协助你们破案。我三天听一次报告，滨江省内，所有单位人员都可以配合你们行动，务必一举除去兰河大侠。"

哈尔滨警务厅、宪兵队，连同驻呼兰日军守备队，接管了各要害部门和重要岗位。各部门甚至各个交通要道，都有重兵把守。所有军警宪特人员，分别编制名册，制订了严密的审查计划，在册人员一律不得外出，实行集中的甄别审查。小林宽雄和中村把所有人员分成六个组，逐一筛查，一时间风声鹤唳，王廷峰同样被限制了自由行动。

王廷峰刚刚得到了一个令他万分悲痛的消息。叔父王云信跟随警察署长邓铁梅，建立东北民众自卫军，凭着一身功夫刺杀叛徒陈滨，陷入日伪军埋伏，反复搏杀二十多个鬼子兵，不幸中弹被俘。日军中佐桥本太郎把他用铁丝穿过肩胛骨，绑在柱子上严刑拷打，让他说出自卫军的驻地，王云信始终一言不发。最后，桥本太郎把他用绳子绑紧，拴在汽车后面，活活地把他拖死。父亲王云义闻讯前去，和自卫军的人安葬了王云信的遗骸。几天后的一个晚上，王云义只身潜入日军营房，割了桥本太郎的脑袋，放在王云信的墓前，然后不知去向。

王廷峰为叔父的惨死而悲愤，也为父亲深深地担心。他觉得不应该在这个地方流泪，可是泪水还是盈眶而出。此时，自己能做的也只能是以盈睫之泪感念他们。

泪水最容易引人回忆，而回忆中有幸福也有痛苦，更多的是难以言说的眷恋和无穷无尽地怀念。十二岁那年母亲去世了，从此严肃刻板的父亲代替温柔慈爱的母亲，把自己抚养成人，传授功夫，教诲做人做事的道理，在人生路上，用心血释放出深沉的大爱。

父亲就是自己身后的高山，是无限浩瀚的大海，他的身上有一种巨大的精神力量，体现在对一切世事，超然的态度和无法言喻的坚韧，惊人的定力和坚强贯穿着他的生命。而过早离去的母亲，留下的印象则是温暖，母亲怀里那种特有的温暖。她含辛茹苦，心里想的从来都是孩子而不是自己。她知道你的喜怒哀乐，她用自己一生全部的心血，日复一日地给予你无尽的挚爱和柔情，她用自己的所有，默默地深爱着你。

小时候,全家人的衣帽、鞋袜、被褥都是母亲一针一线缝制,煤油灯下,母亲一边纳鞋底,一边微笑着看着儿子写字,是那么的温馨。母爱就像一团不熄的火焰,使你感到永恒的温暖。然而,幸福的时光总是短暂的,伴随人生的大多数时间是困难和痛苦。母亲过早离开了这个她深爱的世界,深爱的亲人,父亲现在又下落不明,叔叔惨遭杀害。此时,有谁能够感受他心中的孤独和凄苦呢?

天气变得更加阴沉,灰色的云在空中流泻着沉郁和悲凉,远去的风还在萦响着泣声。王廷峰看着窗外的浓云迷雾,想着几天来日本人的一系列行动,他预感到一场暴风雨即将来临。

大审查开始了。按照要求,每个人都要书面报告自己的出身、经历,从自然状况、祖籍籍贯,到家庭成员,经常接触的人,有联系的同学、朋友、亲属等。

梅原小次郎和小林宽雄都很清楚,大侠不会在调查表和书面报告上写出真实的东西,但是他们可以从中发现破绽,只要发现谁说了假话,就会成为甄别的重点,只要成了重点,就有办法审出实情。突破口在哪里?小林宽雄和中村,还有梅原小次郎都寄希望于尽快发现破绽。

第一组十五个人,基本都是县里和各部门的主要官员,包括县长梁兆凡和周文武、马子英等人,梅原小次郎亲自对三人说,你们不要误会,这是板垣将军的命令。我也清楚,你们的表现,包括年龄、经历和身体状况,都不符合兰河大侠的条件,但你们要给下面的人做个样子,接受审查。而且,你们三位对每个重点人员的所有细节,也都要提出自己的分析意见。

一周后,三十七份重点人员名单,其中包括九名最大嫌疑人员的名字,连同他们的资料,摆在了桌子上,这些人,有些条件与大侠相近,有的本人报告有不清楚之处,需要进一步核实。

王廷峰的报告和表格,可以说是天衣无缝,因为都是经过深思熟虑的,当初已经和梅原小次郎直接说过的,现在完全一致。况且,兰河大侠在北门刺杀日本兵,气死青岱武夫时,他还没到呼兰来。栾警尉被杀的时候,他正率队在乡下,这些梅原小次郎都是清楚的。但是,他的经历、年龄和身手,却在怀疑之列,所以,他还是被列入三十七个重点人员名单之中。

据武田说,平时没有发现王岭有什么反常言行,几次和土匪打交道,他的表现十分良好。自己见识过他的枪法,的确不同寻常,与自己比,也是差得不太多。但是很少看见他用刀。这个人平日办事挺有办法,不太愿意结交朋友,在科里人缘却不错,有时还和手下人喝酒赌博。

马子英说:"这个人刚来时,馆子、妓院一般不去,倒愿意经常去庙里。可也都是男人,这不,前些日子,清乡回来带着手下人去'居香里',专门找了一个雏,好上了这口,一有空就往那跑。我听说因为这个雏,还和我手下一个队长,发生了争执。"

小林宽雄和中村决定,首先从九个说了假话的重点人下手,然后对三十七人逐一严审。明天,板垣将军要听情况报告,二人从哈尔滨回来后,立即开始。

这些日子,雨兰总有些心绪不宁,王岭有些天没来了,外面的日本兵突然多了起来,警察特务也都是新面孔,连杜力这些人也不见了踪影。想打听一下消息,竟找不到一个熟人。

是不是出了什么事?越想心里越不安。这一天一大早,她就出了"居香里",远远望见,两辆插着太阳旗的汽车,驶出县公署大门,她不知道车里正是小林宽雄和梅原小次郎两个魔鬼。

雨兰来到警务科门外,两个站岗的警察不认识。他们都是从警务厅直接派来的。

"你干什么?"一个哨兵拦住了她。"我找人。"

"不行,不行,谁也不能进!"哨兵十分严肃。

雨兰说:"我找王岭,他是我哥。"

"皇军有令,任何人不准外出,也不能进去找人。"哨兵态度很坚决。

"大哥,您行行好,家里人捎信来了,我见了我哥,说句话就走。"雨兰说着,掏出一张票子,塞在哨兵手里。那是王廷峰上次给她的五圆钱,让她买件衣服,她还没舍得花。

哨兵正在推托,杜力从茅厕回来,看见了门外的雨兰。这些天小老杜有些诸事不顺,总是输钱。自己的小姘头海棠,不知什么时候,跟着家人去了关内,临走连个招呼也没打。几次带人去抓抗日武装分子也都落了空。自己刚刚和手下人发怨气:"他妈的,人一倒霉喝凉水都塞牙。真可谓,洞房花烛夜,别人先登床;金榜题名时,不是状元郎;久旱逢甘霖,出门未带伞;他乡遇故知,向我借钱忙。"正在垂头丧气之时,忽然看见了雨兰,心想,这不是王岭的小相好吗,这小丫头肯定是进不了门了,我何不去告诉科长一声,让他出来见见小相好的,科长能不感谢我吗?于是,三步并作两步,跑回警务科:"哎,王科长,你猜谁来了?你那小雨兰,正在门口等你呢,哨兵不让进,你快去看看吧。"

王廷峰说:"谢谢你,杜力,谢谢!"他心里盘算,雨兰来了,这是个好机会,如果她能传个信给刘铁志,我就能渡过这一关。他正在准备,要在把他们弄进宪兵队之前,趁夜晚潜出警务科,尽管是集中食宿,监视很严,以他的身手,逃出去根本不成问题,只是身份一暴露,前期的努力就前功尽弃了。

写个字条带出去?杜力就在眼前,已经来不及了,只好见了面再说。王廷峰边走边想,怎么说,雨兰才能明白我的处境,听懂我的话呢?

转眼二人来到大门口,哨兵收了雨兰的钱,却不想让她进去,要撵她走。杜力走过来说:"兄弟,这位是咱们警务科王科长、剿匪英雄、皇军的红人、梅原参事官的朋友。这姑娘是他的相好的,你就让她进去吧。"

"对不起,王科长,皇军有令,她不能进去,你们也不能出去。"

王廷峰说:"那好,我也不难为你,我们就在这里说几句话。"哨兵一听此人不一般,又已经收了钱,只好说:"那你们快说几句赶紧走。"

两人面对面站着,王廷峰说:"雨兰,你好吗?"

"我就是想来看看你,这几天我老是做梦。"雨兰眼睛有些湿润。

王廷峰侧身看看杜力,杜力心说,你不看相好的,看我干什么?我明白了,不让我当洋蜡。小老杜自以为知趣,走到哨兵前面说:"兄弟,他们既不进去又不出去,咱们看着人家,悄悄话怎么说呀,咱们远点,远点。"

"不行,不行。"哨兵争执着。

这时,王廷峰伸出双臂把雨兰拥在怀里,贴在耳边说:"快去'仁和馆'找刘铁志,说欠我的八张纸尽快还给我,我现在出不去了。"

王廷峰抬起头来,大声说道:"快回去吧,我挺好的,不要再来这里,过些日子就没事了,我会去看你的。"

这时,哨兵推开杜力,用枪指着雨兰:"快走,快走,不能再说了。"王廷峰一边回身往里走,一边说:"你快走吧!"

雨兰心急如火，不知他说的是什么意思，还是先找到刘铁志再说。她转街串巷，躲过巡逻的日本兵，来到功夫市胡同，进了"仁和馆"找刘铁志。"仁和馆"实际是特支的一个联络站，刘铁志住在后面的小院里。伙计说他出去了，要下午才能回来。雨兰急得直跺脚，恳求道："麻烦你帮我去找找，我有急事。"

伙计看她一个年轻姑娘，也不像是坏人，就说，"那你等等，我帮你去找找。"

刘铁志正和特支成员开会，特支近来又发展了几名新党员，几个外围组织的活动范围也日益扩大，为抗联送药品、救伤员，组织宣传群众，支持抗日武装。刘铁志的新婚妻子杨远芳，也在刘铁志的教育引导下，走上了抗日救国的革命道路，参加了外围组织的一些活动。兰河大侠惩处了一些日伪汉奸后，特支成员黄森和李有，主张也成立一个武装暗杀小组。

黄森说："小鬼子杀了我们那么多无辜的同胞，我们必须让他们血债血偿。首先是那些罪大恶极的鬼子和特务，还有凡是给日本人做事的汉奸都要找机会铲除掉。"

李有说："我前些天送伤员去了抗联三军，咱们呼兰人张兰生就是一个领导，真刀真枪地和鬼子干，那叫痛快。我们也组织一个武装暗杀小组，如果每天都能消灭几个鬼子汉奸，敌人就少一分力量，日本人就不得安宁。"

刘铁志说："同志们的想法我很理解。眼下，我们是在敌人的眼皮子底下活动，敌强我弱，日伪特务们挖空心思破坏地下抗日组织。表面上看，我们没有直接和鬼子真刀真枪地干，可有时候对敌人威胁更大。嫩江桥和哈尔滨抗战，有力地揭露了日寇的侵略野心。国联已经通过决议，43个国家，除日本外，有42个承认中国对东北的主权，认为日本的占领是不正当的。表决后，日本不接受决议退出了国联，在国际上陷入孤立的泥沼，他们侵占东北直至全中国的狼子野心，已经昭然若揭。但是驱除日寇的道路还很漫长，我们应该顾全大局，有计划地开展工作，不断壮大我们的力量。市委要求我们，一方面筹集物资支持抗联，另一方面，从敌人内部找突破口，掌握敌人的一举一动，配合抗日武装和敌人斗。我们要动员一切可以团结的力量，共同参加抗日。"

张发明说道："现在情况错综复杂，日伪特务、抗联、国共地下组织、地方抗日武装，还有土匪绺子，都在城内有人。我们的盲目行动，不仅危险性很大，也可能造成误伤。比如说，满大街的人，谁是兰河大侠？连鬼子宪兵队也说不准，可能是你，也可能是他，还可能是我。所以，除了罪大恶极的人，不能轻易下手。也许，表面上的伪政府工作人员，实际是我们的同志，或者是其他地下抗日人员。"

刘铁志接着说:"就是发明说的这个道理。杀罪大恶极的鬼子汉奸有必要,但是,仅靠暗杀行动,并不能从根本上解决问题。目前,日寇宣传王道乐土,友好亲善,做样子掩盖血腥统治和掠夺,解除南侵日军后顾之忧,在东北集中对付抗联。我们要有长期斗争的准备。该动手的时候,也要抓住要害,打击敌人,为把小鬼子全部赶出中国发挥更大的作用。"

张远说:"铁志书记说得对,我们要打有把握之仗,就像孙悟空在铁扇公主的肚子里,随时都可以搅他个上下翻滚。"黄森和李有对视一下,也点了点头。

王玉飞说:"近来,城里的鬼子兵突然增加了很多,县公署、警察局、商会的人都联系不上,电话也打不通,敌人好像有什么重大行动。"

刘铁志说:"这很奇怪,如果有大人物要来,应该重点保卫,时间也不对。李有、玉飞,你们立即想办法联系警署的人,尽快了解真实情况。"

这时,伙计来说,一个姑娘找刘铁志,说有急事。铁志说:"今天的会就开到这,大家分头行动,要特别注意安全。"几人分别从前后门走了。

刘铁志跟着伙计回到"仁和馆",见到雨兰,并不认识。就问道:"姑娘,你是谁,找我有什么事吗?"

"你就是刘铁志吗?"雨兰急切地问道。

刘铁志说:"我就是。"

"王岭让我告诉你,让你尽快把欠他的八张纸还给他,他现在出不来。"雨兰一口气说道。

"八张纸,出不来?为什么出不来?"刘铁志不解地问。

"我也不知道因为啥,今天我去看他,门口哨兵不让进,后来,他出来就跟我说了这句话。"雨兰说。

"你说是去找王岭,哨兵还敢拦你?"

"哨兵是新来的,看样子王岭也不认识。说是皇军有令,谁也不许进出。"雨兰把当时的情况说了一遍。"他还说什么了?"刘铁志又问。

"也没说什么,时间很短,他说不让我再去找他,过些日子就没事了,再去看我。"

"你是王岭的什么人?"刘铁志知道,如果没有王廷峰告诉她,她是不会找到这里的,还是问了一句。

雨兰简要说了认识王岭的经过。刚才她没有说,是王岭在拥抱她的时候,在她耳边说的话。想到这是两人第二次拥抱,也是王岭第一次主动拥抱她,她的脸不由得有些发烧。第一次是上次他临走时,雨兰从后面抱住了他,可是一会儿他就把她的双臂分开了,这次却主动拥抱了她。想着,心里有些发热。

刘铁志送走雨兰,就琢磨王廷峰的话,"欠八张纸,快点还。"他忽然想起来一件事。前年,杀北门鬼子兵时,刘铁志提议,以百姓中流传的兰河大侠的名义,写个纸条,扩大宣传,震慑敌人。当时,王廷峰购买其他物品时,买回了八张纸,让刘铁志写字。还开玩笑说,我买纸,你写字,你欠我八张纸钱,以后有钱得还我。这是青岱武夫坠马事件之前的事。

现在出不来,说明他有了麻烦,为什么要尽快还?这些天里外不通,说明敌人在审查什么。可能是兰河大侠的事,把敌人弄疼了,要报复。尽快还纸,就是尽快让纸条出现,这样敌人就不会怀疑王廷峰了。对,一定是这样,一切迹象表明,他现在有暴露的危险,事不宜迟,必须帮他脱险。从哪里下手呢?现在城内戒备森严,敌伪特务都被集中起来了,难以下手。

刘铁志沉思良久,忽然眼前一亮,城内不行就城外,县里不行就从铁路下手。他马上找来黄森和李有,三个人一商量,准备今天晚上就行动。

下午,突然下起了雨,一阵急雨过后,又下起了牛毛细雨。刘铁志看看昏暗的天空,对黄森和李有说:"农谚说,先下牛毛没大雨,后下牛毛不晴天,看来这关门雨,是又要下一宿了。只是目前情况紧急,事不宜迟,今晚别说是下雨,就是下刀子,我们顶着锅,也要立即动手。"

梅原小次郎和小林宽雄在哈尔滨,报告了审查进展,受了板垣征四郎一顿训斥:"皇军前线兵员紧张,东北的反满抗日活动始终没有停止,呼兰牵扯了太多的兵力和精力,兰河大侠必须尽快解决。我与平贺将军很快都要率军南下,希望你们好自为之,不要有辱军威,有负天皇陛下。你们设想大侠就在内部,从内到外也是个办法。不过进展太慢了,我要尽快看到结果。"

两人赶回呼兰,连夜将三十七人集中到宪兵队,先从九个重点人员开始,直接进行审讯。九个有说谎话嫌疑的人,软硬兼施刑讯之下,交代了一些情况,有人当过土匪没敢说,有人在东北军干过也没敢讲,有的过去没说,现在也只好隐瞒,可是填写的表格对不上茬。

半夜时分,忽然有人进来报告,驻马家火车站皇军小队长川崎被杀,头部中枪,两个日军士兵都是颈部一刀毙命。川崎身上留着一张纸条,上面写着"日本狗的下场——兰河大侠"。另外,一个火车头不知什么原因,进错了岔道,和一列货车相撞,损坏了信号灯,十几列火车推迟运行。

中村留下继续审问,梅原小次郎和小林宽雄连忙赶到马家火车站,看到字条不禁心惊肉跳,九个说谎的人刚刚开审,大侠却在这里出现了。难道判断错了,大侠根本不在内部?这如何向板垣将军交代。他们拿回字条,梅原小次郎命人找出以前的纸条对比,字迹完全一致,而且新写的字迹尚未干透,是大侠所为无疑。

看来,我们是犯了方向性错误,这些人只是胆小说了假话,并不具备作案条件,起码这几天他们都没有离开过宪兵队。

两人正说着,电话响起,板垣征四郎愤怒的声音传来:"小林,马家车站的事情,你怎么解释?看来你们是钻进了死胡同,马上命令进驻呼兰的所有人员撤回哈尔滨,你让梅原接电话。"

梅原小次郎惶恐地接过电话,板垣征四郎大声说道:"让你的人各就各位严密防范,确保铁路、物资仓库的安全,有了大侠的线索立即报告。记住,最好的防御就是进攻,要组织城乡清剿队,日夜巡查,发现可疑人员立即枪毙。"随即挂断了电话。

且看:

又是疾风暴雨天　　黑云低卷大河边
青山倒影仰天笑　　满眼烟波野渡船

第十章

兽性如狼　升三霸占两姊妹
深情似海　王岭喜结一世缘

雨兰这些天眼前总是王岭的影子。一个人待在屋里时,不由得想起爹娘,忍不住泪流满面,更惦念杳无音信的哥哥。一会儿想起王岭,心里又泛出一丝甜蜜,脸上情不自禁地泛起了如花般鲜艳的笑容。

这个世上最大的悲哀,不是坏人的嚣张,而是好人的沉默和软弱。母亲去世得早,父亲与她和哥哥相依为命。父亲善良,自卑懦弱,像草一样顽强地活着。生活的重担压抑,使他快乐不起来,过多地操劳,使他过早地衰老。他只怪自己没有福气留住老伴,怪自己无能,没有给两个孩子温饱的生活,尽管他把家里能吃的东西都留给了兄妹二人,自己吃糠咽菜度日。他希望这样平淡地活着,哪怕是窝囊地活着,只要一家人平平安安。他觉得自己是个下等人,每天每日,每时每刻都把头卑微地低着,再低着,一直低到地上,在寒风中瑟瑟发抖,在烈日下汗流浃背。

哥哥平日沉默寡言,开心的时候很少,感叹父亲的懦弱,却对妹妹特别的好,处处让着她,护着她。他对妹妹说,我要去闯天下,干一番事业,让你和爹不再受苦,不再受人欺负。

雨兰爱哥哥,兄妹情深,她知道哥哥有抱负能吃苦。哥哥要去当兵,她支持他,含着眼泪送他上路。她也爱父亲,他是自己的依靠,自己的天和地,她知道他的难,知道他心中的苦。她虽然从心里不赞成永远都卑躬屈膝,有时也想,父亲要是个顶天立地、敢作敢为的男子汉该有多好。可是,她最理解父亲,他都是为了他们兄妹两个人哪。

就在自己走投无路的时候,王岭救了自己。那天自己情不自禁抱住了他,可是他说要把自己当作亲妹妹,他真像自己的亲哥哥一样,真心对自己好。可不知怎么的,他说这话,自己心里却觉得凉了半截,空了半截。那天在大门口,他却主动拥抱了自己,是喜欢自己的真情表达,还是为了让自己给刘铁志去传那句话,或者是两方面都有?

胡伦死了,她觉得似乎和王岭有关,更加从心里感激他。他虽然是给日本人做事,但是他说绝不会坑害百姓,不会做伤天害理的事。既然他对我好,又有恩于我,我这一辈子也就认定他了。雨兰觉得自己长大了,心里充满着和他在一起的各种幻想。

正想得发呆,房外传来鸨妈的声音:"雨兰,你看谁来了?你的好哥哥,王岭王科长来了,快接进屋里去呀!"

雨兰腾地站起来,脸上微红,忙整理一下衣衫,迎出门外。

"您来了?"她脸上露着鲜花般娇艳的笑容,高兴地问道。

"啊,我来看看你。鸨妈,你去安排人给我们做几个小菜送过来。"老鸨子答应着走了。

雨兰接过他的外衣。廷峰说:"雨兰,你给我帮了大忙。好了,不多说了,你是一个聪明勇敢的姑娘,我真得好好谢谢你!"

雨兰心里暖烘烘的,转过身来,清澈的眸子直盯着他的眼睛,慢慢将头贴在他的胸前,听着他的心跳。轻声说:"我能做什么呀?我知道你对我好,我……"

"刚才,我已经给了鸨妈一些钱,和她说好了,这两天,我再凑些钱,就赎你出去。我以前一直没把钱当回事,现在要用的时候还真的……不过没关系,我会想办法。等你出去了,再找机会帮你找个好人家。"王廷峰拍着她的肩膀说。

"我不要嫁人,这辈子我谁都不会嫁,我跟着你,伺候你一辈子,当你的佣人也行,做小的也行,只要你不嫌弃我。"雨兰一听急了,鼓起勇气说出了心里话。

"傻妹子,你就是我的亲妹妹,不管到什么时候,我都会照顾你。"自从上次分别,王廷峰也从心里放不下她,这次传信,他更加坚信,她是一个可信赖的,值得爱的人。只是自己身处险境,随时可能发生不测,怎么能牵累她呢?

丫头敲门送来酒菜,两人对面坐下,雨兰给王廷峰倒满一杯酒,王廷峰说:"这杯酒我敬你,我们一起喝。"两人一饮而尽。雨兰又倒满一杯,两眼水汪汪地望着他说:"王岭哥,你真的不喜欢我?"

"你知道,我,我不是那个意思。"王廷峰有些急促。

"你是好人,是我的恩人,也是最瞧得起我,把我当人看的男人,我心里只有你。"雨兰说着放下酒杯走过来,趴在王廷峰肩上,嘤嘤地哭泣起来。

王廷峰说:"干我们这一行有今天没明天,我真的不想连累你!"

"我不怕,只要跟你在一起,我什么都不怕,哪怕为你去死,我也愿意。"雨兰说着紧紧抱住廷峰,慢慢止住了抽泣。

王廷峰双手把她拥在怀里,轻声说:"我也喜欢你,只是怕你跟着我受苦。"

他扶着雨兰的双臂,注视着她的双眼:"别哭了,老天爷既然安排我们相识,也许就是我们的缘分,从今以后,你就是我的妻子,明天我就安排接你出去,正式娶你为妻。"

两人拥坐在一起,无声地倾听着互相的心跳,仿佛静静地倾听着相互的诉说,那是对心灵最温暖的抚慰。两个人的心越靠越近了。

雨兰脸上绯红如潮。对这一天,她既有期待,也有恐慌。她微微喘息着,心扑腾扑腾跳得很厉害,用掌心已渗出微许汗液的双手,一个个解开王岭的衣扣,两个人跟着心的感觉紧紧地融合了。雨兰依偎在王廷峰的身前,心里无比的甜蜜。王廷峰望着她清纯可爱的面孔,那晶亮的黑瞳,那么天真纯净,湛清如水,把她紧紧地拥在怀里。

王廷峰说:"雨兰,我其实不叫王岭,我叫王廷峰,原来是马占山将军的部下,现在也不是真心给日本鬼子干事。我还见过你的哥哥梁青山。"

"真的,那你快告诉我,我哥哥现在在哪?"雨兰十分惊喜。

看着雨兰的样子,王廷峰实在不忍心告诉她,梁青山已经在战场上光荣殉国,这个苦命的善良姑娘,父亲去世了,再听说哥哥不在了,一定受不了。犹豫了一下,还是没有如实说出来。

"我见过他是在几年前,在刘团长的训练场上,他是教官。现在也不知道他们在哪里,不过只要一有机会,我就会去打听消息,你也不用太牵挂。"

两个人轻轻地说着话。雨兰抚摸着他的胸膛:"你叫什么名字都没有关系,我就叫你王岭哥,我只想和你永远在一起,但愿也能很快找到我哥哥。你说,这个世界上要是没有那些坏人,没有人欺负人,那该有多好啊!"

王廷峰被雨兰的情感深深打动:"是啊!等赶走了日本鬼子,收拾了那些汉奸特务和土匪恶霸,我们的日子会好起来的。"

雨兰说:"王岭哥,那个胡伦突然淹死了,你知道是怎么回事吗?"

王廷峰说:"胡伦是罪有应得。歪葫芦做不出好瓢,老胡家爷俩都不是好东西,都是那种为了自己,制造别人痛苦的坏蛋。记得关岳庙的南和大师曾经说过,天道就是天理,一阴一阳之谓道,阴阳平衡就是中和,天有日夜寒暑,月有阴晴圆缺,天道的中和,有着不可思议的自然调整能力。一个人即使得到了不应该得到的东西,一定会从另一个方面失去更多的东西,不管你相信还是不相信。"

雨兰说:"听说胡升三的大老婆,在家天天给他烧香念佛赎罪呢。"

王廷峰颇有感慨:"人生的恩怨情仇很难说清,胡升三在十七岁娶了凤娇为妻,这凤娇对他一往情深,服侍加规劝,在胡家穷困危难之时,多次让娘家伸出援手,还为他生了三个孩子,有一个得病早亡。胡升三发迹后,在外边喝酒、赌博,风花雪月,拈花惹草无数。凤娇对他在外边花天酒地也很清楚,多少个夜晚,她独自以泪洗面,凄苦难言,一面是自己对他的热爱和依赖,另一面是无尽的孤独和寂寞。她认为胡升三也是爱她的,相信他会兑现诺言,给自己带来好日子。现在他变了,性格变了,行为变了,一切都变了,企盼的光明前景变得黯然无光。可是她心中从一而终的观念根深蒂固,仍然期盼着他能够回心转意。于是请了一尊佛像供在家里,每天晚上跪在佛像前焚香祷告,祈求为他赎罪,让他改邪归正。可是胡升三缺德事做得太多了,又岂是凤娇的一炷香能够化解得了的。"

雨兰说:"天老爷怎么能容忍这样的恶人活在世上?这个胡伦这么快就淹死了,我想八成和你有关。"

王廷峰抚摸着雨兰的长发轻声说:"和你说实话,我以前杀过不少人,他们都是罪大恶极的坏人。"

他停顿了片刻接着说道:"其实,我根本不想杀人,一个也不愿意杀,我小时候在家里,连一只鸡都没杀过。我厌恶死亡,厌恶鲜血。可是,一个人走什么样的路,并不是完全能够由自己选择,很多时候都是逼上梁山,不得已而为之。"

王廷峰没有细说除掉胡伦的具体原因。俗话说,狗窝里养不出豹子。胡升三的儿子胡伦,还很小的时候,就在街上,拿着糖葫芦,让穷人家的小孩,趴在地上学狗叫,他说给糖葫芦吃。几个孩子都不干,有一个孩子太小,就趴在地上叫了。他把糖葫芦给了小孩,小孩刚要爬起来,他却乘其不备,在后面一脚把小孩踢倒在地,说狗应该趴在地上吃东西。孩子摔疼了,"哇"地哭起来,糖葫芦也掉了。胡伦却大笑着走开了。

有一次,胡伦和几个狐朋狗友在赌场输光了,身上没了钱还没吃饭,他对几个人说:"走,下馆子去,我请客。"几个人到了"厚德福"饭店,要了一桌子酒菜,大吃大喝一顿,快结束的时候,胡伦从兜里掏出两只死苍蝇,放在菜盘子里。然后,大叫吃出了苍蝇,大骂伙计,非让老板看病还得赔偿。闹得旁边吃饭的客人纷纷离去,老板一个劲赔不是,不仅免了这一桌酒菜钱,还另外给了零花钱。

胡伦认为开饭店,既能交结朋友混吃喝,还能大把赚钱,各商号看他爹份上,不都得去他的饭店吃饭吗?所以才发生了强占梁老汉等几家房屋地号的事情。

前不久,胡伦的一个狐朋狗友偷窃来一箱东西,胡伦发现里面有一个电码本,他觉得不同寻常,于是密告到宪兵队。武田带人抓捕了钟达等人,破获了共产国际在呼兰刚刚建立的一个地下联络站。又利用缴获的电台,诱捕上级派来的联络员。机智的联络员发现情况不对,联络站周围几个人形迹可疑。他掏出手枪向围上来的宪兵特务射击,前面的一个特务仰面栽倒。枪战中,联络员又打死了两个宪兵,终因寡不敌众,联络员中弹牺牲。抗联一次通过地下通道,向苏联输送人员的计划失败了。

胡伦受到梅原小次郎的奖励,受宠若惊,信誓旦旦表忠心,要和手下人一起,协助皇军,挖出所有潜伏在呼兰的抗日分子。

王廷峰目睹了武田将被捕人员,连同联络员的尸体,一起装进麻袋,沉入呼兰河底的情景。

那一天,胡伦喝多了,本来已经和狐朋狗友分手回家了,到了家门口,不知怎么又走到路边,掉在了阳沟里,被里面的水呛死了。

雨兰说:"呼兰城到处都传说,胡大肚子霸占了一对姐妹花,你知道到底是怎么回事吗?"

王廷峰说:"我也是听杜力他们说过这件事,这胡升三太缺德了。具体细节知道得不多。胡升三罪孽深重,肯定不会有好下场。"

提起胡升三、"胡大肚子"这个铁杆汉奸,呼兰人是咬牙切齿地恨。特别是他当了呼兰街长以后,更是变着法从老百姓身上搜刮钱财。去了一趟日本,回来骑着日本造的小二八自行车,满大街炫耀,到处说日本怎么怎么好,我们怎么怎么不行,要处处向日本人学习。人们背地里说,他见了日本人比亲爹还亲。

呼兰河涨大水,淹了那么多地,死了那么多人,许多人被迫逃荒避难。梅原小次郎吩咐,为了体现中日亲善,大东亚共荣,向省里打报告,要一些救济衣物和粮食。胡升三却说:"太君,不用救济,呼兰是有名的大粮仓,不愁吃的,老百姓抖搂抖搂包袱皮,也够穿三年的。"

他想给日本人溜须，却没溜到正地方。想通过不让救济中国人，表示自己的忠心，哪知道日本人另有小九九，并不仅仅是为了救济灾民，那里面的说道多着呢。有一阵子，梅原小次郎有些看不上胡大肚子。后来胡升三参透天机，来了一个一百八十度大转弯，直接参与救济物资发放，自己也从中捞了一大把。

胡升三与梅原小次郎的关系好转，是从他投其所好，为梅原搜集古董字画开始的。

一天，梅原小次郎把胡升三叫到办公室说："呼兰城有很多能人异士，看病的王明五，做膏药的王麻子，还有一个专门画蝴蝶的王景维，人称'王大蝴蝶'。据说，他画的蝴蝶堪称天下一绝，许多达官贵人，书画名家，欲求收藏，数百大洋而不可得。你身为呼兰街长，是不是藏有他的画？"

胡升三哪里懂什么书画，不过倒也听说王景维画艺高超。于是说："参事官，我与他素无往来，如果您喜欢，我明天派人去要，给您送来就是了。"

梅原小次郎摆摆手："此人素有声名，你还是想办法买来一幅《百蝶图》为好，我要送给平贺将军。"

胡升三心想，那不得花不少大洋吗？他从心里有些舍不得。梅原小次郎从他的表情，看透了他的心思，于是说道："这样的艺术珍品，能花钱买到就不算贵。不到万不得已，你不要对此人撒野。有时候，金钱比大棒更有效，更少有麻烦。你懂吗？"

胡升三连连点头，答应着退了出去。他知道，自己去索画，王景维一定会百般推脱，一时之间根本办不到。慢慢琢磨他又太费时日。梅原小次郎给平贺贞章送画，机会难得，正是我展示能耐的时候，如果靠动粗，梅原小次郎反而会对我瞧不起。嗨，舍不出孩子套不住狼，这钱花得不冤枉。

于是，他撒下人去，四处探访查询，终于在另一个画家那里，连恐吓带欺骗，花二百大洋买了一幅《蝴蝶图》送给梅原小次郎。梅原小次郎满心欢喜，夸奖胡升三有干事才能。

令全城老百姓万分痛恨的一件事，就是胡升三丧尽天良，使用卑鄙手段霸占了陈家姐妹。

去年秋天，胡升三得了肝病，到"兴和谦"药房找陈济群看病。这陈济群是呼兰很有善名的大夫,和中医学院的王明五师出同门,一副慈善心肠。平日坐堂行医,与病人对话心平气和,不论身份一视同仁,有钱无钱都可以看病,他常说"钱财有价人无价",帮助很多穷苦百姓解除了病痛。如果病人行动不便,家人来请,他二话不说,背起药箱就走。尤其擅长用中草药治肝病,远近闻名。呼兰城内外,一片称赞之声。

陈济群虽然看不上胡升三的为人,平日素无来往,可是现在,他是病人来看病,还是妙手施救,很快把他的病情控制住了。没想到胡升三却惦记上了陈济群的两个女儿。

陈济群一生无子,膝下二女,长女文娟,次女文丽。文娟举止文雅,端庄聪慧。文丽文静沉稳,温柔羞怯,颇有深闺古典美人的风韵。陈济群夫妇视为掌上明珠。胡升三以前只是听说,这些日子前去治病,姐妹二人有时帮助父亲送药,胡升三见了,眼睛都直了,骨子里的原始兽性瞬间又激发起来。他躺在那胡思乱想,都说陈家姑娘美丽无比,却没想到如此超凡脱俗。这些年,自己各色各样的女人见得多了,如果和陈家这两个姑娘相比,简直就是一筐烂杏对比两个仙桃。我用什么办法才能弄到手一个?当然,两个都属于我那是再好不过了。假如能弄到手一个,我先选哪个呢?

这一天,胡升三终于想好了一个主意。叫来手下人付二力,对他说:"二力呀,你跟了我这些年,我对你如何?"

这个付二力是一个有奶便是娘,有钱就是爹的货色,撒谎如同撒尿,跟着胡升三没少干坏事。听到胡升三这样问他,连声说:"这些年,您就像我亲爹一样待我,没有您就没有我,上次李双鹤小儿媳妇,还不是全靠了您老人家成全。您有什么吩咐尽管说,我是赴汤蹈火在所不辞。"

胡升三说:"好,有件事,你如果帮我做了,今后你就是我的亲儿子,想要什么就给你什么,你过来。"付二力弯腰凑到胡升三身边,胡升三在他耳边一阵耳语……

宪兵队突然来到"兴和谦"药房,不由分说,把陈济群五花大绑带走了。一家人慌作一团,老夫人叫伙计去找王明五商量,伙计回来说,王明五被人请去看病,几天以后才能回来。母女三人商量找谁能行,老夫人叹口气说:"哎,现在咱家这情景,谁还敢上前,躲还躲不过来呢。"

正在束手无策之际，付二力走了进来，说是给胡街长抓药。一见全家上下惊慌失措的样子，关心地问出了什么事？老夫人说根本不知道为什么，什么也没说，就把人抓走了。

付二力说："陈先生救过很多人，可是也不知道得罪过什么人。这样吧，我现在就去找熟人，去宪兵队打听打听，看到底是怎么回事。"

老夫人连说感谢。不一会儿，付二力回来了，说："这件事看来麻烦了，我托人已经打听明白了，有人密告说，陈济群私通抗日救国军，给他们送过好几次药品，这可不是一般的罪名，弄不好是要杀头的呀。"

一家人听了，吓得哭成一团。付二力这时说："你们先不要着急，也不要哭，也许有一个人能救陈先生的命。"

文娟说："你快说，到底是谁能救我爹？"

付二力说："胡升三胡街长啊！陈先生刚刚治好他的病，如果能请他出面，也许还有一线希望。"

手足无措的一家人，就像掉在水里看见了一块木板。文丽说："那就请您代我们去求求胡街长吧。"

付二力说："我只是胡街长的一个手下，我去可不一定能请得动，必须你们家里去人，最好是认识他的人，亲自求他还差不多，毕竟你们刚给他治过病。"

文娟说："我妈妈身体不好，行动不便，只能是我去了。"

付二力心中暗喜："既然如此，我付二力陪你一起去。"

两人来到胡升三家，他正在椅子上抽水烟，见二人进来，放下烟袋说："这不是文娟吗，你来有什么事吗？"

不等文娟回答，付二力连忙插话："陈先生家里出事了，文娟来求您帮忙。文娟，你就跟街长他老人家好好说说吧。"说着退了出去。

文娟把父亲被抓走的经过说了一遍，然后跪了下来，说道："胡街长，我们现在是走投无路了，只得求您出面救救我爹，您的大恩大德我们全家铭记在心，以后做牛做马也要报答。"

胡升三上前扶起文娟，拉着她的手说道："你爹给我治病，也算是救了我的命，我自当竭尽全力。只是这涉及反满抗日，私通抗日救国军的罪名，事情就难办了。你放心，不管有多大难处，付出多大代价，我也要把你爹救出来。不过……你说做牛做马也要报答我，那你怎么报答我呢？"

文娟说："您尽管说，需要花多少钱，我们一定想办法，只要能救出我爹。"

胡升三摇摇头："钱，我有的是，需要花钱，我出就是了，我是要你……"

文娟似乎听出了话外之音，下意识地拧紧眉心："那你想要什么？"

"我就想让你陪陪我。"说着胡升三一用力，把文娟拉进怀里。文娟张嘴要喊救命，被胡升三一把捂住嘴巴，阴沉沉地说道："付二力他们就在外边，你要是喊，不仅坏了你的名声，你爹也就死定了。"文娟听到这话，脑袋嗡地一下，浑身瘫软，什么也不知道了。

待她醒来，发现自己衣不遮体，浑身上下酸痛难忍，胡升三已经穿好衣服坐在椅子上。见她醒过来了，说道："你穿好衣服，一会让付二力送你回去，你爹能不能活着回来，就看你的了。"文娟满脸泪痕，抽泣着说："你，你，你把我……你要说话算话，一定要把我爹救出来啊……"

胡升三说："只要你跟我好，我向老天爷保证，一定把你爹救回来。你可要想好了，如果同意的话，明天中午，到黑瞎子胡同等我，我在那前面给你买个房子，你先住在那里再说。"

文娟回到家里，看到妈妈和妹妹焦急的样子，只说了句："胡街长答应救我爹了。"然后跑进屋里，躺在床上蒙头痛哭起来。老夫人和文丽见她不吃不喝不言语，以为她病了，要找人给她看看。她说："你们不要管我，我没事。"然后把脸蒙在被子里，眼泪哗哗地流淌。

第二天，文娟对妈妈和妹妹说："我出去有点事情，你们不要出门，就在家里等我爹回来吧。"她走出家门，来到黑瞎子胡同，付二力正在那里等着她，把她带到前面一座青砖瓦房里，胡升三正在里面。一挥手，付二力退了出去，他看着文娟："你真的想好了？"文娟说："我什么都答应你，只要你快点把我爹救回来。"

第三天，家里人正在为文娟一夜未归着急，付二力来了，说文娟叫文丽去找她，说有急事。文丽跟着付二力来到青瓦房，文娟大吃一惊："文丽你怎么来了？"

文丽说："是付二力说，你找我有事。"

胡升三在旁边开口了："我已经和宪兵队说好了，这两天就放你爹出来，五百大洋我已经送去了。现在，就看你们姐俩的了。"

文娟说："你让我怎么样都行，不要伤害我妹妹。"

胡升三冷笑一声："你一个人在这，太不公平了，你们两个都是我的。要不然，别说你爹活不了,连你娘,也要跟你爹一样,进宪兵队杀头。再把你们送到花园南下坎窑子里去。"说着,他一把抓过文丽,解脱她的衣服。柔弱的文丽拼命挣扎,哪里是胡升三的对手,他当着文娟的面强奸了文丽。

文娟悲泣道:"胡升三,你太没有人性了,你就是一个畜生,你一定会遭报应的。"

胡升三阴沉着脸:"你如果不想让你爹死,就闭上你的嘴。"

几天后,遍体鳞伤的陈济群被付二力送回家里。胡升三告诉两姐妹,陈济群已经回家了,只是你们现在不能回去,我也不用派人看着你们,如果你们私自跑出去,我就让宪兵队把你们全家都抓进去。就这样,他霸占了陈家姐妹。

付二力对陈济群说:"多亏了胡街长,费尽了九牛二虎之力,才把你救回来。"

陈老夫人忙问道:"我的两个女儿现在在哪?"

付二力说:"我只知道文娟、文丽姐俩对胡街长感激不尽,已经答应给胡街长做小了,现在在什么地方,我就不知道了。"

北风凄凄,霜雪狂降。陈济群接连多日寻女不见,来到南关码头,撕扯着手里的医书,抛向天空。随后发疯似地奔跑在呼兰河上,狂吼怒骂,倾泻着蒙受奇冤大辱的愤怒。可是,狂风怎能吹走心头的仇怨,暴雪如何洗去无边的屈辱。他一脚踏在了一个打鱼人凿开的冰窟上,掉了下去。

王明五回来后,气愤难当,把陈济群夫人接到自己家里,派人四处寻找文娟姐妹的下落。

王明五一九二三年就在大十字街开办中医药店,一九二七年在北大街永源裕烧锅路西,创办"中医学社"。每期招收学生四十余人,学制五年,前三年授课,后两年临床,讲授十三个科目。先后培养弟子三百余人,医术精湛的名医二十余人。并著有《医学便读》集。除亲自授课外,经常请德高望重的名医任教。陈济群曾多次被请去为学生上课。

日军占领呼兰后,梅原小次郎下令,把"中医学社"改为"汉医学社"。王明五据理力争不同意改名,梅原小次郎的答复是:"不改名就取缔。"王明五几天几夜不吃不眠,他知道,这是日本人隔离和分化中华传统医学文化的手段,一字之差,涉及民族尊严。他毅然决定停办"中医学社"。

王明五每天派人四处打听陈家姐妹消息。胡升三十分恼怒地说:"这个王明五是盐吃多了,管咸(闲)事,得教训教训他。"他派人接二连三到药铺闹事,王明五派出去找人的人,都被流氓打得头破血流而回。一天晚上,药铺的牌子被砸碎了。紧接着,宪兵队来人告知,王明五属于"要视察人"不得随意外出,不得聚集乌合之众影响社会治安,一切行动都要随时报告。

王廷峰正式娶雨兰为妻。"居香里"老鸨不敢得罪警务科,也巴不得不能给她挣钱的雨兰赶紧离开。何况王岭给她的钱,远远超过了当时她为安葬雨兰爹花的钱。

新房布置在世亨胡同三十六号的青瓦房中,手下人都来帮忙张罗,刘铁志夫妇和周维新少不了一番忙活,连梅原小次郎也派人送来了贺礼。

纯子却没有来,她知道王岭已经不可能属于自己了。她的哥哥只知道效忠天皇。北海道的天真蓝,樱花真美,在她的心目中,哥哥是最亲近的人。她对哥哥说:"哥哥,我想你,爸爸妈妈也想你,我来到中国以后,你知道他们对我都干了什么?"她哭着把在哈尔滨,祝捷慰劳会后,自己和姐妹们的遭遇告诉了哥哥。哥哥很同情她,却认为她们都是为了圣战献身,是自愿的。

纯子和王岭交往,开始梅原小次郎并不反对,毕竟王岭救了她。后来,见纯子渐生情愫,他警告纯子,不要忘了自己是日本人,不可能嫁给一个中国人,只能做个普通朋友。

纯子说:"我在这里一个朋友也没有,他是中国人,不是也在为日本人做事吗?可日本人对我们做了什么? 倒是这个中国人救了我,他是值得信赖的朋友。"

王廷峰到警务科上班后,纯子几次约他,两人在有限的见面中,始终是客客气气,以礼相待,王廷峰从来没有向纯子要求过什么,也没有说过让梅原小次郎帮什么忙,只是谈谈各自家乡的风土人情,讲讲历史文化。他告诉纯子,呼兰的冬天,干燥而且寒冷,不要冻病了。纯子感到他很有性格,英俊能干,表面冷酷,却心地善良。

说到中日之间的这场战争,王廷峰说:"一九二三年,日本大地震,中国各地,包括东北三省捐款捐物,仅呼兰县就捐了大洋十四万多元。可是,九年后,关东军就占领了整个东北。"

纯子说道:"日本和中国应该是和睦相处的邻居,原来我还不懂,来到中国,经历了许许多多的事情,我就想,如果开始就不打这场战争,那该有多好啊!"

王廷峰说:"你是一个善良的姑娘。可是,崇尚武力扩张的日本军国主义,会把许许多多像你这样的日本人拖进万丈深渊。战争是中日两国人民的共同灾难。"

王廷峰对刘铁志说过,这个纯子好像本质并不坏。刘铁志说:"日本人也是有区别的,你要利用好和纯子的特殊关系,关键时候,也许能发挥大作用。不过,她毕竟是梅原小次郎的亲妹妹,还是要有警惕性,不能真的掉进感情的旋涡中去。"

王廷峰尺度把握得很好,纯子却是野地烤火一面热,有相见恨晚的感觉。后来,兰河大侠搞得梅原小次郎心绪不宁,他对纯子说:"你不能长期待在呼兰。为了你的安全,你要选择,或者回日本,或是到哈尔滨护士学校学习。"纯子选择了后者,也是为了能够还有见到王岭的机会。

现在,王岭结婚了。纯子心灰意冷。梅原小次郎认为,正好绝了纯子的念头。他对纯子说:"你回日本吧,回家替我照顾父母,我只能战死沙场,没有退路,但愿圣战早点结束。你以后不要再去什么慰问团,也不要再到呼兰来,在家里找个人结婚生孩子,你和爸爸妈妈都平安,我就放心啦。"纯子万念俱灰,给王廷峰留下一封信,回日本去了。

这封信是在王廷峰结婚一周以后,才送到他手中的。他当着雨兰的面,打开了这封信。

王岭君:

当你看到这封信的时候,我可能已经回到日本。听到你结婚的消息,我的心彻底死去了。还能说什么呢,一个人失去了希望,就失去了生活的意义。来到中国,我遇到了很多事情,庆幸上天让我认识了你,我憧憬今后五彩缤纷的人生之路,你不仅救了我的命,更使我的生活充满了活力,充满了希望。我期盼着和你在一起,我们朝夕相伴,我就会是这个世界上最幸福的女孩子。我知道你们从心里恨日本人,日军占领了你们家乡的土地,可是,这些都不是我的错,我也爱我的家乡和亲人,盼望着战争结束,家人团聚。这个世界上,如果没有战争,没有了杀戮,人人和平相处,相互尊重,互敬互爱,那该有多么的美好啊!

很多事情会随着时间而淡漠,有些人和事,却是永远无法忘却的。一颗在痛苦中呻吟的心,永远为你燃烧着思念的火焰。我永远不会忘记,我们在呼兰河边,迎着寒风蹦跳的情景。每当我看到月亮,就会想起我们在一起看河灯。我不想离开呼兰,因为我爱你呀!如今,你有了自己喜欢的心上人,我祝福你们,因为能和自己喜欢的人在一起,是多么不容易的事啊!

  王岭君,我会把你深深地刻在心里,一生伴随着我。你永远是我心中的英雄,让这封信代表我的心,祝你和你的妻子幸福。

  再见了,王岭君!

你的小妹妹纯子

  新婚后的雨兰,感到自己是这个世界上最幸福的人,每天细心地照顾王廷峰的起居,她的心里眼里全部都是王廷峰。看着他每天紧张忙碌,心里很心疼。她知道他身上的压力,在狼窝里,每天的风险都是不可预料的。她觉得王廷峰近来黑了瘦了,想为他熬点汤,做点可口的饭菜,也想为以后出世的孩子做点准备。于是,她来到庙头的杂货铺。刚要推门进去,猛然看见一个人从里面走出来,竟然是冬芝。冬芝也看见了雨兰,高兴地上前抓住她的手:"哎呀,雨兰。没想到能在这见到你,你和王先生都好吧!"

  "我们都还好,你呢?你现在怎么样?"喜出望外的雨兰连声询问着。

  冬芝放慢了语气:"别提了,在那里不是人过的日子,没办法,总得活下去。你知道,我多么羡慕你呀,'居香里'的姐妹都说你命好,没法跟你比。"

  雨兰清楚地记得,冬芝曾经两次寻死都被救活了。两个人同病相怜,特别是那次因为她而挨了打之后,两个人的心贴得更近了,互相关心,无话不说,情同姐妹。

  王廷峰救了雨兰,不仅替她赎了身,还正式娶她为妻。雨兰离开"居香里"之前,两姐妹整整说了一宿的贴心话。冬芝拿出一个自己绣了花的手帕,递给雨兰:"我也没什么送你的,这手帕是我在家时绣的,原想能遇到一个心上人,好送给他,没想到走到今天这个地步。我就送给你吧,在我心里,早就把你当作我的亲妹妹了。"

  雨兰接过手帕,细心地放好。转身从小包裹里拿出一件蓝布褂,那是那年过春节,爹给她买了一块布做的,她只穿了一次,再也没舍得。她把蓝布褂放到冬芝面前:"冬芝姐姐,但愿你能够早点遇上有缘的心上人。这个蓝布褂送给你做个纪念吧。以后,我有机会就会来看你。"两人不知流了多少说不清是心酸还是高兴的眼泪。

今天偶遇，两个人心里话说个没完，说着说着，高兴的二人都变成了泪眼相对。终于，冬芝依依不舍地说："时候不早了，我该回去了，你买完东西也快回去吧。"

雨兰擦擦眼睛："冬芝，你一定要多保重啊，有什么事就来找我，我……"雨兰欲言又止。

这天晚上，雨兰依偎在廷峰身边，抚摸着他的胸口，轻声说："廷峰，也别让自己太辛苦了，孩子快生了，你也该给他起个名字。你说，我们的孩子叫兰峰好吗？"

王廷峰说："我看挺好的。如果是男孩，就叫兰峰，是我们两个人名字里各有一个字。如果是女孩……"

"那你就给女孩起个名字吧。"雨兰柔柔地说。

王廷峰略一思索："兰字符合女孩的特点，与呼兰、雨兰都符，那就叫兰馨吧，幽幽远香为馨，兰者幽香之仙，雨兰的女儿，呼兰河畔散发着兰花幽香的女孩。你看怎么样？"雨兰满意地笑了。

雨兰说："廷峰，我今天在庙头看见冬芝了，你对她还有印象吗？"

"冬芝？她是谁？"王廷峰轻轻摇摇头，似乎并没有什么印象。雨兰幽幽地说："你只见过她一次，就是那年我们在'居香里'第一次见面，姓侯的欺负我，那个替我说话挨了打的姑娘。"

"啊，是她。"

"她是个苦命人，也是一个好人。我不该给你添乱，让你分心。不过，冬芝和我情同姐妹，如果有机会就帮帮她好吗？"

王廷峰说："那天晚上，只有她敢于挺身而出，说明她是个心地善良的姑娘。好吧，找个机会我们把她赎出来，再帮她找个事做吧。"

不久，王廷峰找到鸨妈，赎出了冬芝，把她安排在周维新的一个杂货店里，烧水做饭，打杂干零活，店里忙时就帮助伙计卖货。雨兰也不时对她接济照顾。

逃出樊笼的冬芝，心里一直荡漾着暖暖的感动，她仿佛刚刚呼吸到清新的空气，又改回原名李秀芝。她抽空来到呼兰河边，望着清波荡漾的河水，不时有几只水鸟飞过，一只小船上的人撒着渔网。她心里说不出的高兴。这呼兰河太大了，比自己家屯子边上的大水泡子，不知大多少倍。当年她和小伙伴在水坑边上玩，妈妈总是告诫她，水火无情，不要靠水坑太近。而今天，面对眼前的呼兰河，她觉得外边的世界真美也真大。

有一天，秀芝正在帮着伙计打点货物，只见一个人匆匆走进店来，他身穿青色套装，头戴灰色宽檐帽，对秀芝说："姑娘，给我包好三斤红枣，十斤挂面，三斤黄蘑，再加二斤糖。"秀芝从来没有一次卖过这么多东西，算账也不熟练。她抬头找伙计林洪英，伙计却出去了，可能是去了茅房。见客人急匆匆的，她更是着急。本来应该是五十二圆钱，她却算成四十七圆。那人也不问价不还价，拿出四张十圆的新纸币，又掏出一张五圆两张一圆的零币递给她，拿起东西匆匆地走了。

不知他是否知道秀芝算错了账，少收了五圆钱，但是他肯定不知道自己多给了一张十圆的纸币。也许，匆忙之中他没有一丝的不安，而当秀芝发现手中的十圆新纸币，不是四张而是五张，追出门外时，早已经不见人影。伙计林洪英回来，看见站在门口发愣的秀芝，问她怎么了？雨兰说买货的那个人多给钱了。林洪英随口一算，说道："秀芝姑娘，你是既少收了钱，又多收了钱。他买的东西应该是五十二圆，你少收了五圆，他却无意中多给了十圆，这个世界，有些事太难说了。"

秀芝一直为这件事不安，她记得那个人的穿着，记得他方正的脸。她盼望着那个人再来买货，好把钱还给他，可是再也没有见到他的身影。

可恨：

逆伦孽畜歹根男　恶贯满盈欲壑贪
倘若老天开慧眼　惊雷起处灭升三

第十一章

勇劫军车　雨霖一枪杀熊野
冲破樊篱　秀芝二次遇李维

才鸿猷看到甘雨霖带回的情报，连声说："太好了！王廷峰是个好样的。参谋长，马上派人把情报送到马将军的部队，让他们避开锋芒，掌握日军围剿动向。"

甘雨霖说："十八号和二十二号晚上，有两列军需列车，先后经过呼兰去绥化、海伦。旅长你看，我们有没有下手的机会？"

才鸿猷说："十八号时间太紧，二十二号还有九天，我们聚集分散的弟兄还来得及。不过，最好不在呼兰下手，呼兰车站日军守备队已经加强了兵力，每列军列上，肯定也有不少押运的日军。再说，我们的情报是从呼兰得到的，还是避免让敌人产生怀疑。"

"旅长说得有道理，你看我们在什么地方动手为好？"

"如果趁军列在康金站加水之机动手，距离车站上的日伪军太近。所以，最好是在进站之前，扒掉铁轨，我们集中兵力对付押运的鬼子，你看怎么样？"

"我看可行，就在康金附近动手。两列军车的间隔只有两个小时，如果我们伏击前面的一列，后面的很快就会到达支援。我们在第一列过去以后，破坏路轨，截住后面的一列。"甘雨霖说道。

甘雨霖接着说："还有一个运输的问题，必须选择一个快捷的进山路线，避开日伪讨伐部队，选好物资存放地点，大部分武器弹药尽快发到战士们手中。"

才鸿猷一挥手："好，就这样定了，马上派人去找李维，让他掌握列车到站的准确时间，配合行动。"

李维在康金车站,秘密结交了一些工友,把他们组织起来。站里长期欠薪,许多工友生活困难,李维组织大家尽力帮助困难工友。他们选出代表与日伪站长交涉,代表遭到殴打和逮捕。李维等人动员呼海铁路全线各站两千多人,举行全线罢工,要求释放代表,补发工资。

平贺贞章闻讯,把松元站长一顿训斥:"八嘎,你的不发工钱,弄出这么大的乱子,钱都弄哪里去了?"

"将军,不是我们有意克扣,是上边一直拨发不足。"松元解释着。

"你知道,这些工人如果都罢工,呼海铁路就会全线瘫痪,前方清剿部队战事正紧,如果军需给养供不上去,会是什么结果?你想过吗?"平贺贞章质问道。

"将军,这里肯定是有人捣鬼,鼓动这些工人闹事。以前也欠过工钱,也没闹过这么大动静。"松元说。

"那你知道都是什么人在捣鬼吗?"平贺贞章追问。

"啊,不知道。"松元有些冒汗。

平贺贞章看着这个胖站长,心想,这是个废物,难当重任。于是下令马上撤换。随后对着前来报告的新站长伊藤吩咐道:"眼下最重要的是保证铁路畅通,军事行动不能延误,物资运输不能耽搁。马上筹集资金,给工人补发部分工资,稳定住局面。另外,秘密调查是什么人在鼓动工人闹事。把重点人员秘密处置,不要引起更大的风波。"

"哈依。"伊藤立正回答。

呼海铁路罢工潮平息了,李维等人却逐渐引起特务的注意。这一天,甘雨霖派人来找李维,告诉他才旅长准备袭击日军军需列车,要他把二十二号晚上,列车到达康金车站,停靠加水的时间搞准,配合部队行动,然后就归队。

李维说:"太好了,现在车站上鬼子有两个小队,还有几十个伪军。你告诉参谋长,最好是想办法在站外动手,在南北两个方面,各扒掉一段铁轨,防备鬼子的装甲列车增援。"

二十二日晚上九点,一军列在康金车站加满水,轰轰地驶出。两个小时后,从呼兰方向驶来的第二列军车,刚刚减速准备进站,只听得前后几声巨响,爆炸的火光映红了夜空。列车紧急刹车,前后的铁轨都已经被炸断了。

押车的日军急忙下车察看,两侧枪声骤然响起,一排日军倒下了,剩下的趴在地上还击。

甘雨霖对宁立生团长说："不能恋战,尽快解决押运的鬼子。"

"是,参谋长。"宁团长一挥手："跟我来!"带着部下射击着冲上前去。

康金车站方向也响起枪声,赵峰泉团长带领的阻援部队与车站的日伪军接上了火。日军守备队值班中尉,拿起电话想向呼兰、绥化报告,可是电话怎么也打不通,电话线已经被李维安排人割断了。值班中尉狂怒地叫喊着,叫手下人骑着摩托车,赶紧到镇内邮电所去打电话。

宁团长集中了全团的轻重机枪,压制住鬼子,带领部队发起冲锋,很快趁着夜幕掩护,冲到列车旁,与剩余的鬼子兵展开近战肉搏。鬼子兵很快被逐一消灭。

宁团长肩膀挨了一刺刀,部下伤亡十多个人。他撕下一块布条,扎住伤口,来到甘雨霖面前："参谋长,车上的鬼子全解决了。"

甘雨霖说："好,所有人立即把火车上重要的物资,装上后面的马车,尤其是武器弹药和药品衣物。"

除了哨兵,所有人都紧张忙碌起来。伴随着前面一阵紧似一阵的枪声,三十几辆马车很快装得满满的。战士们身上也挂满了各种武器弹药。

才鸿猷下令部队掩护马车,迅速向东北撤退,进山后把物资藏进山洞,然后分散向山里运动。

甘雨霖说："旅长,你带着部队和物资先撤,我和李维去接应赵峰泉,给他们带去一些弹药。"

"我们分头行动,山里会齐。"两人匆匆道别。

连长李宏宇报告："参谋长,这有两个受伤的日本兵,怎么处理? 是不是毙了他们?"

甘雨霖想了想说："安排几个人,把他们带走,也许能有用场。"接着又对李宏宇说："你带人在车上埋设一些炸药手雷,再有鬼子上车,就让他们一起升天。"李宏宇答应一声,跑着去了。

呼兰守备队接到急电,熊野御堂马上带队乘装甲列车赶来增援。绥化方面也派出援兵。呼兰至康金只有三十多公里,装甲列车很快就赶到了。可是,向前却走不了了,前面的铁轨已经被扒掉。熊野御堂命令下车徒步前进,奔枪声密集的地方冲击。

赵峰泉团长正与康金站增援的日伪军艰苦激战,弹药消耗得差不多了,人员也出现了伤亡。熊野御堂率日军守备队从后面杀到,腹背受敌,情势危急起来。赵峰泉骂道:"他妈的,几次打硬仗,都是紧要关头弹药光了,这仗气死人了。弟兄们,准备和狗日的拼了。"

这时,甘雨霖带人从熊野御堂后面突然开火。借着火光,甘雨霖瞄准了挥舞着指挥刀的熊野御堂,一枪打在他的头上。熊野御堂鼓着金鱼眼睛,倒了下去。日军马上退到路边的林带,与甘雨霖的部队相持对射。赵峰泉背后压力稍减。

李维带着人,扛着弹药箱,从侧面冲入赵团长的阵地,高兴得赵峰泉使劲打了李维一拳,让战士们赶快补充弹药。随后,一阵密集的手雷扔向前面的日伪军。日伪军卧倒在地,一时不敢往前冲了。

李维对赵团长说:"旅长已经带着物资走了,参谋长让你们交替掩护,边打边撤。"

"好,你们回去告诉参谋长,我们现在就从东面撤。"

看着李维带人走了。赵峰泉朝身边的战士们说道:"大家听我口令,一起扔手雷,然后立即撤退。"

"一、二、扔。"随着赵团长的口令,十几枚手雷向日伪军扔去。

甘雨霖和赵团长交替掩护着,向东南方向撤退。绥化的日军两角大队也赶到了。熊野御堂毙命,两角少佐红了眼,命令部队紧追不放,务必全部消灭这些胆大包天的抗日军人。

由于弹药得到补充,加之两部交替掩护,日军的追击并不顺利,而且伤亡不小。两角少佐命令开炮,迫击炮弹不断在周围爆炸,部队伤亡不断增加。带着的一个日军伤兵也被炸死了,另一个也中了弹片,干裂的嘴唇大张着,躺在地上喘粗气。

一个负责看管日军伤兵的小战士说:"连长,我看他快不行了,我们别带着他了,太累赘了。我们的伤员也不少了。"

李宏宇看看日本兵的样子说:"给他喝点水,我们就不带着他了,一会鬼子过来,也许就会送他去医院。"

小战士摘下自己的水壶,递到日军伤兵嘴边,给他喂水。日军伤兵喝了两口水,慢慢睁开眼睛,突然伸手摘下小战士身上的日式手雷,猛地一磕,手雷爆炸了,小战士猝不及防,倒在了血泊中。李维看到了鬼子伤兵的动作,想阻止已经来不及,连忙按倒身边的甘雨霖,扑在他身上,几块碎弹片击中了他。

几个人连忙扶起李维和甘雨霖,甘雨霖安全无虞,李维却伤势严重,血一直往外涌。甘雨霖轻声呼喊着:"赶快给他包扎。李维,李维,你要挺住,挺住。"

甘雨霖转头对李宏宇说:"李维伤得这么重,再跟我们一起进山,肯定没救了。这样,你派两个熟悉呼兰的人,把他抬到西边的树林后面藏着,等我们把鬼子引走以后,马上送他到呼兰,趁天黑到世亨胡同三十六号,找王廷峰,只有那里的医生能救他的命。李维,就看你的命大不大了。"

甘雨霖见两个人抬着李维隐进了树林,马上命令部队后撤。两角大队在后面紧追不放,部队只得边打边撤,速度很慢。

李宏宇说:"参谋长,天很快就要亮了,这样下去,天一亮,都走不了了。我带人留下掩护,你和赵团长带部队快撤,等你们走远了,我再想办法去追赶你们。"

甘雨霖说:"不,要撤我们一起撤,要死我们也一起战死,不能留下你们。"

"参谋长,你要对几百个弟兄负责呀,旅长他们正等着你们哪,多给我们留下一些弹药就行了。"

甘雨霖热泪涌出,抓住李宏宇的肩膀:"宏宇,好兄弟,我带着部队先撤,你们也尽快摆脱鬼子,我们山里见。"

甘雨霖带队消失在夜幕中,快速向深山里退去。李宏宇让战士们寻找有利地形,充分发挥火力,阻击敌人。虽然枪声稀落了很多,可是,从不同角度射出的子弹,仍然使日伪军前进艰难。战士们从来没有这么痛痛快快地发射枪弹,时不时扔出几颗手雷。嘴里还嘟囔着:"让你们这些小鬼子,尝尝自己家里种的香瓜吧。"

两角少佐恼羞成怒,两眼冒火,这仗打得窝囊,这些抗日军人怎么这么顽强?简直就是在拼命。他下令,瞄准目标,把所有的炮弹都打光,然后全体发起冲锋。

枪声渐渐稀落下来,一群日本兵,围住了浑身是血的李宏宇。他的一只腿已经被炸断,手里拿着两颗手雷,看着渐渐逼近的日本兵,他碰响了手雷。

李维被连夜抬进了呼兰城,两个人按照甘雨霖交代的地址,趁黑夜找到王廷峰家。王廷峰一看是李维,赶紧把他抬进里屋,也来不及询问情况,转身出去找来一个医生,为李维处理伤口。医生把他身上的弹片一块块夹出来放进脸盆里,水面绽开一片血花,伤口的血也不时地向外涌。

取完弹片,医生把深红色的刀创药倒在伤口上,分别用布条绑住。包扎完毕,医生长出了一口气,擦擦汗说:"这个人的命真大。他没死,但是失血过多,很虚弱,需要很好地调养一阵子。另外,他还需要一些消炎药。这些药日本人管得很严,我那里也没有。"

王廷峰对医生说:"消炎药,我来想办法,你开单子好了。这个人是被日本人炸伤的,我们都是中国人,今天晚上的事,你务必要守口如瓶,不然大家都有危险。"

医生连忙点头答应:"你放心,我一定一句也不说。"

王廷峰说:"不是一句也不说,而是一个字也不能漏。好吗?"

"好,好,好!"医生答应着。

几天后,脱离了危险的李维苏醒过来,对王廷峰诉说了截获日军军需列车的经过:"旅长和参谋长不在呼兰动手,选在进入康金之前,一是考虑呼兰车站日军守备队人多火力强,另外也避免给你带来麻烦。我在康金已经完全暴露,在你家里,时间长了是不合适的。你现在的位置太重要了,不能有一点疏忽。"

王廷峰和雨兰也认为他说得有道理。况且雨兰很快就要生产,难以再照顾他,于是决定转移李维。

傍晚时分,王廷峰与刘铁志商定,由王玉飞赶着一辆小斗子车,把李维接到"北烧锅"对面他的家中,住在西屋。王玉飞的妻子张婉彤回娘家还没回来。

廷峰和雨兰二人也不方便每天来这里,雨兰就找来秀芝,让她来照顾李维,给他做饭换药,嘱咐她不要和任何人说起李维。

秀芝痛快地来到李维住的地方。她身穿浅蓝色大襟短衫,青布裤子,系带的布鞋布袜,一条蓝色布带轻轻挽住长发,眉目灵动,颇为秀气。见了李维,秀芝感觉他有些面熟,一时又想不起来。倒是李维先开口说道:"真不好意思,让你来照顾我,给你添麻烦了。"

这声音也有些熟悉。秀芝突然想起来了,这个人正是买货多付了钱的那个人。

"哎呀,是你呀?你是上次来店里买东西的那个人。你好像瘦了很多。"雨兰又端详了一下他那仍然显得英俊的方脸。

李维有些摸不着头脑:"买货?姑娘,你是谁?是哪个店里的?"

"我就是'兴和盛'杂货店的。上次你来买东西,多给了十圆钱,实际是五圆钱,我一直盼着你再来,好把钱还给你,你一直没来,没想到今天在这见到你了。"

"什么十圆钱,又实际五圆钱,到底是怎么回事?"李维觉得莫名其妙。

秀芝把经过简要一说,李维乐了。这姑娘好单纯,说出话来让人觉得既热情又诚实。他想起来了,上次来呼兰找王廷峰,临回康金时,匆忙买了些东西,捎给几个受了伤的工友。

人与人是有缘分的。李维与秀芝相见,就有一种莫名的好感,尽管彼此还不十分了解。

秀芝姓李,老家住西井子村,祖辈都是老实巴交的庄稼人,父亲李东辉曾被孙老鹞子胁迫上山入伙,后来跟随表哥到呼兰南大营当了兵。嫩江桥抗战,表哥战死,部队溃散。李东辉走投无路,回到地处偏僻丘陵地带的家里,只想一家人默默无声地靠种地维持生计。几个月过去了,倒也平安无事。一家人并不知道,灾难已像天边的乌云,悄悄笼罩了他们。

这一天,康金警署的警长黄金山来到西井子,保长陶二林把他请到家里喝酒。陶二林的媳妇,脸长得有些长,却很能干活。黄警长坐在热炕头上,嘴里嚼着鸡腿肉,喝了一口酒,客气道:"陶保长,每次来都在你家里讨扰,让你破费了。"

陶保长笑得一脸菊花纹:"能请来黄警长黄大哥,那是咱们有情分,你黄警长是谁都能请到的吗?吃点喝点算什么,小事一桩。今后有什么事,全仰仗黄大哥您照顾呢。谁不说,您当个警长,那是电线杆当筷子,大材小用。今后,您的前途不可限量啊!"

浑身都觉得舒服的黄警长挥挥手中的筷子:"你就别客气了,谁让咱们是哥们呢!有什么难处尽管吱声。"

两人边吃边说着话,陶保长专拣好听的话吹捧,把黄警长听了个晕晕乎乎。这个世界上,只要喜欢被奉承的人没有绝种,马屁精就会后继有人。对有钱有势的人有所求,就会投其所好,像陶保长这样顺风接屁的溜须吹捧,甚至不以舔痔为耻的人,无非是为自己寻求一个靠山。

陶二林的过年话还在继续:"说实在的,有了您,就有了这一方平安,也才有了老弟我的一切,对您的恩德,我是永世不忘啊。"然后话锋一转:"眼下还真有一件事情,不知如何办才好,想听听黄大哥您的高见。"

黄警长刚刚灌进了一盅酒,习惯地用拿着筷子的手在空中摆了摆:"你想说什么就直说。"

"日本人的布告上说,协助皇军抓捕反满抗日分子,奖一百块大洋,可是真的?日本人说话算不算数?"

黄警长一听话里有话,于是说:"布告说的假不了,我怎么听着你好像真的有点什么事呢?"

陶保长满脸谄笑,把嘴凑到黄警长耳边:"我们村里有个李东辉,是马占山手下的连副,偷偷跑回来快半年了,轻易不出屋,到地里干活,出去回来都是顶着星星。不过,能瞒了我的眼睛吗?"

黄警长反问道:"你为什么不早说?"

"按说一个屯里住着,我不应该去告密,本来也没什么冤仇。再说日本人说话到底算不算数,我心里也没有底。这不是您来了,如果是好事,我不能一个人占了,想让您拿个主意。"

"那么现在,你想好了吗?不怕屯里人骂你?老李家的人会不会报复你?"黄警长故意一口气连着问了几句。

陶保长说:"我原来没多想,只琢磨村里的人一定会骂我太缺德,所以一直没敢去报告。后来一想,万一让日本人发现了,或者别人先报告了,我岂不是有知情不举的嫌疑。再说了,不还有那一百现大洋吗?嘿嘿,今天您来了,如果由您出面,说是外边有人报告,村里人也就不会骂我了。"

黄警长一横眼睛,斜视着陶二林说道:"你真他妈的鬼道,既想捞好处,还想不得罪人,那不是婊子立牌坊,刀切豆腐两面光吗?你倒是说说,他家里都有什么人?"

陶保长说:"他家就是种地的农民,没什么过硬的后台,有几个亲戚,也都是搂锄杠的。他老婆有病在身,家里只有一个闺女,还没出阁。不过,他那个闺女倒长得不错。"

黄警长眼睛一放光:"是吗?果真如此?"

"您别不信,我什么时候跟你掏过瞎话?这里的水养人,这闺女更比别人强三分,要不咱们眼见为实,先去看看?"陶保长见黄警长发问,连忙伸出右手的食指向上指指天,信誓旦旦地说。

"咱们这么着……"黄警长压低声音,对陶保长说道。

陶二林微微一欠身,双手给黄警长点着烟,然后翘起大拇指说:"这一看,我就是井底的蛤蟆少见识。行,还是大哥高见,就按您说的办。"

黄警长接着说:"如果事成了,一百大洋我给你,然后让李东辉带着老婆,赶紧逃到关内去,人一走,就不怕别人再说,也不怕日本人怪罪了。"

当晚,酒足饭饱的黄警长,就住在了陶保长家里。陶保长知趣地到后院去睡。

临走把长脸媳妇叫到一边。

媳妇说:"酒也灌了,饭也塞了,你还要嘎哈?"

陶二林说:"你麻溜地找一块香胰子,好好洗吧洗吧你那手和脸,和黄警官多给我说点好话。"

媳妇说:"瓜籽里嗑出臭虫,真是什么仁都有。你这死鬼,好歹也是个保长,平时说话挺利亮,办事挺华堂,怎么寻思了?自己个儿找绿帽子戴,上赶着让自己老婆给别人捅咕。你自己个儿心里不犯硌应,我还不愿意呢。"

陶二林脸色一沉:"妇人之见,这黄警官在这康金一带,是黑瞎子打立正,一手遮天。我们有了这个靠山,今后就什么也不用愁了。你别跟我叽叽歪歪瞎磨牙,煞愣地过去,别惹黄警官生气。你要是给我弄砸了,看我不休了你。"

长脸媳妇在家已经唯命是从惯了,见陶二林有些激歪,不敢再争辩,犹豫地搓搓两手说:"你老婆这个样子,你知道人家黄警官是不是中意?要是自讨没趣让人家撵出来,我这脸还往哪搁。再说了,打今儿个往后,你可不能邪性我。"

陶二林说:"你就别磨蹭了,你虽说长得困难点,可黄警官已经喝多了,你就是天仙女。官不打送礼的,狗不咬拉屎的,谁也不能撵走上赶子钻被窝的。你尽管快去,肯定没事。"

第二天一大早,陶保长来到李东辉家门口,迎住了刚要出去干活的李东辉。

"啊,保长,您找我有事吗?"李东辉有些疑惑。

陶保长故作神秘地一挥手:"咱们进屋里说吧。"

二人返回屋内,陶保长急切地说:"出事了,有人在警署告发了你,说你是反满抗日分子,回来卧底的,要抓你送到日本人那里去领赏。黄警长要带人来抓你,被我听说了,把他迎到我家里,好吃好喝地供着。我说我们沾点远亲,让他高抬贵手,千万别把你抓去送给日本人,到那里还有活路吗?"

李东辉一家人一时吓得目瞪口呆。李东辉心想,这一天还是来了,自己是捡了一条命跑回来的,死活都无所谓了,可是妻子女儿怎么办?于是抬起头来,对陶保长说:"保长,谢谢你帮了大忙,您帮忙帮到底,给我们出个主意吧。"

"哎,谁让我们在一个屯里住着,你们一家都是老实人,所以才来报个信,依我看,你们现在有两条路可选,一是全家逃走,跑得远远的,不过现在可能有点晚了。你们没有路条,走不远的。第二条路,就是求求黄警长救救你们,他要是同意了,就能给你们开良民证和路条,你们就是跑到关内去也没问题。黄警长是个好人,不过,求人不能白求,总得有点表示。再说了,还得安排告密人,奖赏的一百块大洋,总不能也让人家黄警长出吧。"

李东辉说："我的家你都看到了，靠租种的几亩地，勉强糊口，别说一百大洋，就是十块我们现在也拿不出呀。要不然，我们豁出去了，今天晚上连夜逃走，您帮着跟黄警长通融一下，就说有朝一日，我们再回来报答你们的大恩大德。"

陶保长皱着眉头："这恐怕行不通啊，这不把黄警长和我都牵扯进去了吗？告密的人要是告到日本人那里，我们可都吃不了兜着走了，黄警长不会答应的。"

一家人手足无措。陶保长一双蛤蟆眼眨了眨，又说道："我好心好意来报信，总不能坑了我吧？这样吧，你们好好商量商量，看能不能求亲靠友，凑上一百二十块大洋，我先去安排黄警长吃饭，过一会儿来听个准信。"

李东辉长叹一声："我们这样的穷农民，上哪去求去借，你看看我们住的这个小偏厦子，还有屋里这两床破被褥，就是砸碎了我们的骨头卖，也实在凑不上一百二十块大洋啊。我跟黄警长去，大不了一条命。孩子她娘，你带着孩子，以后就要吃苦了。我，我对不起你们哪！"

陶保长抓住时机说："李东辉，天无绝人之路，你也不用太过绝望，我们再想想办法。"

秀芝娘说："这叫天天不应叫地地不灵，还有什么办法可想啊？穷人真的就没有活路了。"说着一阵咳嗽。秀芝忙给娘拍拍背："娘，您别着急，千万别着急上火呀。"

陶保长说："李东辉，你媳妇身体不太好，不然可以找个干活挣钱的地方。你姑娘今年多大了？"

"秀芝今年虚岁十七，她还是个孩子，又能有什么办法？"秀芝娘无望地回答。

"也许这丫头能救你爹娘的命。"陶保长慢声细语地念叨着。秀芝和爹娘都不解地看着陶保长。只听他还是慢声细语地说道："我看你们家也实在凑不上钱，如果我求求黄警长，让他发发慈悲，替你们垫上钱，然后让丫头去黄警长家里当使唤丫头，用工钱顶账，也许是个没有办法的办法。"

秀芝娘说："孩子太小不懂事，从来没离开过家里，怕她干不了那活。"

李东辉也是非常犹豫地看着陶二林。陶保长背着手来回走了几步说："你们要是还有别的办法，也不用这样。再说人家黄警长还不一定同意呢。你们自己看着办吧。"

李东辉说："孩子太小，我们是不放心那。"

陶保长对秀芝说："孩子，你出去做事，肯定会有难处，可是如果你爹到了日本人手里，要上大刑，遭洋罪，必死无疑。还有你和你娘如果落到日本人手里，会有什么结果？掂量轻重，你们自己决定好了。"

善良的秀芝说："不用再想了，请保长去跟黄警长说吧，只要能救出我爹娘，我去他家做工顶账。"

一切按照黄、陶二人的预谋进行。李东辉夫妇心里不情愿，也没有其他办法。秀芝提出，要把爹娘先送到安全的地方，然后再去黄家。

黄警长给李东辉夫妇二人开了条子，派人把他们送到康金站，上了南去的火车。秀芝却没有被黄警长带到家里，而是带到他在康金的一处住所。当天晚上，黄警长连哄带骗，威胁恐吓，让秀芝顺从，否则就派人把她送进呼兰的日本宪兵队。秀芝发自内心的本能，极力地抗拒着。黄警长软硬兼施，突然猛力抱起她，扔到床上。束手无策的秀芝叫天天不应叫地地不灵，欲哭无泪，欲死不能。

第二天，黄警长给她买了衣物，还找来了一个老妈子做伴，吩咐她照顾秀芝，同时也看着她。

哪知仅仅几天后，黄警长的太太高宝晶，不知怎么听到了风声。她是马子英的一个外甥女，看准了时机，带着娘家人打上门来。

黄太太狠狠地打了黄警长两个大耳光，骂道："黄金山，你竟敢背着老娘在外边养个骚狐狸，你是不想活了，你知道你是怎么当上警长的？你娶我的时候是怎么跟我发的誓？没想到你是贾宝玉他爹——贾（假）政。今天你给我说清楚。"

黄金山连着打了自己几个耳光，右手伸出食指指着天，左手拍着胸脯说："我是一时糊涂，我保证，我再也不敢了，我……"黄太太一只手用手背叉着腰，另一只手指着黄金山，咬牙切齿地说："你说，怎么处理这个骚狐狸，是打死她，还是把她送走？"

黄金山吓坏了，做着揖，连声道歉自责，又打了自己两个嘴巴。连忙说："别，别，别打死，好歹也是一条人命哪。"

黄太太大喝一声："那好，来人。你们几个把这个小婊子送到呼兰，卖给'居香里'的老鸨子。"然后恶狠狠地对秀芝说道："你不是喜欢勾引男人吗？那里有的是男人。"

柔弱无助的秀芝就这样被卖入青楼，改名冬芝，几次寻死不成，后来与雨兰相怜交好，被王廷峰和雨兰救出了"居香里"。

在秀芝无微不至地照顾下,李维的伤渐渐好起来。这些天,两人之间都好像有什么话想说,却谁也没开口。

一天傍晚,秀芝扶着李维到院子里活动了一会,然后坐在院中的海棠树下。微风吹过,一阵芬芳伴随着泥土的气息,弥散在院子里。

和李维坐在一起,秀芝有一种身处仙境的恍惚,心仿佛和他在一起漂浮飞舞,不知从什么时候开始,她对李维有了一种说不出的感觉,有时候不知不觉中脸就发烧起来。看着院中飘落的花瓣,她又有些触景生情,觉得自己就像开在夜雨中被风吹落的花瓣,留下的是残香和凄凉绝望的痕迹。她不敢对李维敞开心扉,怕他知道了自己的经历,瞧不起她。只能用冷静的心情,封锁住情感,努力去忘却无法忘却的心酸往事,竭尽全力去照顾李维。

看着秀芝,李维越来越觉得她是一个善良温柔的姑娘,是一个懂自己,疼自己,会真心爱护自己一辈子的女人。他从秀芝细心的呵护中,体会到了真诚,也在她黝黑发亮的双眸里,感受到了深情。他认定了秀芝是那个能把心上人的一切当成自己一切的女人,是能把她的生命和自己的生命紧紧连在一起的人。

王廷峰和雨兰,无意中看出了两人之间的变化。一天,廷峰单独问李维:"你觉得秀芝姑娘怎么样?"

李维说:"她是个心地善良的好人,是一块光华内敛的美玉。如果她愿意,我可以照顾她一辈子。"

廷峰说:"李维,你了解她的过去吗?"

"什么过去?"

王廷峰把秀芝一家的遭遇和自己赎她跳出"居香里"的经过,简要叙述一番。

李维沉思片刻说道:"她过去的一切都不重要,那都是走投无路被逼的,也正说明了她的孝心和善良,她已经承受了太多的苦难,这些苦难本来都不应该属于她。"

王廷峰感慨地说:"一些沦落风尘的人会变得庸俗不堪,可是秀芝的骨子里,渗透着真正的高贵,就好比池塘里的荷花。"

李维说:"她没有说过一句'我爱你'这样的话,可是她的眼睛,她的心已经告诉我,她真的爱我,她懂得爱。那些花前月下的海誓山盟,都比不上她真切的惦念和关心,我如果和她在一起,一定会幸福的。"

王廷峰说:"秀芝姑娘自己羞于开口,你是自己对他表白,还是要我和你嫂子帮忙?"

李维想了想说:"还是我自己和她说吧。"

一天晚上,月亮很圆,月光飘洒在窗上。秀芝找出几块布,准备给李维缝一双布袜子,正在煤油灯下比量着。李维迟疑了几阵,终于鼓起勇气说道:"秀芝,这些日子你辛苦了,我知道你的心,我,我想让你和我一辈子互相照顾,你同意吗?"

秀芝一阵面红耳赤,两颊腾起的红晕,伴随着煤油灯光跳跃着。少顷,低着头说:"我怕配不上你。"

李维说:"不,你的过去我都知道,我相信我的眼睛,我更相信你的眼睛,它们都告诉我,你是一个可以相依为命的人。我只想从今以后保护你,不让任何人伤害你,我们互相照顾一辈子,天上的月亮可以做证。"

秀芝蒙在心头的阴霾一扫而空,两行激动的泪水涌出双眸。没有更多的浪漫语言,两颗心紧紧地连在一起了。

可泣:

> 红尘劫难为双亲　寒岁缘逢苦命人
> 莫道情深伤愈重　铭心刻骨痴和真

第十二章

因祸得福　陈家公子脱危难
舍生取义　抗日英雄勇殉国

　　胡彩凤看上了周维新,逼着胡升三找人说媒。媒婆王三娘找来二人的生辰八字,皱着眉头对胡升三说:"胡大会长,这男女婚配呀,主要看年命相生为吉,最忌年命相克,年柱犯冲,年支相害。有道是'白马怕青牛,羊鼠一旦休,蛇虎如刀锉,猪猴不到头,龙兔云端去,鸡犬泪交流'。周维新丙午年生属马,小姐壬子年属鼠,虽然年支不忌,但年柱犯天冲地克,又没有天月二德化冲,主克夫伤夫。二人命局不和,恐怕于后人不利,还请您做主。"

　　胡升三听了,有心想打退堂鼓,可是胡彩凤不依不饶,说什么克夫伤夫,不是没说克我伤我吗?她把王三娘一顿臭骂,说什么也非要嫁给周维新不可。胡升三平日馊主意多得是,可是在胡彩凤面前却是一点辙也没有,只得另找媒人,特意交代清楚,不再对生辰八字,双方父母相姑爷、相媳妇的过程全免了,过了小礼就会亲家,随后过大礼定日子。

　　周维新本来不愿意和胡升三扯上关系。王廷峰也表示不太同意他娶胡升三的女儿,对他说:"维新,我不想干涉你的私事,但是我希望你找到一个能够真心陪伴你一生的伴侣,这对于一个男人来说太重要了。我不了解胡彩凤为人如何,但是他爹胡升三在呼兰城的名声,你也应该知道,也许近墨者黑,会给你带来麻烦。当然,终身大事,主意还得你自己拿。"

　　周维新与叔叔婶子商量。周民说:"胡升三这个人惹不起,他托人几次来说亲,如果不答应,不仅咱们的生意没法做了,今后肯定没好日子过。这个胡彩凤我见过,长得一点也不像他爹,身材苗条,鼻梁高挺,看着挺顺眼的,也不委屈了你。最近几件事,胡升三也还给我们面子帮忙,有了这个老丈人,今后的生意也许还能好做一些。"

婶子方雨晴说:"她爹是她爹,她是她,能对你如此追求,也实属不易,进了门,你多加约束就是了。你也老大不小了,一直也没个中意的,都成了我和你叔叔的一块心病了。"在他们的劝说下,周维新勉强同意了这门亲事。

婚嫁风俗是约定俗成的,可是不同的家族,不同地位的人,婚礼规模和排场大不相同。周民通过媒人与胡升三商量,眼下时局动荡,灾民很多,有些烦琐的礼仪程序能不能从简?胡升三原打算让他们在"厚德福"操办婚礼,听了媒人传话,就说:"我是嫁闺女,他们周家是娶媳妇,就按他们说的办好了。总而言之,别让我闺女太委屈了。"

离正日子还有三天,周家大院开始响棚,张灯结彩,贴喜字,挂对子,大院内搭了六个宴席棚,大门外搭了一个喇叭棚。支客人、厨师、方盘手、鞭炮手等陆续到齐。

第二天,周维新来到周军和杏花坟前,给父母亲奠酒烧纸祭拜。几年没有来上坟了,荒草萋萋。随着时间的逝去,老人怀里的温暖,眼中的怜爱,脸上的忧郁,都已经化作云气随风而去。只是按照风俗,新郎娶妻之前,必须到逝去的老人坟前祭拜。周民反复叮嘱他要好好去祭奠一下,告诉父母亲,儿子就要成亲了。

随后,周维新便披着红绸,骑着对子马,到长辈近亲家里"拜庄"。这一天,胡家把"添箱"的嫁妆,也派人送到新房。"坐堂亲戚"开始喝酒,里外张罗。

第三天正日子。清早,周维新骑着马,胸前戴着大红花,在接亲队伍的簇拥下,前去迎亲,花轿跟随,鼓乐奏鸣。胡家大院也是装饰一新,大支客把新郎官让到屋里吃点心糖果。随着大支客一声"抱轿",身穿红衣的新娘胡彩凤,被抱上迎亲的花轿。陪伴新郎官的人和娘家人,争抢着把点心糖果,连同盘子碟子一抢而空。

盖着红盖头的胡彩凤坐到花轿里,周维新重新骑上马,花轿跟在后面,在鼓乐声中向周家走去。花轿来到门前,有人马上上前,给了跟随新娘而来的小男孩押轿钱,新娘下轿。

此时锣鼓喧天,鞭炮齐鸣。胡彩凤开始走红毯,两块红毡子前后移动着,让新娘子走在上面,很快到了一个燃烧着的小炭火盆前面。胡彩凤不等伴娘搀扶,一下子就跨过去了。伴娘和众人都吓了一跳,这要是摔倒了如何是好。伴娘连忙上前,紧紧扶住胡彩凤,来到"天地桌"前。

男傧相引新郎来到桌前,与新娘并立。鼓乐声中,主持人高声诵道:"今逢吉日,风日畅朗,宾客盈门,喜气洋洋。旗悬五彩,门壁辉煌。周胡两家,联姻通好,礼成则星迎云拥,齐眉恰珠联璧合。琴瑟和谐今日起,百年偕老乐融融。郎才女貌,欢结鸳盟,鸾凤和谐,永结同心。"然后引新人拜天地、拜高堂、夫妻交拜,入洞房行合卺礼。亲友们向拜完天地的新娘抛打五谷粮。

胡彩凤进了新房,急着让周维新赶快揭去盖头,伴娘扶她坐到炕上"坐福",由人给她"开脸",用细线绞去脸上的汗毛。炕上撒了许多大枣、栗子、花生,祝福新人早生贵子。

大院内,众宾客和娘家送亲的人开始喝喜酒,六个宴席棚里,第一悠共放了六八四十八桌,八盘八碗八凉八热,四大件齐全。酒足饭饱之后,客客气气地送走了娘家人,支客人安排,请新娘子下地,给婆家的老少亲朋们敬酒。随后,一对新人回到新房,喝了交杯酒,吃宽心合喜面,里面还放了一些小饺子,也叫"子孙饺子"。一些年轻人闹洞房自不必说。

王廷峰和刘铁志都备了贺礼,前去祝贺。直到送走了娘家送亲的人,才向周维新告辞。二人虽然不太赞成他与胡升三家结亲,可是听说了胡彩凤一意追求的事,也都似有感触,不好再说什么。

中秋节这天,秀芝和周维新救了一个人。周维新来到"兴和盛"杂货店,看着伙计分了月饼,然后到后屋与管家结账。秀芝拿着月饼准备回去。突然,一个满脸是血的人跑进门来,对伙计急切地说:"兄弟,后面有人追我,要杀我,求你救救我。"

伙计吓得面无血色,一时不知所措。秀芝来不及多想,说道:"你跟我来。"引领着这个人跑到后院,让他躲在仓房的一堆席子后面。然后,走进后屋里,急忙说给周维新听。周维新心想,这丫头怎么这么毛愣,也不问清楚就……

还没来得及开口,前面的伙计跑了进来说:"东家,外面来了几个人,说是找他们的仇人,要冲进来搜,您还是快去看看吧。"

周维新无奈地摇摇头,硬着头皮跟着伙计来到前堂。三个横眉竖眼的家伙正不耐烦,要闯进后院,见周维新走出来,停住脚步问道:"你是掌柜的吗?"

"啊,我就是本店的东家,不知几位前来有什么事吗?"

"我们追一个仇人,他拐进这边就不见了,是不是跑你的店里来了?是的话,赶紧把他交出来,要是不交,让我们搜出来,让你吃不了兜着走。"一个脸上有块红记的人，像是领头的，瞪圆了眼睛，冲着周维新大声说着。

周维新一抱拳："各位好汉，这条街上店铺很多，我这个小店本来就很小，藏不了人，肯定是没进这个屋。这样吧，来的都是客，先进里屋喝杯茶，我随便再给三位带点盘缠，买点零食，然后你们再去追仇人如何？"

三人见周维新身穿绸袍，戴着眼镜，说话客气，又是请喝茶，又是给零花，不好再发火，语气也就缓和下来。

"请问，你叫什么名字？"

"本人姓周，周维新，县商会的周民正是家父。伙计，赶快沏茶，再给三位好汉每人两块大洋买点心。"

领头的红记大汉拿起大洋，吹了吹，放进兜里说："茶就不喝了，我们还要追人，周老板的心意我们谢了。"说罢，三人转身出门，向前追去。

周维新让伙计在前面看着，自己和秀芝来到后面仓房。

"出来吧，他们走了。"

只见出来的人满脸是血，周维新吩咐秀芝赶紧打盆水来。然后问道："你是什么人？他们为什么要追杀你？"

来人说道："我叫陈广玉，家住二八井，我爹陈成林。"

周维新一听，陈成林是全县有名的大财主啊，家里至少有两千多垧地，这个人竟然是他的儿子。

陈广玉接着说："俗话说，民不与匪斗，商不与官斗。我爹不知什么时候得罪了土匪'盖东洋'许万金，几次到我家要钱要粮，我爹给了还嫌少。后来，我爹就告诉家丁，端着枪不让他们进来了。同时告诫家里人格外小心。今天是中秋节，我带了几个人来火磨办事，刚走到二道街，突然窜出几个人冲我而来。其中一个脸上有块红记的大个子，一拳打在我的鼻子上，等几个家人反应过来，我已经被打倒在地。我意识到这是土匪下手了，不是要杀我，就是要绑票，趁几个家人和他们厮打在一块，我爬起来就跑，拐进胡同就进了你们这里。真不好意思，给你们添麻烦了，多谢周掌柜的，也谢谢这位姑娘。"

周维新说："谢就不必了，你先在我这里休息一下，我安排人给你爹捎个信，让他派人把你接走。不过，你躲过了今天，还有明天、后天，总得想个法子，从根儿上解决了这件事才好。"

陈成林备了四合礼，亲自前来感谢周维新，还恳求周维新请周民出面，与"盖东洋"讲和。周民回话说："我与'盖东洋'素无往来。再说,我一个商会的副会长,恐怕力度也不够。不过,现在胡升三女儿,已与我儿维新定亲,既然是陈先生盛情难却,就让维新试试,如果能请胡升三出面,也许有效。"

果然,胡升三在马子英手下时,就与很多绺子有来往,和这个"盖东洋"许万金也有过交情。

很快,胡升三与周民共同在"厚德福"饭店请客,陈成林又拿出五百现大洋,十坛红高粱老酒,才将此事化解。俗话说："人怕见面,树怕扒皮",许万金看在胡升三的面子上,答应与陈成林化干戈为玉帛,从此一笑泯恩仇。

陈广玉千恩万谢,先是分别给胡升三和周民磕头,又给周维新磕头谢恩。后来,胡升三又安排陈广玉进了方台警署。陈广玉把周维新一家视为再生父母,说自己原来就是酱缸里的肘子,是闲(咸)肉一块,现在是上梯子铺报纸,步步走字,全靠的是周维新。

转眼入冬了。截获军需列车,才鸿猷的部队得到一定补充,先后多次分路出击,袭击日伪据点和警署。关东军陆续增派重兵,进山围剿。同时命令各地采取强有力措施,强化治安。梅原小次郎主持制订了全县统一大清剿计划,配合关东军主力部队对山区抗日武装实施全面封锁清剿。

这一天,秀芝回店里取了换洗衣服,刚要出门,满脸通红的许翻译官摇着扇子走了进来。

"哎呀,这不是冬芝姑娘吗?你怎么在这?"

秀芝心里急着回去照顾李维,连忙招呼伙计："林大哥,快给许翻译官沏壶好茶,我有事先出去一下。"

许翻译官一伸手拦住秀芝："怎么,见了我就想走,不知现在你攀上哪个高枝了,冬芝变成春枝,还是夏枝、秋枝了?"说着打了一个酒嗝。

"许爷,你有什么事尽管说,我真的有事先出去一下,一会我再回来陪你喝茶行吗?"秀芝急于脱身。

"老子就是来买点东西,这几天有大行动,我没工夫喝你的茶。"许翻译官嘴里喷着酒气。

秀芝一听有大行动,心里扑腾一下,心想会不会和李维有关呢?于是回过身来:"许爷,你需要什么尽管说,我这就给你拿去。不过,有什么大不了的事,还得劳驾您许爷亲自出马,让下边的人来办不就行了吗?"

"这回可不是什么小事,别说我,连梅原小次郎参事官和公安局长、警务科长、剿匪大队长都得听命参加统一行动,还不知道啥时候完事,不得预备点东西吗?"

"那,许爷,您都需要什么?"秀芝问道。

"该预备的皇军都有,你这小铺子有啥?也就是给我拿二十条香烟,十斤红枣,再加三斤芝麻酥糖。"

秀芝一边帮着伙计拿货,一边说道:"许爷,这么多烟,您得抽多少天哪,带着也不方便,不如先给你拿十条,其余的您哪天再来取,随时用随时有。"

"妈的,城乡大搜捕,参事官不知到什么地方去,哪有工夫再来取,快点,快点。"他有些不耐烦。

"好了,全给你备齐了。"秀芝还想再问两句,许翻译官拿起东西,喊了一句:"记账。"一步三晃地走了出去。

秀芝马上到雨兰家,把听到的说了一遍。雨兰说:"秀芝,你先回去,帮着李维收拾一下,听我和廷峰的消息。"

王廷峰也得到了特务队这几天准备行动的命令,听了雨兰转述的话,更证实了敌人要统一实施大搜捕的行动。他立即做了两件事,一是告知刘铁志,鬼子近日有大搜捕行动,相关的人早做提防。二是安排李维离开呼兰。可是,去哪呢?进山的路封锁得很严,乡下和自己家里也都有危险。想来想去,干脆让他去哈尔滨,到敌人的眼皮子底下,也许更安全。

二人赶到李维住处,说了自己的分析意见。王廷峰说:"情况紧急,我想送你们去哈尔滨,你和秀芝租个僻静的小屋,如果遇到盘查,就说是呼兰警务科特务队的密探。等风头过了,再送你进山。"大家都赞成这个意见,于是决定二人立即动身前往哈尔滨。

第二天,天空飘起了雪花。王廷峰送李维和秀芝二人去车站,走到东二道街口,听到有人在大声喧哗,旁边围着几个看热闹的人。开始三人并没有注意,走到近处,秀芝突然站住了,她看见保长陶二林,正在尖酸刻薄地羞辱一个半趴在地上的人,这个人正是黄警长黄金山。

原来,黄太太高宝晶始终记恨黄金山有外遇,不久也公开另觅新欢,二人大吵了一架,黄金山破天荒动手打了高宝晶一个嘴巴。高宝晶从来也没有受过这个气,找到舅舅马子英,反告黄金山私办证件,放走了抗日分子李东辉,还强占了人家的女儿。

马子英马上报告给武田,把黄金山抓进了宪兵队,打残了他的腿。黄金山三个月后出来时,高宝晶已经变卖了房产,嫁给了她的老相好,比她大十岁的许翻译官。黄金山成了一个蓬头垢面,沿街乞讨的乞丐。

此时,黄金山伸着颤抖的手说:"陶保长,你可怜可怜我吧,给我点吃的,给我点水喝,我就要饿死了。"

陶二林用手指甲挖挖耳朵,放在嘴前吹了吹说:"八面威风的黄警官,如今怎么态歪了?趴在大街上要饭,也不怕碴碜,丢人现眼了?嘎哈?还让我可怜你,凭什么呀?从前我没少供你酒肉,全他妈的打了水漂儿喂了王八。现在,你还想坐在热炕头上,让我给你点烟敬酒,夹菜添饭伺候你不成?"

黄金山有气无力地说:"陶保长,你曾经说过,一辈子做我的兄弟,对我永世不忘啊,我只求你能给我一点吃的……"

陶二林用手指在脸上刮了刮,吸着鼻子冷笑一声:"你念的是哪百年的皇历?一张纸画个鼻子,你好大个脸。以前,你是黑瞎子打立正一手遮天,哈巴狗钻灶坑一身焦(骄)毛,现在怎么黑瞎子敲门熊到家了,不再支棱八翘拔豪横了?你就在这等死吧……"他一抬头看见了两眼喷射着怒火的李秀芝。

秀芝恨透了黄金山,他伙同陶保长设计骗了自己,这埋在心底的深仇大恨刻骨铭心,她一直期盼着,有一天能够报仇雪恨。今天见到两个仇人,她恨不得冲上去狠狠地打他们耳光,踢他们几脚。然而,黄金山趴在大街上,浑身污垢,就要饿死的样子,再想想身边李维的处境,她没有动手。

黄金山抬起头认出了她,这个自己曾经伤害过的小姑娘。一种说不出的滋味,伴随着看不见的泪水,禁不住流进心里。

陶二林一看:"哎呀,这不是被卖到'居香里'的秀芝吗?怎么……"刚要挖苦几句,突然看到秀芝眼中喷射出愤怒的光焰,再看看她身边的两个男人,那犀利而鄙视的目光,他没敢再说什么,转身溜走了。

李维并不认识这两个人,王廷峰知道黄金山在宪兵队的遭遇。三个人走了几步,秀芝说:"那个要饭的就是黄金山,走的那个人就是陶二林,我恨不得杀了这两个浑蛋。"

送走李维和秀芝,王廷峰回到警务科,杜力告诉他,陈奇来了,要离开特务队,回江西老家去种地。陈奇带着两包对青山炒瓜子,来向王岭和杜力告别。

陈奇的腿伤已经好了,可是走起路来还是一瘸一拐的。他原来是一个码头工人,一身力气,懂一些拳脚,乐于助人,受到工友们敬重。一些人后来跟着他进了特务队,他当了队长。

几年来,始终有几种意识在他的心里挣扎搏斗,有贫苦的窘迫,有思想的迷茫,有良知的呼唤,有心灵的震怵,也有对罪孽的隐忧。这隐忧像一层浓云迷雾蒙在心头,使他有一种身痛心苦的感觉,这痛和苦不仅来自身体,也来自内心深处。他觉得自己如今身残心死,好比风中枯叶,水中落花,又好像一颗很快就要消失在茫茫天宇中的流星。

他对王岭这个上司,从心里有了某种相通和默契。他看出王岭不是一般人,能力超人自不必说,与他的交流,总给你一种隐约的亲近和信任感。使自己产生了一种悠悠心会,其意难以明说的感觉。

手里拿着陈奇的炒瓜子,王廷峰和杜力心里都有些发酸。在东门桥外,王廷峰当时命令陈奇和杜力,从两侧冲上去,一时间阻挡了日军狙击手的视线,可是冯军还是中枪死了,陈奇也受了伤。王廷峰发现陈奇还是一个良心未泯的人,也许离开特务队,是他很好的选择。

杜力心里有些舍不得陈奇。别看二人有时斗嘴,感情却很好。有几次陈奇与武田话不投机,都是杜力出来打圆场。后来武田看不惯陈奇,王廷峰就和武田说,自己来管这个陈奇,无形中避免了矛盾的进一步激化。

杜力说:"你这一走,我这心里不是滋味,不知道什么时候能再见到你,我在这里也不知道能活到哪一天。过去我常想,人骑马我骑驴,后面还有背包赶道的,知足常乐,过一天算一天吧。看你现在就这样走了,我心里不好受。"

陈奇有些凄凉地笑了一下,拍拍杜力的肩膀说:"'小老杜',跟着王科长好好干吧。俗话说,日中则昃,月满则食,该尿性时尿性,该显摆时显摆,不过别出大格少作孽,多向王科长学着点。"

他转过头来,对王廷峰说:"王科长,我现在明白了你说的话,有人说酒是琼浆玉液,也有人说是穿肠毒药,关键在于自己掌握。我一直以为,世界上有许多珍贵的东西,是钱买不到的,能用钱买到的都是便宜货。可是古往今来,总有人把钱看得比命还重,也有人因为钱,不得不去做不愿意做的事。我年轻的时候,也曾想过,冻死不烤灯前火,饿死不舔猫剩食,可是在老娘生病时,自己身无分文,码头停运,商铺关闭,情急之下只好进了特务队,坐窝也没想到能有什么好结果。"

陈奇稍微停顿了片刻,接着说:"一个人有多少钱,能干多大的事,都是命里注定。我当初为了给老娘看病急需钱,进了特务队,这几年,好事坏事都做了,如今竹篮打水一场空,脚上的泡全是自己走的。看来钱这东西,真的很害人,它有时候就能左右一个人的行为,决定一个人的命运。"

听陈奇又讲起了命运,杜力不由得想起了陈奇曾经讲过的,财神爷和灶王爷打赌的故事。财神爷说,我想让谁发财谁就能发财。灶王爷说,那得看他的命。二神来到一座独木桥旁,见远处来了一个骑马的人,财神拿出一个金元宝,放在独木桥头。骑马人每天数次经过独木桥,今天他悠闲地骑在马上,闭目养神,哼着小曲,马走到桥头,踢掉了金元宝,过桥去了。灶王爷拾起元宝,伸手扔在旁边的草丛里。不一会儿,一个背包的人急匆匆地走来,刚要过桥,突然觉得肚子不舒服,于是走到草丛边上去方便,竟然看见了金元宝。杜力苦笑了一下,这个陈奇一直喜欢讲这一类的故事。往后少了他,自己会很孤寂。

王廷峰说:"陈奇,你受了伤,是我没照顾好你。现在,你有了自己的选择,我看是对的。但愿你今后能过上安宁的生活。过去,我们就像走在迷茫的树林里,看不见光亮,只能在黑暗中慢慢地摸索,无目的地走着。现在,经历了高山峡谷的跌宕汹涌,已经走出了密林,凭你的能力,一定会走到光亮开阔之处,我相信你。"

听了王廷峰的话,陈奇心里热热的。幽幽地说道:"我愧对那些曾经被我伤害过的人,我的腿断了,也许正是老天对我的惩罚。如今,老娘已经去了,手下的兄弟也没剩几个,我身无牵挂,该是我离开这里的时候了。"

王廷峰说:"缘聚缘散,悲欢离合,我们还会见面的,你多多保重。"说着拿出身上的钱,塞在陈奇的手里。杜力见状,也掏出钱递给他。陈奇推辞不要,王廷峰说:"我知道你手里一直搁不住钱,路上要花费,回老家种地置屋总得有本钱,你就带着吧。"

陈奇感激地向二人拜别。王廷峰和杜力一直把他送上了火车。

转眼接近年关了。日伪大规模的强化治安大清剿暂告一段落,李维的伤势基本痊愈。他惦记山里的弟兄们,盼望着和他们取得联系,尽早回到部队去,却一直没有消息。好在有秀芝在身边,对他体贴照顾,两个人一往情深,她为他的气质他的理解而倾心,他为她的爱护她的真诚而感动。

正月十五过后,王廷峰派人来了,告诉李维山里已经安排交通站的老郑,二月二那天,与他一起乘火车先去兴隆镇,从那里下车,再找机会进山。秀芝说:"不管你走到哪里,我都跟着你。"

李维说:"我一天也不想和你分开,可是这次太危险了,我和老郑一起走,不知要转多长时间才能进山。而且山里现在的情况很严酷,你明天先跟廷峰派来的人回呼兰,等形势好转,我就去呼兰接你,这辈子我不能没有你。"

秀芝含泪点点头:"那你一路多加小心,我会经常到呼兰河边去等你,在我们一起看水鸟的地方,等你来接我。"李维紧紧地把秀芝拥在胸前:"秀芝,你放心吧,我们一言为定。"

秀芝依偎在李维胸前,听着他有力的心跳,不禁回想起他们一起在呼兰河边的情景。

那天傍晚,秀芝陪他来到钓鱼台河边,半天燃烧着橘红色的晚霞,呼兰河水在夕阳下缓缓流淌着。她脱下鞋子,挨着李维坐下,修长健美的双腿在水中轻轻游荡,不时溅起点点水花。秀芝语气柔和,深情地说:"如果以后我们能总像今天这样,该有多好啊!"

李维看着温柔恬静的秀芝,在晚霞映照下,明眸溢彩,红晕飞腮,愈加娇美秀丽。双手搂住她的肩膀说道:"赶走了日本鬼子,我们就可以每天来这里坐一坐,能和你在一起我太幸福了。"

秀芝如兰的气息扑打在李维的脸上,两个人静静地依偎着,看着水鸟在河面上飞过,看着夕阳渐渐掩去红彤彤的脸膛。

秀芝走后,李维到了老郑的交通站。二月二这一天清早,两人动身,刚刚进入滨江火车站,就被一个特务盯上了。原来特高课在康金经过侦查,终于发现了呼海铁路工人大罢工的几个主要组织者,其中李维就是一个重点人物。康金军火列车被劫后,李维失踪,更加确定了他的嫌疑。特高课把李维等几个重点缉拿人员的资料,通告各地特务机关,协助抓捕。

李维戴了礼帽和眼镜,但是他左脸上的那道伤疤,引起了一个特务的注意。近来,通缉人员的照片中,有一个人就是左脸带伤疤的。这个特务四下一使眼色,几个特务跟上来,其中一个出去报告。不一会儿,特务队长山本带着十几个特务冲进车站。

一个特务上前拦住李维:"先生,看看你的证件。"李维的证件没有什么破绽。但是,后面的一个特务,拿着通缉令上的照片一对照,大声喊道:"没错,就是他!"特务们一下子围上来。

李维明白自己已经被特务发现,想示意老郑先走,已经来不及了。他猛地飞起一脚,踢倒一个特务,一转身勒住另一个特务的脖子,夺过他的手枪,随后对着其他特务大声喊道:"让开,不然我就打死他。"特务们一愣,一时围在四周不敢上前。

"老郑,你先往站外走。"李维左手勒住特务,右手握着手枪。老郑本想让李维先走,或者一起和特务们拼了,见此情景,只得快步向站外跑去。李维用枪指着特务的脑袋,也一步步向车站外面走去。

车站上的行人纷纷四散躲避,越来越多的特务围上来。眼看着三个人已经出了车站,老郑很快就要拐入前面的胡同,特务队长山本下令开枪射击。一个特务说:"我们的人在他手上。"山本怒道:"开枪,放跑了通缉要犯,统统枪毙你们。"说着,他一连开了几枪,特务们跟着纷纷开枪。李维身前的特务身中数弹,李维腿上也中了一枪,倒在地上。另外几个特务朝着老郑跑的方向追去,李维抬起身来,连续向这几个特务射击,打倒了跑在前面的人。后面的特务纷纷停住脚步躲避。

李维看见老郑已经拐进胡同没了踪影,扔下手中没了子弹的手枪,从身边那个特务的身上摘下一个手雷,静静地躺在那里,等到特务们靠近了,手雷"轰"的一声爆炸了。

秀芝天天盼望着李维出现。几个月过去了,音讯皆无。每天傍晚时分,她都要站在钓鱼台下的呼兰河边,望着河上过往的船只。周围的人们,已经渐渐熟悉了她的身影。

王廷峰几次想开口都止住了,他实在不忍心把李维已经为国捐躯的消息告诉她。他理解秀芝的心情,非常同情这个苦命而又善良,对爱情无比忠贞的姑娘,不想她心中美好的期望破灭,他难以想象那对她将意味着什么。一有时间,他总是和雨兰一起,默默地站在秀芝的后边,陪她望着河对岸渐渐由明转暗的天空,然后陪着她走回来。

雨兰轻声说:"山里形势紧,他可能一时来不了,你也不能这样,天天站在这里呀。"

"我在这里等他,我们约好了!"秀芝每次都重复着同一句话。

雨兰和廷峰知道,这句话,是他们写在心底刻骨铭心的默许,是风雨人生中生死相依,直至天荒地老的约定。

雨兰说:"不管刮风下雨,你每天都来这里,日子久了会生病的。我想,李维过些日子就会回来,你不要太着急,我们还有许多事情要做,你一定要坚强起来呀!"

秀芝也觉得不好让雨兰二人总来陪自己,于是说:"我懂得这个道理,你们别为我担心了,我不这样了。"可是她还是隔几天到河边一直站到天快黑了。

这一天,秀芝做了一个梦。她梦见自己站在河岸上,突然看见李维从远处而来的船上向她招手,她的心急促地跳动起来,不顾一切地向河里跑去,河水淹到她的腰部,她急切地挥舞着双手,李维也在向她挥手。船靠近了,李维跳下船来,在水中游到她的身边,两个人紧紧地拥抱在一起,许久不愿分开。李维回来了,秀芝幸福极了,她觉得自己又有了寄托和依靠。李维带着她进驿马山去找抗联,到处是森林绿草,鸟语花香,溪水在脚下唱着欢快的歌。走啊,走啊,越往前走,越感到荒凉,走着走着,绿树流水花鸟都不见了,满目只有黄沙顽石。一转身,李维也不见了。她焦急的大喊,却发不出声音,四周静得一丝声音也没有,她觉得自己像被扔在了大沙漠的深处,身边什么也没有,只有无限的孤寂和恐惧笼罩着她。她一下子惊醒了。

秀芝没读过多少书,会写的字有限,却开始写信,都是写给李维的。几个月后,她已经写了一百多封,信都不长,错别字不少,可字里行间充满了思念之情,就像在与他面对面说话一样,那么朴实无华,又那么震撼人心,让人哽咽泪下。

雨兰见到了这些信,她看了几段,眼睛渐渐模糊起来,她刚刚用手擦去涌出的泪水,新的泪水又夺眶而出。

"李维,你说你很快就会回来看我,可你为什么,到现在还不回来?天冷了,你的伤口还疼吗?你从来不知道照顾自己,没有我在你身边,你一定要照顾自己,保护自己,别让伤口发炎,别着凉。"

"李维,你说过,一棵树的价值,就在于他长得像一棵树,一个人最大的荣耀,就是他活得像一个人。你放心,我一定要活得像一个人,一个不给你丢脸的人。"

"李维,你在月亮之下,给了我一生的许诺,我每天在河边等你回来,我的心,每时每刻都在想念你。以前,人们都说我是苦命人,我自己也认为,自己就是在苦水里泡大的,可是,自从认识了你,我觉得我是最幸福的一个人。"

"树叶发芽了,我盼你回来,树叶又黄了,你没有回来。呼兰河开河了,我等你回来,河水又冻了,你也没有回来。每当家家烟囱开始冒烟,我就想,如果你突然走进门来,我马上给你做饭,那该有多好,可是每天都到了很晚很晚,你还是没有回来。李维,你别忘了,我们已经约好了,我会用我的一生一世等你回来。"

雨兰再也压抑不住心中的情感,与秀芝抱在一起痛哭起来。
只道:

怅望兰河凝雪霜　寒阴一片淡斜阳
忍看黑土埋忠骨　化作清晨一缕香

第十三章

献身革命　兰生野岭杀敌寇
投奔抗联　英超白奎灭日酋

　　张野是满族人,祖上为镶红旗扎库塔氏,汉姓张和包,在呼兰属于名门望族。祖父张崇碧曾是呼兰四个岁贡生之一,多有著述。张野的父亲张希庚,也叫包巨昶,是远近闻名的私塾先生,颇有声望。一生从事教育,大力倡导开办公学,而且教子有方。张野和张远,姐弟二人知书达理,勤奋好学。

　　张野读了许多古典名著,勤于动脑思考。他认为,中国受欺负是因为科技落后,社会混乱是因为文化教育没跟上,就好像一个没有思想的病汉,体型巨大体质虚弱。十六世纪前,中国人在科技方面的发达程度远超欧洲,可是近代科技并没有产生在中国,根本原因是漫长的封建制度下的迷信、自大和封闭。小农经济,社会分工不发达,缺乏科学冒险精神和发明创造思想,导致愚昧和落后恶性循环。

　　张野觉得,文化教育是社会的支点,只有发展教育,才能使更多的人摆脱愚昧,使社会更加理性,养成自信爱国的人格。也只有发展科技,才能摆脱愚昧和落后的轮回,踏入进步的轨道,使国家走向富强。他决心投身教育和科技,发愤苦读,后来被王鸿恩选送到日本留学。

　　张远在省城齐齐哈尔毕业后,回到呼兰龙王庙小学教书。与胡启铭结婚后,逐步接受革命思想,成为刘铁志领导的呼兰特支,在教育界发展的第一批中共地下党员,也是第一个女党员。她教的学生中,有两个人非常优秀,就是韩勇义和张乃莹。

　　韩勇义的父亲韩文庆,跟着哥哥韩文贵学习驾驶轮船,后担任"广济号"船长,往返于哈尔滨和呼兰之间,主要为呼兰的六家外国洋行和公司运送货物,也拉运客人。一家人先是住在道外北五道街。"勇义"之名是她父亲的老同学孙一峰起的，他说这孩子活泼开朗，从小敢于见义勇为打抱不平，有男孩子的性格。在小学读书期间，她随伯母认识了一对开药店的俄国夫妇，他们没有子女，十分喜欢小韩勇义的聪明大方，认她做了干女儿，还教她学习俄语。

哈尔滨保卫战打响以后，韩文贵亲自把筹款送到李杜的抗日自卫军。在日军占领哈尔滨之前，他销毁了广信公司账目隐居北京。日军为了控制广信公司，到处寻找韩文贵。有汉奸告密说，韩文庆是韩文贵的弟弟。韩文庆被抓进宪兵队，逼他说出韩文贵的去向，要他交出账目。韩文贵一口咬定："我什么也不知道，韩文贵走了没有告诉我，更没有交给我什么账目。"日本人根本不相信，对他严刑拷打，韩文庆重伤不治，含恨而死。

为了躲避日伪特务纠缠，母亲带着韩勇义姐弟，搬到呼兰城监狱街居住。随后韩勇义成为张远的学生，由于她活泼开朗，虚心好学，比一般的学生见识广，深受张远喜爱，经常有意识地和她探讨一些问题，给她讲抗日救国的道理。

后来，韩勇义进入哈尔滨市立医院护士班，在市立医院病房实习期间，受伤被俘的传奇女英雄赵一曼，使她经历了血与火的洗礼。日寇的邪恶残暴，赵一曼的英勇顽强，进一步促使韩勇义走上了革命道路，成为一个坚强的革命战士。

营救赵一曼失败不久，赵一曼英勇就义，董宪勋也经受严刑拷打死于狱中。在警察厅刑事科，韩勇义受尽酷刑，被折磨得死去活来。特高课大特务小林宽雄亲自审讯，给她上大挂，用炭火烧，在耳朵上穿上电线给她上电刑。

小林宽雄看着浑身是伤的韩勇义，问道："小姑娘，你只要说出，赵一曼都跟你交代过什么事情，你们出去后和什么人联系，我就放你回家，你就不用再受罪了。"

韩勇义说："我什么也不知道，她也没交代过什么事情，我就是看她伤得可怜，想照顾她，别的我什么也不知道。"

"看来，你年纪轻轻，一定是受了赵一曼的宣传诱惑，仅仅靠你和董宪勋两个人，也办不了这件事，你只要说出都有谁帮助过你们，就对你宽大释放。"

"我没有跟任何人接触过，我只知道我自己的事，其他的我什么也不知道。"韩勇义一口咬定。

多日的审讯，小林宽雄已经不抱什么希望，审查韩勇义的历史，她的经历很简单，与赵一曼接触的时间也很短，不可能是重要的抗日骨干分子。

"你家里都有什么人？"

"我从小就死了亲娘，现在是继母，她对我很不好，所以，我很小就离开了家。"

韩勇义担心牵连家人，就说了这番话。

小林宽雄凭经验觉得在这个小丫头身上，审不出什么东西，重点还是放在了董宪勋身上，就把韩勇义关进了道里监狱。后来经过家人和社会各界营救。疏通检察厅和南岗区法院，由"政治犯"改为"纵匪逃走"的刑事犯，一年多以后保释回家，作为"要视察人"受呼兰警务科监视。

酷刑和狱中生活的折磨，使年轻的韩勇义患上了多种疾病，尤其是严重的肺病和肋膜炎。

王廷峰吩咐杜力："一个浑身是病的小丫头，不要把她太当回事。干什么事情都不能太绝了，不能昧着良心残害无辜。"

杜力说："她可是日本人交代过来的，涉及大案的'要视察人'。"

王廷峰说："以前，我就和你们讲过，一个人哪，不论你是干什么的，到什么时候，心里没啥别没数，缺啥别缺德，丢啥别丢人，忘啥别忘恩。总要给自己留条后路。"

杜力连声说是，于是让手下人放松了对韩勇义的严密监视。

后来，王廷峰又托人介绍电灯公司的陈敬如与她相识，陈敬如比韩勇义大十一岁，是个忠厚老实的人，别人都害怕受到牵连，他却十分同情韩勇义，两人结婚后十分恩爱。

在韩勇义的心中，赵一曼是她永远敬佩的英雄。那么气质高雅，那样清纯美丽的人，竟有如此惊人的坚强意志，那么多酷刑都无法摧毁。

陈敬如看她总是咳嗽，一边给她倒水，一边劝她多休息。韩勇义说："想起赵一曼，我的伤病都不算什么。日本鬼子惨无人道，给她上电刑，用鞭子蘸盐在她的伤口里面捅，给她灌辣椒水和汽油，再用杠子压出来，竹签、铁钎轮着扎手指。我在医院第一次见到她时，她的手脚指甲都被拔掉了。可是她后来给我们讲抗日救国的道理，仍然是那么坚定。"

韩勇义的记忆力由于电刑刺激，受到严重伤害，但是她仍然记得赵一曼背诵的部分诗句，"未惜头颅新故国，甘将热血沃中华。白山黑水除敌寇，笑看旌旗红似花。"

韩勇义身体稍有好转，夫妻二人商量一起逃离呼兰，到关内去找共产党，参加抗日。这时，她忽然发现怀孕了。

张远的另一个学生张秀环,后改名张迺莹,小名荣华,是张廷举校长的女儿。她天资聪颖,为人热心,勤奋好学,乐于助人。那一年教育局长王鸿恩号召社会各界为上海工人募捐,各个学校组织学生采取了很多办法。张迺莹与同学们当街宣传演讲,在西岗公园义演,到各商家住户动员捐款。可是到了"八大家",同学们都怕狗不敢去。

"八大家"位于东街县公署后面的一条街上,每个带有月亮门的套院里,住的都是豪门显贵,县知事、驻军长官、省议员、大地主等。张迺莹见大家犹疑,就自告奋勇说:"你们跟我走,咱们从最有钱的大地主家开始。"她带着两个同学走进王百川家里。

王百川有五个太太,她们先去见了大太太,讲了半天,大太太拿出五毛钱。张迺莹说:"大太太,上海的爱国工人有难,你也是中国人,应该帮助他们。你不缺钱,又是开头,给那些太太做个样子吧。"大太太很不情愿地又拿出了五毛钱。然后不耐烦地让他们赶紧去找别人。一家一家走了一遍,张迺莹对富绅太太们的吝啬和冷漠深有感慨。

小学毕业后,张迺莹想继续上中学读书,父亲不同意,因为呼兰当时没有女子中学。她对父亲说:"我还想继续念书,如果你不让我念,我就去天主堂当修女。"说着转身走了出去。

她跑进教堂,找到神父说:"我要当修女。"
薄若望神父上下打量着小姑娘,轻声问道:"你叫什么名字?"
"张迺莹。"
"你家里人同意吗?"
张迺莹缓缓地摇摇头。
"那你为什么要当修女?"神父又问道。
"他们不让我上学,我到你们这来上。"
神父接着问:"你信天主吗?知道当修女有什么要求吗?"
张迺莹既没有点头,也没有摇头,一时没回答。
"孩子,你还是回去吧。和家里人好好说为什么要读书,他们会同意的。"
张迺莹闷闷不乐地回到家中。祖父张维桢疼爱地问道:"怎么了,荣华,嘴噘得这么高?"

"我爹他不让我上学了。"张迺莹气哼哼地说。

张维桢拉着她的手说:"别生气了,我跟你去找你爹。"

见父亲拉着孙女走进来,张廷举连忙放下手中的书,站起身来。

"荣华要上学,你就让她去嘛。只知道一个人看书哇。"张维桢直截了当开了口。

"我不是不让她念书,我这大半辈子从事教育,没那么守旧。只是她小学已经毕业了,已经给她定了亲。再说呼兰现在也没有女中,就算了吧。"

张维桢说:"孩子还小,上学也不碍定亲的事。你不让她上学,这丫头要去当修女,你掂量掂量吧。"

"这孩子,太不懂事了,简直胡闹。"

"行啦,那就这么定了吧。过几天你就派人送她去哈尔滨吧。"

张廷举看着目前的一老一小,无奈地叹了一口气,点头同意了。

后来,张迺莹反对包办婚姻离家出走,走上文学创作之路。她的作品与其短暂的一生,体现了抗争奋斗、追求自由、爱国忧民、文学创新的独特精神。成为近代第一位反映东北农民生活和抗争的著名左翼女作家。她就是后来蜚声中外的萧红。

她的《生死场》《呼兰河传》开创了文坛一片新天地。虽然她早年离开故土,幼年并不宽阔的视角见闻有限,她笔下的呼兰河是美丽的,呼兰小城是贫困落后的,身边的人大多是朴实愚昧的,不可能更深层次全方位了解呼兰。但是,她把化解不开的思乡之情,融会在独具特色的北国风情之中,独特心境影响下的述说,独特笔触的描写,产生了无限遐思与感叹人间的美感,创造了不可复制难以取代的艺术价值。

一九三三年三月,伪县公署组织一些日伪人员,强迫群众扭秧歌、踩高跷,庆祝伪满洲国的"建国节"。张远召集一批爱国学生,说:"老百姓连饭都吃不上,鬼子汉奸还强迫组织什么秧歌队,宣扬王道乐土,老百姓不仅出人还要出钱,我们要想办法阻止他们。"

白永刚说:"我和周星志已经商量过了,二十个人分成十组,事先藏在师范学校附近的住户院内和房上,另外八个人分成四组,负责监视特务警察动向,用哨音传递消息,听到哨音各组马上撤离。"

张远说:"好,我同意这样安排,你们要特别注意安全,还要注意尽量别伤了那些普通百姓。"

"这些我们都考虑到了,选的砖头瓦块都不大,牛皮纸包的石灰包,主要往带队的汉奸身上扔,尽量不直接往其他人身上扔,达到效果就行。"周星志说。

秧歌队走到二道街东侧,砖头瓦块和石灰包,从四面八方飞来,带队的几个汉奸浑身白灰,眼睛也睁不开了。被迫参加扭秧歌的人们,本来就从心里不愿意,见此情景,一哄而散。

张远的丈夫胡启铭是中共呼海铁路特别支部书记,受北满省委直接领导,不与呼兰地方党组织横向发生联系。一九三四年六月,中共北满省委被日本特务机关破坏,省委书记李耀奎被捕叛变,供出了呼海路特支人员名单。特支书记胡启铭和罗烽、张玉福、范用纯等人先后被捕,呼海路特支遭到严重破坏。

道外监狱里,胡启铭经受了种种惨无人道的刑罚,先是用皮鞭沾凉水抽,然后抬到火上烤。再用绳子吊起来上大挂,在腿上抹松香,然后用火烧。灌辣椒水,过电刑等等酷刑都用遍了。胡启铭大义凛然,坚强不屈,视死如归,严守党的机密。后来,还在狱中组织难友们发动绝食斗争。

张野有个叔叔张兰生,又叫包巨魁。一九〇九年出生在呼兰县城,初中毕业后,报考哈尔滨电业局电车厂,先售票后当司机,一九三二年加入中国共产党。

一九三二年二月,伪军和宪兵乘车不给钱,还侮辱售票员殴打司机。张兰生和电业局支部成员,组织全市电车工人大罢工,导致交通大瘫痪,迫使伪警备司令出面,向工人们赔礼道歉,到医院慰问被打伤的电车工人。张兰生却引起了敌人的注意,伪警察厅派出密探,收买内奸,实施抓捕,电业局支部被破坏,二十多人被捕。张兰生机智地躲过追捕,被派往珠河抗日游击队。一九三四年任珠河县委书记,一九三六年九月任北满省委组织部长,一九三七年六月当选北满临时省委书记,不久任抗联第三军政治部主任。

为了打破敌人的"归户并屯"封锁,壮大抗联队伍,许亨植与张兰生带领的抗联第三军,赵尚志、张甲洲率领的红三十六军,先后派人到呼兰、巴彦、通河联络分散在各地的抗日义勇军,与才鸿猷、邓文、王英超等商议统一行动,协调作战,以致合编事宜。

赵尚志的红三十六军江北独立师,曾经在攻打巴彦县城和康金火车站的时候,与才鸿猷、邓文所部配合作战。赵尚志文武双全,战功卓著,还为抗联战士谱写了《白山黑水》歌词,他在汤原县仿照黄埔军校建立了军政学校,举办了三期。他主张,在敌强我弱的形势下,联合所有抗日力量,建立最广泛的统一战线,开展对敌斗争。后被满洲省委开除党籍,四十多年后才得以平反昭雪。

赵尚志出奇兵攻占巴彦县城后,率队伏击增援日军,在杨林烧毁了日军讨伐队的六辆汽车,缴获了车上的军用物资。随后,又扒掉康金火车站南北方向两段铁路,掐断康金通往呼兰和海伦的电话线,带领二百多轻骑兵,突然夜袭康金火车站,没有伤亡代价,缴获一批战利品凯旋。他与多个抗日武装都曾经配合行动,王廷峰来呼兰之前,就是在这个特殊的时刻,认识了赵尚志,十分敬佩他的机智勇敢。

在日伪情报通报中,赵尚志就是一团谜,"南杨北赵"是抗日民众心中的两面旗帜,也是日伪心中两个心腹大患。日寇感慨"小小的满洲国,大大的赵尚志"。而在王廷峰心目中,赵尚志是一位具有文韬武略的抗日英雄骁勇战将。

一天,许军长对张兰生说:"张主任,赵尚志已经多次联络才鸿猷部,并且几次联合行动,我们此时不必再去了。你是呼兰人,情况熟悉,我想请你带人回去,与王英超直接商量合编之事。这是一件大事,事情办妥后,想办法回家看看老父亲,你也好久没有见到他老人家了。"

张兰生为许军长的关心而感动:"许军长想得周到,谢谢你了。"

许亨植接着说:"王英超在东北军里有'神枪手'之称,而且按照狙击手标准,训练了八十多人,个个枪法极准,他的部队勇敢善战,江桥一战损失惨重,现在只剩下三百余人,仍然是一支抗日劲旅。如果能够与第三军会合,对开辟北满新的抗日游击区太有利了。"

张兰生说:"我马上动身。"

"那里距离哈尔滨太近,是日伪严密控制的地区,一定要注意安全,多带几个人去吧。"许军长不放心地说。

张兰生说:"人多了反而目标大,我就带警卫员小王,还有负责和王英超联系的赵锡九、康永胜。我们四个人就行了。"

赵锡九和康永胜已经多次与王英超联络,张兰生一行人很快和王英超见了面。王英超年方四十,中等身材,两眼炯炯,透着精明。

张兰生说:"我代表北满省委和抗联第三军许军长,对王团长深明大义,坚持抗战表示敬意,也对同意和我们会合,共同作战表示感谢。"

王英超说："张主任这么年轻有为，真是闻名不如见面，抗联里面人才济济，很多人都令我敬佩。现在各地的抗日自卫军大多被打散了，只有抗联在坚持抗战，有共产党领导，还有苏联支持，这是东北抗日的希望所在，也只有和你们在一起才有出路。"

张兰生说："王团长的部队英勇善战，但是缺少后勤补给的根据地，以前抗联也是吃了这个亏，在敌人的严密封锁下损失很大，但是我们坚持下来了。现在抗联第三军，已经在朝阳山区建立了两个密营基地，负责后勤补给、部队休整培训和伤员救治，并以此为根据地，开辟黑嫩平原抗日游击区。我们商定一下具体的行动计划吧。"

"初步的行动计划是这样，今天是八月二十六日，五天后经白奎，兴隆进入巴木通山区，避开日伪盘踞的主要城镇，绕道德都与抗联三军会合。这几天，我们也要休整一下，筹备一下给养，怎么也得给第三军的兄弟们备点见面礼啊。"王英超笑着说。

张兰生说："这个计划很周密，我赞成。行动路线和时间都要绝对保密。老赵和康永胜在这里和你们一起准备，我和小王到呼兰去一下，三天后在这里会合，我们一起行动。"

王英超抓紧休整筹集给养，但是他还有一件心事未了。离开呼兰之前，也该有个了断了。

孙家沟的大地主孙鹰，是"老鹞子"孙鹏的叔伯堂兄，亦民亦匪，家有好地二百余垧放租。手下有二十几条枪，周围百姓没有不怕的。又被日本人新任命为保长，更是横行乡里，肆无忌惮。几次给日伪军通风报信，围剿王英超。曾经帮助过王英超部队的陈一民老汉，不仅被孙鹰收了地，还说他私通反满抗日分子，把他的儿子抓了壮丁。陈一民求告无门，气恨交加，一病不起。王英超听说此事，派人安葬了陈老汉，并发誓一定要报此仇。

王英超亲自带领一个连，趁夜赶往孙家沟。第二天清早，包围了孙家大院，几个战士十分利索地解决了站岗的家丁，另外几个人快速攀上房顶，举枪控制了整个院落。七八个家丁听到动静，从西厢房跑出来，举枪要打，立即被房上的士兵开枪撂倒。连长张继带领几个士兵，从屋里押出两个男人，王英超对前面穿绸衫的人问道："你就是孙鹰孙保长？"

"啊，鄙人就是，不知各位好汉来到寒舍，有何贵干，还请指教。"孙鹰听到枪声，以为是哪个绺子路过，索要钱财开枪吓唬人，当看到院子里中枪倒地的几个家丁，知道事情没有那么简单，于是发问探个虚实。

"我就是你告密让日本人抓的王英超，你欺压百姓，甘当汉奸，罪恶多端，逼死陈一民老汉，今天就是和你算总账来了。"

孙鹰一听，心说坏了。眼珠子一转，连忙作揖，说道："不知抗日英雄到来，罪过罪过，鄙人当保长也是不得已，我愿意拿出百石粮食弥补罪过，还请英雄好汉高抬贵手。"

王英超说："早知今日何必当初，今天不仅要取了你的粮食，还要取了你的狗命，告慰陈老汉在天之灵。"

孙鹰知道混不过去了，朝身边的管家使了一个眼色，接着说道："请管家去打开粮仓，我还有几句话想和这位王英雄说，说完之后，如果还不能饶过我一条小命，就任凭王英雄处置了。"

王英超说："你有什么话尽快说。"然后对身边的张连长说："张继，你领人和管家去粮仓打开大门，我们随后就到。"

孙鹰说："我们还是进屋里说吧，我是真有一肚子的苦衷，还望让我说完，然后再杀我不迟。"

王英超说："你坏事做尽，我倒要听听你能有什么苦衷？"

几个人押着孙鹰回到屋里，孙鹰慢慢地揉揉眼睛，挤出几点眼泪，然后长叹了一口气，说道："陈一民的事我真的很难过，我没想到他会死，他儿子也不是我让人抓的。我家的地，也是祖辈几代传下来，一点点增加的，我这些地养活了几十户村民，他们交租自古以来就是天经地义。手下人仗势欺人，做了一些过分的事，也都怪我管教不严。"

"那你给日本鬼子通风报信，几次追剿我们，让我们伤了好几个弟兄，你又怎么解释？"王英超厉声喝问。

"哎哟，这可是天大的误会呀，那都不知道是谁干的缺德事，放到了我的头上，我可真的没干过呀，我这个保长就是个牌位，我也是中国人，我怎么能干这种事，你们一定是误会了，请你们详细核查呀。"然后声泪俱下，苦苦哀求，反反复复诉说自己是好人，没干过坏事。

王英超突然感觉到，他好像是在故意拖延时间，正要制止孙鹰，张继急匆匆跑进来："团长，那个管家领我们打开粮仓，趁我们查看的时候，不知从什么地方溜走了，我们没追着，现在怎么办？"

王英超闻听大怒，孙鹰让管家开粮仓，自己拖延时间，就是为了让管家逃脱，也许又是去通风报信了，一回身，看见孙鹰已跑到墙角，掀起木板，要从地道逃走。见几个人扑过来，孙鹰一边往下跳，一边伸手从腰里掏枪。王英超手疾眼快，一枪打在他的手腕上，几个士兵一起开枪，孙鹰身上立刻多了几个窟窿，歪倒在地道旁。

王英超吩咐张连长："打开粮仓，一部分分给穷苦的村民，其余的连同孙鹰家丁的枪支弹药，一起拉走。不要为难孙鹰的家人。教训那些家丁，都回自己家种地，以后不得为非作歹，如果再敢做坏事，早晚回来和他们算总账。打死的几个家丁，给他们的家人一些钱，自行安葬。"

王英超带人回到宫家窝堡，向营长李志润和赵锡九等人说了此事："我原想教训他一番，再筹点粮食，留他一条狗命，他却死心塌地自寻死路。孙鹰这个人，有睁着眼睛说瞎话的本事，自作聪明，到死也不忘害人，真是死有余辜。"

李志润说："那个管家后来找到了吗？"

"没找到，也许是钻了地道，他要是藏起来倒没什么，一般人遇到这种事，都恨不得藏到娘肚子里去。就怕他万一真的又去告密。这个人很危险，不能麻痹大意，我们要改变行动计划，明天早饭后转移，离开宫家窝堡。"王英超说。

赵锡九说："应该这么做，只是张主任后天才能赶回来，如果找不到我们，他们会有危险。"

王英超吩咐道："志润，你马上安排一下，今天晚上要加强戒备，向村外各个方向派出哨兵，多走出去几里地。明天部队转移后，你安排人到白奎堡火车站，迎住张主任他们，不要再来宫家窝堡，直接把他们带到新驻地。我们这么做，张主任一定会理解的。"

天渐渐亮了，部队整备行装，吃过早饭，刚要出发，三路哨兵连续来报，日本鬼子和伪军，已经从三面包围了宫家窝铺，此时离村子只有两三里地，正在向村里合围过来。

"鬼子和伪军能有多少人？"李志润问道。

"大约有一千多人，有轻重机枪和迫击炮。"

王英超说："现在转移已经来不及了，我们先利用建筑物和掩体抗击，坚守到天黑再突围。命令各部迅速占领有利地形，准备战斗。"

不到一个小时，日伪军进入攻击地点，开始发动进攻。在前面进攻的是伪军，随着王英超一声令下，义勇军机枪和迫击炮一齐开火，伪军倒下一片，其余的趴在地上，说什么也不再往前冲了。

日军指挥官是新任关东军滨北地区司令官，阎丸君三郎大佐。他一直以熟知中国兵法自诩,"九一八"事变以来,一路攻城略地,很少有强劲对手。

这天深夜,小林少佐打来电话报告说:"有胡匪近百人,杀了孙鹰保长和团丁,抢走了粮食和枪支弹药。"

他立即命令小林:"你马上派出一个中队国兵,前去追剿这些土匪。"

随后他问道:"是什么人报告的消息?"

小林说:"是孙保长的管家。他说,这伙土匪非常厉害,几个家丁根本没来得及开枪,就被打死了,都是一枪毙命。领头的自己说是叫王英超。"

"王英超?"阎丸君三郎站起身来,他感觉到这伙人似乎不是一般的土匪,难道就是那个令皇军头疼的王英超?这个王英超的部队,几次冲破围剿,行踪飘忽不定,至今不知去向,现在竟然在白奎出现了。

他一直认为,中国的军队,无论是正规军,还是地方武装,大多数都是怕死的乌合之众,皇军一到,枪炮一响,往往溃不成军。可是这个王英超与众不同,部下不仅不怕死,很多人武功高强枪法好,装备也不错,让皇军吃了不少苦头,多次围剿扑空。现在虽然只有不足百人,却不可轻视。一个中队的国兵恐怕不行,要调动十倍的优势兵力,确保一击必胜。

于是他决定亲自带领一个中队日军前去,并命令绥化派出一个中队日军火速支援,传令呼兰县警务科特务队封锁白奎堡火车站待命,白奎堡和周边的保安团也向宫家窝堡集结,配合进剿。

第一次进攻很快败下阵来,阎丸君三郎气得双目圆睁,咬牙切齿大骂八嘎,命令日军和伪军混合编队,同时进攻,有临阵退逃者统统枪毙。

王英超部实际有三百余人,与敌人的兵力是四比一,处于完全的劣势,但是他们利用建筑物和临时工事,组成精准的交叉火力,连续打退了三次进攻。

虽然知道王英超是块难啃的骨头,阎丸君三郎因此集中了优势兵力,却没想到对手如此顽强。听枪声判断,他们的兵力也不止是不足百人。于是,调整战法,先是集中炮火轰击,日伪军随即冲锋,连续又被打退两次,死伤不少。此时已是下午时分。阎丸君三郎恼羞成怒,拔出战刀,亲自指挥日军开始第六次冲锋。

李志润向战士们大声说:"大家注意瞄准了射击,小鬼子不过如此,什么他妈攻无不克战无不胜,着了子弹照样玩儿完。"

战士们进入战斗状态,特长逐一发挥,十几个优秀射手,占据有利地形,从不同角度封死鬼子冲锋之路,弹无虚发,枪响人倒。

王廷峰接到命令,由特务队负责,封锁白奎堡火车站,配合日军行动。他感觉到这是一次较大规模的清剿行动,会不会是才旅长的部队?他假借回家换衣服,急忙来到刘铁志家里,刘铁志迎出门外,对王廷峰说:"廷峰,这么急,有事吗?"

"我接到命令,今天清早出发去白奎,觉得这件事不寻常,来和你说一声。"

"白奎?你知道具体情况吗?"刘铁志警觉起来。

"详细的情况还不清楚,只是鬼子和伪军出动了很多人,我担心是才旅长他们。"王廷峰有些着急地说。

刘铁志说:"我屋里有两个人,你们见面认识一下吧。"说着,把廷峰拉到屋里。屋里两男一女三个人,两个男人刚收起短枪,迎上前来。女的廷峰认识,是张野的姐姐张远。

刘铁志连忙介绍:"这位是抗联三军的首长张兰生,是咱们呼兰人,小王是他的警卫员。这位是原东北军的王廷峰,公开身份是县警务科副科长,他刚才说了一个重要情况。"

张兰生回到呼兰看望老父亲,父子离别多年,突然相见,百感交集,老人双手拉住儿子,黑了瘦了,也长高了,千言万语一时不知先说什么好,问儿子回来待几天,还走不走?儿子说:"我明天就得走,我还有重要的事情没做完,等打跑了小鬼子,我就回来,待在您老人家身边,再也不走了。"

老人点点头,然后轻声说道:"你还是走吧,呼兰这旮瘩不安全,包巨昶的女婿都让日本人抓走了。"

老人说的就是呼海铁路特支书记,张远的丈夫胡启铭。这些情况,张兰生并不知道,于是问具体情况,老人知道的有限,就安排人到学校找张远。

张远见到张兰生自然是悲从心生,泪水禁不住涌出来。

张远说:"特务来得非常突然,启铭一点准备也没有。特务抓走启铭后,在县里吃午饭,然后准备去抓呼兰车站支书李荣,刘铁志从内线得到消息,赶紧派人报信,老李才跳窗户逃走了。启铭被抓走,家里很多事,多亏了铁志。"

张远知道张兰生离家,很早参加了组织,但是她并不了解张兰生的身份,也不知道出卖胡启铭的,正是张兰生前任的省委书记李耀奎。两人商定去见刘铁志,进一步了解一下详细情况。

他们分别来到刘铁志家里,刚进屋,就听到有人来了,张兰生和小王掏出枪,躲在门后，听到了二人的对话，鬼子的行动目标竟然是白奎，赶紧让王廷峰把情况又说了一遍。

张兰生断定，鬼子追剿的目标是王英超。看来是什么地方走漏了消息，让敌人发现了行踪。于是说："老刘，本想和你好好叙叙，现在情况有变，我必须马上赶回去报信，这是我们的一支队伍，晚了要坏事，只好以后见面再叙了。"

王廷峰说："你们准备怎么去？"

"我们是乘火车来的，还坐火车回去。"张兰生说。

王廷峰摇摇头："现在，从呼兰到白奎，沿途各站都已经封锁，检查很严，你们一半会儿到不了，而且很危险。这样吧，你们跟着我走，我要带人去白奎车站，你们就说是哈尔滨派来的，到呼兰和绥化办案子，不要和其他人接触。到白奎后，我找辆车，送你们到附近的村子，你们再自己想办法。我身边人太多，看来没有办法把你们一直送到了。"

张兰生说："这样最好，已经是非常感谢了，我们后会有期。"

几人匆匆告别。谁也没有想到，这匆匆地一别，竟然成为永别。

王英超拿着望远镜，观察着战场态势。敌人是三面围攻，只有村北没有发现敌人。王英超心想，日伪军人数众多，为什么北面没有布置兵力？他用望远镜仔细观察，村子北面是一条林带，而过了林带，就是一大片农田，种的全是黄豆，再无任何遮拦。再观察其他三个方向，都有成片的玉米、高粱，他明白了敌人的险恶目的，如果他们发现北面没有敌人，离开村庄和工事，从北面突围，就正中了圈套，敌人会尾追其后，在开阔地用密集的火力，将他们消灭。

识破了敌人的诡计，他心里想着对策，忽然灵机一动。敌我兵力相差悬殊，白天离开村里的建筑物和工事，部队将损失惨重，只能坚持到夜里突围，可是村里的老百姓怎么办？部队走了，敌人肯定会疯狂报复，这是王英超最担心的。他有些后悔，为什么没有在昨天晚上连夜转移，连累了村里的老百姓。这里的乡亲多好啊，倒出房子给他们住，晚上给他们烧洗脚水，送粮又送草。尤其是全村没有一个人走漏半点消息，都把他们当作亲人了。他忽然想出了一个办法，也许可以救了乡亲们。

他叫来张继，吩咐道："你带人到乡亲们家里，一家一户地告诉他们，从村北的林带，经过黄豆地分散出村，再往前面，进了大片玉米地就没事了。一定要一家一户分散走，绝不能集中在一起。通知完了以后，你带人在林带那边掌握一下，记住，千万要分散，不能引起敌人的注意。"

敌人的进攻还在继续,到处的枪声说明,王英超并没有突围,严密的火力,使日伪军已经伤亡近二百人,仍然没有进展。王英超在望远镜里看到,村民在一家一户地离开村子,并没有引起敌人的注意。突然,他发现有两个人影沿着林带,向村内跑来,身影有点熟悉,一时又想不起来。

不一会儿,张继领着两个人走过来,哎呀,正是张兰生和警卫员小王。王英超上前拥住张兰生:"你怎么提前回来了?这有多危险呢!"

张兰生说:"打入呼兰县公署的内线,发现敌人调动兵力前来白奎,我判断是敌人盯上了你们,急着赶回来报信。内线实在不方便来这里,就安排车把我和小王送到前面的村子,我们走玉米地来到宫家窝堡,发现还是来晚了。到处都是鬼子和伪军,枪声一阵紧似一阵,绕到村北,发现没有敌人,可是也不敢贸然进村。后来看到有乡亲从那里出村,一打听,知道是你们安排的,就爬过了黄豆地,顺着林带过来了。"

王英超松了一口气,"你回来了,我就放心了。"他最担心的两件事都有了着落,该集中精力回到战场上了。

"张主任你看。"王英超指着日军阵地一棵小树旁边,一个身穿黄呢子军服,挥舞着军刀,嗷嗷叫喊着的日军军官。

张兰生接过望远镜一看:"肯定是日军的指挥官。"

王英超说:"这个鬼子的官,看来还不小。我到前面去,找几个人干掉他。"

张兰生说:"我们一起去。"

二人来到前沿阵地上,王英超抄起一支步枪,招呼几个优秀射手:"江斌、海乐子、黑娃子,你们过来。"

几个人猫着腰跑过来。

王英超说:"看见小树旁边那个鬼子军官了吗?我们一起瞄准,我的枪一响,你们一起打。"

几个人的枪口一齐瞄向了阎丸君三郎,张兰生也举起了枪。王英超轻轻一勾扳机,随着枪响,阎丸君三郎一个趔趄,靠在小树上,另外几支枪几乎同时响起,阎丸君三郎大佐全身几处中弹,当场毙命。

正在进攻的日伪军马上溃退下去,几个鬼子兵去拉阎丸君三郎的尸体,一个个被射手打死在尸体旁边,持续了一个多小时,日伪军又死了十多个人,也没有抢回尸体。

天色渐渐暗了下来,日军中队长小野,作为临时指挥官,组织敢死队,开始了新的进攻，在炮火配合机枪火力压制下，鬼子兵一边端枪射击，一边直接往上冲。随着密集的枪声，鬼子兵一群群倒下，又一群群冲上去。他们的冲锋，是为了分散义勇军的火力，抢回阎丸君三郎的尸体。一个小时后，阎丸君三郎被抢回，鬼子兵停止了进攻。

王英超被炮弹皮划伤了小腿。他命令，在天色没有完全黑下来之前，士兵们抢修工事掩体，摆出固守决战的样子，又派出士兵交替掩护，收集日伪军留下的武器弹药，掩埋牺牲的战友。

夜半时分，张兰生和李志润带领着战士们，用门板抬着王英超和伤员，从村北林带绕过敌人，顺着沟套子悄悄撤离，按照原定路线，奔向抗联第三军。

王英超躺在门板上，问李志润："我们一共伤亡多少人？"李志润说："我们阵亡了三十二个人，受伤二十七人，消灭鬼子和伪军至少有二百多人，这次鬼子亏大了。"

他们还不知道，被击毙的滨北地区司令阎丸君三郎大佐，是日本关东军当时在东北阵亡的最高军衔的军官，成为关东军一次典型的失败战例。

第二天，日军占领宫家窝堡，杀死了村内未走的六个老人，放火烧毁了整个村庄。日军悬赏一万大洋捉拿王英超，授予抢尸敢死队"集体勋士位"。在阎丸君三郎被打死的地方，用木桩立了一个碑，上写"阎丸君三郎战死之地"，后来被当地老百姓偷偷挖掉捣毁。此地有一段时间被当地人称为"大桩子地"。

堪赞：

生灵涂炭泣兰城　跃马纵横举义兵
破碎河山风怒吼　挥刀月下啸三声

第十四章

勇者悲歌　临危铁志发信号
情深义重　赋词远芳悼夫君

刘铁志结婚后,与杨远芳的感情日益加深。刘铁志更进一步了解了远芳,她知书达理,善解人意,为人特别善良。他感到,远芳的美,是一种成熟的、高雅的、感人的美。远芳也逐步了解了铁志是身负重任的人。他们在许多方面都有着共同语言,两个人谈文学,说历史,探讨人生的价值。

这一天,二人在小院内,共同栽下了三棵海棠树。铁志说:"这海棠树三年后就可以结果了。"

刘铁志性格直爽热情,结交了很多朋友。几年来,特支先后发展了十几名新党员,多是进步学生和教师。日伪特务对学校控制很严,增加了日语课,把语文课改称满文满语课。还派入日本教师,重点宣讲日满亲善,宣扬共存共荣和王道精神。

刘铁志依然把课堂作为引导学生的阵地,通过讲述古典文学和历史人物,宣传爱国主义思想,抵制愚民和奴化教育。

这一天,他对学生们说:"孩子们,老师给你们讲岳飞、史可法,讲孙中山,讲鲁迅,是让你们记住他们,如果有人问你是哪个国家的人,你们要在心里大声回答,我们是中国人!我们要了解中华民族的历史文化,因为一个民族的凝聚力就是对民族文化的认同,爱国主义就是国魂的核心。"

他拿起课本接着说:"今天讲的《桃花扇》,李香君虽然是个风尘女子,但誓不降清,名节高尚,流芳千古。侯朝宗表面上学识很广,却是个贪生怕死的软骨头。我想,同学们如果面对这样的选择,都会做有骨气的人。我们活着要有尊严,死了要有价值,否则就会遗臭万年。"

他学识深厚,学生们都喜欢听他讲课,许多老师也愿意和他交谈,就连日本人副校长武岗君道,也是一有机会就找他探讨一些历史问题,十分敬佩他渊博的历史知识和独到见解。

起初,刘铁志对武岗君道十分戒备,后来逐步发现,他与其他日本人有所不同,原是一个出家学禅的和尚,被征召来到中国。他对中国师生,并不像其他日本人那么凶恶,尤其喜爱对中日历史文化的探究。

有一次武岗君道找他,谈论棋道和茶道,说起茶道与禅宗的关系,讲到中日历史文化渊源,特别讲到了鉴真和尚。

武岗君道说:"我原本是一个出家的和尚,尤其敬仰'过海大师'鉴真和尚,是他促进佛教成为日本的国家宗教,被天皇授予'大僧都',成为传戒律之始祖,律宗僧人是严守佛教戒律的僧侣。他创建的唐招提寺堪称国宝。"

刘铁志说道:"盛唐以来,很多中国人都为中日两国人民的交流做出了贡献,在鉴真大师之前就已经有道睿禅师等人赴日本传法。鉴真大师的贡献尤为突出。他本姓淳于,扬州人,少年出家潜心研究佛法,五次渡海失败,第六次在双目失明的情况下,东渡成功。他不仅讲授佛学理论,成为日本佛教律宗的开山祖师,而且还是著名的医学家、书法家、翻译家,在文学、绘画、雕塑、建筑等方面,都促进了中国文化向日本的流传。影响深远,以致被日本人称为'天平之甍'。"

武岗君道点点头说道:"鉴真东渡不久,就用中药治愈了光明皇太后的疾病,他的《鉴上人秘方》被誉为日本汉方医药之祖。他的书法《请经书帖》也被视为国宝。"

刘铁志看着武岗君道的眼睛,接过话头:"在文化本源上,中日传统文化是相通的,人们敬佩鉴真,除了不可磨灭的宗教文化贡献,还有他不惧困难的精神。而且,他代表了一个国家,也就是中国的胸怀,国强而不欺,传道扶弱的胸怀。"

武岗君道很有感触地说:"日本了解中国,曾经得益于鉴真大师,也可以说他促进了中日交流,提高了日本的经济、文化水平,是日本文化的恩人。"

刘铁志略一思索接着说道:"从历史到现实,很多事情值得我们深思。鉴真虽然广受尊敬,后来却被淳仁天皇以'政事烦躁,不敢劳老'为由,解除了'大僧都'之职。日本人跟着中国人学了几百年,现在却来欺负老师了。古今中外,许多国家部族之间为了利益发生战争，但是没有日本这样忘恩负义的。"

武岗君道有意避开话题："刘桑学识渊博，不仅对中国的历史和文化很有研究，对中日的文化渊源也很了解，听说棋艺也很高，我可以与你切磋一下吗？"

刘铁志说："愿意奉陪，不过，过了楚河汉界就不要怪我不客气了。"

武岗君道说："棋局中，我不会手下留情，也请刘桑全力以赴。"

刘铁志说："那好吧。今天，我一定寸土必争，让你有来无回，杀你个片甲不留。"

第一局，武岗君道输了。第二局，他又输了。两人连下三局，武岗君道推棋子认输。

刘铁志说："棋如人生，也犹如一个社会，每个棋子都有行为规范，大家都必须遵守，职责分明，界限清楚，连老将都限定了活动范围。可是，你们不在自己的岛上干自己的事，非要跑到中国来，搞什么大东亚共荣，是不是违规了，越界了？"

武岗君道说："我不是军人，更不是战争狂，我有我的理想和爱好，我是一个喜爱中国文化的日本人。"

刘铁志看着武岗的表情，思索着是否应该再深入一步。他觉得武岗君道说的倒也是心里话，于是接着说道："我们换个角度说棋，棋道亦人道亦天道，每人下棋动一着，则对方应一着，就像皮球砸在墙上，有作用力，就一定有反作用力。我们面对的一切，都有天道存在其中，好比不义之战争，一定会因为被伤害者的反抗而失败。"

武岗君道问道："那么刘桑如何理解'优胜劣败'呢？"

刘铁志答道："优与劣，胜与败，都是相对而言，到了一定的时机，就必然会发生逆转。天道实际很简单，过分的就要受到制裁，吃亏的就要得到补益。"

武岗君道说："刘桑是如何看待大东亚共荣圈的呢？"

刘铁志说："我觉得，根本原因是日本人生活在孤岛上，地域狭长，资源有限，灾害不断。明治维新后，就开始实施扩张政策，造就了一些人骨子里，崇尚武力的扩张欲望。形成了一个自卑与狂妄的矛盾族群。特别是经过中日甲午战争，还有日俄战争的胜利，更加剧了扩张野心。"

武岗君道侧过身问道："您说日本民族是一个自卑与狂妄的矛盾族群，根据是什么？"

"从自然和历史，都十分明显体现出有史以来的自卑。千百年来，日本都落后于中华，蒙昧时代拜中华为师，弱时谦卑，貌似柔顺，骨子里期盼强大，冲破岛国实施大陆政策，进而称霸亚洲，扩张才能生存，侵略才能强大，通过征服克服自卑，已经形成一种根深蒂固的思维习性和行为规律。"

武岗君道接过话头:"那狂妄又怎么解释呢?"

"狂妄产生于自卑,崇强凌弱,既势利又残忍,对上奴颜婢膝,对下凶狠残暴。为达目的不择手段,自然性格变态卑鄙无耻,进而嗜杀成性。自诩的勇士,动不动杀人或者自杀,本质是轻视生命,频频发动战争更说明了这一点。武岗君,说心里话,您赞成这场战争吗?"刘铁志紧接着反问道。

武岗君道沉默片刻:"并不是所有的日本人都喜欢战争,我也不认为武力可以征服一切,死亡能够战胜一切。只是大多数日本人都是以效忠天皇为荣的。"

刘铁志又问道:"你,爱你的祖国吗?"

"是的。"

"你会背叛你的祖国吗?"

"不会!"

刘铁志说:"我也是!"

武岗君道轻轻摇摇头:"刘桑,我认为您是一个有学问的人。所以,我愿意把你当作朋友。但是,有些话,是不可以随便说的。你应该知道,关东军对于反满抗日分子的态度和手段。"

"我谢谢您的好意,我们是在探讨一个道理。我之所以能够与你探讨,也是因为我认为你和那些满身血腥的战争狂热分子不一样。我们都有自己的祖国,有自己的父母兄弟,应该承担起应负的责任。如果您能够做到不伤害中国人,在您离开中国的时候,我会把你作为好朋友送行的。"刘铁志坦诚地说着自己的想法。

武岗君道说:"希望我们都能够平安地看到这一天。"

刘铁志觉得不好再往下多说,于是转换了话题:"关键还是这个'武'字。武岗君,你知道中国的老百姓心里是怎么看日本人的吗?"

武岗君道说:"我很想知道。"

刘铁志说:"那好,今天我们之间的话题太严肃太沉重了,我们换个话题轻松一下,我就给你讲一个民间传说,说说武大郎的故事怎么样?"

武岗君道说:"武大郎的故事我知道,是《水浒传》里面那个武大郎吗?"

刘铁志说:"和那个武大郎是一个人,但是这个故事说的是武大郎和日本的渊源。"

"那你讲给我听好了。"武岗君道说。

"既然是朋友,咱们事先说好,这是民间戏说,不能生气,不得当真往心里去。要不,我就不讲了。"

"好,好。你讲,我不会生气的。"武岗君道连忙说。

刘铁志喝了一口茶,慢慢讲道:"话说秦始皇命徐福带着三千童男童女渡海求取仙药,到日本缔造了日本国。其实没有那么回事。考古已经证明,徐福的船根本没到日本。那日本国是怎么建立的呢?武大郎啊!武大郎并不是赖树皮三寸丁,也有一身拳脚功夫,只不过不及西门庆,几次过招都被打得鼻青脸肿,只得躺在地上,听着潘金莲和西门庆二人在床上温柔云雨。时缓时急地淫吟喘息,终于气得武大郎跳了海。恰被一只海龟驮着,漂流到一个荒岛,被土著渔民救起,武大郎感恩,于是教他们农耕之法和拳脚功夫。十几年后富庶强大起来,逐渐征服了周围各岛,进而占领了最大的岛,建立了王国。

武大郎当了国王,奉海龟为神物。大臣们拿来很多关于国旗、国号的方案图样,武大郎最后选定了一个,很像炊饼放在白围裙上的图案,也就是太阳旗。他教臣民习武练拳脚,于是有了武士道、空手道。他教子民学写字,本身就记得不完整,这些年又忘了不少,所以教了一些半拉汉字,成了平假名和片假名。他身边的众嫔妃生了许多王子,就以他们的住地赐姓,田中、松下、小泉、山口等,包括你们武岗家族,还有武田、武雄、武见、武藤等等,都有渊源。武大郎下旨,所有子孙,老大不得叫大郎,可叫太郎,老二不能叫二郎,只能叫次郎,再往下随便。

他经常梦见潘金莲、西门庆二人睡在床上,自己睡在地上,于是下令子民一律不得睡床上,才发明了榻榻米。他自觉历经磨难福大命大,就在屋里挂了一块'武运长久'的牌匾。弥留之际,告诫子孙,一定要报夺妻之恨,于是有了倭寇侵扰的历史,以及以后一系列对中国的侵害。武岗君,你说有没有道理呀?这些难道都是巧合吗?"

武岗君道无言以对,脸红得就像蒸熟的螃蟹,良久才说道:"这是一个荒唐的笑话,刘桑,你怎么会给我讲这样的故事?我一直认为你对历史和自然的理解都是很严谨的。"

刘铁志指着武岗君说道:"哎,咱们可是说好的,戏说故事,轻松一下,不能生气呀。"说得他不再言语。

刘铁志自己心里那个乐呀。回到家,他讲给远芳听。远芳劝他说,这个武岗君道虽然与其他日本人有所不同,但是毕竟是个日本人,还是小心一点为好。听说中学有个于老师,偷偷教学生唱《渔光曲》。前几天,突然失踪了。

刘铁志说:"我也听说了,欲亡其国,必先灭其历史文化,奴化教育加之残酷屠杀,目的就是要灭亡中国。日本鬼子太残忍了,但是中国人是杀不绝的,一定会有更多的人觉醒。"

远芳喜爱古典文学,诗词歌赋,对纳兰词尤为欣赏,很多都能背诵,有时触景生情,用毛笔写下一首,送给铁志。两人感情日深,尽管很忙,一有闲暇就在一起交流。

一个春日的晚上,两人坐在窗前,海棠花的清香弥漫在小院内,远芳依偎在铁志身边,看着天上的月亮,轻轻地说:"铁志,有人说,一个人能够感动就能幸福,我和你在一起,每天都好像被感动着。你看那月亮多亮多圆哪,如果我能天天像今天这样在你的身边,该有多好啊!"

铁志抱着她的肩膀,也深情地说:"是啊,有你在身边,我真的很幸福,希望我们永远都这样在一起。日本人侵占了我们的大好河山,有多少中国人背井离乡,妻离子散,甚至家破人亡。要想让更多的中国人过上好日子,就一定要把小鬼子赶出中国去。"

远芳望着铁志的脸庞说:"这个道理我懂,我知道你们做的是中国人应该做的事情,我不会阻拦你的,只是希望你能多加小心。"

"谢谢你,远芳。"刘铁志深知自己随时可能面临的危险,心里充满着歉意和愧疚。

远芳说:"铁志,我要告诉你,我怀孕了,你要做爸爸了。"

铁志一听,高兴得站了起来:"这是真的吗?太好了,我要做爸爸了。"说着,把远芳一下搂在怀里。两人拥在一起,静静地望着窗外的月亮。

过了许久,远芳轻声说道:"铁志,你要想着给孩子取个名字。"铁志说:"不用多想了,就叫远志吧,远芳的远,铁志的志,你看行不行?"远芳说:"挺好的,远者长远,长久,远大,志者意之所向,心之所至,道之所及,不过这是男孩子的名字,如果生的是女孩怎么办?"铁志说:"不管是男孩还是女孩,就叫远志,这有纪念意义。"远芳笑笑,无声地同意了。

远芳深情地看着铁志说:"这个世界如果没有战争,没有人欺负人,就不会有那么多的灾难和痛苦了。"

铁志收回远望窗外的目光:"据说,人类最早是不知道痛苦的。人们只有透明的纯真,没有混沌的虚伪。后来不知是哪个神仙,让人类有了欲望,也就有了占有的野心,有了纷争、怨恨,直至发展到战争。战争啊,战争是人类最大的灾难。"

远芳说:"也不知这场灾难什么时候才能结束。"两人都陷入沉思之中。

过了一会,远芳对铁志说:"我再给你念一首纳兰词吧。'家家争唱饮水词,纳兰心事几曾知？'他被传颂，不是因为他是权臣之子，也不是因为他是皇帝的近侍，而是因为他是横绝一代的词人。"

远芳轻轻吟咏："燕归花谢，早因循，又过清明。是一般风景，两样心情。犹记碧桃影里，誓三生。乌丝阑纸娇红篆，历历春星。道休孤密约，鉴取深盟，语罢一丝香露，湿银屏。"

铁志知道远芳又是借词抒情。于是，对远芳说："我懂得你的心情，我也念一首给你吧。'十八年来堕世间，吹花嚼蕊弄冰弦。多情情寄阿谁边。紫玉钗斜灯影背，红绵粉冷枕函偏。相看好处却无言。'"

纳兰词多是含婉感伤的，此篇则不同，是描绘美丽的妻子温柔率真，姣好可爱的情态，以及和妻子相处的情景。表达了对妻子的无限怜爱和赞赏的激情。远芳当然明了，依偎在铁志身边，心里发热，好像有糖在慢慢地溶化。

儿子出世后，铁志和远芳都特别的高兴，请来廷峰和雨兰庆祝了一番。远芳偷偷问雨兰："看你现在这样子，也快到日子了吧？"雨兰红着脸说："大概还有两个多月，廷峰把名字都起好了。"

"哎呀，叫什么名字？"远芳连忙问道。

雨兰说："是男孩就叫兰峰，和你们的远志一样，也是我们两个名字里的一个字。如果是女孩，就叫兰馨，你看行吗？"

"哎呀，太好了，祝贺你们。有一些该注意的事情，待会我都告诉你。"远芳兴奋地说着。

刘铁志深爱着妻子和孩子。然而，他把主要精力放在了地下工作上。几天前又组织黄森等人，给抗联送去了一些药品，并在教师和学生中不断开展抗日宣传。

校长高平文喜欢到处转转，有一次从教室窗前走过，听到刘铁志正在讲课："同学们，我们要团结起来，不能甘当亡国奴……"不由得吓了一跳，想去报告武岗君道，心里又一想，这武岗和他联系颇多，弄不好打不着狐狸惹身骚。可是，如果装不知道，以后一旦出事，也会牵连自己。于是，他找到教育局苏局长，请求他想办法把刘铁志调走。

这时，发生了哈尔滨历史上影响重大的四一五事件。哈东特委宣传部长傅景勋，在艰苦生活的煎熬中，被灯红酒绿诱惑，感到黑夜太过漫长，看不到希望，到日本宪兵队埠头区（道外）分遣队自首，投敌叛变。他出卖了北满至苏联的交通线，供出了和他一起从苏联回国,现任中共哈尔滨特委书记的韩守奎。韩守奎在威逼利诱之下,不久也叛变投敌。哈尔滨特委当时负责哈尔滨、奉天、大连等城市党的工作,惨遭毁灭性的破坏。日本宪兵队有计划地以哈尔滨为中心,对各地各级中共党组织进行了长达七个多月的追捕破坏。共有七百四十五人被捕,大部分惨遭杀害。

宪兵队长中村和特高课长小林宽雄,决定哈尔滨从四月十五日开始,统一实施大搜捕。周边滨绥、滨北铁路沿线,从四月十七日开始,然后向外延伸。中村带领宪兵特务,直接前往呼兰,逮捕名单上有刘铁志、李有、张发明、白永刚、蔡国祥、孙时平、赵宏恩、张孝、梁瑞卿、姚庆友等十五人。

刘铁志看见学校门口开进警车,宪兵特务直奔教室而来,预感到出事了。他马上叫过周星志同学,在他耳边低声说了几句话。

然后他对同学们说:"一会儿,老师被日本人带走以后,你们都放学回家,千万不要忘记我们是中国人。"

同学们纷纷说:"老师,他们为什么抓你?我们不让你走。"

刘铁志抬起双手对学生说:"同学们不要急,听老师的话,一会都赶紧回家,你们还小,今后还有许多许多的事情需要你们去做,记住了吗?"

"记住了。"

刘铁志走出教室,迎着宪兵特务走去。校长高平文对中村说:"他就是刘铁志。"几个特务用枪对准了他。孩子们四散而去,周星志也走出校门,然后拔腿飞跑而去。

这时,武岗君道走过来,拦住几个特务,说道:"这是学校,是学生上课的地方,你们为什么要抓刘老师?"

中村不满地问道:"你是什么人?"

"我是武岗君道,是这个学校的副校长。"他看着中村的肩章说:"请问中佐先生,你能回答我的问题吗?"

"武岗君,他是中共地下组织的负责人,是反对我们大日本帝国的骨干分子。你作为副校长,难道一点也没有察觉吗?"

武岗君道听过刘铁志的反日言论,却并不知道他是中共地下党的负责人。他明白,自己想留下刘铁志是无能为力的。只得转过身来,低头对刘铁志说:"刘桑,对不起,我无法阻止他们,你还有什么事情需要我去做吗?"

刘铁志望着陆续走出校门的学生,心中只想多拖延一点时间,好让周星志尽快通知其他几个人躲起来。于是对武岗君道说:"武岗君,我原想有机会,再和你下几盘棋,现在出事了。我想请你再问问这位中佐先生,他们抓我,说我是共产党,还是个头,他们有什么证据吗?"

武岗君道把他的话重复了一遍。中村说:"证据确凿,你不要再抵赖,你们的市委韩书记,是不会诬陷你的。武岗君,你也不要再问了,我们还有其他人要去抓捕。把他押上车。"

"等等。"刘铁志一摆手:"我不会跑的,不过我还有一件东西,想交给武岗先生,我要到办公室去一下。"

中村看看武岗,示意特务给刘铁志戴上手铐,用枪押着他进了教师办公室。简陋的办公桌里只有几本书,几个笔记本和课本。刘铁志拿起一本《适情雅趣》递给武岗说:"也没有什么送给你的,这本棋谱就送给你吧,但愿对你提高棋艺有用。"

中村一把夺过去,从头到尾仔细翻看,没有发现异常,便递给武岗君道。说了一声:"带走!"

刘铁志微笑着,对几个老师挥挥戴着手铐的手,然后闭拢双唇,下巴微微抬起,昂首挺胸,慢慢地朝警车走去。

正在师范速成学校上课的白永刚,看见上气不接下气跑进来的周星志,忙问怎么了?周星志边喘边说:"刘老师被日本人抓走了,他让你赶紧躲一躲。"白永刚一听出事了,刚要和周星志一起离开,特务已经冲进院内。

白永刚对周星志说:"人心不死,国即不亡,你不要管我了,赶快去通知其他人。"

周星志说:"刘老师还说,一旦被抓住,一口咬定不是共产党,什么也不知道。"白永刚眼里含泪,知道这是刘书记,在最危急关头,向他们传递的信息。他迅速打开后窗跳出去,跑进了小树林。

抓捕名单上的十五个人,有六个人不知去向,有三个人得到消息准备出走,被截住抓捕,共逮捕了九个人,全部送往哈尔滨警察厅。名单上没有黄森、王玉飞的名字,因为他们是后来从抗联到呼兰的。还有当天外出的李有和张远等人也躲过了搜捕。当王廷峰得到消息,被捕的人已经全部带走,他只得立即动员家属展开营救。

家属发动社会关系,到警察厅保人。王廷峰也连激带劝,说服周文武到警察厅求人帮忙。

他随周文武一起来到警察厅,这是一座典型的欧洲古典主义风格的白色建筑,高大的廊柱顶托着巨大的山花。原来本是座图书馆,被日伪特务改成了人间地狱般的伪警察厅。整个建筑为三层半,一层为半地下。内部设有督察官室、指纹管理室、警务、警防、外事、刑事、司法、卫生、经济、保安、收捐等科室,下辖十几个警署和众多的派出所,还有警察大队、巡逻班等。女英雄赵一曼就是在这里,遭受酷刑后走向刑场的。这里也是特别输送"思想嫌疑犯"给七三一部队的一个渠道。

王廷峰曾经由龟田和周文武带着来过这里,给人的感觉是阴森恐怖,令人不寒而栗。不知道到底有多少冤魂,也不知道有多少抗日英烈,在这里被残害。这是王廷峰最不愿意去的地方之一。然而,今天他必须要去,刘铁志和许多人都被关押在这里。他想利用周文武救出刘铁志等人,可是他失望了。

周文武根本不敢在中村面前求情,只是领着廷峰在里面转了一下。作为呼兰特支的主要负责人,刘铁志是韩守奎直接供认的,属于要犯之一,中村亲自审讯。特务们给刘铁志坐了老虎凳,灌了辣椒水,用了电刑。刘铁志自始至终,只承认自己一个人是共产党员,是呼兰特支书记,在呼兰刚刚开展工作不久,还没有发展其他的人。你们抓的那些人,只是平日有些接触,他们都不是共产党员。刘铁志在呼兰发展的一些新党员,韩守奎并不认识,他们一口咬定什么也不知道,宪兵特务们一时也没有证据。

一天深夜,王廷峰躲过哨兵,从楼顶顺窗子潜入警察厅牢房,打昏了牢门前的两个看守。进入牢内,看到刘铁志躺在地上的稻草上。衣衫破碎,血迹斑斑,遍体鳞伤,脚上扣着大号的铁镣。

廷峰轻轻扶起他。铁志睁开眼睛看见廷峰,眼睛一亮,轻声说道:"二哥,你怎么来了?"

"我带你出去,你还能走吗?"

铁志摇摇头:"你不该来,这里戒备森严,我们很难逃脱,会连累你。即使能出去,我现在也不能走。"

廷峰问道:"为什么?"说着,一边掏出一个铁钉,要给铁志打开铁镣。

铁志轻声说:"除了我,呼兰被抓的人,有一些他们没证据,有保释的可能。我一逃走,救他们就困难了。"

"我先救你出去,然后再想办法营救他们。他们的亲友也在千方百计地托人。"

铁志有些急切:"我一走,他们的努力就前功尽弃了,你赶紧走,你还有更重要的事情。"

"铁志,我们走吧。"廷峰还是恳求。

"二哥,照顾好远芳母子两个人,拜托了!"铁志眼中有些湿润。

"特务两个小时一换班,再不走就来不及了,快走吧,二哥。"

廷峰见他执意不肯走,不禁泪如泉涌,只得慢慢转身,纵身离开牢房。

几天后,赵金玉、赵宏恩、梁瑞卿、姚庆友等人获保释回到呼兰。

中村再次审问刘铁志,再次给他上了电刑。面对坚贞不屈的刘铁志,中村有些歇斯底里。看到刘铁志眼中轻蔑的目光,中村强压着心中焦躁的火焰,对刘铁志说道:"你太顽固不化了,你们的市委书记已经招供,你不交代还有什么用处?"

"呼兰的共产党员只有我一个人,韩守奎他根本不清楚。"刘铁志还是一口咬定。

"我马上让你们的韩书记当面和你对质,看你还怎么抵赖。"中村冷笑着说。

刘铁志被带到一个房间里,叛徒韩守奎神情不安地坐在椅子上,看到刘铁志等人进来,惶恐地站起身。他两眼游移不定,不敢直视刘铁志的目光。

中村坐到桌子前面,朝韩守奎挥挥手,示意他上前劝说。

韩守奎哆嗦着嘴唇说道:"铁志,别硬挺了。人没了,信仰还有什么用。你就服个软,日本人实在太强大了,我向皇军求个情,你会没事的。"

刘铁志两眼喷着怒火,心中骂道:"你个无耻叛徒,不得好死。"转瞬间,他眼里的火焰不见了,轻轻叹了一口气:"韩书记,你说的算数吗?"

韩守奎连声说:"算数,算数。太君承诺了,只要投降招供,不仅保你不死,还会得到奖赏,甚至重用,傅景勋部长党龄比你还长,他就很识时务。以我们的力量,与皇军对抗,就是以卵击石啊。"

中村在一旁说道:"是的,只要归顺皇军,为满洲国效力,你们还可以得到重用。"刘铁志缓缓地对韩守奎说:"你都已经招了,还用我说什么?"

韩守奎看了一眼中村,嚅嚅地说:"我来哈尔滨时间不长,除了你们几个,我大多数不认识,很多人去向不明,你可以提供线索啊。"

刘铁志慢慢向前走了半步:"韩书记,你真的可以保我无事?"

韩守奎也往前走了两步:"你放心,太君是说话算数的。"说着,用手指指自己:"你看,我现在不是什么事也没有吗?"

刘铁志好似犹疑思考的样子,慢慢抬起戴着手铐的双手,在额头上擦了一下。突然,他双脚跃起,手上的铁铐猛地向韩守奎头上砸去。韩守奎一下子被击倒在地,头上鲜血直流。沉重的脚镣,限制了刘铁志跃起的高度,刘铁志想扑到他身上,被身旁一个日本宪兵用枪托狠狠地砸在头部。

恼羞成怒的中村大声吼叫着："明天,把这些顽固不化的共产党统统枪毙。"

第二天,呼兰特支书记刘铁志,宾县特支书记吕大千等二十八位地下党组织负责人,被押上囚车,拉到松花江边。宪兵让他们一字排开。

刘铁志看看周围的情景,知道最后的时刻到了。他对身边的吕大千说："鬼子是要下毒手了,我们不能坐以待毙,拼了吧。"吕大千轻轻点点头。

刘铁志转过身来,大声喊道："同志们,和小鬼子拼了。"随即一转身,抱住一个宪兵的脖子,用力勒住他。直到他瘫软下去。铁志刚要扑向另一个鬼子,前面的宪兵特务一起开枪了。刘铁志身中数弹,慢慢地倒了下去。和鬼子兵扭打在一起的人,一个个相继倒下了。二十八名英烈,血洒松花江边。

这一天,灰白的云,在阴沉的天空上,流泻着沉痛与悲伤。滔滔松花江垂泪奔涌,无言低泣的呼兰河,回荡着呜咽的波涛。

王廷峰感到从未有过的悲伤,从未有过的孤独无助。他独闯警牢救人未成,他想过联系才旅长和王英超的部队前来,武装攻占警察厅,也知道那将是损失惨重,轻易不能实施。能想到的办法都想到了,却没想到日本鬼子这么快就下了毒手。那个武冈君道,也只能是以劝说的名义,见过刘铁志一面,给杨远芳捎回了一封信。

王廷峰甚至想到了纯子,如果她在这里,该怎么样说服梅原小次郎出面。想着想着自己一咧嘴,发觉自己太幼稚了,想利用日本人出面营救一个共产党的书记,几乎没有可能。可是,现在共产党的地下组织都被破坏了,即使还有的没有被破坏,自己又到哪里去找他们?

这么多年大风大浪都闯过来了,如今却眼看着最亲密的战友,最知心的朋友,最好的兄弟遇难,自己却无能为力。他不知道该如何面对远芳母子,你们不是生死与共的结拜兄弟吗?你为什么还要独自活在这个世上?他想去报仇,想去拼命,想去一死了之,随着铁志而去。可是远芳母子怎么办?还有雨兰今后怎么办?我一个人解脱了,这个世上又多了几个无依无靠的苦命人。见了铁志,他一定不会原谅自己。王廷峰觉得,自己应该担负起这份责任,照顾好远芳母子,帮助她把孩子抚养成人。

往事一幕幕像电影一样,在脑海里翻转。当年的结拜四兄弟,如今一个已经走了,一个远在日本,还有一个整天四处奔波挣钱,自己连一个说说心里话的人都找不到了。

悲哀莫大于心死，他觉得自己的心就要死去了。他一个人又来到关帝庙，这里也已是门庭冷落，香火大不如前。庙门前"国泰民安"的杏黄旗，也不知什么时候没了踪影。

王廷峰和以前一样上了一炷香，然后跪在关老爷前面："关老爷你告诉我，当年我们四个人在你面前，盟誓结拜，如今，最有才华，最有志向的铁志先走了，你难道不能保佑他吗？你为什么不能保佑他呢？为什么啊？"

他现在只剩下一种悲从心生，肝胆俱裂的感觉。加之连日的奔波疲劳无休无眠，他竟然在那里昏昏沉沉地睡着了。

也不知过了多久，一阵狂风夹带着大雨而来，风吹打着整个庙宇，吹得门窗来回摆动着，也吹醒了昏昏沉沉中的王廷峰。他猛然惊醒，仿佛听到关老爷在风雨中发话了："王廷峰，你不能如此消沉，你还有责任未了，做你该做的去吧！"

倾盆大雨似乎淹没了天地之间的所有一切。王廷峰走出庙门，觉得应该马上去看望远芳母子。远芳失去亲人，那份悲痛可想而知。

大雨中，王廷峰跑到刘铁志家中。小院内，海棠树旁站着一个人，正是杨远芳。她浑身透湿，泪水和雨水一起流淌着。

远芳见到王廷峰，像见到亲人的孩子，一下子扑到他的身边，失声痛哭。王廷峰见到远芳的样子，更增添了心中的一份歉疚，不知该如何安慰她，只得说："远芳，别太难过了，铁志走了，我和雨兰就是你的亲人，我们会好好照顾你们母子的。"

两人在雨中无言地站着。良久，王廷峰慢慢把远芳扶回到屋里。拿起毛巾轻轻擦去远芳脸上的雨水和泪水。远芳望着廷峰，强忍着抽泣，从桌子上拿起一张沾有血迹的纸，那是刘铁志在狱中写给远芳的信，是武岗君道偷偷带回来的。

王廷峰接过来，上面是他熟悉的字体：

远芳，应该感谢武岗先生能把我这封信交给你。我可能很快就要走了，但是，我为信仰感到自豪，信念指引着我们战斗到底，我坚信为之奋斗的事业一定会成功。呼兰人民在日寇的压迫下，生活在水深火热之中，奴化教育使一些人逆来顺受，然而更多的人在觉醒，在抗争。那么多的同志牺牲了，有更多的同胞前赴后继去战斗，直到把小鬼子全部赶出中国去，大家共同建设一个强大的中国，建设我们的家乡，那时候的呼兰河会更美。

在我心里，你是这个世界上最好的女人，是为了爱可以丢弃一切，与我同甘共苦的人，我爱你。我不是一个称职的丈夫，没有与你共同享受美好生活，甚至没有给你一个普通女人应有的东西,我对不起你。我们曾经在充满风雨的日子里,渴望灿烂的阳光。面对无悔的人生,唯一的遗憾是把远志留给你一个人,你会很艰难的。

我是被上级出卖的,可是我决不当叛徒,不能让更多的家庭,妻离子散,家破人亡,不能用同志们的鲜血,来换得自己的苟活。远志长大后,要告诉他,他的父亲,是为了灾难深重的祖国,为了民族和家乡人民而死的,要让他做一个为国家和民族,为了正义而活着的人。另外,也告诉我的兄弟们,我没有背弃当年的承诺,无愧于呼兰河畔的黑土地。

别了,远芳。保重,我亲爱的妻子。

铁志

王廷峰看过刘铁志的信,一种彻骨的悲哀涌上心头,渗透到全身。他只觉得心痛欲裂,久久说不出话。

又过了一会,远芳止住了哭泣,对王廷峰说:"二哥,你是我的救命恩人,也是铁志最好的兄弟,我有件事想托付给你。我想,把远志留给你和雨兰。自从嫁给铁志,我明白了很多道理,我知道他是为什么而死的。我要去抗联,杀鬼子替他报仇。孩子就拜托你们了,等他长大了,再告诉他,他的爸爸是个什么样的人。"

"远芳,抗联不好找,那里也很艰苦很危险。"

远芳说:"我已经想好了,艰苦和危险我都不怕,我先去找张兰生,要求参加抗联,他会同意的。"

王廷峰见远芳态度十分坚决,知道她已经下定决心,也没法再加阻拦,于是说:"孩子交给我们你就放心吧,明天我先送你们母子回三家子看看你父亲,然后再送你走吧。"

远芳说:"行,我也挺长时间没有见过他老人家了。"

第二天,远芳含泪告别老父亲。从三家子村回来后,收拾了简单的包裹,依依不舍地把孩子交给王廷峰夫妇,颤声说道:"人生一世,铁志能有你这样的兄弟,也就够了。孩子就麻烦你们照顾了。"然后拿出一张纸,递给王廷峰,上面是一首词,字迹是远芳的。

《荷叶杯·送夫君》

"知己一人谁是,铁志。悲壮真英雄。忆君窗下诉衷情,泪泣已无声。欲寄断肠思绪,何处？越黑水白山,与君聚首碧空中,日倭尽灭时。"

王廷峰看罢百感交集。远芳接过纸去,慢慢地点燃。对着一缕升起的烟焰,轻声说道:"铁志,这是我写给你的,但愿你能看到。远志已经托付给廷峰和雨兰,你就放心吧。我去参加抗联,赶走日本鬼子,为你报仇。"

杨远芳走了,王廷峰还深深沉浸在痛苦之中。猛然想到还有一件重要的事情没有做完,必须马上去做,他想到了刘宇霖老人。刘铁志被捕之后,老人一直处在特务的严密监视之下。如今刘铁志宁死不屈已经遇害,特务们会不会恼羞成怒,对他老人家下毒手,老人家现在还不知道铁志被害的消息。想到这里他心里泛起一丝凉意,急忙赶往老人家里。

走到杨木林前面街口,王廷峰发现一个身穿青色夹袄,头戴小毡帽的人,倚在墙角监视着刘家。他顾不了那么多了,径直走进去,只见刘宇霖躺在炕上,老伴正在给他喝水。王廷峰急切地问道:"舅母,我舅舅他怎么了?"铁志妈妈说:"廷峰你来了,自从铁志被抓走,你舅舅着急上火就病倒了,这两天刚退烧。我和你舅舅就铁志这么一个儿子,生死不知,能不着急吗?"

王廷峰说:"铁志是好样的,不论他将来怎么样,二老都不要太着急了。还有我,你们就把我当作亲儿子,听我的话,收拾一下,尽快离开呼兰。鬼子和汉奸特务都没有人性,要防备他们下毒手。"

刘宇霖一辈子教书育人,更是教育自己唯一的儿子正直为人,忠贞爱国。铁志被抓走这些日子也没回来,很可能凶多吉少,老人心如刀绞,日夜思念。听廷峰让他们离开呼兰,就说道:"铁志怎么样了还不知道,我们两个老家伙上哪去呀？我哪也不去。"廷峰只得苦苦相劝,说:"铁志的事情留给我,二老还是先离开呼兰,先到宾县老家乡下暂避一时,然后我想办法送你们到关内去。"

老人还是不愿意走。

马子英自从周凤喜和常子青相继被打死后,又网罗了一些地痞流氓和土匪,充实他的治安剿匪大队。自恃武功高强的"紫面山贼"赵雨来和人称"神机妙算"的聂封晋先后归顺于他,分别当了队长。聂封晋说赵雨来有勇无谋匹夫之勇,赵雨来说聂封晋是狐狸和猴子配的,"故咚"心眼太多。鱼找鱼虾找虾,乌龟找王八,他们又各自收拢一些人,狐假虎威干了一些伤天害理的坏事。

聂封晋长得猴头鼠面，一双三角眼不停地眨，一肚子坏道道。旁人说他是歪嘴吹喇叭——浑身一股邪气。这天聂封晋给马子英进言："听说抓走的那个姓刘的共产党书记，骨头死硬，牙口很紧。司令何不建议日本人，把他的老爹老妈抓去一起审问，也许有用。"

马子英一龇牙说道："你这馊主意怎么不早放出来，现在姓刘的已经枪毙了，还顶个屁用。"

聂封晋马屁拍到蹄子上，弄了个一脸没趣。回来后闲来无事，对赵雨来说："我给你算一卦吧，看看你近来的运气如何。"

赵雨来说："你先给自己算算吧，看看啥时候能去了你的晦气。"

两个人正在斗着嘴，马子英传话来，让二人去把刘铁志的老爹老妈抓起来，送到日本宪兵队。

赵雨来说："你献计有功，时来运转的时候到了，抓一个老头老太太，你领着'黄皮子'去就行了，不还有高小三在他们家门口那吗？你们三个人足够了，我今天有点事，就不和你们去抢功劳了。"

聂封晋一想也是，自己抓回人来壮壮脸，于是带着绰号"黄皮子"的黄运起去抓人。走到刘家前面街口，高小三连忙走过来，摘下小毡帽，点头哈腰地说："聂队长，您来了！"聂封晋一挥手说道："那两个老家伙没跑吧？走，跟我抓人去。"

高小三说："他们就在家里。不过，刚才警务科的王岭副科长进去了，不知道怎么回事？"

聂封晋一听是王岭，心里也有点打怵。心想这个王岭来干什么？他是和这个姓刘的有关系，还是听到了什么风声，抢先一步来抓人？如果是这样，到手的鸭子又让别人拎跑了，自己没功劳不说，肯定还得让马司令一顿臭骂，还得听赵雨来那小子的小话。于是硬着头皮说道："我们来抓人是马司令的命令，谁也不能跟我们抢功，你们两个跟我进去抓人。"

王廷峰正在劝二老动身离开，见几个人闯进来，意识到特务们已经动手了。低沉着脸问道："你们干什么？"

聂封晋连忙说："啊，是王科长。我们是奉马司令的命令，前来抓这两个人，他们都是共产党嫌犯。"

王廷峰冷冷一笑："你们马司令的手伸得也太长了吧？我们警务科，正在这里调查。回去告诉你们马司令，就说这是我王岭的案子，你们最好不要插杠子了。"

聂封晋一听他果然是要抢功。向前走了半步，一哈腰说道："这不好吧，王科长，我们的弟兄已经在这监视好几天了。我们是奉命行事，还请您多加关照。"说着他用手指了指高小三。

王廷峰一看这个戴着小毡帽的人，认出他就是刚才躲在墙角的人，于是问道："说你一个人监视了好几天，你不吃不喝不拉吗？"

高小三说："我们三个人换班，今天正好是轮到我的班。"

王廷峰心里有了底，只有他在外边看到自己了。于是接着说道："告诉外边的兄弟，回去报告马司令，就说人我带走了。"

聂封晋连忙说："这，不好办哪，我们兄弟三个没法交代呀！"王廷峰眼睛一瞪："怎么，那你们是要和我抢人了？"

聂封晋连忙摆摆手说："不敢，不敢，我们这就回去报告。"三个人说着，转身要向门外走。

王廷峰的心里很矛盾，放了这三个人，不仅自己暴露了不说，两位老人也很难脱身了。杀了这个聂封晋不难，这小子原来就是一个坏事干绝了的山贼土匪，可是他这两个手下，自己并不了解，他们自身的罪恶有多少？该不该杀？现在看来，也都是二十一天孵不出小鸡——坏蛋。

见三人要走，王廷峰开口把他们叫住说："等等，你们两个小兄弟都是新来的吧，我怎么都不认识？"

"黄皮子"说道："大名鼎鼎的王科长我们可都认识，我们也都跟着马司令好几年了，以前也都是在街面上混的，以后还请王科长多加关照。"

王廷峰从口袋里掏出一沓钞票，对三个人说："三位兄弟借一步说话。"三个人以为王岭要给钱封口打发他们，跟着他来到院子里。

王廷峰突然伸出双手，抱住聂封晋的脑袋使劲一拧，聂封晋立刻瘫软了下去。"神机妙算"刚才还要给赵雨来算命，却没算出自己今天会命丧于此。"黄皮子"见状伸手要掏枪，被王廷峰一把掐住脖子，手上用力，"黄皮子"很快就没了气。高小三扑通跪在地上："王科长饶命啊，我们绝不敢和您争功劳，您放过我一条狗命吧。"

王廷峰抬起手又放下了，他想放过这个高小三，可是一想到刘铁志的死，想到二位老人的安危，想到这些特务汉奸平日耀武扬威欺负老百姓的样子，他一狠心，伸手掐住了高小三的脖子。然后把三个人扔进院中的菜窖里，他不想让老人看见害怕。

等到赵雨来带人，在菜窖里找到三个人的尸首，两位老人早已不见踪影。

壮哉：

旌旗未卷身先去　殉义只因主义真
悲痛欲绝肠寸断　廷峰奋勇救亲人

第十五章

野烟凄迷　维新吃醋成密告
忠心报国　黄森诱敌入深山

　　周维新自从娶了胡彩凤,大事小事都顺着她,胡彩凤逐渐开始主事。她人长得挺漂亮,含情脉脉的杏眼如波,微微一笑,媚态横生。以前在家里娇生惯养,连胡升三有些事也让他三分,胡伦在家里,除了胡升三,就怕这个像辣椒一样的妹子。养成了她遇事有主见,拔尖出头,争强好胜的性格,这一特点和周维新恰恰相反。

　　她的另一个特点是特别爱花钱,衣服首饰化妆盒,花钱如流水。上学念书的时候,她相中了同学黄森,黄森高大英俊,但是家里很穷,那时胡升三还没有发迹,她知道自己吃不了苦,所以只能斩断情丝。有一次,她到商铺买东西,看见了周维新,见他长得白皙俊俏,温文尔雅。一打听,周家在呼兰、松浦、兴隆、对青山都有商铺,于是说什么也要嫁给周维新。

　　周维新性格内向,有一些懦弱,遇上了争强好胜的胡彩凤,自然甘拜下风,惹不起就躲着好了,整天在几处店铺里忙。有些并不需要自己外出去办的事情,他也亲自前往。他在心里自嘲:"谁家里有一个常有理、惹不起的女人,谁就有可能成为哲学家。不过,面对胡彩凤这样女人的磨和炼,就算真是哲学家也没辙了。"

　　过去,他一直认为,爱一个女人的男人,一定肯于为她花钱,而爱一个男人的女人,一定并不在意这个男人给他花多少钱。世上最好的女人,是能与你一起度过困苦日子的人,世上最好的男人,是能与你共享富裕美好生活的人。

　　时间长了,周维新有时自己问自己,和这个胡彩凤,没有同甘共苦的基础支撑,能有爱吗？即使有爱,又能长久吗？

周维新清楚地记得,胡彩凤追求他时,曾经说过,要永远和他在一起,她的心永恒不变。可是,有谁知道,这永远到底有多远?这永恒又有多难?她绝不是他期盼的那种,能把自己落泪的头颅揽入怀中安慰的女人。

当一个人的心里,在这个世界上,除了钱和自己,谁也没有了的时候,怎么能懂爱情?叶公好龙而已。或许这样的人,是这个世界上最自私、最狭隘、最可怜、最可悲的人。

周维新不免有些苦恼,不过有了胡升三女婿这个名分,日伪警察特务的搜刮和骚扰倒是少了许多。

开始他也曾经劝过胡彩凤,别太过于大手大脚,两人还绊起嘴来。争吵中,周维新无意中说了一句:"还是王廷峰有远见,近墨者黑,悔当初没听廷峰的话。"

胡彩凤柳眉倒立,杏眼圆睁,冲着周维新大喊:"挣钱就是买东西的,不然挣钱干什么?你挣钱不让我花,那你给谁花呀?"后来周维新也就不再说什么,要花钱给她就是了,只求日子过得平顺。

胡彩凤却把王廷峰这个名字记在了心里,恨得直咬牙。起初,她想让她爹实施报复,后来听说他是县警务科的副科长,梅原小次郎参事官的红人,而且功夫了得,连胡升三也是敬畏三分,于是打消了这个念头。可是,心里怨恨难消,她就刻了一个木人,在上面写了王廷峰的名字,每天往木人身上浇污水,有时还拿着钢针扎木人。边扎边恨恨地念叨:"就你事多,叫你多管闲事!"后来被周维新看见,趁她不注意,把木人扔进了火里。

胡彩凤渐渐不满足于坐享其成,特别是胡升三当了呼兰街长以后,她就撺掇周维新跟着她爹去做事。

这一天,她像蛇一样缠在周维新身上:"维新,你一个大男人,出去做点事吧,有我爹照看你,将来弄个一官半职,我不也成了官太太了。"

周维新说:"我本来就不是当官的料,再说,叔叔的身体不好,这几个店铺怎么办?"胡彩凤说:"店铺就交给我,我不一定比你管得差。"

见周维新还是不愿意,胡彩凤把杏眼睁圆,怒冲冲翘着眉毛,一只手背叉在腰里,另一只手指着周维新的脑袋:"你他妈的真是一堆上不了墙的稀泥,我跟了你,算是倒了八辈子血霉,整天看着那几个破铺子,能有什么出息?今天我给你说了吧,你要是不去,我跟你没完。"周维新连忙站起身来,连哄带劝,最后答应了才算了事。

这天晚上是周维新生命中的一个转折点。难眠的一夜,从不失眠的周维新彻底失眠了。

他翻来覆去,一双眼睛看着窗外弯弯的月亮和满天星斗,想了很多很多,感觉自己的脑袋很乱,去做自己原本不愿意做的事,心里的惶恐像潮水般汹涌而来。

身边的胡彩凤,一方面聪明漂亮爱干净,另一方面狭隘自私爱虚荣。他曾经憧憬过自己理想妻子的样子,最难得的就是心里装着你,能够互相牵挂,互相心疼。胡彩凤就是心里只有自己,别人在她心中的空间少得可怜。眼下,胡彩凤这一关过不去,自己也只能硬着头皮去找胡升三。

周维新当了勤劳奉仕大队的小队长,开始很是不适应,对很多事情都看不惯,打人他下不了手,别人给他钱物他不敢要,看到身边的人胡作非为,他心里不舒服。心里不由得有些怨恨胡彩凤。

俗话说,看花容易绣花难。胡彩凤根本不懂经商之道,又对下面的人颐指气使,很多老客户断了往来,营业收入大幅下滑。胡彩凤又是大手大脚,买卖就要做不下去了。周民看在眼里急在心上,把周维新叫到身边商量:"这样下去也不是办法,你媳妇根本管不了店铺,现在世道又这么乱,我看还是把松浦、对青山和西集的铺子兑出去,呼兰也只留下'兴和盛',维持着做吧。用兑铺子的钱到乡下买些地,放租子也能有个稳定一点儿的收入。"

周维新说:"'兴和盛'现在的生意还不如'同兴长',要不把'兴和盛'卖了吧?"

周民说:"'兴和盛'是我们老周家最早起家的铺子,你知道他的来历吗?"周维新摇摇头。

周民接着说道:"当年你爷爷周玉兴到呼兰开铺子,找到'永德堂'老掌柜的李云发,请他给起个名字。李云发是我家的老姑表亲了。他说,呼兰商号的名字,都讲究吉祥典雅,通常离不开八句话'国泰民安福永昌,兴隆正利同吉祥,协益长裕全美瑞,合和元亨金顺良。惠丰成聚润发久,歉德达生洪源强,恒义万宝复大通,新春茂盛庆安康。'你的名字有个兴字,我就从第二四八句里各取一个字,就叫'兴和盛'吧。"

周民说完,望着周维新两眼中流露的忧伤和无奈。他轻咳了一声,端起桌上的水碗,喝了一口水,接着说道:"如今世道艰难,该卖的就卖吧!只是,不能让'兴和盛'在我们手里没了,那样的话,我愧对你爷爷和你的亲爹娘啊。"周维新连忙说:"爹,你就是我的亲爹,我听你的就是了。"

周维新把周民的想法和胡彩凤说了。胡彩凤仰着脖子，嘴角向上抽了抽，有心不同意。又一想，反正自己也做不好，卖了几个，自己也落得清净，于是顺水推舟没有反对。不过跟周维新说好，日常开销之外，每个月必须再给她五十块大洋零花钱。这使周维新既为难也没有办法，商铺生意不好，收入有限，地租是到秋后才能收的。

身边的人看他闷闷不乐，就变着法子请他喝酒，有胡升三在，都想巴结他，一来二去，他不仅学会了喝酒，也学会了赌钱，有人给他送礼，他也心安理得地收下了，要不然，养这个胡彩凤还真有点为难。

人的变化往往都是在潜移默化之中，环境的影响很重要。正所谓近朱者赤近墨者黑，自控能力不强和心情忧郁这两种人，最容易迷失自己。周维新恰恰同时具备了这两点，声色犬马的诱惑，终于使他沉溺在酒色之中，人性的另一面开始膨胀了。其实，人性中从来都是天使和野兽并存的，只是在特定的条件下，哪一方面成了主导而已。别说像周维新这样没有什么政治信仰的人，就连中共哈东特委宣传部长傅景勋，都是经不住诱惑，才主动卖身投敌当了叛徒。

胡彩凤闲来无事，也学会了看纸牌，推牌九。一有空就满街闲逛购物看热闹。一天走到北大街，忽然看见黄森进了"永德堂"药店，她便跟了进去。

"永德堂"是呼兰老李家几辈相传，很有名气的大药铺，前店行医售药，后场加工丸散膏丹，和中医学社王明五渊源深厚。黄森利用在后场之便，几次筹集药材转运给抗联。他见胡彩凤跟进来，有些意外，这个大汉奸的女儿，找自己准没什么好事。

胡彩凤先开了口："黄森，你还认识我吗？"

"你是？啊，是胡彩凤胡大小姐呀，你有什么事吗？"黄森说道。

胡彩凤说："算你还有良心，还认识我，你就让我在这么多人面前跟你说话吗？"

"不要紧，你有什么话就说好了。"黄森恨不得她快走。

"不行，我一个女人家，有话要和你一个人说。"胡彩凤双手抱着胳膊，眼睛向上望着说。

黄森一想，这大庭广众之下她要是信口胡说，没完没了也不太好，就把她领到后院。然后问道："你有什么事？现在请说吧。"

"黄森，你在这干什么？"胡彩凤问道。

"我就在这后面干杂活。"

"黄森,你成家了吗?"胡彩凤又追问道。

"我一个人吃饭都成问题,上哪成家去。"

"我嫁给了周维新,他是个窝囊废,你知道,我一直都很喜欢你……"

"我是穷光蛋一个,怎么能养活得了你这位大小姐?"黄森赶紧打断了她下面的话。

"我不用你养,以后我有时间就来找你,行吗?"胡彩凤步步紧逼。

黄森心里直翻个,心想,这个女人真不是什么好东西,千层底做的腮帮子——脸皮太厚了,自己要提防一点。于是说:"我就是一个干杂活的工人,和你不是一档的。你当你的大小姐、阔太太,我干我的粗活,你也不要再来了。"

胡彩凤不由得脸色一变,嘴角轻轻向上抽动了几下:"黄森,你别不识抬举,我都不嫌你,你倒这么跟我说话,从今以后,我天天来这找你,你就别想消停。"说着气呼呼地扭头走了。

胡彩凤的胡缠,使黄森很烦恼。他觉得,这个胡彩凤,就是二分钱买了一瓶坏醋——又贱又酸臭。一定得想办法摆脱这个女人,否则容易耽误大事。只是要离开这里,必须先和特支的同志先商量,这个药店,不仅是特支筹备药品的来源之一,也是一个秘密交通站,处理不好引起敌人的注意就麻烦了。

他找到刘铁志,说明了情况。刘铁志说:"看来,'永德堂'你不能长待了,我们再准备一些药品,你和王玉飞过几天就送过去,你不是一直想去抗联吗?这次你就留在那里吧。"

黄森十分高兴,很快筹齐了药品。可是刘铁志的意外被捕,打乱了这一切安排。

周维新对胡彩凤和黄森之间的关系,早有耳闻却从来没当回事,嫁给你之前,人家追求过谁,那是人家的事,很正常。听说最近两个人又经常见面,心里就很不是滋味。心想,你胡彩凤是要给我戴绿帽子啊,别的事我都可以迁就你,这件事不行。你以为我周维新还是以前的周维新吗?你也太小瞧我了,我现在不仅已经是名副其实的小队长,手下有了人,还因为抓捕经济犯,受到日本人的奖赏。

经商做买卖头脑活的人,到了官场,只要用上心,学什么都快。最近胡升三把日本人配给的物资,很多都从他的商铺发下去,现在的两个铺子,比原来五六个铺子赚的钱都多。

他逐步发现了官与商之间的窍门，明白了权力的魔力，要不然，怎么从古到今，许许多多的人都想当官，就像奔向灯火的飞蛾一样，明明看到已经有那么多葬身火海，还是一群群扑过去。

他也明白了，为什么民不与官斗，商不与匪斗的道理。官府找你麻烦，不用证据，说你有事，你就有事，没事也有事。说你没事，你就没事，有事也没事。而匪和商对付官府一个很有效的办法，就是用钱砸。他亲眼看见身边人，别人给钱时，嘴上说着不用，不客气，手却真的不客气，把钱很快地揣进了口袋。

想到关于胡彩凤的传言，他的心情变得阴沉起来，身体里有一种痛，在隐隐地向外弥散着，随时可能爆发，把愤怒和怨恨发泄出来。不过，他也十分清楚，现在还不能直接收拾胡彩凤，胡升三的势力还很大，大得自己根本无法抗衡，日本人说将来让他当县长，自己还得靠这棵大树。看来还是先想办法从那个姓黄的下手，而且还要干得神不知鬼不觉。

胡彩凤对黄森千方百计躲避她的态度，也十分恼火。她本来就有一种居高临下的感觉，竟遭如此冷落，自尊心大受伤害，不禁由爱生恨。原来以为他就是一个工人，一个长着魁梧身材和英俊五官，却又身无分文的穷工人。刘铁志出事后，她忽然想起，黄森曾经几次去找那个刘铁志，那时候也不知道是什么事，以为就是个穷教书的，没想到却是共产党在呼兰最大的官。这个黄森和他到底是什么关系？难道黄森也是共产党？她百思不得其解。

这一天，周维新回到家，看见胡彩凤坐在那里发呆，不知在想什么。就说："老婆，想谁呢？像傻了似的。"

胡彩凤回过神来，说："你认识黄森吗？"

周维新听到从胡彩凤嘴里说出黄森，心里一激灵，却装作若无其事的样子说不认识，并反问了一句："他是干什么的？"

胡彩凤以为周维新根本不知道她和黄森的事。再说，就是知道她也不怕。于是自言自语地说："就是一个臭苦力，没想到竟然和共产党的书记有联系。"

周维新一听，不紧不慢地说："共产党都隐蔽得很，他们和谁联系，怎么可能让你知道。"

胡彩凤看到周维新不屑的样子，连忙说："黄森去找那个被抓走的共产党书记，是我亲眼看到的，不知道他们是什么关系。"

周维新不再言语，心里暗暗高兴，正愁找不到机会，机会就来了。你黄森现在就是灯罩里的蛾子——看你还能扑腾到哪里去。他没有去县警务科特务队，不知道什么原因,他现在有些不愿意见到王廷峰,一见他就说不出的不自然,况且此事还涉及刘铁志。他直接去了日本宪兵队。

韩守奎从苏联回来,任哈尔滨特委书记只有十四个月,工作范围从哈尔滨直到奉天、大连,面大线长。他没到过呼兰,也没见过黄森,他供述的呼兰特支人员名单中,并没有直接从抗联来呼兰的黄森的名字。刘铁志发展的王玉飞等几个新党员,还没有来得及书面报告特委,刘铁志在狱中更是一口咬定,没有其他的党员。韩守奎只是无意中听说,呼兰有个王什么森,给抗联运送过药品和人员,具体的事情他并不清楚。

接到周维新的报告,中村队长马上联想到,这个黄森可能就是韩守奎供述的王什么森,抓住这个和抗联有直接联系的人,也许对皇军清剿抗联有很大用处。

黄森准备离开呼兰去抗联,可是夜里一场大雪,早晨起来,门都打不开了。黄森背起装着药品的包裹,把门一点点推开一条缝,侧身出来,刚刚在雪檩子中走了几步,一群日本宪兵特务的刺刀对着他,黄森被捕了。

黄森出生在呼兰城东罗家窝堡,曾在冯仲云部下负责后勤供给,后被派回呼兰,配合刘铁志为抗联开展地下交通和物资补给。刘铁志被捕后,他原想按计划携带药品回抗联,一方面和上级组织失去了联系,也想得到刘铁志的确切消息。而且,他担心自己是否已经暴露,这时候自己单独回抗联,一旦被鬼子跟踪,后果难以预料。于是他焦急地等待着上级组织的指示,就拖后了几天。

日本宪兵和特务抓捕他时,他并不知道是周维新告的密,庆幸自己没有单独行动,没有给组织带来新的损失。连日的严刑拷打,敌人什么也没得到。中村队长说:"只要你说出和抗联的联系途径,告诉我们抗联的密营在什么地方,我们就把你送到新京去享福,如果还不说,明天就枪毙你,就像你们的书记刘铁志一样。"

黄森不怕死。从被抓进宪兵队,他就没想到能活着出去。想到再也见不到抗联的同志们,再也不能和同志们一起战斗,再也见不到自己的亲人,心里十分难受。不过,能在这里上路,和刘铁志书记相聚,也不遗憾了。他想起了那次和铁志书记要求回抗联,说死也要死在杀鬼子的战场上。想起前不久,铁志书记安排他回抗联去的情景,忽然一个念头涌上心来,年关将近,天气越来越冷了,鬼子要我找抗联,我要是把鬼子领进深山,就是和鬼子们一起死在山里,也比在这里让鬼子枪毙强多了。于是,他对看守说:"我要见中村队长。"

中村以为，黄森可能是在最后关头，怕死屈服了，连忙过来说："黄先生，你要说什么？"

黄森说："如果你们给我治好伤，答应替我保密，事后送我去新京隐姓埋名，我就带你们去找抗联的秘密营地。"

"你不会是耍什么花招吧？"中村有些怀疑。

黄森说："我人在你们手里，你们随时可以枪毙我，我还能耍什么花招。如果你们不答应我说的条件，那就算了。"

中村喜出望外，连忙向司令部报告。马上安排给黄森治伤，给他换了衣帽鞋子，同时对他严密监视，几个宪兵特务不离左右。

二十几天后，经过准备，黄森带着三百多人的日军讨伐队，向巴木通深山里进发。

俗话说"腊七腊八冻掉下巴"，寒风刮在脸上，就像小鞭子抽着一样。讨伐队连续几天，顶着寒风，走的都是远离村屯的山间小路，东绕西转，穿山越岭，每天吃的都是日军随身携带的罐头和饼干。眼看着"给养包"日益见瘪，黄森心中暗喜，日军讨伐队长石田却发怒要枪毙黄森。

黄森说："太君不要着急，您想想，抗联的密营怎么能设在外边，都是在深山老林里，眼下大雪封山，路很难找，估计再有一两天，就能找得到。"

已经深入原始森林二百多里，这天傍晚，天上的乌云遮住了太阳，天很快黑了下来。日军士兵找了一个背风的空地，燃起了火堆，准备宿营。农谚说"早看东南晚看西北，老云接驾不是阴就是下"，眼看着要起暴风雪，黄森想，小鬼子们，今天晚上就是你们葬身山里之日。等抗联的同志们发现了，就能缴获一大批武器弹药，但愿同志们也能发现我，就可以证明，我不是真的投降鬼子，我是一个堂堂正正不怕死的抗联战士。

这时，风雪越来越大，黄森从衣服里面撕下一块布，咬破手指，在布片上写下"同志们，我回来了"几个字，然后叠好放在怀里。

天色渐渐暗下来，狂风呼啸着卷起雪烟，刮得树林发出呜呜的怪叫声。鬼子们点燃的火堆，都已经被暴风雪熄灭，鬼子兵三五成群藏在山坡和树下，躲避风雪。

黄森走到石田队长身边说："石田太君，看样子今天晚上要下雪，天气太冷了，风又太大，火也点不着，你就在我身边这棵大树下面避避风，我就在你的身边给你挡挡风雪，让您好好休息一下，睡个安稳觉。"

石田坐在树下闭目休息,黄森站在他身边。雪渐渐掩埋了山坡,风雪的呼啸声盖过了一切声音,黄森转到石田身后,双手抱住他的脑袋,使劲一拧,石田瘫倒在地。黄森掏出石田的手枪,对着旁边那两个还不知道发生了什么事的日本兵,连开几枪,送他们上了西天。

黄森又拾起一个日本兵的步枪,在风雪中,艰难地向坡上走去。与其说是走,确切地说就是爬行,风吹得人站不住脚,抽在脸上像刀割一样。他终于爬到了坡上,拿起枪对着坡下,如果有日本兵从下面爬上了,他就开枪。

不知多长时间过去了,眼前的飞雪使他什么也看不见了。漫天的风雪带给黄森无尽的遐想,他似乎觉得自己被那么多熟悉的人抬着,有冯仲云主任,有刘铁志书记,有张兰生,还有李有、王玉飞,还有……他们抬着他向天上飞去,越飞越高。

马子英缺少血色的脸上,近来增加了不少皱纹,凸颧骨显得更加突出。他借着在西岗公园修建"英灵塔",日酋召开"慰祭大会",砸碎了马占山的德政碑。盼望着关东军早日灭了马占山,最好能活捉了他,自己一定要在这个小个子身上咬上几口,以解心头之恨。最近听说马占山跑到苏联去了,自己鞭长莫及,干着急使不上劲儿。眼下,这个周文武就成了他的眼中钉肉中刺,千方百计想找机会下手。

马子英知道,老谋深算的周文武是平贺贞章亲自招降的人,组建警察局,成立自卫团,维护地方治安,一度深得平贺贞章和梅原小次郎的信任。后来才鸿猷攻击呼兰火车站,日军守备队损失惨重,平贺贞章和梅原小次郎对周文武不主动出击作战,有所猜忌。周文武以情况不明为由,说不知道进攻的抗日军到底有多少人,他命令守住城内各个重要部位,免得被抗日武装攻占,死守待援。一时也找不出破绽。

马子英明白,要想彻底扳倒周文武,必须抓住他的致命要害,铁证如山,让他百口莫辩。

处心积虑地琢磨人是最费心劳神的。马子英心中这个结,一天打不开,他就一天睡不安稳。他叮嘱侯奎带着几个心腹,监视周文武。周文武行动谨慎,身边总是带有不少人,遇事轻易不表态,三思而后再张口,生怕中了马子英下的套。随着高乃济借病前往吉林,他也萌生了离开呼兰,远走高飞的念头。

侯奎有一个远房妻弟叫孙青一,是周文武手下管后勤给养的警尉,周文武一手提拔起来的亲信,对周文武是感恩戴德,大事小事跑在前头。周文武出面重建警察局,孙青一带着人和枪,首先聚集到他的面前。孙青一曾经指天发过誓,我孙青一有今天,全靠了周局长,无论什么时候,他的话就是圣旨,他的事情就是我的事情,今生今世,肝脑涂地在所不辞。周文武把他看作自己的兄弟,十分信任,平日放权给他,把很多应该自己去管的事情,委托给孙青一去管。一些重大事情更是与他商量,甚至直接交给他去办,使他后来居上,超过了许多资深警员,当起了警察局的大管家。给才鸿猷秘密送枪弹的事,就是由他一手操办的。

这一天,侯奎大哥侯望的儿子结婚。侯望经营着"同和春"丝绸铺,对头亲家是永业广火磨的东家杜德发,也算是门当户对。请来的亲友宾客中就有孙青一。孙警尉自然是众星捧月似的人物,大家轮流敬酒。

最后,剩下侯奎与他两个人对饮,天南地北地侃大山。两人平日关系不错,又是亲属,就放开量喝起来。酒在瓶子里挺老实,进了肚子就容易惹祸,孙青一嘴边没了把门的,趴在侯奎的耳边说:"二哥,你别再给马子英干了,那小子仇人太多,人缘不好,屎壳郎搬家,走一路臭一路,呼兰人都知道。跟着他能有多大出息? 干脆,你过来,和我一起,跟着周局干,升官发财少不了你的。"

侯奎说:"可不是吗,剿匪大队,也就是临时凑起来的二警局,一群乌合之众,只知道邪门歪道,不入正流。马司令官职倒不低,日本人给他封了一个少将,名利双收。可是手下人得到的是九牛一毛。他也说过,以后有机会论功行赏,都让你们弄个一官半职,得点实惠。兄弟们脑袋别在裤腰带上,跟着他干,随时都可能玩儿完,周凤喜和常子青都没了。剿灭'万好',各部门都出动了,都得了奖赏,唯独没有我们的事,兄弟们憋气又窝火,都有些散心了。"

孙青一借着酒气说道:"马子英就是一个过街老鼠,呼兰的老百姓骂他不说,他还是马占山的仇人。他狐假虎威,趁势踏沉船,砸了马占山的功德碑,这不赶上挖坟掘墓了吗? 你看他用的都是些什么人? 胡升三欺男霸女,搜刮民财;周凤喜抓十六个农民假冒土匪立功请赏;常子青抓孕妇开膛破肚;聂封晋一肚子坏水。再说了,我看连日本人也是戒备他,要不然,剿灭'万好'就把他留下? 还不是不信任他,怕他跑风吗?"

侯奎又一仰脖,喝了一杯酒:"那周文武不是一样投降了日本人,被老百姓背后骂做大汉奸吗?"

孙青一一只手端起酒杯,另一只手摆了摆说:"骂归骂,只要是给日本人做事,哪个不挨骂? 也包括你和我。不过,你见过周局干过那种让人反胃的恶心事吗?他是平贺将军重用的人,他和马占山还是朋友,将来不管谁占了上风,他都比马子英强。"

侯奎通红的眼睛半睁半闭,接过话头问道:"他和马占山原来是朋友,可是现在他投降当了汉奸,马占山还会认他这个朋友吗?"

"二哥,不瞒你说,马占山的手下,一直和周局有来往,上次才鸿猷攻城,还给他写过信。"孙青一见侯奎半信半疑的样子,嘴里又吐了一口酒气,望望四下没人,接着低声说道:"你是自己家兄弟,跟你说吧,周局在呼兰与巴彦交界的驿马山边上,送给才鸿猷的一万五千发子弹,一百多支枪,还是我亲手操办的呢。二哥,你可千万不能漏了一点风声啊,要不我们就全完了。"

侯奎半眯着的眼睛睁开了:"老弟,你这说的是哪里话呀?咱们是谁跟谁呀,你就把心放在肚子里好了,我今天什么也没听见,什么也不知道。"

孙青一又说了一大堆罗圈话,劝侯奎离开马子英,跟他一起在周文武手下干。

侯奎心里很矛盾。送走了孙青一,他反复琢磨,觉得孙青一说得有点道理,周文武的为人,怎么也要比马子英强一些,孙青一能有所发展,受到提拔重用,也说明了这一点。可是,眼下周文武手下警尉警长一大堆,孙青一能得到赏识,不等于我也能得到重用。而马子英几次损兵折将,自己已经成了他最信任的人之一,尽管有些事并不怎么替他做主。上次在"居香里"与王岭发生冲突,希望马子英能出头,给他出出气,可是马子英不仅没有找王岭的意思,还一个劲地劝他息事宁人,万不可因为一个青楼的小丫头,和警务科,特别是像王岭这样的人结怨成仇。随后还安慰他,说你跟着我好好干,不会亏待你。

一连几天,侯奎心里翻来覆去地折腾,坐卧不宁,干事走神,被马子英看在眼里,于是问他:"侯奎,你有什么心事吗?"

侯奎连忙说:"没有,啊,马司令,没有。"

马子英说:"有什么事,你尽管说,不要放在心里。你的人最近有什么发现吗?姓周的有没有什么可疑之处?"

"啊,眼下还没有什么,周文武行动谨慎,出入都有人相随,公开场合露面也不多。"侯奎说道。

马子英一咬牙:"这个老狐狸。你们再用些工夫,只要把他紧紧盯死了,我就不信,找不到他的马脚。侯奎呀,胡升三调任以后,上校副官一直空缺,如果你能干出漂亮事立了功,我就报请日本人让你接任。"

侯奎连声答应:"是,是。谢谢马司令,我一定加倍努力。"

经过一夜的不眠，第二天一早，侯奎推开了马子英办公室的门，一五一十报告了孙青一讲的一切。

马子英站在窗前，两眼看着外边吸着烟，听着侯奎的讲述喜出望外。连着猛吸了几口，转过身来，狠狠地扔掉剩下的半截香烟，对侯奎说："如果你能想办法，让孙青一出面做证，扳倒了周文武，你就是我的上校副官，你的妻弟孙青一，也会另行安排官职，我会建议日本人，或者让他接管警察局，也未尝不可。"

狡诈多疑的梅原小次郎，对所有的中国人都不完全信任，他对马子英、胡升三从心里瞧不起，对周文武倒认为有几分能量，他不仅是平贺将军亲自招降的，而且维护呼兰城内治安有一定成效。

听着马子英扇动着薄嘴唇，言之凿凿的报告，梅原小次郎一直盯着他的眼睛，希望从这个窗口看到马子英内心真实的东西。

"你说的这些，证据都核实了吗？"梅原小次郎问了一句。

马子英连忙说："这是周文武的手下孙青一，亲口对我的手下侯奎说的，他们是亲戚。这个孙青一是亲手操办的人。才鸿猷进攻呼兰之前，曾经给周文武写过信，让他不要出动，还让他提供武器弹药。周文武当时没给，后来在呼兰和巴彦交界处，借剿匪之机，让孙青一亲自送去了。"

梅原小次郎又问道："你真的认为周文武暗通抗日救国军，敢与皇军为敌吗？"

马子英接着说："周文武和马占山是好朋友，表面上投诚皇军，暗中与才鸿猷勾结，确实心存二意，请参事官马上采取行动，以免日后生变，酿成大祸。"

梅原小次郎的脑袋飞快地旋转着。他觉得，如果真如马子英所言，周文武一定是暗存二心，该杀不赦。只是马子英与周文武算是同僚，他为什么这么急于收拾周文武呢？在里面是否还有什么隐情？

于是，他对马子英说："你说的情况非常重要，从现在起，你的剿匪大队，担负起全县的治安，你回去马上让侯奎到宪兵队来，我让宪兵队和警务科出面，对周文武和孙青一逐一审查。"

马子英原想，自己得到了周文武暗中与抗日武装勾结的铁证，梅原小次郎一定十分赞赏，对他和有关人员褒奖有加，而且会将此案交给他处理。自己一定办成铁案，亲手把周文武送上西天。没想到梅原小次郎，竟然让自己靠边站了，由宪兵队和警务科负责，一旦孙青一死咬住不招，自己岂不是又弄了一个造谣诬陷的结局？不由得出了一身冷汗。

梅原小次郎一直在观察他的表情,看他的眼神飘忽不定,前额冒汗,心神不安。于是问道:"马司令为什么如此紧张?你还有什么要说的吗?"

"参事官,我对侯奎和孙青一都已经承诺,只要他们如实向太君报告,就请示您,重新提拔他们,以做奖励。"马子英生怕梅原小次郎让自己靠边以后,不管结局如何,让自己坐了蜡,就说出了自己对二人的许诺。

梅原小次郎说:"你的意见,我听明白了。如果他们所说的情况属实,我会根据他们的表现,加以考虑,你先回去吧。"

马子英离开梅原小次郎的办公室,马上找来侯奎,对他说:"现在是你我生死存亡的关键时刻,你必须想办法,让孙青一说出实话,如果他说了,我们荣华富贵,否则性命难保。"

侯奎说:"孙青一已经答应,只要马司令说话算数,可以出面做证。"

侯奎几次劝孙青一说实话,已经引起了孙青一的警觉,知道自己酒后失言,就把此事对周文武说了。孙青一懊悔地说:"都怪我酒后失言,没想到侯奎的嘴比窑姐儿的裤腰还松,还劝我打证言。"

周文武倒没有更多责怪他,只是恨恨地说道:"这个马子英,就是苞米地里撒黄豆——杂种。"然后转身对孙青一说:"事情已经出了,我们只好将计就计,你假装答应侯奎,如果日本人审问此事,就说是侯奎多次劝你投奔马子英,让你和他一起编个故事,扳倒周文武立功,你根本没有答应。"

孙青一点点头。

周文武表情凝重地说道:"青一,我们可以说是生死弟兄,眼下只有咬死了这一条路,如果此事真的漏了,你和我全都得送命啊。"

武田奉命把周文武、孙青一和侯奎三人带到宪兵队,先把周文武带到审讯室。武田对周文武说:"周局长,皇军得到密报,你在才鸿猷袭击呼兰火车站的时候,为了保存实力,龟缩不出,事后又派人给他们送去武器弹药,可有此事?"

周文武显得大吃一惊,对武田说:"武田君,这简直就是狗戴嚼子胡嘞,根本就没有的事。这一定是马子英无端造谣,胡说八道,挟私报复。当年枪毙马小子,那是因为他强抢民女,伤人害命。现在竟然编造如此谎言,加害于我。我一直对皇军忠心耿耿,竭尽全力报答平贺将军知遇之恩。他马子英才真正是一直和土匪相勾结,他手下的人,有的本身就是土匪。武田君武功盖世,不仅枪法超群,而且智谋过人,一定能够明察秋毫,给我周文武一个清白。"

武田举起戴着白手套的右手,制止了周文武的表白,让宪兵把他先带出去,把侯奎带进来。还没等武田开口,侯奎就一口气交代了事情经过,并说孙青一可以做证。

接着对孙青一的审问,却大出意外,孙青一承认和侯奎一起喝过几次酒,可是从来也没有说过什么送枪支弹药的事。他说:"周文武根本没让我去做这样的事,就是他真的让了,我也绝对不敢去做。侯奎让我跟他过去,一起跟着马子英干,让我立功,就编了这个事,我可是压根没答应,他这不是硬冲着柳树要枣子吗?"

武田把二人带到一起,当面对质。侯奎说:"兄弟,我可是跟你都说明白了,皇军和马司令不会亏待咱们,你就把那天跟我说的话,再给武田太君说一遍。"

孙青一说:"二哥,咱们好歹也是亲属,你不能跟着别人害我呀,那是杀头的事,我怎么敢干?我早就跟你说过,我也不想立什么功,去陷害人。你就跟武田太君实话实说,都是我们两个闲扯淡的事,太君也不会太责怪你。"

侯奎心里是灶王爷扑蚂蚱,一下子慌了神。连忙说:"老弟,你不能变卦呀,咱们不是都说好了吗?"

两人你来我往,争论不休。侯奎一边劝孙青一说实话,一边对武田表白,自己没有撒谎,是孙青一不敢实话实说。

武田也弄不清,他们到底谁说的是真的了,就把他们分别关在宪兵队,然后找来王岭,如此这般地说了一番,想听听他对此事有什么看法。

王廷峰自然知道,才鸿猷给周文武和高乃济写信的事,也知道周文武的回话,但是,他不知道后来周文武送枪支弹药的事。那时候,他已经离开驿马山,来到了呼兰。他意识到,可能是周文武做的事漏了风,也可能就是马子英挟私报复。不管怎么样,还是不能让马子英的阴谋得逞为好。

王廷峰略作思索说道:"武田君,我对此事一无所知,但恕我直言,目前确定周文武私通抗日武装,证据不足,只有马子英和他的手下侯奎的一面之词,周文武和孙青一概不承认。以武田君之精明,一定看得出来其中的奥妙了,马子英和周文武之间一定有着不同寻常的关系。武田君何不从此下手,调查清楚他们之间的关系之后,凭武田君断案如神的智力智商,一定会水落石出。"

武田连连点头。于是连续派出人去,调查马、周二人关系,还亲自叫来杜力了解情况。

杜力说:"马小子之死,全县人人皆知,马子英和周文武结怨已久。只是当年马占山兵多势大,马子英不敢对周文武下手。马占山部队败走后,周文武投降了皇军,手下有人有枪,得到平贺将军的信任,马子英当时无兵无权,所以一直没有直接发生冲突。现在马子英当了少将司令,情况就不好说了。"

武田又问道:"周文武说,马子英多年来,一直勾结土匪,你们可有所闻?"

杜力说:"以前,只听说,马子英家与几个绺子有来往,那时候,周文武就是警察局长。后来马子英当了剿匪大队司令,是否还有关系就不清楚了。不过,我听说,他的手下周凤喜和常子青等人,早先都是土匪出身。"

武田又问道:"马子英说,周文武私通抗日武装,你们认为有没有可能?"

杜力说:"这可不敢乱说,我们还真没听到一点这方面的消息。"

派出去的人,陆续回来报告,从各个角度回来的消息,自然都对马子英不利,说明他们之间有着深仇大恨,却没有一点证据说周文武私通抗日武装。

武田向梅原小次郎报告,认定是马子英指使侯奎,通过封官许愿,想收买孙青一,扳倒周文武以报私仇。并把审讯记录和调查结果,呈报给梅原小次郎。

梅原小次郎仔细地翻看着审讯记录和调查材料。然后放在桌子上对武田说:"这两个中国人都有疑点,都不可以过分信任。但是,凭着现有证据,还都难以定罪。你先把他们放了吧,多派人手,密切注意他们的行动。赵尚志、才鸿猷几次袭击呼兰、巴彦、木兰等地,如果通过他们身上发现一些线索,我们就可以顺藤摸瓜。如果发现他们有什么风吹草动,马上予以铲除。"

梅原小次郎又把马子英和周文武叫到办公室,脸上带着微笑说:"皇军知道你们的忠诚,希望你们消除误会,以大东亚共存共荣的大局为重,紧密合作,不要互相猜疑。"周文武连着说了两声"谢谢太君。"马子英张口结舌,也只得说了声"多谢太君。"

二人走出来,周文武气愤难平,对着马子英说了一句:"你这个老王八蛋,竟敢陷害我。"

马子英心里更是难受,反唇相讥骂道:"你个老乌龟,老狐狸,总有一天,我会抓住你的尾巴,把你的盖子掀开。"

王廷峰在一旁听了,走过来劝道:"二位都是一家人,何必伤了和气,都别说了。

杜力,你赶紧送马司令先上车,周局长,你也消消气回去吧。"

待马子英上了车,王廷峰也送周文武往外走。王廷峰说:"周局长,本想给您摆酒压压惊,现在时机不对,抱歉了。随后压低声音说道:"这次孙青一顶住了,但是,最终能救你的只有你自己。"

周文武回到警察局,把自己关在屋里,苦苦想了半天。他认为,万幸躲过了一劫,这孙青一按照自己的吩咐,没有坏事,马子英阴谋失败。除了这件事,他一半会也要不出什么新花招。可是,王岭小声对他说的话,他反复琢磨,是什么意思?"这次孙青一顶住了",难道还会有顶不住的时候?"最终能救你的只有你自己",也就是说,我不能依靠别人,别人是谁?梅原小次郎?武田?还是孙青一?马子英能就此善罢甘休吗?

仔细想想,送武器弹药的事,虽然做得十分机密,不还是让孙青一漏了风。况且知道这件事的,也不止孙青一一个人,还有他的几个手下,他们都能够一直守口如瓶吗?假如进了宪兵队,都能够挺得住吗?马子英会不会反过磨来,继续在孙青一和他的手下人身上下工夫呢?梅原小次郎和武田,真的能这么轻易地了结这件事吗?想到这里,周文武身上不由地又有些冒汗。

多年的经验,使周文武重新认识到,危险依然潜伏在自己身边,随时有爆发的可能。把知道真情的那几个人全都做掉灭口?那自己仍然会暴露。干脆,我也来个三十六计走为上计,溜之大吉吧。我先躲到长春,然后再想办法进关。他料想,自己的行动可能被监视,于是想了一个主意,回到家里开始做准备。

一周后,周文武按照线报,连续几天到四乡剿匪,亲自带队去,再带回来,尽职尽责。这一天,他在局里宣布,接到密报,有一伙抗日武装集结在黄土山,命令警尉林峰和黄玉平,各率一队人马,林警尉走公路,黄警长走水路,在南房村会齐。接着他说道:"我今天亲自随队前往,要等候密探的最后消息,抓住有利战机统一行动,没有我的命令,不得擅自行动。"

警队出发了。两个警尉都以为,局长在另一个队伍里。周文武亲自驾车,与夫人在车内化了妆,换了服饰,戴着墨镜,贴了胡须,直奔火车站,上了南去的火车。假证件都是事先办好的,一家人直奔长春而去。

警队第二天仍未得到行动命令,又不敢擅自行动。第二天傍晚,水陆两队会齐,两个警尉才发现,周局长没来。

周文武逃跑了，许多人都大吃一惊。马子英气得七窍生烟，两只眼睛像要冒火，把侯奎叫来一顿臭骂，骂侯奎无能，说服不了孙青一，上了当，让周文武这只煮熟的鸭子飞了。接着又骂武田是他妈的废物，沙发肚子草包一个，是一个成事不足败事有余的浑蛋。

梅原小次郎意识到，周文武大有问题，马子英说的可能是真的。这时武田手下人说，孙青一前来检举。孙青一见周文武跑了，自己想逃跑已经来不及了，家里老婆孩子也无处可逃。于是，主动到武田那里自首，说是受了周文武的欺骗和威胁，现在发现他跑了，前来揭发检举。

武田听了孙青一的揭发，知道自己原来的判断有误。又听监视马子英的人说，马子英大骂他是废物，成事不足败事有余，事情就坏在他这个浑蛋窝囊废手里。不禁大为光火。

王廷峰觉得这是个借力打力的机会，于是对武田说："武田君，周文武逃跑，才证明了他有问题，但是事前证据不足，孙青一也是如今才来揭发检举，并非您和梅原参事官无能。不过，现在马子英到处宣扬的话，对你们很不利，如果让上面听到了……"

武田找到梅原小次郎，报告了手下人听到的话。对梅原小次郎说："现在看来，这个周文武确实有问题。不过，马子英也不是个什么好东西，他现在把矛头指向我们，不能对他听之任之。"

梅原小次郎沉思良久，对武田说道："你的那些调查材料不是还在吗？马上给司令部写一个报告，就说周文武私通抗日武装，在我们调查期间，畏罪潜逃。侯奎、孙青一举报有功，另行任用。已经安排人员，密查周文武的下落，发现踪迹立即抓捕归案。另外，一直有人举报马子英私通土匪，所以剿匪不力，据查属实，请求将其查办。"

调查材料对马子英十分不利。不久，马子英被解职押送省城审查。县警察局和剿匪大队暂时由警务科统一管理。

可叹：

    利欲惑迷愧对天 虚名似雾杳如烟
    染尘容易出尘苦 何若净心结善缘

第十六章

里外接应　留置场众人越狱
风霜劲节　王鸿恩舍己捐躯

三百多名日军官兵葬身深山雪海,哈尔滨特务机关长木通口,把宪兵队长中村和特高课长小林宽雄找去,询问事情始末。

木通口听了中村的报告,心情沉重地说:"呼兰紧靠哈尔滨,虽然多为平原,但是境内江河纵横,东部毗连山区,抗日活动一直没有停止,兰河大侠至今没有下落。你们二位在'四一五'大搜捕中,为帝国建立了功勋,破获了哈尔滨、大连、奉天等地的共产党地下组织。但是,呼兰只枪毙了一个刘铁志和几个列入名单的人,不仅有六个人潜逃在外,还把一些抓起来的嫌疑人放了。说什么没有证据,只能说是你们没有发现证据。黄森事件说明什么?说明我们的行动强度不够,铲除不彻底。中村君,连你这样的高手也被他骗了,使皇军遭受重大损失。这是耻辱,大大的耻辱。"

中村和小林宽雄垂手低头而立,惴惴不安地听着训斥,时而发出一声"哈依"。

木通口缓和了一些语气,接着说道:"为了扩大圣战范围,我们正在筹划哈尔滨特别军事区域,对包括飞机场、七三一部队等重要设施,实施重点管控,在呼兰也要筹建七八二军用仓库。希望你们二位亲自去呼兰,把上次放回去的那些人全部抓回来,彻底清查共产党地下组织,还有兰河大侠的踪迹,二位以为如何?"

中村说:"请机关长放心,这一次我们绝不会再半途而废。"

小林宽雄和中村,都是关东军情报侦破方面高手中的强手,破获过一系列反满抗日地下组织,在军部很有名气。曾经在巴彦、绥化、海伦一次破获抗日地下组织,逮捕近千人。赵一曼和傅景勋、韩守奎的案件都是他们经手的。他们也曾经到过呼兰,参与兰河大侠的内部审查,他们认为兰河大侠在内部的可能性极大,后来,被板垣征四郎下令撤回。

小林宽雄说:"我们这次去呼兰,一定全面摧毁共产党地下组织,想办法抓住兰河大侠。"

木通口说:"我会安排有关方面,全力配合你们清查。"

两个魔头带人再次来到呼兰。短短几年时间,山水依旧人事全非。守备队长熊野少佐已经阵亡,周文武潜逃无踪。马子英撤职审查期间,给伪法院次长高岛一郎当翻译的大儿子马荫堂,跪在高岛一郎面前,求他出面救马子英一命。

高岛一郎面见涩谷将军,说马子英罪不至死,据他说是梅原小次郎和武田对已经举报的问题调查不力,使得周文武得以潜逃。兰河大侠在呼兰长期隐藏,杀了那么多皇军官兵和忠于满洲国的人,始终不能破案,不仅是武田无能,更是梅原小次郎指挥失误。

此时,平贺贞章已经南下。涩谷虽然认为马子英的话带有个人恩怨的成分,但是呼兰一再出事,的确令人不满,于是授意调梅原小次郎和武田回到军中。由武岗黄光接任参事官,并改称副县长。细川泰接替武田,任宪兵队长兼警务科长。

小林宽雄首先向副县长武岗黄光、县长梁兆凡、警务科长细川泰和协和会长胡升三等人,说明这次来到呼兰的任务,要各位全力提供线索,全面破获地下抗日组织,继续追查兰河大侠。

他对胡升三说:"你把上次密报黄森的那个人,找来见我。"

胡升三连忙出去找来周维新,路上告诉他,见日本人时要注意的事项,然后把他带到小林宽雄那里。

小林宽雄示意胡升三先出去,他要单独和周维新谈话。胡升三转身走了。小林让周维新坐下,周维新站着没动,回话说:"谢谢太君,您有什么吩咐尽管说。"这是胡升三教他的。

小林宽雄问道:"你是怎么知道,那个黄森是共产党的?"

周维新答道:"太君,是我老婆发现那个黄森,几次去找那个教书的刘铁志。我想,他就是一个穷工人,和教书的关系肯定不一般,于是就报告了皇军。"

小林宽雄说:"你很好,现在你在做什么?"

"报告太君,我现在是在勤劳俸仕队当小队长。"周维新回答。

"那个黄森确实是个死硬的共产党。你再好好想想,有没有共产党和兰河大侠的其他线索?上次你报告有功,如果你能再为皇军立功,我马上任命你为警务科的警尉。"小林宽雄又使出了他屡试不爽的惯用手法。

"多谢太君。只要发现什么线索,我一定马上向太君报告。"

周维新走出宪兵队,心里七上八下地翻腾。他密告黄森,主要原因还是出于醋意的仇恨,现在还让他报告地下共产党和兰河大侠,他还真的没有这种想法,因为他什么也不知道。

上次是老婆胡彩凤,无意中让他找到了一个机会,没想到黄森真的是共产党。要是知道他真是共产党,自己还得琢磨琢磨。况且还有刘铁志的原因,这个自己的结拜兄弟,他虽然已经死了,自己也需要在日本人面前表示清白,划清界限,从内心还是不想与共产党为敌。不过,警务科警尉太诱惑人了,一身笔挺的警官服,两杠一星,平时那些瞧不起自己的人,都要对他另眼相看了。呼兰的警衔分为警佐、警尉、警尉补和警长,只有警察局长和警务科正副科长才能是警佐。警尉的地位,他现在的劳工俸仕小队长根本无法相比。

周维新来到胡升三家中,胡升三不在。他一想,这老家伙一定是又到陈家姐妹那里去了,呼兰城人都知道的事,他却不敢去触霉头。这老家伙翻了脸,自己就要倒霉了,于是低头回到家里。

胡彩凤今天心情特别好,推牌九赢了钱,正在兴头上,见周维新这么早回来,就问道:"你干什么去了?怎么这么早就回来了?"

周维新说:"日本人找我,我去找你爹,他不在街里,也不在家,我就回来了。"

"你们男人没有一个好东西,日本人找你干什么?"胡彩凤撇撇嘴随口问道。

"让我提供共产党和兰河大侠的线索,说是成了让我去当县警务科的警尉,你说让我上哪找这线索去。"周维新有些垂头丧气,转身坐在炕沿上。

胡彩凤本来对周维新密告黄森有气,后来一想,这个黄森拒自己于千里之外,实在可恨,也暗自庆幸自己没跟黄森扯到一块,也就不再计较此事。听周维新说,日本人还让他报告线索,还许了封官的愿,就冲他撇撇嘴说道:"你真是一辈子看不见后脑勺那伙儿的。这兰河大侠咱们可惹不起,咱们是瞎子玩球——根本摸不着边。不过，那个姓刘的教书匠，肯定是共产党的官，你让我爹那个老色鬼，安排人查查，都有谁跟姓刘的来往密切，找几个凑数不就行了么。"

刚躺在炕上闹心的周维新一听，心说："哎呀，还是老婆高见。"他一骨碌爬起来，找胡升三去了。

中村和小林宽雄下令，首先把与刘铁志一案有牵连，已经保释的所有人重新逮捕。随后查封了"永德堂"药铺，逮捕了所有的人，追查黄森的来龙去脉。凡是有嫌疑的人一律先逮捕，然后逐一审查。一时间，呼兰城人心惶惶，大街上人迹稀少，监狱里人满为患。此时，县警察局已经由警务科全面接管，监狱长按照细川泰的命令，在呼兰监狱旁边的看守所外，设置留置场，关押抓来等待审讯的人。

有一个人在宪兵队受刑不过死了，中村对几个宪兵一顿训斥："八嘎，我们是要这些人，活着把知道的都说出来，然后才能死，现在死了，线索不就断了吗？对这些人要软硬兼施，让他们既有恐惧，也有希望，只有当他们有渴求，有欲望的时候，才会和皇军合作，把知道的告诉我们。"

中村命令把死人拉回留置场，让所有人围着看了一遍，然后当着众人的面，把他扔进了狼狗圈里。伪警长杨九荣高声喊道："大家都看到了吧，这就是和皇军对抗的下场。皇军说了，谁与皇军合作，就可以回家，有功的还有赏。今天皇军特意做了好吃的饭菜，有愿意和皇军合作的，举手到这边来吃，不举手的今天就得挨饿。"

大家你看看我，我看看你，谁也没举手。一个人刚要举手，被旁边的人拉住了。悄声说："别傻了，你以为举手就给你好饭吃？他们是要你说出谁是共产党，那你不也成了共产党了，还有你的好吗？"

杨九荣站在那，接连喊了三遍，见还是无人举手，恼怒地说："今天就饿你们一天。"

几天来，王廷峰的心情始终不太好，日伪特务在呼兰大肆搜捕，又抓了许多人。回到家里，雨兰说："今天有一个人来了，说是叫李有，他住在北烧锅，让你方便的时候去找他，特别说要你小心。"

王廷峰见过李有，知道他是刘铁志的人。看看天色还早，就让雨兰从锅里端来饭菜，吃过饭，换了一身衣服出门了。

刘铁志被捕时，李有去抗联不在呼兰，躲过了宪兵特务搜捕，这次从抗联回来，带回来两个重要消息。

一个是朝阳山抗联第三路军指挥部密营,遭到日伪骑兵讨伐队的突然袭击,为了掩护总指挥李兆麟和其他同志撤退,张兰生和赵敬夫等二十一人壮烈牺牲。他的妻子张佩珊和刚出生不久的儿子也被逮捕。前几天,冯仲云主持了追悼会,高度评价了张兰生烈士的英勇无畏,号召全军向他们学习,坚持抗战,直到最后胜利。冯政委亲自写了一副挽联:"为民族生存,数载奋斗,忠魂长绕朝阳山;求国家独立,千里转战,热血洒遍嫩江畔。"

第二件事是黄森引着三百多日军讨伐队进入深山,使敌人全部葬身山谷,武器装备被抗联缴获。抗联战士在黄森的身上,找到了他临终前写的血字:"同志们,我回来了。"

王廷峰听了,一阵沉默不语。原本十分沉重的心情,更加难过。

李有接着说:"北满省委针对韩守奎叛变,组织被破坏的情况,已经向各地派了人,到哈北的联络员明天到呼兰。我回来看见鬼子在到处抓人,特支的同志们都找不到,到了王玉飞家,知道他躲到团山子去了。联络员明天就到,我担心他出意外,也不敢到警务科去找你,情急之下,我就去了你家。你虽然不是我们组织里的人,可我知道你和铁志的关系,我们信任你。"

李有一番真诚的话语,王廷峰挺感动:"现在需要我做些什么?"

李有说:"省委派人到各地,主要任务是设法营救被捕的同志,安排好牺牲烈士的家属,同时逐步恢复各级组织。对了,刘铁志同志的爱人杨远芳,已经到了抗联,留在了那里。我们现在最重要的是接到联络员同志,保证他的安全,然后共同研究营救被捕的同志。"

王廷峰说:"这几天形势很紧,明天你接到联络员,就把他送到我家里,要比住在旅馆安全一些。然后你想办法去找回王玉飞,我先去了解一下被捕的那些人的情况,明天晚上在我家见面。你也要注意安全。"

联络员老郭第二天上午就被李有接到了,他原来也是抗联三军的,现在在北满省委青工部工作。李有随后又出去,很晚了才和王玉飞一起回来。四个人聚齐在王廷峰家里,雨兰坐在门口,听着外边的动静。

王玉飞说:"团山子下边今天来了好多日本人,有穿军装的,也有穿便衣的,说是要在那挖煤。还有一伙人到公主墓、闹龙井和辽塔地宫那里转悠了半天,不知道捣什么鬼。我们绕到前面王家屯,多走了不少路。"

李有说:"我也看见了,小鬼子们,除了找资源就是偷文物,不会有什么好事。"

因为要研究劫狱救人大事,这件事说说就过去了,几个人也没有太在意。

王廷峰说了自己白天了解的情况:"呼兰监狱设立很早,建于乾隆初年,几经翻修改建,至民国时期成为全省的模范监狱,隶属黑龙江高等检察厅,也叫黑龙江第二监狱,附设有看守所和习艺所。日军占领呼兰后,监狱里人员大增,原本能关押二百多人,经常关押四五百人,这几天更是急剧增加。细川泰命令在看守所旁边另设了留置场,把需要审查的人,都集中在那里,我们要救的人都在那里。

呼兰监狱戒备森严,里外两层围墙又高又厚,还有电网和碉堡岗楼,守卫的日伪军和警察有四十多人。监狱建成这么多年,发生过多次越狱,成功的只有一次,那是清光绪元年正月,农民起义头领陈起桂与狱外的丛万金,里应外合成功劫狱,四十七人逃走。在这以后监狱进一步加固,再也没有过越狱成功的。不过,留置场的情况就大不一样了,七八十人关押在三个大监号,都是平房。外面有一道围墙,不足两米高,看管的警察特务有十七八个人,分成两班。负责的警长杨九荣是个贪小便宜的家伙,只知道想方设法搜刮囚犯的钱物。只是留置场就在监狱旁边,距离太近了。"

联络员老郭说:"你掌握的情况非常重要。看来,我们也必须采取里应外合的办法,问题的关键在于,留置场距离监狱的日伪军和警察驻地太近了,一有风吹草动,大批增援很快就到,所以只能是悄悄地行动,决不能硬拼。现在,首先要和里面取得联系,然后按计划行动。"

李有听老郭说完,接过话头:"我同意老郭的意见,要不,明天我进入监狱,联络里面的人,你们在外边配合。"

王玉飞说:"你进去不合适,敌人特别注意你,你如果被抓了,特务们会重点监视,甚至审问你,你根本没有行动的机会。明天还是让我进去,由廷峰跟我联系。"

王廷峰说:"看来,也只有这样了,明天我想办法把王玉飞送进去,我们再商量一下具体细节吧。"

第二天,王玉飞和几个从康金、许堡抓来的经济犯,被送进了留置场。他很快与里面的白永刚、赵宏恩等人接上头,说明了行动计划,大家分头准备。

周维新去找胡升三帮忙。人的善恶行为,往往源于内心的某种情结,比如自卑和私欲,仇恨和困惑,在某种特殊情况下,使人走上升华或者堕落的两个极端。很多人都有可能产生激变行为,懦夫成英雄,羔羊变魔鬼,往往是在闪念之间。周维新开始仅仅是出于嫉妒,出卖了黄森,迈出了罪恶的一步,因此有了被小林宽雄利诱的机会,还有胡彩凤的馊主意,更促使他一步步滑向深渊。

胡升三是典型的有奶就是娘,过后不认账。为了自己,无论是谁,都可以翻脸不认人。前些日子胡升三又以"经济犯"名义抓了"福德永"饭店的侯天翔,他为了开门营业,偷买了四口肥猪,随即被抓进警局,侯家人赶紧送去大洋五百块,胡升三下令再罚大洋三百块。

这侯天翔与马子英是姑表亲,胡升三装作不知道,因为他得到密告,侯天翔跟下人说,没有马子英就没有今天的胡升三,胡升三起步发家有了今天,关键几步都是马子英起了作用,如果现在马子英不离开呼兰,他还像狗一样摇尾巴。他是成了婚姻忘了媒人,升官发财就忘了恩人。胡升三气得七窍生烟,找碴进行报复。他派人接连几天,在"福德永"四周转悠,发现他私买肥猪,马上回去报告,不一会儿就把他抓进去一阵痛打。

侯天翔的家人去齐齐哈尔,找到马子英。马子英写了一封信带给胡升三,胡升三故作惊讶地说:"哎呀,哪知道他是马司令的实在亲属,快快放人。"这时,侯天翔已经坐了一个多月的牢,遍体鳞伤。胡升三手下人告诉他,祸从口出病从口入,以后注意把舌头伸直了说话,别以为上边有人就吹牛吹豁了边。马子英恨恨地骂胡升三过河拆桥,忘恩负义,心里只有钱,是得志便猖狂的中山狼。

周维新进来时,胡升三正坐在太师椅上,仰着脖子,眯着眼睛,扬扬自得地沉醉在与陈家姐妹的销魂感觉之中。

周维新说了中村的一番话,想求岳父大人帮助,查一下都有什么人和刘铁志来往密切。

胡升三挤挤鼻子,轻蔑地说:"你他妈的白痴一个,来往密切就都是共产党吗?刘铁志平时朋友一大堆,现在是谁也不认账,他整天打交道最多的是那些学生,都抓起来?黄森已经抓起来了,李有早就不知去向。再有,就是你和那个王廷峰了,你们和那个姓刘的不是结拜兄弟吗?"

周维新一听,浑身直冒冷汗,胡升三对他们的底细都掌握。连忙解释:"那都是小孩子时候的事,这些年都是各走各的路,早没什么来往了。"

胡升三说:"这些我都知道,你是狗咬月亮不知高低,那个王廷峰是个与众不同的白毛乌鸦。按说,凭他吃喝嫖赌,烧香拜佛的作为,说他是共产党我也不信。不过,他和那个刘铁志往来频繁,关系不一般,我已经派人盯着他了,并且特别吩咐,千万不要惊动他,这小子不是个善茬,要是被他发觉了,回过手先来找我们的麻烦,那可就惨了。"

　　周维新又说:"刘铁志和王廷峰往来密切,是因为他们是同学加亲属,别人就不同了。彩凤的意思是,找几个和那个教书的共产党有往来的,凑个数就行。"

　　"真是他妈的妇人之见,别看周凤喜可以用贩马的农民当土匪,这中村和那个小林是那么好糊弄的吗?弄不好你不仅升不了官,还得挨枪子儿。和共产党有牵连的事,一是躲着点,二是必须证据确凿。你明白吗?"周维新犹疑地点点头。

　　老郭和李有等人,准备了马车、铁钎、梯子等。王玉飞进留置场时,穿了一条呢子裤,带进去一块手表,还有两根钉子。看守们对待经济犯和政治犯的态度是不一样的,他们知道一些经济犯是能够出去的,而且大多有钱,可以想办法挤点油水。

　　王玉飞对杨九荣说:"杨警长,你这个人不错,值得交朋友。我家里有好几十垧地,犯不上为了买卖几头猪给抓进来,现在家里人正在想办法,哪天我出去之前,就把这手表和呢子裤都送给你。你给我弄点好吃的,将来你到我家,我再送给你两垧地。"杨九荣一听心花怒放,态度马上有了变化,真的给王玉飞弄来了一只烧鸡。

　　这一天早上,空中刮起了大风。小林宽雄接到电话,匆匆赶回哈尔滨去了。王廷峰借押送犯人来到留置场,在茅厕上方的砖缝里,塞了一个小纸条,王廷峰走后,王玉飞进去取出纸条,只见上面写着:"今晚大风十点行动"。

　　王玉飞看完,连忙把纸条塞进嘴里咽了下去。

　　傍晚,阵阵风起,尘土飞扬。王玉飞对杨九荣说:"杨警长,你再给我弄点好吃的,我今天就把手表和呢子裤送给你。"

　　杨九荣走后,王玉飞回到牢房,用钉子捅开牢内几个重犯的脚镣。一会儿,杨九荣拿着一包吃的,来到牢房,走到王玉飞面前。刚要开口,王玉飞一把抱住他的脑袋,几个人一起动手把他勒死了。王玉飞掏出杨九荣的枪,然后轻声招呼外边的看守,说杨警长叫你进来吃东西,看守走进牢房,被几个人七手八脚弄没了气。众人打开牢门,放出其他监舍的人。

　　王玉飞低声说:"大家跟着我们走,不要弄出声响,也不要挤,不然谁也走不了。"

　　王玉飞、白永刚和赵宏恩分头带领大家,悄悄地绕到房后,后面的围墙已经被老郭和李有等人,用铁钎撬开了一个洞,众人鱼贯而出,拐过一条街,分乘上几辆马车,朝四乡逃去。

接班的警察发现牢门大开,马上吹响了警笛,附近的军警很快包围了留置场。冲进去一看,除了杨九荣和另一个看守的尸体,只找到一个没跑的人,是沈家马保长的儿子。白天家里人给他捎信,说明天就能放他出去。所以,当牢门打开,大家往外跑的时候,他坐在那里没有动,也没有喊叫。

中村简直气疯了,歇斯底里地命令全城戒严,进行大搜捕。小林宽雄从哈尔滨赶回来,亲自审问保长的儿子。

"你为什么没跑?"

"我明天就要出去了。"

"是谁告诉你的?"

"是我的家里人来了,给了杨警长一盒大烟膏,他让家里人进来看我的时候说的。"

"那你为什么不大声喊叫报警呢?"

"我怕那些人回来杀了我。"

小林宽雄派人一调查,他说的基本属实。

小林宽雄又接连审问其他的看守警察,这几天都有什么人来过留置场?看守们说,来的除了宪兵队,就是警务科的人,都是送犯人或者提审犯人的。昨天上午,警务科的王科长还来过。

小林宽雄仔细地察看了留置场的监舍大门和后面围墙上的洞,他明白了,这是外面接应的人干的,里应外合,做得神不知鬼不觉。这个主谋又是谁呢?

两天后,特务们共抓回来六个人,都是经济犯抓进来,跑回自己家的。这六个人也没审出什么有价值的东西,都说是有人打开了牢门,让他们小点声跟着走,具体是谁,天太黑,也没看出来。

审讯中,有一个人可能是胆子太小,或者心脏有问题,吓死过去了。小林宽雄下令,把剩下的五个人,还有那个马保长的儿子,一起装进麻袋,晚上沉入了呼兰河。

小林宽雄昨天急忙赶回哈尔滨,是接受了一项新的紧急任务。日伪特务混入齐齐哈尔国民党组织内部,使负责人伊作衡被捕,交通员叛变,齐齐哈尔国民党组织全部被破坏。并查出,现任呼兰县协和会副会长王鸿恩,是国民党黑龙江东部地区负责人,要小林宽雄立即予以逮捕,顺藤摸瓜,破坏黑东地区全部国民党地下组织。

王鸿恩在呼兰颇有名望,从一九一八年起,任呼兰县教育局长十年,人们普遍认为他比较开明。一九二七年当选省议员,一九二八年加入中国国民党。一九二五年,他曾经带头发起"呼兰县沪难后援会"集会演说,募捐支援上海工人和学生。后来选送了一批包括张野在内的学生出国留学。鼓励他们学成之后,回来报效国家。

他大力倡导打破传统教育观念,主持召开了全县第一届学生运动会,设立教育社图书馆,订购了大量新书报,传播新思想、新文化。刘铁志和杨远芳的婚姻也是他促成的。后来,梅原小次郎想利用他在呼兰的声望,请他出任县协和会副会长,他便以此为掩护,开展抗日活动,在呼兰、巴彦、绥化、拜泉、庆安等地发展了一批国民党员。

小林宽雄把王鸿恩直接押往哈尔滨。起初,怀疑他是不是兰河大侠,或者与大侠有关,后来一看他已经年逾五十,从身形体态到多年经历,都相差甚远。就先采取软的方法,劝他投降,供出哈东地区各个地下组织,和皇军合作,继续当协和会长。王鸿恩一概不承认,问什么也是不知道,说你们抓错人了。于是,对他动用了各种酷刑,他还是那些话,心中抱定了以死殉国的信念。在他的口中,一个国民党人员的名字也没有透露。

王鸿恩的部下李景华、马玉堂逃到沈阳,向东北党务专员办罗主任汇报。罗大愚先问李景华:"出了这么大的问题,你认为根本原因在哪里?"

毕业于北京政法大学的李景华,经于啸天和王鸿恩介绍入党,对王鸿恩很敬重。他说:"我对细情了解得不多,根据情况分析,主要问题出在齐齐哈尔,发展组织不慎重,混入了特务,获得了名单。先是于啸天,后是伊作衡,先后被捕遇害。王鸿恩也受到牵连暴露了。"

罗大愚接着问道:"王鸿恩现在是什么情况?"李景华急切地说:"王鸿恩直接与伊作衡联系,齐齐哈尔及周边地区组织大部被破坏,但是哈尔滨和呼兰以及东部地区人员损失很少,说明王鸿恩没有叛变,敌人还没有掌握地下组织人员,不然的话,我们也跑不出来。罗主任,我认为,我们应该动用力量把王鸿恩救出来,他是一个很难得的人才呀!"

罗大愚又问马玉堂对此事的看法。马玉堂为人很有心计,当年他为了马小子上学的事，曾经找过王鸿恩，马小子被枪毙后，基本没有了什么往来。可是王鸿恩与马子英互相瞧不起，素来关系不睦。现在王鸿恩被捕，自己就有可能接替他的职务。

马玉堂显得很犹豫地说："王鸿恩和伊作衡是直接单线联系，伊作衡九月份出事，王鸿恩却快到年末才入狱。现在伊作衡死了，可是王鸿恩还活着，这里面会不会有其他一些不为人知的东西？也有人说王鸿恩早就被日本人收买，当了伪协和会副会长，他的亲属和学生，不少都在为日本人做事。我们和东部地区的人幸免于难，既可能是王鸿恩没招供，也可能是日伪特务为了放长线钓大鱼的诡计，要进一步扩大破坏范围。也有人说，王鸿恩有十分明显的亲共倾向，还有人说，他曾经贪污募捐款给自己盖房子。所以，我看此时我们还不宜盲目行动。"

罗大愚看了看马玉堂，长出了一口气："王鸿恩出任协和会副会长的事，是经过请示报告的。你们反映的情况，我立即向上级汇报，现在是非常时期，必须慎之又慎。哈尔滨警察厅戒备森严，营救王鸿恩难度很大，贸然行动，很可能导致重大损失。现在情况不明，当务之急是保护各地组织人员，避免更大损失。"

见李景华还要说什么，他挥挥手制止说："你们的意见我会认真考虑，你们现在就别回呼兰了，就在哈尔滨具体负责两件事，一是转移人员，重建组织，由李景华负责；二是通过内线，了解王鸿恩等人的详细情况，伺机营救。如果已经叛变投敌则尽快除掉，马玉堂负责此事。"

两个人都心事重重地回到哈尔滨，马玉堂认为不让自己负责组织重建，是罗大愚不信任自己，看来接任的打算要落空。李景华则对罗、马二人对王鸿恩的态度，感到失望和不满。

几个月过去了，小林宽雄从王鸿恩的口中，依然毫无所获，不禁恼羞成怒，下令把王鸿恩处以绞刑。

刑场上，风沙弥漫。王鸿恩抬头看看天空中昏暗的太阳，一丝微笑浮现在脸上，眼里没有恐惧和悲哀。随着笑容的渐渐平复，他的脸上像雨后的田野般平静，慢慢地说了一句："但愿明天的天空是无比的晴朗。"王鸿恩殉国，时年五十四岁。

李景华闻讯，心中的愤懑化作泪水奔涌而出。悲愤之余他给罗大愚写了一封信，痛陈对马玉堂落井下石的愤怒，对罗大愚不及时营救的不满："史有袁崇焕忠心报国，却以罪囚之身屈辱地倒下了，受难的英灵给后人留下多少苍凉和无奈。而今,我们的同志王鸿恩,浩然正气亦有误解非议,狱中七月有余,竟无营救之举,舍弃同志背叛朋友,更是在出卖自己的人格。"信中最后一句是:"忠贞之士为国蒙难,悲情难诉;英勇不屈反遭猜忌,冤魂在天。王鸿恩就是呼兰的袁崇焕哪!"

鉴于地下组织屡遭破坏,国民党变更了东北组织系统,分设三省党部,直接对中央负责。肖达三任黑龙江省党部主任委员,关大成为书记长。

不久,新任特派员来到哈尔滨,李景华先是调往长春,后任黑龙江省党部执行委员,一九四九年作为少将战犯入狱接受改造。一九七七年特赦释放,曾任呼兰县政协委员。马玉堂被调往沈阳,后来作为潜伏特务回到哈尔滨,组织武装叛乱,在实施"旋风"计划,爆炸呼兰河铁路桥时,被王廷峰挥刀毙命。

省委联络员老郭和李有,在大方台等着王玉飞、白永刚等人的消息。三天后他们陆续聚齐。这次逃出来的八十多人,分散隐藏在四乡各村屯里,有二十一个人愿意去抗联。几人商定,后天下午,这二十一人在大方台集合,由李有带领去投奔抗联。

老郭说:"明天,我回省委报告越狱救人的情况。王玉飞你还得进城,把计划安排告知王廷峰,我们都走了,他不知道情况,一定会担心的。告诉他,敌人一定会加紧追查,让他格外小心,暂时不要有什么行动。"

王玉飞连夜走了。天一亮,李有去送老郭,刚刚走到街上,只见两队日伪军,正在挨家挨户进行大搜捕,查户口,检验身份。此时往回走,很容易引起注意。

紧急关头,李有急中生智,拉着联络员老郭,走进了前面的方台警署。他对门口值班的警察说:"哎,是许警官吗?你好啊,张彬在吗?"张彬是方台警署的接线员,与李有相识多年。姓许的警察说:"他在后面,你找他有事吗?"李有说:"这不,我和朋友做生意路过,顺便来看看他,我们也很长时间没见面了。"

见到张彬,叙起旧来,李有介绍老郭说:"这是我生意上的朋友老赵。张彬,咱俩好久不见了,今天我请你喝酒。"

张彬说:"我在线上值班出不去,今天我请你,咱们就在这里,我去买东西。"

"哎,我是做生意的,怎么能让你花钱。"李有说着掏出两块大洋,塞在张彬手里。见张彬走出去,又补上一句:"别忘了,给许警官带回一包花生米。"

李有回过身来,低声对老郭说:"如果出现意外,你就一口咬定是和我做木炭生意的,什么也不承认,真有事我来应付。"

张彬回来,三个人连吃喝带闲聊,转眼日近晌午。李有估计,搜捕的日伪军已经走了,这才依依不舍地与张彬告辞,把老郭送到火车站。

王廷峰进留置场给王玉飞送完信,就回到警务科。杜力迎上来说:"王科长,您来了。"王廷峰说:"今天我值班。你小子这几天干什么去了?"

杜力连忙回答:"哈尔滨来了三个日本人,细川泰科长让我和林警长陪着他们去了团山子。"

"三个日本人?"

杜力看出王廷峰的疑问,接着说道:"有两个说是探矿的专家,我陪着他们转了好几天,他们说那地方有煤,只是埋藏太深,又靠近呼兰河,地下水位高,不易开采。林警长陪着那个叫柳生太郎的日本人去了闹龙井和公主墓。"

杜力说完,凑近王廷峰,在他耳边轻声说道:"我正要跟您说,他们出事了,柳生太郎昨天晚上死了。"

王廷峰抬起头看着杜力:"到底是怎么回事?"

杜力十分诡秘地说:"柳生太郎和林警长他们去完闹龙井,又挖开了公主墓,说那是金兀术亲妹子的坟,挖出来不少东西,那里面四面都是彩色壁画,十几件瓷器玉件,都是稀罕物件,还有三四筐大小铜钱。柳生太郎拿着一个生锈的铜镜,两眼直冒光,听说铜镜带把,上面有两条鱼。还有一个玉佩,上面也有两条鱼,鱼嘴上穿着金线。柳生太郎拿着玉佩,是左瞧右看。见天色已晚,他命令手下人把公主墓又填上了,把铜钱和其他东西都抬到县公署,他自己带着铜镜和玉佩回来,准备今天早晨回哈尔滨。哪知道昨天晚上被发现死在床上,铜镜和玉佩也都不见了。"

王廷峰听罢,也觉得挺蹊跷,于是又问道:"这日本人是怎么盯上公主墓的呢?"

小老杜一脸神秘地说:"团山子上有怪,那是家喻户晓啊,团山子有宝,也是尽人皆知,故事传得远去了。那闹龙井上百年来,每逢雷雨天,轰轰作响,大铁链子多少人拉不到头,不知道下面拴着什么怪物,来过不少人也没弄明白。这个柳生太郎开始也是冲着闹龙井来的,不知道怎么把公主墓挖开了。当地的老百姓可是从来也不敢挖这些坟啊洞啊的,大以前有几家人,曾经挖了山上已经倒塌的古塔的地宫,挖出一个多层的铜匣子卖了,还把青砖运回家修院墙盖猪圈,结果没多久,几家人先后遭了大难,不是暴病身亡,就是傻了疯了,后人更是个个穷困潦倒。日本人肯定是听说了,来了什么专家。谁料想柳生太郎死得不明不白,浑身无伤,两眼暴突,面色青紫,你说怪不怪?"

王廷峰说:"这件事的确有些奇怪,你多留意,有什么新情况就来告诉我。"杜力答应着出去了,王廷峰手托下颚沉思。

当天晚上,留置场发生越狱,中村和小林宽雄赶回来突击审查,几件事都赶到一起了,逮捕王鸿恩,追查国民党地下组织人员,柳生太郎离奇死亡,毫无线索。几个先后去过留置场的人,都有理由,警务科王岭白天去留置场送过犯人以后,就一直在科里值班,没离开过。审讯抓回来的几个人也是毫无头绪。逮捕王鸿恩是上边交办的大案,破获国民党地下组织是当务之急。当然,其他几方面的线索也不能放松,要逐一追查到底。小林宽雄决定分头出击,一件一件地多方面审查。

傍晚,王廷峰走出警务科,天还是阴沉沉的,一阵风卷起地上的尘土扑面而来。回到家中,雨兰从锅里端出饭菜,放在他面前,两眼怜惜地看着他,她感觉他这几天又瘦了。王廷峰冲着雨兰笑了笑,一边吃饭一边思索着柳生离奇死亡,文物失踪这件事。柳生太郎死有余辜,这些强盗到处明抢暗盗,应该受到惩罚。可是那两件珍贵文物到底落在什么人的手里了呢?但愿是落在中国人的手里,免得又被日本强盗窃取。想到中国人,他忽然心中一动,知道这件事的人不多,林警长,他是最了解底细的人,难道是他?

王廷峰匆匆吃完饭,换了身衣服,走出家门。转过几条街,来到八大家后面林警长家,见四下无人,翻身越墙进院,悄悄转到窗角,借着微弱的灯光察看屋内的动静,猛然一愣,只见林警长半坐在太师椅上,舌头吐在外边,已经死了。

王廷峰心想,这是什么人下手这么快?他看出林警长坐的太师椅,有些与众不同,上面贴着各种贝壳,却也没有发现什么其他线索,于是返身出来跃出院外。转过一条街,他感觉身后有个影子跟着自己,知道是被人盯上了。于是装作漫不经心地向北城走去。走到一个胡同口,他腾腾几步上了墙,转身上了房,又从另一侧下了房,来到后面那个人的身后。那个人正在胡同口张望,怎么一眨眼不见了人影?王廷峰一只大手像铁钳子一样,掐住了他的脖子:"说,是谁让你来跟踪我的?"

那人吓得浑身发抖:"没,没人,我,我就是随便走走……""你不说实话,我掐死你。"王廷峰说着手上稍一用力,那人脸红脖子粗,浑身抖得更厉害了,接着裤子尿湿了。嘴里呜啦着说:"王科长饶命,饶命啊!"王廷峰手上一松,那人瘫倒在地上。

"说吧。"王廷峰声音不大却很威严地说道。

"我,我说,是胡会长让我跟着您,看你都和什么人联系,王科长,你可千万不要说是我说的呀,要不然,我一家老小都活不成了。"那人鸡叨米似地磕头。

王廷峰说:"那好,你该干什么干什么去,就说什么也没发现。你要是敢胡说,我随时要了你的命,滚!"那人连滚带爬地走了。

王廷峰急忙回到警务科,把抽屉里的弹夹全部装进背包,两把刀一把别在腰里,一把插在腿上。

这时有人敲门,王廷峰低声问道:"谁?"

"是我,杜力。"杜力值班,见王廷峰屋里有灯光,就走了过来。

王廷峰问道:"今天有什么事吗?"

"啊,有两件事,一件是哈尔滨又来了一些人,追查柳生太郎的死因和文物的下落。另一件是,我下午在宪兵队碰见周维新了……"

杜力自从提升为特务队长,对王廷峰更是唯命是从。每天有什么新鲜事,务必跑来告诉王廷峰。今天下午他去宪兵队送车,出来时,迎面碰上胡升三和周维新走进去,就打了个招呼:"胡会长,周队长忙啊?"周维新说:"啊,不忙,小林太君找我们有点事。"胡升三想起杜力是警务科的人,连忙接过话头说:"也没什么大事,就是随便问问协和会里的事,你忙吧,你忙吧。"

胡升三的解释反而引起了杜力的注意。他的急忙解释很不自然,周维新是胡升三的女婿,更是他的下属,小林宽雄问协和会的事,直接找胡升三就行了,干嘛还要叫上周维新?肯定是和周维新有直接关系的事情,而且是事关机密的事,否则用不着掩饰。杜力想不明白,就把这件事跟王廷峰说了。

王廷峰不动声色地听着,联想到胡升三派人跟踪自己,判断此事可能与自己有关,也许是他们发现了什么,或者是有人授意这么做的。周维新的出现,很有可能与刘铁志事件有关。现在小林宽雄被留置场越狱和柳生太郎的事,弄得焦头烂额,哪有工夫过问协和会的事?小林宽雄这个老特务,肯定能够判断出留置场外面有人接应,会全力追查。我不能消极等待,必须主动出击,先铲除胡升三这个铁杆汉奸,他早就该死了。

王廷峰回到家里,对雨兰说:"情况有些不对劲,你准备一下,等我今天晚上收拾了那个大败类胡升三,我们就带着孩子离开呼兰。"

王廷峰悄悄走出家门，在门口左右观察了片刻，见没有什么动静，才快步走去，却没有发现胡升三安排在街对面屋子里面的人。

很快，他来到胡升三在黑瞎子胡同南面的住所，也就是陈家姐妹住的地方，他掏出一块黑布系在脸上，飞身越墙进入院内。来到房门前，拔出刀一点一点拨开门闩，进到屋内，突然掀开被子，用枪指着炕上的人，猛然一愣，上面并没有胡升三。

本来，他已经摸清胡升三这几天一直住在这里，没想到今天却扑了空。他低声问缩在床上瑟瑟发抖的陈家姐妹："胡升三在哪？"

文娟哆哆嗦嗦地说："他刚来了一会就又走了，说是有急事。"

"说没说到哪去了，办什么事？"王廷峰追问。

"他没说。"文娟答道。

王廷峰刚要离开，又转过身对陈家姐妹说："现在外边没人，你们两个赶紧逃走，去找你们的家人吧，她们在中医学社。"说完走出门外。

王廷峰心想，胡升三说有急事，就不能回家，很可能是在协和会了。于是转身向南，来到位于南关码头的县协和会。只见门前突然增加了岗哨，他断定胡升三就在这里。于是绕到院后，从后面墙角转过来，看到一个人匆匆忙忙地从屋里走出去，不是胡升三。他从窗外用手慢慢划破窗户纸，看见胡升三正在屋里来回焦躁地踱着步，周维新抓耳挠腮地坐在凳子上，也是十分焦急的样子。他轻轻打开房门，没等胡升三回过神来，枪口对准了他的脑袋。

刚才出去的人，正是胡升三派去在王廷峰家对面监视的人，见王廷峰深夜匆匆而去，连忙回来报告。胡升三说："看来这个王科长真的是大有问题。"想到那些被兰河大侠杀死的人，他直冒冷汗。告诉那个人说："你马上去宪兵队，向小林宽雄太君报告，请他派人到这里来，说我可能有危险，有人可能要杀我。"手下人刚刚走出去，黑布遮面的王廷峰已经站在了他的面前。

面对枪口，胡升三从身形看出，这个人就是王廷峰，他尽力显得镇静，装作没看出来："好汉，你就是兰河大侠？"王廷峰冷冷地说："这对你还有什么用吗？"

胡升三心里盼着宪兵队来人，故意拖延时间说："好汉，我和你远日无冤近日无仇，如果想要钱，尽管说，我一定会满足你。"

王廷峰说："你是恶贯满盈的大汉奸，很多呼兰人都和你有仇，今天就是你下地狱的日子,出卖祖宗,出卖良心的人都没有好下场。"

说着,拔出刀来,向胡升三脖子抹去,胡升三拼命躲闪,一刀划在他的脸上,还没等他再转身,王廷峰的刀已经插在他的左胸。胡升三嘴里冒着血沫,倒在地下。

王廷峰一转身,枪口对准了周维新,问道:"你为什么会为虎作伥?"

周维新早已认出王廷峰,他浑身轻颤,闭上眼睛哆嗦着说道:"廷峰,你开枪吧。"

王廷峰一咬牙,想要扣动扳机,看到周维新的样子,轻轻摇了摇头说:"但愿从今以后,你能悬崖勒马,改邪归正。"他收起枪,擦擦刀上的污血,准备开门离去。

外面的哨兵已经听到了动静,端着枪大声问道:"什么人?快出来。"这时,一队日本宪兵也赶过来,将整个屋子团团围住,带队的正是中村。

悄悄离开已经不可能,王廷峰走到后窗,慢慢推开窗户,抓起胡升三扔了出去。随着几声枪响,王廷峰跳出窗外,开枪连续打倒几个日本宪兵,飞身向后街跑去。

日本兵的三八大盖,每打一枪,要拉大栓重新给子弹上膛,王廷峰抓住这极短的机会,开枪打死几个日本兵,跑出包围圈外。中村带着宪兵紧追不舍,远处传来汽车、摩托车的马达声,还有狼狗的叫声。

转过后街就是呼兰河南关码头,河边天寒地冻,北风呼啸,王廷峰把鬼子引到河边,又转身折回南大街。看见两个警察骑着摩托车转过来,他隐身墙角,突然截住摩托车。两个警察吓了一大跳,还没明白怎么回事,只见王廷峰一挥手又一转身,两个人的脖子大动脉都已被割断。王廷峰推下两个警察,打开油箱盖,把一个警察的帽子撕开,用刀塞进油箱,再拿出来扔在摩托车挂斗里。他想到了一个对付警犬的办法。

他开着摩托车又回到河边,向河对岸开去,到岸边停下车,把沾满汽油的帽子扔在冰上,然后向岸上的小路跑去。到了路上,各种脚印和车辙就混杂不清了,他又绕了一个小圈,返回街里,回家去接雨兰和孩子。

中村带着日本兵逐街追赶。小林宽雄看到胡升三的尸体,想到白天胡升三和周维新与他的对话,似乎明白了。他问周维新:"那个人为什么没杀你?你看清楚那个人的模样了吗?是不是你们白天说的那个人?"

惊魂未定的周维新点了点头,一时说不出话来。小林宽雄马上带着人,朝着军犬狂叫的方向奔去。

此时军犬已经循着气味追赶到河边,又向河对岸追去,发现了摩托车。两只军犬突然嗅到了浓烈的汽油味,嗅觉失灵,尽管驯犬兵使劲拉着,还是说什么也不干了。其中一只左右躲闪的时候,伸在外边的舌头沾到了冰上,疼得直嗷嗷。

小林宽雄见此情景,沉思片刻,对中村说:"中村君,我带人沿着脚印继续搜查,你带摩托队马上到警务科王岭家里,把所有人都带到宪兵队。"

中村由胡升三的手下人带领,直奔王廷峰家。

感慨:

丹心千古照苍天　志士含冤赴九泉
但有兰城侠士在　岂容奸恶逞凶顽

第十七章

寒梅凌雪　雨兰舍己护夫婿
劫车除恶　奇女救人展侠风

王廷峰急匆匆回到家中,雨兰正在焦急地等他。见他浑身是血,连忙上前问道:"廷峰,你受伤了?"

"没有,别害怕,抱着孩子,我们赶紧走。"

两个孩子睡了。二人抱起孩子,就向外边走。突然,随着摩托车马达声由远而近,枪声响起,一个人大声喊着:"老王,快走啊!"

王廷峰一看,是王玉飞。他趁夜刚回到城里,就听到一片枪声,街上到处是日伪军,他躲着绕过几条街,来到王廷峰家。刚要敲门,忽然看见日军宪兵摩托队急速驶来。他大喊一声,拔出枪来,照着第一辆摩托车大灯打去,摩托车一下子翻在了路旁,后面的鬼子连忙停车,一起向这边射击。

王玉飞见廷峰二人出来了,急切地说:"你们快走,我挡住鬼子,快!"

王廷峰说:"我们一起走。"

王玉飞说:"那我们就谁也走不了了,李有和老郭他们都到了方台,你放心走好了。"

王廷峰接连开枪打倒几个鬼子兵。王玉飞见他不走,急切地说道:"为了两个孩子,你快走啊!你们走了,我再想办法脱身。"

王廷峰看着雨兰和自己怀里的孩子,又连开几枪,鬼子都趴在了地上,他说:"玉飞,那我们先走,一会儿,你也快走。"然后和雨兰拐过街口,向前奔去。

王玉飞躲在墙后,鬼子兵一冒头他就开枪,鬼子趴下了,他也停止射击,尽量拖延时间。中村急了,命令机枪火力压制,鬼子兵边射击边向上冲。王玉飞连开几枪,再一扣扳机,没子弹了。王玉飞转过墙角,飞身奔跑,眼看着就要拐进另一个街口,一颗子弹打在他的后腰上,他挣扎着又走了几步,摔倒了。鬼子兵冲上来,几把刺刀刺进了他的身体。

按照王廷峰的身手,鬼子兵根本不可能找到他。可是冰天雪地的夜晚,有了雨兰和两个孩子,情况就不同了。刚刚过了东城壕,鬼子的摩托队追过来,王廷峰手拉着雨兰,趴在树带旁边的壕沟里。

夜色漆黑,摩托队眼看就要过去了,摩托车声吓得雨兰怀里的兰馨"啊"地哭了一声,在静夜里十分响亮,雨兰连忙捂住她的嘴,已经晚了。鬼子转身围了过来,在后面紧追不舍,而且越来越近。中村端起枪,朝王廷峰瞄准射击,被雨兰看见,她连忙推了廷峰一把,自己用身体挡住廷峰,子弹打进了雨兰的后背。

王廷峰见状,连忙回身扶住她。雨兰声音微弱:"带孩子,快走,我,我不能,陪你了。来世,我还做,做你的妻子……"

王廷峰心中大恸,放下雨兰和怀里的孩子,迎着中村和鬼子兵,左右跳跃,一枪一个,不一会儿工夫,十几个鬼子兵先后丧了命。中村和王廷峰面对面举起了枪。面对杀害雨兰的魔鬼,王廷峰手疾眼快,一枪打掉了中村手中的枪,又一枪打进了中村的脑袋。这个杀人无数的恶魔,像遭了雷击的枯树一样,直挺挺地倒了下去。

雨兰已经闭上了美丽的双眼,鲜血流淌在雪地上,宛如几朵红梅绽放在凄迷的雪夜。王廷峰凄然地抱紧雨兰,仰天痛呼:"苍天哪,为什么?这是为什么……"

悲痛欲绝的王廷峰赶到三家子,请求远芳的父亲杨继业老先生帮助安葬雨兰。老人为廷峰换了衣服,备了干粮,拴了一辆马车。王廷峰背起两个孩子,告别杨老先生,进山去了。

王玉飞的妻子张婉彤,听着外边的枪声一阵接着一阵,一夜未眠。秀芝起身和张婉彤一起不安地听着枪声。

第二天清早,邻居张大婶慌慌张张跑来告诉张婉彤,说看见王玉飞躺在大街上,浑身是血,怕是不行了。

张婉彤和秀芝跟着张大婶连忙跑到大街上,只见王玉飞躺在王廷峰家前面街口的拐角处,十几处伤口的鲜血早已经凝固。张婉彤抓住王玉飞冰凉的手,看着他尚未闭上的眼睛,一下子晕倒了。秀芝和张大婶赶紧扶住她,秀芝连声呼叫,张大婶又是掐人中又是拍后背。

几个围在王廷峰家四周的特务走过来,一个头目模样的小胡子问道:"你们是这个人的什么人?"张大婶说:"我们是他的邻居,一大早起来就看见他躺在这块,也不知道到底是怎么一回事。"

小胡子说:"他是反满抗日分子,被皇军打死了,看来这个迷糊过去的女人是他的家里人了,你们赶紧找人把死人弄走,不要让别人都来看了。"

秀芝和张大婶帮着张婉彤埋葬了王玉飞。在路过王廷峰家门口时,秀芝看到院里院外宪兵特务们还在到处翻查,心里万分紧张,廷峰和雨兰看来是出大事了。张大婶听街上的人说,这家的人是反满抗日的重要人物,昨天晚上跑了,还打死了不少日本兵,现在到处都在追捕他。

秀芝舒了一口气,心想,他们没事就好。她还不知道,王玉飞和雨兰都是为了掩护王廷峰牺牲的。秀芝把王廷峰和雨兰看作最亲的亲人,他们把自己救出火坑,他们使自己懂得了许多原来不懂的道理,他们让自己有幸和李维相知相爱。王廷峰大哥本事大着呢,小鬼子哪那么容易抓到他。虽然这么想,心里还是时时刻刻为他们担心。

破获了国民党地下组织,逮捕了王鸿恩,尤其是揭开了兰河大侠之谜,小林宽雄受到司令部嘉奖,升为大佐。因为兰河大侠在逃,没法大肆宣传,只能作为机密掌握,继续严密追查。一时间,呼兰城乡特务密布,进入一段最为血腥恐怖的时期。

杨洁华接替胡升三任协和会会长。周维新升任警务科的警尉,代理副科长,开始带人监工修建七八二仓库。

伪县公署增加了"四大金刚"高伯军、贾传芳、魏学明和梁朝滨,他们鱼肉百姓,横行城乡,也有的老百姓称他们是缺德带冒烟的"四大阎王"。

这四个人中,高伯军和贾传芳,原来是马子英的手下,魏学明和梁朝滨是县公署普通职员,魏学明和高伯军虽然是两姨姐夫小舅子关系,却不完全赞成他的一些行为。高伯军从小就是个地痞,心狠手辣,经常酗酒耍疯,曾经因为一块菜地,把亲弟弟的眼睛打瞎了,四邻平日唯恐躲避不及。

当初,高伯军通过贾传芳结识了马子英,进了剿匪大队。马子英利用他的狠劲,让他当了侦缉队警尉补。当时高伯军对贾传芳感激不尽,说:"你就是我的恩人,我的铁哥们,今后你有什么事,在我这儿没有不行的。"可是高伯军为人凶狠奸诈,对人是有用时朝前,没用就朝后,眼睛只管向上看。不久又先后靠上了胡升三和武岗黄光,骄横一时,暴敛不义之财,很快就不再把贾传芳放在眼里。

梁朝滨气不过,私下里对贾传芳说:"高伯军有奶就是娘,有用就是爹,忘恩负义,真他妈不是个东西。"

贾传芳苦笑一声:"世上的事,往往成了婚姻,抛了媒人,过了河谁还记得修桥人,我不跟他计较就是了。"

马子英、周文武和胡升三先后出事,兰河大侠闹得县公署人人自危,全县许多地方受水灾影响歉收,出荷粮收缴不力,武岗黄光任命高伯军为粮食股长,负责征收。

武岗黄光把高伯军叫去询问。他双手背在身后,斜眼看着走进来一个劲点头哈腰的高伯军问道:"高股长,今年的出荷粮你的收的怎么样了?"

高伯军手拿着帽子,向前走了一步,哈腰回答:"太君,这些刁民,拿受灾做说,想不交粮,门儿都没有。前天我在黄岗村把黄老邪的孙子抓起来,一顿胖揍,今儿个一早,不仅粮食交了,还给了车马费、跑腿费。"

武岗黄光摆摆手:"我听说现在还没收到多少粮食,你有什么安排?"

高伯军说:"贾传芳出了一个主意,交满出荷粮有奖,十月份交完的,满二百斤奖一块二,十一月交完奖一块,十二月交完奖八毛,钱从多分派的粮食出,过了十二月重罚。我觉得,对这些刁民,就得来厉害的,狠整就不怕没粮食。"

武岗黄光睁大双眼,紧盯着高伯军说:"我只要出荷粮,至于什么办法一概不管,按期收完,你,大大的功劳,奖励大大的。收不上来,你们这'四大金刚'……"

高伯军耐着性子,压低声音连忙说:"太君你放心,你放心,我们一定做好,一定,一定。"

武岗黄光转过身来,伸出右手,高伯军急忙上前两步,抱着武岗黄光的手握了一下,哈着腰退了出去。武岗黄光掏出手帕,擦了擦手,厌恶地把手帕扔在地上。

高伯军叫来另外三个"金刚",趾高气扬地说:"武冈太君说了,只要收上粮食功劳大大的,重重有奖,以后还可能让我当县长呢,也少不了你们升官发财,从明天起,都跟我带人下乡。"

贾传芳说:"那交粮奖励的事,你跟武冈太君说了吗?"

"说了。武岗太君说用什么办法都行,他只管要粮食。"

高伯军说着看看梁朝滨："你他妈别太娘儿们家家的，从古到今，乱世出英雄，胆大吃肥的，抓住现在千载难逢的机会，我们才能有出头之日。日本人不来，谁他妈瞧得起我们？就拿我来说，很多人都说我坏，从来没人说我好，那我就坏给他们看看。他们说我狠，不狠谁他妈怕我？"

"四大金刚"每到一村，先是集合村民，许进不许出，然后对没交齐粮食的，逐一受审过关，施展各种残酷手段逼迫村民。最常用的就是"撑子"，撑不住就打，经不住打就得交粮食。村民们四处躲藏，有的躲到窖里和柴垛里。躲不过去的，有的跪地求情，有的被逼无奈，只能拿出了家里所有的粮食。

赵凡和几个村民跪在魏学明面前，一个劲作揖："长官，求您发发慈悲，行行好，我家今年真的没收多少粮啊，你们缓缓吧。我求求你们了。"

魏学明脸色铁青，用力抽了一口烟，然后呼出一串烟圈，拿起烟头一下子按在赵凡的脸上，接着狠狠一脚，把赵凡踢倒在地。

赵凡痛得在地上来回翻滚。儿子赵顺风上前扶起老爹，对魏学明说道："你们别逼了，我们交，没粮我们卖地。"

赵凡在黄旗屯是出了名的老实人，当年和杏花离婚后，无论谁来说媒，一概不理会，加上家境不富裕，一直也未娶亲。杏花嫁给周君后，生了周维新，赵凡的二老也相继去世。老太太闭眼前，嘱咐赵凡说："儿子，你不娶亲，我死也闭不上眼，老赵家就你一根独苗，不孝有三无后为大，你怎么能让赵家绝后，在你这一辈断了香火？"

赵凡满脸泪水，哽咽着答应："妈，我答应你，我答应，你放心吧。"老太太周年之后，赵凡娶了村西李木匠的女儿春丽，有了儿子顺风。不想顺风十一岁那年，春丽一病不起，赵凡靠着仅有的几亩地，还在村里给人做豆腐，一个人把顺风拉扯大。家境不好，顺风年近三十也没人愿意嫁给他。

赵凡被打伤，躺在炕上生气上火，顺风答应魏学明卖地交粮。可是村里现在还能买得起地的人，只有那几家地主了。顺风接连去了三家，都说现在年景不好，买不起，买不起，最后进了王万德的院子。

王万德是清朝镶黄旗正六品骁骑校之后，几辈人靠祖上遗产，加上精打细算，家业不断扩大，在黄旗屯算得上是数一数二的地主了。听赵凡要卖地，王万德摇摇头说："我也是金玉其外，徒有虚名，没有闲钱买地了。"

赵顺风跪在地上，磕了一个头，哀求道："王老爷，求您了，我家真的没有别的办法，我爹已经被打伤了，没钱看病，交不齐出荷粮，他们不会善罢甘休，求您救救命吧。"

王万德长叹了一口气："好吧，你们老赵家都是老实人，你爹一个人把你拉扯大也不容易，如今有难处，我就伸把手吧。"

赵顺风千恩万谢，多亏了王老爷帮忙过了这一关。地卖了，老爹要治病，两张嘴要吃饭，赵顺风进城在北烧锅当了伙计。

村里的周景礼、王金、何庆林、李自铭等人，被高伯军的手下扒光上衣，用皮带抽打。

"他妈的，真是不见棺材不掉泪，赵凡草鸡了，粮也有了，你们什么时候交齐？"高伯军恶狠狠地说。

人群中一个七十多岁的老先生，看不下去了，走上前去说道："你们太过分了，从古到今，催收粮税没有像你们这样的，大灾之年民不聊生，你们就不能缓缓吗？"

高伯军一听，眼里冒出近乎疯狂的火焰，摇晃着走到老先生前面，不屑地说："你是什么东西，敢阻拦老子给皇军收粮？"

旁边有人说道："这是咱们国民学校的李先生。"

"李先生？你自己不交粮，还鼓动别人不交，你是不是反满抗日分子？"

李先生接着说："你们也是喝呼兰河水长大的，乡亲们有难，你们还往死了逼，以后还怎么种地，不种地以后你们还怎么收粮？"说着用手捋了一下胡须，抬起头不再看高伯军。

"你这个老不死的，还在这拿架装人，跟我捋胡子。"高伯军歇斯底里地嚎叫一声："来人哪，把他的胡子都给我拔了。"

四个伪警察上前抓住老先生，两个背过胳臂，一个按住脑袋，另一个抓过胡须，一根一根往下拽，老先生鲜血直流，骂不绝口："你们这些畜生，狗汉奸，王八蛋，你们一定会遭报应的。"

梁朝滨拿起手中的炉钩子，钩住老先生的嘴，恶狠狠地说道："我叫你骂。"说着使劲搅动炉钩子，鲜血立即从嘴里喷出来，老先生昏了过去。

高伯军说："把他装麻袋里，带到宪兵队去，这老东西散布反满抗日。"

村民们吓得一时不敢出声，小孩子直往大人身后躲。

高伯军走到李自铭身边问道："你今年多大岁数？"

"我今年四十二。"

高伯军又问站在旁边的李自铭媳妇："你呢？"

媳妇怯生生回答:"我三十九。"

高伯军眼睛一横:"年纪不大不小,就是不交粮,来呀,男的打四十二板子,女的打三十九板子,现在就交可以免打。"

然后他走到王金面前问:"你叫什么?"

"我叫王金。"

高伯军斜着眼说道:"哎呀,你就是王金,王二合适,我听说你凡事都尽想着自己怎么合适,粮食交得最少,看来今天得让你再尝尝合适的滋味。来呀,给他五十鞭子,外带二十板子,让他合适合适。"王金被打瘫了。

周景礼有抽风的毛病,被带到高伯军面前。高伯军上下打量着说道:"听说你是他妈的苍蝇采蜜——装疯(蜂)啊,来人,先打他二十板子,看他还疯不疯。"周景礼被打得在地上翻滚,他的媳妇怀孕在身,此时扑上前去,挡住高伯军,大声喊着:"别打了,再打就打死人了。"

高伯军说:"那好,你们现在就交粮。"

周景礼媳妇说:"求你们缓缓吧,我家现在实在是没有粮食。"

高伯军抬起右脚,一脚把她踢倒在地。恶狠狠地说道:"不交粮就是找打。来呀,给我继续打。"周景礼被打得一个多月下不了地,他媳妇和肚子里的孩子双双死去。

村民们无处申冤,更无处说理。穷苦百姓受刑不过,只得交出家里的粮食,还不够的,只有卖地卖孩子,人们对"四大金刚"恨之入骨。

警务科也进行了全面整顿,扩大了特务搜查班,由日本特务松元一郎任班长,受呼兰警务科长细川泰和滨江警务厅特务科双重领导。

松元一郎网罗了特务密探一百多人,遍布全县各地,随意抓人,实施法西斯高压手段,甚至滥杀无辜。共产国际先后派遣韦中达和张逸仙,到呼兰建立交通站,相继被特搜班的特务破获。

抗联战士冯林凯,在战斗中与部队失散,敌人封锁了进山的道路。他连夜回到家里,带着家人暂避在呼兰的亲属邵贵江家里。邵贵江家住在田家大院,给冯林凯在糖厂找了一份零工。

大院内邻居住着一个老许太太,女儿小蝶与特搜班外勤主任段存岩关系暧昧,常把他招到家里住,还一起抽大烟鬼混。

这一天,两个人又纠缠到一起,小蝶急促地扭动着腰身,把两个奶子紧贴在段存岩的胸前左右颤动着。段存岩嘴里喷着酒气，双手在小蝶的后背、大腿和丰腴的屁股上一阵抚摸，然后捧住她的脑袋，舌头递进她的嘴里吸吮起来。小蝶的扭摆颤动令他神魂癫狂，浑身血液膨胀，一翻身把已经分开双腿的小蝶压在身下，两人一阵放浪形骸的狂风骤雨。雨过云收，段存岩喘着粗气躺在炕上，一只手仍在小蝶颤颤的奶子上旋摩着。小蝶依偎在他的胸前，轻声呢喃，说一会儿给段大哥做点好吃的。又说邻居老邵家来了一个生人，以前从未见过，看样子不是个一般的人。

困倦的段存岩，正在迷迷糊糊之时，听到小蝶的话，忽然意识到立功发财的机会来了，一骨碌爬起来，跑回特搜班，向松元一郎报告去了。

随即，十几个特务埋伏在田家大院四周。冯林凯打工回来，特务们一拥而上，把他按倒在地，用衣服蒙住脑袋，五花大绑带回特搜班。松元一郎带人连夜审问，诱供加酷刑软硬兼施，施展了各种手段，冯林凯就是不开口。松元一郎头上的青筋直跳，命人去田家大院把冯林凯的老婆孩子抓来。冯林凯看到妻儿被带进来，眼中不由得流露出愤怒又惊恐的神情。

松元一郎看在眼里，他掏出手枪，对准冯林凯儿子的脑袋，用似乎平静却很低沉的语调，说着生硬的中国话："冯的，你再不说，我一枪打死他，把你的媳妇交给他们……"他用下巴指指墙边站着的几个彪形大汉，其中两个走过来，抓住他媳妇，几下就把她的衣服撕破了。

在老虎凳、铁烙铁之下也没开口的冯林凯，听到她撕心裂肺地哭喊，浑身震颤，终于大喊一声："你们放了她，我说……"

"你们把他们娘俩放回家去，我把知道的都告诉你们。"冯林凯喘息着说。

松元一郎心中暗喜，示意放了母子二人，暗中派人监视。然后从铁架子上放下冯林凯。冯林凯承认自己是抗联的人，跟部队失散了，已经来呼兰两个多月了，现在部队在什么地方，自己根本不知道。

松元一郎眼睛一瞪："你的撒谎的，死了死了的，全家死了死了的。"声音透着彻骨的阴冷。

冯林凯本来知道的并不多，此时不得不胡乱招供："我只是听说，从清河县来呼兰的人，有抗联派过来的地下工作人员。至于抗联部队，他们经常换地方打游击，这么长时间了，我确实不知道他们现在是在什么地方。你们要是认为我撒谎，那就枪毙我好了。"

松元一郎一想，这几个月他就在呼兰，很可能并不知道抗联现在确切在什么地方，那就先破获他们的地下组织再说。

特搜班先后抓捕了十六个与清河县有关系的人,还有他们落脚的亲属朋友全部抓进来,逐一加以审讯。

夜幕降临了,审讯室浓郁的血腥气息四处蔓延开来。

从清河刚来不久的魏丽群,根本不是抗联的人,连孩子一起被带进审讯室。特务们把她绑在柱子上。先是一阵鞭打,然后撕开她的衣服,用烧红的烙铁直接按在她的乳房上,魏丽群惨叫一声,昏死过去。孩子在旁边哭得死去活来。

松元一郎让人泼了一桶凉水,魏丽群苏醒过来,孩子嘶哑的哭声,深深刺进她的心里。松元一郎又拿起烧红的烙铁,举到孩子面前,对魏丽群说:"你再不招供,就让你的孩子尝尝滋味。"

魏丽群连声说:"我招,我招,你们让我说什么我都说。我是抗联派来呼兰的,上级叫杨靖宇,我负责收集情报,他们派人到我家来取,最近就要来了。"

"你都收集什么情报?"松元一郎急切地问。

"就是日本人都住在哪里,有多少人,多少枪?每天都干什么?吃什么?没别的了。"魏丽群一阵胡乱供述,弄得松元一郎也不知真假,干脆把她押入牢中,派人在她家四周设下暗哨,日夜监视。

葛亚民的父亲在清河县参加了八路军,鬼子汉奸经常袭扰,他带着母亲,投奔住在呼兰的远亲,就是李秀芝和李维的房东王玉飞。

葛亚民以前没见过张婉彤,来到呼兰,知道王玉飞已经被日本人打死了,眼下只剩下张婉彤,与李秀芝同病相怜,两个女人相依为伴。葛亚民感到十分为难,母子二人投亲而来,如今竟然无处栖身。

张婉彤听王玉飞说起过远亲老葛家,看着头发斑白的母亲和他的儿子不像是坏人,一时无处可去,就说:"你们要是不嫌弃,就先在这住下吧,以后再想办法。"葛母说:"这怎么好意思呢,太给你添麻烦了。"秀芝在一旁说:"别说什么麻烦不麻烦的,我们都是穷人,再不互相帮着,还有活路吗?"

葛亚民十分感动,一再道谢。母子二人住进了西屋,秀芝和张婉彤在东屋。葛亚民外出做工,葛母帮着做些家务,互相之间关系处得十分融洽。

张婉彤是"锦和彩"药铺李璞生的外甥女,一直跟着学开方抓药。秀芝来了以后,帮着她忙活,张婉彤也有意识地教她一些药理知识。这一天晚上,秀芝对躺在身边的张婉彤说:"婉彤,我看葛亚民这个人挺本分的,我已经问过大婶,他还没有娶亲。你要是认为能行,有机会我就给你们撮合撮合。"

张婉彤说:"我每天闭上眼睛,就看见玉飞站在我面前,我怎么还能再嫁人呢?"

秀芝说："我理解你的心情，可是，你一个人这样下去总不是办法，如果能找一个值得托付终身的人，玉飞在泉下有知，也就能够放心了。"

张婉彤轻轻叹了一口气："葛亚民倒像是一个正派忠厚的人，这事以后再说吧。"

秀芝同情张婉彤，明白她心里对王玉飞的牵挂。自己不是一样，每天都在想着李维吗？这是什么世道，为什么好人总是受苦受难，亲人不能相聚，朋友成为仇敌，为什么真心相爱的人就不能在一块呢。李维呀李维，你现在到底在哪里呀？

葛亚民母子被抓进了特搜班审讯室，绑在魏丽群的旁边。魏丽群受刑时，葛亚民扭头看着自己的老母亲。心想，她老人家也要遭受和魏丽群一样的刑法，他心中的恐惧，就像无形的瘟疫，在全身蔓延开来，不由得浑身直发抖。

母亲看着儿子的样子，一阵心酸，眼泪快要流下来。可是，她却低声对儿子说道："孩子，谁家都有父母儿女，你都看到了，谁到了这里也没好，无论如何，我们也不能丧良心，更不能给你爹丢脸。"

松元一郎听到母子说话，没听清他们说些什么，于是走过来："老太太，你的，在说什么？你知道这是什么地方吗？你都看见了，如果不老实交代，会是什么结果。你的，年纪大大的，最好不要让我们动手，赶快和你的儿子，把你们知道的，统统说出来。你们的任务是什么？与你们联络的人是谁？统统地说出来！"

母亲慢慢地闭上眼睛，头偏离松元一郎，默默不语。

葛亚民说："我们就是投亲的普通老百姓，根本和抗联没有关系，不信你们去调查，查出来就枪毙我好了。你们放了我娘，她那么大年纪，更是什么也不知道。"

松元一郎用手抓住老太太的下巴，突然看见，老太太的眼睛睁开了，目光就像冬天的河冰一样，寒气逼人。松元一郎不禁为之一颤，这样的目光，令他不寒而栗。这样的目光，他在哈尔滨警务厅特务队，审讯共产党时见过。但他万万没有想到，今天，在这个小小的老太太的眼睛里，再次看到了。他知道，有这样目光的人，不是一般的方法可以让她就范的。于是他一挥手，过来两个手持皮鞭的大汉。松元一郎又一挥手，两个大汉抡开鞭子，狠命地抽打在老太太身上。老太太咬着牙，硬是一声不吭。

松元一郎对两个大汉说："你们的，先去伺候一下他的儿子。"鞭子狠狠地抽在葛亚民身上，母亲闭着眼睛，虽然没有什么明显的表情，却可以看见从眼角流下的几滴眼泪。葛亚民一直替母亲担心，没想到，自己这位平日和蔼善良，寡言少语的老母亲，竟如此刚烈。自己难道还成了软骨头？对了，要像母亲说的那样，不能给爹丢脸，更不能牵扯无辜的人。

当两个大汉轮流动手,打得筋疲力尽的时候,母子二人都昏死过去了。

松元一郎两眼冒火,额头的青筋再次急促地跳起来,他又动了杀机。刚要命令手下人动手,突然,大地摇晃,房屋震颤,灯灭了,壶倒了,有人东倒西歪地趴在地上。作为日本人,见惯了地震,可是,在地处中国东北的松嫩大平原上,却是很少发生的事情。松元一郎和手下人丢下被审讯的人,争先恐后跑出室外。时间是一九四一年五月六日零时十八分。

跑到街上的汉奸特务们更是心惊肉跳,不由得想到,也许是老天,对他们的残暴实在看不下去了。天怒人怨,地动山摇,说不定还有什么事要发生。

被牵扯的人不断增加,达到一百多人。葛亚民母子是投奔张婉彤而来,张婉彤也被抓进特训班审讯。到后来,细川泰和松元一郎等人也发现,有许多人的供词都很牵强,没有审出什么有价值的东西。派出去几处进行监视的特务密探,也都没有什么收获。于是,除了在审讯中被打死的七个人之外,已经招供画押的,还有嫌疑较重的,冯林凯、魏丽群、葛亚民等在内,共三十几个人一律处死。被打残的老弱病人,取保放回家去。其他青壮年,不分男女,一律暂时关押,然后有选择地分批输送到七三一部队,或者要塞的地下工事工地去,张婉彤就在其中。

秀芝眼看着葛亚民母子和张婉彤先后被抓走,焦急万分。怎么办？现在能找谁救人呢？李维音讯皆无,王廷峰和雨兰生死不明,自己在呼兰认识的人太少了。

想来想去,觉得只有周维新和陈广玉也许能够有办法,周维新现在不是已经当上警务科的副科长了吗,听说特搜班就归警务科管。他应该比那个当警长的陈广玉管用。秀芝决定硬着头皮去求周维新救人。

周维新虽然被任命为警务科的副科长,科长细川泰并不把他当回事。让他带人去城东,修建七八二仓库。还不时有事无事地训斥他几句。就连松元一郎也没把他放在眼里。周维新也觉得,自己在警务科就好比呼兰河里的一瓢水,有你不多,没你不少。在日本人面前,自己又好像三光庵里的木鱼,任人敲打,既不敢怒更不敢言。也只好时不时地对着看不顺眼的老百姓出气。

看着面前来求他帮忙救人的秀芝,周维新在地上背着手,来回踱步转着磨磨。心想这个秀芝是王廷峰救出来的人,在自己的店里不长时间,就没了音讯,已经好长时间没见过她了。不知道她现在和王廷峰有没有什么联系。于是问道:"秀芝姑娘,好久不见了,怎么突然想起找我帮忙了？"

秀芝说:"我的房东小姐妹张婉彤受牵连,也被抓起来了,我知道她只是一个房东,外地的远房亲戚来投亲,暂时住在她家,她根本就不是什么抗联。您和王廷峰是好朋友,我现在只能求您帮忙了。"

周维新眼珠一转,看着秀芝又问道:"是王廷峰让你来的吗?他自己为什么不来找我?"秀芝急切地说:"我已经很长时间没见到王廷峰和雨兰了。如果有他们在,我怎么会自己来找您呢?"

周维新其实不敢去找细川泰和松元一郎说情。他知道自己说话是鸡毛过大秤,没有分量,又不愿意让秀芝看出来瞧不起自己。他从秀芝的表情,断定她不是王廷峰派来的,舒了一口气说道:"秀芝姑娘,当年是王廷峰让我给你找一个栖身之处,我和王廷峰,还有刚从日本回来的张野副科长,都是拜把子兄弟,我自当尽力而为。我知道你救人心切,可是你知道他们都是犯的什么罪吗?反满抗日!案子都是日本人亲自办的,不仅你管不了,我也没办法。我劝你还是不要管这件事,赶紧离开呼兰,你刚才说,你也和那个张婉彤住在一起,如果日本人把你也牵扯上,那就糟了。"任凭秀芝再三哀求,周维新转弯抹角百般推脱。

秀芝一看,周维新真像挨打的王八一样,缩脖子了,他在日本人手下干事,看来是不能真心出力救人了。于是正色道:"周掌柜的,周科长,当年你曾经帮助过我,我在你的店里度过了那一段艰难的日子,我感谢你。既然你不肯帮忙救人,也就不劳烦你了。也许你真的无能为力。我只想跟你说,王廷峰那是身在曹营心在汉,你呢?总不能认贼作父,坑害中国人,要给自己留一条后路,告辞了。"

秀芝走出门来,决定去找陈广玉。陈广玉深感意外,听了秀芝的来意后,一拍胸脯说:"秀芝姑娘,你是我的救命恩人,你说的事,我哪有不办之理,我明天就去见周维新科长,看看能想什么办法救人。"

秀芝说:"我已经见过他了,他现在是抱过窝的鸡蛋,里外全变了,说这是日本人亲自办的案子,他也没办法。"陈广玉一听,用手挠挠后脑勺:"是这样?你也知道,我的靠山就是胡升三和周科长,现在胡升三已经死了,如果周科长难办,我也真没有把握。这样吧,你不要着急,容我再想想办法,两天后给你回信。"

送走了秀芝,陈广玉往警务科打电话,找周维新副科长。接电话的人说,周副科长在铁道东仓库工地。

陈广玉来到仓库,周维新问道:"陈警长怎么有时间来这?"

陈广玉说:"是这么回事,秀芝姑娘找我救一个叫张婉彤的女人,我来请教您,看怎么办好。"

周维新脸色一沉:"这个秀芝真是不知好歹,我已经跟她说得清清楚楚了,这是日本人亲自抓的大案,根本说不上话,使不上劲。"

陈广玉说:"秀芝姑娘说,张婉彤只是收留了来投亲的远房亲戚,根本不是什么反满抗日分子。"

周维新两眼圆睁说:"你知道什么?那个张婉彤的男人,就是在大街上被日本人打死的那个人,他和王廷峰是一伙的。眼下日本人追查得非常紧,我们躲还来不及呢,难道你要我们两个一起,手往磨眼里插,脑袋往铡刀里送吗?"

陈广玉惶恐地说:"我明白了,过两天,我就告诉秀芝,我们已经想尽办法了,案情重大,实在没有招好了。"

秀芝觉得陈广玉要去找周维新商量,希望不大,还是得再想办法。自己无论如何也要救出张婉彤。可是偌大的呼兰城,还能去找谁呢?孤立无助的秀芝实在觉得无路可走了。

猛然间,她想起周维新说了一句话,"我和王廷峰,还有刚从日本回来的张野副科长,都是拜把子兄弟。"这个张野既然也是个副科长,凭他和王廷峰的关系,能不能帮这个忙呢?自己一个年轻女人家,又不认识张野,怎么好去求人家?可是现在也管不了那么多了,只要能救出张婉彤,豁出命来也行。

她来到县公署,和门卫说,要找张野副科长。门卫说张野在农业科,你等着,我挂个电话。

张野从日本刚刚回到呼兰,到县公署农业科任副科长,专门负责推广水稻种植技术。虽然都在县公署,周维新当了警尉,却总是躲着张野,见了面也是应付几句就赶紧离开了。

张野想见周维新,一方面是珍惜兄弟情义,很想倾诉久别之念,一方面是想打听一下刘铁志和王廷峰的确切消息,毕竟外边的传言支离破碎,五花八门。

周维新不愿见张野,主要是心中愧疚,他也曾试着向张野敞开心扉,诉说苦衷,悔过认错,重新成为无话不谈的兄弟。他知道二人相聚,张野首先会问的一定是刘铁志和王廷峰,他不能直接面对张野问询的眼神,也没有勇气编一套假话欺骗张野,更不敢把心中的苦闷向张野表达出来,他害怕张野会鄙视他憎恨他。

这几天,呼兰城总是刮风,到处飞扬着尘土的气息。张野的心情也和天气一样糟糕。

留学这些年,他只是在熬夜太久,精神疲惫时,偶尔抽支烟。这几天却看着窗外的风沙,接连抽起烟来。随着散去的烟圈回想往事,那些往事似乎要烟圈一样,消散在空气里，又惊人顽固地展现在眼前。

短短几年一闪而过，好像是昨天，又恍若隔世。呼兰河还在不息的奔流，而很多人和事都发生了巨变，回望远去的如烟岁月，他知道自己无法留住过去，正如当初不能预知今天。

回来后，他只和远在巴彦乡下的姐姐张远匆匆见过一面，得知刘铁志殉难和王廷峰下落不明，但是他们谁也没有想到，这些与周维新有什么关系。只是有些奇怪，胡升三死了，周维新反而升了职，也许是为了安抚胡升三的家人吧。可是张野怎么也想不通，周维新为什么总是有意无意地躲避自己。

正想着，电话响起，门卫说有一个叫李秀芝的女人找张野。张野回来不久，和外界联系不多，并不记得认识一个叫李秀芝的女人，他是什么人呢？于是对门卫说："那你就让她进来吧。"

秀芝见到张野，只见他身材高挑，戴着一副眼镜，显得平和文静，俨然有一股书卷的文雅清气。张野说："这位姑娘，你认识我吗？找我有什么事吗？"秀芝弯腰鞠了一个躬，然后说道："我并不认识张科长，可是有一个人，你可能认识，他叫王廷峰。"

王廷峰？张野惊奇地睁大了眼睛。秀芝说："我叫李秀芝，王廷峰是救过我的恩人，我的男人李维曾是王廷峰的部下。王廷峰的一个朋友王玉飞已经被日本人打死了，现在连他的妻子也被抓走了。"秀芝诉说了事情的经过。

张野问道："你告诉我，王廷峰现在怎么样？到底发生了什么事？"

秀芝说："王廷峰把我救出火坑，后来雨兰要生小孩，让我在张婉彤家里照顾李维。王玉飞出事那一天，我看见宪兵特务们把廷峰家里团团围住，里外搜查，他们夫妻二人下落不明。我也一直没有他们的准确消息。这次张婉彤被抓，我去找周维新，他害怕受牵连缩脖子了。我是听他说你和王廷峰是兄弟，这才前来求您，求您无论如何要想办法救救张婉彤。"

张野听了，轻轻点点头，神情凝重地对秀芝说："我听明白了，请你放心，我一定千方百计想办法。你身为一个年轻女子，尚且如此仗义救人，我作为男子汉，救王廷峰朋友的妻子理所应当。"

说着扯下一张纸，写了一个电话号递给秀芝："这是我办公室的电话，你明天下午听我的消息。事情紧急，有关王廷峰的一些情况，我们容后再谈。"秀芝十分感激，深深鞠了一躬转身离去。

张野左思右想，决定去见两个人。一个是周维新，毕竟他就在警务科任职。另一个是副县长武岗黄光。他的弟弟曾是张野在日本的同学，前不久也参军来到了中国。临行前还专门给在呼兰的哥哥写了一封信,武岗黄光亲自在县公署农业科安排了张野的工作。

周维新完全没想到张野会直接找自己,他有些害怕面对张野。世事无常,按理他们四个人应该是最好的朋友和兄弟,日本人才是敌人,可是现在反过来了,猫和老鼠在一起跳舞混吃喝,鬼迷心窍使他背信弃义,得到的回报是副科长的职务和警尉服,表面上一呼百应,风光无限,而紧紧伴随的却是内心深处的恐惧和惊慌。

自己已经骑到了老虎背上,想下来也难。就像天上的风筝,线牵在日本人手里,只能是闭着眼睛蹚河,凭天由命了。

如今刘铁志没了,王廷峰去向不明。一想到王廷峰,周维新浑身就一阵发冷。王廷峰在自己面前杀了胡升三,虽然放过了自己,他肯定知道一些什么,这从当时他的眼神中完全可以看得出来,那眼神像冰一样冷,像剑一样锋利。他太了解王廷峰了,当时他收起枪,临走时说的那句话,天天在自己的脑子里转。现在自己是身不由己,没有退路,只是希望王廷峰别在呼兰城出现,自己能多活一天算一天吧。

今天张野突然出现在面前,他有些惊慌失措:"啊,大哥,是你啊,我,我一直没倒出工夫去看你,你,你来了,坐吧,坐吧,我给你沏茶。"

张野说:"我回到呼兰,原以为能够兄弟四人团聚,如今只有你一个人在,还一直躲着我。你现在有了权势,眼里没有了我这个兄长也没什么,可你最起码应该告诉我,铁志和廷峰他们是怎么回事,到底发生了什么?"

周维新连忙摆摆手:"张野大哥,你别误会,我这些日子实在太忙,我正准备这两天要给你接风呢,铁志和廷峰的事,其实我也说不太清楚,外边传得五花八门,我一直也没弄准是怎么回事。这不,你回来了就好,我们慢慢聊。"

张野看出了周维新的不自然,此时也没心思与他计较,开口说道:"这些事我们慢慢再说,今天我来找你有另外一件事,张婉彤的事你知道吗?"

周维新说:"我倒是听说了一点,大哥您刚回来,怎么关心起这件事了,你是听谁说的?"

张野说:"你先别问听谁说的,你就说能不能想办法把人救出来吧?"

周维新又问道:"大哥,这个张婉彤和您,关系很近吗?"张野说:"很近,非常近,和我们老张家是老亲了,要不然我怎么会来找你?"

周维新叹了一口气:"不瞒大哥您说,前天有一个叫秀芝的找我帮忙,说这个张婉彤是王廷峰朋友的老婆。冲着王廷峰我完全应该想办法救这个人,可是跟你说实话,我老丈人一死,跟日本人的关系就算是断了,别看我升任了警务科副科长,可是日本人根本没把我当盘菜,说得难听点,我还不如一条狗。"

周维新说着说着悲从心来,眼里竟然滴出了几滴眼泪:"我不是不想救人,是实在没有这个能耐呀!"

张野看着周维新的样子,心里又可气又可怜,更为他感到悲哀,人活到这个地步实在超出想象。于是说道:"维新,那你说说这个案子现在到了什么程度?"

周维新说:"案子是松元一郎亲自带人办的,据我所知,根本没抓住什么大鱼。现在除了死的、杀的、放的,剩下的要分批送走,送到什么地方一直保密。"

张野问道:"现在人都在什么地方?"

周维新说"原来都押在警务科刑讯室和宪兵队,现在剩下的人都转到监狱去了。"

张野说:"那就请你留意一下,如果有这些人的动静,希望你能够告诉我一声。"

周维新说:"大哥,你是要?你可不能……"

张野注视着周维新的双眼,平静地说:"秀芝一个弱女子,都能够不怕危险挺身救人,我们难道还不如她?你要是害怕,就只当什么也不知道好了。不过千万不要忘了自己是中国人。"说罢,张野转身走了出去。

张野原想如果周维新那儿能够解决,尽可能不去找那个日本人武岗黄光,周维新毕竟是中国人,还是自己的兄弟。现在看来只能是硬着头皮闯一闯了。他来到武岗黄光办公室门外,用日语喊了一声报告,里面说了一声进来。张野推开门走进去。武岗黄光见是张野,放下手中的材料说道:"是张野君,有什么事吗?"

张野说:"有一件事想请您帮忙,给您添麻烦,很不好意思。"

武岗黄光说道:"有话请讲,不必客气。"

张野说:"我家有一个亲戚,被警务科特搜班误当作反满抗日分子抓起来了,我想请您把她放了,她根本不是什么反满抗日分子。"

武岗黄光上下打量了一下张野,只见张野语平气定,直言不讳。便问道:"你说的是什么人?"

张野说:"她叫张婉彤,是个很普通的年轻女子,她只是让远方来的亲戚住在了家里,是母子二人,如果找的是我,我也会收留他们的,张婉彤本人从来没有过什么越轨行为。"

武岗黄光拿起电话,接通了警务科,里面传出细川泰的声音:"武冈副县长,我是细川泰,您有什么指示?"

"清河的案子结果如何?有一个叫张婉彤的女人,是什么情况?"武岗黄光直接问道。

细川泰回答说:"案子已经结了,都是抗联的一些普通人员,都已经处理了,剩下的嫌疑犯也准备分批送走。从张婉彤本人身上没有发现什么特别的问题,她收留了两个抗联的家属。"

"如果放了这个女人,有没有什么问题?"

细川泰听到武岗黄光这么问,回答道:"我们发现,她的丈夫就是前不久,被皇军击毙的反满抗日分子王玉飞,所以决定把她转送到平房去。整个案件的处理结果,我们很快会报送给您。"

武岗黄光放下电话,转过身来对张野说:"这个女人并不仅仅是收留了远方亲戚,她的丈夫就是个反满抗日的顽固分子,所以现在还不能放。等我看过她的卷宗,然后再说吧。"

张野见状,只得说了一句:"还请武冈副县长审查案卷后,把她本人和她丈夫区分开,给予优待处理。"武岗黄光挥挥手,张野只得转身离开。

第二天一大早,秀芝就赶到陈广玉家大门口,陈广玉让她进到大门内,也没有往屋里再让,就站在那对她说:"张婉彤的事,日本人已经定了案。我先后找了几个人,周维新科长也尽力了,实在没有办法,还请秀芝姑娘包涵。"

秀芝见他话已说绝,就恨恨地说道:"那你能借我一支枪吗?"

陈广玉一听,眼里露出惊恐的目光:"秀芝姑娘,你要干什么?一支枪?难道你想劫牢反狱不成,快别瞎想了,给你十支枪也没有用。"说着掏出两块大洋,放在秀芝手中说:"以后有什么难处再来找我。这件事就算了吧。"

秀芝眼里含着泪水,把大洋放在台阶上,一转身跑开了。

她跑到县公署门卫处,给张野打电话。张野听到她急促地喘息,连忙说道:"秀芝,你不要太着急,更不能冲动,我已经找了武岗黄光,他的话没说死,我们静下来再想想办法。这样吧,我们每天早上通个电话,有急事我就去找你,我已经知道了你的住处。"

秀芝失落地放下电话,感觉浑身无力。软软地走在街上,现在是叫天天不灵叫地地不应,难道张婉彤真的就没救了?廷峰大哥,你和李维要是在这里,一定会有办法的。可是现在你们到底在哪啊?

无精打采想着心事的秀芝忽然听到有人招呼她:"这不是秀芝吗?"

秀芝一抬头,一个穿着长衫,戴着礼帽的中年人站在她的身旁。仔细一看好面熟,哎呀,这不是李有吗?他曾经几次来过王玉飞家,认识秀芝和李维。

秀芝像一下子见到了亲人,眼泪禁不住涌出来。李有连忙说:"秀芝别哭,别哭,遇到什么委屈了慢慢说。"

秀芝停住抽泣,把张婉彤的事诉说一番。李有从抗联回到呼兰,要与周星志等人取得联系,准备秘密恢复党的地下组织。刚到呼兰就在街上遇到了失魂落魄的秀芝。

李有说:"我还想办完事去玉飞家里看看,不想出了事,我们一起想办法把张婉彤救出来。"

秀芝又问:"李大哥,你知道廷峰大哥和李维的下落吗?"李有微微一愣,心想她可能还不知道李维的事,现在这个节骨眼上,也不好告诉她,于是说道:"王廷峰和李维都在山里,他们都还好,只是听说雨兰已经不在了。"

看着傻了一样待在那里的秀芝,李有说:"别太难过了,鬼子杀害了我们太多的亲人,血债一定要让他们用血来偿还。我们去研究一下怎么救人。"

李有找到周星志和白宝利,传达了上级重建地下组织的指示。然后说:"王玉飞是我们的好同志,他牺牲了,我们恢复组织做的第一件事,就是营救他的家属,这是我们的责任,是很有意义的事。刚才我听秀芝说,她已经分别找了周维新,陈景玉和张野,只有张野还有点真心帮忙的意思,我们倒是可以让他发挥一些作用。来,我们一起商量一下。"

几个人反复研究,制订了一个缜密而又大胆的救人计划,分头进行准备。

李有告诉秀芝每天与张野联系,和其他人都不要再接触,更不能透露半点李有等人的身份。

秀芝说:"这个道理我懂,你放心好了。"

几天后,武岗黄光打电话告诉张野:"案卷我已经看过了,这个张婉彤不能放,而且下周就要送走。张野,你不要再过问这件事了。"

张野非常难过地告诉秀芝,武岗黄光还是没有同意放人,而且过不了几天,人就要转走了。周星志通过监狱里的人,也了解到,要把七个女犯人送到哈尔滨平房,由特搜班派车并负责押运。

白宝利安排人严密监视车队的动静,李有让秀芝亲口转告张野,这几天要天天在县公署上班,哪里都不要去。

秀芝要求参加行动,李有想了想说:"救出这七个女人,还真需要一个女人参加才方便。"秀芝的所作所为,使李有感觉到她是一个重情重义,深明大义,敢爱敢恨,充满正义感和牺牲精神的奇女子。于是他简单地告诉秀芝,手枪的射击要领和注意事项,要她一起参加行动,救人后和他一起带人进山,其他人不能暴露身份,还要在呼兰继续开展活动。

秀芝从县公署见张野回来,被一个特搜班的特务跟上了。她几次到县公署,引起了特务的注意。秀芝发现一个人一直跟在后面,心里扑腾扑腾直跳,快步拐过一个街角,连忙躲进一个住户的棚子后面,却被坐在街口墙角的一个人看得清清楚楚。

跟踪的特务走过来,不见了人影,四处张望着,看见了坐在墙角的人,上前问道:"哎,要饭的,你看见一个女人往哪去了吗?"那人慢慢抬起头,看了看面前的人,指了指前边胡同:"往那边跑了。"

见特务追过去了,那人低声喊道:"秀芝姑娘,快出来吧,那人走了。"

秀芝闻声探出头看了看,慢慢走出来,发现正在墙角喊她的人有些面熟,仔细一看,认出他是黄金山。

黄金山指指前边说道:"那人往前面去了,你快从这边走吧。"秀芝一时不知说什么好,看了他一眼,转身快步离去。

这一天清早传来消息,特搜班的车已经开往监狱,有四个特务押车。李有带人马上行动,乘车前往河西,在二道河桥南面停下,周星志和白宝利各带着一个人,在路边树林里埋伏起来,李有和秀芝装作父女,坐在车里观察着路上的动静。

半个多时辰过去了,还不见囚车的踪影,大家不禁着急起来,树后面的人也走到路上,焦急地张望。

白宝利说:"老李,是不是走漏了消息,狗特务改了道了?"李有说:"应该不会,这里是通往哈尔滨最近的路,再等等。"

不一会儿,周星志兴奋地说:"看,囚车来了。"几人马上隐蔽起来。

囚车开到桥南,见有车停在路上,也停下来。车后门打开,两个特务跳下车,掏出枪对准父女二人,大声吼道:"你们是什么人?为什么把车停在这?"

李有说:"我们是为大日本皇军办货的商人,车坏了。不过别急,很快就修好,很快,很快。"

两个特务收起枪,骂骂咧咧地站在一边,看着李有鼓鼓捣捣修车。

这时驾驶室里坐在司机旁边的特务头目,打开车门走下来,正是特搜班外勤主任段金辉,他想借机会到哈尔滨给那个小蝶买两件衣服,再买件首饰。近来小蝶一直缠着他要奖赏,昨天她贴在身边撒娇赌气,说我给你帮了忙,你立功得了奖赏,总不能忘了我吧。段金辉只得答应。今天正好押人犯去哈尔滨,他就亲自带队来了。

李有见特务头目走近了,站起身来,拍拍双手说:"好了,修好了,可以走了。"见两个特务反身迎着段金辉要往回走,李有突然从车内拿起双枪,大喊一声:"兰河大侠在此,狗特务拿命来!"双枪齐射。秀芝也举枪开火,顿时把三个特务打得浑身窟窿。车上的另外两个特务听到枪响,跳下车来,很快被两侧冲上来的人打翻在地。两边冲上来的人都用毛巾围着脸,迅速跳上车,解开七个妇女的绳子。

李有冲到驾驶室边,司机吓得开门正要逃跑,被李有一枪把子打在头上,接着一掌打在他的脖子后面。司机软软地倒在那里,头上鲜血直流。

李有大声问道:"后面怎么样?"有人瓮声瓮气地答道;"都解决了,全咽气了。"

另一个人尖声尖气地说:"兰河大侠就是厉害,不仅武功了得,枪法也是名不虚传。"

瓮声瓮气的声音又说:"这兰城女侠也是太横,身手敏捷,厉害,厉害。今后看哪个汉奸特务还敢嚣张,见一个杀一个。"

李有吩咐道:"让我们的人都上前面的汽车,江桥那边有人接我们。把这几个死特务,都扔到后面车上,不要让人发现了,我们快走。"六个"尸体"先后被抬到囚车里。满脸血迹的司机身下是段金辉,身上压着另一个特务,两辆车向南开去。

李有和秀芝带着张婉彤等七个女人,已在二道河边悄悄上了小汽船,快速驶入松花江,奔巴彦而去。

汽车不知走了多久,突然停下来,瓮声瓮气的人说:"大家都下车,哈尔滨接我们的车来了,我们快走吧。"

闭着眼睛装死的囚车司机,趴在车上始终不敢抬头翻身,直到一队日本宪兵把他扶起来。松元一郎和宪兵队长询问他怎么回事,他结结巴巴地描述着,简直已经吓破了胆。

松元一郎终于听明白了,有十多个人,路上劫车,杀了押车的五个人,救走了车上的七个女人。

宪兵队长问道:"是什么人干的?"

司机说:"是兰河大侠和兰城女侠领的头,他们都这么称呼,还说,今后谁敢嚣张就杀谁。"

松元一郎问:"他们往哪个方向跑的?"司机说:"肯定是哈尔滨,他们有人接应,还有汽车。"

松元一郎对宪兵队长说:"我带人继续往前追,你马上联系松江警察厅和宪兵队,立即出动人马,严加盘查。"

折腾了大半天一无所获,松元一郎回到呼兰,武岗黄光召集宪兵队、警务科和监狱的头目们,追查原因。

武岗黄光说:"这次劫囚车事件,干得非常大胆而巧妙,有计划,有组织。在我们内部,一定有人走漏了消息,或者说是里外勾结。松元君要彻查与这个案件有牵连的人,一定要抓出内鬼,以绝后患。"

宪兵队和监狱方面都表示与此事无关,重点渐渐集中到警务科内部。周维新坐在那里,头上直冒冷汗,心想秀芝和张野还有陈广玉都来找过自己,救那个张婉彤。自己虽然拒绝了,但是如果有人产生怀疑,自己有口难辩。要真是他们谁干的,我没有说明情况,起码是包庇之罪。这个松元一郎一直看不上自己,还不借机除了自己。

正在犹犹豫豫之间,松元一郎见周维新神色不对,说道:"周副科长怎么直冒汗,你是不是有什么话要说?"

周维新十分惊恐,顾不得再多想,连声说道:"我是有个情况要讲,提供给太君核查。前几天,先后有三个人找过我,让我想办法救出那个叫张婉彤的女人。"

周维新竹筒倒豆子一般诉说了经过,然后说:"我认为这三个人都有嫌疑,至于和兰河大侠,还有什么兰城女侠是什么关系,我说不太清楚,请皇军调查。"

周维新想为自己洗脱嫌疑,松元一郎也并不认为是他所为,他眼中的周维新是个没骨头的软蛋熊包,不齿与这种人为伍。

武岗黄光更是用鄙视的眼光看着他说道:"警务科怎么净是些酒囊饭袋,连一点最基本的逻辑推理能力都没有。这三个人中,有两个在县公署之外,都不能进入要害部门,无法掌握具体的押运时间,不然的话也不会去求你。张野想救人,不仅找了你,也找过我,如果是他劫囚车,或者说是内鬼,他的首要任务应该是隐藏自己,他会去找你找我吗?据我所知,这两天张野一直在县公署值班。再说,他一个学农的文弱书生,哪来的武功和武器?"

松元一郎接过话头:"据囚车司机说,劫车的那几个人里面,并没有戴眼镜的。"

武岗黄光接着说道:"至于找你和后来天天找张野的女人,也是一个道理。倒是那个陈广玉,应该重点调查一下。"

周维新挨了训斥,极力想恢复镇定,低声解释说:"我是以为,张野和王廷峰是同学,王廷峰又和张婉彤的男人关系非同一般,这里面会不会有什么联系。"

武岗黄光有些恼怒："你和王廷峰不也是同学吗,张野在日本,和我的弟弟也是同学,是不是也要找来审查?"

周维新吓得再也不敢吱声,在座的人纷纷露出鄙夷的神情。

按照武岗黄光的部署,宪兵队和警务科特搜班全部出动,开展城乡大搜捕。然而,兰河大侠和兰城女侠劫囚车的消息,却在城乡不翼而走,而且越传越神,老百姓心里暗自高兴,一些汉奸特务的残暴行为有所收敛。

陈广玉被带进宪兵队,经历了近一个月严厉的审查。虽然最后查明他没有作案的时间,除了受那个李秀芝之托,找过周维新,再也没有其他行为,就把他放了。可是警长的职位却已经有了新人。没想到这一个意外,却无形中帮了他的大忙,在光复后的锄奸反霸中逃过了一难。

周维新日益陷入心理矛盾的挣扎之中。周围虽然仍有奉承溜须之人,但是许多人的眼光使他犹如芒刺在背。与张野的感情进一步疏远,陈广玉回到家中再也没有与他见面,周维新的形象在他心中一落千丈。

这一天,周维新在家中,偶然看见了当年在关岳庙抽的那张签纸,浅黄色的签纸已很灰旧,上面的几句话依然清晰可见："烦辱皆因贪念在,功名利禄动地哀。诸事虚浮如春梦,何如随缘顺理来。"当年四兄弟结拜,抽得此签,不解其意,如今朦朦胧胧,似乎有所领悟,又不甚明了。他决定再到庙里,请南和大师解解签。

南和大师看过签语,两眼盯着周维新注视片刻,发问道："施主近日可曾做了什么紧要之事?"

周维新略一思索,不好说出张野与陈广玉之事,只得说："近来呢,在公,我一直在铁道东领着人修仓库;于私,我家卖了几个铺子,辞了伙计,在乡下买了二十多垧地。"

南和大师微微点点头说道："你的签语十分明了,关键在于'随缘顺理'四个字。世事无常,所谓无欲则刚,有失才有得,或许辞官卖地,不失为宁静平安之举。"

周维新心想,现在的人都很势利,如果离开警务科,人们看自己的眼光更会大为不同。铺子大多卖了,再卖地,以后靠什么生活?于是不置可否,辞过南和大师。

有道:

风雨同舟共死生　　忠肝义胆见真情
一心救人侠影现　　千古民心颂美名

第十八章

日寇投降　田中自尽发狂语
机智勇敢　张野挺身退日军

一九四五年八月十五日,日本裕仁天皇宣读《停战诏书》,宣布接受波茨坦公告,无条件投降。

呼兰城沸腾了,压抑了十四年的怒火,在人们的心中集中迸发,欣喜若狂的人们欢呼雀跃,纷纷聚集到大街上。一面中华民国国旗,从荣志照相馆举出,张荣志高举国旗,大声呼喊着,"小鬼子投降了,光复了,胜利了!"人越聚越多,跟在国旗后面高声呼喊着,自发地形成了浩浩荡荡的游行队伍。

在西岗公园,愤怒的人群中,一个人喊道:"小鬼子的神社还能留吗?"

许多人齐声喊道:"不能留,扒掉它,扒掉它!"

拆毁任何一个建筑物都比修建一个要快得多,人们利用周边一切能够利用的工具,木杆、铁棍、石块,有的就用手扒,人群组成的巨大洪流,很快冲垮了昨天还在供奉的靖国神社。

随后,人流涌向英灵塔。有人开始用铁铲铲去了"英灵塔"三个字。那三个字上面,隐约还能看见,当年被兰河大侠用砍刀砍下的痕迹。另外一些人找来了绳子,拴在塔上,大家喊着号子用力拉,上半截塔身轰然倒下,只剩下了一个水泥基座,用手中现有的工具实在难以拆除了。于是人们又奔向"四望亭"。

"四望亭"是一九二七年呼兰县知事路克遵主持修建的,在西岗公园的最高处。

亭子呈八角形，双层飞檐翘角，每个飞檐之上，有麟、听、狮、象、狻五兽，翘角下挂着铜铃，重檐由十六根圆柱支撑，彩绘雕刻精美细腻，正面柱子上，挂着张朝墉书写的集句对联"桃花细逐杨花落，山色初明水色新"。背面也有一副对联："柳线千条绣成松江美景，榆钱万贯买回呼兰春色。"后来，伪县长梁兆凡又把刻有伪满"建国大纲"的牌匾，挂在"四望亭"内。

有人喊着："把亭子烧了。"

张荣志连忙上前拦住，站在亭子中间大声说："日本人的这块牌匾一定要烧，可是这亭子不是日本人修的，是我们呼兰原来就有的文物，我们要好好地保护才是啊！"

"对，不能烧亭子，把牌匾摘下来烧了……"人们一拥而上，"建国大纲"牌匾在大火中抖动着化为灰烬。

随着火焰的渐渐熄灭，人们的激动情绪也略有缓和，下边还干什么呢？这时有人说："这些年小鬼子把我们害惨了，我们去'七八二仓库'把小鬼子的东西给分了吧。"

"好啊，大伙走啊，分东西去！"一股人流向城东涌去。

"七八二仓库"是日军在一九四一年开始修建的重要战备军需物资仓库，直接隶属关东军司令部。库区四周有两米多高的铁丝电网，四角建有岗楼。仓库的重点是其中的六九三仓库，是新型武器装备库。后期工程中，周维新带人抓了很多劳工。看守仓库的日军，最多的时候有一个中队，随着太平洋战争战线拉长，日军兵力紧张，大部分已经调走。现在，剩下的最后一批日军已经接到命令，携带六九三仓库的主要装备撤回哈尔滨，准备投降。

小岛中尉不敢违抗命令，又不甘心，秘密交代周维新，在日军撤离后，把仓库浇上汽油烧毁。周维新见日本人大势已去，命令手下人只把露天存放的几堆物资浇上汽油点燃，其余的汽油都倒在了消防水井里。然后让手下人带着一些物资，各奔前程去了。

周围的村民看到仓库起火，还有人带着东西走了，消息迅速传开，人们纷纷涌向仓库。当城里人流到达的时候，附近村屯的村民已经打开仓库外大门，推倒铁丝网，从各个方向涌进仓库。

已经撤到火车站的日军，没有命令不敢行动，小岛气急败坏地朝仓库方向开枪，几个日本兵也开了枪，流弹打死了一个人身后背着的小孩，但是并没有阻止哄抢人流的扩大。男女老少背的背,扛的扛,车拉马驮,最多时达两三万人。

城里的人流汇入进来,砸开大锁,打开库门,一下子惊呆了,从来没见过这么多的东西,军服鞋帽、粮食布匹、白糖饼干、药品罐头、枪支弹药,应有尽有。

"拿呀,大家都拿呀。"人们纷纷奔向自己喜欢的东西,用绳子捆,用衣服包,用袋子装,每个人都到拿不动为止。

赵凡的儿子赵顺风,从北烧锅出来,本想买点吃的回家看爹,看见街上的人都扛着东西跑,就跟着人流进了仓库。他左手拎起一捆棉布,右臂夹起一袋白面,匆匆走出仓库,想跑回家去,心想这回老爹可是有吃有穿的了,一会还得来一趟。跑了一段觉得不对,仓库在城东,家在城北,回家太远了。于是转过身来,直奔兴隆屯而去。兴隆屯是距离仓库最近的屯子,他的表兄弟就住在这个屯。

赵顺风来到高大伟家,喘着粗气对表弟说:"来不及回家了,这些东西就先放在你家,我再去一趟,你也赶紧跟我去吧。"

"哥,你这是从哪弄来的?"高大伟问道。

赵顺风焦急地说:"'七八二仓库'啊,日本人投降了。快别问了,赶紧套车,我们一起拉东西去,过这个村就没这个店了。"

高大伟亲兄弟两个,他是老大。此时不紧不慢地说:"君子爱财,取之有道,身外之财莫轻取。车已经被老二赶走了,现在只剩下一匹马,你要用就牵去吧,我不跟你去了。"

赵顺风知道高大伟的脾气,也不再劝。只得说:"那好吧,我自己骑马去。"当他再次来到仓库的时候,周围的村民一传十,十传百,越聚越多。仓库的东西太多了,四面八方的人们整整搬了三天。

哄抢行为很快波及开来,呼兰城内的日伪糖业组合仓库,还有铁路兴农粮库,也被一抢而光。日本人忙着撤退,警察特务们早已经脱了制服,东躲西藏起来。

伪县长张俭鑫躲在家里,已经好几天没出门了。没有人能制止哄抢。张俭鑫长叹一声:"抢吧,日本人完蛋了,什么都没了,何况这点物资。"

这一天,呼兰河码头上也聚集了很多人。游行的人群,先是砸烂了南牌楼上平贺贞章书写的牌匾,陆续汇聚到码头上。还有一队从哈尔滨跑回江北的江上军士兵,站在河岸上。一艘客船刚刚靠岸,旅客们纷纷走下船来。

王廷峰身穿青色长衫,戴着宽边墨镜,领着一男一女两个孩子。他身边另一个人身着粗布短褂,手拎一个小皮箱,和他们一起走下船来,他是北满省委特派员李有。

两人上了岸,只见一位戴眼镜的老先生,正在声泪俱下地控诉日本鬼子的暴行:"日本鬼子都是禽兽不如的畜生,他们奴役了我们十四年,今天终于到头了。我的大儿子张伯彦,只是个普普通通的教书人,无非是写了一些诗词文章,鬼子硬说他是反满抗日的共产党,逼他说出抗联的联络点。他不说,鬼子就给他过电,坐老虎凳,把脑袋硬往石灰筐里按哪……他才二十七岁,就这样被日本鬼子活活折磨死了。剩下妻子幼女……"

老先生悲愤交加,说不下去了。大家都被感染了,一些人流下了眼泪。连刚上岸的江上军士兵,也都默默低下头不作声。

王廷峰说:"老李,你知道这位老先生是什么人吗?"

李有说:"这个人我认识,他叫张镜寰,他的大儿子张伯彦是个爱国作家,旁边扶着他的是他的另外两个儿子,张伯瑜和张伯泰,一家人都是知书达理的教书人。"

这时,从河面上开过来五只帆船。伪县公署的日本职员、日本商人,还有一些开拓团团员以及他们的家属,从钓鱼台上船,离开呼兰前往哈尔滨。

"日本人要跑!"有人喊道。

"不能让他们跑,打呀……"人们纷纷拾起石头、砖块,向船上扔去,扑通、扑通,全落在水里,石头扔不了那么远,船快速向前驶去。

人们怒骂着,忽然看见了江上军的士兵们。

"你们既然不当汉奸了,为什么还不打鬼子,不能就这样让他们跑了。"

"你们还不打鬼子,就是汉奸,打你们这些汉奸。"有人怒喊起来。

"对,不打鬼子就是汉奸,你们赶紧开枪打呀。"也有人催促着。情急之下,江上军士兵们纷纷举起了枪,朝船上开枪了。

"砰、砰、砰……"随着枪声,船上相继有人掉进河里,有的是被枪打中了,也有的是慌乱中吓得掉进河里。船上也有人掏出枪来,向岸上射击,人们纷纷躲避,船渐渐远了。

李有摇摇头,对王廷峰说:"老百姓心中压抑了这么多年的怒火,终究是要爆发的,船上的这些人,也是法西斯战争的受害者。廷峰,你准备在哪落脚?"

王廷峰说:"我先去找张野,先安顿好两个孩子,那你呢?"

"我去荣志照相馆,张荣志是我们的人,有事你可以到那去找我。"

王廷峰说:"那好,张荣志是我的老朋友了,你先代我问个好,改天我去看望他。"

李有忽然回过身来说道:"对了廷峰,刚才我们在船上相遇,只顾询问你这些年的情况,差点忘了一件事。前些日子我在牡丹江见到杨远芳了,她已经是民主联军医院的院长了,她反复询问你和孩子的消息,一再叮嘱我,有了你的信息马上告诉她。看得出来,她的心里十分惦记你。"

王廷峰轻轻点点头:"远芳姑娘是个少有的才女,只可惜铁志走得太早了,他们无论人品才情都是天生的一对。你如果有机会见到她,一定要让她放心,我会把远志当作自己的儿子,把他养大成人。一有机会我就带着孩子去看她。"

李有也不由得想起当年,和铁志书记一起工作的情景,眼圈也有些发红,抬起头来对王廷峰说:"铁志和远芳都是好样的,铁志更是我参加革命的引路人,他的血没有白流,日本强盗终于被赶走了,铁志在九泉之下也可以瞑目了。"

王廷峰说:"远志这孩子,好久也没有见到妈妈了。"

李有说:"你放心,我见到远芳,一定把你和孩子的消息告诉她,想办法让你们见面。还有,你离开呼兰以后,发生了很多事,为了救人,我替你当了一回兰河大侠。李秀芝成了老百姓传颂的兰城女侠,她已经不是早先那个柔弱的女孩子了。你说当年我只是简单告诉她射击要领,她竟然那么快就运用自如,面对特务毫无惧色。她和王玉飞的妻子张婉彤,现在都在张远芳的医院工作。"

王廷峰说:"血与火的苦难使几位柔弱的女子都成为勇敢的战士,但愿秀芝知道李维的事以后,能挺得住,开始新的生活。你也多保重。"两人挥手告别。

坐船离开呼兰的只是一部分日本人,还有一些人没走。日军守备队已经乘军列撤走,地方文职人员,本打算到守备队和他们一起走,可是他们赶到时,只见到了一座空房。仅有的五条船,只能装下二百多人,这里的职员、商户、开拓团员就有三百多人,家属也有一百多人。怎么办?副县长武岗黄光来回踱着步,手足无措。

松元一郎说:"武岗君,还是让商人、开拓团员和家属们先坐船走,我们等火车,或者从陆路再找汽车。"

武岗黄光说:"船太慢了,火车也不知道什么时候能来,关键是现在满大街都是中国人,就是有车也很难走。时间长了不知道会发生什么事情。松元一郎,你带着商户、开拓团员和家属先走,我们再想办法。这件事很困难,就拜托了。"

松元一郎本想和武岗黄光在一起,听他这么一说,只得答应:"武岗君,您放心,我们绕到南河沿从钓鱼台上船。"

松元一郎走了。武岗黄光看了一下身边剩下的人,都是县公署、警务科、协和会、商会、兴农合作社等部门的人。他们的身份和自己一样,昨天,都是掌握实权的人,也可以说是掌握中国人命运的人。可是今天,一切都结束了。

平日十分骄横的警务科长细川泰,近几天痛哭流涕,美国飞机炸死了他的全部家人。

武岗黄光对众人说:"现在,我们只能分散行动,你们都自己想办法去哈尔滨吧,等到向苏军投降后,就可以回日本去了。"

又有一些人陆续离开了,最后留下三十九个人。武岗黄光带着他们走进另外一个屋子。屋里摆着几个大酒坛子。

武岗黄光给每个人都倒满了酒,然后对他们说:"诸位,你们都是日本的勇士,为天皇陛下屡建功勋。从明治维新以来,我们大日本帝国,中日甲午海战战胜北洋海军,日俄战争消灭太平洋舰队,偷袭珍珠港重创美军,我们是靠武力和智慧创造历史。今天,我们失败了,我和你们一样,都想回到日本去,我的妈妈和妹妹都在那里。可是我不想投降,不想看到中国人得意的样子,他们天生就应该是我们大和民族的奴仆,我们早晚都会成为他们的主人,日本征服亚洲,征服世界的历史没有结束。"

他一口气喝干了碗里的酒,拿出手枪:"让我们的灵魂一起回日本吧!"然后把枪对准了自己的头。"砰",随着一声枪响,"砰、砰、砰……"屋里一阵枪声响起。细川泰把酒洒在木窗上,用火点燃,当大火熊熊烧起来时,他也对准自己的太阳穴开了枪。

乘船逃到哈尔滨的松元一郎,找到呼兰守备队长藤田,两人一起来到日军司令部报告:"我们撤退的船只,被呼兰的警察和老百姓开枪射击,被打中连同落水而亡共四十余人。"

这时小野大队长进来报告说,呼兰县武岗黄光等人已经自杀殉国,呼兰守备队已被烧毁。

接二连三的事件使桥本司令官大怒:"抢仓库也就罢了,我们已经投降,船上的人并不都是军人,为什么还要杀死他们?武岗君,你们都是大和民族的英雄。"

他转过身来神情忧郁地说道:"小野君,你立刻前往呼兰,务必弄清楚真实情况,现在我们的处境,小野君十分清楚,不到万不得已,不要开枪杀人,我不想看到有更多的天皇士兵继续死去。不过,如果情况属实,是他们有计划地枪杀日本人,那你就准备和呼兰城一起玉碎吧。此事关系重大,藤田君和你一起去。"

小野和藤田来到哈尔滨火车站,调动军列前往呼兰。车站上有一个副站长叫肖胜刚,是呼兰双井人。心想,日本人现在都在纷纷往哈尔滨集中,这些日本兵怎么还要去江北呼兰呢?于是,他留心听日本兵的谈话,在车站工作多年,他听得懂日语。听到一个少佐传达命令,做血洗呼兰城的准备。

肖胜刚大吃一惊,赶紧找到电话,打给呼兰车站站长白云飞:"白站长,日本人要血洗呼兰城,赶紧让老百姓躲一躲,火车很快就要出发了,我这边尽可能拖一拖,可也不可能拖太久……"一队日本兵走过来,肖胜刚赶紧放下电话。此时,已是晚上六点。

张俭鑫接到白云飞的电话,一时目瞪口呆。怎么办?让人通知老百姓跑,自己和家人先跑?不行,这几年给日本人当县长,虽然没有干过太大的伤天害理之事,毕竟是在帮日本人做事。现在光复了;如果自己这个时候先跑,不仅过去是汉奸,现在更是罪人。

张俭鑫毕业于沈阳政法专科学校,接任伪县长一年多。心想,事到如今,日本人也轻易不敢大开杀戒吧,还是先弄清楚情况再说。想到这里,他连忙派人去找陈韶光和张野,让他们赶紧到自己家里来。

三人聚齐后,张俭鑫说明情况,对陈韶光说:"现在情况紧急,很多人都找不到了,我只能和你商量对策。张野,难得你在日本留学多年,日语也好。不过这件事很危险,你们看……"

张野义无反顾地说:"我去车站见日本人,事关全城六万多人的性命,冒点风险,值。"

张俭鑫说:"好,呼兰人不会忘记你的,我和你一起去车站。韶光,假如我们出了什么意外,你一定要想法活下来,以后把今天的事情让老百姓们知道。"

陈韶光说:"此事还有不妥之处,你们怎么去车站?去车站干什么?你们如果先到车站等着,不等于告诉日本人,事先知道了消息,那白站长和肖胜刚就会有危险,而且日本人也就不会相信你们的话了。可是去晚了又怕误事啊。"

张俭鑫说:"那怎么办,找个什么理由呢?"

张野说:"今天下午,从绥棱有两个开拓团的团员来找我,让我想办法送他们去哈尔滨,我看就以送他们到火车站为借口,偶然遇见日本兵,我就可以和他们交谈了。另外张县长你不能去,日本人会怀疑,你和陈会长就在县公署等着,如果他们来了,就按我们商定的说法,口径一致。"

张俭鑫说:"你一个人去我不放心,一旦……总得有个人商量配合,有什么事通个信也好。"

陈韶光说:"现在谁愿意去?一般人去了也不起作用,还是让我的儿子陈新跟张野一起去吧,他挺机灵,多少懂点儿日语,年纪不大,日本人也不会有什么疑问。"

张野和陈新带着两个开拓团员,乘马车赶往火车站。

马车跑到火车站,日军军车已经到达,站台上岗哨林立,火炮和机枪正在从火车上卸下来。

张野等人被几个日军哨兵拦住。"干什么的?站住!不许往前走。"

张野用日语说道:"我们是送人去哈尔滨的,既然有日军在此,我就把人交给你们的长官,拜托你们去报告一下。"

"你等一下。"一个哨兵转身回去报告。

两个军官走出来,正是小野和藤田,张野认识藤田,上前一步说道:"藤田君,是你呀,你好啊!"

藤田一看是县公署的张野,问道:"是张野君,你来干什么?"

张野说:"我来车站送两个日本朋友去哈尔滨,没想到能在这里见到您,正好,把他们交给你们,我就放心了。你们把这两位带走吧。"

小野没有正面回答张野的话,而是大声反问道:"你们为什么把日本的职员、商人,还有妇女给杀了?为什么这么残忍,不讲人道?为什么?"

张野并不急躁,用柔和的目光,迎住小野充满敌意的怒视,语调轻缓地说:"我也知道了这件事,杀害撤退的非军事人员和已经投降的军人,不符合国际法,很不对。但是,这不是呼兰人干的,呼兰的老百姓根本没有枪支,这件事是哈尔滨的'江上军'用机枪打的,打完就坐船走了,和呼兰的老百姓没有关系。"

藤田急忙问道:"你说的是真的还是假的?"

张野说:"千真万确。"

"现在呼兰城里还有日本人吗?"小野又追问。

张野说:"今天我们来送的是最后两个日本人,武岗黄光等人都是自杀的,也不是呼兰的老百姓杀的。"

藤田说:"我们到里面说。"

进了火车站的办公室,小野问张野道:"你的,是干什么的?"

藤田说:"他是县公署的张野科长,留学日本多年,他的很诚实。"

"张科长你说实话,呼兰到底杀了多少日本人?究竟是谁杀的?怎么杀的?"小野仍然怒气冲冲。

张野还是很平静地说:"船上的日本人不是呼兰人杀的,是哈尔滨的'江上军'干的。"

"不对,不对。松元一郎当时就在船上,是呼兰人在河边向船上开的枪,呼兰人应该受到惩罚。"

"松元君可能根本没有看清,河岸上到底是什么人。呼兰的老百姓根本没有枪,如果说报仇的话,起码应该回哈尔滨去找江上军,找手无寸铁的老百姓,没有道理。我今天晚上,就是送两个日本人去哈尔滨的。不信,你可以问问他们。"

小野看了藤田一眼。藤田对小野说:"我已经问过了,他送的两个人确实是日本人。"

张野接着加快了语速:"我说的都是真的。如果你们不信,一定要向呼兰人开枪,那就大错特错了。天皇诏书已下,如果你们现在屠杀平民百姓,那么,中国人不会不报仇的。呼兰城内只有六万多人,可是你们在哈尔滨有十几万人,在长春、沈阳,在全国各地,有几百万人,怎么平安回国?不仅你们都是刽子手,是罪人,你们的长官,你们的家属,也许都要跟着倒霉,会有更多的人丢掉性命。我真的不希望你们成为罪魁祸首,两位好好掂量掂量吧。"

藤田和小野耳语一番,小野的脸色有些和缓,又问道:"武岗黄光他们都怎么处理了?"

张野说:"昨天晚上火已经扑灭了,张县长已经安排人把武岗君等人安葬了。"

这时,日军一个小队长进来报告,"我们抓住了正在抢运'七八二仓库'物资的老百姓四十多人,怎么处理?"

小野眼睛一瞪:"通通地挑了。"

张野连忙说:"等一等,这些人哄抢仓库,是犯了法,但是他们是中国人,现在这种情况下,你们不能再随便杀人,我看还是明天把他们交给县公署处理吧。"

小野看了藤田一眼,又对张野说:"你们的县长在哪里?让他来见我,看你说的是不是真的。"

"我们县长现在可能早睡了,不如我给他打个电话,让他在县公署等你们。"张野回答说。

藤田对小野说:"我们就去一趟县公署,问清情况,再看看还有没有日本人在城里。"

日军的岗哨从车站一直排到城内。张野和陈新带着小野、藤田来到县公署,张俭鑫和陈韶光已在等候。小野重新问起河边之事,两个人自然和张野口径一致,气氛渐渐缓和。

小野说:"你们说的我相信了,明天请再找找,还有没有留下的日本人,我们一起带走。"张俭鑫说:"那没问题,我们明天一早,就再查一遍。另外,我再派人给你们送去一些吃的。"

小野说:"很好,明天早上,你们派人到车站把抢仓库那四十多人押回来,送进看守所,由你们惩处他们。"

日军军列返回哈尔滨。张俭鑫吩咐把抢仓库那四十多人全部释放了,其中就有赵凡的儿子赵顺风。

八月十八日,苏联红军远东方面军一百二十名官兵空降哈尔滨,两天后大批红军进驻,其中一个团从呼兰河口登陆进驻呼兰城。苏军收缴日伪人员枪支,释放犯人,逮捕有民愤的伪官吏和警察特务,接管电报局、火车站、码头、仓库、种马场,实行军事管制。城防卫戍司令部就设在关岳庙旁边的工商会。

八月十八日这一天,呼兰县自行成立了光复委员会,推举陈韶光任委员长,张俭鑫、刘垂坤、李介臣、张选三为副委员长,裴永权为民团团长。四十六名委员大多是伪官吏和地主豪绅、工商业主。

中共北满省委特派员李有和陆续到达呼兰的钟声、李玉敏、蒋化锋等人,以荣志照相馆为落脚点,开展工作。成立了"红军之友社",并建立了五十多人的武装工作队。

张荣志出面,与苏军保卫部长卡布捷斯基接上关系。卡布捷斯基表态,支持中共组织公开开展活动,并希望能够给苏军提供地方治安情报,协助调查敌伪人员活动。为了方便联络沟通,还请他帮助找一个翻译。

张荣志介绍了懂俄语的韩勇义,她果然不负众望,工作出色,苏军十分满意。苏军回国后,韩勇义夫妇被政府安排到哈尔滨,韩勇义到市助产士公会工作,丈夫陈敬如到合作总联社。一九四九年二月,监狱里酷刑造成的旧疾复发,韩勇义病逝,年仅二十九岁。

李兆麟将军委派李有任苏军驻呼兰司令部副司令,与钟声、蒋化锋等人,首先带领苏军接收了公安局。随后接管由光复委员会改名的县维持会,召集全体人员集合。

卡布捷斯基首先宣布:"这几位是东北民主联军派来,正式接收呼兰县政权的,你们立即进行交接。人员能不能留用,由他们决定。这位就是钟声主席。"

陈韶光说:"我们一定全面交接。"然后转过身来,对大家说:"我们请钟主席讲话。"

钟声上前几步,说道:"日本人投降了,民主联军和民主政府是让人民当家做主的政府,现在,那些死心塌地为日本鬼子卖命的铁杆汉奸们,已经被苏联红军押送到绥化,你们留下来了,就要准备为人民做事,继续与人民为敌,只有死路一条。希望大家恪尽职守,共同维持治安安全,配合红军开展工作。下面我宣布,各部门领导人员安排。公安局局长蒋化锋,总务科长柴桂,财务科长王琦,教育科长李振邦,实业科长战捷,司法科长孙巽……"

人民民主新政权建立了。呼兰人都在期待着、观望着……经历了十四年劫难的呼兰,满目疮痍,经济凋敝,百废待兴。

此时,蒋介石委派熊式辉为接收大员,来到东北。国民党仍然采用"双轨制"发展组织。黑龙江省党部书记长柳国栋来到呼兰,成立呼兰县党部,任命杨洁华为书记长。伪法院书记官金马昌、龙雨田等人,成立了国民党黑龙江省党务专员办事处呼兰支部。这两个支部自成体系,明争暗斗,收编汉奸特务和土匪,组织武装力量,短期内就发展党员二百余人。

他们见苏军与中共联系密切,先后接收了公安局和维持会,十分恼火。县党部公开贴出反共反苏传单,攻击污蔑苏军,说苏军滥杀无辜,强奸妇女,把枪支弹药送给共产党。苏军待不长,很快就要滚蛋等等。

卡布捷斯基看到传单十分愤怒,立即找来张荣志,由翻译韩勇义告诉他:"我派一个连,由你带领,立即查封国民党县党部,如有反抗,全部逮捕。"

苏军包围了县党部,杨洁华当时不在,两个苏军士兵上前摘下县党部的牌子,当场砸碎。随后又勒令国民党党专办事处也必须立即解散,离开本地,如果违抗,加以严惩。杨洁华、金马昌等人见情况不妙,连夜逃走了。

展望:

神州万里云初散　　空巷欢呼舞大旗
黑雾压城谁剪破　　智言据理化危机

第十九章

敖木屠杀　匪特凶残天震怒
廷峰出手　四大金刚齐被缚

王廷峰带着两个孩子,找到张野的住处。面对脸色黝黑的王廷峰,张野简直认不出来了,但是看到那双依然明亮传神的眼睛,使他马上感觉到是王廷峰,是他一直牵肠挂肚的兄弟王廷峰。两人目不转睛地对视了片刻,张野惊喜地说道:"廷峰,真的是你吗?"

王廷峰也是百感交集:"是我,大哥。你好吗?"

"好,好,好!快进屋里。"张野连声说。

张野放开拉着王廷峰的手,抓住两个孩子的小手问道:"这两个孩子是?"

王廷峰拍拍大一点的男孩说:"这孩子就是铁志和远芳的儿子刘远志,这丫头是我的女儿兰馨。"接着又对两个孩子说道:"快叫张伯伯,这就是我经常和你们说的张野,你们的张伯伯。"两个孩子弯腰鞠躬,齐声说道:"伯伯好。"

张野仔细看着两个孩子,远志神清骨秀,双目闪亮如星,酷似刘铁志。兰馨秀眉凤目,声音清脆甜美,不禁心中赞叹,把三人迎进屋里,千言万语却不知从何说起。

张野留学四年多,紧张的学习之余,紧紧伴随他的是清静和孤独,在苦闷的日子里,对家乡的思念之情与日俱增,家乡的五谷和亲情充实着他的生命。他在回忆中寻求寄托,对三个结拜兄弟十分想念。虽然岁月更迭,那些保存在脑海里的记忆,已经随着时光流逝了很多,他们兄弟之间的情义,却始终萦绕在他的心中,挥不去,抹不掉。

小时候在家里,他有父母的呵护,姐姐的关爱,在结拜兄弟四人中,他却是兄长。他眼里的三个弟弟,铁志机敏,有很多洞悉幽微的真知灼见。廷峰顽强,做人做事仗义豪爽。周维新却有些娇气,显得懦弱老实。他认为刘铁志集智慧、勇敢和仁爱于一身,忍中有仁,勇中有智,将来能有大出息;王廷峰性格刚烈,拥有一般人不具备的勇气和能力,爱恨喜怒表露无遗,如遇机缘,或可成为造时势的英雄;周维新虽然也很聪明,缺少的是他们二人身上的积极意识和自我能力,在和平年代做个商人尚可,如果遇到腥风血雨的动荡年代,相比之下,他就难以立足了。

回国后,他陷入了更大的苦闷之中,难以排遣。他认为,日本侵略中国,是中国人的灾难,更是日本人的悲哀。使两个民族不能和睦相处,在血与火之中结下难解的仇恨,无异于玩火自焚。姐夫胡启铭被捕,刘铁志英勇就义,王廷峰携子逃亡,只剩下一个周维新,当了趾高气扬的警尉,与自己避而远之,缺少了共同语言,心中没有了那种难以割舍的情感。自己所学的农业技术也难以施展,心中不胜伤感。

现在王廷峰回来了,自己又见到了可以倾吐肺腑之言的兄弟,还有什么比这更令人高兴的事?晚饭后,安顿好孩子,两人坐在一起促膝恳谈。

当晚,张俭鑫派人来找张野,说是要出大事,请他赶紧过去。

张野对王廷峰说:"这个时候找我,一定是有要紧的事情,我去去就回来。"

王廷峰说:"外边实在是太乱了,我陪你去吧。"

张野说:"还不知道什么事,你刚到太累了,还是在家先休息吧。"

张野出去了,王廷峰放心不下,也随后走出去,跟在张野的后面,暗中观察着动静,万一有什么意外,也好伸手相助。一直到张野从火车站回到县公署,他才回到家中,天已经快亮了。

廷峰向张野了解汉奸特务们的去向。张野说:"日本人除了自杀的都走了,汉奸特务四处逃匿。胡升三死后,老百姓心里最恨的就是'四大金刚'。"

王廷峰心里一动:"张野,帮我注意一下这四个浑蛋的去向。"

张野说:"我只知道魏学明的老家是石人姜家屯的,其他三个人还真不清楚。"

廷峰自语道:"擒住一个,就不愁其他三个。"

一天大清早,公安局哨兵报告,大门前有四个人,被捆着躺在那里。蒋化锋赶紧带人察看,有人认得,正是原伪县公署的"四大金刚",高伯军、贾传芳、魏学明和梁朝滨。这四个人都是民愤极大的汉奸,为日寇催出荷粮,滥施酷刑,百姓反响强烈。因为他们藏匿不出,公安局正在研究,采取什么方式将他们尽快逮捕法办。现在竟然一起躺在公安局大门口。

经过审讯,他们供述说,好像是在不知不觉中,就被人捆住了,迷迷糊糊地躺在了这里。只有魏学明说,擒住他并询问其他三个人下落的那个人有些面熟,隐隐约约好像是原来在警务科的王岭。

中共中央做出了建立巩固的东北根据地,打通与苏联的联系通道,为解放全中国做准备的战略部署,成立了东北局。大批干部从延安、华中、华北、苏北各地,随同八路军、新四军部队,相继挺进东北。至年末,先后有二十名中央委员和候补中央委员率领两万名干部和十万部队到达。

几天前,在苏北根据地,区委书记袁喜云找来李振华,对他说:"振华,中央决定抽调一批干部去东北,创建新的根据地。你是东北人,这些年都在盼着打回东北去,你准备马上出发去东北。"

李振华心头一热。"九一八"事变后,他随父母流亡到关内,辗转到了上海,在一个远房亲戚的帮助下,进了万竹小学读书。记得一个同学对他说:"李振华,你应该叫李亡国,你是一个亡国奴。"

他眼里含着泪水,可是他无法向这个小同学发泄怒火,谁叫日本人把自己的家乡占了呢?这个仇恨只能记在日本鬼子身上。他暗暗发誓,总有一天要把小鬼子赶出中国,我要重回家乡,扬眉吐气,再也没有人叫我亡国奴了。

仇恨的种子深深地埋在心里。一九三六年,《大晚报》童友会编排了话剧《古庙钟声》,表现东北流亡孩子的生活,李振华演了其中的一个孩子。他排练得十分认真,一切准备就绪,就要演出了,来了一群军警,领头的瘦高个子弯着水蛇腰,手拿警棍,大声宣布:"奉上峰之命,该剧停止演出。"

导演夏夜问道:"你的上峰是谁?为啥不让演出?我们找他说理去。"

"说理?你们找蒋委员长说理去好了。没有蒋委员长的命令,你们就是不能演。否则……"瘦狗蛮不讲理地说。

"不是说要举全国之力,抗日救国,收复失地吗?为什么……"

看到李振华陷入思绪之中,袁书记站起身来。李振华有些不好意思,也连忙站起身来。袁书记握住他的双臂说:"我们这些年在一起出生入死,反扫荡我们过来了,发动农民,组织武装,锄奸反霸,我们都一起走过来了。现在日本鬼子投降了,你回到东北,盼望着听到你取得新胜利的好消息呢。"

李振华多年期盼回东北老家。可是,又从心里舍不得这些同生共死的战友,他们在血与火的战斗中感情太深了。

"袁书记,我,真舍不得离开你们。"振华有些难过。

"哎,这是组织上的决定,是新的斗争需要,我们到哪里都一样战斗。形势在发展,我们还要解放全中国,许多同志都要奔向新的岗位,你说对吗?"袁书记语重心长。

李振华说:"我懂,我服从组织决定,我会努力工作。袁书记,你也多保重啊!"

新四军三师师长黄克诚,率领七、八、十旅和独立旅共三万五千人赶赴东北。松江省工委安排李振华随同阎韫、宋均、焦尔恭、耿田、尚长河等人来到呼兰。县工委中唯一的女同志耿田,一开始就把李振华当成了小兄弟,关心爱护体贴,当时她也不满三十岁。

工委书记阎韫主持了第一次会议。他说:"同志们,呼兰县被日伪残酷统治了十四年,广大农民生活困苦,各行各业百废待兴。目前,国民党县党部虽然已被苏军查封,但是并没有停止活动,他们盼望着国民党军队打过来,勾结汉奸特务土匪,阴谋颠覆我们的新生政权。我们的主要任务就是,组织发动群众,进行减租减息反奸清算斗争。建立县武装大队,配合正规部队,开展剿匪斗争。同时,加快培养干部。我们每个工委成员,都要身兼数职,深入基层,发动群众,引导广大农民群众参加到革命斗争中来。根据组织安排,焦尔恭同志兼任县民运委员会主席,尚长河兼任县武装大队长,组织部长耿田兼任方台区区委书记,宣传部长李振华兼任康金区区委书记。第一期干部训练班争取尽快开办,我来讲第一课。"

县武装大队成立了,以民主联军和八路军为骨干,吸收了部分贫苦农民。潘海涛此时从民主联军回到呼兰,当了县武装大队侦察队长。

严冬来临,漫天大雪。李振华和工委的同志带领工作队,分赴各村屯,和农民谈心交朋友,帮助他们克服生活困难,启发他们的阶级觉悟,引导他们进行革命斗争。首先开始分"满拓地"和"集谷粮"。

随后,李振华率工作队在石人敖木村进行分地试点,建立了全县第一个农民联合会,组建了民兵武装。带动全县各村相继成立了农联会。开始给贫苦农民分土地,而被分了地的地主,恨得咬牙切齿。

敖木村大地主王玉璞,曾经当了几年伪区长。几天来就有一种末日来临的感觉。心里愤愤地想,这些穷棒子,过去见了我,大气都不敢出,现在跟着共产党成立了什么农联会,还有民兵队,见了我趾高气扬,大呼小叫,还要分我的地。前几天他们处死了大东屯的杨喜廷,他和我一样,不就是当了几天伪区长吗?杨喜廷死了,不知道什么时候就轮到自己头上。不行,与其坐以待毙,不如破釜沉舟,来他个鱼死网破。他分别找来当过副区长和保长的于海滨、柳玉成等人,秘密商量对策。

王玉璞说:"穷棒子闹翻身,要骑到我们头上来了。杨喜廷死了,我们也不会有好日子过。老毛子在这待不长,共产党也没几天蹦跶,几十万国军很快就要打过来了,我们得给这些穷鬼一点颜色看看,杀几个干部,国军来了我们都是功臣。"

柳玉成有些犹豫:"现在共产党势力大,是不是先看一看再说?"

王玉璞说:"现在看来,我们是武大郎服毒,吃是死,不吃也是死,怎么也没好。事到如今,只能是和他们玩命了。"

于海滨对王玉璞说:"二爷,靠我们几个人,能对付得了他们么?"

王玉璞说:"当然不行,我写封信,你带着去找'扫北',约他大后天半夜到敖木来,我们这两天分头准备,收拾东西,安排家人。事后,我们只能跟着'扫北'去了。"

匪首"扫北"原名刘兴玉,原是石人城一个马贩子,和王玉璞有远亲。那一年的初夏,刘兴玉的邻居杨成娶媳妇,他去喝喜酒喝出了事。新媳妇年方十六,长得很俊俏。一双水汪汪的大眼睛,就像一泓清水,清纯秀美。鹅蛋脸上,一对小酒窝,微微一笑,好似出水芙蓉。刘兴玉简直看傻了,他无心桌子上的酒菜,眼睛直勾勾地愣在那里,有一种迈不开脚,抬不起手,浑身瘫痪的感觉。直到新人入了洞房,旁边的人喊他喝酒,他才仿佛从梦中惊醒,端起酒碗一饮而尽。

回到家中,刘兴玉昏昏沉沉地躺在炕上,眼前总是新娘子那双水汪汪的眼睛在晃动。骨子里原始的兽性,从体内向头顶冲击着。他跳下炕来,在地上焦躁地来回走着。随后找出一把尖刀和绳子,看看外边天色还亮,于是又倒了一碗酒,一口喝干了以后,又倒在炕上。

太阳落山了,外边呼呼刮着风,刘兴玉偷偷翻过土墙,只见参加婚宴的亲友宾客已经散去,新房内烛光闪动。他躲在墙角,慢慢走到窗前,伸出手指沾了唾沫,在窗户纸上捅了一个小孔,往里窥视。一对新人坐在炕边上低声细语,新娘子柳眉弯弯,两颊飞红,水汪汪的大眼睛,羞涩地眨动着睫毛,微笑不语。

刘兴玉掏出一根绳子,把老人住的上房的房门系死。然后掏出尖刀,一点点地拨开新房的门闩,闪身进入房内。惊恐的新郎官杨成愤怒地问道:"你是谁?你要干什么?"

刘兴玉并不回答,上前几步把尖刀顶在新郎官脖子上。杨成吓得面无血色,认出眼前的人是邻居刘兴玉,颤声说道:"刘兴玉,你要干什么?"

刘兴玉举起刀把,照着杨成的脑袋狠狠砸了下去,杨成瘫倒在地上。刘兴玉用尖刀对着新娘子低声说道:"不许出声,不然我杀了你。"新娘子一双大眼睛中滚动着惊恐的泪水,不敢出声,蜷缩着身子往炕里面躲着。

刘兴玉转身用绳子把昏迷中的杨成捆住。然后对着新娘子,晃晃手中的尖刀说:"把衣服脱了,快!"新娘子浑身颤抖,泪眼中满是无助的绝望,一只手缓慢地伸向衣扣,颤抖的手怎么也解不开。刘兴玉冲上前去,三下五除二把她扒光,放倒在炕上,一只手在她光洁的身上从上摸到下。眼前洁白如玉的身躯,使他再也无法控制体内狂肆的火焰,猛地扑了上去,排山倒海般地狂暴发泄着。

窗外大风不停地刮着,毫不顾及树上的花随风飘零。

逃跑了六天以后,刘兴玉被抓进了监狱。家人托王玉璞上下打点,买通了狱警,刘兴玉逃出监狱,上山为匪。从此打家劫舍,绑票杀人,无恶不作,成了呼兰北部一霸。除了心狠手辣之外,他的另一个特点,就是对女人有着永不满足的占有欲望,手下的喽啰巴结他,就四处打探谁家的新媳妇儿漂亮,他往往是带人连夜赶去,由他头一夜给新娘子开苞。但是他把王玉璞当作恩人,告诉手下人不许到敖木去做活。还在背地里帮着王玉璞做了不少事。

接到王玉璞的信,"扫北"匪徒夜半偷袭敖木村,农联会的干部没有防备,五名干部来不及抵抗,就被匪徒堵在家里,都被五花大绑起来。有两个民兵开枪反抗,当场被匪徒打死。只有武装队长赵平,听到狗叫,持枪跑出门外,开枪打伤了一个匪徒,跳墙逃走。匪徒们举着火把,把全村惊恐万状的男女老少集中到场院上,五名干部被绑在大树上。

王玉璞站到前面,大声说道:"乡亲们听着,我王玉璞不想杀人,是被逼无奈才这么做的。这么多年,你们种我的地,吃我的粮,挣我的钱,现在却要翻身造反,骑到我的头上。今天我就让你们好好翻翻身。本来,我想要让农联会六大部的干部,身首异处,变成十二部,到地下去翻身。现在跑了一个赵平,不过没关系,把他的老婆孩子拉出来,也还是十二部。"

赵平的儿子只有六七岁,把头藏在妈妈的身后,王玉璞叫两个匪徒,从人群中拉出母子两人,一些村民上前阻拦,被匪徒用枪托连打带砸,赶回原地。

王玉璞一把掐住孩子的脖子,恶狠狠地说:"你爹跑了,今天只好让你们顶缸了。"孩子双脚离地,拼命地挣扎着,妈妈哭喊着冲上去抢夺孩子,站在一旁的"扫北"刘兴玉,举起枪把子,狠狠地打在她的头上,把她打倒在地。

王玉璞想用村干部家属和孩子的血,来瓦解被绑在树上的农联会干部的意志,也让恐怖的气氛笼罩着村民。然而,他发现,自己的如意算盘打不成了。农联会主任赵安高声叫骂着:"王玉璞,你是个畜生,你不得好死,你一定会遭报应的。"几个被绑的农联会干部也纷纷痛骂。

王玉璞走过来,举起手里的孩子,用小脑袋一下又一下猛砸赵安的脸。孩子很快停止了挣扎。赵安满脸是血,怒视着王玉璞,嘴里不停地叫骂着。王玉璞恼怒地喊道:"你们几个把他的舌头割了,我看他还骂不骂。"

这时一个匪徒跑过来,向刘兴玉报告:"前面警戒暗哨传来消息,李振华带着区中队已经朝敖木村赶来。"

刘兴玉问王玉璞:"我们该撤了吧?"

王玉璞说:"把这几个人全宰了,带上他们的老婆孩子,我们撤。"

匪徒们残忍地用砍刀砍下五个农联会干部的头颅,挂在树上。

王玉璞对村民喊道:"大家记住了,这就是穷棒子翻身的结果,今后谁还敢领头搞什么农联会,就是这个下场。"说完和众匪徒带着抢掠的财物,押着十几个农联会干部的家属,仓皇逃窜。

李振华带着区中队赶到敖木时,村民们正在整理被害的村干部遗体,场院上哭声一片。

"我们来晚了。"李振华痛心地摘下帽子,狠狠地捏在手里。

刘兴玉和王玉璞带着匪徒们,拼命逃跑。跑到姜家屯前面,刚要喘口气,林子里发出两声枪响,走在前面的柳玉成和另一个匪徒应声倒地。匪徒们一下子全趴下了。

刘兴玉刚要下令向林子里开枪,里面传出浑重的声音:"兰河大侠在此,想活命,留下妇女孩子,赶紧滚蛋。不然,别怪我手下无情。"

匪徒们一听兰河大侠,顿时吓得魂飞魄散,爬起来撒腿就跑。刘兴玉和王玉璞一看,下命令也没有用了,谁也不敢再向林子里开枪,只得跟在匪徒后面跑。得救的农联会干部家属被送回敖木村,和村里的亲人们抱头痛哭。

李振华问赵安的老婆说:"大嫂,你们是怎么被救的?到底是怎么回事?"

"是兰河大侠救了我们。"她抽泣着把经过说了一遍。

"他人现在在哪里?"李振华急切地问道。

"他把我们送到村口就走了,什么也没说。"

李振华心里若有所思,这个兰河大侠究竟是什么人?为什么会让土匪们闻风丧胆?他又为什么到了村口而不露面呢?

敖木村血案伴随着国民党进攻东北的消息,像瘟疫一样流传开来,恶霸地主勾结国民党特务和土匪,疯狂向新生的人民政权反扑,报复破坏事件接连发生。一些人开始左摇右摆,还有的走上了叛乱之路,相继发生暴动、袭击、枪杀事件。

国民党黑龙江省党部特派员马玉堂,从哈尔滨潜回呼兰。先后与几个较大匪股的匪首见面,封官许愿,颁发委任状加以收编。匪首龚海波也被封为上校旅长。

马玉堂说:"国军已经占领沈阳、长春,很快就要打到哈尔滨,我们要有所行动,才能建功立业。现在呼兰对我们威胁最大的是什么人?"

龚海波说:"眼下最让人打怵的,就是共产党的县武装大队,这些人打仗不要命,哪有事哪到,成天跟在各个绺子后边追。"

马玉堂说:"那我们就先从县大队下手,然后再一个一个收拾他们。"

龚海波有些犹豫:"县大队人虽然不多,个个不含糊,手里的家把式又硬,我们一直都只有躲的份,还真的不太好下手。"

马玉堂背着手来回走了几步,然后停住脚步,取下眼镜擦了擦,阴郁地说道:"关键是我们在暗处,他们在明处。全县这么大,得让他们疲于奔命,我们好找机会下手。龚旅长,你马上安排手下人,在周围村屯同时进行抢劫骚扰。派出人去,联络其他绺子,这几天别闲着,能抢的抢,能杀的杀,一定要让他们不得安宁。"

龚海波说:"此计高啊,请特派员发出命令,新受封的各位旅长团长,积极出动配合行动。这样他们的兵力就不得不分散了。"

马玉堂说道:"还有一个很关键的事,就是让我们的眼线,了解清楚县大队的头,在什么地方,我们给他来一个突然袭击,打蛇打七寸,擒贼先擒王。"

恶霸地主武装反攻倒算,土匪四处烧杀抢劫,县大队和驻呼兰八路军部队四面出击。大队长尚长河刚刚率队在沈家击溃了"赛乾坤"匪徒,又接到报警,龚海波匪伙正在老哈井抢劫,他顾不上吃饭,马上带着二十几个战士急速赶往老哈井。

刚刚进入村口，四面枪声骤起，土匪埋伏在树后、房上和沟里，形成交叉火力，突然开火，走在前面的尚长河，身中数弹。

战士们立即还击，县大队人少而且地形不利，战斗十分激烈。马玉堂站在大树后面，对龚海波说："不可恋战，立即下令所有人冲上去，一个活口不留，完事迅速撤离。"龚海波一声令下，一百多土匪从四面冲上去，还活着的几个战士，和土匪展开了肉搏，很快都倒在了血泊之中。

阎韫书记带着同志们，悲痛地安葬了尚长河与二十几个牺牲的战士。随即与三五九旅张团长研究，消灭这股穷凶极恶的顽匪。

公安局汇报，打入公安局内部的国民党分子，策反县公安局公安队副队长王佰文，带领二十多人，携枪投奔了龚海波，主谋就是马玉堂。王佰文带走的人中，有一个我们的人，情报就是他送出来的。

张团长说："让这个内线提供土匪的准确聚集地点，我们集中兵力消灭他们。"

阎韫说："土匪很狡猾，现在又有国民党特务参与，大部队行动，土匪很可能闻风而逃。我的想法，一是让内线随时掌握土匪的动向，有什么集中行动及时告知。二是动用力量，规劝王佰文悬崖勒马，立功赎罪，协助我们消灭龚海波匪帮。另外一定要内线谨慎行动，确保安全。"

几天后，内线传出消息，龚海波不顾马玉堂的反对，为了庆祝打死了武装大队长尚长河，邀请几个绺子的首领在杨林聚会。马玉堂一想，借此机会让几路匪首见面，鼓动一下他们的情绪，开始更大规模的行动也好。只是要严密封锁消息，同时在距离杨林村子一里到五里，放三道岗哨，一有情况马上撤离。

阎韫和张团长立即部署部队，分散隐蔽运动到杨林村周围。匪徒们刚刚集聚，有几个绺子没来人。八路军的侦察兵解决了土匪的几处岗哨，但是还是有马玉堂安排的暗哨跑回去报告，说八路军大部队已经把村子包围了。土匪们乱作一团。

龚海波问马玉堂："特派员，我们怎么办？"

马玉堂正在跑与战之间思索，见龚海波发问，就反问了一句："依你的看法呢？"

龚海波已是六神无主："我看，我们还是走为上计，保存实力要紧。"

马玉堂又问站在一旁的王佰文。王佰文这几天已经与公安局的人有了接触，思想动摇不定。听到马玉堂问他，就说："我也认为不能硬拼，和八路军主力硬干，就是拿鸡蛋碰石头，龚旅长说的跑路是上策。可是眼下四面围得水泄不通，能不能跑得了是个问题。我想暂时投降也是一条出路。"

马玉堂本来疑惑,八路军主力部队怎么来得这么快?一定是有人走漏了消息,这个人会是谁呢?听王佰文一番话,立刻把怀疑的目光射向王佰文:"王队长,你的意思是让我们投降?"

王佰文结结巴巴地说:"硬打就是死路一条,跑又跑不掉,我们先假装投降,也许是唯一的办法。"

马玉堂阴沉的双眼发出冰冷的凶光:"看来,你前来归顺国军也是假装的了?今天的消息是不是你告诉共军的?"

王佰文慌忙解释:"没有,没有,不是,绝对不是我,我向老天爷发誓,要是我说的,我天打五雷轰啊!"龚海波两眼冒火,掏出手枪,指着王佰文骂道:"妈的,你个混账王八蛋,竟敢在老子面前玩阴的,我毙了你。"

王佰文手下几个人,见此情景,拥上前来,有的也掏出枪护住王佰文。

龚海波一看,心想这个王佰文看来真的有猫儿腻,于是大喊一声:"来人,把他们的枪都给我下了。"匪徒们一拥而上,下了几个人的枪。

马玉堂说:"此人留着是个祸害,处理掉他我们赶紧走。"

龚海波恶狠狠地照着王佰文的脑袋开了一枪。然后对众土匪说:"大家伙听着,分散跑路,有本事挠杠就行。"说完,马玉堂问道:"马特派员,你怎么办?"

马玉堂说:"我们分散行动。你们先走,我处理几份文件马上就走。"

龚海波带着几个手下匆匆跑了出去。马玉堂让土匪们先走,是他判断跑出去的希望很小,他看准了院子里的一个废旧菜窖。等土匪们走光了,他一个人钻进菜窖藏了起来。

土匪们根本无法抵抗八路军的强大攻击力,四面合围之下,土匪们除了举枪投降的就是被击毙。龚海波带着几个人负隅顽抗,被战士们一排手榴弹炸死。龚海波匪部及前来参加庆贺聚会的匪徒全部被歼灭。

马玉堂躲在老百姓家的菜窖里,侥幸逃脱。不久他又指挥"黑豹"崔福双匪伙,在姜家窝铺袭击石人区中队,中队长王庆祥和几个战士被俘。

马玉堂极力劝说王庆祥投降国军。被绑在柱子上的王庆祥,一口血水吐在他的脸上。马玉堂恼羞成怒,从身旁的土匪手中拿过一支步枪,把枪口使劲地捅进王庆祥的伤口,用力转动了几下,恶狠狠地说道:"这些死硬的共匪,只有让他们去见阎王。来人,把他的脑袋割下来,其余的人全部活埋。"

八路军老四团一个连,一路追击"黑豹"匪帮到南房子,马玉堂和崔福双指挥匪徒拼死抵抗,战斗十分激烈。八路军战士作战英勇,但是长途跋涉,又不熟悉地形,连长王培烈带头发起冲锋,在雪地里和土匪展开了白刃战,前面的人倒下了,后面的人接着冲上去,一场血战,"黑豹"匪帮被基本歼灭,只有马玉堂和崔福双几个人逃脱。但是,这支转战南北的八路军老部队,王培烈连长和三十二名战士英勇牺牲。

耿田和李振华接到通知,连夜赶回县工委开会。阎韫书记传达北满分局的电报和分局书记陈云的指示,通报分析全县剿匪形势。

阎韫书记说:"近来特务土匪屡屡制造血案,我们付出了惨重的代价,尚长河、王庆祥、王培烈等同志的牺牲,说明目前对敌斗争的形势严峻。陈云同志指示我们,迅速清剿土匪是当前主要战略任务,土匪和伪警特务是国民党用以反对我党的反动力量,必须坚决消灭。同时要努力发动群众,减租减息、反奸清算,这是我们发动群众的桥梁。我们要通过分配土地,发展生产,整顿农联会,建立民兵组织,实现基本群众武装自卫,配合主力部队根绝匪患。"

会上,大家分析了匪特的活动情况。李振华说:"国民党特务与土匪,还有地主武装相勾结,幻想国民党主力北进,第三次世界大战爆发,平时化整为零,时而集聚,采取牛刀战术,突然袭击,偷袭破坏,血腥报复,造成了很大损失,也使部分群众心存恐慌。从敖木和汪家惨案看,我们吃亏的主要原因,一是各村缺少武器,二是通信不畅,消息传递不及时,这两个问题解决了,匪特就没有了优势。"

耿田说:"呼兰大部地区是平原,也有部分半山区丘陵地带,东部又与巴木通山区接壤,江河水网地带更是土匪出没藏身之地。敌暗我明,只靠大部队就好比大炮去打蚊子,仅有村屯民兵武装力量也不够,所以应该大小配合,侦打结合,各村民兵联防和县大队、区中队、主力部队,还有苏联红军协调行动。应该制定一套联络方式,使我们消息传递及时,行动迅速。"

李振华接着说:"姜家窝铺和南房子战斗,土匪都是突然袭击,我们是仓促应战,这种被动挨打的局面应该尽快扭转,应该加大侦察力量,集中优势兵力,主动攻击土匪老巢,消灭他们的有生力量,铲除补给基地,迅速改变形势。"

县委副书记宋均说:"振华部长说得有道理。各村民兵和区中队主要是保护地方,各位区委领导都有好多任务在身,难以跨区行动。我建议成立一个精干的武装分队,集中力量,边侦察边作战,变被动应付为主动出击,效果会更好一些。"

大家一致认为这个办法好。

新到任的公安局长李兴昌汇报说:"在反奸清算过程中,清查敌伪官吏,有民愤的恶霸地主,汉奸特务,伪政权组织骨干。除了已经死亡的,现有八十七人。其中,铁杆汉奸特务三十四人,在押二十二人,潜逃在外的十二人,如杨洁华、王子强、周维新等人;任期较短,没有民愤的十九人,如张俭鑫、陈韶光、刘垂坤等人;没有罪恶,表现较好,可以教育改造,继续使用的三十一人,如张野、李文库、陈新等人;情况不准确,群众有争议的三人,如前警务科副科长王岭、商会副会长刘长云等。此名单要上报公署和市公安局审查备案。有一些日伪人员已经和国民党特务勾结在一起,进了土匪窝,请各位领导在剿匪中,注意这些人的动向。"

阎韫书记总结道:"同志们的意见很好,和上级指示精神完全符合,我们的任务就是建立和巩固人民政权,发动和武装群众,清剿土匪,分配土地,发展生产。各区发动群众工作,由各区委书记负责;组建小分队,与驻呼兰主力部队以及苏军的沟通协调,由宋均同志负责;耿田和李振华同志研究一套通信联络方法,尽快实施。对日伪时期人员定性分类,要多听取群众意见,慎重对待。我同意兴昌同志的意见,尽快和市里沟通汇报。"

五月五日,松江省政府成立,冯仲云当选主席。呼兰开明士绅张廷举当选为省参议员。这一天开完会,阎韫书记对李振华、李兴昌等人说:"我们去拜访一下张廷举。"

李兴昌领着一行人,来到南大街龙王庙前面的一座四合院。这是清末旗人传统风格的宅院,青砖起脊的院墙,卷棚式仿古门楼,对开的黑色大门。门楼上悬挂着一块牌匾,上书"康疆逢吉"四个大字,是马占山手书,在张廷举父亲张维桢八十大寿时赠送的。门前一副对联,上联是"惜小女宣传革命粤南殁去",下联是"幸长男抗战胜利苏北归来",横批是"革命家庭"。

张廷举,字选三。毕业于齐齐哈尔优级师范学堂,师范科举人,当过农业学堂教员、小学校长,一九二八年接替王鸿恩任县教育局长,后任黑龙江省教育厅秘书。此人不沾烟酒,喜爱读书。后人有的说,他是封建礼教的卫道士,实际上他有知识,经历也很广,思想比较开明,在当时的年代,有些传统观念并不奇怪。

张廷举把几人迎进院内,连声说:"快请进,快请进,几位领导光临寒舍,实在是太荣幸了。"

阎书记问道:"参议员门前的对联是何人手笔?"

张廷举说:"啊,那是本人所写,献丑了。"

"张老先生是呼兰知名士绅,学子很多,这次又当选省参议员,我们来拜访老先生,希望能为呼兰的民主政权建设,尤其是文化教育事业发挥更大的作用。"阎书记说。

张廷举连连点头:"能为家乡做点事,我是责无旁贷。"

张家有东西两个院落,张廷举把众人引进东院的正房。这是五间砖木结构的住宅,上下对开的窗户,带着花格子图案,中间一块玻璃,四周糊着窗户纸。室内并不奢华,普通的家居,藏书不少,给人一股书香气息。

阎书记介绍了一起来的人,指着李振华说:"这位是宣传部长李振华,今后有什么事情就请直接和他联系吧。"

接着,阎书记询问张老先生家族历史和子女情况。张廷举说:"我家祖籍山东,按家谱排序有四句话:'维廷秀福荫,麟凤玉之华,道成文宪立,德树万世家。'我属廷字辈,晚一辈就犯秀字了,儿子张秀珂,女儿张乃莹原来的名字叫张秀环。"

说到张秀珂,老先生感到很欣慰,说他们姐弟先后离家,张秀珂参加新四军,是黄克诚的部下。光复后,随部队北上回到东北,在齐齐哈尔任政治部宣传科长。

说起女儿张乃莹,他眼睛有些湿润,心情沉重地说:"这孩子受了太多的罪,她走得太早了。"

阎韫书记安慰说:"张老先生,你有一个革命军人的儿子,还有一个才华出众的女儿,这是您的骄傲,也是呼兰的骄傲,还希望您多加保重。"一番交谈以后,几人告别张老先生。

回来的路上,李振华说:"张老先生家里陈设简朴,充满书香气息,而且谈吐不凡,平和谦恭。"

阎韫说:"有真才实学的人往往并不显山露水,他曾经担任过校长和县教育局长,而且不是那种钻营投机滥竽充数的局长,也可以说是胸有诗书桃李多了。子女的成长,与家长的影响不无关系。"

李兴昌说:"也有人说,他曾经担任过日伪的协和会副会长,怎么不把他按汉奸对待,还选他为省参议员?"

阎韫说:"对一个人的评价定性,最重要的是看他都干了什么事,在伪满机构里的人也不一定都是汉奸,有的是死心塌地,也有的是不得已而为之,还有的是为了掩护身份。日寇为了笼络人心,往往逼迫一些有声望的人士为他们装门面。他们中间很多人是身在曹营心在汉哪。"

阎韫话头一转,接着对李兴昌说:"公署李有副专员来了电话,看了你们上报的名单,告诉我们,王岭是东北军抗日部队安插在敌伪内部的人员,和呼兰特支书记刘铁志关系密切,曾经多次帮助我们。给抗联提供情报,解救我们被捕的同志,暗杀罪大恶极的汉奸特务,留置场劫狱后暴露,爱人也被杀害。目前,他就在呼兰,这是一个难得的人才，可以放心使用。他身边有两个孩子，其中一个是刘铁志烈士的遗孤。李副专员原来就是呼兰地下党，对当时的情况是比较了解的。"

李兴昌说："我也接到了市公安局电话，说这个王岭原名王廷峰，是东北军才鸿猷的副参谋长，打入了伪县公署警务科。留置场越狱事件后暴露，打死很多日军，包括宪兵队长中村，以后下落不明。日伪特务机关曾认为，他就是令特务汉奸闻名胆寒的兰河大侠，但是没有更多的证据。据'四大金刚'交代，他们也是被一个叫王岭的人捆住，送到公安局门前的。"

阎韫说："这个人帮助我们逮捕了'四大金刚'，大大提高了我党在人民群众中的威信，代表了百姓的愿望。你们知道'四大金刚'和胡升三一样，老百姓深恶痛绝。民间流传的'月牙五更'，你们会唱吗？我来唱几句。"

阎韫压低喉咙唱道：

"一呀更里，月牙出东山，回想过去，伪满十四年，眼泪都流干。'四大金刚'催粮谷，连抢带夺罪滔天，哎呀我说那个罪呀，罪呀，罪呀罪滔天；

二呀更里，月牙升当空，'四大金刚'，催粮动大刑，人人放悲声。火钩子啊烧通红，哎呀我说那个想呀，想呀，想跑万不能；

三呀更里，月牙挂正南，'四大金刚'，狠毒又凶残……"

阎韫停住了低唱说道："老百姓通过五更天的遭遇，控诉'四大金刚'的罪恶，近来我们做了两个方面的大事，一是减租减息分田地，二是反奸清算剿匪除恶霸，得到了人民群众的广泛支持。所以老百姓才接着唱出了'霹雳一声响，太阳出东方，来了共产党，救星毛泽东，穷人出火坑，'四大金刚'完了蛋，贫苦农民掌了权，哎呀我说那个乐呀，乐呀，乐呀乐融融。'你们说，这个王岭不是帮助我们做了一件大好事吗？"

李振华说："敖木村农联会被杀害干部的家属，是被一个自称兰河大侠的人，只身营救出来的，土匪们简直吓破了胆，闻名而逃，这个人会不会和这个王岭有关？"

阎书记说："如果有了王岭的消息，你们一定要及时告诉我，我要见一见他。"

只说：

惨绝人寰天震怒　　惩奸除恶展雄风
侠肝义胆豪情在　　恰似沉雷荡夜空

第二十章

焰烈风狂　马匪恶毒谋暴乱
各个击破　廷峰智勇煞"旋风"

剿匪特别分队组建完毕,从八路军老四团选拔了八十二人,李挺营长担任队长。县工委从县武装大队抽调了二十名熟悉本县情况,各方面条件好的战士,加入特别分队,主要负责侦察、联络和情报收集,潘海涛担任了侦察队长。

匪情分析会上,阎韫对李挺营长说:"剿匪特别分队建立,我们有了机动力量。目前土匪的成分十分复杂,既有原来被官府豪绅逼上梁山的草莽,也有为生活所迫结伙为盗的惯匪,还有报仇伤人躲避仇家,落草为寇的平民,现在又增加了日伪官吏、警察特务,特别是国民党派遣特务,地下建军网罗的地痞流氓,以及反攻倒算的地主武装。

据掌握的情报,目前全县主要匪股有四十余个,两千余人,各色人等混杂,几个大匪股都接受了国民党的封官许愿,发放委任状,改编为地下军,许诺供给枪支弹药和物资。他们互相交错,既有联系,也互相猜忌提防,有分有合,时聚时散,各树一帜。虽然大多属于乌合之众,其中也不乏心狠手辣的亡命之徒。他们的攻击目标就是新生的民主政权,利用地理熟悉的优势,和我们的主力部队绕弯子捉迷藏。主要是抢夺财物,杀害村屯和区县干部。"

李振华说:"呼兰以及周边地区,匪患一直不绝的一个重要原因,就是他们都有自己隐蔽的巢穴,有自己的眼线。这些年来,他们采用利诱、威胁、设局、欺骗等手段,软硬兼施,结交和控制一些各级官吏和警员,为其所用,成为保护伞或者眼线。

为他们提供实施抢劫、绑票、袭击等犯罪活动的线索和情报。一有风吹草动,传递消息,使其闻风逃逸。所以我们一方面要配合联防,分进合击,穷追猛打。另一方面,要注意行动保密,机动迅速,不让土匪的眼线发挥作用,还要想办法挖出这些眼线。"

李挺说:"阎书记和李部长说得很对,我们尽量不住在城里,住地不固定,我们保持及时的通信联系,机动出击,以消灭土匪武装为目标,尽快取得战果。"

特别分队第一次出击,是在刚组建几天后。马玉堂返回哈尔滨,策划一个重大行动,活动在利民一带的匪首张日新,被他新封为团长。马玉堂认为,各部向哈尔滨集结,位于交通要冲的利民派出所是一个障碍,很容易被他们发现行踪,从而影响集结。于是他指令张日新拔掉这个钉子。

一天傍晚,张日新带领土匪二百余人,将利民派出所包围,所长王春喜带着派出所五个人,还有民兵武装队三十余人,依托防护壕和房屋墙壁,顽强地抗击匪徒。

剿匪特别分队闻讯立即出动,迅速对匪徒展开攻击,梁海涛发现张日新挥舞着手枪,指挥匪徒们进攻,梁海涛迅速跃到他后面,挥枪将其击毙,匪徒大乱,被消灭八十多人,其余四散溃逃。

特别分队成立后,八路军主力部队就像多长了一双眼睛,开始主动出击。根据小分队侦察获悉的情报,三五九旅在头屯设伏,依靠有利地形,围歼准备联合行动的"黑虎""七国""西川"等几个匪股,激战两个小时,消灭匪徒二百四十余人。

这一天傍晚,王廷峰的住处来了两个不速之客。只见一个年纪四十余岁,身材瘦高,白净面子,戴着一副金丝边眼镜。另一个中等身材,皮肤紫黑,方脸膛,长得敦实健壮。

没等王廷峰开口,方脸膛先开了腔:"王科长,您可能不认识我们,我们却知道大名鼎鼎的王岭王科长。这位是国民党省党部特派员,马玉堂先生,本是马子英司令的三公子。我叫赵雨来,以前在马司令的剿匪大队干过,所以认识王科长。"

马玉堂双手一抱拳:"王科长,啊,不,王副参谋长,我们今天是专程前来拜访您的,来得唐突,还请见谅。"

"二位有何见教,请讲。"王廷峰一听是马子英的三儿子,那就是马小子的三哥了,从心里感到不舒服,于是冷冷地说道。

马玉堂说:"我们今天前来,是想请您出山的。"

"我现在并没有进山,谈何出山?"王廷峰还是冷冷的。

马玉堂说:"实不相瞒,我这次回到哈尔滨,负有特殊使命,那就是配合国军进攻哈尔滨。您的经历我们大都了解,您是东北军的抗日英雄,如今党国危难之际,更应该挺身而出,建功立业。"

王廷峰缓缓地说:"过去,我只是个普通军人,现在就是个平头百姓。我既不是国民党,也不是共产党,更没想什么建功立业。你们到底要干什么,不妨有话直说。"

马玉堂正在策划一场大规模的武装暴动,已经网罗了几千人。先后收编了十几个土匪绺子,还有伪警特和地痞流氓,改编成地下军。在哈尔滨以姜鹏飞为首,成立了新编第二十七军。在呼兰也陆续任命了八个正副团长和三个旅长。只是,这些乌合之众,仍然是各行其是,散沙一盘。

这个赵雨来,就是原来马子英手下的"紫面山贼",后来被马玉堂发展成为国民党党员,现在是特派员的上校副官,实际上是跟班加保镖。他看出了马玉堂的忧虑,于是对马玉堂说:"前几天我回呼兰,看见了一个人,如果能够请他出山,会是你的得力干将,呼兰的各路人马统一号令,将不是问题。"

马玉堂忙问这个人是谁?赵雨来说:"原来在县警务科的副科长王岭。"

马玉堂眼睛一亮:"噢,是他。原东北军的骑兵第八旅副参谋长。听说此人倒是武功高强,才能出众。不过,他已经几年杳无音信,现在他真的在呼兰吗?"

赵雨来说:"千真万确,是我亲眼看见的,他还带着两个孩子,住的地方我也打听清楚了,就在北烧锅'德顺涌'"。

马玉堂决定亲自前往。他认为自己是一个很有城府的人,意志坚强,胸怀远大,善于审时度势,能像局外人一样超然看待面对的恩怨得失,忍到极致,发至极限,辣到十分。这是成就大事的人必备的能力,如同当年不同意与马占山硬拼报仇一样,他有一种不同寻常的韧性和耐力。所以,他肯于亲自请王岭出山,直接指挥新编二十八军,利用这样一些有能力的人为自己所用,才能干出一番大事来。

今天见王岭的态度不冷不热,心中虽然很是不快,却是满脸笑容地说道:"您太客气了,天下熙熙皆为利来,天下攘攘皆为利往。大丈夫立足世间,自当横刀立马,为国建功立业,血染疆场。过去,您不是一直这样做的吗?"

王廷峰摇摇头:"过去,我们一起反抗的,是来到中国无恶不作的日本鬼子,还有死心塌地为日本人卖命的汉奸特务。现在日本人已经投降了，又要自己开战。我已经老了，干不了什么了。"

马玉堂说："我们现在的敌人，不再是日本人，而是共产党。共匪本来气数已尽，却在抗战中成了气候，现在又有苏联暗中支持。不过，蒋总统有美国人撑腰，现代化装备的王牌军就有上百万，来到东北势如破竹，如今沈阳、长春、四平都已经收归国军之手，很快就要打到哈尔滨来。中国只能有一个政府一个党，我们应该忠于领袖，共同为国民政府效力。"

王廷峰心想："自古以来就有大忠和愚忠之分，是为一党一人，为腐败政府，还是劳苦大众，要看民心在哪里。于是打断他的话："你们绕了半天圈子，到底是想要让我干什么？"

赵雨来接过话头："马特派员亲顾茅庐，是想请您出山，担任新编第二十八军军长，统领呼兰地下军各路人马，配合国军进攻哈尔滨。"

王廷峰淡淡一笑："俗话说，无功不受禄，给我一下子弄了一个军长，实在是不敢当。"

赵雨来说："呼兰这块地儿上，各路人马少说也有几千人，要说统领三军，非你莫属，你就甭推辞了。"

马玉堂说："看得出来，王参谋长还有顾虑，我明人不做暗事，只要您肯出山，呼兰地界各部，由您全权指挥。你看如何？"

王廷峰暗想，他们下这么大的功夫，一定是有所图谋，我不妨听听。于是说道："二位这样看重我，不知道需要我具体做点什么？"

马玉堂一听，认为事有转机，于是侃侃说道："我们的主要任务有三项，首先是配合国军攻打哈尔滨，计划调动周边的地下军一万二千人，秘密集结，只待国军开始进攻，立即动手，来一个窝里开花，占领各个重要部位，从内部打共军一个人仰马翻。

第二项就是为了达到这个目标，我们就要整编训练已经收编的队伍，提高战斗力，国军将陆续运送武器装备。

第三项也是预备方案，如果攻占哈尔滨不成，就要对重点目标，工厂、桥梁、粮库、车站、医院，还有政府和驻军所在地，实施全面爆破。让共产党手里剩下一座死城，一片废墟，我们进山打游击。"

王廷峰心里直翻个，血往上涌。这小子真够狠毒的，竟然不惜伤害无辜百姓，毁掉整个城市，简直禽兽不如。不禁怒火中烧，想开口一顿痛骂，赶走他们，或者干脆杀了他们，以绝后患。可是有两个孩子住在这里，他不想在此开杀戒。况且，他们已经聚集了一万多人马，事情恐怕没有那么简单，后面一定还有其他人。马玉堂只说了大概计划，具体部署和步骤都留了一手。现在杀了他们或是抓起他们，会不会由别人来实施这个计划？一旦他们得逞，将是哈尔滨和呼兰百姓的巨大灾难。

于是，他把充满眉宇间的怒气隐去，放缓语调，迟疑地说道："此事非同一般，共军的战斗力不可小视，你们还是另请高人。再说，我也不想动手杀死那么多无辜的老百姓。"

马玉堂说："不到万不得已，不会如此。有些事都是为了反共救国，不得已而为之。古往今来，哪个不是一将功成万骨枯啊。"

王廷峰仍然显得很犹疑地说："你们容我再想想。"

马玉堂说："那好，三天后，赵副官把委任状给您送来。您还有什么要求，可以一并提出来。"

看着二人离去的背影，王廷峰别有一番滋味在心头，头上的血，一浪一浪地往上涌。老百姓被日寇的铁蹄蹂躏了十四年，刚刚见到天日，又要面临血雨腥风，都是中国人，为什么非要你死我活不可。他根本不想参与其中，然而一个信念促使他参与，他想了解他们的具体计划，也许能够免除一场新的灾难。

第三天夜晚，赵雨来送来了东北保安长官司令部的委任状，任命王廷峰为新编第二十八军军长，少将军衔。同时带来了部队番号和长官名单，涉及哈尔滨、呼兰和巴彦、通河、木兰、兰西等地。其中有"忠厚"绺子匪首独立团李国珍团长；"扫北"绺子匪首刘兴玉团长；"占三山"大当家的樊景瑞旅长；"诸葛"匪首刘廷喜团长；伪通河县长于学道旅长；伪满山林警察大队长郭宏团长；哈尔滨公安支队队长刘立权团长；第十三支队队长刘贞；江上军王吉祥团长；呼兰同乡团周强团长；三青团冲锋队队长张焕彬等，还有他们的主要副手都有封衔。标明的人马有五千多人。

王廷峰明白，这些人大多是社会上人人皆知的匪首，这个名单没有实际用途，马玉堂显然是留了一手，仅靠一纸委任状和一份名单，不可能有这些武装的实际控制权。可是马玉堂又到底为什么要给自己挂一个军长的头衔呢？他到底居心何在？

王廷峰问赵雨来："马特派员还有什么指示？"

赵雨来说："特派员说，二十八军刚刚组建，等到部队集结完毕，再向大家宣布您的任命。近期，请您主要观察呼兰城内共产党的动向，伺机除掉他们的首脑人物。尚长河死后，现在对我们威胁最大的有三个人，县工委书记兼武装大队政委阎韫,方台区委书记耿田,康金区委书记李振华,最好一个个把他们都干掉。"

王廷峰恍然大悟,原来他们的目的在此。并非仅仅是想利用他的威望。于是说:"这些共产党的干部精明过人,很难下手,只能等待时机了。"

几天后,马玉堂突然派赵雨来接王廷峰前往松浦,与集结的各路人马首领见面。赵雨来说:"今天晚上,你们两位军长就可以和各位旅团长见面了。通河于学道旅长和郭宏团长,带领两千多人已经出发了。"

王廷峰问:"姜鹏飞军长手下有多少人马?"

"和你差不多,大约五六千人。呼兰只有一支人马归属姜军长,就是'赛乾坤'绺子李芳林,他是通过亲属最先归顺了二十七军。姜军长已经派了联络员,命令'赛乾坤'向哈尔滨集结。"

王廷峰说:"我安顿一下两个孩子,我们马上走。"有赵雨来在身边,王廷峰无法脱身报信,也无法写纸条留给孩子。正在内心焦急,张野来了。

王廷峰心中一阵欣喜,连忙介绍说:"这位是我的同学张野,这位是我的朋友赵雨来。"两人点头示意。

王廷峰说:"张野,你来得正好,我和赵雨来出去办点事,你帮我照看一下两个孩子,你先陪赵先生坐一下,我给孩子拿点吃的就来。"他走进里屋,迅速写了一个小纸条,然后出来说:"赵先生,我们走吧。"又转身背对着赵雨来对张野说:"有劳老同学了。"握手之际,把小纸条塞给了张野。转身和赵雨来走出家门。

张野在与王廷峰握手的瞬间,从王廷峰的眼神中意识到有事发生。王廷峰走后,他连忙打开手中的纸条,知道事情紧急,一口气跑到县工委,对值班人员说,有急事找阎韫书记。值班员知道阎韫书记带着县大队去二八井了,但是不认识张野,不能告诉他。

张野急得脑门上直冒汗,焦急地对值班员说:"找不到阎韫书记要误大事的,你赶快帮我想想办法。"值班员说:"那你往方台耿田书记那打个电话吧,看她能不能联系上阎韫书记。你有急事也可以先和耿田书记说一下。"

值班员接通了电话。那边传来耿田的声音:"喂,你是谁?"

"我叫张野,情况紧急,请您马上向阎韫书记报告,国民党地下军向哈尔滨集结,通河一路有两千多人,白天就出发了,很快就要途径呼兰。另外姜鹏飞的联络员已经到了沈家,请你们尽快派人查找。"

耿田问道:"你是什么人?"

"我叫张野,你们相信我好了,这是我的一个同学冒险传出的消息,详细情况过后再告诉你们吧。"

耿田马上打电话向阎韫书记报告。阎韫说:"你先带区中队,到元宝村一带阻击一下,延缓土匪的行进速度。我联系部队陆续赶到。"

阎韫分别给李挺特别分队和驻呼部队发了紧急信号通知,又安排二八武装队,立即去沈家搜查姜鹏飞的联络员,对形迹可疑人员全部控制审查。随即带着县武装大队疾奔元宝村。

通河伪县长于学道和山林警察大队长郭宏,接到马玉堂命令,带领全副武装的两千多人,经过呼兰去哈尔滨集结,此时正行进到方台区二八村元宝岗子屯。耿田率领区中队埋伏在元宝村外,只见匪徒的马队在前,步兵在后面,蜂拥而来。几十辆马车上装满武器弹药和粮食,还有妇女家眷。耿田下令开火,匪徒们一阵慌乱,队伍停了下来。

于学道听着枪声判断出,前面不是共军的主力部队,于是命令骑兵发起冲锋。耿田见匪徒人多势众,命令区中队撤进村内牵住敌人。

土匪随即团团包围了村子。另一个匪首"山林豹"谷玉凤喊着:"四虎子,你过来,先把前面那两根电话线弄断了。"四虎子是一个鄂伦春族的炮头,"嗯呐"一声,向前几步,举枪打断了电话线。

耿田带着区中队,撤入四角都有炮楼的地主大院。指挥队员们从枪眼轮换着向外打枪,阻止匪徒们靠近,又不让他们离开。

县武装大队急速赶来。匪首郭宏听到报告说,已有援兵赶来,骂道:"他妈的,怎么这么快?'山林豹',把你那几个尿性点的枪手,都集中过来,拿下炮楼,攻入大院,取了家伙和粮食赶紧撤。"匪徒开始从四面进攻大院,枪声响成一片。

这时,两辆满载苏联红军的汽车,从巴彦回来,听到枪声赶过来。郭宏会几句俄语,看见苏军汽车开来,上前说道:"院子里面有土匪,我们是奉命来剿匪的。"苏军立即组织机枪往炮楼上打。强大的火力,压制得区中队无法从枪眼射击,匪徒们又开始向大院靠近。

区中队指导员洪家定对耿田说:"耿书记,有点不对劲,我从枪眼看,用机枪向我们扫射的好像是苏联红军。"

耿田说:"可能是受了土匪欺骗,我们赶紧使用联络方法。"说着,从挎包里拿出一面红旗。对洪家定说:"快找个木杆子,把红旗伸出去。"这是和苏军约定的联络信号之一。

当带有镰刀斧头的红旗,从炮楼上高高举起,苏联红军马上明白了,里面不是土匪,是共产党的部队,立即掉转枪口,几挺机枪直接向土匪群里扫射起来,打得土匪鬼哭狼嚎,抱头鼠窜。进攻大院的匪徒也连忙撤了下来。

这时县大队已经赶到,从外面包围了土匪,截获了土匪的弹药给养车辆。

接到阎韫书记信号的剿匪特别分队和八路军老四团也随后赶来,分别抢占了屯子的西岗和公路两侧,截断了土匪的退路。耿田和洪家定从炮楼里冲出来反击,几下夹攻,土匪溃不成军,丢下一大片尸体,匪徒们纷纷跪在地上举手投降。

匪首郭宏带领马队掩护剩下的土匪逃窜,被李挺一枪从马上打中,掉下马来,十几匹马从他身上践踏而过。于学道被苏联红军的机枪扫中,当场毙命。土匪被打死三百余人,缴械投降六百余人,剩下的四散奔逃。

几支部队的首长紧急碰面,决定乘胜追击。县大队、区中队在县城以东地区搜索残匪,老四团向城南,封锁通往哈尔滨的所有道路,剿匪特别分队向城西方向清剿,苏联红军向城北方向追击。争取全歼这股土匪。

四散奔逃的匪徒们陆续被追捕俘获,顽抗的多被击毙。

第二天清早,向城北逃窜的一股匪徒,经过大用沈八井村向西溃逃。苏联红军包围了村子后,挨家挨户搜查来不及逃走的残余土匪。他们把妇女、孩子和老人驱赶到村边,把青壮男人集中到村内场院上进行辨认。有几个土匪被从人群中认出,当场俘获。

"山林豹"谷玉凤见身份暴露,突然掏出手枪,打伤了身旁的一个苏军士兵,想翻墙逃跑,被几个红军战士当场击毙。

苏军指挥官看见受伤的士兵,痛苦地捂着肚子,十分恼怒。担任苏军翻译的人叫朱凤森,绰号朱黑子。原来是一个妓院的大茶壶,曾经和沈八井村的人因为赌债发生过口角,一直怀恨在心。此时眼珠子一转,坏水涌出来。他对苏军指挥官说:"这个村子,多少年都是土匪窝,没有一个好人。"

苏军指挥官听信了他的话,一声令下,苏军架起机枪向集中起来的村民扫射,全村五十九户一百三十余人,只有两个人幸免于难,其余的人全部被杀死。三十余间房屋被烧毁。

"沈八井"惨案震惊了全县。李振华带着区中队赶到沈八井,悲惨的情景令大家悲痛而愤怒。通过与苏军沟通交涉,终于弄清了事件真相。直接导致惨案发生的朱凤森,几个月后,在康金区召开的反奸除霸大会上,被判处死刑枪决。

二八武装队前往沈家,与联防民兵一起逐村盘查,很快发现了一个形迹可疑的陌生人,从他身上搜出国民党新编二十七军军长姜鹏飞的第十号令,经审讯招供,正是姜鹏飞的联络员。传令"赛乾坤"部向哈尔滨松浦集结,正准备返回哈尔滨就落了网。

他还交代,姜鹏飞已经分别命令谢文东、李华堂、左建堂匪部集结蜚克图,刘昨飞部集结阿城,刘松坡部集结哈尔滨近郊,刘景山部集结江北松浦,吴俊峰部集结太平庄,准备按照指令,一起进攻哈尔滨。

民兵武装队立即报告县公安局。事关重大,李兴昌马上向县工委和市公安局报告。根据这个联络员交代的地址,市公安局迅速行动,将潜伏在哈尔滨的姜鹏飞捕获。同时逮捕的还有姜鹏飞的参谋处长姜凤鸣、军需处长张福平。驻军出动,分别围剿已经开始集结的匪帮,各匪部四散奔逃,一场对哈尔滨的袭扰阴谋破灭了。

王廷峰随着赵雨来来到松浦,马玉堂正在与一群匪首商谈。见王廷峰来到,连忙介绍说:"这位王廷峰先生,就是新编二十八军军长。他原是东北军骑兵第八旅副参谋长,呼兰警务科大名鼎鼎的王岭科长。"众匪徒一阵寒暄,他们之中一部分人,早就听说过这个令人生畏的名字。

马玉堂指着一个身材矮胖,肥头大耳,两道扫帚眉下,一双鱼泡眼的人说:"这位是哈尔滨公安大队的刘立权刘团长,他已经有一千多人马,而且正在与王吉祥团长一起,策反已经归顺了共军的江上军。"

随后又指着身边一个戴着墨镜,细长脖子,谢顶的头上环绕着几根长发的瘦子说:"这位是东北长官司令部第十三支队的队长刘贞。还有这位大胡子是独立团团长李国珍。今后诸位者要在王军长的指挥下,带好自己的队伍。既要独立行动,也要互相配合,统一协调指挥。"

王廷峰对马玉堂说:"特派员,我们下一步的行动任务是什么?"

马玉堂说道:"国军原定这个月末全面进攻哈尔滨,可是到现在还没有动静,我们不能消极等待,要用我们的行动,我们的胜利,鼓舞长官进攻哈尔滨的决心。大体安排是二十七军占领阿城,二十八军占领呼兰,然后共同进攻哈尔滨。姜军长还没来,就请刘立权团长介绍一下呼兰的具体行动计划。"

刘立权两道扫帚眉连着向上跳动几下,睁大鱼泡眼说道:"呼兰和阿城同时行动。我的人马下个月初三,分成几路潜入呼兰城,分别潜伏在文工团后院、教育馆、杨木林子和西下洼子等地。前期人员已经进入,指挥部就设在教育馆。由第十三支队刘贞带队,负责摸清共产党干部和驻军部队的具体位置,提供书记阎韫、县政府主席钟声住地'大兴当'和宋均住地干训班的地图,印刷袖标和传单,准备书写标语,还有所有人员右臂上系的白毛巾,并且负责切断电话线。邵永刚、王吉祥团长的人马和我的队伍,分头攻打县政府、县大队、干训班和哈北专员办事处,抓住阎韫、钟声、宋均以及哈北专员办事处的干部一律立即枪决。李国珍团长负责安排二十艘帆船,如果外面的共军主力部队赶来增援,我们分别从石公祠和老山头撤退。"

马玉堂问王廷峰:"王军长对这个计划还有什么意见?"

王廷峰说:"共产党的部队战斗力很强,进攻的时候最好不要硬拼,行动一定要注意保密,潜入呼兰的人员不要轻易走动,以免引起怀疑。另外尽量不要伤害平民百姓,我们也非常需要获得民心。"

就在暴动的前两天,驻呼兰八路军主力和地方部队统一行动,潜伏的各路土匪纷纷落网,刘立权、刘贞、李国珍、邵永刚被抓获,只有王吉祥在哈市闻讯逃走。新编二十八军的几个主要武装相继覆灭。

一连串的行动失败,损失惨重,马玉堂觉得不对劲了。分析来分析去,逐渐把怀疑的目光转到了王廷峰身上。他问赵雨来:"你觉得王廷峰靠得住吗?那天你去接他到松浦,他有没有可疑之处?你一直在他身边吗?"

一连几个问号,使赵雨来有些茫然,一番思索回忆后,他说:"那一天,我们两个一直在一起,只是他家里来了一个同学。不过他们没有机会单独在一起,没有传递消息的可能。姜鹏飞和于学道的事,是他和我们在一起的时候发生的,应该说与他无关。不过刘立权他们的事情,就不好说了,他有的是时间,并不在我们的掌握之下。最大的疑点是,他始终说共产党防范严密,找不到下手的机会,到今天为止,一个共产党的干部也没有杀。按说以他的身手不应该这样。"

马玉堂说:"这个人的眼神让人看不透,此人不可留。眼下进攻哈尔滨的国军没了踪影,姜军长和刘立权、李国珍等人都进了监狱。剩下的几个绺子,在呼兰也是被耿田、李振华和李挺追着打,自顾不暇。看来我们只有最后启动'旋风'计划,然后撤到关内去了。"

"那我们什么时候动手?"

"事不宜迟,我们今天晚上就行动。我去把身边剩下的兄弟召集起来,分别在预定的地点安放炸药。你去一趟王廷峰家里,伺机结果了他。等你回来以后,我们就起爆。"

赵雨来说："我现在就去，一会儿就回来。"

马玉堂叫住赵雨来："王廷峰不是个一般人，身手了得，你千万要小心。这样吧，你带着杜三孩和张四虎一起去吧，这样我放心些。"

赵雨来自尊心很强："我的身手特派员是知道的，虽然不敢与当年的王廷峰相比，现在他毕竟年纪大了，再说我手里有枪，他是赤手空拳，而且他不会先向我下手，我找机会，抽个冷子突然开枪，料他很难提防。"

马玉堂说："还是不可大意，小心驶得万年船，你们一起去，快去快回。"

一行三人来到"德顺涌"，赵雨来让杜三孩子和张四虎站在门外，说听到动静或者是枪声他们再进去。

王廷峰见赵雨来进来，不知道马玉堂又有了什么新的行动计划，不过耳朵听声，发现门外还站着两个人，他知道今天他们是不怀好意而来，心里有了警觉。

"赵副官前来有什么重要的事情吗？"王廷峰轻声问道。

"马特派员有事要出远门，让我来看看你。"赵雨来端起桌上的水碗喝了一口说道："特派员让我顺便问问你，呼兰暴动失败，主要原因在哪里？"

王廷峰略一沉思说道："我没有参加具体指挥，还真是说不清楚主要原因。不过我想，很可能是走漏了消息，这一点，我在上次行动之前就已经提醒过。"

"那么军长以为，会是什么人走漏了消息呢？"赵雨来盯着王廷峰的眼睛问道。

王廷峰平心静气地说："参加行动的每一个人都有可能。我如果知道是什么人，我早就把他处理了。"

"时到今日，你连一个共产党的干部也没有处理，你很有可能就是那个走漏消息的人。"赵雨来说着掏出手枪，对着刚要转身的王廷峰。还没有来得及扣动扳机，只见王廷峰一个滑步，一个转身，手已经扣在了赵雨来拿枪的手腕上。稍一用力就要夺枪。

赵雨来一翻腕使了一个脱腕反手动作，枪没有脱手。刚要掉过枪口开枪，只觉得手臂一麻，被王廷峰点中肩上穴位，手枪到了王廷峰手里。

王廷峰说："看来你们是真想对我下手了，我现在本来不想再伤人见血，你们却一定要逼我去做。赵雨来，只要你不再跟着马玉堂干伤天害理的事情，我今天就放了你。"说着把弹夹取下，看看里面压得满满的子弹，又装上弹夹。"还真是一把不错的枪。"然后把它放在了桌子上。

赵雨来说："特派员有恩于我，我只能跟着他。"他一边说一边偷偷运气缓解了手臂的麻木,乘王廷峰转身把枪放在桌子上的机会,突然从腰里掏出一支手枪,紧接着向王廷峰连开两枪。王廷峰听到动静,猛地向后一下腰,子弹从脸边擦过。

王廷峰心中火起,上前两步,没等到赵雨来再开枪,已经从侧面用双手夹住了他的脑袋,使劲一用力,扭断了他的脖子。

看着瘫软下去的赵雨来,王廷峰轻叹一声:"原本以为你是条汉子,给你一条生路,不想你也是暗下毒手,真是跟着啥人学啥人。"

门外的杜三孩和张四虎听到两声枪响,以为赵雨来已经得手,开门走进来观看,只见赵雨来瘫软在地上,王廷峰冷冷地看着走进门来的两个人。

二人急忙掏枪,王廷峰右手一扬,一道寒光闪过,张四虎咽喉中刀,睁着眼张着嘴倒了下去。转眼之间王廷峰已经掐住了杜三孩的下巴,厉声问道:"你想死还是想活?"

杜三孩见张四虎转瞬间就没了命,自己的下巴被掐住,简直吓破了胆,连连点头,嘴里呜拉不清地说着:"想活,想活。"

王廷峰说道:"那你告诉我马玉堂在什么地方?他在干什么?"杜三孩支吾着不想说,王廷峰手上一用力,说道:"看来你也要和他一个样了!"

杜三孩吓得脸色惨白,连忙说:"我说,我说。特派员已经启动'旋风'计划,只等我们回去后,就全面启动爆破。"

"他在什么地方?"王廷峰追问道。

"他在呼兰河铁路桥等我们,汽船已经准备好了。只等铁路桥一炸,城内各处一起起爆,然后分散撤离。"

情况万分紧急,王廷峰夺过杜三孩的枪,一手夹起他,跑到县工委大门口,对门卫士兵说:"你们马上把这个人交给阎韫书记或者其他领导。他知道有人要在城内爆破的地点。"

卫兵说:"你是什么人?"

王廷峰说:"你就和阎书记说,我是王廷峰,马上派人阻止特务们的爆破行动。"

卫兵一听事关重大,连忙说:"我马上打电话,你亲自和阎书记说吧。"

王廷峰说:"时间来不及了,我必须赶到铁路桥去一趟。"说着转身疾步而去。

呼兰河铁路桥是松花江南北交通的咽喉要道,运送部队和支前物资的列车,每天数十次经过这里。

马玉堂站在桥下的河岸边,正在焦急地等待赵雨来三人,突然看见王廷峰站在自己面前,知道自己又一次失算了,失败了。听到远处又一列火车轰轰地驶来,他绝望的眼里又泛起一股凶光,没等王廷峰靠近,他转身一拉点燃了导火索。然后奋力把导火索扔开。炸药绑在桥梁上,导火索悬在半空,向前燃烧着。

看着来到身边的王廷峰,马玉堂举起手枪对准了他,还没来得及开枪,手腕就中了一枪,手枪掉在地上。看着奋力伸手想抓到导火索的王廷峰,马玉堂突然像疯了一样,扑向王廷峰,紧紧地抱住他翻滚在一起。王廷峰用力挣脱,马玉堂死死抱住不撒手。王廷峰伸出两个手指,一运气,用力向马玉堂的肋骨插去。马玉堂惊叫一声,不再拼命翻滚,十个手指却仍然扣在一起不松开。

王廷峰用力掰开马玉堂的双手,站起身向导火索奔去。马玉堂突然一翻身,又抱住了王廷峰的腿,死死地不撒开。

王廷峰说了一句:"你真的是该死。"说着手中一挥,马玉堂的颈动脉被割开,很快他再也不动了。

王廷峰走到河边,只见导火索已经离开河岸,向上快速燃烧着。用手根本够不到了。远处的那列火车鸣叫着渐渐驶近。王廷峰举起手枪,又放回怀里。从腿上抽出一把小刀,比量一下,伸手扔了出去。小刀在黑暗中擦着导火索飞过,落入河里。王廷峰又拿起刚才割断马玉堂颈动脉的那把小刀,挥手用力朝导火索扔去,飞刀割断了导火索一起落入河中。

感叹:

> 翌风犇海起寒烟　雨骤云沉雾满天
> 莫道阴谋人未觉　大侠利刃斩凶顽

第二十一章

瓦解攻心　耿田虎胆降"诸葛"
大侠助力　振华奇兵剿匪帮

剿匪形势逐渐发生变化,痛恨土匪的村民开始组织起来,及时报告匪情。特别分队的行动更使土匪望风而逃。匪徒们残暴的烧杀抢掠行为大为收敛。

尚长河牺牲后,匪徒们最恨,也是最怕的共产党干部,除了阎蕴、耿田、李振华,随后又增加了一个李挺。

耿田头戴狗皮帽,脚穿靰鞡鞋,腿上打着绑腿,腰挎双匣枪,人称双枪女书记。她平时性格温和,关心大家,年龄上下差不多的都称她耿大姐。一打起仗来,她飞身跃马,威风凛凛,胆大心细,枪法超群。土匪几次半路劫杀不成,声名大振。

有一次,十几个土匪从高粱地突然蹿出,要抓住耿田,只见她双枪齐发,连毙四五个土匪,其余的连滚带爬,扭头就跑。

再说"赛乾坤"匪首李芳林,接到姜鹏飞的命令,当天晚上准备向哈尔滨集结,听到方台方向密集的枪声,知道出事了,就没有出发。而是转身率队偷偷潜入公家沟,派出岗哨后,挨家挨户抢夺粮食,杀猪做饭。

第二天,一个村民绕过土匪岗哨,到大方台给区中队报信。刚刚结束激战的耿田,立即带着队伍前往公家沟。李芳林正在吃饭,枪声响起,只得仓促应战,留下二十几具尸体,仓皇逃窜。

一天深夜,耿田又接到小佟井村民兵报告,"赛乾坤"带人进了村,她立即带人冒着大雨,神不知鬼不觉摸进村里。

耿田总结了公家沟战斗的经验教训,没有急于发动进攻。而是等到夜深人静,派人先悄悄解决了三个放哨的匪徒,然后包围了土匪住的屋子。耿田猛地撞开房门,几步跨到炕上,生擒了被窝里的"赛乾坤"李芳林。

几天后,耿田又带队接连追剿三伙匪徒,解救人质十九人,击毙土匪三十余人,俘虏四十多人,一时间,各股匪徒,听到耿田来了都闻风而逃。

军事围剿的同时,耿田加大了瓦解土匪的政治攻心战。展开宣传攻势,阐明剿匪决心,指出土匪如果顽固不化毫无出路,放下武器,改邪归正,就会得到宽大处理,既往不咎。

耿田把土匪家属集中起来开会,宣传政策,如果能够劝说当土匪的亲人投降,可以分给土地,让他们回家种地,什么时候回来,什么时候给。然后有重点地找一些土匪家属走访谈话。

在土匪刘兰泰家里,耿田发现,他的老母亲体弱多病,老婆和三个孩子都穿着破烂的衣服,家里生活十分困难,最小的儿子正在生病发烧。耿田马上派人找来大夫,给孩子看病,并告诉村干部,对他家里和村民一样按人口分给粮食。老太太一边流泪,一边说:"我儿子是被他们骗去当土匪的,他只是一个小喽啰,撇下家里老小,什么也管不了。你看,我们过的是什么日子?共产党对我们太好了,我说什么也要把儿子找回来。"

来到一个姓翟的老人家里,老人说:"小鬼子在的时候,我儿子被逼得没有活路,去当了胡子,日本鬼子投降了,他也想回家来,又担心共产党搞清算,不容他们这样的人。政府现在不歧视家属,实行宽大政策,我无论如何也要让他回来。"

耿田说:"是啊,一人当土匪,全家人都受罪,担惊受怕的,亲人在外边被打死,都死无葬身之地,只有劝说他们归降,回家生产过日子,才是出路,政府保证他们的安全。"

通过逐村入户细致工作,一个父母找儿子,妻子找丈夫,亲戚找亲戚,朋友找朋友的救命活动开展起来。很多人纷纷给当土匪的亲人捎信,劝他们早日归降,千万别再做伤天害理的坏事。先后有一百六十多人陆续带着武器投降。集中教育两天后,外地的发给路费,送回原籍,本地的回到家里和亲人团聚。一些土匪感动得落泪,表示一定要重新做人。

《东北日报》发表文章,充分肯定了呼兰军事围剿和政治瓦解相结合的做法。

土匪的活动范围日益缩小,秋收之后大片青纱帐放倒,行动更加困难。天气日渐寒冷,匪徒们缺衣少粮,人心动摇。

匪首刘廷喜绰号"诸葛",几次行动都没成功,还损失了十来个人,有几个手下留下枪偷偷走了。"诸葛"心烦意乱,在地上转磨磨,心想这人倒霉吃豆腐都塞牙缝,放屁都砸脚后跟。可是也不能坐以待毙,于是派人给耿田送去一封信,提出给他划出一块地盘,以后互不干扰,并要求给他们棉衣二百套,棉鞋二百双。

耿田经过调查了解到,"诸葛"绺子多半是在日伪时期入伙当胡子的,由于长期封闭,日本投降后,受国民党特务封官许愿的宣传拉拢,他们认为,国民党才是正统,共产党土八路长不了,他的手下许多人,是被他用江湖义气,磕头拜把兄弟的手段笼络去的。他的特点是从来不杀不抢本村和附近村屯的老百姓,坚持兔子不吃窝边草,和那些随意残害百姓的匪徒尚有区别。耿田认为"诸葛"有被争取劝降的可能。

于是,耿田给"诸葛"回了一封信,重申政策,晓以利害,告诉他,要地盘,没有。要棉衣棉鞋,不给。你们已经成了瓮中之鳖,如果执迷不悟,只能是自取灭亡。不投降只有狠狠地打,直至彻底消灭。希望你能够替自己和手下的兄弟们着想,放下武器,争取宽大处理。

"诸葛"收到回信,一下子瘫坐在椅子上。他的处境十分艰难,缺衣少粮,武器弹药不足,过去可以到处去抢,现在村村有岗哨,处处有武装,几次出动都被打得狼狈逃窜。想了一个写信威胁要地盘要棉衣的招数,又被严词拒绝。这一阵子,已经有十几个手下先后跑去投降了,把枪给他留下的,就已经是不错的了。世上万事万物,山洪海潮也好,政治军事也罢,一旦成势,任何个人之力都难以挽回。现在看来,共产党已经成了气候,自己真的是山穷水尽,四面楚歌了。

几天后,"诸葛"又写了一封信,要求面见耿田,谈谈条件,再决定是否投降。

大家七嘴八舌议论起来,耿田认为是个机会。

有的同志说:"'诸葛'狡猾奸诈,不能轻信。"

也有的说:"这也有可能是'诸葛'设的圈套,走投无路做垂死挣扎,去了怕有生命危险。"

还有的说:"我们要提高警惕,千万不能上当,即使他们不敢下毒手杀人,如果扣做人质，要挟我们交换棉衣粮食，我们就被动了。"

耿田说："同志们的分析有道理，我们不能盲目前往。从目前敌我形势来看，'诸葛'的确是走投无路了。如果我们做好周密安排，劝降'诸葛'也是有可能的。这一阵子，土匪都是小股零星来投降，'诸葛'手下现在还有一百三十多人，如果劝降成功，会对其他匪股产生很大影响，有利于我们争取大多数，孤立极少数，尽快在全县根除匪患。至于我个人的安危就不算什么了。我决定，按期前去谈判，我们研究一下具体安排。"

中队长孙苍全说："我和你一起去，再选三个身手好的同志，保护耿田书记的安全。"

"诸葛"把谈判地点放在紧靠松花江边的陈排村，区中队全体提前出动隐蔽在陈排附近。剿匪特别分队，在永丰村待命，如果有情况，马上出击，毫不留情地全歼"诸葛"匪徒。

约定的时间到了，耿田等人来到陈排，会见地点在一个青瓦房院套内。土匪在村子内外放了七八个岗哨，大院内外约有七八十个土匪，他们穿着各异，有长褂，有短衫，还有侧旁系扣子的带大襟夹袄。手持的武器很杂乱，有日造三八大盖，有美式卡宾枪，还有土造的老套筒，单打一的洋炮。

"诸葛"一见，威名远扬的耿田，是一个身材瘦小的女人，只带着几个人前来，不禁心头一震。还是故作镇静地说："耿书记，请进屋吧！"

耿田和孙苍全大步走进屋里，其他三个人站在门口。屋里面的炕上放着一张桌子，两边坐下后，"诸葛"掏出手枪放在桌子上，强做出傲慢的神情。耿田观察了一下这个匪首，五十来岁，身材魁梧，头上秃顶，小眼睛左右转动，满脸的傲气难以掩盖心中的恐慌不安。

耿田开口说道："刘廷喜，你的母亲年纪大了，需要有人照顾，你一直不回家，你母亲很想你。村里已经把分的粮食送到你家里去了。难道你就不想回去孝敬你的母亲吗？"

"诸葛"脸上的凶气少了许多，他已经知道，共产党并没有为难他的家属，还一样分了粮食。于是说道："感谢你们对我家里的照顾，我想听听你们让我投降的条件。"

耿田说："我们的政策很清楚，第一，只要放下武器投降，一律宽大处理，既往不咎，不杀不抓。第二，彻底交代过去，悔过自新，重新做人。第三，逐人登记，外地的发路费送回原籍，本地的回家参加生产，不受歧视。"

"诸葛"说:"前两条没说的,只是这第三条,要登记,恐怕……你们不是要事后算账吧?"

耿田说:"登记只是为了掌握每个人的情况,回家以后,只要老老实实地遵纪守法,一定会和其他村民一样看待。如果继续作恶,那就必然受到严厉惩罚。"

"诸葛"舒开眉头说道:"人入江湖身不由己,别看我们在外边瞎窜达,其实我一直想着回家去陪伴老娘,你这么说,我也就放心了,我相信你的话。其实我死了也没什么,只是希望你们千万别难为我手下那些兄弟。"

耿田说:"我们是讲政策,讲纪律的,关键在于你们今后怎么做人做事。"

"诸葛"说:"我同意按你说的条件缴枪投降,我现在就去集合弟兄们,请您给大伙训训话。"说完,他走出去,令人把带来的七八十人都召集到一起。

耿田威风凛凛地说道:"今天,你们的首领给你们选择了一条走向光明的路,继续与人民为敌只有死路一条。现在呼兰的绺子已经大部分被清除,国民党的军队现在打不过来,以后也注定要彻底失败。希望你们真正看清形势,投降后回家和家人团聚,我们一个不杀不抓,外地的,发路费送回去,本县的,我们一视同仁,分给土地和粮食,只要你们改邪归正,重新做人,以后就可以安居乐业地过日子了。"

人群中发出一阵叫好声。

按照约定,五天后,"诸葛"带着全部人马,在腰堡村向耿田和县公安局长李兴昌等人投降。消息传出,各区工作队加强劝降工作,陆续有"七国""黄金龙""国中国""行五洲"等绺子缴枪投降。

土匪们的另一个煞星李振华,带领区中队追剿"扫北"匪部已经好几天了。王玉璞和刘兴玉袭击敖木村以后,又连续袭击了达户村农联会和几个村的民兵武装,半路截杀区中队通讯员,劫持县区到村屯开展工作的干部。李振华带人和他们几次交火,匪徒死伤不少,但是,几个匪首仍然逍遥法外,不断制造血案。并且把李振华视为眼中钉肉中刺,多次对他下手。

这一天,李振华等人住在石人天主堂院内的一座青砖瓦房内,夜已经很深了,李振华还在看文件。两个匪徒翻墙进入院内,住在外面的警卫员大声喝问:"什么人?站住。"

李振华吹灭油灯,拔出手枪,冲到窗前。警卫员和闻声起来的战士们,与两个黑衣人开始交火,两个黑衣人身手敏捷,一个人开枪掩护,另一个快步蹿到李振华住的房前,伸手拉开房门,刚要进去,李振华的枪响了,一连三枪,打在黑衣匪徒的前胸,当场毙命。另一个黑衣人见此情景,一愣神,转身跃起要翻墙而走,战士们一排子弹,把他打翻在地。

李振华让战士们四周再搜索一下,没有发现两个黑衣人的同伙。他回到屋里,点亮油灯,继续看文件。

几天后,李振华工作到很晚,刚刚准备上床休息,伸手去打开行李,一个纸团突然从窗外扔在床上。李振华立即冲到窗前,外面什么人影也没有。回身拿起纸团,里面包着一个小石块。展开纸团,只见上面写着:"别动行李,有危险"。

李振华叫警卫员小李进来,两个人仔细搜索床上床下,没有发现异常。他慢慢打开行李,用手轻轻地按压一下,感觉有个硬邦邦的东西在里面。他轻轻地掀起被子的一角,只见一根细线系在被子角上,顺着细线往下一捋,一颗手榴弹夹在床板缝里,引线已经拉出,连接着细线,只要掀开被子,拉动细线,手榴弹就会爆炸。

警卫员小李要上前拿手榴弹,李振华摆摆手:"你别动。"他拿出匕首,轻轻地割断细线,然后把手榴弹引线轻轻塞回手柄内,从床缝中取出手榴弹。这才松了一口气。

小李吓了一身冷汗:"李部长,这太危险了,这一定是那些土匪干的。"

"别害怕,我是有福之人。在华中反扫荡,战斗那么激烈,我都没受过伤,土匪这点小把戏,吓不倒我们。只是那个扔纸团示警的人是谁呢?小李你去查一下,今天白天都有谁进过这个屋子,白天我们虽然不在,可是哨兵也不会让外人进来的。"

不一会儿,小李回来了说:"李部长,哨兵说了,今天除了天主堂看屋子打杂的老冯,没有别人进来过。我带人去找老冯,他早已经没影了。外面的哨兵说,天还亮的时候老冯就出去了,一直没回来。"

事情很清楚,这个老冯就是被土匪收买,安放手榴弹的人,或者老冯本身就是土匪。要不然,上次那两个黑衣人,怎么会跳进院子后,直接奔李振华住的屋子而来呢?

李振华遇事不慌,沉着冷静,区中队的干部战士都暗自佩服,说他工作不要命,战斗勇敢,胆大心细。阎韫书记的评价是:"振华有勇有谋,工作善于思索,处理问题肯动脑子,减租减息分青苗率先试点,有些做法很有创造性。"这和苏北区委对他的鉴定"政治纯洁坚定,工作热情踏实,作战机智勇敢,生活艰苦朴素,学习认真虚心,善于开动脑筋分析问题"不谋而合。

李振华反复思索,到底是什么人救了自己,还不露面。是土匪?不可能,他们恨不得早一天打死自己,是同志?也不可能,自己的同志没有必要用这种方法示警,直接告诉自己就是了。那么他到底会是什么人呢?

这一天晚上,忽然,又有一个纸团从窗外扔进来。李振华飞身跃到窗前,还是不见一个人影。拿过纸团,只见上面写着:"今晚十点,村后小树林见,有要事,不要惊动更多人",字迹和上次的一样。

这个人又出现了,有紧要的事,他为什么不直接进来和自己说,而要把自己约到村北小树林去,难道有什么阴谋?那么上次他根本没有必要救我。李振华决意去见一见这个神秘人物,解开心中的谜团。

接近十点了,他检查了一下手枪和子弹,叫上小李:"你跟我去见一个神秘人物。"

小李问道:"是什么神秘人物?"

他说:"就是那个报警救我的神秘人物。"

"是他?"小李惊讶得说不出话来。

两个人走出天主堂,门口的哨兵问:"李部长,您要出去呀,要不要我去叫几个人跟着您?"李振华说:"不用了,你们提高警惕就是了,我和小李就在附近走走。"

两人来到村北小树林,前后左右看不见一个人影,小李把驳壳枪子弹上膛,拿在手里。只听身后一点轻微的声响,一个身影从树上飘然落下,等他转过身来,那个人已经站在他们面前。李振华忽然好像明白了一件事。这时小李把枪对准了这个人。

李振华说:"小李,放下枪。"然后对这个人说:"你就是两次扔纸条的人?"

"正是我。"

"你有什么紧要的事,要到这里来说?"李振华直接发问。

那人说道:"是关于'扫北'的,你有兴趣听吗?"

李振华一直在追踪"扫北"的下落,于是说:"我很有兴趣,你说吧。"

"'扫北'匪徒后天晚上要集结起来,去血洗古城村,我想这是一个消灭他们的机会。"来人说道。

李振华急切地问道:"你怎么知道的?你到底是什么人?"

那人回答说:"第二个问题不重要,我会让你们知道的。我先来回答你的第一个问题。我以前认识的一个人,是日伪县公署警务科特务队的,叫杜力,外号'小老杜'。光复以后,投奔了'扫北'绺子。有一天,我从三家子村祭奠死去的妻子回来,正在新兴饭馆二楼吃饭,忽然看见杜力和另外一个人走进来,也上了二楼,进了一个单间,点了酒菜。我坐在暗处,他们没有注意到我,隐约听到他们说什么李部长、天主堂,扫北怎么怎么的。开始我以为,他们要在呼兰天主堂有什么行动,可能是涉及哪个叫李部长的人,我就留了意。

等他们吃完饭分了手,我就跟在那个陌生人的后面。这个人倒没有朝城内的天主教堂方向去,而是出城奔了火车站。我就跟着上了火车。到了石人城又跟着他下了车。只见他直奔石人天主堂。

等他出来,经过这片林子,我抓住他,掐住他的脖子,问他来这里找谁?要干什么?他说:'我就是来看看熟人,没什么事'。我的手上一用力,对他说:'你要是不说实话我就掐死你。快说,你们要对李部长怎么样?'

'你,你,你怎么知道?'他十分慌乱,我知道这里面一定有鬼,就拿刀要杀了他,吓得他直尿裤子,终于说出他是'扫北'的联络副官,叫全胜。刘兴玉让他通知'小老杜'三天后到石人城会面,有重要事情商量。然后让他告诉石人天主堂的老冯,想办法除掉住在那里的共产党部长李振华,这个李振华一直找麻烦。

他和老冯见面后,老冯说:'这个李部长十分机警,直接面对面明着干肯定不行,那就没办法脱身了。'老冯又想了想说:'他的屋里只有一个桌子一张床,看来只能在床上想办法,给他安一个手榴弹,他每天都睡得很晚,到时候,我早就跑远了。'

说到这儿,全胜又是一个劲地磕头:'大爷,你饶了我吧,我可是什么事也没干呢。'我问他家住在哪?他说就住在城子村。我告诉他,今天的事,你要是说出去,我就到你家里找你算账。他连说不敢不敢。我又问他'扫北'现在在哪?他说'扫北'几乎是每天都换地方,没有固定住所,我要见他,也要拐好几个弯。

放走了全胜,我又从后面越墙进入天主堂,只见老冯若无其事地从后面一个屋子里走出来。我估计那就是你住的房间。于是从窗外观察,里面十分简单,床上也只有一套行李整齐地放在上面,心想,手榴弹一定是在行李下面了。我如果直接告诉你的手下人,一定会引起他们的误会。所以就写了一个纸条扔给你。"

"为什么两次给我扔纸条,我很快就到了窗口,都没有看到你的影子?"李振华问道。

"那是因为我就在你的房上,天主堂的房顶都是有装饰墙的。况且都是在夜间。"来人直言不讳。

李振华说:"刚才,你从树上下来,我就想到了这一点。因为我和小李走进树林,什么人也没有看见。你从树上下来声音很小,看来你是一个深藏功夫的高手。"

"高手不敢当。实不相瞒,我叫王廷峰,原东北军才鸿猷旅长部下。后来,县警务科的王岭就是我。"来人说道。

李振华一听："原来你就是王廷峰。"县委研究日伪人员定性分类时，公安局长李兴昌的汇报上报材料，以及后来李有副专员的情况说明，还有阎书记的叮嘱，李振华记忆犹新，而且印象很深刻。尤其是粉碎"旋风"计划，阎韫书记说王廷峰立了大功。

他紧接着又问道："古城村到底是怎么一回事？"

王廷峰继续说了事情的经过。第一次扔完纸条，王廷峰就想，"扫北"让杜力到石人来，到底是什么事呢？连全胜都不清楚，莫非他们有什么大的行动？所以，今天早上，他化装跟着杜力来到石人车站，没有跟着去城子村，那样太容易打草惊蛇。他就在车站等小老杜从城子回来。到了下午，杜力才回到车站，看样子是准备回呼兰。

王廷峰迎上前去："哎呀，这不是'小老杜'吗？"

"你是谁？"杜力很惊讶。

王廷峰摘下墨镜说："怎么，连我都不认识了？我叫王岭。"

"啊！是你？王科长。你这是从哪里来呀？"

"从这里来，再到那里去。怎么，多年不见，你也不想叙叙旧情？"

"王科长，自从你逃走，我一直在想你，日本人调查，那么追问我，我可是什么也没说呀。"杜力表白着。

"这些我都知道，所以我才觉得你够意思，才想和你叙叙。"王廷峰掏出一块布，擦擦眼镜说道。

杜力看了一下四周，又对王廷峰问道："王科长，你肯定是共产党吧，现在共产党来了，你应该扬眉吐气了，到时候，你还得关照关照老弟呀。"

"到时候，到什么时候？"王廷峰反问。

"嗨，共产党搞反奸清算，像我这样给日本人干过事的人，肯定要被收拾。早知道这样，说什么也不能当那份差。"杜力摇摇头说。

"你是说，知道尿炕就不睡觉了？有些事都是干完了才知道后悔。可是天下花多少钱也买不到的，就是后悔药。比如说，你现在又在干什么坏事？将来不会又后悔吧。"王廷峰直视杜力的眼睛说道。

"没有，没有。"杜力慌忙摆摆手。

王廷峰从杜力的眼神中，已经判断出他心里有事，于是单刀直入："'小老杜'，你跟着我那么长时间，应该知道我的为人，你有事只有如实跟我说，我才能在关键的时候帮助你，甚至救你的命。说吧，'扫北'让你干什么坏事？"

杜力大惊失色，缩着脖子倒吸了一口凉气，以为自己是破包子——露馅了：

"你,你怎么知道的?"

"我想知道什么还不简单?只是不想看着你白白送死,给你一个立功的机会。"王廷峰的目光突然变成了两道利剑,直逼杜力。

此时的杜力,已经把王廷峰完全当作共产党公安局的人,浑身发抖,上牙打着下牙说:"也没什么。"刚一迟疑,碰到王廷峰两道犀利的目光,吓得连忙说:"我说,我说,求你救救我的命啊!刘兴玉集结人马,后天晚上要血洗古城村。刘兴玉的叔父刘富,是古城村大地主,也害怕挨斗。因为古城村距离石人和其他村都比较远,救援的人来不了那么快。刘兴玉安排人,封锁出村各条道路,下令遇到出村报信的格杀勿论。"

原来,"扫北"在呼兰的日子越来越不好过,吃的穿的什么都缺。所以刘兴玉打算,各路人马聚齐后,接出叔父一家,就带着在古城村抢的东西,向东进入巴彦山区,然后过江南,投奔国民党。

杜力接着说:"刘兴玉给我的任务是,设法把呼兰城内二十几个原日伪人员带出来,最好能多带点武器和财物。王科长,我可是什么都跟您说了,您高抬贵手,饶了我一命吧。"说着,双手合掌,在胸前频频摇动着。

王廷峰说:"今天算你主动坦白,戴罪立功。你回去后,就在家里待着,哪里也不要去,谁也不要见,更不能召集人,等我去找你,我会帮你活命。你要是跟别人说了这件事,你就死定了。"

看着杜力上了去呼兰的火车,王廷峰急忙来到天主堂,等李振华回来,从窗外扔进了第二个纸条。

李振华听罢,上前一步,握住王廷峰的手说道:"谢谢你救了古城村的村民们,也谢谢你救了我,我马上向县委汇报,做好安排,你还有什么要说的吗?"

王廷峰说:"此事必须高度保密,我为什么不到天主堂直接找你?就是怕人多眼杂。还有,请您和公安局说一下,对'小老杜'给条出路,拜托了。我们就此别过。"

"你放心吧,也请你多保重。对了,我以后怎么和你联系?阎韫书记也要见见你呢。"李振华又问道。

"如果有什么事需要我,可以到'德顺涌'找我。"王廷峰说。

"扫北"顽匪,是全县重点追剿的匪股之一。为了防止"扫北"的眼线泄密,白天,县大队出发去了沈家,剿匪特别分队去了孟家,夜间行军到达康金隐蔽起来,区中队像往日一样分头执行任务。下午,各部队秘密进入预定阵地,在古城村外设置了三层包围网。古城村内,炊烟袅袅,人声狗吠,一切如常,土匪在村内的暗探,竟没有发现任何蛛丝马迹。

夜幕降临了。"扫北"匪徒各部相继来到村口,躲在树带和壕沟里。王玉璞问刘兴玉:"还有谁没到?"

刘兴玉说:"只有'小老杜'的人还没来。"

于海滨说:"可能在路上耽搁了,我们进村等吧。"

王玉璞又问道:"村里的人有什么消息吗?"只见两个人影从村里闪出,很快来到跟前,报告说:"村里一切正常,几个民兵也和村民一样,在家里刚吃完晚饭。"

刘兴玉拔出手枪,大喊一声:"进村!"匪徒们纷纷起身,一起向村口涌去。

突然,四面枪声一齐响起,走在前面的匪徒纷纷倒地。

"不好,有埋伏。快撤!"刘兴玉领着群匪一起往左边的小树林中跑,刚刚接近树林,从林中喷出机枪、冲锋枪、步枪的条条火舌,又有一些匪徒被击毙。没被打死的匪徒一下子趴在壕沟里不敢出来。这时,只见右边的壕沟里突然出现许多人,把手榴弹连续扔向土匪藏身的壕沟里。随着爆炸声,匪徒们一片鬼哭狼嚎,于海滨被当时炸死。

李振华带领区中队的战士们,两面夹击,打得匪徒们毫无还手之机,王玉璞一边跑一边号叫着:"别乱,别跑,顶住共军,打呀。"冲上前来的李振华挥起匣子枪,照着王玉璞连开几枪,王玉璞踉跄着倒在地上。

刘兴玉领着残匪顺着路边的壕沟连滚带爬地向南逃跑,刚走出不远,已进入了第二层包围圈。特别分队的强大火力,打得土匪们毫无抵抗能力,成了名副其实的瓮中之鳖,只有刘兴玉等七八个人跑进了第三层包围圈,被全部活捉。负责第三层包围圈的县大队战士,直叫不过瘾。

这一战,"扫北"匪伙全军覆没。李振华对着夜空大声喊道:"敖木村的父老乡亲们,我们的仇,今天终于报了。"

可见:

忠诚开创新天地　可泣可歌英烈魂
大勇大智平匪患　分田斩断剥削根

第二十二章

月夜侦察　海涛独胆劝樊瑞
由衷赞佩　阎韫真心留大侠

剿匪特别分队连续几仗打得漂亮,李挺很欣赏县大队来的几个战士,尤其是侦查队长潘海涛,这小子有战斗经验,枪法准,水性好,能吃苦,打仗勇敢,侦查更有一套,几次都出色完成任务。

不过,这两天李挺心里却憋了一股火,到底是地方武装,和正规部队总有区别,难道他们不知道遵守三大纪律八项注意,竟敢在战斗中私藏武器弹药。还是和他一起来的两个老乡有些觉悟,上交了两颗美式手雷,说潘海涛还留了一支勃朗宁手枪。这还了得,会在部队中产生不良影响。这小子是把好手,就是个性强,一定要好好教育教育他,杀杀他的骄气,才能使他成为一块真正的好钢。

原来,几天前潘海涛奉命去河西侦察,土匪"占三山"盘踞在那里。这股匪徒有九十多人,号称二百多人。首领樊景瑞,本是一个普通农民,伪警察敲诈勒索,打死了他的父亲,他激愤之下杀了伪警察,投奔韩长顺,当时绰号"穿地龙"。

韩长顺在呼兰河西遭到梅原小次郎暗算,只带着赵彪和樊景瑞等十二人逃脱。后来,韩长顺继续网罗人马抗日,在一次战斗中身负重伤。临危之际,把"绿林好"托付给赵彪和樊景瑞。赵彪被细川泰收买的内奸害死后,樊景瑞接替了大头领。

他改变策略,一方面杀富济贫,袭击汉奸特务和商贾官吏,获取资金物资,吸收穷人入伙。另一方面,靠江湖义气,助人解难,使周围大小十几个绺子归顺于他,最多时扩大到几百人,分别建立了几处据点,改名号为"占三山"。日伪军多次围剿不成,贫苦农民和社会上有仇家之人陆续加入,四方有名。

军师杨路祥,绰号"二孔明"。原是方台伪警署一个翻译,与小队长争风吃醋,这个小队长是陈广玉的表哥,两个人合计要杀了他。杨路祥闻讯连夜逃跑,无路可去,就入了伙。

他几次帮助樊景瑞出谋划策,缴获不少武器弹药,还杀了自己的仇人小队长,后来成了军师。樊景瑞不大喜欢他的为人做事,但是看重他的头脑,遇事时请他出点子,往往言听计从。

夕阳残照的黄昏,铺满河面的红霞渐渐隐去。潘海涛带着战士韩大林和邹连生化装成农民,连续几天寻找着"占三山"的踪迹。见天色已晚,三个人走进一个小饭馆吃饭。正吃着,就听旁边桌上吃饭的一个人对另一个人说:"我刚才看见'占三山'了。"

"你在哪看见的?"

"就在后街,他带了七八个人,奔后砖窑去了。"

吃过饭,潘海涛三人漫不经心地走出饭馆,分别朝村后走去。他们进了路边的玉米地,很快看见了那个废砖窑。借着庄稼和夜色掩护,他们悄悄接近了砖窑,借着月光可以看见,在一个窑门前有一个岗哨,不远的路边也有一个哨兵。看来,"占三山"就在这个窑门里。

潘海涛绕过岗哨,从侧面贴近另一个窑门,慢慢转过去,隐约听到几个人在说话。一个人低声说道:"呼兰来了信,共军很快就要来大兵围剿,我们必须想好对应之策。今天,我们来接军师,正好一起商量商量。"听口气他就是"占三山"。

另一个小头目模样的人说:"听说共军是穷人的队伍,很能打仗,真的会对我们斩尽杀绝吗?"

又一个说:"哎,这些些年,小鬼子败了,国军也没了影,本想能回家去,消停种地过日子,可共军又要来清剿,不知道还能不能活着回家,娃他娘和我娘都盼着呢。"

"占三山"本来是个孝子,就是因为爹娘被害死了,才上山为匪。听着情绪混杂的手下头领们七嘴八舌的话,他说道:"军师刚从哈尔滨回来,听听他的意见吧。"

"二孔明"一直一言未发,见樊景瑞让他发表意见,慢慢站起身来说道:"大哥,各位兄弟,按共产党的话说,我们都是有血债的人,尽管我们杀富济贫,也杀过不少鬼子汉奸,还帮助老百姓抢了日本人的粮食,但是共产党不可能放过我们。历朝历代,官府对土匪草寇都是两手,一剿二抚,可是安抚了以后,往往还是杀。水泊梁山众好汉,是宋江、吴用断送的,因为朝廷里面有蔡京、高俅、童贯,皇上也不可能真正倚重梁山好汉。"

他左右看了看,见众人都没出声,接着说道:"我们上山落草一天,就是永远洗不掉名声的土匪。无论谁坐了江山,都容不得我们。以前是日本人悬赏捉拿,如今共产党得了势,也会收拾我们。听说陈广玉又当上共产党的区长了,与其束手就擒,被俘被辱被杀,还不如像以前对付日本人那样,利用我们的优势和他们周旋。咱们山上有洞,河里有船,这漫山遍野的庄稼地,要剿灭我们也没那么容易。我们兄弟手里的家伙也不是吃素的,日本人和美国人的武器我们都有,除了重武器,我们不比共军差。"

"二孔明"停顿了一下,接着说:"这次我到哈尔滨,见到了国军接替马特派员的宋特派员,他说我们大哥还是国军的上校旅长,下面弟兄们也都有封赏,还答应尽快给我们运送武器弹药。近来,各个绺子降的降,散的散,好多兄弟散落各地,连'扫北'也被灭了。我们应该分别派人去联络,最好把他们都收拢过来。我的意见还是要做打的准备,而且要先下手为强。回去以后,马上把几路人马集中起来,先把共产党河西的区公所和民兵武装队解决了,补充一下我们的武器弹药。这个区武装队在我们的眼皮子底下,人熟地熟,如果和共军主力配合起来,就更难对付了。"

潘海涛借着微弱的光线,从缝隙中观察,窑内有六七个人,看来都是头目。只见军师"二孔明"身材矮小,四十多岁,瘦削的脸上,一副眼镜挂在一对小眼睛上。他的腰上插着一支小手枪,旁边挂着两个美式手雷。

潘海涛以前没见过这个"二孔明",只听过一些传说,说他谋略过人,曾经感叹自己生不逢时。说这个人虽然只有八十多斤,却有两大嗜好,一是抽大烟,二是好色。他上山为匪也是因为女人。

听了"二孔明"一番话,几个头目纷纷说着自己的想法,对与共军开战很犹疑。海涛悄悄从原路返回到玉米地,对韩大文和邹连生说:"'占三山'就在这,你们赶快分别回去报信,大文去区武装队,连生去报告营长,机会难得,迅速前来把他们一锅端了;我在这盯着,别让他们溜没影了。对了,队伍到了发一个信号弹,你们赶紧来找我。"

两个人悄悄走了。海涛又绕过哨兵,来到一个隐蔽的位置。只听樊景瑞说:"弟兄们说得都有一定道理。我心里清楚,你们想家想太平,我也想家想太平,这么多年来,我们一直都想去过安心的日子,可是哪有那么容易?我们的手上,哪个没有血没有命?上山不易,下山更难哪!还是军师说得对,我们宁为玉碎不为瓦全,大不了和他们拼个鱼死网破。你们都跟了我这么多年,有怕死的吗?"

几个人纷纷说:"我们谁也不怕死,大哥,我们跟着您,全听您的。"

潘海涛心想,这个军师"二孔明"真他妈的坏透了。"占三山"还有些犹豫,下边几个头目也有投降之意,可是经他这么一鼓动,土匪们的情绪一下子激起来了,显出了匪性的一面。如果有机会一定要先干掉这个"二孔明"。

"二孔明"又说:"我们还得好好商量一下,尽管我们武器不差,但是也绝对不能和共军硬碰硬,要像龚海波袭击尚长河县大队那样,突然下手,打他个措手不及。区武装队有四十多人,两处明岗,一处暗哨。后天他们要集会,晚上就是机会,我们后半夜动手,进去后一个活口不留。对了,里面的厨子三孩是我们的人,明天,连江去一趟区公所,想法在大门旁边的树上,拴个红布条,三孩看见,就会想办法先溜走。"

"二孔明"接着说:"我们把人马分成三组,我和大哥带六十人,突袭区公所;连江带一组十个人,在几条公路方向,监视县城动静;三麻子带一组二十五人,五挂大车,在村口等候,准备把区公所的粮食、物资全部运进山里。"

呼兰县平原居多,只有团山子和黄土山两处小山,并不险峻,却是古代重要的屯粮屯兵之地。与黄土山毗邻的则是群山连绵的驿马山。土匪以大山为据点,从水旱两路,出没在呼兰、巴彦、通河、木兰、兰西一带,进攻退守,已经形成了套路。

潘海涛心里着急,部队怎么还不来?这时,"二孔明"突然站起身来,向窑门走去。一边走一边回头说:"你们看还有什么不周全之处?我方便一下,回来咱们就走。"

"二孔明"走出窑门,看了一眼两个哨兵,走到庄稼地边上,蹲下了。原来,这家伙是内急,出来办大事了。

潘海涛心想,真是老天有眼,天助灭匪。于是,轻轻绕到后边,摸进庄稼地,掏出匕首,突然搂住"二孔明",还没等他反应过来,一下子划开了他的脖子。海涛收拾骨瘦如柴的"二孔明",比杀了一只鸡还轻松。窑门口的土匪哨兵听到动静,刚一回身,潘海涛飞出匕首,正插在哨兵胸口,哨兵也瘫软着倒下了。

潘海涛摘下"二孔明"的手枪,又拿下两个手雷。他看见路边放哨的土匪端起枪,朝窑门走过来,潘海涛站起身来,一枪把他撂倒。然后把枪插在腰间,飞身冲进窑门,双手举着美式手雷,大喝一声:"谁也不许动,不然一个也别想活。"

"你是什么人?你要干什么?"樊景瑞接连问道。

"我们是八路军剿匪特别分队,你们已经被重重包围了,现在你们的出路只有投降。"

"你把军师怎么样了?"樊景瑞又问道。

"'二孔明'已经死了。他顽固不化,与人民政府为敌,你们谁要是顽抗,就和他一样的下场。"

樊景瑞冷笑一声:"就你一个人,你以为能活着出去吗?"几个匪徒把枪口对准了潘海涛。

潘海涛说:"这美式手雷的威力你们是知道的。我死了是个烈士,是个英雄,你们呢?你们死了,还要留下恶名,你们的家人也要受到牵连,被人唾骂。樊景瑞,难道你就不为你手下的兄弟们想一想吗?"

樊景瑞说:"从我们上山那天起,就没想到什么好结果,哪个也不是怕死的孬种。今天,我们各让一步,你我就是朋友,你回去告诉你们长官,我'占三山'答应,不与贵军为敌,我们井水不犯河水,今后大路朝天各走半边,你看如何?"

"樊景瑞,听说你也曾经是一条好汉,是被逼为匪的,你的队伍抗日很坚决。你杀的人,抢的人,基本上都是坏人、富人,没祸害过贫苦百姓。你的手下兄弟,大多是穷苦出身。你身为大哥,信奉的是义气。可是现在,难道你要一百多兄弟都为你殉葬吗?你的义气何在?共产党的政策是回家者给出路,顽抗者死路一条,你们放下武器,都可以回家种地过日子,也可以跟我们一起去打老蒋,将来立了功,还可以荣归乡里。"潘海涛这一番话说到了"占三山"身边几个人的心里。

连江说:"大哥,他说得也有道理,我们这样下去就全完了。"

见樊景瑞还在犹豫,潘海涛接着说:"我知道很多坏点子都是'二孔明'的主意,他死有余辜。他本来就是伪满警察,和你们不一样,请你们相信共产党说到做到,这是你们的唯一出路。"

这时,一颗红色信号弹升起,大部队到了。潘海涛说:"八路军主力已经把这里围得水泄不通,信号已发,总攻马上开始,就你们几个人,还能顽抗吗?我给你们出个主意,算是你们主动投降,马上放下武器走出去,免得大部队动手。然后召集部下投降,就是你们立功。"

樊景瑞看了一下身边的兄弟,还端着枪的只有两个人。于是长叹一声:"只好认命了,兄弟们交枪吧!只希望他们别难为兄弟们。"

连江泣声说:"大哥,我们听你的。"

"别说了,只要兄弟们都能活命,我死了也没什么,这么多年,你们跟着我出生入死,我不能让你们全都没命啊!我知道你们都想回家,那就回家吧……"樊景瑞有些感慨。带头放下手中的枪,举着双手,走出窑洞,对着冲上前来的李挺等人大声喊道:"别开枪,我们投降。"

潘海涛也喊着:"营长,我是海涛,我在这里。"大文等人随着营长冲上前来,围住了土匪们。

潘海涛敬礼:"报告营长,'占三山'等头目七人投降,三人死亡。樊景瑞说,他们要立功,去召集所有的兄弟们下山投降。"

李挺说道:"好啊,只要他们说到做到,就是立功表现,对他们宽大处理。"

潘海涛这几天,时不时地拿出那把手枪,爱不释手地看着,这是一支崭新的勃朗宁手枪。他想上交,又实在舍不得。他找来韩大文和邹连生,拿出两个美式手雷,每人给了一个,说:"这是个好东西,威力大着呢,你们留在身边,关键时候可以防身。这把手枪我先玩几天,回县大队之前,我再交给李营长。"

回过头来,邹连生对大文说:"海涛对咱们是不错,可是这是违犯纪律的事,一旦营长知道了咋办?我看还是上交了吧。"

大文说:"这不好吧,我们都是一起来的老乡,要不,我们就还给海涛吧。"

"海涛也太牛了,风头都给他出了,李营长喜欢得了不得,一旦出了事,我们还得受他牵连,我还想调到主力部队呢,你不想啊?"

连生把手雷交给了李营长,并说大文也有一个,潘海涛手里还有一把手枪。大文没办法,只好也交了出来。

李挺不容分说,让潘海涛交出手枪,并且狠狠批评了他一通:"你是个革命战士,就要遵守纪律,不管是在地方部队,还是在主力部队,私藏武器弹药,这是严重违纪,我们的战士如果都随便私拿战利品,部队还怎么打仗?此风不可长。不要以为自己作战勇敢,有了一些成绩,就无组织无纪律。你要在大家面前公开检讨,挽回影响。检讨好了拉倒,检讨不深刻,我送你回县大队,给你处分。"

"营长,我,我不是……"海涛想解释。

"我什么我?这事到底有没有?枪和手雷就摆在这,你还有什么说的,有了错误要敢于承认,勇于改正,不要娘儿们唧唧,遮遮掩掩。现在时间紧,你要说什么,到大家面前说去。"

部队集合起来,李挺说:"同志们,这次成功收降'占三山',是继耿田书记降服'诸葛'绺子,还有我们配合李振华书记消灭'扫北'匪徒之后,又一次重大胜利。'占三山'是松花江以北影响较大的一个匪伙,他们的投降,震撼了其他匪股,极大地推动了剿匪工作进程。军分区已经发来了嘉奖令。在这次战斗中,侦察队长潘海涛,及时发现匪徒首领聚会地点,机智勇敢,不畏强敌,应当给予表扬。但是,潘海涛同志,私自将投降匪徒的手枪留给自己,把手雷分给老乡,这是违纪的。一切缴获要归公,枪支弹药更不例外,此风不可长。所以,今天,潘海涛同志要当着大家的面,做个检讨,下不为例。海涛,你说说吧。"

潘海涛低着头,红着脸,结结巴巴地说:"我,我没有把枪和手雷,及时上交,这不对,我检讨。这两颗手雷和手枪,不是我从土匪缴械的战利品中拿的,是那个军师'二孔明'身上的,这小子反动顽固,煽动和我军顽抗,谋划袭击区公所和区武装队,当时大部队没到,正巧他出来大便,被我弄死了,夺了他的枪和手雷。亏了这两个手雷,樊景瑞和他的手下才没敢顽抗,后来大部队到了,他们走了投降的路。整个战斗,只有我对那个哨兵开了一枪。我想,就当我在战斗中扔出去了,把手雷给了我们队里的两个兵,他们总跟我出去侦察,平时就缺硬家伙,手枪,是想玩几天再交……"

"你说的情况为什么不早报告?"李挺截断他的话。

海涛一时无语。韩大文说:"报告营长,他说的是真的,樊景瑞是海涛拿着手雷劝降的,不然,也不会那么痛快,主动走出来投降。"

"潘海涛,我问你,为什么不早点说明情况?"

海涛低头一笑:"营长经常说,要发扬集体主义精神,增强集体荣誉感,不能耍个人英雄主义,更不能有名利思想。这事既然大家不知道,我自己说也不太好。"说着摸摸脖子:"再说了,刚才我想说,你也不让啊。"

李挺一听:"好了,此事由张连长找那几个匪首再核实一下,如果属实,应该给你请功,同时,你也违反了纪律,功过相抵,就不批评你了,下回注意。解散!"

"谢谢营长。"海涛咧咧嘴,又朝大文和连生做了一个鬼脸。连生站在那里,心里很不是滋味,好像被人扇了耳光,脸上有些发烧。

阎韫书记听了李振华的汇报,站起身来说道:"事实证明,这个王廷峰,的确不是一般的日伪人员。不仅有本事,还有正义感,也许可以成为我们的一员猛将。你把他请来,我和他谈一谈。"

王廷峰去看望张荣志,两个人拥抱良久,都十分激动。

"这么多年没见,你还好吧?"王廷峰上下仔细打量着张荣志问道。

张荣志连声说:"还好,还好。做梦也没想到今天能见到你呀。廷峰,当年我在巴彦乡下,听说你当了日本人的警务科副科长,心里非常不舒服。后来你杀了不少鬼子汉奸,你离开呼兰第二年,我回到呼兰,很多人都不认识我了。听百姓传说兰河大侠的故事,我又在心里为你骄傲。你现在怎么样?"

王廷峰简要述说了当年分手后的经历,然后平淡地说:"过去的事情已经过去,现在我带着两个孩子,住在'德顺涌',我们可以经常见面了。"

张荣志有些伤感地说:"见到你真高兴。可是,民运委员会派我去巴彦开展工作,这几天就又要离开呼兰了。"

王廷峰微微一笑:"这没有关系,我们离得又不远,想了,就往一起聚好了,你多保重自己。"

两个人似乎有说不完的话,一直说到偏晌午,又一起吃过午饭,王廷峰才回到"德顺涌"。

他走进后院开始教两个孩子习武。那天赵雨来等人刺杀王廷峰,被王廷峰几个回合制服,两个孩子看在眼里。后来王廷峰问他们害怕没有?远志说:"不害怕,我以后要好好练功,像爹一样神勇无敌。"兰馨说:"爹,有人说,你就是当年的'兰河大侠',专杀坏人,以后我也要做大侠,行侠仗义。"王廷峰爱怜地拍拍两个孩子,刚要说什么,酒师王书田领着李振华走了进来。他连忙告诉孩子自己先练习,起身迎过去。

李振华说:"廷峰,今天我来看看你。阎韬书记想见见你,不知道是否方便?"

李振华说:"阎书记肩负重任,这么忙还要抽出时间见我,令人感佩,我现在就和你去见他。"

两人走在路上,李振华问道:"我们已经获知,'四大金刚'是你擒获的,可是敖木村干部家属被救是怎么回事,怎么那么巧?"

王廷峰微微一笑:"说起来还真是巧合,那天我去石人姜家屯擒住魏学明,追查其他三个金刚的下落,押着他回来,离敖木村挺远就看见了火光,走近一看,很多土匪把村民围在里面。我一个人押着魏学明,这时冲进去还怕伤了村民们,于是想出了在树林里开枪,吓退匪徒救人的办法。其实也没有什么。"

两个人一起来到县委,阎书记马上让正在汇报工作的同志先等一下,把王廷峰让到屋里,先给他倒了一杯开水,然后说:"我代表县委感谢你呀,粉碎武装叛乱和'旋风'计划,消灭'扫北'匪徒,你都立了大功啊,为呼兰人民化解了大危机,除去了大祸害。"

王廷峰说:"阎书记太客气了,我觉得都是我应该做的事情。"

"李副专员已经和我们介绍了你的经历,颇有传奇色彩,我真想有时间听你好好给我讲一讲啊!"阎韫诚恳地说。

王廷峰说:"其实也没什么,许多事情,都是呼兰特支刘铁志和他的同志们做的,他们是真正的英雄。"

"那你能和我们具体说说吗?"阎韫认真地问道。

王廷峰说起特支的一系列活动,包括动员红枪会参加抗日,杀鬼子兵,气死青岱武夫,给抗联送药送情报,留置场劫狱,深山密林风雪灭日寇,刘铁志英勇就义等等。说到刘铁志、黄森、王玉飞等人的牺牲,忍不住有些哽咽,他有意回避了屡次刺杀敌特人员的行动,尽量不提及自己。

阎韫和李振华都十分感慨。阎韫说:"烈士们的鲜血换来了我们今天的胜利,我们的人民应该永远记住他们,我们更要继续战斗,把烈士们没有做完的事,更好地接着做下去。廷峰,下一步你有什么打算吗?"

"我现在还没有什么别的打算,我身边有两个孩子,其中一个是我的,她妈妈已经去世了。另一个就是刘铁志的儿子,我和铁志是结拜兄弟,我必须把他们培养成人,也就没有更多的精力去做其他的事情了。"王廷峰恳切地说道。

阎韫说:"廷峰啊,你是一个重情义,有责任感,也有本事的人。以前,你已经为了民族解放尽了力量,现在,你更应该参加到争取和平民主,建设新国家的革命洪流中来。呼兰匪患未绝,百业待兴,非常需要像你这样的人哪!"

王廷峰第一次见到阎韫,对他的热情和坦诚很感动,也发自肺腑地说出心里话:"共产党内人才济济,现在的呼兰,与'九一八'的时候完全不同了,你们在剿匪上的做法十分有效,千百年来的匪患,我看一定会在共产党的面前根绝。振华部长就是一个难得的人才,更何况,你们很多事,都是靠集体的智慧和力量。至于我一个人,其实的确微不足道,需要我的时候我自然会全力以赴,只是我现在最放不下的就是这两个孩子。还请阎书记能够谅解。"

见此情景,阎韫也只得说:"那好吧,人各有志,不可勉强。抚养好烈士的后代,也是一件重要的事,如果遇到什么困难,你就和我们说,这也是我们共同的责任呢。"

送走王廷峰,阎韫对李振华说:"正义即使在最黑暗的岁月依然能闪闪发光,正义之人在很多事情上,都能够展现凛然正气。王廷峰是一个很有正义感,重情重义的人,我想让他参加我们的工作,一方面是想发挥他的能力,也是想对他加以保护。一些不明内情的人,还有一些思想偏激的人,会对他在日伪时候的经历耿耿于怀。他毕竟没有参加我们的组织。过去,我们最恨的是鬼子汉奸特务,今后一些挂羊头卖狗肉的人,也许更难对付。说不定在关键时刻,他还需要我们呢!"

李振华深有同感地点点头。

几天后,李挺把潘海涛叫去说:"你只身用手雷劝降土匪的事已经核实,军分区要授予你'侦察英雄'称号,这把勃朗宁手枪,就作为奖励,归你使用了,你在侦察中或许能派上用场。"

海涛敬礼:"谢谢营长。不过我想过了,这把枪还是交给你对。我以前的匣子枪也挺好用的。"

李挺说:"你的事已经传开了,李振华部长说,有一个人想见见你。"

想见潘海涛的正是王廷峰,他不知道这个潘海涛,和呼口村老潘家那个潘海涛是不是一个人。两人一见面,自然都十分高兴。

王廷峰问起老潘和家里其他人,海涛难过地告诉他,他们全家投奔抗联后,老爹在一次战斗中牺牲了。鬼子投降后,妹妹小芹嫁给部队的一个营长,去了哈尔滨。自己和媳妇林素华回到呼兰,他就参加了县武装大队。

王廷峰拍拍海涛的肩膀,欣慰地说:"你的事我听说了,是好样的,现在已经不是当年那个给我弄鱼汤喝的毛头小伙子了。哎,我听李营长说,剿匪基本结束,部队要南下,要把你们也带走,好好干吧!"

海涛不好意思地笑了。

潘海涛忽然对王廷峰说道:"王大哥,我告诉你,我有儿子了。今年已经四岁,小名叫黑狗。"

王廷峰说:"怎么叫了这么个名字?"

"我媳妇生他那天,我记得很清楚,是民国三十二年二月五号,早晨辰时左右。我媳妇刚生,太阳不见了,屋里屋外一片昏暗。人们说日头爷怕让天狗给吃了,躲起来了。大家一起敲铜盆,才能吓跑天狗,日头爷就出来了。"

王廷峰乐了,他也记得那次多年难遇的日食。于是说:"海涛,和你媳妇商量商量,总得让孩子有个正经八百的名字。你看,潘海涛,这名字多好,多响亮。"

海涛又有些不好意思地笑了笑:"那,王大哥,您就给孩子起个大号吧。"

王廷峰思索片刻说道:"赶跑天狗盼的是日出,现在赶走了日本鬼子,人们也是重见天日,我看让他叫潘旭光怎么样?"

海涛高兴地说:"太好了,就叫潘旭光,潘旭光。"

潘海涛在河套里拖了一些土坯,想在部队南下之前,给素华和孩子盖一个自己的房子,队里的弟兄也抽空来帮忙。素华给他们送饭送水。看见海涛一脸汗水,浑身泥巴,素华心疼地掏出手绢,在他脸上轻轻地擦着汗水。听到旁边几个兄弟的笑声,素华脸上一红,转过身来说道:"谢谢各位兄弟了,今天我给你们蒸馒头吃。"

王廷峰听说海涛要盖房子,找到他后,掏出100圆红军票说:"海涛,我也不能更多帮你,这点钱你拿去,盖好房子我再来看你们。"潘海涛本想推辞不要,看到王廷峰诚恳的态度,只好十分感激地收下了。

初秋时节,潘海涛家房子上苫房草,王廷峰来了。看到房子即将盖好,非常高兴。素华煮了小金黄苞米棒子,炖了倭瓜和翻白眼豆角,还给大伙儿切了一个西瓜。看到海涛递过来的西瓜,王廷峰忽然无声无语地愣在那里,表情凝重,眼前浮现出一头汗水的刘铁志,和他坐在河滩上,他从布兜里拿出两个香瓜,让铁志挑一个,铁志选了羊角蜜的情景。

海涛见王廷峰不知为什么呆愣在那里,忙说:"王大哥,你怎么了?吃西瓜吧。"王廷峰一下子回过神来说道:"啊,没什么。我来看看你们,房子盖好了,你们全家就有地方住了,我也就放心了。"又对旁边的素华母子说:"海涛要南下,以后家里有什么困难,就来找我。"

难得:

别恨离愁载满船　明心见性意相牵
人间多少坎坷路　坦荡胸襟胜古贤

第二十三章

一见钟情　振华齐颖初相恋
二人回首　张野廷峰忆从前

　　各地投降的土匪,绝大部分经过教育,回到家中登记务农,少部分随军南下。却有几个匪首,私藏枪支和委任状,参与国民党特务活动被镇压,还有几个在后来的土改中被打死。樊景瑞虽然也挨了打,他既没跑也没躲,后来病死在家中。

　　匪首黄殿文投降后不久,暗中与国民党勾结,重新被任命为上校团长。随后,鼓动邱晓天也再次接受委任,阴谋参与暴乱,被市公安部门侦破。上级指示呼兰县委,处决几个投降以后暗地参与暴乱的匪首。

　　为了防止其他降匪的骚动,耿田带人把黄殿文和邱晓天从家中请出来喝酒,将其灌醉后,把二人绑起来,然后公布其罪行和处死决定,把二人击毙后,埋入井中,其他随从不予追究。从此整个地区趋于稳定,为全面开展土地改革打下了基础。

　　李振华工作一直是废寝忘食,晚上的灯光很晚才熄灭。一天,警卫员小李端来了午饭,有人正在汇报工作,还没有结束,又进来一个人说:"李部长,人都到齐了,什么时候开会?"

　　李振华说:"现在就开。"

　　又是两个小时过去了,小李看着冰凉的饭菜,轻轻地摇摇头。这样的情景太多了,但愿今天晚上他能吃上一顿热乎饭。

　　正想着,听到李振华叫道:"小李。"

　　小李连忙答应:"哎,我在这。"

"快备马,县委通知马上去开会,我们要抓紧时间,不然来不及了。"两匹马飞快奔去,后面是一路烟尘。

这一天,在东沈办事处,李振华组织一百多名新参加工作的村干部,听县工委干部讲课。忽然听到外边哨兵大声喊:"不好了,胡子上来了。"

大家往窗外望去,村子前面大道上,一队骑马挎枪的人,朝村里飞奔而来。

面对突然情况,村干部们有些惊慌失措。

李振华大声喊道:"大家不要怕,要镇静。我们一乱,正好便宜了敌人。大家顺着墙从后门分散撤出。有枪的同志跟我来。"说着,掏出手枪,第一个冲出门外,几个县工委的同志,也都持枪冲出门口,分散在墙角、门楼后门,准备迎击敌人,掩护村干部们撤退。

屋内大部分人撤走了,没走的人,趴在地上,静静地听着外边的动静。

突然,李振华大声朝屋里的人喊道:"都起来吧,是自己人。"

原来是耿田的方台区中队,追赶几个土匪,一直到把他们消灭。回来的时候,路过这里。耿田说:"走,去看看我那个小老弟。"

几个没走的村干部议论着:"吓死我了,土匪都是杀人不眨眼,敖木村那场面,真是太惨了。"

"你没看见咱们李部长,那是年轻的老八路了,关键时候那气势,啥土匪也白扯。"

"对,有李部长和八路军,什么土匪也成不了气候。"

李振华在村干部们心中的形象,是那么高大,那么神勇。尤其是击毙"扫北",生擒"七爷"的传奇故事。现在,又来了一个手使双枪,单身入匪巢降服"诸葛",家喻户晓的传奇女英雄耿田,今天,村干部们真是开了眼了。

耿田与李振华和县工委的同志们见了面,询问了村干部培训情况。然后,把李振华叫到一边说:"老弟,我还想和你说件事。前些日子,你在干训班教大家唱《你是灯塔》,有个人看你看得直发呆,我看对你有点意思。我了解了一下,这姑娘叫齐颖,是康金小学的教员,县教育团选送的人员。家庭出身好,父母都是本分的农民。姑娘性格开朗,工作积极。另外,长得也很不错。大姐知道你还没有心上人,今天顺便问问你,要是没意见,你们就见见面,觉得能行就好好谈谈,等革命胜利了,也该给你成个家了。"

"大姐,现在这么忙……"李振华为难地说。

爽朗率直的耿田一挥手:"得了,革命者也得成家,再说了,培养小革命,也是我们的责任吗!现在不跟你说了,后天县里开完会,我就让你们见面,行不行,见了面再说。"

齐颖和李振华见面,是怀着崇敬的心情前去的,人家是年轻的老革命,又是县里的大领导,英俊潇洒,能文能武。我只是一个普通的农村姑娘,刚刚参加工作,什么也不懂,怕是配不上人家。

李振华是拗不过耿田大姐,硬着头皮,第一次与一个姑娘单独见面。别看他平时性格开朗,说到找对象还是头一次。再说了现在对敌斗争形势这么严峻,忙得不可开交,哪有闲工夫谈恋爱。哎,先见见再说吧,然后告诉大姐,就说没什么感觉,以后再说吧。

可是,两个人一见面,李振华的想法变了。出乎他原来的想象之外,对面的齐颖,身材苗条,皮肤白皙,微红的脸上,一双明亮的眼睛,清澈纯亮,五官虽然不能算十分漂亮,却给人以清秀隽美的感觉。

齐颖轻轻启唇:"你好,李部长。"

"小齐,你叫什么名字?"李振华只记得她姓齐。

"我叫齐颖。"

"今年多大了?"

"二十一。"

平时滔滔不绝的李振华,此时不知道该说什么好,只是觉得,这姑娘很有气质,大概与自己有缘。

"我听耿大姐说到你的情况了,你愿意做我的朋友,做我的革命伴侣吗?"

"我希望能够成为你的好同志、好朋友、好……"齐颖的脸更加绯红,语音顿了一下。

"那今后我们互相帮助,共同学习。"李振华在表达着自己的态度。

"李部长才华过人,我要好好向你学习。"姑娘似乎也已经敞开了自己的心扉。

"以后你就叫我振华吧,我们互相学习,共同进步。"

没有浪漫的气息,没有更多的温情表达和诗意的抒发。平实的语言,已将两个人的心从此紧紧地连在了一起。

转眼之间,一九四七年来临了。辽东战役,三下江南战役,呼兰县先后组织了二千二百多人的担架队，选送一千多人补充主力部队。小分队已经完成剿匪任务归建，潘海涛和韩大文、邹连生等人，都要跟随主力部队南下。

县委副书记宋均首先率三十余名干部，到吉林东丰开展工作，接着焦尔恭率六十多人远赴江西。松江省委陆续从呼兰抽调了大批干部南下，也在当地培养起一批优秀的地方干部，后来分别担任省地县各级领导。

这期间，李振华和齐颖也只是借开会、培训之机，匆匆见了几面。李振华还抽空到她家里去，看望了她的父母亲。两位老人对他很是满意。原本顾虑姑娘找了一个共产党的官，心里不落底。这个上门看望的未来女婿，一番谈吐，令二老刮目相看。年龄比女儿大不了多少，身材、长相都不错，没有半点官架子，对二老尊敬，对女儿也是以礼相待。二老认为，这小伙子有知识，有礼貌，前程远大，齐颖这丫头还挺有眼力。

过去他们见过最大的官是马占山，而且是远远地看。后来县里的官员，走马灯似的轮换，多得老百姓都记不住谁是谁，大多数老百姓不清楚，他们的父母官长得高矮胖瘦，黑白俊丑，姓甚名谁。在他们看来，十个梅子九个酸，十个官员九个贪，一个地方的官越是换得快，老百姓越是遭殃。谁能给老百姓做点好事就是好官，没有给百姓造点福的长远思想，百姓也记不住他。

呼兰百姓津津乐道的黄维翰，路克遵等，都是任期内颇有建树的人。当然也有像果全，胡升三之流是百姓心中唾骂的败类。老百姓把他们称为父母官，是希望他们管人管事，为民做主负责任。而有些人自认为是管人的官，既然是父母官，子民就得孝敬，也就不注重什么业绩和德行了。

两位老人觉得，共产党的官确实和以往不一样。见李振华终日奔波操劳，老人家反而担心他的身体，叮嘱齐颖多照顾他一些。

老百姓口口传颂的清官黄维翰，说起来和张野的父亲有一段很深的渊源。黄维翰上任之初就结识了张希庚。一天上午，黄维翰专程前来拜见张希庚。张希庚把他迎进客厅。

黄维翰说："申甫前来，实为拜请先生出面，援手助学。呼兰私塾虽多，然良莠不齐，如先生之学业者不多。如今科举已废，整顿私塾，甄别塾师，当与兴办新学相辅。民众生计维艰，不忍再加载重。周冕、李乐山诸位已捐献田亩房舍，望先生引领乡绅商贾，解囊助学，以促劝学公堂落成，上报皇恩，下立人品，实现忠君尊孔，尚武尚实尚公之愿。"

张希庚说："黄太守心系子民，劝学重教，我等自当尽绵薄之力，虽然我并非殷富之家,愿携亲友助建二十间房舍用于学堂。"

黄维翰十分感动。两人又共叙家常,交流兴学之策。直至日过中天,黄维翰才再道谢意而别。

呼兰有"满洲谷仓"和"江省邹鲁"之称。"满洲谷仓"源于清乾隆年间屯田开发,除旗营、水师营外,设立官庄台站,建立了黑龙江最大的粮仓恒积仓。曾建有粮仓九十八所,四百四十五间,容积二十万石以上。每年运往齐齐哈尔、瑷珲、墨尔根等地数万石以上,供军需民用。而"江省邹鲁"之美誉,说明呼兰文化教育之发达。这块曾经出过状元、丞相的土地,至清末,有私塾二百一十四家,公立学校二十三所。

呼兰教育的一个特点,是与宗教关系密切,很多学校都是建在庙宇内。如南关小学设在龙王庙,北关小学设在吕祖庙,东关小学设在观音庙,明德学校设在城隍庙。天主教堂和基督教会也都设有学堂。当时县内已有各类寺庙观堂四十余座。

宗教的兴盛,文化教育的发展,都与经济的发展相伴随。清至民国,呼兰经济实力为江省首位,有"呼海巴拜"之说,不仅成为交通枢纽,货物集散中心,国内外许多商行公司聚集之地,也是驻军重地。

筹建呼海铁路时,中心枢纽首次选址就是呼兰,后来因为占地拆迁等困难,一些官员害怕操心费力得罪人,并不积极推进。无奈之下,改为傅家店,才有了今天的国际大都市哈尔滨。

黄维翰,字申甫,任呼兰知府仅两年零三个月,呼兰公立学校增加到六十二所。后人在县立中学大门左侧,立了一块"黄太守兴学纪念碑"。

张希庚觉得,时代在变,私塾所学,还是多年延续的内容为主,除了四书五经之外,也就是打打算盘,写写毛笔字,与新学堂相差很远。就把女儿张远和儿子张野,先后送进公立学校,自己也关闭了私塾,进了北关小学教书。

黄维翰在呼兰广推休养生息之举,政绩斐然,深得民心。他以廉律己,以严绳吏,门无留宾,案无留牍,禁烟赈灾,屯垦减赋,而且颇多著述。

然而普通百姓并不能决定他的升迁荣辱。一九一〇年初,黑龙江巡抚周树模来到呼兰,一番巡查过后,对他这个学生黄维翰很是赞赏。继而说道:"呼兰府方圆四万二千余里,人口六十九万有余,如在呼兰创设审检二厅,必将开创新业。只是每年需要经费三万金,省库支绌,还望呼兰府自行筹备。"

黄维翰却极力陈诉说:"百姓连续受灾,生活疾苦,赋税已重,民力不逮,难以复加。"

周树模心有不快："本巡抚知道,你屡屡加惠于民,已经把警捐每垧八百文减为六百五十文,且兴学开荒,亦可承担。"

黄维翰诚恳地说道："尊师巡抚大人在上,百姓刚刚得以苏息之际,怎么忍心再给他们加赋,万万使不得。"

周树模再三强调创设之意义,甚至希望黄维翰看在师生情分上出力分担。见黄维翰坚决反对,他悻悻拂袖而去。

站在一旁的师爷孙旺见此情景,觉得这是一个千载难逢的机会。他曾经因为以逼债要挟纳妾,被黄维翰劝阻,心怀不满。于是书写告密信与周树模,说黄维翰不仅目无尊长,而且一直是独断妄行,沽名钓誉,报疫不实,理事有误。很快,黄维翰被调任龙江府,不久就被罢官回归乡里。

临别呼兰之前,一个夕阳残照的傍晚。他找到张希庚,深情话别。离愁别绪充斥在两人的心里,眼睛都不禁有些湿润而模糊。

黄维翰写了一首惜别诗："我岂忘情人,心苦力不称。中道相弃捐,无以对百姓。切切作絮语,清泪欲俱迸,我言有尽时,我心无止境。"

张希庚说："您在呼兰人的心中是一块丰碑,不管您走到哪里,我们都会惦念着您。只愿您多保重啊!"

黄维翰说："我虽然遭人暗算,心很痛苦,同时也觉得轻松。就像在呼兰河里洗了一个冷水澡,浑身哆嗦,却又感到清爽洁净。"

张希庚感叹："人生在世,就是在走山路,有上坡也有下坡。以您的胸怀,一定会从容应对。"

"本想要把呼兰的几件大事做完,也算了结心愿,无愧于子民。现在想来,谈何了结?无极生太极,太极生两仪,两仪生四象,四象生八卦,八八六十四卦,最后一卦却是'未济',尚未完成也。天下没有最后的了结。"黄维翰动情地说道。

"申甫兄,您还有什么心愿未了,我能否为您做点什么?"张希庚心意忧忧。

黄维翰说："天若有情天亦老,月如无恨月长圆。维翰虽然离开了呼兰,可是《呼兰府志》尚未完稿,无论如何我也要把它完成。别的就没什么了。只是与希庚兄弟今日一别,不知何时还能相见。"

西天布满了鱼鳞云,太阳随着云层的移动忽明忽暗,渐渐隐去身影。两人深情依依,挥泪告别。望着黄维翰远去的背影,张希庚一种酸楚之感袭上心头,笼罩了全身。

黄维翰的书法是一流的。府衙有人要黄知府临别题几个字,他略加思索,提笔写了"丰草长林"四个大字。府衙里的人把四个字制成牌匾,挂在府衙内。后来人不明其意,多认为是赞美之词,县知事钟毓又把它题书于西岗公园东门内楣之上。张希庚看了叹道:"庸人不知,下面后半句的含义应该是'禽兽栖止'啊!"

张野曾经认真琢磨这四个字的含义,查阅了《诗经》《周易》《与山巨源绝交书》《进三大礼赋表》《儒林外史》等,明了此句成语释义为禽兽栖止的山林草野,也喻为隐居之地。曾有人写了副对联"物华天宝,人杰钟毓秀;丰草长林,风斜品德污。"

张野几次和王廷峰说起过这个黄维翰,说他是个难得的好官。他也曾多次和王廷峰探讨人生价值。

记得当年,兄弟几人在一起探讨争论。张野认为,众生一体万有同源,人性可以救赎灵魂,人道主义值得推崇宣扬。虐杀弱者,枉杀无辜,都是十分野蛮没有人性的行为,人性和爱应该是生命价值的最高尺度。人的求生欲望是一种本能,大千世界中,生命是最值得敬畏的,每个人都应该珍惜生命,哪怕是艰难困苦地生活着。每个人都有父母兄弟,都是血肉之躯,别人没有轻易剥夺生命的权力。

王廷峰却认为,宽待善人是美德,容忍恶人是养奸,对那些恶人宽容,就会对更多的好人造成更大的伤害。在你死我活的枪口和刺刀面前,不存在仁爱。死亡也许是终结苦难、结束罪恶、切换生命的必要方式。

刘铁志当时曾说:"有灵魂的人才会思考活着的价值,而灵魂就是原始而又永恒的生命,是人生自我意识的精神表达。然而,这个世界存在太多的罪恶,有一些必须要用暴力去制止才更有效。除暴安良和反抗外侵都需要暴力,对敌人不能有慈悲怜悯之心。"

很长时间,张野一闭上眼睛,就会看见刘铁志在向自己微笑。铁志他们为了信仰,可以牺牲自己的一切。泪水无法挽回他们的生命,我们却应该用泪水洗涤灵魂。而周维新穿着警服,成天抓人去修仓库,懦弱老实被志满意得所代替,人的变化竟然会如此迅速。现在看来,这个世界,很多的东西都需要倒着来看了。

曾几何时,日本人投降了,周维新跑没影了,王廷峰带着两个孩子来找他。张野赶紧安排他们先在自己家里住下,紧接着他和张俭鑫、陈韶光一起劝退日本兵,王廷峰一直在暗中保护着张野。

这之后,张野一时也无班可上,就在家里陪着王廷峰,不时探讨一些解不开说不清的问题。不久,王廷峰带着两个孩子搬到了比较安静的"德顺涌",张野还是经常前去,他觉得又回到了从前的日子,有了可以敞开心扉的知心兄弟。

这一天晚上,他们聊了很多,往昔趣事,社会轶闻,分别后各自的经历,直到月朗星稀,却有意无意,谁也没提周维新。

王廷峰说道:"这么些年了,我的父亲还是音信皆无。张野,您老父亲现在可好,我想抽时间去看看他老人家。"

张野说:"我姐夫胡启铭被捕以后,他老人家到伊春乡下躲避起来,光复后,我姐夫出狱,到阿城任县长,姐姐前些日子把老人家接到阿城去了。姐夫的身体在监狱里面已经被弄垮了,不久前还遇到土匪特务行刺,受了轻伤,还有一个警卫员为了掩护他牺牲了。"

二人心情都有些沉重。沉默了片刻,张野接着说道:"廷峰,你说我总是梦见铁志,他走得太早了。我只觉得这个世界变化得太快,转瞬间人事皆非。你说,到底应该用什么尺度去衡量人生的价值呢?"

王廷峰说:"我觉得价值就是为了心中的目标去奋斗了。衡量的标准,也不是这个目标是否实现,或者什么时候能实现。人为了心中的目标努力了,哪怕并没有达到目标,也是幸福的。"

张野说:"生死往复,人无论伟大或渺小,都无法拒绝死亡。但是,精神生命往往远比生理生命长久。铁志给后人留下了许多启迪,他付出了生命的代价,却使更多的人感悟到了生命的价值。"

王廷峰动情地说:"铁志是为信仰而义无反顾。"

他停顿了一下接着说道:"当一个人面对过灾难和死亡,就会对生死的另一层意义有所感悟。如果看透了生死,让你再活一次,肯定会比第一次活得更加平实而精彩。"

二人又沉默了片刻。张野开口说道:"过去我们关于以暴制暴的争论,看来是我太幼稚了。从弱肉强食,物竞天择的自然法则,到列强纷争,胜者为王的人类社会,仅仅靠道德的炼狱,难以创造一个持久祥和的世界。"

王廷峰想起了南和大师的话:"世界上总是先没有了狼,才会没有猎人。"他抬起头,心意沉沉地对张野说道:"经过了血雨腥风,我倒更加觉得,任何国家和民族,任何人都不应该崇尚暴力,那样只会带来更多的不幸。日本人应该很好地反思对两国人民的巨大伤害。在我心里,真正的英雄,真正的强者,应该首先充满智慧,给人们带来祥和,让人们在兽性化的日子里,变得更人道一些。"

张野说:"世上本来就没有绝对的对与错,乱世出英雄,英雄也能造时势。也许博大的善德,能够唤醒一个人的良心发现,感召他弃恶从善,然而可能过程很长,代价很大。而且,不是对所有人都能起作用。"

王廷峰说:"这些年,我杀了很多人,尽管他们都是坏人,可毕竟是与自己的初衷相悖。战争使我们失去了很多人性中美好的东西。现在,天就要亮了,但愿和平的阳光能使人性回归自然。这个世界不仅有仇恨,有残杀,有欺骗,有愚昧和盲从,还应该有善良和觉悟,有割舍不断的亲情和友情,更需要有爱。"

张野叹道:"人海缘聚千古事,相爱不易相守更难,真诚的爱更多的是共同面对风雨,平淡中的彼此相守,困难时的同心协力,危难时刻的挺身而出。"

王廷峰轻声说道:"爱人和被人爱是一种真正的幸福,当你失去了你真心相爱和用她的一切去爱你的人,你才会懂得什么是失落和痛苦。我们不可能拥有所爱的一切,却真的应该用心去爱你所拥有的一切。"王廷峰心有所感,不由得想起了往事。

李有亲自来到呼兰,请王廷峰参加县公安局的工作,他轻轻地摇摇头,没有答应。李有说:"我真的希望你参加工作,如果感觉在呼兰不方便,也可以到哈尔滨去。"

王廷峰指指两个在旁边写字的孩子。李有不再说什么,十分惋惜地叹了口气。然后说道:"廷峰,我和杨远芳联系上了,和她通了电话。她听了你的情况十分高兴,想回呼兰找你,可是医院已经接到命令,马上要随部队南下。她说要你把孩子抚养成人,也要照顾好自己,你这些年太不容易了。最后,她说如果你身边一直还没有人,你就等着她。全国解放了,她就回来找你。"

王廷峰只觉得一股热气在身上升腾,望着李有良久才说出一句话:"谢谢你,李有。"

几天后,李有派人把张野调到哈尔滨,让他去大学任教,对他说,这样才能发挥你的专长。

王廷峰来给张野送行,两个人一起来到西岗公园。放眼望去,呼兰河就像一条玉带,蜿蜒飘向东南。她承载了那么多血泪和苦难,依然顽强不息地向前流淌着。当年幽静美丽的公园,如今一片荒草残壁。一九一六年,县知事钟毓建园时,是全省第二个公园,第一个是齐齐哈尔的龙沙公园。西岗公园不仅巧妙地借用地势和原有树木,设计布局也古朴典雅,功能齐全。园门外是一座木桥,园内陆续建有花坞、俱乐部、静宜茶庄、康乐亭、音乐亭、四望亭、课林亭、豳风亭等,还有图书馆、杂技场。园内先后立有昭忠祠、石公碑、吴公碑、廖公碑、王公碑、马公碑、高氏碑等。

如今当年胜景不在,马占山德政碑等已经被汉奸推倒砸碎,图书馆连同里面的中华文化典籍,也被一把莫名其妙的大火烧毁。俱乐部、茶社早已不见踪影。课林亭、豳风亭、音乐亭、康乐亭相继损毁。只有四望亭还挺立在瑟瑟寒风中。蓦然回首,往日的时光已如流水逝去,仿佛只在瞬间。社会巨变,人事全非,现实难以接受,却又不得不接受。

回想起当年学校在这里组织演出,兄弟四人一起玩耍嬉戏的情景,张野不由得有些伤感:"真没想到,西岗公园荒废成这个样子。"

王廷峰叹息一声说道:"祖国的大好河山,被铁蹄践踏蹂躏的何止一个公园。如果日本人不来,我们和铁志,还有周维新,现在还会在如茵的草坪上,面对灿烂的阳光,一起高唱《大风歌》。"

张野感慨万分地说道:"那个时候,我们都把人生看得太简单了,像胡升三、马子英之流本质就坏,无论怎么伪装,本性难移,我们都看得明白。可是怎么也没想到,周维新会为了名利出卖良心。"

张野见廷峰沉思不语,接着问道:"廷峰,我要去哈尔滨教书了,你对以后有什么打算吗?"

"我一直最想的就是去教书,像铁志那样做一个用心,直到用生命去引领后人的人。铁志用他短暂的生命,在燃烧自己的瞬间,照亮了漆黑的夜空。我记得他曾经跟我说过,教育之根本目的在于净化人心,最大作用就是变化气质。要让那些在凄苦之中承载着岁月的沉重,为了活着而活着的人们,对生命的价值重新认识。我经常看见他,那双永远不会闭上的眼睛,督促我去做应该做的事情。

现在日本鬼子被赶走了,我们应该让更多的人,走近善,认识美,享受爱与被爱,让人们在自由的天空下,去做自己喜欢做的事情。"王廷峰对张野毫不隐瞒自己的想法。

张野说:"一个民族的强盛,不仅要有强大的武力,更应该有具有道德和良知的年青一代。廷峰,你一个人带着两个孩子,太难为你了。是不是考虑再找一个合适的人,和你分担一些。"

王廷峰轻轻摇摇头:"大哥,在我心里,有谁能和雨兰相比呢?"说到这里,他忽然想到了杨远芳,转过话头说:"你不要说我了,我问你,为什么到现在还不成家?"

张野抬头看看远处天空漂浮的几朵白云,回过头来对廷峰说:"我也一直想,能有一个人,可以一起说话,一起吃饭,一起睡觉,一起交流目光。孤独的时候,愿意陪在你身边认真倾听你的心声,感到不适的时候,有人关心照顾,分享快乐和痛苦,你想着她,她想着你,也就够了。可是,我一直也没有遇上有这样一种感觉的人,没有感觉哪会有激情? 如何以心换心? 这也许是缘分未到吧!"

王廷峰感慨道:"才情如你,人品如你,必有识君之人也在寻觅着你。也许正应了那句词'众里寻她千百度,蓦然回首,那人却在灯火阑珊处',但愿你们能够早日相逢。"

这一天,李振华抽空来看望王廷峰,随即询问两个孩子的情况,对他说:"你一个大男人,带着两个孩子,真够难为你的了,说说有什么需要我们做的事?"

王廷峰说:"比起以前,现在已经好多了,也没有什么要给你们添乱的事,你们都是重担在肩呢。"

李振华接过话音:"是啊,我们多么希望像你这样的人,能够帮助我们做些事啊! 阎书记和你讲的都是发自肺腑的心里话,李副专员也和我们说了这个意思。"

"阎书记他还好吗?"李振华询问道。

"他已经接到通知,马上就要调到外地工作,他很惦记你,希望你能够出来工作,廷峰,你要理解阎书记的一片苦心呢。"李振华恳切地说。

王廷峰轻叹一声:"共产党真的很了不起,有许许多多像刘铁志、张兰生和阎书记这样勇敢无畏、具有学识和智慧的人,必将无敌天下。可是,并不是所有人都是这样的。"

李振华感觉到王廷峰的话外音:"廷峰,你是不是有什么顾虑? 关于你的过去,李有副专员和市公安局都已经说得很清楚,这已经是我们的共识。"

王廷峰说:"身正不怕影斜,脚正不怕鞋歪,我感谢你们的信任。"然后话题一转:"李部长,我从心里把你当作朋友,有个问题,你可以直接回答我吗?"

"你尽管说。"李振华爽快地点点头。

王廷峰抬头望望天上的云朵,回过头来:"我曾经认识一个叫赵尚志的人,凭我的感觉,他是一个直爽的汉子,也是一个勇敢的抗日英雄。南边杨靖宇,北边赵尚志,那是老百姓心里的两面旗帜,连日寇都不得不佩服。他们的头颅都是被鬼子割下放在长春的,可是为什么赵尚志竟然会被开除党籍,我怎么也没想明白,你能帮帮我吗?"

李振华一愣,这个问题他真没有仔细想过,没想到王廷峰这个党外人士,今天当面直接说出来。他沉思片刻说道:"这件事我知道得不多,但是我相信,历史一定会还其真实面目,也请你相信我们党,一定会给这些牺牲在抗日战场上的英烈们,做出公正的评价。"

王廷峰听李振华并没有直接回答他提出的为什么。但是,从他"牺牲""英烈"等字眼,已经明白了他的态度。也就没有再说什么。

李振华说:"我今天还有事,改日再来看你们,望多保重。"二人互道珍重而别。

回首:

无人可系夕阳缆　物换星移几度秋
西岗石碑遗迹在　豪情热血水长流

第二十四章

除霸反奸　土改纠错夺胜利
西岗挥泪　廷峰告别呼兰河

大方台陈家大院里，惨淡的灯光下，老地主陈成林躺在炕头，一个劲地咳嗽。他的两个儿子陈广玉、陈广田守候在旁边，还有陈广玉的两个小舅子曲江、曲清也站在一旁。

陈广田给老爹喂了一口银耳汤，陈成林忍住干咳，上气不接下气地说："我就快要不行了，现在，时局动荡，为我出殡，不可过于张扬破费。我们老陈家，祖辈传承至今，有了两千多垧地。二八、方台，有多少佃户，是靠着租种我们家的地，养家活命。如今，这些人，跟着共产党闹土改，减租减息也就罢了，还要分我的地。不管是谁，分了咱们家的地，你们都要、都要给我清清楚楚地记住了，有朝一日，一分不少地还回来。你们要是忘了，就不是老陈家的子孙……"

说着，一口气上不来，又干咳起来，直咳得满脸通红，青筋暴跳。

陈广田连忙给他敲着背说："爹，你就别说了，我们都记住了。这几天，我和曲江、曲清安排一下家里，就过江南去投奔国军，共产党成不了气候，到时候，天下还是我们的。"

陈成林摇摇头，强忍着说："也许又要改朝换代了，狡兔有三窟，你们，还是要多做几个方面的打算才是……"

陈广田说："二弟在外边做过事，见过世面，他留下照顾家里好一些。"

陈广玉说："你们放心走吧，我留下，想方设法照看这个家，爹就交给我好了。"又转过头对二曲说："你们也不要惦记家里的事，有我在呢。"

陈广田带着二曲走后不久,陈成林一命归西。陈广玉料理完后事,就把家里的家丁、长工、用人都召集起来,对大伙说:"我爹已经走了,我陈广玉是个开明的人,以前虽然也给日本人做过事,那都是被逼的,后来我就不干了,日本人看我和他们不是一条心,也不让我干了。如今共产党来了,我们也要跟着共产党走,只要你们和我不散心,我到什么时候也不会辞了你们,不会扔下你们不管的。减租减息,我们老陈家也一马当先,不都是给我们的那些老佃户减吗?今后我带着你们多帮着共产党干事,多给穷人好处就是了。"

随后,他给长工们加了工钱,带头给佃户赵小军、林长海等人减了地租。晚上,他找来家丁王长喜、李伟清等人,先是给了每个人五块大洋,然后叹了口气说:"你们在老陈家年头都不少了,如今是我最信得过的人了!"王长喜说:"少东家,你有什么事尽管吩咐,这些年,你和老东家都待我们不薄。"

"那好,你们先帮我做这件事,多串联一些人,尤其是一些佃户们,就说我陈广玉,过去就和小鬼子不一心,光复前三年,就主动找借口,不给日本人做事了。现在更是真心拥护共产党,带头支持减租减息。事成了我不会亏待你们。还有,你们也要千方百计进入农联会,想办法当上干部说了算。"然后又分别对他们一阵耳语。几人连连点头称是。

工作队进驻大方台,陈广玉表现十分积极,几个手下人到处宣传他如何进步,如何拥护共产党。在大量缺少干部之际,陈广玉被作为地方有一定影响力的进步人士,协助工作队开展工作,不久,当上了方台区代理区长。然后,他陆续指使一些人,控制了几个村的农联会。与一些地主恶霸暗中串联,造谣破坏减租减息,明减暗不减,土地明分暗不分。散布共产党是打雷的雨下不长。有的佃户,晚上把白天分的东西偷偷送回去,或者扔回地主家的院子里,形成了"夹生饭"。

陈广玉过去通过结识周维新和胡升三,当了伪方台警署警长。周维新的叔父周民当年卖了商铺,曾在方台买了三十多垧地。周维新的手下人在七八二仓库四散奔逃,他也和胡彩凤躲到了方台,本想避一避风头再说,可是胡彩凤耐不住寂寞,走出去散心,被陈广玉看到了,马上把她带到区公所。

陈广玉冷笑着说:"胡大美人怎么到这穷乡僻壤来了?是不是周维新周警官也藏在这个村子里呀?"

胡彩凤连说:"没有,没有,陈大哥,你行行好,看在过去你们共事一回,维新帮助过你的份儿上,千万别去报告。"

陈广玉说:"你放心,在这里,就是我说了算。不过,让我不说也可以,你怎么感谢我呀?"

"你,你要怎样?"胡彩凤心里直发慌。

"也不想怎么样,也就是让你跟我亲热亲热,我要是高兴了,保你们没事,不然的话,我让你们都进监狱。"说着陈广玉抱住她,在她脸上亲起来。胡彩凤哪敢反抗,任由陈广玉把她抱进了里屋。

陈广玉看着瘫软在怀里的胡彩凤,这个过去自己都不敢正眼看的女人,在自己的眼里,好似不食人间烟火的仙女,秀眉凤目,玉颊樱唇,顾盼之间媚态横生,现在落在了自己手里。人要是走运,老天也关照。陈广玉控制着自己的激动,用有些颤抖的手,解脱了胡彩凤的衣裤。面对肤色晶莹的玉体,他急不可耐地脱下衣裤,趴在胡彩凤的身前,在她的乳房上用力地抓揉起来。

胡彩凤愤怒伴随着悲哀,浑身颤抖着说:"陈广玉,周维新救过你,我爹也对你有恩,你怎么这样对我?"

陈广玉一边分开胡彩凤的双腿一边说:"那都是过去的事了,你爹已经死了,你和周维新现在有求于我,你就应该报答我才是。"说着狠命地压下身,用力贯穿她的身体,随即狂猛地冲击起来。胡彩凤嘴角向上抽了抽,深吸了一口气,不再言语,闭上眼睛,任由他疯狂电击般地肆虐。陈广玉是情场老手,使出浑身解数,不一会儿胡彩凤感觉浑身发热,头上冒出微汗,心中的愤怒和悲哀逐渐消逝,嘴里不由自主地发出了似痛苦又似愉悦的呻吟。她开始意识模糊,有一种飘飘然腾云驾雾的感觉。

一番云雨过后,胡彩凤幽幽地说:"你这坏蛋也太野蛮了,我浑身上下每一个地方都疼。"

陈广玉对胡彩凤说:"你们两个人要是不想进监狱,你就得随叫随到,现在只有我能够保护你们。"

陈广玉表面上伪装进步,骨子里恨透了共产党,对减租减息分青苗十分反感。于是施展两面手法,明着积极响应县里号召开展工作,实际上就像到站的火车,叫得响走得慢。暗中勾结国民党特务,为地主撑腰,为土匪通气。

他安排手下人散布谣言说:"共产党是秋后的蚂蚱,蹦跶不了几天,中央军一来就得穿兔子鞋。""白天分的粮食,晚上都得送回去。""现在谁最积极,将来谁倒霉"等等。导致一些新当选的农联会干部,不敢积极工作。

一些地主恶霸,也像吊在房檐的大葱,叶黄皮干心不死,伺机报复反扑,斗争大地主杨九麻子时,工作队遭到地主武装的袭击,三名工作队员和两名农联会干部遇害。

这几天,陈广玉先后收到了两封信。一封是他的两个小舅子,曲江和曲清托人捎来的,说他们已经投靠了国民党地下军,陈广田已被任命为少校,他们也分别有了官衔。另一封是县政府通讯员送来的通知,要方台区给三五九旅部队送一万斤军粮。

他略加思索,起身安排了几个人,准备三辆马车送粮,明天一早出发。然后暗中派人,给"盖东洋"送去一封密信,告知送粮马车行走路线和时间。"盖东洋"匪徒半路突然袭击,抢了粮食和马车。

这些异常问题,引起了区委书记耿田的警惕。她亲自带人深入村屯调查。了解到,许多谣言都是陈广玉的手下人散布的。他家就是大方台最大的地主,他当了代理区长,农民和村干部都心有余悸。一个农联会干部贴着耿田的耳朵说:"陈广玉是过冬的萝卜——心里烂。"

耿田率领区中队,配合三五九旅,一举攻克"盖东洋"的老巢,击毙匪首许万金,夺回了被劫的粮食和马匹。经逐一审讯"盖东洋"的部下,一个脸上有一块红记的头目供认,是陈广玉派人送的信。耿田带人仔细搜查许万金的住室,终于发现了那封信。

耿田马上向阎韫书记紧急汇报。阎韫听完气愤地一拍桌子:"这样的人竟然钻进我们的干部队伍,说明我们考察工作有漏洞。旧秩序刚刚摧毁,新秩序尚未建立,让这样的人钻了空子,群众的顾虑和观望是可以理解的。这样的内奸坏根不挖掉,群众就难以发动,土改也是空话。"

他拿起电话:"给我接李兴昌局长的办公室。"

陈广玉被逮捕了。人们喜出望外,奔走相告,城乡轰动。面对李兴昌和耿田,陈广玉像抽了骨头一样瘫在地上,发出受伤的野兽一般地嚎叫:"我该死,我有罪,我戴罪立功,戴罪立功,别杀我,别杀我……"

耿田说:"你到底想要说什么?"

陈广玉说:"我报告,我揭发,伪满县公署警务科副科长周维新就藏在村子里,他老婆也在。我戴罪立功,求求你们,饶了我的狗命吧,千万别杀我,耿书记,李局长,求求你们了。"说着趴在地上一个劲儿地磕头。

李兴昌命人把他带下去。耿田安排区中队去村里搜查周维新。二人赶回县委汇报情况。县委鉴于当前的斗争形势,决定大张旗鼓地公审并处决陈广玉。

公审大会这一天,四面八方赶到大方台来的农民有一万多人,许多农民带着干粮,走了几十里路起早赶来。人们敲着鼓,举着旗子,群情激奋,区中队维持会场秩序。

主持会议的耿田宣布:"把大汉奸、大恶霸陈广玉押上来。"面无血色的陈广玉被民兵押上台,跪在一角浑身发抖。

台下,"报仇雪恨,打倒大恶霸陈广玉!""枪毙大汉奸陈广玉!"呼声响成一片。公家沟、后官地、大方台屯的农民纷纷上台,控诉陈广玉的罪行,每一个人的血泪控诉,都激起台下愤怒的呼声。

会议持续了两个多小时,最后,李兴昌宣布:"根据调查和群众揭发,陈广玉卖身投靠日寇,欺压百姓,鱼肉乡里,勾结土匪,抢劫军粮,破坏减租减息,罪行累累。决定对大汉奸、大恶霸陈广玉执行枪决,立即执行。"人们欢声雷动。

枪毙了陈广玉,震动了全县,震撼了反动封建势力,鼓舞了人民群众。各村农联会相继开始整顿,贴出红、黄、白三色榜,公布敌我友,撤换坏干部,解散假农会,由贫苦农民重新选出的村干部,武装队、妇女会、儿童团相继建立。

此时,东北局也做出了关于解决半生不熟问题的指示,全县开始放手发动群众,砍大树、挖财宝,到地主家里深入清算。一九四七年九月,中共中央制定了《土地法大纲》,十月,东北局决定在呼兰县进行土改试点。县委决定在长岭区首先开始试点,集中五百余名干部,组成土改工作队,由县委领导带队,进入长岭区三十三个村屯。

县委编写了《土改工作队歌》:"腊月二十三,大队干部出呼兰,踏着雪花地,不怕北风寒,帮助穷哥们,彻底把身翻。"

然而,一些村屯农民发动工作并不平衡,一些人怕国军打过来,怕地主报复,也有的觉得一个屯住着,抬头不见低头见,拉不下情面,不愿意站出来领头。

区委副书记林葳带着工作队来到黄旗屯,逐家逐户发动群众。他住进了赵顺风家里,动员赵顺风带头起来斗地主。林葳坐在炕上,用火钳子拨着火盆,和赵顺风父子拉家常。

一会儿,林葳切入话题:"顺风,我来到你家,是因为你们家不仅贫穷,而且苦大仇深。共产党减租减息分青苗,号召我们斗地主,搞土改,像你这样的穷哥们不积极不带头,我们靠谁?"

赵顺风说:"我没念多少书,什么也不懂,什么也不会,我带不了头的。"

林葳说:"你不要怕,共产党是你的靠山,工作队全力支持,斗地主闹翻身就要把穷苦农民都发动起来。有的村坏人把持农会,替地主说话,不给穷人撑腰,你们屯原来那个农联会主任,就是替王万德他们那些地主说话办事,眼下,就需要敢和地主斗的带头人。"

躺在炕上的赵凡说:"我们老赵家祖祖辈辈老老实实种地,从来没做过过格的事,就拿王万德王老爷来说,还帮过我们,怎么好去斗啊。"

林葳接过话头:"你们想过没有,同样的人,你们脸朝黄土背朝天,汗珠子掉地上摔八瓣,像牲畜一样地干活,像野草一样生存,为什么受穷?地主为什么有那么多的土地财产?是你们的命不好吗?不是,根本不是,是他们剥削造成了你们穷,你们苦。顺风,你难道想穷苦一辈子,还要祖祖辈辈受穷受苦吗?"

赵顺风小心翼翼地问道:"有人说,那年在'七八二仓库'拿东西的事,你们还要追查,我……"

林葳说:"那都是以前的事了,除了枪支弹药,其他的都不再追究了。"

赵顺风一昂头:"我想好了,林队长。你说吧,让我怎么做?"

林葳说:"好,我就知道你是好样的。长岭区是全东北的土改试点,刘泉井、八家子、王岗和你们村都是重点,要成为全区的突破口。我们的政策就是依靠贫雇农,团结中农,孤立富农,消灭地主阶级。我们是'三不怕一撑腰',也就是不怕乱,不怕没有积极分子,不怕流氓参加斗争,坚决给群众撑腰。首先要联络一些像你这样的穷哥们斗地主,发动村民开展诉苦,划分阶级定成分,算剥削账,平分土地。"

一场声势浩大的斗争大幕拉开,农联会主任赵顺风带着人,三天里把全屯六家地主,五十多口人全部抓了起来。经过反复斗争,王万德交出了所有的土地和浮财,只求赵顺风手下留情,留下全家人的性命。大地主刘生江态度顽固,拒不交出浮财,赵顺风一声令下,把他捆住吊在房梁上。只要认为谁的态度不老实,就会一顿痛打。

赵顺风生平第一次体会到主宰别人命运的滋味,过去都是别人欺负他,打他骂他,他只能逆来顺受,今天真的反过来了。也许,这就是翻身。

地主斗了，土地和浮财收了，往下该干什么，赵顺风不知道，他找到林葳。林葳看着赵顺风说道："顺风啊，你想想，是不是有的村，也会和你刚开始的时候，想法一样，拉不下情面，心慈手软，还是半生不熟的夹生饭。现在白旗屯已经带头开始'扫堂子'，咱们黄旗屯的斗争还算彻底，他们还要来黄旗屯'扫堂子'。所以，我们也要走出去，穷哥们互相帮助，团结起来，反复斗争，联合斗争，扩大斗争战果，不给地主阶级喘息机会，让封建势力彻底垮台。"

赵顺风心里有了底，带着大队人马，打着红旗，坐着马车，把周围村屯扫了一个遍，随后走出长岭区，冲向其他村屯和呼兰县城。

东北局宣传部长凯丰、松江省委书记张秀山，先后到长岭区视察。

不久，《东北日报》发表了呼兰县长岭区扫堂子，联合斗争，反复斗争，打破行政村屯界限大扫荡的经验，进一步助长了这类做法。一些中农和贫雇农也受到冲击，被斗户占了农村总户数的百分之十六点二七，被斗人口占了百分之二十六点七，远远超出了中央不超过百分之十的规定。

县里主要领导负责的一些村屯，工作相对比较细致，划阶级定成分，平分土地排成顺序，公布于众，军烈属优先，地主、富农也同样分得一份土地、房子和浮产。然而大风潮的冲击是难免的。有些地方政策失控，斗争扩大化，让地主、富农净身出户，杀人打人，直接打死三百七十人，其中有中农四十六人。另外，自杀和打后致死二百三十一人。

三家子村农联会，把杨继业家定为富裕中农，因为他家现有六垧多地，三年前有过十多垧地。又因为他女儿在部队是军属，村内几次斗争没有冲击他家。

几个村联合扫堂子，赵顺风带人来到三家子。地主家已经扫了几遍了，赵顺风问："今天我们扫谁？"

旁边有个人说："只有杨继业是漏网之鱼。"众人闯入杨家，不由分说，把财物一扫而空。

杨继业想得开，也未加阻拦，可是小儿子杨远诚实在受不了了，上前拉住抱着被子向外走的人说："你们还有没有一点儿人性，还讲不讲道理了？连个被子都不给留，你们连土匪强盗都不如。"

赵顺风闻听大怒："小地主崽子，还敢骂人，打他个狗娘养的。"说着，手里的红缨枪狠狠地挥了出去，几支红缨枪枪杆纷纷朝杨远诚打去。杨继业急了，冲上前去，用身体护住自己的儿子，嘴里喊着："我家不是地主，是军属，你们别打了。"乱打之中,杨继业的头上被狠狠地打了几下,倒在儿子身上。

混乱中,三家子农联会主任赶来,大声喊道:"别打了,他是军属啊。"终于有人听清了,忙叫大伙停手,只见杨继业满脸是血,挣扎着想爬起来,还是倒在了地上。杨远诚和家里人连忙把他抬到炕上,喊人快去叫大夫。

赵顺风说道:"对顽固不化的封建势力,不能心慈手软。"说完,一帮人又转到别人家去了。

两天后,杨继业去世了。王廷峰得知消息,连夜赶往三家子。

夜空中一颗流星划过,消失在茫茫天宇。风不停地刮着,丝毫不理会王廷峰焦躁悲愤的心情。站在杨老先生灵位前,他心里有些茫然,这样的人间惨剧,怎么会发生在杨老先生这样一个有学识又平和善良的人身上?多年战乱,许多人经历了血与火的洗礼,却依然催生着野蛮和苦难。

杨远诚的头上和手上都缠着纱布,王廷峰帮助他料理完杨老先生的后事,回到县城,给县委书记李建平打了一个电话。阎韫书记已经调走,电话还是那一部。

"喂,请问,是县委李书记吗?"

"啊,是啊,你是谁?"

"我就是呼兰的一个普通百姓,我想跟你说,得民心才能得天下,水能载舟亦能覆舟,共产党很多政策是很得民心的,可是现在一些人随意打人杀人,这是共产党的政策?还是下面的人胡作非为?看着真令人心痛啊。"

"你能说得详细具体点吗?"

"三家子村杨继业是民主联军家属,他的女儿还在部队,他的女婿,就是呼兰特支书记刘铁志烈士,现在连他都被打成重伤而死。这么大范围扫堂子,无疑是砍树吃果子,不顾根本。我想,如果阎韫书记在,他一定不会容许这么做的。"

李建平马上说:"你说的事情如果属实,我们一定会认真处理。出现这样的问题很危险,必须尽快制止。希望你帮助我们做好家属工作。"

王廷峰说:"亡羊补牢,不宜太晚。关键是行动,我希望很快看到你们的行动。"

李建平亲自前往三家子村,了解了事情经过,十分气愤。命令区村干部全力照顾好家属,马上退还所有财物,并给予抚恤。他想下令惩罚杀人凶手,制止随意打人杀人,旋风式的扫堂子行为,可是……

他分别听取各区工作汇报时,讲到注意控制随意打杀行为。

林葳说:"发动群众难上加难,不放手根本发动不起来,放开手,就难免有些过火行为,这些地主封建势力,从心里是仇恨共产党的。我看打死就打死了,省得以后他们捣乱。"

李建平说:"问题是现在有些中农和贫农也受到了冲击,据统计,全县直接打死的,自杀和被打后致死的,有六百多人,连军属杨继业都重伤不治,不能再这样继续下去了。大家都认真思考一下,到底应该怎么办?"

李建平心情沉重地回到县委。办公室主任送来一份电报,是东北局转发各地的。原来是中共中央察觉了东北土改中"左"的倾向,要求立即改变政策,缩小打击面,团结大多数,努力发展生产。

李建平看完电报,长长地出了一口气。马上喊道:"通讯员,马上通知召开县委扩大会议,县里主要领导和各土改工作队正副队长都参加。"

李建平传达了中央和东北局指示,分析当前运动中存在的问题。他郑重地讲道:"同志们,土改是一场伟大的革命,要推翻几千年封建剥削制度,触及一些罪大恶极的坏人是必然的,但是乱打乱杀是我们的政策不允许的。我们共产党人从来都是有错即改,有偏就纠。中农和工商业者都是我们的保护对象,越村跨区'扫堂子'过了头,这样的扩大化必须纠正。从现在起,不得侵犯中农利益,中农可以被选为村干部和人民代表。一概停止打人杀人,错划错斗的逐一认真赔礼道歉,返还财产,退赔纠偏。"

纠偏开始了,先是退赔土地、房屋、家具、衣物。随后解决口粮、种子、车马、生产工具,等秋收后进行全面补偿。被斗地主、富农六千二百一十六户中,划回中农二千八百二十六户,划回贫农一百九十二户,经济上给予退赔,政治上赔礼道歉,被打死的给予抚恤。

李建平亲自带着工作队,把省里划拨的一百零九匹耕马,逐一退赔给错斗的中农。

县委及时制止了一些村屯列队进城冲击工商户的行为。在短短几个月内,全城七百九十六个工商户,已经被冲击关闭、废业三百二十五户。关岳庙、慈云寺、孔庙、净土寺等庙宇中,供奉的神像被捣毁,和尚被撵走,有的庙门也被拆除了。

李建平指示,立即停止农民进城冲击工商户。今后,工商户一律不得再动,已经受到冲击的,要返还和补偿,鼓励他们重新开业。庙宇的房屋也不能随意拆毁。

纠偏使一些文物古迹得以保存,工商业出现恢复气象,半年内,恢复营业二百四十五户，新开业二百七十四户。

土地改革运动，打破了千百年来的封建剥削制度，实现了"耕者有其田"。翻身农民为了保卫胜利成果，积极参军参战，开展大生产运动，解放了生产力。出现的扩大化一度使得部分农民和市民胆战心惊，由于及时纠偏，落实了政策，渐渐平息。翻身农民出现了很多父送子、妻送郎、兄送弟、爷送孙参军的感人场面。

三年中，呼兰共有一万七千余人参军参战，出动担架队二万九千九百多人次。担架队员张喜，在火线上，一个人俘虏了十二名国民党兵，获得人民功臣奖章。

周维新被抓进了方台监所，和国民党阿城县党部书记长贾殿志、庆安县党部书记长魏华侨、兰西县公安局长王维绍等人关在一起。

不久，贾殿志等人，收买看守人员，抢夺枪支越狱。周维新跟着他们越狱逃奔哈尔滨。几天后，又被哈尔滨公安机关捕获。

周维新坐在牢房的地上，思绪万千，这么多年来，只有今天才真正静下心来，思考一些问题。

以前，开个商铺，平淡的生活也是衣食无忧，为什么会有今天的下场？是因为胡彩凤父女，还是因为日本人？想来想去，归根结底，脚上的泡全是自己走的，还是自己的欲望害了自己。因为诱人的欲望，甚至出卖了自己的结拜兄弟。

父母走得早，是叔叔和婶子把自己养大，一直对自己娇生惯养。可是自从自己进了警务科，叔叔周民曾经几次对自己说："人哪，乐莫大于无忧，苦莫大于多欲，功名富贵转眼成空，再说这日本人真靠得住吗？"

婶子也说："舟儿，你在我们面前不再是小孩子了，婶子只想告诉你，一入官场身不由己，不管做什么事，都不能不给自己留条后路。"可是自己却听而不闻，耗子戴眼镜，鼠目寸光，把什么都忘了。

想想那天晚上，王廷峰杀了胡升三，眼睛看着自己充满了愤怒，却还是放过了自己。这才叫重情义吧？我就是他妈的一个浑蛋。穿着警服走在大街上，行人见了点头哈腰，自己觉得十分得意，一种被人捧着供着的感觉。其实自己生性懦弱，筷子充大梁，根本就不是当官那块料。到头来，自己和胡彩凤连个一男半女都没有留下，我才是这个世界上最贫穷、最可悲、最愚蠢、最孤独的人。

懦夫变成英雄很难，可是有些时候，在特殊情况下，却可以变成一只狼。自己不就是变成了一个有奶便是娘的人吗？这名利和欲望真是害人不浅，虚幻的满足并不长久。细想想，一个人无论曾经得到多少财富，有过多少荣耀，随着时间的推移，都会成为过眼烟云。

想当初,与张野他们三个人结识,感到很自豪,四个人在关老爷面前结拜,关老爷是忠义双全的英雄,所以后来才成了神。都说一般人忠义不能两全,可是总得靠一头,我替日本人卖命当了汉奸,何谈忠君报国;羊有跪乳之恩,鸦有反哺之义,叔叔婶子把自己抚养成人,如今叔叔卧病在床,自己却不能送上一碗热汤一片药,孝道尽失。

周维新这时似乎明白了那四句签语的含义,理解了南和大师的一番话,自己为什么就没有按照大师说的,辞官卖地急流勇退求平安呢?

周维新又想到自己的母亲,虽然只是一个平凡得有些世俗的农村妇女,不懂得更多大道理,甚至甘愿和父亲、叔叔一起生活。但是,她对儿子爱得那么深,对家里所有的人,爱得那么坦白真诚。养育之恩天高地厚,望子成人情真意切,为了亲人她可以付出自己的一切。记得那年自己重病发烧,母亲守护了七天七夜,自己醒来第一眼看到的,是她布满血丝的眼睛里泪水盈盈。

现在才懂得了,孝是稍纵即逝的眷恋,是无法复制的幸福,如果上天再给我一次机会,我情愿做个普通百姓,此时守护在叔叔床前,每年清明节去看望父亲母亲,而这一切如今都已经成为奢望。

还有,胡升三固然是罪有应得,可是陈广玉这样毫无德行的东西,却能从民国到满洲国,再到现在,始终都是红人,连胡彩凤都进了他的怀抱。当初,自己还曾经救过他的命,帮他进了警察署。那时,他见了自己,不也一直是点头哈腰,毕恭毕敬,感恩戴德吗?可是像刘铁志、王廷峰这样的好人却难容于这个世上,哪还有什么天理?

周维新感到悔恨,感到绝望。一天夜里,他取下腕上的玉镯,那是母亲临终前交给他的,它寄托了杏花对儿子无限的期望和爱。他久久审视着手中的镯子,双手缓缓地抚摸着它。良久,他闭上双眼,狠狠地把镯子摔在地上,仰天泣道:"叔叔、婶子,我不能尽孝,你们别怪我。我要去见我的亲爹亲娘了……廷峰、铁志、张野,我对不住你们,我成了真正的小人。来世,我就知道怎么做人,怎么做你们的兄弟了。"他拾起半截镯片用力划向自己的咽喉。

潘海涛就要随军南下,来向王廷峰告别。看着眼前精神焕发的潘海涛,王廷峰心头发热。当年拉着他的手,让他教几招的毛头小伙子,现在已经是成熟的军人。磨难使人成长,生命总是要守够到一定的火候,才会"悟熟"。当一个人流在血管中的激情,加入了更多的岁月沧桑之时,就可以交织成为另一个境界的人生。

一直把潘海涛当作小老弟的王廷峰,此时像慈父一样看着他的脸庞说:"你已经经历了那么多的风雨水火,不需要王大哥再叮嘱什么,只希望你,战场上英勇杀敌,战争结束了回来,我们还在一起。"

两人默默地看着对方,过了片刻王廷峰才又问道:"海涛,家里都安置好了吗?"

潘海涛说:"都安排妥当了。素华和儿子旭光,已经住进了新房子,县里照顾军属,家里还分了一块菜地,我没有太多的牵挂了。"

潘海涛说着两眼有些湿润:"王大哥,我真的舍不得离开你。跟你在一起,总有学不完的东西,心里也特别踏实。打完仗,我一定回来,和你在一起,向你学武功,学做人做事。"

对王廷峰依依不舍的潘海涛忽然说道:"对了,王大哥。前几天,我们队里有个战士受了伤,我到医院去看望他。一个女护士听说我是从呼兰来的,问我认不认识一个叫王岭的人。我知道你曾经叫过这个名字,就问她,你问的是哪个王岭?她说,原来在警务科的王岭。我说,我认识啊!她似乎很激动,问我,他现在好吗?我说,他很好。'八一五'后,一直就在呼兰。那你是?她说,我是他的朋友,我叫梅原纯子,现在的中国名字叫司琳。她原来是个日本人。"

"纯子?梅原纯子?她现在在哪?"王廷峰急切地问道。

她在市立第一医院。她说很快就要回日本去了,让我代她向你问候,祝你的家人平安幸福。

"啊!"王廷峰心里一阵翻腾,一时竟说不出话来。

潘海涛说:"王大哥,可惜我马上就要出发了,不能带你去看她,你自己……"看到王廷峰若有所失的样子,他停住了话头。

潘海涛南下后不久,给家里寄来一封信,询问家里还有王廷峰的情况,后来还邮回来一张戴着军功章的照片,以后又寄回来几封信。潘海涛入朝作战牺牲后,林素华一直珍藏着这些信件和这张照片,一直住在那两间草坯房里。以致多年后,开发商要动迁,儿子旭光和孙女珊珊几次要接走她,她却说什么也不愿离开,说这房子是海涛亲自盖的,是大侠王廷峰王大哥帮助盖的,搬走了对不起他们,自己就看着墙上的照片死在这里。当然,这是五十多年后的事了。

王廷峰来到市立第一医院找护士司琳。看见面色黝黑,脸庞消瘦的王岭突然站在自己面前,纯子一下子睁大了眼睛,太意外了,太高兴了,太不知所措了。纯子两眼泪珠滚动着,一下子扑在王廷峰的怀里,嘤嘤地哭起来。

"真的是你吗?你来看我了,我又见到你了。"纯子慢慢停住了抽泣,看着王廷峰说道。

王廷峰为她擦去脸上的泪水："纯子,你怎么会在这里?"

"一言难尽,我慢慢地告诉你。你现在还好吗？你黑了,瘦了。雨兰她也好吗？"

王廷峰说："我还好。雨兰,她,她已经不在了……"

"啊？为什么？到底是怎么回事？"纯子吃惊地问道。

"她,被日本人杀害了。"

王廷峰见纯子欲言又止,问道："我收到了你回国前写给我的信,你不是早已经回日本了吗？"

纯子轻叹一声说道："当年,我乘火车去大连,准备乘船回日本。火车遇到袭击,我也受了伤,被送进了医院抢救。几个月伤好了以后,我听到消息,说妈妈已经病死了。哥哥还是要送我回国,我想留下。哥哥看我可怜,就说你一定要留下就留下吧,只是不能再回呼兰,也不能在哈尔滨,王岭已经结婚了。我答应了。因为我曾经学过护士,哥哥就安排我在新京一家医院做护士。'八一五'前不久,哥哥在德惠战死,我就来到哈尔滨,准备带着哥哥的骨灰回日本。要回国的人太多了,我亲眼看见一些走投无路的日本妇女和孩子,被好心的中国老百姓救助,有的还被收养起来。我看到各个医院伤病员越来越多,哪个医院都缺医生护士,就改名司琳,在这临时当了护士。想尽我的微薄之力,帮助一下这些人。真没想到,能够再见到你。我,我真的是太高兴了。"

王廷峰百感交集。纯子天真善良,对自己一往情深。可是她偏偏又是个日本人。何况,自己自从有了雨兰之后,心里再也装不下任何人了。听说纯子在哈尔滨,他急忙来看她,想知道她的近况,她为什么没有回日本？她现在有什么难处需要帮助？她,是他心中抹不去的记忆,是他惦念的小妹妹。

"王岭哥,你能陪我回日本吗？"纯子泪眼中充满深情。

王廷峰轻轻地摇摇头。

"王岭哥,你能让我留在你身边吗？"纯子深情的泪眼中充满期待。

王廷峰又轻轻地摇摇头："纯子,我永远把你当作我的小妹妹,你还是回国吧。这里战火又起,今后不知道会遇到什么事,还是回去吧！"

纯子泪眼婆娑,轻轻点点头说："我知道你的心意。我是多么想和你一起,一起坐在呼兰河岸边,看美丽的晚霞,看像星星一样美的河灯啊。这辈子,不管走到什么地方,我都会永远,永远把你牢牢记在心里。为你祈祷,为你祝福。"

王廷峰心血翻腾。这个世界上,很少有人可以按照自己的意愿,决定自己的人生之路。这个世界上,有太多的强权和暴力,用暴力强迫别人,欺负别人。侵略者也好,海盗、土匪也罢,都是如此。还有靠金钱权势把自己的意志强加于人,在危难之际收买,在名利面前诱惑,让人去做自己本不愿意做的事情。再有就是欺骗,感情上的欺骗,利用亲情的欺骗,抓住人们善良心理的欺骗。

纯子在被欺骗中来到中国,她的情感纯真热烈,对王岭一往情深。今天终于又见到了朝思暮想的人,纯子压抑许久的情感,她的痛苦和委屈,如洪水般从心底奔涌而出,却与现实的惨痛骤然相撞,决定了她不能实现自己的愿望,她只能孑身一人带着哥哥的骨灰回国去。

王廷峰许多天以后,眼前还不时浮现纯子的身影,浮现那双热泪盈盈的眼睛,浮现自己在火车站,把她送上火车的情景。

先后送别海涛和纯子,王廷峰有些伤感。他一个人来到关岳庙,眼前的情景让他倒吸一口凉气,两扇大门已经不见。不久前他和张野来这里,慈善如佛的关老爷依然明眸皓齿,面色红润,黑髯如漆。而今庙中空无一人,灰尘遍布,关老爷神态依然安详,却已是伤痕累累,满身斑驳。只有那棵标志着庙宇历史沧桑的老树,还在伸展着粗大的树枝,树荫笼罩着屋脊。

王廷峰走出庙来,询问旁边的一个老者,关岳庙发生了什么事?南和大师到哪去了?老者看看王廷峰,叹了口气,摇摇头欲言又止。

王廷峰说:"大叔,我是南和大师的朋友,来看他。到底发生了什么事,请你告诉我。"

老者看看周围没有行人,对王廷峰说道:"既然你是南和大师的朋友,我就和你说,这关岳庙已经被打砸了好几次了。第一次,一伙年轻人冲进来,说要破除封建迷信,所有愚弄人们的宗教庙宇都要拆掉,让和尚们都回家种地去。然后一阵棍棒横扫。那天傍晚,南和大师把弟子们召集到一起说:'前几日,为师已然安排你们离去,有家的回家,没家的投亲,你们不愿意走。这劫难来得太快了点,我的劫数已到,你们把我的后事办了,也不枉为师徒一场,按我写给你们的话,各奔前程去吧!'当晚,南和大师坐在大树下圆寂了。现在,只有那个要饭的黄金山住在这里,偶尔瘸着腿用一把破扫帚,给关老爷打扫一下。"

王廷峰听罢一时无语,默默地给老者鞠了一个躬,无声地离开了。

他心里像有一团乱麻,理不出头绪,他不理解为什么会发生这样的事情。他也不知道李建平书记已经传达了中央指示,在全县进行了纠偏,已经下命令保护历史文物。他想抽时间找到李振华,和这位自己信得过的共产党干部探讨这里面的是非曲直。

周维新被捕后,胡彩凤又回到城里。胡升三和周维新两家的财产都已经被没收,只得暂时寄住在一个远房亲戚家。这一天,她上街买菜回来,被下乡回城的区委副书记林葳迎面看见。

林葳年近五十,山西人,性格内向,严肃沉稳,妻子在天津做地下工作时,被军统特务逮捕牺牲后,他一直未再成亲。没想到会在呼兰小城的大街上,遇见这样一个令人心动的女人。只见她身材高挑,凤目灵动,肌肤雪白,腰身随着步履的移动摇摆,透出一种成熟女人的柔媚。

林葳停下脚步,眼睛随着她从自己身边走过。胡彩凤也看见了这个挎着匣子枪,后面跟随着五六个人的男人,看见这个男人看自己的那种眼神,心中似乎也看到了一种机会和希望。于是轻转玉颈,微微一笑,凤目流盼。林葳只觉得血往上涌,心跳加快,两眼放光。猛然想起身后的战士们在看着自己,很快从失态中恢复了平静,转身快步离去。

经过一番了解,林葳心里十分矛盾,他已经调查清楚了胡彩凤的底细,她是大恶霸汉奸胡升三的女儿,伪警尉周维新的老婆,而自己是一个参加革命多年的共产党副书记,怎么可能与她扯在一块,我的立场何在,弄不好就会影响自己的前程,算了,算了吧。

可是,几天过去了,胡彩凤的影子总是在他的眼前晃来晃去,弄得他心神不宁。心想,她爹毕竟是她爹,她丈夫是她丈夫,人都已经死了。

林葳鬼使神差地派人叫来了胡彩凤,他要和她面对面亲自谈谈,如果她只是外表漂亮,内心空空也就算了。

面对林葳的询问,胡彩凤泪眼盈盈,诉说自己早年出嫁,胡升三的事,她从来也没有参与过,周维新弃商从政,我多次劝阻。我从来没有干过坏事,我也是受压迫被欺负的苦命人。

林葳说:"好了,别哭了,你和你父亲、你丈夫不一样,只是一个没有罪恶的家属。我问你,你愿意跟着我参加革命工作吗?"

"我愿意,我愿意。"胡彩凤连声回答。

林葳向县委汇报,说胡彩凤主动要求参加革命,与反动家庭彻底决裂。现在我们正是用人之际,一些过去给日伪政权做事的人员,都在被使用,胡彩凤只是一个没有罪恶的家属,本人有些文化,也有觉悟,可以让她参加教育工作。

不久,两个人到了一起,胡彩凤使出浑身解数,使林葳神魂颠倒。

有一天,已经当了小学教员的胡彩凤,忽然看见和组织部长李振华走在一起的人十分眼熟。仔细一想,哎呀,那不是王廷峰吗?他怎么回来了,一种恐惧和仇恨从心里向全身蔓延开来。她感到了威胁,更被杀父之仇左右了心绪。

晚上,她对林葳说:"今天我看见了一个人,和李部长在一起,他曾经是为日本人做事的大汉奸,干了很多坏事,和死鬼周维新是把兄弟,还娶了一个窑姐儿。"

林葳似乎在会上听阎韫说过这个人,当时也没太在意。听胡彩凤今天一说,他记在了心里。

作家周立波来到呼兰,了解土改的艰难经历和成果。县委派杨林土改工作队副队长孙觉陪同调查,两个人白天到农户家里了解情况,晚上坐在炕上交流。周立波问孙觉:"你作为工作队副队长,或者说从你个人的角度,到底怎么看土改?"

孙觉摘下眼镜,擦了擦又戴上,然后郑重地说:"土改运动是共产党为穷人翻身谋福的具体行动,也是得到农民认可和支持的关键一步,像疾风暴雨一样震撼了千百年的旧制度。在这之前,很多人对共产党还不了解,现在知道了,共产党是穷人自己的党,参军热情和生产积极性主要来自土改。"

"你说的积极性是怎么体现出来的呢?"周立波接着问。

"自古以来,土地就是农民的命根子,没有土地的贫苦农民,受剥削,生活艰难。现在有了自己的土地,怎么能保住?就得齐心合力打败国民党蒋介石,没有别的选择。"孙觉接着说道。

周立波的笔记本上,记了许多调查的具体数字:七佰村留荣军地十垧,学田地五垧。全县贫雇农三万五千二百九十八户,二十二万四千六百二十四人,重新分得土地十一万五千一佰五十九垧。贫雇农以排号为序,自由挑选分房四万四千五百九十七间。分房有五条原则……

周立波说:"我发现一件事,呼兰重新分给农民的土地十一万多垧,其中有两万多垧叫满拓地,比例很大,这是怎么回事?"

孙觉说:"满拓地就是伪满时候,日本开拓团占有的土地,按照开拓疆土掠夺资源的侵华移民政策,日本先后派遣了八百多个开拓团,三十多万人来东北。来呼兰的人数并不是最多的,但是占据的土地却不少。

作为移民，他们又不是普通老百姓，不仅配有武器，有严密的组织，还有特权，很多土地是他们靠武力和欺骗获得的，相当一部分是廉价强征。其中有些人占了农民的土地和房子，自己又不务正业不经营，再转租给其他农民，成为殖民地形态下的新地主。光复后，关东军抛弃了数万开拓团，他们也成了难民，这些土地又重新分给了农民，也有一些被遗弃的妇女儿童被好心的中国老百姓救助收养。"

"啊，是这样。他们在战争中伤害了中国人民，也是战争的受害者，成了日本军国主义冲出狭小地域，掠夺扩张的工具。不好意思，你的名字很特殊，我想知道，这个'觉'字怎么讲？"周立波又问道。

孙觉感到周立波很直爽，便敞开心扉说道："我原名孙秉昌，父亲靠卖菜籽维持全家生计，父亲以前反复告诉我，咱们小户人家，只求有碗饭吃，别管他啥子党，咱们不要过问政治。参加县教育团以后，有林书记把我引上了革命道路，他作为我的入党介绍人，使我懂得了许多道理。念起即觉，觉已不随，'觉'者醒悟也，所以改了名字。呼兰很多进步青年，都选择了跟着共产党走，我的同学刘和、王永勤，还有好几个人都先后参加了工作。"

周立波又问道："你的隶书，写得有些特色，是自己练的吗？"

"小时候家里穷，买不起宣纸毛笔，我是用棍子绑块破布，沾了水，在地上练写字。后来师从包云路，也就是'养原老人'，才有所感悟，不过功底还浅，还需要勤写勤练。"说到老师包云路，孙觉一脸的崇敬。

"多少年了，穷苦农民盼望着能有自己的土地，这几天的调查已经看出，地主们的想法是很复杂的，反映出的态度和做法也不尽相同啊！"周立波颇有感触地说。

孙觉说："地主们的表现可以说是思想非常复杂，行为反差很大。从内心说，大多数都是不愿意土改的，迫于形势不得不服从，一旦有什么风吹草动，还是要表现出来。这一点，就像是百年的歪脖子树，已经定型了。

开始减租减息时，就有人说'现在减租减息你们快乐，将来有你们好瞧的'。还有人说'减租减息就是慢性共产'。这期间，不仅有造谣蛊惑人心的，也有勾结土匪武装进行疯狂报复的。石人敖木血案就是一个突出的典型事件。经过清匪反霸一系列行动，才保证了土改的顺利进行。"

十天很快过去了。周立波要走了，两人依依不舍。周立波说："我还要走几个县，争取写出一部能够真实反映土改伟大进程的作品。"

孙觉说："祝愿你成功。你要走了，我也没有什么礼物送给你，给你写几个字吧。"

"那太好了!"周立波很高兴。

孙觉拿出笔墨,用八分体隶书,写下了:"杨林一床暖,只恨相识晚。临别寄语深,魂牵孤思远。送立波同志。"

周立波仔细收好,两人别过。几个月后,周立波的全国第一部反映东北土改运动的长篇小说《暴风骤雨》正式出版。

齐颖为李振华亲手织了一件毛衣,一边帮他穿在身上,一边说道:"振华,你怎么懂得那么多东西,都是怎么学来的?"

"其实,我和你一样,都是穷苦家庭出身。一个人的才干和家庭出身没有直接关系,我们党有很多穷苦出身的优秀领导干部,也有许多人出身富裕家庭,很有学问,很有能力。我们主要是靠在革命战争和工作中磨炼,当然,也要读书。"振华认真地回答说。

齐颖说:"你能再跟我说说你的过去吗?"

振华说:"我参加革命,是袁老师给我看了一本外国人刚写的书,叫《西行漫记》,介绍的是共产党、工农红军和毛泽东、周恩来、朱德这些中共领袖。我渴望自己成为共产党和红军的一员。不久,袁老师指引我参加了新四军教导队,后来入了党,就开始单独执行任务。"

"都是什么任务啊?"齐颖充满好奇地问。

"先是送信、侦察、护送人员和物资等,以后就到乡村开展工作,铲除汉奸,扩大武装。最残酷的是突破日伪军的扫荡围剿,很多战友都牺牲了。我们就是在人民群众的支持下,在对敌斗争中不断发展壮大的。"李振华说起过去的日子,充满了激情:"以后,我要回苏北去,看看袁书记,看看战友们,看看那里的乡亲们,还有那里的一草一木一山一水。"

齐颖握住李振华的手:"你也带我去吧,今后,你走到哪里,我就跟你到哪里。"

齐颖踮起脚尖,搂住李振华的脖子,一双晶亮水灵的大眼睛,注视着他的脸。

振华说:"我带你去,我也要一辈子和你在一起。"

李振华废寝忘食地拼命工作,近来经常肚子疼得很厉害。一天,从县委开完会返回石人,骑马走到半路,一阵腹痛难忍,头上满是汗珠。他用力勒住缰绳,放慢速度。一只手按着肚子,一只手提着马缰,坚持回到住地,浑身已经被汗水湿透了。

他对小李说:"马上通知全体工作队员和村屯干部,连夜开会,传达县委关于支前和土改工作任务。"

小李说:"李部长,你还是去看看医生吧,通知明天一早开会行吗?"

李振华说:"工作任务很紧,必须连夜传达下去,大家白天都很忙,快去通知吧。顺便给我找几片止痛片来。"

一会,小李回来了。找来了止痛片,还端来一碗热乎乎的大楂子粥。

"李部长,您先把粥喝了,也许能好受一点。"

李振华从床上坐起来,先吃了两片药,然后端起粥碗,轻轻喝了一口,又放下了。他感到恶心喝不下去。

干部们陆续赶来了。李振华拿着笔记本,开始传达工作任务。头上豆粒大的汗珠直往下滚。勉强坚持开完会,区里派出去的人,把大夫找来了,大夫说看样子好像是急性胃肠炎,看他疼得十分厉害,就给他注射了两针止痛药。

止痛药使疼痛暂时得到一定缓解,但是李振华一直浑身无力,大汗淋漓。同志们见他病情加重,急忙把他送进了军分区医院。医生确诊为急性阑尾炎穿孔,马上安排手术。发现穿孔时间太长,已经导致严重腹膜炎。

"太晚了,错过了有效抢救时间了!"

"为什么不早点送来?为什么乱打止痛针?"然而,这一切惋惜和疑问都已经没有了意义。

距离近一点的几位县领导来到病危的李振华床前,他含着眼泪,断断续续地对围在身边的同志们说:"真、对不起,同志们。县委、布置的工作任务,我、还没有完成,不能参加、土改了,也不能回、回苏北看看了……你们,回去吧……不要因为我,耽误了工作……告诉齐颖,忘了我,重新生活……我舍不得……"

李振华停止了呼吸。一双眼睛大大地睁着,还在努力地向远方望着……他只有二十四岁。

齐颖从康金赶到医院时,雪白的床单已经覆盖在李振华的遗体上。齐颖抓住振华的手,大声呼喊着:"振华,振华,你不能走啊!你这么年轻,怎么就这么走了啊?你睁开眼睛看看我,你站起来,我们一起回家去……

振华,你不是说,要带我去苏北,去看看袁书记,看看老战友们,看看那里的乡亲吗?

你,不是说,要一辈子和我在一起吗?你为什么扔下我,自己走了?

振华,振华,你别走啊!你带我走吧,我们一起走……"

耿田大姐从巴彦赶来,上前扶起悲痛欲绝的齐颖说:"振华走了,我们都很难过。可是,今后革命的路还很长,他是为了建立人民的新政权而走的,他一定希望,看到我们沿着他没有走完的路,继续走下去。不愿意看到,我们因为悲痛而消沉。坚强起来,别让振华看不起我们。"

耿大姐和警卫员扶着齐颖离开床前。刚走了几步,齐颖又返身扑到振华身上。

"振华……"齐颖晕倒下去。

县委整理李振华的遗物,在他的小皮箱里,除了文件、几本书之外,只有一支钢笔,一块怀表,一条军用毯子,一件旧蓝布上衣,一件灰军裤。还有,就是齐颖为他织的那件毛衣,这是他的全部财产。

李振华追悼大会在西岗公园举行。松江省委、省政府,省委干训班,军区医院,呼兰、巴彦、通河县委、县政府,县武装大队,县教育团,工商会,回民联合会,各区农联会,还有各界自发前来的群众几千人参加了追悼会。

王廷峰和张野随着自发的人群,来到了会场,会场庄严肃穆,人们表情沉痛,有人泣不成声,有人哀惋叹息,四十多幅挽联悬挂在会场上。

松江省委、省政府副主席谢帮治的挽联挂在中间。上面写道:

少年壮志果敢有为期期方殷何惧死
誓灭蒋贼深入土改全党努力慰英灵

呼兰县委、县政府的挽联写道:

从东北奔华东,艰苦奋斗,奔向光明,为了追求光明真理
由华东返东北,风雪加寒,坚定不移,靠近贫苦劳动人民

旁边呼兰教育团的挽联,用工整的八分隶书写道:

十四岁入关抗战抵御强暴顽敌工作有声兼有色
八一五归还东北领导群众翻身黄沙埋骨不埋名

省委组织部长李华生,站在台前,向着人们慢慢地鞠了一躬。然后心情沉重地说道:"同志们,今天我们来向李振华同志告别。他只有二十四岁,是一个很有才华的优秀年轻干部。他的早逝,是中国共产党的损失,也是老百姓的损失,中国人民

失去了一个为人民服务的宝贵儿子。作为民主新呼兰的创建人之一,他把自己的一切都献给了呼兰人民。

他深入群众,不怕艰苦疲劳,废寝忘食,雷厉风行,敢作敢当,土改中开创性地开展工作,剿匪中屡建功勋。

振华同志,今天来向你送行的,有你生前亲密的战友,有在你帮助下翻身的农民,你为了中国人民尽了最后的努力。你静静地安息吧!你未完成的事业落在我们肩上。全国人民已经觉醒,投身到埋葬蒋家王朝的伟大革命洪流之中,我们最后的胜利不远了……"

李部长讲完话,许多人纷纷上前表达哀悼、崇敬、怀念之情,除了相关部门的领导,和李振华一起战斗的同志之外,自发上前的人中,有在李振华帮助下分得土地的农民,有纠偏中李振华亲自送还牛具、房屋的中农,有李振华从土匪手中解救的村屯干部及家属。张荣志也上台做了激动人心的发言。主持会议的刘诚县长,不得不推延了追悼会结束的时间。

王廷峰没有上前发言,他不知道自己在这个场合应该说些什么。他只觉得充满了悲伤和心痛,千言万语无以言表。

主席台一侧,有两个人在交头接耳。林葳对另一个人说:"这个人怎么也来了?他不是伪县公署警务科的副科长王岭吗?"

"据说是东北军安插进去的,我们上边有领导给他证明身份。还听说,不久前,国民党又委任他一个地下军军长的官,他没干。"

林葳沉思片刻说道:"看来,从古到今,敌中有我我中有敌,是千真万确,我们还真得提高警惕。过去我们的主要敌人是鬼子汉奸,打倒国民党反动派之后,必须清洗那些隐藏着真面目的敌人。"

追悼会后,李振华的遗体安葬在西岗公园。李振华烈士墓,成为每年清明节,人们缅怀先烈寄托哀思之地。

齐颖离开呼兰去了苏北。她临行前告诉家里,她要去看望李振华的老母亲,在那里像女儿一样,照顾他老人家。

一个夜深人静的夜晚,王廷峰来到了李振华墓前,献上一大束鲜花。他为又失去了一个舍身忘我的人,一个自己信赖、尊敬的朋友而万分悲痛。这样的悲痛他承受得太多了。刘铁志、梁雨兰、梁青山、李维、黄森、张兰生、才旅长、刘志林、甘雨霖、王玉飞、赵尚志、王鸿恩、冯军……一个个面孔,一个个身影,在他眼前浮现,他们都在黑夜里,在黎明之前,远离自己而去。他想起那么多的往事,还有另外两个结拜兄弟。想起不久前,李振华劝他参加工作的情景,想起阎韫书记临别时候说的话,禁不住两行热泪夺眶而出。

"振华兄弟,对不起,我要走了。我还有该做的事没有做完,我必须履行承诺,把远志和兰馨培养成人,让他们成为行侠仗义,为民除害的真正的仁义侠者。"

月光清漫地洒在他的身上,也洒向静静的呼兰河,把他们融为了一体。天边一缕晨曦隐现,即将照亮两岸的苍茫大地。

河岸边隐隐传来守渔人悠悠的船歌:"静静的呼兰河呦,九曲十八弯。清清河水呦,波呀波浪翻。白云化作雨呦,黑土魂不断。草青鱼儿肥呦,炊烟梦里远。风雨留不住呦,滚滚到天边……"

放眼:

兰河波静孤帆远　遥望朝晖一脉红
试解人间情与恨　浩然风骨耀长空

后　记

　　我出生在呼兰河畔,对这里的黑土清波充满眷恋,对这里的人们情深义重。上个世纪八十年代,从部队回呼兰探亲时,曾写过一篇《又见呼兰河》抒发情感。而那时对呼兰河的认识,大多还是从自然的变化和身边的人和事有感而发。后来有幸在县志办工作四年,尤其是在乡镇基层工作十年的经历,开始从新的层面了解呼兰。我曾经为一些历史事件震撼,为一些英烈人物感动,为那些已经逝去的岁月嗟叹,也对一些不解的问题沉思。

　　呼兰河不仅养育了张乃莹(萧红),而且哺育了不胜枚举的精英,孕育了这里灿烂的历史文化。两岸勤劳而朴实的人们,在荒野中披荆斩棘,在黑暗中寻求光明,在探索中创造奇迹。反抗奴役压迫,捍卫民族尊严,涌现出许多光照千秋的志士仁人。尤其是抗日战争和解放初期剿匪、土改的年代,气壮山河的浴血抗敌,风云变幻的社会变革,波澜壮阔的革命进程,呼兰人民经历了血与火的洗礼,应该铭刻在更多人们的心中。

　　有句话是叶圣陶说的:"文学能够揭穿黑暗,迎接光明,使人们抛弃卑鄙和浅薄,趋向高尚和精深。"我想,如果能用一种文学形式,把渐渐远去的历史记忆,以及血脉相连的文化传承,形象地展现出来,或有助于人们鉴古明今。通过了解呼兰的重大历史事件、民俗文化、社会风情,通过不同人物形象,揭示人性的善恶美丑,从中感悟生活的真谛和人性的良知,会更加珍重人与人之间的情感和友谊,珍惜现在的美好生活。脚踏这片坚实的土地,不在浮躁中迷失,摒弃为了私利而损人害人的恶念,在人生价值的体现与物欲索取的奢望之间,有一个冷静客观的正确态度。

　　尽管社会浮躁狂热之时,庸俗肤浅广受追捧,金钱占据了许多人的思维空间,狂风大作时,垃圾都飞上了天。但是人类永远需要有情有义的价值取向,需要超越物质的精神寄托,需要思想和人格的力量。

于是我开始了《呼兰河畔》的创作,小说围绕民族危亡之际历史发展的脉络展现情节,结合民间流传久远的传奇故事,以成为结拜兄弟的四个同学在社会历史洪流中的恩怨情仇,不同的性格、经历和命运,以及他们身边各色人物的形象,展现了在亲情、爱情、友情面前,在敌人、朋友、同志、亲人之间的不同态度,在道德人性、名利物欲方面的不同抉择。或洗礼升华,或扭曲沉沦,反射出不同类型人物的性格和品质行为。

小说中的人物大多是真实的,除结拜四兄弟外,马占山、马子英、张兰生、王明五、韩勇义、耿田、李振华、王鸿恩、黄维翰等人的名字,都曾经在呼兰河畔广为流传。在呼兰人民的心中,兰河大侠、兰城女侠都是与呼兰河,与两岸的黑土地永存的。

小说的结拜四兄弟各有代表性。

主人公,二哥王廷峰是侠者。兰河大侠,代表了人们的期盼和理想,展现了爱憎分明的侠骨柔情,寄托着百姓心愿。他用爱面对亲人,用心拯救弱者,用鲜血去阻止罪恶,用人性来救赎灵魂。他是有血有肉的性情中人,在血雨腥风里寻觅正义,在惩恶扬善中弘扬人间的爱与善。疾恶如仇,而非杀人无忌。他是集勇敢、智慧、善良、仁爱于一身的英雄。

老三刘铁志是勇者。四兄弟中唯一的共产党员,呼兰地下党特支书记,在苦难岁月里承载着民族重担。他热爱生活,多才多艺,忠贞爱情,更对国家和民族赤胆忠心,以自己的鲜血和生命,保护了更多的同志。告别他充满挚爱的亲人,离开温馨的家,永别了并肩作战的战友和兄弟。非他所愿,却义无反顾。

大哥张野是智者。出身教育世家,学识渊博,肯于思考探索。他曾努力探寻悠久苍茫的历史文化,主张以科技文化救国,希望从中找到自己生存的位置和价值。然而,现实像大风卷起的尘埃,吹散的落叶,很难审视清楚。这使他在灵魂深处,有深深的苦痛与无奈。现实改变了他,使他顺应历史潮流,投身到建设新中国的伟大事业中来。

老四周维新可称为愚者。他性格懦弱而又虚荣,自知平庸,却抵不住诱惑,渴望名利地位。对婚姻不满,却又因为吃醋而成为告密者,甚至一步步走向深渊,直至出卖他曾经崇拜的兄长。然而,在变性中得到的,并没有使他快乐。迷失中的行为,使他失去了良知、爱心、友谊和尊严。王廷峰后来没有杀他,不仅是出于当年的兄弟情义,也是希冀用自己的行为,感召周维新良心的回归,从而弃恶从善。他的自杀,是源于反省和忏悔,也是经历了道德炼狱煎熬之后,灵魂的解脱。

生命的意义在于感悟多少哲理,"求我生存"和"求我幸福"的欲望是人的本性之一。本性意识也就是情感,决定人类行为的人性,除了社会性和阶级性之外,是否还有普遍的共性?

友谊有时是建立在饱暖基础之上的,在名利面前,在生死存亡时刻,表现截然不同。自信尊严与金钱虚荣的取舍,往往会把人带入光明或黑暗两种境界。舍生取义和见利忘义之间的差异何在?也许就是"自在人性"与"自为人性"的距离吧。

人性与兽性,或者称为善良与邪恶,是对立的,又往往复杂地体现于一身,历史的浪潮,在苦难的时代,激烈地涤荡着人们,展现出人类各种不同的本性变异。

张野平和善良,勤勉好学,展现了人最基本的性格特征,是光明磊落的美好人性。刘铁志、王廷峰体现的民族大义和气节,表现为一种穿越黑暗的正义精神和坦荡的人性。周维新的蜕变,则体现了人性丑恶一面的膨胀,虚荣催生了卑劣和邪恶。由于自身性格决定,加之环境的影响,他走上了一条原本不应该属于他的路。善恶循环,欲望之害,名利之伤,也许正是人们可以深思警醒之处。

周维新的临终忏悔,陈奇的转变,秀芝的成长,黄金龙的变化,胡升三作恶多端,陈广玉性情变幻,则是从行为到心理层面,尝试对人性变化的探讨。

呼兰深厚的文化底蕴,蕴含在众多普通百姓的生活之中,展现在平凡人们的气节和精神里。小说通过事件的环境,概述了一些文物古迹、民风民俗、特色物产。根据不同人物形象,使用了他们中的俗语方言、歇后语等,希望人们珍视这些满载历史沧桑的文化积淀,了解社会发展的艰辛历程。尝试通过不同角度出现的人物故事和形象,从最平凡的视角,展现血与火的时代,充满悲欢离合、深仇挚爱的现实生活。有时在深夜记述他们的故事,自己往往被深深地打动。

创作《呼兰河畔》历经两年多,三番修改,这是一个艰辛而快乐的过程,一个把情感和生命注入文字的过程,是难忘的精神体验。不同于一些离奇热闹的作品,小说有某种意义上的悲壮与悲凉,王廷峰在李振华烈士墓前挥泪告别,在悠悠的渔歌声中再次离开呼兰河,不同于一般想象的常规悲喜剧结局,给人思索、联想的空间。

作品也为读者留下了几个悬念,两个孩子刘远志和王兰馨是否真的成为行侠仗义的又一代侠者?杨远芳和王廷峰又会有怎样的情感故事?团山文物失踪之谜?潘海涛妻子林素华在呼兰河畔的小草屋,为了一个承诺和梦想,五十年的痴情等待,以及动迁发生的事情?张野在水稻寒地培育技术推广和配方施肥方面的科技成果?李振华未婚妻齐颖送走振华的老母亲,回到家乡的不寻常经历等,只能留给下一部作品去讲述了。

正如当代著名作家迟子建所说:"一部作品的诞生,就像一棵树的生长一样,是需要机缘的。首先,它必须拥有种子,种子是万物之母;其次,它缺少不了泥土;还有,它不能没有阳光的照拂、雨露的滋润以及清风的抚慰。""如果把每一个'不平'的历史事件当作对生命的一种考验来理解,我们会获得生命上的真正'涅槃'"。

呼兰河畔拥有这样的泥土和种子,也拥有阳光、雨露和清风。我感激这一切让我感动的人和事,感谢从各层面给予我热情帮助的师长和朋友。我始终觉得这不仅仅是一部地域文化小说,也是整个社会和民族发展进程的折射。尽管有那么多的不平和痛苦,但是正义的力量终将战胜邪恶,光明必然驱散黑暗。

如果通过书中的人物和故事,能够引起对人生世相淋漓变换的沉思,弘扬爱国主义,增强自信、自豪和自强的民族精神,能够克服人性的冷漠,给人以直面生死的坚强和对待荣辱的淡定,也就体现了价值。

二〇一七年春节于呼兰河畔